FERNANDO ARAMBURU

PATRIA

沉默者的国度

[西] 费尔南多·阿兰布鲁 著　李静 译

上海译文出版社

1. 地板上的高跟鞋声

　　可怜的女儿去了，去撞丈夫那堵南墙，就像浪头打在岩石上，溅起一点点泡沫后，黯然败退。没见他都懒得给她开车门吗？低三下四，自取其辱。

　　都四十五岁的人了，还红唇配高跟鞋，干吗？女儿啊，你明明有品位、有地位、有学识，怎么做起事来，像个十几岁的孩子？要是爸爸①泉下有知……

　　内蕾娅上车时，瞅了一眼窗户，她知道妈妈习惯在薄窗帘后看她。的确如此，尽管女儿在街上看不见妈妈，毕妥利正蹙着眉，忧伤地在看着她，喃喃自语：可怜的女儿去了，女婿爱慕虚荣，脑袋里从没想过让别人幸福，娶她只是点缀。结婚十二年，妻子得多绝望，才会想到去勾引丈夫啊？这一点，他居然没发现？说到底，他俩幸好没孩子。

　　内蕾娅钻进出租车前，跟她挥手告别。妈妈隐在三楼的薄窗帘后，别过脸去，越过层层叠叠的屋顶，远处是宽宽的一片海、圣塔克拉拉岛上的灯塔和更远处淡淡的云。天气预报说今天晴。哎，我都这么老了！她又往街上看，出租车已经走远，没了踪影。

　　目光继续越过层层叠叠的屋顶、越过圣塔克拉拉岛和蓝色的地平线、越过更远处的云，在永远逝去的过往中，寻找女儿结婚时的画面。她又看见女儿在圣塞巴斯蒂安的耶稣大教堂，穿着白色的婚纱，捧着花，幸福洋溢的模样。见身材窈窕的女儿笑容可掬、光彩照人地走出教堂，她突然有了不祥的预感，晚上独自回家，差点在"老伙计"的照片前坐下，将心里的担忧讲给他听，可是她头疼。再说了，"老伙计"在家庭问题上，尤其在女儿问题上，总是多愁善感，那个男人会动不动掉眼泪。照片上的人不会掉眼泪，我懂。

穿高跟鞋，是为了吊基克的胃口，可他早就把你吃腻了。嗒、嗒、嗒，刚才，她听见地板上的高跟鞋声。别把我的地板踩得到处都是洞，为了家里太平，她没批评女儿。他俩就过来坐一会儿，道个别。大早上的，刚九点，基克的嘴里就一股威士忌还是什么别的酒味，他本来就是做酒水贸易的。

"妈，你真的一个人能行？"

"为什么不坐公交车去机场？打车去毕尔巴鄂可贵了。"

基克说："这个你不用担心。"

理由是：拖着箱子，不舒服，慢。

"没错，可是你们时间富余，不是吗？"

"妈，别说了。已经决定了打车去，打车最舒服。"

基克开始不耐烦：

"就打车舒服。"

他又说：你们先聊着，我去外头抽根烟。那人身上散发着浓郁的香水味，早上九点就直喷酒气，告辞时，还在玄关的镜子前照了照。自以为是！然后——用专制？还是亲切却生硬？的口吻——对内蕾娅说：

"别太久。"

五分钟，内蕾娅向他保证，结果聊了十五分钟。只剩下母女俩，

---

① 原文中的巴斯克语在译文中一律标成楷体。

她告诉妈妈：伦敦之行对她意义重大。

"你丈夫去跟客户谈生意，你去凑个什么劲？要么你没告诉我，去他公司工作了？"

"我打算在伦敦正经再试一回，挽救我们的婚姻。"

"还试？"

"最后一回。"

"这回打算用什么战术？盯人防守，别哪儿又冒出个女人，把他拐跑了？"

"妈，拜托，你就别再给我添堵了。"

"你很漂亮，换发型师了？"

"还是那个。"

内蕾娅突然压低嗓门，刚说两句，妈妈就扭头去看家门，似乎怕有陌生人偷听。哎，没什么，他们已经放弃了领养孩子的想法。之前讨论了那么多：是领养中国孩子、俄罗斯孩子，还是黝黑皮肤的孩子？是领养男孩子还是女孩子？不是内蕾娅断了念头，是基克打了退堂鼓，他想要自己的孩子，想要亲骨肉。毕妥利问：

"他现在突然喜欢说《圣经》里头的话啦？"

"他自以为新潮，其实骨子里比谁都传统。"

内蕾娅自行了解过领养程序，是的，他们符合所有条件。钱不是问题，她不能生育，愿意飞到天涯海角，去圆母亲梦。可是跟基克谈，简直没商量，不行就是不行。

"他有点没心没肺，你不觉得吗？"

"他想要个亲生儿子，长得像他，哪天去皇家社会踢球。妈，他一门心思就这个念头：儿子会有的。哎，他要是认准了什么，简直没辙！我不知道他要去跟谁生孩子，谁乐意，就跟谁生呗！别问我，我什么都不知道。他可能想找人代孕，反正照价付钱。要是他真这么想，我就帮他找个健康的女人，完成这个小小的心愿。"

"你简直没脑子。"

"我还没跟他说呢！估计这几天在伦敦，有机会说。我考虑得很清楚，我没有任何权利，非得让他不幸福。"

母女俩在家门口贴面告别。毕妥利说：没问题，她一个人能行，旅途愉快。内蕾娅在电梯间等电梯，说了句什么运气不好、心情要好之类的话，建议妈妈换掉进门脚垫。

2. 宜人的十月

　　"老伙计"出事前，她信天主；现在，她不信了。年轻时，她笃信，差点遁入教门，去做修女。她，还有镇上那个朋友——最好别想起她来——两人都一只脚跨进了新入教者考验期，结果在最后一刻放弃。如今，那些死者复活、永生、造物主、圣灵什么的，在她看来，尽是一派胡言。

　　主教装模作样的话她听了就上火，这么重要的人物，她不敢不跟他握手，那只手黏糊糊的。但她看着他的脸，默默地用眼里的光表示，她已经不是信徒。一看见"老伙计"躺在棺材里，她对上帝的信仰就像肥皂泡似的，破了，甚至能听见声响。

　　然而，她还时不时地会去听场弥撒，也许是习惯使然，坐在教堂后面的长椅上，看着前面人的后背和后脑勺，自言自语。家里太孤单，她又不爱去酒吧和咖啡馆。买东西呢？需要多少，买多少。"老伙计"出事前，她爱打扮，现在也不打扮了。又破了个肥皂泡？要不是内蕾娅坚持，她会每天穿一样的衣裳。

　　她不逛商店，宁可坐在教堂，默默地不信教。教民去教堂，禁止亵渎轻侮神明，而她看着那些圣像，在说／想"不"，有时候一边说／想，一边微微摇头拒绝。

　　有弥撒，她会待久些。神父说什么，她都说"不"。让我们来祈祷吧！不。这是圣体。不是。如此这般，从头到尾。有时候累了，就偷偷打个盹。

走出安迪亚街的耶稣会教堂，天已经黑了。那天是星期四，温度适宜。下半晌，她见药房前的霓虹灯指示牌上写着二十度。车辆，行人，鸽子。她瞧见一个熟人，毫不犹豫地过街，换人行道。突然变向，她不得不走进吉普斯夸广场，沿着水池边的小路穿过广场，看了一会儿鸭子。好久没从那儿走了，如果没记错的话，还是内蕾娅小时候来过，以前这儿有黑天鹅，现在看不到了。叮，咚，叮。议会大厦的钟在报时，将她从思绪中拔了出来。

八点整。舒服的钟点，宜人的十月。她猛然想起内蕾娅早上说过的话：让她换进门脚垫？不，是心情始终要好。什么呀！无非是些给老人打气的废话。毕妥利承认，下午天气好极了。可是要想让她心花怒放，恐怕得换种刺激方式。比方说？啊？我哪儿知道？发明一台能起死回生的机器，把丈夫还给我。她问自己：这么多年过去，该不该渐渐遗忘。遗忘？遗忘是什么东西？

空气中飘着海藻味，还有湿湿的海水味。一点儿也不冷，无风，无云。她对自己说：有充分的理由省下车钱，走回家。走到乌尔维塔街，听见有人叫她。她听得真切，就是不想回头，还加快了脚步。可这些都没用，那人急急地从身后逼近。

"毕妥利，毕妥利。"

声音那么近，不可能假装听不见。

"你知道了吗？听说他们罢手了，不杀人了。"

毕妥利不由得想起过去的日子：同样是这个女邻居，要么尽量避免在楼梯上遇见，要么冒雨等在街角，购物袋放在双脚间，宁可淋着，也不跟她在同一个屋檐下避雨。

毕妥利撒谎："知道了，刚听说。"

"多好的消息啊，不是吗？总算要过太平日子了，也该是时候了。"

"看看再说，看看再说。"

"你们受了那么多的苦，我特别为你们感到高兴。赶紧打住，好让你们过安生日子。"

"打住？什么打住？"

"他们别再去折磨人了。捍卫想法可以，别再去杀人了。"

毕妥利不说话，不想接茬儿，女邻居突然有急事，拔腿就走：

"我走了，答应了儿子晚上吃羊鱼，他特爱吃。你回家的话，咱们一起。"

"不回，我在附近约了人。"

于是乎，为了甩掉女邻居，她又过街，漫无目的地在附近逛了好半天。要是这个无聊的女人一边给她又蠢又傻的儿子洗鱼，一边听见我跟她前后脚到家，会想：哦！原来她不想跟我在一起。毕妥利。怎么了？你开始记仇了。我跟你说过多少次……好了好了，别烦我。

毕妥利晚一点走回家，把手搭在一根斑驳的树干上，默念道：感谢你这么人道；搭在一栋楼房的墙上，又默念一遍。她一路没停脚，把手搭在垃圾筒上、公共座椅上、交通灯的灯杆上，还有经过的其他城市公共设施上，一遍遍地默念这句话。

门厅黑咕隆咚的，她想坐电梯。小心！电梯声会出卖我。她决定脱鞋走到三楼，还来得及悄声说出最后一句感谢：楼梯扶手，感谢你这么人道。她轻手轻脚地将钥匙插进锁眼。内蕾娅为什么看这块进门脚垫不顺眼？真搞不懂这孩子，我就从来没搞懂过。

不一会儿，电话响了。"煤球"蜷成一只黑色的毛球，在沙发上打盹。它姿势不变，半眯缝着眼，看主人走向电话机。毕妥利让电话铃响到停止，认出了来电显示上的号码，回拨。

哈维兴奋地说：妈，妈，开电视。

"有人告诉我了。谁？楼上的女邻居。"

"哦，我还以为你不知道呢！"

儿子给了她一个吻，她也给儿子一个吻，两人没再多说，挂了电话。毕妥利心想：我才不开电视呢！可实在好奇，转眼就把电视打开，只见屏幕上有三个男人，三K党风格，戴着贝雷帽，蒙着脸，坐在桌边。桌上铺着白色的桌布，插着爱国主义旗帜，摆着一只麦克风。毕妥利心想：宣读声明的这位，他妈妈能听出儿子的声音吗？画面让她恶心，胃里翻江倒海。她受不了，把电视关了。

对她来说，一天已经结束。几点了？快十点。她给猫换水，没吃晚饭，没打开床头柜上的杂志，提前上床睡觉。她换上睡衣，站在卧室墙上"老伙计"的照片前，对他说：

"明天上山去跟你说。我不觉得你会有多高兴，不过好歹是今天的新闻头条，你有权知道。"

关上灯，她想挤出一滴眼泪。挤不出，眼睛干干的。内蕾娅没来电话，她都懒得告诉妈妈，他们到伦敦了。当然，她在忙着挽救婚姻，恐怕正忙得焦头烂额。

3. 跟"老伙计"在波略埃

毕妥利已经若干年没有步行到波略埃了，走是能走到，就是累。累也没什么大不了，可是干吗呢？就是，干吗呢？更何况，有些日子，腹部刺痛，于是，她乘9路，在墓园入口几步远的地方下车，看完"老伙计"，走回城去。毕竟，下山和上山不是一回事。

她跟在一位夫人后面下车，公交车上就她们俩。星期五，天气好，安静。墓园入口的拱门上写着："彼谓吾亡，彼有不亡者乎？"这种跟死人有关的短句震撼不了我。活也好，死也罢，我们只是恒星的尘埃（从电视上看来的）。尽管这句铭文很不讨喜，她挺恨的，进墓园时，总免不了停下来看一眼。

我说姑娘，穿多了，大衣应该扔在家里。她套上大衣，只是因为要穿黑。第一年，她丧服不离身。后来儿女们劝她，要过正常日子。正常日子？瞧这两个孩子天真的，不知道自己在说什么。她还是听了劝，免得被他们烦。不过，在亡者间行走，不穿黑，大不敬。于是，她一大早打开衣柜，想找件黑衣裳，罩在其他蓝色系的衣裳外面。她看见大衣就穿上了，明知道穿了会热。

"老伙计"跟外公、外婆、阿姨合葬。墓穴挨着一条缓缓上升的小路，跟其他人的墓穴排成行。墓碑上写着亡者姓名、出生日期、遇害日期，没写绰号。

下葬前几天，阿斯佩蒂亚的亲戚劝毕妥利，别在墓碑上留下任何语句、标识或记号，能看出"老伙计"是埃塔①受害者，免得自找麻烦。

毕妥利反对："我说，他们已经杀过他一回，难不成还能再杀一回？"

她原本没想在墓碑上刻文，解释丈夫的死因，只是有人不想让她这么做，她偏要做。

哈维觉得亲戚们言之有理，墓碑上最终只刻下姓名和日期。内蕾娅从萨拉戈萨打来电话，斗胆提议篡改死亡日期。听了吓人一跳：怎么改？

"我的想法是：在墓碑上写袭击前一天或后一天。"

哈维耸耸肩，毕妥利说没商量。

几年后，有人用涂料糟蹋格雷戈里奥·奥多涅斯②的墓碑，他的墓距"老伙计"的只有一百多米。大家早把这事给忘了，内蕾娅偏偏不识时务地去翻旧账，举着报上的照片，对妈妈说：

"瞧见没？给爸爸做点保护是对的，瞧瞧咱们少了多大麻烦。"

毕妥利听了，重重地将叉子摔在桌上，说她要走。

"去哪儿？"

"突然没胃口了。"

她眉头紧锁，怒气冲冲，蹬蹬蹬地走出女儿家门。基克点烟，直翻白眼。

墓穴平行分布，沿着小路排成行。对毕妥利来说，边缘高出地面

----

① 埃塔（ETA），巴斯克民族主义及恐怖主义组织，要求巴斯克地区独立，成立于1958年。2011年10月，宣布永久停火；2017年4月，宣布解除武装；2018年5月3日，宣布解散。六十年里，埃塔组织并发动了多起恐怖袭击，共造成829人死亡，3 000多人受伤。
② 格雷戈里奥·奥多涅斯（Gregorio Ordóñez，1958—1995），西班牙人民党党员，圣塞巴斯蒂安市政府成员，死于埃塔之手。

两拃挺好，可以毫不费力地坐在大石板上。当然，下雨天不能坐。不管怎样，大石板毕竟凉（日子久了，难免长出地衣、沾上污垢），她总会在包里放一块用超市购物袋剪成的四方形塑料布和一条围巾，垫着坐，坐下来，把想说的话讲给"老伙计"听。附近要是有人，就默念；附近要是没人，一般没人，就用正常语调。

"女儿已经到伦敦了。我想是，她没顾得上给我打电话。她给你打电话了吗？反正没给我打。电视里没报有空难，那他俩就该到伦敦了，恐怕又在没完没了地挽救婚姻。"

第一年，毕妥利在大石板上摆了四盆花，定期养护，很美。后来，一段日子没去，花儿枯了。换了几盆，撑到第一场霜降。再后来，她买了一只大花盆，种了一小棵黄杨，哈维用小车推上去。一天早晨，她发现树倒了，盆破了，一部分土撒在大石板上。此后，"老伙计"的墓上再也没有任何装饰。

"我想怎么说，就怎么说，谁也别拦着我，你更没戏。你问我是不是在开玩笑？我已经不是你生前那个我了，我变坏了。嗯，坏倒不坏，只是有点冷，跟人疏远。你要是活过来，会认不出。你以为呢？你的宝贝女儿，你最心爱的女儿，跟我性情大变有很大关系。她跟小时候一样，老惹我生气。没错，她有你护着。过去，你老护着她，弄得我在家没地位，她从来不知道尊重我。"

三四个墓往上，水泥小路旁，有片沙地。毕妥利看见有两只麻雀刚落下，张着翅膀，裹了自己一身沙。

"还有件事要告诉你：那个组织决定不杀人了。发表了声明，不知道是真的，还是缓兵之计，想争取时间、重新武装。他们杀不杀人，已经跟你没关系了，你也别觉得跟我关系很大。我只想弄个明白，一直很想弄个明白。他们拦不住我，谁也拦不住，儿女们要是知道，也拦不住。我就没打算跟他们说，就你一个人知道，别打断我。

只有你知道，我要回去。不，我不是要去监狱，我都不知道那坏东西关在哪儿。可他们一定还在镇上。还有，我特别特别好奇：咱家的房子是个什么状况？你放心，'老伙计'，亲爱的'老伙计'，内蕾娅出国了，哈维跟平常一样，忙工作，他们不会知道的。"

麻雀飞走了。

"我发誓：我没有言过其实。我很需要到头来给自己一个交代，能坐下来，说：好的，都结束了。结束什么？你瞧，'老伙计'，我得去找。答案如果有，只会在镇上，所以我要回镇子，今天下午就回。"

她站起身，仔细叠好围巾和四方形塑料布，收好。

"总之，情况我都告诉你了，你好好歇着。"

4. 那些人的家里

晚上九点。在厨房。开着窗，好让炸鱼味散到街上去。电视新闻头条就是米伦昨晚在收音机里听到的消息：彻底停止武装斗争。不是有些人说的什么恐怖主义，我儿子可不是恐怖分子。她转头问女儿：

"听见没？又停火，瞧这回要停多久。"

阿兰洽看上去没反应，其实心里都明白，有点歪的脸——还是有点拧的脖子？——微微一动，像是在发表意见。别人看她，永远看不懂，不过至少米伦能看懂：女儿听明白了。

她用叉子将两块挂糊鳕鱼分成小份，正好一口一个，容易吞咽。理疗师建议的，那姑娘人特好，不是巴斯克人，不过没关系。阿兰洽要自己加油，否则不会有进展。叉子边磕到盘子底，"砰"的一声，瓷盘愤愤不平。突然，挂糊破了，白白的鱼肉里冒出一小团热气。

"瞧这回他们还有什么理由，不释放何塞·马利。"

米伦在桌边坐下，挨着女儿，看着她。她不放心，阿兰洽已经噎过好几回，最近一回就在夏天，得叫救护车。救护车一拉警报，全镇人吓一跳。上帝啊，太可怕了！等医护人员赶到，她自己已经从喉咙里抠出了一大块牛脊肉。

阿兰洽四十四岁，是三个子女中的老大。然后是何塞·马利，被关押在圣塔玛利亚港①第一监狱，那帮混蛋逼我们一路往南。还有个小儿子，成天忙他自己的事，连影子都见不着。

阿兰洽抓着妈妈给她倒的白葡萄酒，用唯一能动的右手举杯，颤巍巍地送到嘴边。左手痉挛性收缩，废掉了，只能握拳，贴在腰间。她喝了一大口，胡利安认为可喜可贺，想想不久前，她还只能靠导管进食。

酒有点流到下巴上，不过没关系，米伦赶紧拿餐巾给她擦。曾经那么漂亮、那么健康、那么前途无量的姑娘，已经是两个孩子的妈，如今居然变成这样。

"怎么样？好吃吗？"

阿兰洽摇摇头，似乎在说，这鱼她不太喜欢。

"喂，这鱼可不便宜，少跟我撒娇。"

电视里在播各方评论。哎，评论的都是些政治家：通往和平的重要一步、要求解散恐怖主义组织、开启了新进程、通往希望的道路、噩梦的终结、必须交出武器。

"停止斗争，能换来什么？忘记要解放巴斯克国了？还有那些要把牢底坐穿的囚犯。胆小鬼！已经开始的斗争就该进行到底。读声明的人是谁？你能听出来吗？"

阿兰洽嘴里有块鳕鱼，正在细嚼慢咽。她摇摇头，还想说点什么，伸出右手，让妈妈递给她 iPad。米伦伸长脖子去看，屏幕上写着："盐放少了。"

胡利安晚上十一点多进门，带回来一把韭葱。他下午待在菜园。他退休了，爱种菜。菜园紧挨着河边，一涨水就淹，年初刚被淹过。胡利安说：水早晚会退，比这更糟的事多着呢。水退了，他会擦干工具，清扫小屋，再买一批小兔子，把不能吃的蔬菜换掉，再种一批，

---

① 圣塔玛利亚港（Puerto de Santa María）位于安达卢西亚自治区加迪斯省，该省位于伊比利亚半岛的最南端，而圣塞巴斯蒂安以及文中的郊区小镇几乎位于半岛的最北端。米伦去探监，来回需要长途跋涉。

苹果树、无花果树、榛子树淹了没事，就这些。就这些？河水冲来工业废料，泥土的味道会很冲。他说是工厂味，米伦反驳道：

"是毒药味。哪天我们都会肚子剧痛，痛死掉。"

胡利安的另一大日常爱好是下午打牌。四个朋友玩西班牙纸牌，喝一大罐酒，就在下面，往镇广场走的帕戈埃塔酒吧。四个人是不是只喝一大罐酒，得看情况。

米伦能从胡利安拿韭葱的方式看出他是不是喝多了。她说，他会像去世的父亲那样，喝出个红红的酒糟鼻。他要是一个劲地挠右腰，似乎肝那儿很痒，一定喝多了，准没错，毫无疑问。他不会在街上走得东倒西歪，这倒不会。他也不是真痒。他挠右腰，就跟别人画十字、敲木头一样，是个癖好。

他不会说"不"，这是个问题。他在酒吧里猛喝酒，是因为别人也猛喝酒。要是有人说："走，咱们下河扎猛子去！"他准会像小羊羔似的跟着去。

总之，他进门时，贝雷帽歪着，两眼放光，隔着衬衫挠右腰，人很伤感。

他在餐厅，慢慢地、慈爱地在阿兰洽的额头上亲了一口，几乎像嗑了一口，差点整个人倒在她身上。米伦不要他亲：

"走开，走开，一股子酒味。"

"老婆，对我态度好点儿。"

米伦伸出双手，跟他保持距离。

"厨房里有炸鱼，恐怕凉了，你自己热一热。"

半小时后，米伦叫他，帮阿兰洽上床。他们把她从轮椅上抬起来，他抓一只胳膊，米伦抓另一只胳膊。

"抓好了吗？"

"啊？"

"问你抓好没有。咱俩把她抬起来之前，你得告诉我抓好没有。"

阿兰洽马蹄足，后脚跟着不了地，没法儿走路。有时候能走几步，就几步，还走得不稳，得拄拐或靠人扶。家里人就巴望着她能在屋里走路、能自己吃饭、能再开口说话。这是中期目标，远期目标只能走一步看一步。理疗师给他们打气，那姑娘人特好，巴斯克语说不了几句，基本不会，不过没关系，不耽误治病。

爸妈扶她站在床边，他们做过许多次，有经验。再说了，阿兰洽那时候有多重？四十几公斤，不会再多。她身体好的时候，多壮实啊！

爸爸扶着她，米伦撤掉轮椅，推到墙边。

"别让她摔着。"

"我怎么会让自己女儿摔着！"

"你能做得出。"

"你胡说八道。"

他俩都气不打一处来，怒目而视。胡利安咬紧牙关，似乎不想让脏话脱口而出。米伦掀开床罩，两人合作，很小心，动作很慢，抓好了？让阿兰洽躺在床上。

"好了，你走吧，我来给她脱衣服。"

胡利安俯身亲吻女儿的额头，跟她道声晚安："明天见，小美人！"说着，用指节抚摸她的面颊，然后挠着右腰，往门口走。刚要出门，又回头：

"我从帕戈埃塔回来的路上，看见那些人的家里亮着灯。"

当时，米伦正在帮女儿脱鞋。

"恐怕有人进去打扫屋子。"

"晚上十一点打扫屋子？"

"那些人，我可不感兴趣。"

"好吧，我看见的，都告诉你了。没准他们想搬回来住。"

"没准。如今没了武装斗争，那些人要跳起来了。"

5. 摸黑搬家

毕妥利丧夫没几周，就去圣塞巴斯蒂安住了几天，不为别的，只是不想看见丈夫遇害的人行道，不想继续忍受邻居们凶巴巴的眼神——那么多年和善的眼神，说变就变——不想每天从墙上的涂鸦前经过。广场音乐亭那个很新，靶纸中央写着"老伙计"的名字。画上去没几天，"老伙计"就没了。

其实，她是被儿女骗到圣塞巴斯蒂安的。我的个老天，居然要住在三楼！她习惯住一楼。

"挺好的，妈，反正有电梯。"

内蕾娅和哈维说好，无论如何要带她离开镇子——她在镇上出生、受洗、结婚，在那儿过了一辈子——然后制造困难，不让她回去，必要时，微微劝阻。

总之，他们把毕妥利安顿在一套海景房里，从阳台上就能看见海。原房主早就想卖，在报上登广告，接到过好几个人的电话，有的想买，有的起码想问问价钱。"老伙计"遇害前几个月，把它买下，想在镇子外头有个安身之处。

新家有灯，家具很少。儿女们对她说，暂住几天。跟她说话，她没反应，人傻了，麻木了。过去叽里呱啦爱说话，如今像尊雕像，一句话不说，似乎连眨眼都忘了。

哈维和医院一位同事陆续搬来家具用品，下午快天黑时开小货车去镇子，免得引人注目，跑了差不多十几趟，都是太阳落山后行动。今天搬这个，下回搬那个，车里也没多大地方。

结婚后的双人床留在了镇上，毕妥利没了丈夫，不想再睡。不过，他们好歹搬出了不少东西：餐具、餐厅地毯、洗衣机。工作日的某一天，他们正在搬，有人过来破口大骂。全是哈维的老熟人，昔日的同学，从小玩到大的伙伴。其中一个气急败坏，咬牙切齿，叫嚣着记下了车牌号。

回圣塞巴斯蒂安的路上，哈维发现同事精神焦虑，肌肉痉挛，在这种状态下开车，早晚要出事。于是，他让同事把车停在路边。

同事说：

"下回不陪你了，抱歉。"

"没事。"

"我去不了，真的，真的很抱歉。"

"用不着再去，已经搬完了。搬来的东西够妈妈用的。"

"哈维，你能理解我的感受吗？"

"当然能，你不用担心。"

一年过去了，又一年过去了，好多年过去了。这些年里，毕妥利偷偷配了一把镇上的家门钥匙，她又不傻。咦，这是怎么回事？先是内蕾娅找不着钥匙；没过几天，哈维也找不着了。妈，钥匙呢？你那儿有一把。不是，我的找不着了。兄妹俩串通好的！她说不记得放哪儿了，瞧我这脑子！我来找找。过了几天，她佯装找了好久，终于找到。当然，那时候，她已经拿钥匙去五金店配了一把。老钥匙借给了内蕾娅，女儿会时不时地（一年一两回？）回去瞅一眼，打扫一下。她没把钥匙还回来，毕妥利也没指望她还。

后来，内蕾娅提议把镇上的房子卖掉，几天后，哈维也这么提议，毕妥利嗅得出这俩背后商量过。于是，她趁三人在一起，主动提出这个话题：

"只要我活着，房子就不能卖；我死了，随你们便。"

他们没有反对。她板着脸说的，眼神凌厉。兄妹俩迅速交换了一个眼神，此事永不再提。

没错，她回镇子，总是特别谨慎，常挑风雨交加的恶劣天气，街上多半没人，要么挑儿女忙或出差的日子。之后，也许隔上七八个月才又回去一趟。她坐公交车，在镇子外头下车，免得跟人搭话、被人看见，从人少的街道走回老房子，待一两个小时，有时更久，看看照片，等教堂钟声敲响某个整点，确认门廊附近没人，原路返回，悄然离去。

她从不去镇上的墓园。去那儿干吗？"老伙计"葬在圣塞巴斯蒂安，没葬在镇上，尽管爷爷奶奶都葬在镇上的家族墓地。不行，大家都拼命劝她别这么做。要是葬在镇上，墓会被人毁了，这种事又不是头一回发生。

在波略埃墓园下葬时，毕妥利悄悄地对哈维说了一句话，哈维一直没忘。什么话？她说：他们不是把"老伙计"埋了，是把他藏了。

6. "老伙计"，听着

公交车开得很慢，那么多站。哎呦！又是一站。两个女人体态各异，一个坐在另一个身旁，快傍晚时赶回镇子。两人同时说话，光说不听，各说各的，居然交流顺畅。此时，靠过道的悄悄用肘碰了碰靠窗的，迅速地甩了甩头，指指车厢前部，让她看。

两人窃窃私语：

"穿深色大衣那个。"

"谁啊？"

"别告诉我你认不出来了。"

"只能看见后背。"

"'老伙计'家的。"

"被杀的那个？看起来可真老！"

"好多年过去了，你以为呢？"

两人不说话。公交车继续往前，乘客们上上下下，她俩默默地坐着，哪儿也没看。后来，其中一个低语道：可怜的女人。

"怎么了？"

"她应该受了许多苦。"

"咱们都受了许多苦。"

"话是这么说，可她应该过得很不好。"

"全怪那场冲突，皮里，全怪那场冲突。"

"唉，我又没说不是。"

过了一会儿，不叫皮里的女人开口：

"我赌她在工业园区下，你赌多少？"

毕妥利起身，两人赶紧挪开视线。这站就她一个人下。

"我说什么来着？"

"你怎么猜到的？"

"她在这儿下，免得让人看见，一会儿悄咪咪地回家。"

公交车再次发动。毕妥利心想：还以为我没看见她们？她沿着工厂车间云集的地区，继续往前，表情并不高傲，不算高傲，但严肃，嘴巴闭得紧紧的，头昂得高高的，因为我不用再躲着谁。

这是她出生长大的镇子。天差不多黑了。家家户户的窗口亮起了灯，空气中弥漫着周边田野植物的味道，街上行人稀少。她竖着大衣领，过桥，河水缓缓流淌，岸边都是菜园。刚进居民区，突然呼吸困难。一口气没喘过来？不完全是。每次回镇上，都感觉有只无形的手在掐她脖子。她在人行道上不紧不慢地走，辨认着熟悉的地方：在这个门廊下，有个男孩儿第一次向我表白；对某些变化表示诧异：以前没有这些路灯。

身后的低语声很快传来，像在窗户附近或黑乎乎的门厅里嗡嗡飞的苍蝇，在空中戛然而止，却足以让她猜到完整的句子。也许，她该晚点来，坐末班车，等各自回家后再来。你看上去不错，回来啦？我今晚睡这儿，我有家，还有床。

帕戈埃塔酒吧门前，拥了一堆人在抽烟，毕妥利想避开他们。怎么避？往回走，绕过教堂，走另一边。她停了一下，真为自己害臊，停什么？她从街道中央，故作自然地往前走，心怦怦跳，简直担心被人听到。

她目不斜视地经过他们身旁。四五个男人，一手拿酒，一手拿烟，在近处应该认出了她，突然沉默。一秒、两秒、三秒。毕妥利刚走到街尾，他们又继续攀谈。

家里关着百叶窗，正墙下方贴着两张海报。一张是刚贴的，圣塞巴斯蒂安音乐会海报；另一张已经褪色，烂成一条一条，是世界大马戏团演出海报。一天早晨，就在这里，有人刷了一条标语："'老伙计'，听着，砰！砰！砰！"同样的标语别处还有许多。

毕妥利走进门厅，宛如回到过去：一辈子都是这盏灯，吱吱呀呀的旧楼梯，歪歪倒倒的一排信箱，就缺自家的。哈维把它拆了，说免得麻烦，拆下后露出一块四四方方的墙壁，还是多年前的原色。多年前，内蕾娅还没出生，米伦那个不要脸的儿子也没出生。我唯一希望的是地狱真的存在，好让凶手永世不得安生。

她嗅到旧木头和清爽空气的味道，屋里好久没通风，无形的手总算松开了她的脖子。拿钥匙，开锁，进门。突然，她在过道上看见了年轻许多的哈维。儿子泪眼婆娑地对她说：妈，别让仇恨毁了咱们的生活，让咱们低人一等，或是类似的话，不记得了。多年前，她就站在这儿，恼羞成怒：

"就是，没什么，咱们来唱歌跳舞吧！"

"妈，拜托，别再揭伤疤了。咱们要努力，让发生的事……"

她打断他：

"不好意思，是他们对我们做的事。"

"别因为这件事，让自己变成坏人。"

各种话，甩也甩不掉，让人没法儿清静，就像一大堆烦人的虫子，哎！应该将窗户大开，让各种话、各种抱怨、各种让人伤心的交谈从无人居住的屋子里飞出去，飞到街上去。

"'老伙计'，亲爱的'老伙计'，晚饭你想吃点什么？"

墙上挂着"老伙计"的照片，他微微笑，长着一张会被人谋杀的脸。一看便知，早晚会被人谋杀。瞧这耳朵！毕妥利将食指和中指并拢，在指肚上吻了一下，轻轻贴着黑白照片中"老伙计"的脸。

"煎蛋火腿。我了解你，就像你还活着。"

她打开卫生间的水龙头。还好，有水，不像想象中那么浑浊。她拉开抽屉，扬起粘在家具和物品上的灰尘。她做做这个，干干那个，走到这儿，走到那儿，晚上十点半左右，拉上主卧的百叶窗，刚好让灯光洒到街上。隔壁房间的百叶窗也拉上了，不过没开灯。接着，她从厨房搬了张椅子，坐在黑乎乎的房间里，免得身形暴露，透过缝隙往外看。

几个年轻人过去了，零零散散的人过去了。一个小伙子和一个姑娘，边走边吵，他想吻她，她不让。一个老人带一条狗。她敢肯定，早晚会在门前看见他们家的人。你怎么知道？"老伙计"，没法儿跟你解释，女人的直觉。

预言有没有成真？当然成真了，尽管让毕妥利等了好一会儿。教堂钟楼里的钟在敲十一点，她一眼就认出了他：歪戴着贝雷帽，毛衣搭在肩上，袖子在胸前打了个结，胳膊底下夹着几根韭葱。这么说，他还在打理菜园？他在路灯亮光里停下，她见他难以置信、惊诧莫名，就一秒，没了。他像被蜂蜇了，拔腿就走。

"我跟你说什么来着？现在，他会回家告诉老婆，这里亮着灯。他老婆会说：你喝多了。但她会好奇心作祟，过来瞅一眼，打消疑虑。你赌什么，'老伙计'？"

十二点的钟声响了。你别不耐烦，等着瞧，她会来的。她来了，当然来了，快十二点半来的，就在路灯下站了一会儿，瞅了瞅窗户，没有难以置信，没有惊诧莫名，只是气愤地挑了挑眉毛，转过身，咚咚咚地使劲踩着地面，往回走，消失在黑暗中。

"得承认，她保养得挺好。"

7. 背包里的石头

他把自行车背进厨房，是辆赛车，很轻。这天，米伦又对着一大堆要洗的盘子。

"这么贵的劳什子，你倒有钱买，是不是？"

胡利安反驳道：

"没错，我就是有钱买，怎么了？我也累死累活工作了一辈子，谁叫咱们运气不好！"

他从地下室背车上来，不费劲，也没蹭着墙，幸好咱们住一楼，他像年轻时参加自行车越野赛那样把车背在肩上。星期天早上七点。他发誓没有发出任何声响，然而，米伦却穿着睡衣，坐在桌边，满脸责怪地等着他。

"你把自行车背到家里来干吗？你想干吗？把家里的地弄脏？"

"我想出门前擦个车，整整刹车。"

"怎么不拿到街上擦？"

"妈的，因为光线不好，冻得要死。你这个点儿起来干吗？"

她连续两个晚上没睡着，不用说，黑眼圈摆在那儿。什么原因？那些人的家里，百叶窗缝里漏出灯光。不只星期五，昨儿也是。你要是想逼我，那就从今往后天天晚上亮灯，好让别人说：那些可怜的受害者回来了，咱们要面带笑容地跟他们一起散步。灯光，百叶窗，在街上看见毕妥利的人会不知好歹地跑来告诉她，勾起她久远的回忆，糟糕的回忆，很糟很糟的回忆。

"日子让咱家儿子弄得不太好过。"

"好吧，这话要是让镇上的人听见，有咱们好看。"

"我是跟你说，不然，我跟谁说去？"

"你都那么支持巴斯克独立了，什么都冲锋在前，扯着嗓门喊，掏心掏肺地支持革命。我在监狱探视室里掉眼泪，你还骂我。别那么软弱，"他模仿道，"别当着儿子的面哭，你会让他士气低落。"

许多年前——有多少年？二十多年——他们开始怀疑，开始发现，开始明白。一天，阿兰洽在厨房问：

"喂，我说，他房间墙上贴的那些海报，床头柜上那根木头，一条蛇缠在一柄斧头上，都是些什么呀？"

一天下午，米伦心神不宁／闷闷不乐地回到家。她们在圣塞巴斯蒂安看见何塞·马利参与了一场街头暴乱。都有谁看见了？

"还能有谁？我和毕妥利。你以为我会跟一个男人出去？"

"好了好了，别担心。他年轻，容易冲动，会过去的。"

米伦回到家，赶紧泡了一杯安神定心的椴树花茶，一边小口小口喝，一边祈求圣伊格纳西奥①保佑，帮她想想办法。她去剥蒜，塞到鲷鱼肉里，手上拿着刀画十字。晚饭时，全家人不说话，就她一个劲地唠叨，说事态很严重，何塞·马利被那帮狐朋狗友带坏了。她把罪过全都推到玛诺丽的儿子、肉店老板的儿子、总之儿子那帮朋友身上。

"他那个邋里邋遢样，什么打扮呀？还戴耳环！看了我就上火。刚才还用手帕蒙着脸。"

---

① 全名伊格纳西奥·德洛约拉（Ignacio de Loyola, 1491—1556），西班牙军人，反宗教改革时期的西班牙宗教领袖，对教皇绝对服从。

那时候，她和毕妥利还是好朋友？岂止，她们是好姐妹，关系好到无法形容，差点结伴去做修女。可是后来，胡利安出现了，"老伙计"出现了，两人在酒吧一起打牌，通常星期六晚上在集体食堂吃饭，星期天出门骑车。她俩穿着洁白的婚纱，同一年在镇上教堂结的婚，门口有人跳巴斯克民族舞庆祝。都是六三年，一个六月，一个七月，天公作美，在两个湛蓝湛蓝的星期天。结婚时，她们互相邀请了对方。米伦和胡利安的婚宴设在镇郊的苹果酒庄，说实话，挺不错的，不过终究考虑到少花钱，带着乡土气息，能闻到刚刚割下的青草味和马粪牛粪味。毕妥利和"老伙计"的婚宴订在一家豪华餐厅，侍应生们西装革履。"老伙计"自小没穿过脱线的鞋，开了家运输公司，生意挺好。

　　米伦和胡利安去马德里度蜜月（四天，住在离马约尔广场不远的廉价客栈）；毕妥利和"老伙计"的蜜月首站罗马，站在人群中觐见新教皇，随后又去参观了意大利的好几座城市。米伦听毕妥利说旅行见闻，感慨道：

　　"看来你嫁了个有钱人。"

　　"哎呦，我都没发现，只觉得他耳朵大，福气好……"

　　暴乱那天下午，她俩从圣塞巴斯蒂安老城区的油条店出来，站在正对着林荫大道的街口。一辆着火的公交车横在路上，黑烟蹭着一栋楼的正墙，遮住了窗户。听说司机挨了打，就在那儿，五十到五十五岁的样子，满脸是血，坐在地上，张着嘴，似乎无法呼吸。身边有两个行人在照顾他，安慰他。一名巴斯克自治区警察冲她们挥手，让她们离开，不要滞留。

　　毕妥利说：

　　"出乱子了。"

　　她说：

"最好从奥肯多街走，绕一圈，去公交站。"

转过街角前，她们回头看。远处有一排巴斯克自治区警车，停在市政府一侧。警察们戴着红色的头盔和巴拉克拉法帽，已经各就各位，冲着对峙的一大群小伙子们射橡胶弹。小伙子们齐声高呼，翻来覆去就那么几句："臭打手！""杀人犯！""婊子养的！"有时用巴斯克语，有时用卡斯蒂利亚语①。

巷战中，公交车兀自坚忍地熊熊燃烧。黑烟滚滚，轮胎烧焦的味道蔓延至附近街巷，辣眼睛，损伤脑垂体。米伦和毕妥利听见几个行人在低声抱怨：公交车是用纳税人的钱买的，这哪儿是在捍卫人民权利？省省吧，别再闹了！妻子悄悄对丈夫说：

"嘘！别让人听见。"

突然，她们认出了他，在那些戴风帽的人里头，用手帕蒙着脸。哎呦，是何塞·马利，他在那儿干吗？米伦差点想叫他。小伙子从巷口走出老城区，就是她俩几分钟前刚刚走出的巷口。六七个人停在海鲜店拐角，有肉店老板的儿子和玛诺丽的儿子。何塞·马利和几个人抱着背包，跑到人行道上放下，好些人聚拢过去，伸手去掏什么。米伦看不见，毕妥利眼睛好，告诉她：是石头。没错，是石头。他们使出吃奶的力气，用石头去砸巴斯克自治区警察。

---

① 西班牙共有四种官方语言。其中，卡斯蒂利亚语就是平常所说的西班牙语，使用范围最广；巴斯克自治区全境和纳瓦拉自治区部分地区使用巴斯克语。

8. 遥远的那一幕

　　轮毂的亮光让米伦陷入沉思。只要有一点晨光照在胡利安的自行车上，就足以让她想起遥远的那一幕。场景在哪儿？就在厨房。回忆涌上心头，首先是做饭的手忍不住地颤抖。一想起这事儿，她就喘不过气来。当时她怪煎锅太热，油烟太浓，就算开着窗，空气流通也不尽如人意。

　　九点半、十点的样子，他终于回家。楼梯上响起熟悉的脚步声，没错，就是他。他总喜欢跑上台阶，得给他点颜色看看。

　　十九岁的大块头走进家门，披肩发，戴着一只该死的耳环。何塞·马利是个健康结实的孩子，特别能吃，长得又高又壮，比家里人高了两拃，除了最小的那个。小儿子格尔卡个头也高，不过完全是另一种类型，身子骨弱得很，胡利安说他更长脑子。

　　米伦气得竖起两道眉，不让儿子靠过来亲她。

　　"你去哪儿了？"

　　她装作不知道，似乎下午没在圣塞巴斯蒂安的林荫大道上见到他。从那时起，她就一直想象着儿子衣服烧了、额头破了，住进了医院。

　　一开始，他闪烁其词。孩子大了，有主意了。嗯，得从他嘴里撬出话来。既然他不说，那就她来说：时间，地点，装满石头的背包。

　　"你不会是偶然跟别人一起去放火烧公交车的吧？你可别给我们

找不痛快。"

不痛快个屁！他开始吼。米伦怎么办？赶紧去关窗，不然，镇里人都听见了。反对武装占领，解放巴斯克国！米伦抓着煎锅柄，打算自卫，该打还得打。可她看见烧沸的油，那当然不能泼。胡利安还在帕戈埃塔酒吧，没回来；而她必须独自面对发疯的儿子；他在声嘶力竭地吼什么解放、独立、斗争，气势汹汹，米伦不由得担心他会扑上来打她。这是她儿子，她的何塞·马利，她生的，她奶的，如今却对她这个当妈的吼。

米伦解下围裙，捏成一团——愤怒地还是惊恐地？——扔在地上，差不多就是现在胡利安放自行车的地方。把这个劳什子往家里搬，亏他想得出来！她不想让儿子看见自己哭，火速冲出厨房，眯着眼，噘着嘴，憋着不哭，憋得整张脸都变了形，撑着走进/闯进格尔卡的房间，说：赶紧去找你爸。格尔卡正在埋头看书做作业，问她怎么了？她让他快去，十六岁的儿子箭一般地冲向帕戈埃塔酒吧。

不一会儿，胡利安牌没打完，气呼呼地回到家：

"你对你妈怎么了？"

父子俩有身高差，他想问话，得先抬头。在轮毂的亮光中，米伦用不着使劲想，就能看见微缩版全景：瓷砖贴到半墙高，荧光灯管，灯不太亮，符合工人阶级家庭的朴素氛围，照在柜子的福米加塑料贴面上。厨房里一股油炸食品的味道，通风不畅。

他差一点要动手打人。谁啊？又高又壮的儿子差一点要动手去打又矮又胖的父亲，儿子狠狠地推了父亲一下。父子俩从来没有针锋相对过，他俩没有积怨。胡利安没打过孩子。他怎么会打孩子？一嗅到紧张的空气，他只会嘀咕两句，遁去酒吧。家里什么事都扔给我：孩子教育归我管，病了归我管，家里太平也归我管。

儿子刚推一下，父亲的贝雷帽就飞了出去，没掉在地上，掉在了椅子上，就像命令他坐下。胡利安伤心欲绝/目瞪口呆，惊恐/怯懦地后退，所剩无几的白发乱成一团，败相毕露，彻底丧失了一家之主的地位。至少在当时，那个家还没垮。

一次，阿兰洽回娘家，对妈妈说：

"妈，你知道这个家的问题在哪儿吗？咱们交流太少。"

"哦。"

"我觉得咱们了解不够。"

"可我了解你们，简直太了解了。"

那次谈话也跟过去那个场景一样，永远留在了轮毂上，定格在两个轮辐间的亮光中，让我永生难忘。只见可怜的胡利安低着头，走出厨房，早早地上床，没有道晚安，也没有听见他打呼噜。他整晚没睡。

胡利安几天没开口，平时话就少，现在更少。何塞·马利也不开口，他在家又住了四五天，一直不开口，开口只为吃饭。后来，星期六收拾东西，走了。当时，我们没想到他会一去不回，也许连他自己也没想到。他在厨房桌上给我们留了一张字条，写着"对不起"，没有署名。在弟弟作业本上扯下一张纸，写上"对不起"三个字，完了。没写"亲吻你们"，没写去哪儿了，没写再见。

十天后，他装了满满一包衣服回家洗，装了一口袋留在房间的东西带走，送给妈妈一束马蹄莲。

"给我的？"

"不给你，给谁？"

"从哪儿弄来这么多花？"

"店里买的，还能从哪儿弄？能凭空变出来还是怎么着？"

米伦盯着他。这是她儿子，自小给他洗澡，给他穿衣服，给他一勺勺喂土豆泥。我对自己说：不管他做了什么，他是我的何塞·马利，我必须爱他。

洗衣机在转，他坐下来吃饭，几乎一个人吃了一根长棍面包。真能吃！这时，爸爸从菜园回来。

"你好！"

"你好！"

父子俩就说了这些。洗完衣服，何塞·马利就这么湿嗒嗒地装进包里，带回公寓去晒。公寓？

"我跟几个朋友租了套公寓，在往戈伊苏埃塔的公路入口边上。"

何塞·马利告辞，先亲了亲妈妈，又亲热地拍了拍爸爸的背，拿起包和口袋，前往他和朋友们——天知道是哪些朋友——的小天地。尽管就在附近，就在镇上，父母并不了解。米伦记得从窗口探出头去，目送他走远。这次没回忆完，胡利安突然动了一下自行车，轮毂上的亮光没了。

9. 红　色

　　"煤球"又给她抓来一只死鸟，是只麻雀，三天里的第二只。有时，它还会给她抓来老鼠。主人照顾猫咪，猫咪会以此为报，希望能贴补家用。"煤球"不费吹灰之力，爬上欧洲七叶树的树干，从树枝上跳到三楼一户阳台，再爬到毕妥利家的阳台，将敬献给主人的猎物放在地上或盆栽上。如果阳台门开着，放在客厅地毯上也不足为奇。

　　"跟你说过多少次了，不要抓这些东西给我！"

　　她觉得恶心？有点。不过，她也没那么娇气，只是"煤球"的这些礼物会让她联想到死于非命。一开始，她会从阳台上将它们扫地出门，往街上扫，有些会落到门廊前的汽车顶上，这当然不好。为了避免邻里矛盾，很长一段时间以来，她会把动物尸体扔到楼后，先用棍子拨进簸箕，再偷偷摸摸地——这是必须的——扔进灌木丛。

　　她正戴着橡皮手套忙乎，突然门铃响了。哈维怕吓着妈妈，开门前，习惯先按门铃。

　　见妈妈戴着手套，他问：

　　"你在打扫卫生？"

　　"我又不知道你来。"

　　儿子高，妈妈矮，两人在玄关亲了亲面颊。

　　"约了律师，小事一桩，几分钟就办完了。正好在这儿附近，我想可以过来瞧一眼，顺便抽个血，免得你明天再跑一趟医院。"

"好吧，别像上回似的，扎得我那么痛。"

哈维本来话少，为了分散妈妈的注意力，东拉西扯些事情来聊："煤球"躺在扶手椅上舔爪子，睡意蒙眬的眼睛可真漂亮；天气预报；今年栗子卖得贵。

"你工资那么高，栗子卖得贵，关你什么事？"

毕妥利卷起袖子，胳膊肘撑在客厅桌上。她想自己说，不想听别人说。有个话题，可有的说了：内蕾娅。

内蕾娅这个，内蕾娅那个，抱怨，皱眉，指责。

"跟你说，因为你是我儿子，我信任你。我拿她没辙，向来没辙。都说生头胎最遭罪，后面就顺了。可我生她比生你更疼，哎，疼多了。结果生下这么个麻烦孩子！十几岁那会儿就别提了，现在更糟。还以为爸爸那事儿过后，她能懂事点。服丧期，差点没把我气死。"

"别这么说。她跟你我一样难过，只是表达方式不同。"

"我知道她是我女儿，不该这么说她。可我这么想，凭什么不能说？就算不说，我还是这么想。我越看她越不顺眼，活到这把年纪，有些行为实在看不惯，你懂吗？四天前，她跟那个不正经的老公去了伦敦。"

"提醒你一下，人家妹夫是有名字的。"

"我就是看不惯他。"

"不介意的话，叫他恩里克。"

"对我来说，他叫'我看不惯'。"

针头轻松地插入静脉，细细的导管瞬间变红。

红色。哈维，哈维，赶紧回家，你爸出事了。肯定不是好事，"你爸出事了"这几个字突然窜出时间隧道，在他脑海中无休无止地回响。没人告诉他细节，他也不敢问。不过，看前来报信的同事的脸色，还有走廊上遇到的几个同事的表情，他意识到：出大事了，大红色警报，要做最坏的打算。他从未想过交通事故的可能性。他往医院门口走，见同事们个个眉眼耷拉着，满脸惊恐／同情，一位老同事还突然转身往回走，免得跟他同乘一部电梯。那就是埃塔。他在穿过停车场时，将严重程度分为三级：行动不便、终身轮椅、收殓入棺。

红色。他手抖，抖到插不进点火钥匙，钥匙掉在车里，只好又躬身，在座椅底下找。也许，打车去更明智。开收音机？还是不开？匆忙间，他忘了脱白大褂。他自言自语，骂红灯，爆粗口，好不容易看见镇上的房子，决定开收音机。是音乐。他紧张地转旋钮，换频道：音乐，广告，鸡毛蒜皮，笑话。

红色。巴斯克自治区警察命他绕道，他把车停在教堂后的禁停区，罚款就罚款。雨下得很大，他尽量快跑，当时已经听到收音机里的新闻，主播尚不知道遇害者的身体状况，还读错了姓氏。在车库和父母家之间，他看见了血迹，和雨水混在一起，一点点地被冲到人行道的边缘。他疾步前行，神经绷紧，差点一脚踩到血上。面对巴斯克自治区警察，他自称是儿子。谁的儿子？没人问。是白大褂帮他开了道，要么很明显，他是中弹者的家人，哪个警察都没想起来问他要去哪儿。

"她还没给我打电话。"

"也许她打了，你不在家。我昨天、前天打给你，你都没接，这也是我来看你的另一个原因，我想确认，你一切都好。"

"你这么担心，为什么不早来？"

"因为我知道你在哪儿，这几天晚上，你是在哪里过的，全镇人都知道。"

"他们知道什么？"

"知道你在工业园区站下车，走回家，免得遇到熟人。医院有人看见你，告诉我了，所以我才不慌。也许内蕾娅给你打过好几次电话。我不会问你想干什么，那是你的镇子，你的家。不过，你要是想翻旧账，最好让我知道。"

"那是我的事。"

哈维收好医疗器械，把妈妈的血液样本放进小手提箱。

"我也有份。"

他走到猫咪身边，"煤球"温顺地让他抚摸。他说不在这儿吃饭，还说了些其他事，离开前，亲了亲妈妈。他知道妈妈会站在窗口送他，上车前抬头，她应该就站在薄窗帘后，他跟她挥手告别。

10. 打电话

电话铃响了，一定是她打来的。明明伸手就能够着电话机，毕妥利却没有接，就让它响着吧，就让它响！她能想象出女儿在电话那头，越来越不耐烦：妈，接电话；妈，接电话。她就不接。十分钟后，电话铃又响了。妈，接电话。铃声吵得慌，"煤球"看阳台门开着，索性上街去了。

毕妥利踩着舞步，来到"老伙计"的照片前。

"跳舞吗，亲爱的'老伙计'？"

几秒钟后，电话铃不响了。

"是她，你宝贝女儿打来的。我怎么知道？哎，老头子，你懂卡车，我懂我的。"

内蕾娅既没有参加爸爸的追悼会，也没有参加爸爸的葬礼。

"我会得老年痴呆，忘记他们把你杀了，忘记自己的名字。但我发誓，只要脑袋清醒，我就会想起：在我们最需要她的时候，她拒绝陪伴我们。"

"老伙计"出事前一年，内蕾娅转学到萨拉戈萨，继续念大学法律专业，跟两个同学合住在洛佩兹·阿略埃街的学生公寓，公寓里没有电话。毕妥利去看她，记下了一楼酒吧的电话号码，以备不时之需。手机呢？据她回忆，那年头没多少人用手机。"老伙计"出事前，毕妥利没遇到过急事需要给她打电话。可"老伙计"出事了，她别无选择。

毕妥利哀痛到麻木，服用了镇静剂，连话都说不清楚，叫哈维去打。哈维打电话到酒吧，自我介绍，忍住悲痛，冷静地把该说的话都说了，把妹妹的地址告诉酒吧老板。老板人很好，说：

"我马上派人去通知她。"

哈维说：麻烦转告我妹妹，一刻都别耽误，马上给家里打电话，有急事，十万火急。妈妈嘱咐，不要跟老板说原因。当时，电视台和无数电台已经播报了这条新闻。哈维和毕妥利估计，内蕾娅已经知晓。

可是，内蕾娅没有打电话回家。几小时过去了，第一批声明表示：残忍的袭击，无耻的谋杀，好人遇难，强烈谴责，坚决抵制，等等等等。天黑了。哈维又打电话到酒吧，酒吧老板承诺：这回派自己儿子去送信。还是没有音讯。直到第二天，内蕾娅才打电话回家。她沉默了很久，等妈妈哭完，哀叹完，发泄完，哽咽地说完始末详情后，戚戚然却毅然决然地表示：她要留在萨拉戈萨，不回家。

啊？毕妥利顿时停止啜泣：

"你去坐第一班车回家，马上。他们杀死了你爸爸，你却无动于衷。"

"妈，我没有无动于衷，我很伤心，我不想见到死去的爸爸，我会受不了。我不想见报，不想忍受镇上人的眼神，你知道他们有多恨我们。求求你，拜托你理解我。"

她说得飞快，不让妈妈打断，拼命地想把泪水咽在肚子里，不失声。

泪水还是夺眶而出，她又说：

"萨拉戈萨没人知道他是我爸爸，连老师们都不知道，我可以在这里过安生日子。我不想系里有人嘀咕：瞧，那是受害者的女儿。要是我现在回家，上电视，学校里人人都会知道我是谁。所以，我就留在这儿，拜托你不要评判我的感情。我跟你一样心碎。不管你怎么想，让我选择属于自己的悼念方式。"

毕妥利想插嘴，内蕾娅已经挂了电话，一周后才回镇上。

她盘算过：萨拉戈萨知道真相的人（系里，邻居，朋友）只有自己的两名室友，除非她俩大嘴巴，不会有人议论。爸爸是最近一位埃塔遇难者，很快会是倒数第二个、倒数第三个。她的姓氏在巴斯克语里很普通，同姓的遍地都是。要是有人问起，那个吉普斯夸被埃塔谋杀的企业家，是你亲戚吗？你认不认识？她会矢口否认。

有个叫何塞·卡洛斯的小伙子比两名室友更早知道。他去接她，先到附近酒吧，跟其他同学会合。他们打算傍晚开好几辆车，去兽医系参加派对。大家正在说笑时，内蕾娅被新闻打倒。她把何塞·卡洛斯叫到一边，求他什么也别说，送她回家，别把她一个人留下。他俩关在房间里，他想找安慰她的话，找不到，只好痛斥恐怖分子和至今无所作为的中央政府。内蕾娅悲恸欲绝，求他留下来过夜。

"你真的想做？"

"我有这个需要。"

他提前招呼，万一勃起不了，那就对不起了。他不停地说：

"他们杀了你爸，我操，他们杀了你爸。"

他无法专心致志地做爱，只顾一个劲地骂人，她用吻去堵他的嘴。临近半夜，她爬到他身上，两人草草做了一回。何塞·卡洛斯继续嘀咕，或感叹，或咒骂，或苛责，折腾到最后，筋疲力尽，翻到一边，彻底闭嘴。内蕾娅在他身旁，关着灯，一宿没合眼。她倚在床头，一边抽烟，一边回忆跟爸爸有关的往事。

电话铃又响了。这回，毕妥利拿起话筒。

"妈，你总算接了，我给你打了三天电话。"

"在伦敦过得怎么样？"

"棒极了，电话里说不尽兴。你换进门脚垫了吗？"

11. 发大水

三天大雨滂沱，《圣经》里描述的那种，不然该怎么形容？晚上，胡利安焦躁地躺在床上，听雨点愤怒地砸向屋顶和街道。白天在铸造厂上班，每回看外面，他都直摇头，越看越泄气。瓢泼大雨下得没完没了，附近的山都模糊了，河水噌噌噌往上涨，看得人心惊肉跳。菜园肯定全部泡汤。大雨不眠不休地下了三天三夜，接下来还要再下三天三夜。

蔬菜事小，哎，再种便是。树呢？树能经得住，也许榛子树已经翘辫子了。他最担心的是损失工具，或是大水冲垮围墙，冲走养兔子的小屋。他跟同事聊起来，同事说：

"要是你当初砌水泥围墙，就没事了。"

胡利安说：

"奶奶的！冲垮围墙没关系。可是围墙没了，河水会冲走好多土，会出现这么大个豁口，水土流失严重。兔子肯定全都淹死了，葡萄藤就更不用说了。"

"你把菜园开在河边，就会遇到这种事。"

"只能自认倒霉，河边的土壤最肥。"

下班后，他直接从铸造厂赶往菜园。雨还在下？天都下漏了！他歪戴着贝雷帽，打着伞下坡，见巴斯克自治区警察已经封锁了桥上交通。河水湍急污浊，差两指漫上桥栏杆。场面震撼！要是河水都快漫上桥了，菜园地势那么低，怎么可能不受灾？当然，发大水是一回事，淹水、卷起、冲走、毁坏是另一回事。他从后面绕过一片住宅区，按响了自动门禁系统的门铃，说明来意，门开了。朋友家的阳台正对着河：

"我的天啊，我的菜园去哪儿了？"

树干就像遭遇海难的独木舟，树枝在牛奶咖啡色的河水中浮浮沉沉。漂过去一只桶，脏兮兮的，晃悠悠地在水里跳；塑料袋被水急急冲走。震怒的河水泛出浓烈的苔藓味、霉味和搅动过的腐臭味。朋友听他抱怨，或许想安慰他，指着对岸：

"你往那儿瞧，阿里萨瓦拉加兄弟的作坊。一发水，全完了。"

"奶奶的，我的兔子。"

"这哥儿俩要大出血。"

"我花了那么多心血，连兔笼都是亲手做的。砸进去那么多时间！"

过了好些天，雨停了，水退了。胡利安套上中筒雨靴，走进烂糊糊的菜园。树都活着，裹着泥巴。榛子树好好的，葡萄藤的根居然也扎得好好的，简直奇迹。其余的，说多了都是泪。毗邻河水的围墙被连根拔起，全部消失；番茄、韭葱啥也没剩下。地势更低、挨着河边的部分，土壤大多被水冲走，连同栽种的覆盆子、红醋栗、角落里的马蹄莲和玫瑰花。小屋少了一侧木板和屋顶的波形瓦。兔子都在笼子里，糊了一身泥，肚子胀鼓鼓的，全死了。至于工具，鬼知道在哪儿。

那些天，胡利安闲下来，就往餐厅沙发上一坐，胳膊肘撑着大腿，双手抱头，变成一尊伤心欲绝的雕塑。问他话，他也不答。

"看不看报纸？"

他理都不理，弄得米伦很不耐烦：

"奶奶的，你要是这么心疼菜园，下去修好不就完了。"

他听话地站起身，似乎一直指望有人吩咐。第二天精神好了不少，又按老习惯，去帕戈埃塔酒吧找朋友打牌去了，回家时开开心心，几乎欣喜若狂。朋友们给他出了个主意：在菜园跟河道之间砌一堵混凝土墙。

"能花你几个钱？花不了几个钱。"

晚饭吃酱汁鳗鱼，喝掺汽水的大罐葡萄酒。他在饭桌上挠着右腰，告诉米伦："老伙计"主动提出，送他一卡车土，补上被水冲走的那些。

"一定是好土，对吧？是纳瓦拉的土，正好有卡车回程，装回来，不收钱。"

不过这之前，他得去砌墙；砌墙之前，他得去打扫。活儿太多，人手就他一个，更何况，什么时候干？下了班再去？

米伦说：

"哎，总会有办法的。"

她建议他问问儿子，看他们能不能搭把手。于是，胡利安早早地起床，等格尔卡来，对他说：格尔卡，星期天，你跟哥哥来菜园帮我搭把手，如此这般。格尔卡没吭声，这孩子，干活儿没动力。爸爸给他打气：

"干完活儿，我们仨去苹果酒庄，每人来份大排，怎么样？"

"好。"

他没再多说。星期天到了，阳光灿烂，温度适宜，水位回落。胡利安没去参加骑行俱乐部的阶段训练，自行车固然重要，但菜园更重要。菜园是他的信仰。一次，他在帕戈埃塔酒吧，朋友们笑话他，他是这么回答的：等他死了，上帝用不着给他天堂，或别的好东西，只要给他一个一模一样的菜园就好。所有人听了，哈哈大笑。

走到街上，他问：

"你跟何塞·马利说了九点来干活儿吗？"

"没说。"

"瞧你，为什么不说？"

于是，格尔卡没辙，只好坦白，实话实说：

"哥哥已经两个礼拜没住在镇子里了。"

胡利安一脸诧异地停下：

"可他什么也没说，最起码没跟我说，不知道跟妈妈说了没有。还是你们都知道，就我蒙在鼓里？他现在住哪儿？"

"爸，我们也不知道，估计去法国了，他们向我保证：能说的时候，会告诉我们。"

"谁向你保证？"

"镇上的朋友。"

父子俩一路无言，走到菜园。刚进菜园，胡利安就问：

"人在法国，他怎么去上班？"

"他辞了。"

"可他还没过学徒期。"

"是的。"

"手球呢？"

"也放弃了。"

父子俩在菜园干活儿，一人一边。十一点左右，格尔卡对爸爸说，他得走了。奇怪的是，告别时，胡利安拥抱了他。父子俩过去从不拥抱，现在拥抱，这是怎么了？

胡利安一个人守着菜园，干到午饭时间，铲走脏东西，用水管冲冲这儿，冲冲那儿，把从泥里挖出来的工具放到阳光底下晒干。法国？这个傻儿子去法国干什么玩意儿？不工作，他吃什么？

12. 围　墙

围墙砌起来了。谁砌的？胡利安、格尔卡和吉列尔莫（吉列尔莫！）。格尔卡承诺要带个朋友来，结果没带来。那段日子，吉列尔莫还是个和善加合作的女婿。

多年前，阿兰洽在厨房说：

"妈，我有男朋友了。"

"哦，是吗？镇上的？"

"他住在埃伦特里亚。"

"叫什么名字？"

"吉列尔莫。"

"吉列尔莫！不会是宪警①吧？"

好吧，要是没有"老伙计"帮忙，围墙是砌不起来的。就凭他们仨，怎么砌？"老伙计"不仅借来模壳，还弄来一辆混凝土搅拌车。租车多少钱，付不付操作工报酬，胡利安一概不知。"老伙计"说：你放心用，建筑公司欠我人情。到头来，胡利安只要花钱买混凝土。菜园还没整完，小屋也还没修好，不过，看着簇新的防波墙，胡利安的心里乐开了花。"老伙计"说，起码上个月发的水，这墙能挡住。

有问题：围墙前面出现了一个大坑，都能挖鱼塘了，胡利安凭空想象的鱼塘只能养金枪鱼大小的鱼。"老伙计"说：哦，这好办。他在帕戈埃塔酒吧答应的事，要办，但要等些日子。要等多久？两个礼拜。要等送货去纳瓦拉的安多西利亚，回程时，让司机装一车种植土回来。看来，纳瓦拉那边也有人欠他人情。欠"老伙计"人情的人太多了，胡利安自然感激不尽，要付钱的话，照付。

还有问题："老伙计"开车，卸土。新土跟本地土相比，颜色偏红，看来适合种葡萄。他们还发现，新土不够填坑。

胡利安说：

"起码要三车土。"

解决办法：挖成梯田。

"你把菜园分成上下两层，中间铺台阶或斜坡，好拉小车。要是再发大水，水会聚在下层。运气好的话，只会毁掉一半菜园，不会毁掉全部。"

"老伙计"脑子转得快，主意多，这点谁都承认。他们用老话夸奖他："老伙计"比猴儿都精。胡利安就不行，脑子不灵，丁是丁卯是卯。他要是聪明点，原本可以跟"老伙计"合伙，买卡车跑运输。可他犹豫不决，没冲劲，米伦再拖拖后腿。"老伙计"有魄力，敢闯，镇上人都这么说。直到一夜之间，刷出了"'老伙计'，听着，呼！呼！呼！"的标语，瞬间无人再提，似乎此人从未存在过。

"老伙计"确实主意多，可他也有麻烦。什么麻烦？这个麻烦：

"他们又给我寄了一封信。"

　　巴斯克革命武装组织埃塔致信给您，请缴纳两千五百万比塞塔[2]，作为捐赠，用于巴斯克独立革命进程中的武装力量所需。根据本组织情报机构所获取的信息……

---

① 宪警为西班牙国民警卫队（Guardia Civil）成员，主要负责国家安全防务，如打击恐怖主义、抓捕非法移民等。

② 比塞塔（peseta）：西班牙官方货币，后被欧元替代。

这事儿烦得他睡不着觉。胡利安说：正常，轮到谁，谁都睡不着。

"家里人怎么说？"

"他们不知道。"

"那就好。"

为了不让家里人做噩梦，开始他很天真——他太天真了！——以为麻烦会很快解决，就当它是一桩普通生意，破财免灾就好。信都寄到公司，落款是蛇缠斧头和埃塔标志。第一封信索要一千六百万比塞塔。他谁也没告诉，自己开车去法国，跟当班的奥克西亚先生见面，交完钱，一身轻松，回程高速上，听了一路音乐。遇到这种糟心事，还能怎么着？几天后，发生了一起恐怖袭击，一人遇难，孤儿寡母，伤心欲绝，各方谴责和抵制。"老伙计"有一丝愧疚之心，我操，捐的钱恐怕去买枪支炸药了。胡利安说：是的，他能理解。可是不管怎样，他已经捐过钱了，原以为一段时间里，或许好几年里，他们会放过他。是的，没错。结果四个月不到，又收到一封信。

"这回要两千五百万，狮子大开口，太过分了。"

胡利安完全站在他这边：

"巴斯克人之间，就不该发生这种事。"

"你跟我说实话，我像剥削人的资本家吗？我做了一辈子老黄牛，自己工作，提供工作岗位，眼下要发十四个人的薪水。我该怎么办？把公司迁到洛格罗尼奥，撂下员工不管，让他们没工资、没保险，啥也没有？"

"没准他们弄错了，把寄给别人的信寄给你了。"

"我不穷，这倒是。可我也有一大堆开销，这个税、那个税，多的就不说了，免得你听了烦，不过你可以想象：维修费、燃料费、还贷款，这都什么事儿啊！别以为我有金山银山，我有个屁！别人怎么想，我不知道。我还开着十年前那辆车，有几辆卡车旧了，前不久刚贷款换了两辆新的，剩下的哪儿有钱再换？最让我痛心的是，有些员工会去跟恐怖分子胡说八道：喂，那家伙发财了！"

他焦躁地直摇头，挂着重重的黑眼圈，一看就没睡好。

"我倒不是为自己，那帮杀人犯吓唬不了我，给我一枪，我就解脱了。人死了，但解脱了。信里还提到内蕾娅，提到她念书的学校和其他细节。"

"不会吧？"

"我最崩溃的是这个。换了你，会怎么做？"

胡利安挠了挠后颈，说：

"我不知道。"

他们在无花果树荫下抽烟。天气很好，蜥蜴趴在石头上晒太阳。卡车停在菜园，泥土松软，轮子陷进去一半。河对岸传来阿里萨瓦拉加兄弟作坊机器持续不断的沙沙声。

"你说，他们会不会也给埃塔付钱？"

"谁啊？"

"阿里萨瓦拉加兄弟。"

胡利安耸耸肩。

"选择只有三个：付钱、搬家、玩命。我想不通的是：为什么我一点儿没耽误，付了钱，他们还要来找我麻烦？"

"这些事我弄不明白，我觉得他们搞错了。"

"我都说了，他们还提到内蕾娅。"

"也许他们不小心，把明年要寄的信寄给你了。"

沙沙，沙沙。"老伙计"把烟头扔在地上，踩熄：

"我能请你帮个忙吗？"

"当然可以，你说。"

"你瞧，我想了想，最好找他们谈谈，找个领导或财务主管，说明一下情况。上次跟我见面的神父只是中间人。也许，他们会少要点或同意我分期付款，你懂吗？"

"我觉得这主意不错。"

沙沙，沙沙。除了机器声，还有鸟鸣声、附近桥上经过的轿车和卡车的马达声。

"我要跟何塞·马利谈谈，想请你帮个忙。"

胡利安惊讶地问：

"这跟我儿子有什么关系？"

"我想请他帮我找个联系人。"

"何塞·马利不是埃塔分子，听见没？他怎么会是埃塔分子！更何况，他出国了。在哪儿？不知道。何塞·马利是个蠢货加懒汉，他辞了工作，米伦说他跟朋友闯世界去了。没准这会儿人在美洲。"

沙沙，沙沙，沙沙。

13. 斜坡，浴室，看护

　　米伦从一开始就看得真切，要不是住一楼，早该搬家了。为什么？这还用问？你能想象吗？总不能每天把坐在轮椅上的阿兰洽搬上搬下。家门口到门厅只有三级台阶，不高，即便如此，也不是长久之计。

　　"要是你不在家，我没力气了，或者我在街上病倒了，怎么办？找人帮忙？把阿兰洽一个人留在门厅？"

　　因此，米伦说，得找个解决办法。胡利安二话不说，戴上贝雷帽，就去帕戈埃塔酒吧，在那儿听从朋友们的建议，去木匠铺，定做了一个斜坡。木匠量好尺寸、做好、试好、安装好。一天上午，邻居们发现，台阶宽度的四分之三被一块木板占了，最下面一级还加长了半米，直接铺在门厅地砖上，用来缓冲。胡利安和米伦推着轮椅上上下下试了好几次，先推空轮椅，再让阿兰洽坐在上面。没错，毫无疑问，从今往后，推女儿出门散步，三级台阶再也不是拦路虎。

　　对邻居们来说，门厅台阶可行走部分只剩下两拃宽，除非像孩子们那样，上上下下走斜坡。有人抱怨，说她事先没跟大家商量，米伦建议：

　　"喂，走斜坡好了，有什么要紧？"

　　两个问题：邻居们会滑倒，摔破脑袋；斜坡上的脚步声会传进屋，吵得人晚上睡不着觉。胡利安去酒吧，朋友们又给他出了个主意：在木板上铺地毡。米伦听了心花怒放，我们怎么就没想到呢？粗麻地毡既消音又防滑，铺上铺上，找了个熟人来铺，先用木胶粘，再用钉子加固。

胡利安凡事总往坏处想：

"用的恐怕是长毛毡，我都不敢想，下了雨，会成什么样？"

邻居们有的无所谓，有的忍气吞声，也许是不想跟有埃塔成员的家庭闹矛盾，只有二楼右手边的阿隆多不依不饶。其实，他是被老婆差遣来的，说：赶紧把那玩意儿拆了，台阶是大家的，八十八岁的老母亲没法儿走，等等等等。他老婆和米伦做完弥撒，差点大吵一架，怒目而视，咬牙切齿，上嘴唇拱着，很不屑的样子。阿隆多的话少而狠。他星期六上门，下最后通牒：那玩意儿，要么他们拆，要么奶奶的，他拆。

是米伦开的门，胡利安躲在厨房。

"你什么都不许拆。"

"我不能拆？"

阿隆多四肢发达，头脑简单，做事情不过脑子，不计后果，全听老婆教唆。总之，他掀掉斜坡，扔到信箱边上的角落。呦呦呦呦呦，阿隆多，这祸你可闯大了！米伦连围裙都没解，趿着拖鞋，直奔阿拉诺酒馆。时间还早，酒馆里人不多。没关系，给我两个人就好。二十分钟后，阿隆多把斜坡搬回了原位。自此，再也没人抱怨。那玩意儿一直在那儿，丑归丑，管用。

胡利安说：事情本来可以换一种方式解决的。换什么方式？我也不知道，换一种，别翻脸，好好说。

"你这么能说，怎么不出去说？"

为了方便阿兰洽，需要房屋改装，在台阶上铺斜坡只是其中一项。浴室彻底改头换面，嗯，到头来，简直面目全非。改装是完全按照康复中心提供的书面说明进行的，吉列尔莫出了一部分钱。米伦说：那当然，他巴不得阿兰洽早点从他眼皮子底下消失。给，女儿还给你们，她瘫痪了，我又找了个女人暖被窝。一双儿女都归了吉列尔莫，米伦在教堂对伊格纳西奥·德洛约拉的圣像说：伊格纳西奥，拜托你惩罚他，方式你看着办；还有，把两个外孙还给我，让何塞·马利出狱。这些你要是都办到，我发誓，这辈子不再求你任何事。

总之，阿兰洽搬回娘家住的那些日子，浴室堪比五星级疗养院：莲蓬头底下无浴缸，无台阶，方便进出。还有什么？扶手杆、防滑垫、抬启式水龙头。一切都按医院康复中心主任的建议和书面说明办。

给阿兰洽洗澡，按理说，需要两个人，米伦一个人对付不了。阿兰洽开始很瘦，后来一个劲地发胖，现在重得很。洗澡的话，要给她脱衣服，扶她坐在特制的椅子上，打肥皂，擦干，再把衣服穿好。

"行了行了，我都知道的事，别再絮叨了。"

胡利安想尽快出门，去帕戈埃塔酒吧打牌。他表示：同意找个看护。虽说他是阿兰洽的爸爸，女儿脱了衣服，米伦无论如何不让他去看／摸／抓，绝对不行。

一天，胡利安进门，看见了什么？有个小个子女人，一双印第安人眼睛，直发又黑又长，两排雪白的牙齿，含着笑。她恭恭敬敬地迎接他，叫他"先生"。先生！她说：

"早上好，先生。我叫塞莱斯特，愿意为您效劳。"

她来自厄瓜多尔，人特别好，嗯，谦恭有礼。

晚上，胡利安躺在床上问：

"你从哪儿把她找来的？"

"问的呗！瞧见没？多干净，多规矩。"

"我问你从哪儿把她找来的。"

"在肉店聊天聊出来的。胡安妮说：嗯，我认识几个厄瓜多尔人。老婆帮人做家务，钱收得很少，就住在下面，不到桥一点点，老公开小货车送货。昨天，我推阿兰洽出门散步，打听了一下，就把她找来了。这女人真难得。我跟她说，有个儿子在安达卢西亚，一个月要去看一次。她让我别担心，她来照顾阿兰洽。"

"你打算给她多少钱？"

"来一回，十个欧。"

"太少了。"

"他们就不富裕，有这笔收入，她乐着呢！"

14. 最后的下午茶

　　毕妥利爱吃吐司抹果酱，喝机打的不含咖啡因的咖啡；米伦爱吃油条，喝巧克力茶，两样都容易发胖，她也无所谓。她俩关系好吗？很好，无话不说，形影不离。这周六，两人一起去林荫大道的咖啡馆，下周六，就一起去老城区的油条店。她们总是去圣塞巴斯蒂安喝下午茶。叫圣塞巴斯蒂安可以，叫多诺斯蒂亚也行①，没那么严格。圣塞巴斯蒂安？好吧，就叫圣塞巴斯蒂安。多诺斯蒂亚？好吧，就叫多诺斯蒂亚。她们会开始说巴斯克语，说着说着换成卡斯蒂利亚语，又说着说着换回到巴斯克语，整个下午都在两种语言间换来换去。

　　"你能想象咱们差点去当修女吗？"

　　两人都笑了。照那个计划，她们应该叫毕妥利修女，米伦姐妹。她们去做头发，聊点镇上的八卦，大部分时间一起开口，各说各的，只说不听，聊得也挺顺畅。她们骂神父，说他尽往女人堆里钻；说女邻居的闲话；家长里短，床笫之间，无所不聊。胡利安连背上都长毛，"老伙计"在床上可色了，简直无话不谈。

　　她们还聊这个：

　　"只知道他人在法国，不知道具体地点。坏小子终于给我们写信了，可怜的胡利安气得睡不着觉。这都作了什么孽啊？养出这种儿子。"

　　那天下午，风雨交加，她们吃的是吐司，咖啡馆里高朋满座。她俩坐在角落，说话没人妨碍。

"信没法儿带给你看，何塞·马利不让，他说让我们看完撕了。所以，你别不相信，尽管我很不忍心，看完后，还是噼里啪啦撕成了碎片。胡利安简直歇斯底里，问我有没有可能把碎片拼回到一封信。哎，那你就把信吃了。他拿起火柴，将碎片放在洗碗池里，烧了。"

昨晚，信是女朋友还是谁送来的，如今弄不明白。米伦的说法：他们像兔子似的，群居群交，当然了，反正有办法不怀孕。她经常这么说，毕妥利点头称是。她们都坚信自己早生了三十年，听佛朗哥②的，听神父的，在乎别人怎么说，真是太天真了。她们一边喝下午茶，一边盯着附近桌子，免得谈话被哪个家伙偷听了去。

"信是寄过来的？不是！他们用的内部渠道，没写寄信人地址，所以我们还是不知道他去了哪儿，也不让探亲。前几年，可以穿越国境送衣服，或缺什么，送什么；如今，他们很小心，有法西斯分子追杀。"

"你就不怕他出事？"

"胡利安怕，有时候不去酒吧，怕在电视新闻上看见何塞·马利的照片。我不怕，我了解我儿子，他聪明、壮实，会保护自己。"

米伦一边吃吐司、喝牛奶咖啡，一边复述记在脑子里的片段。儿子让他们别听信谣言，有人不知道，乱说，报纸上的瞎话更不能信；说加入埃塔，是为了民族解放所做的自我牺牲，要是有人来跟爸爸、妈妈说，儿子加入了犯罪集团，别信，他只是为巴斯克国奉献了自己的全部，为那些光抱怨、不作为的人争取权利。儿子肯定地说：有许多巴斯克战士，人数越来越多，他们是巴斯克最优秀的年轻人。信的

---

① 这是同一座城市，卡斯蒂利亚语里叫圣塞巴斯蒂安，巴斯克语里叫多诺斯蒂亚。
② 佛朗哥是西班牙独裁者，1939—1975 年间为西班牙最高元首，左右了一代人的命运。

最后写道:"我爱你们,我没有忘记姐姐和弟弟。一个很大很大的吻,希望你们为我自豪。"

"煤球"悄悄靠过来,纵身一跃,跳进她怀里,耐心地让她抚摸。毕妥利用手指试了试,项圈别勒得太紧。她玩了玩猫耳朵,摸了摸猫眼皮,猫咪舒舒服服地闭上了眼。她一边抚摸猫背,猫咪直打呼噜,一边对它说:"煤球"小宝贝,我真的很难过。你能想象吗?为闺蜜的儿子难过。他丢下工作,离开手球队,抛下女朋友或半个女朋友,到暗杀组织当枪手去了。

那米伦呢?瞧,"煤球",既然你问起,那我就说说我的看法。请"老伙计"原谅,其实说实在的,我能理解她。不同意,但能理解她的转变。那一回在林荫大道的咖啡馆,下一回在老城区的油条店,两次下午茶之间,我的朋友米伦变了,突然变成了另外一个人,总之,她站在了儿子的立场上,无疑,出于母亲的本能,陷入了狂热。如果我是她,或许也会这么做。就算知道儿子在干坏事,毕竟是自己儿子,你怎么会不管?之前,米伦对政治毫无兴趣。我对政治,过去没兴趣,现在也没兴趣。"老伙计"就更不用说了,他只关心家里人,星期天关心自行车,工作日关心卡车。

那些人是民族主义者?毛都不是,顶多选举时把票投给了巴斯克地区政党。"煤球"小乖乖,我就没听他们聊过政治。当然,阿兰洽是支持巴斯克独立的,也就表示一下,没准连表示都没有。最小的那个,哎,是个好孩子。我真的不认为他们会用仇恨教育子女。那个不要脸的儿子是被朋友带坏的,狐朋狗友在他心里种下了毒草,害他去毁了不知多少家庭。他还自以为是英雄,他们说:他是强硬分子。强硬分子或榆木脑袋,这辈子他就没读过书。

接下来那个星期六,毕妥利第一次发现米伦变了。吃完油条,喝完巧克力茶,她俩跟平常一样,往公交站走。瞧她俩看见了什么?林荫大道上又有人游行，还是那一套：标语，独立，大赦，埃塔万岁！人相当多，有两三个镇上的。下雨天，他们打着伞。米伦没有避开，反倒说：走，咱们也去。她抓着毕妥利的胳膊，使劲一拉，两人便加入游行队伍中，不靠前，也不靠后。这时，米伦来劲了，扯着嗓子，跟着大家喊口号：你们都是法西斯！你们都是恐怖分子！毕妥利在她身边，感觉有点奇怪。好吧，就这样吧！

她被蒙在鼓里，"老伙计"没告诉她。就是，"煤球"，那个老顽固藏着掖着，后来说，是为了保护我们。他能保护什么？一颗炸弹就能把我们全炸飞。

她是听米伦说的，米伦是听胡利安说的，胡利安是在菜园亲口听"老伙计"说的，就是开卡车送安多西利亚种植土那天下午。米伦完全没想到，毕妥利会毫不知情。

"我们没办法去看他，要是能去，一定跟他说：找领导谈谈，让他们放过'老伙计'。"

毕妥利疑心顿起：

"放过我老公？"

"信那件事。"

"信？什么信？"

"啊？你们没说起过？"

15. 遇　见

墓穴的大石板上有两坨白色的鸟屎，已经干了。墓碑上还有一坨更大的，落在亡者的名字上。她嫌弃地想：肯定是鸽子干的好事。鸟儿怎么会拉那么多屎？明明有成百上千、成千上万、数也数不清的墓穴，脏兮兮的鸽子偏要将屎拉到"老伙计"的墓上。

"老公，鸽子使劲在你头上拉屎，没准儿会给你带来好运。"

毕妥利总爱说笑。她还能怎么办？每天把伤口打开，瞧一瞧？她从这里或那里捡来干树叶和草，尽量把屎擦掉，实在擦不干净的，等下场雨就好。她一边叽里咕噜，一边望着城市天边一朵孤独的云，按习惯，铺上了四方形塑料布和围巾。

"我每天都回镇上，有时候带饭去热。你知道吗？我摆了一盆天竺葵在阳台上。是的，你听的没错。好大一盆，火红火红的，让他们知道我回来了。"

她告诉"老伙计"，自己已经不在工业园区站下车。前天，你都不敢相信，她还鼓足勇气，进了帕戈埃塔酒吧。早上十一点，人很少，一眼望过去，没一个熟人，站在吧台后的是老板儿子。毕妥利心痒了好几天，想时隔多年，故地重游。她一点也不渴，既不渴，也不饿，如果非要问，她也不好奇，只是心底有种强烈的动力。

"嗯，我算想明白了。"

酒吧里典型的聊天声，伴着不时爆出的笑声，传到街上。进？还是不进？进！人群顿时息声，酒吧里大概有十几个人，她没数。十几个人全都不说话，转头，转到哪儿？转到看不见她的地方去。老板儿子拿着抹布，在一碟碟小食间擦来擦去，也不看她。沉默充满敌意、虎视眈眈？并没有，只是觉得奇怪、带着疑惑。是不是真的？

"'老伙计'，这种事能感觉得到。"

L形吧台，毕妥利坐在短边，背对着门。别人不看她，正好让她伺机观察：双色地砖、吊扇、搁板上一排排酒瓶。除了几个细节上的变动，酒吧还是老样子，跟孩子们小时候，她进去买冰棍时一样。帕戈埃塔酒吧令人难忘的橙子冰棍和柠檬冰棍，只是将橙汁和柠檬汁倒进模具，插棍冰冻而成。

"我发誓，真的基本没变。你们男人打牌的桌子还在，贴着墙裙；厨房在最里头；厕所在楼梯下面；没有桌上足球或那种很吵的弹子球，但是有老虎机，看上去已经很旧。哦，对了，吧台上还摆着囚犯募捐箱。墙上贴的不是古老的斗牛海报，换成了足球和龙舟赛海报，就这些。现在酒吧好像是老板儿子打理。"

终于有人过来问：

"您想要点什么？"

毕妥利想跟小伙子眼神对视，可就是对不上。老板儿子三十多岁，对她而言还是个小伙子，戴着一只耳环，扎着一缕小辫子，跟刚才一样，拿着抹布擦来擦去，之前隔着两三米，现在就在她跟前。她想逼他说话，问有没有机打的不含咖啡因的咖啡。有。其他人继续聊天，尽是些生面孔，可那个白头发的，难道不是……

"毫无疑问，所有人都在想：这人是'老伙计'他老婆。出酒吧时，我想镇定自若地回头，站在门口，对他们说：我是毕妥利，怎么了？我就不能出现在自家镇子上？"

不当众痛苦、流泪，直面人群和摄像机。她在殡仪馆，对躺在棺材里的"老伙计"发过誓。

"多少钱？"

小伙子眼都没抬，说了个数字。毕妥利不想去翻零钱包，直接付了一张十欧元的钞票。等着找零时，她蹭到吧台角。它还在那儿。什么？募捐箱。正面贴纸上写着：不分散关押。无法抗拒的欲望在心头熊熊燃烧，从左臂蔓延到肘，从肘蔓延到手，从手蔓延到小指。别看我，都别看我。她嫌弃地伸出小指，指甲划过募捐箱下方。时间很短，还不到半秒。她火速收回指头，似乎碰到了火。

"别让我解释，连我自己都不明白，就这么稀里糊涂地做了。"

毕妥利来到街上，蓝蓝的天，车来车往。还没走到街角，就看见了她。

"一开始，我都没认出来。"

当她认出来时，老天爷啊！她惊呆了，心痛得不能自已，完全无法动弹。她们似乎还在走，毕妥利却动弹不了，牢牢地被钉在地上。这事儿……

"让我慢慢跟你说。"

毕妥利从晒着太阳的一边往上走，对面人行道上，有人在往下走。有位矮个子夫人，五官像安第斯山区的印第安人，来自秘鲁或周边国家。嗯，她推着轮椅，轮椅上坐的女人脑袋有点歪，耷拉在肩膀上，单手握拳，似乎伸展不开，另一只手还能动。

"当时，我发现她在跟我比划，在摇胸前那只手，像在打招呼，还看着我，不是正脸。怎么跟你说呢？脑袋歪着，绽放出大大的笑容，很不自然，一边嘴角有点流口水，眼睛狭长。我发誓，第一眼真的认不出，整个人拧巴了，你懂吗？嗯，她是阿兰洽，她瘫痪了，别问我怎么回事，我没勇气过街去问。"

毕妥利不敢肯定阿兰洽是不是在跟她打招呼、比划着让她过去。

看护忙着推轮椅，没留意，不紧不慢地推着她往下走。毕妥利打心眼里感到难过，站在原地，目送着她们走远。

"总而言之，'老伙计'，我全都告诉你了，还想让我说什么？我很难过。在我心中，阿兰洽是那家人里心肠最好，脑子最正常、最清楚的，打小我就喜欢。我有次跟你说过，只有她同情我，同情我们的孩子。"

毕妥利收好四方形塑料布和围巾，往墓园门口走去。她左绕一下，右绕一下，就是不想遇见人。快走到门口时，她在两个墓穴中间的空地上看见一只母鸽子，一只公鸽子肚子鼓鼓的，在向它示爱。去！她狠狠地跺了跺脚，把鸟儿都吓跑了。

16. 星期天弥撒

钟还是那口钟，星期天一早敲出来的声音就是跟别的日子不同。星期天的钟声更平和，不急不躁，不紧不慢，像在懒洋洋地招呼大家：街坊邻居们，咚！早上八点啦，咚！我说，咚！你们还能再睡会儿，咚！

那时候，胡利安已经在省道上骑了三刻钟的自行车。他说要骑到哪儿来着？随便，反正必定是要去吉普斯夸市中心的酒吧，吃一盘火腿煎蛋。骑行俱乐部的阶段训练，无论骑到哪儿，最后总会吃一盘火腿煎蛋，再打道回府。

早上八点。门铃声和最后一次钟声同时响起。米伦披头散发，穿着睡衣，去给塞莱斯特开门。她很周到地（不是头一回）带来半根刚出炉的长棍面包，给米伦当早餐。

"呦，好心人，真是太麻烦你了。"

有塞莱斯特帮忙，给阿兰洽起床更容易。米伦负责脑袋和上身。她先拉上百叶窗，亲热地用巴斯克语向女儿清晨问候："小美人，早上好"什么的。塞莱斯特也会用巴斯克语说"早上好"，带安第斯山区口音，她负责搬腿。

一搬女儿，米伦就滥用命令式：抓好，拉好，抬好，搬好，放好，不过，倒不是想颐指气使、发号施令。那她为什么这么说？她是怕阿兰洽摔着。尽管到目前为止，没摔过，可她就是不放心。她会瞪大眼睛，心神不宁。塞莱斯特没辙，只好常常劝她放宽心：

"放心，米伦，已经抬起来了。"

老习惯，她们先把阿兰洽搬上轮椅；然后，塞莱斯特先行一步，给母女俩开门。两个女人扶她站起来，她腿上还是有劲的，那问题出在哪儿？她有一只马蹄足。乌拉西亚医生预测：阿兰洽的中期目标是拄拐或扶人走几步，完全不排除她有朝一日，可以在家中行走。

她们扶她坐上马桶，完事儿后立即搬到莲蓬头底下的特制座椅上。塞莱斯特负责打肥皂、冲洗，她做得更好，更有耐心，怎么说呢？更温柔。米伦原本并不知情，直到有一天，阿兰洽在 iPad 上写道："我想以后让塞莱斯特帮我洗澡。"

"为什么？"

她又写道："你手太重。"

阿兰洽失声。有时候看口形，能猜出她想拼命动用面部肌肉蹦出哪个单词。从摆好口形到发出声音，对她而言，之间横亘着一道无法逾越的鸿沟。不过，要多表扬，多鼓励。理疗师建议，神经科医生建议，康复中心主任建议，语言矫正师也建议。

"米伦，您要表扬她，随时随地表扬她。无论想说话还是想走路，任何尝试，都要表扬。"

米伦（拿好，站那儿，小心）跟塞莱斯特帮她擦干，穿衣服。塞莱斯特给她梳头，米伦去做早餐。梳头容易，因为阿兰洽是短发。医院不经她同意，把她头发剪了。那段日子，全身上下，只有眼皮能动，她还能怎么办？

塞莱斯特走了，钟敲十点，又敲十一点。

"好了，咱们去听弥撒。"

阿兰洽赶紧从套子里取出 iPad，米伦说：

"别写了，我知道你想说什么。"

阿兰洽的确写道："我是无神论者。"

"别闹了。你不愿意，就别祷告。可是别想一个人待在家里，或者因为你使小性子，让我听不了星期天弥撒。你在家恼火跟在教堂恼火没什么区别。"

米伦一把抢走 iPad，说要迟到了。妈妈气不顺，女儿气也不顺。妈妈推着女儿，急急地在街上走。她是有原因的：要是不能及时赶到教堂，长椅最边上、挨着柱子的老位子就会被人占了。坐那个位子，可以把阿兰洽放在柱子前面、她身边，这样一来，轮椅不妨碍任何人走路，女儿吹不到风，她也不用伸长脖子，就能自如地跟旁边的伊格纳西奥·德洛约拉圣像交谈。圣像在哪儿？在半墙高的基座上。说真的，神父讲什么，她一般不在意，弥撒的内容她都能背下来了。可是跟伊格纳西奥交谈，对他承诺，达成协议，哀求他，指责他（有几天，她会把他骂得狗血喷头），对她而言，非常重要。她百分之百信任胡利安，但百分之两百信任伊格纳西奥。

总之，她绝不跟阿兰洽坐到前排，无论如何不行。想起那个星期天发生的事，她就面红耳赤，老脸没处搁。第一回推阿兰洽去教堂，不知道该把轮椅放在哪儿。放在中间走道？不好。那就放在最前面，那儿不是走道，不碍事。上帝啊，谁知道后面会有那一出！阿兰洽刚出院，米伦还幻想着能有奇迹发生，类似耶稣握着睚鲁女儿的手，说"孩子，醒醒"[1]。不是对死去的女儿说，而是对瘫痪的女儿说。没想到堂[2]塞拉皮奥在弥撒开始前，会举着话筒欢迎阿兰洽，布道时，将她视为我们的主、上帝无尽仁慈的例子。这些话，米伦没觉得有什

---

① 《圣经·马可福音》中的故事。
② 堂（don）为尊称，置于男子名前，女子名前为堂娜（doña）。

么不好。教堂里坐满了人，都是熟人，有一点安慰，有一点鼓励，笼罩着一点主角光环没什么不好，不是吗？顺便瞧瞧不信教的女儿能否重拾信仰。

到了发圣餐环节，堂塞拉皮奥想干什么？这个爱管闲事的家伙，居然拿着圣饼，郑重其事地走下祭坛，下三级台阶，来到阿兰洽面前，亲切、严肃甚至激动地将圣饼放入她口中。老天爷啊！这孩子没忏悔过，她不信上帝。这么倔强的孩子，别把圣饼吐出来才好。要是噎着怎么办？听完弥撒，在回家路上，阿兰洽张开嘴。幸好，圣饼还在那儿，软软地贴着舌头。这又该如何是好？米伦索性用指头小心地将湿湿的圣饼取出，放进自己嘴里。她站在人行道上，闭着眼，小声祈祷，咽下了当天第二顿圣餐，她还能怎么办？

米伦发现老位子空着，坐下跟伊格纳西奥说这个、说那个：可怜的何塞·马利全心全意地为巴斯克国而战，你懂的，如今被关得那么远；女儿嘛，我的状况你都看见了；小儿子既不回来，也不打电话。阿兰洽在身边，睡觉或装睡，以示抗议。她在向我抗议！没法儿大喊大叫罢了……万一让别人看见，那有什么关系？愿全知全能的上帝、圣父圣子圣灵的祝福降临到你们身上。弥撒一眨眼就做完了，她等人走出教堂。该死！有些人动作真慢。等教堂里的人走光，她去圣器室。阿兰洽呢？嗯，让她一个人待五分钟，没什么大不了。

她直入主题：

"神父，我神经快绷断了，晚上合不了眼。我有预感，我敢肯定，她是成心来找麻烦、来气我们的。我们是西班牙政府的受害者，现在又成为受害者的受害者，到处都有人盯着。"

说到最后，她求神父：您去找她谈谈，套套话，问她每天来镇上，是什么目的？劝她待在圣塞巴斯蒂安，别回来了。

神父平时就爱动手动脚，此刻把手放在她肩上，说话时，一阵口臭：

"别担心，米伦，包在我身上。"

17. 散　步

很美吧？难道不是？儿子工作忙，工作重要，却能在工作日的上午来陪妈妈。他来了，一表人才，尽管鞋子跟衣服不搭。常人口中的衣品，他没有。有些人养出恐怖分子儿子，我养出医生儿子。大实话，为什么不说？儿子四十八岁，工作好，有房，就是没老婆没孩子。单身，总是独来独往，甚至不像妹妹，喜欢出门旅游。我就纳闷了：他幸福吗？知道享受生活吗？

母子俩约在孔查海滩的大钟旁，见面后亲吻。他原本建议去伦敦酒店的咖啡厅，她坚决反对。这么好的天气，还要待在室内？哈维看了看周围，似乎确认妈妈言之有理。是的，没错，蓝天、微风、秋天宜人的温度，适合散步。

"你想怎么走？"

"我们去那边。"

毕妥利一抬下巴，指着孔查海滩散步道，不等儿子同意，往那儿走去，哈维赶紧跟上。

"你怎么会找不到老婆？我真想不通。你人帅气，职业受人尊敬，还有什么？不差钱，应该成天被女人追着跑才对！"

"但我不回头看。"

"喂，别以为我会大惊小怪，你不会是喜欢男人吧？是不是？"

"我喜欢工作：救死扶伤，帮助病患，如此而已。"

"别给我打马虎眼。"

"妈，我不适合结婚，没别的。我也不适合去做雕塑、去打橄榄球，可你从不打听我跟这些活动的关系。"

毕妥利挽着他胳膊，在散步道上炫耀儿子。左手边人多车多，来来往往，有人骑自行车，有人走路，有人穿着运动服跑步；右手边大海沙滩，海水碧蓝，波光粼粼，加上浪花、小船、海平线，堪称赏心悦目的视觉盛宴。

昨天他们通过电话，毕妥利知道哈维已经做过调查，带结果来的，尽管不知道是什么结果。好了，赶紧说，她很好奇，一刻也不想再等。

"我有言在先，办这种事，只此一回，散布病人隐私会把我饭碗敲掉。这回，我找了一个信得过的同事，是她给我提供的信息。不过这种事，还是小心为妙。"

妈妈说：别废话了，查到什么，赶紧告诉我。他们继续散步（大海、白栏杆、远方的伊戈尔多山），毕妥利听哈维慢慢道来：

"阿兰洽两年前中风，别问我具体情况，我也没调查清楚。病例上写着：一开始，她被送进了马略卡岛帕尔玛医院的重症监护室。估计发病时，她正在岛上度假。病情十分严重，这个我可以保证。她的病被我们称为由基底动脉梗塞引发的闭锁综合征。"

"看得出，你的确是个医生。"

"好了，别着急，听我解释。基底动脉负责中枢神经系统的血液循环，也就是说，它所负责的区域汇聚了通往脊髓的各种管道。该区域一旦紊乱，患者就会全身无法动弹。阿兰洽的病症就是如此，听明白吗？她的身体不能动，思想被禁锢其中。她能听见，能听懂，就是不能做出反应，只能眨眨眼睛、动动眼珠。"

那家人里，毕妥利最不希望出事的就是阿兰洽。有一天，她沿着街道往下走。那时候她跟埃伦特里亚的小伙子结婚没有？结婚了，还没生孩子。"老伙计"已经不再参加骑行俱乐部的阶段训练，也不再去帕戈埃塔酒吧跟朋友们打牌。可怜的男人，他可伤心了，尽管后来说：哎，这还不算最糟糕的。墙上出现了标语，很多很多标语，其中一条是："老伙计"，告密去！这么写，我想是因为押韵，其实是诽谤加恐吓。张三做一点，李四做一点，墙倒众人推，没人觉得责任在自己身上。我只是刷了条标语，我只是透露了他住哪儿，我只是说了几句也许会让他生气的话，就几句话，空气震动一下，没了。一夜之间，镇上许多人开始不跟他们打招呼。打招呼？那是奢望，连瞧都不瞧一眼。一辈子的朋友、街坊邻居，还有一些小孩子。小孩子懂什么？自然是在家父母教的。毕妥利在街上遇到阿兰洽，阿兰洽没有压低嗓门，调子提得高高的，附近谁都能听见。

"这么对你们，简直无耻！我可不赞成。"

她没再多说，不等毕妥利回答，没像过去那样亲她的面颊，只是拍了拍她的肩膀，以表支持，然后继续往前走。原话大概是这样，也许毕妥利改动了个别字，有时候她记性不好使。不管怎样，她不会忘记那个亲切的动作。怎么会忘呢？死都不会忘记。

"她被送到帕尔玛医院时，情况严重到要做气管切开术，上呼吸机，还有其他治疗，我就不一一描述了，估计你也不感兴趣。你只要知道那时候，阿兰洽已经无法呼吸，无法说话，自然也就无法进食。总之，全靠外力在维持生命。"

一个雨天的下午，他们在门廊外几米处打死了"老伙计"。神父不是什么好鸟，非要毕妥利把追悼会安排在圣塞巴斯蒂安。为什么？不为什么，到场的人会更多。毕妥利说：想都别想，我们是镇上的人，在镇上洗礼，在镇上结婚，丈夫在镇上遇害。神父只好作罢，主持了追悼会。丧钟响起，本地人来得很少，有几位政府官员，几位专程赶来的亲戚，基本就没了。公司员工呢？一个都没来。神父的布道词中，只字未提恐怖袭击——让所有人为之动容的悲惨事件。毕妥利没看见阿兰洽，但哈维说，她跟丈夫坐在后排长椅上。他俩虽然没有上前吊唁，但人来了，不像别人，都没露面。这一点，毕妥利也不会忘记。

母子俩走到古隧道前，怎么走？他们决定回头。哈维解释得很清楚，简化加概括，通俗易懂。毕妥利若有所思地盯着城市那边，山那边，远处散落的云那边，见到了她从未见过、头一回见到的场景：阿兰洽插着管子，只能靠眨眼说"是"或"不是"。别人倒霉是活该，可她不应该呀！不应该落得如此下场。

"妈，我觉得你没在听。"

"回家吃饭？"

"不去了。"

"约了人？那个幸运的姑娘叫什么名字？"

"她叫医学。"

哈维说，最好的状况莫过于阿兰洽有朝一日能靠拐拐或人扶，在家中行走。现在，她可以自己吃东西，尽管最好在吃喝时，有人看着。不排除将来她能发声。

"她能干吗？"

"能发出声音。"

除了以上目标，无论她怎么努力地去做康复训练（据说，她的确很努力），哈维认为，她也不可能再过上所谓的正常人的生活。

母子俩在孔查海滩的大钟旁分手，毕妥利问：

"验血结果，你不打算告诉我？"

"啊，幸好你提醒，我差点忘了。有些指标不太好，所以，我请阿鲁拉瓦雷纳替你做个检查。不着急，啊？常规检查，你懂的，做了大家都放心。其他没问题，你身体棒棒的。"

母子俩亲吻，告别。旁边有自行车、婴儿车经过，还有城里的麻雀飞过。

"那什么阿鲁拉瓦雷纳，谁啊？"

"一个朋友，医院最好的专家之一。"

毕妥利目送他离开。她知道，通过直觉能猜到，走不了几步，他就会回头看她，是好奇还是习惯？果不其然。毕妥利站在原地，平静地问：

"他是肿瘤专家，对吗？"

哈维点点头，挥挥手，表示没什么大不了，在两排法国柽柳间渐渐走远。他有点驼背，也许因为个子高，习惯说话时往下看。条件这么好的男人居然单身，真像是骗人的，莫非因为他衣品不好？

18. 岛上度假

不是的。发生这种事，是因为必须发生，或如妈妈所说，是因为上帝或代表上帝的圣伊格纳西奥希望它发生。运气真背，为什么偏偏是我？等等等等，厄运临头的倒霉鬼（哈哈哈，姑娘，别那么愤世嫉俗）总会有一大堆抱怨在脑子里反复回响。一次，她用 iPad 问已经是作家的格尔卡：愿不愿意把她的故事写下来？忧郁的弟弟——或者仅仅是恐惧？——两眼恓惶，忙不迭地说不，说自己只写童书。阿兰洽又给他看 iPad："哪天我自己写，全都写下来。"这不是她第一次宣布打算写书，还摆出一副威胁人的架势。

每到此时，米伦总会发火：

"你都不会自己刷牙，还能自己写书？写出来干吗？把咱家的不幸告诉全镇人？"

她坐在轮椅上看他们（星期天，厨房，吃烤鸡），脑子比所有人加起来更清醒（别说大话，姑娘）。一家人全是乡巴佬！爸爸老了，愁得满脸皱纹，衬衫胸口有块油渍，二十年来就没明白过周围发生的事。弟弟格尔卡住在——还是躲在？——毕尔巴鄂，动辄很久没有音信。还有个弟弟不在家，人不在，却成天被人挂在嘴边。他最壮实，正在坐牢。都多少年了？不记得了。妈妈几乎跟摩托车排气管一样敏感，跟大儿子感同身受。说实在的，她厨艺真棒。阿兰洽见父母不吭声，埋头吃饭，心里直泛苦水——还是怨恨？——从胸口漫到喉咙

（姑娘，忍着点）。她闭上眼，又开着租来的车行驶在公路上，两边都是松树，离帕尔玛不远了。

她们去卡拉·米略尔度假。谁啊？母女俩。八月份，在一家离海滩不远却看不见海景的经济型酒店住两个礼拜。恩迪卡当年十七岁，不想跟她们去。不去！就是不去！女儿其实也不太想去，阿兰洽向她保证，那儿很好玩，还用了点情感勒索，尽管成绩不好，还会送她相机，好不容易说动。对阿兰洽来说，只要看不见吉列尔莫就好。她要是一个人，可以随便去哪儿，但把儿女扔给爸爸，她于心不忍。夫妻？嗯，这哪儿能叫夫妻？架一场接一场地吵，好多天不说一句话，实在没辙了，才看对方一眼，目光里充满了鄙视、仇恨和恶心。可他们有一双儿女，经济上互相牵制，房子也是两个人一起买的，亲戚们会怎么说？阿兰洽决定不屈服，可心里空落落的，没有安全感。他还光明正大地找了别的女人：

"你不肯做，我总得找地方发泄。"

这就是他的如意算盘。他会当着孩子的面说；就算不当着孩子的面，孩子也在附近，肯定能听见父母在互相指责，冷嘲热讽，大吵大闹。

艾尼奥娅当年十五岁，她说：

"嗯，妈，我想留下，跟朋友们在一起。"

"算妈求求你了。"

母女俩独自出门，吉列尔莫开车送她们去机场。艾尼奥娅让爸爸放音乐，他把音量开到最大，免得说话，我想。到机场，他把行李搁在地上，迅速地亲了亲女儿，圣徒似的昂首望天，不知道对她们还是对云彩说了声旅行愉快，一刻不停地踏上了归程路，没有体贴地帮她们把行李送到托运柜台。

我开着车，行驶在马略卡岛上的松树间，驶向等待我的厄运。我正在放松地度假，不流泪，不生气，不争吵，有女儿，有阳光，有海水，跟下榻在同一家酒店的外国人还有场艳遇。没别的，就是想找回心动的感觉，补偿吉列尔莫让我蒙受的屈辱。他到处拈花惹草，其实只是一头会在床上扑腾的猪。

驶过马纳科尔，又驶过好几个镇子。有症状吗？没有。妈妈将鸡脯肉切成小块，她索然无味地一边嚼，一边回想起当年租的车，心中涌起幸福的肥皂泡。阿兰洽开车，艾尼奥娅戴着墨镜，坐在副驾驶座上，用蹩脚的英语（要是你听我的，好好学习）跟在海滩上认识的、疯狂爱上的一个德国小伙子发短信。这个年纪的爱情真美好。早晨的天很蓝，远方有许多松树，已经准备好了，要去戳破她幸福的肥皂泡。

她双腿没了知觉，不知怎么，把车停在了路中央。如果不是她停的，就是那段路有点上坡，车自己停下的。阿兰洽第一时间拉了手刹，那时候，手还能动，她还能思考、还能说话、还能看见、还能呼吸。其实，她哪儿都不疼。

"妈，你干吗？为什么停下？"

"下车，找救援。我不舒服。"

那天是星期五。运气真背，孩子们，为什么偏偏是我？救护车上一直有人说话，医务人员在问她问题，是想让她保持清醒？她答得漫不经心，调动几乎所有思绪在想一双儿女，在想店员那份工作，在想未来。最首要的，是一双儿女，他们还小，没有我，该怎么办？星期六。星期天。阿兰洽越来越镇定，坚信这不过是虚惊一场。艾尼奥娅歇斯底里，表现糟透了。怎么回事？其一，她既不想在帕尔玛找家酒店住下，又不想独自回到卡拉·米略尔的酒店；其二，小岛对她来说，像监狱，她想乘第一班飞机回家。他们让她在医院留宿，睡在妈妈身边的椅子上。找不到吉列尔莫，天知道恩迪卡在哪儿，肯定不在家，但愿他没闯祸。星期一，医生终于让阿兰洽第二天出院，冷静地建议她，回家做个彻底的检查。于是，她打电话给妈妈和吉列尔莫，让他们不用来马略卡岛，她会跟艾尼奥娅一起，按原定计划回家。她甚至决定去卡拉·米略尔，度完剩下的五天假。艾尼奥娅说：

"在这儿闷死了。"

"那个德国小伙子呢？不去跟他说再见？"

突然间，德国小伙子让她很烦：

"别这么说，小心让人听见。"

一个半小时后，傍晚时分，阿兰洽浑身插管，进了重症监护室。她刚二次中风，来势汹汹，疼痛难耐。她什么都能听见，医生说什么，护士说什么，就是回答不了，她觉得苦恼极了。上帝啊！那一刻，她怕被当成死人，装进棺材，活埋了。

"喂，小美人，怎么不吃饭？"

她睁开眼，惊讶地甚至惊恐地看见妈妈坐在对面，爸爸坐在左手边，嘴巴油油的，正在狂啃一只鸡大腿。

19. 分　歧

这儿真热。米伦以为有海，岛上会凉快些。

"不是的，外婆。"

"我去看你舅舅何塞·马利，也是这么热。"

路上顺利吗？糟透了。她被滞留在毕尔巴鄂机场，等得没完没了，简直恐怖至极，晚点五个半小时才到帕尔玛。她口渴，忍着，一直忍，能忍则忍，最后实在忍不了，只好多花钱，买了一小瓶不加气的矿泉水，因为预算不够，买不起更贵的，也因为不想去卫生间喝直饮水，喝了肯定会拉肚子。她原本指望上飞机，能喝免费提供的饮料，可是时间一点点过去（一个小时，又一个小时……），感觉喉咙干得就像被沙子堵住似的，没办法，只好去酒吧，气呼呼地、没好气地点了一瓶便宜的矿泉水。

怎么回事？除了她那架，别的都起飞了。高音喇叭里通知的永远是其他航班（飞往慕尼黑、巴黎、马拉加的航班，请在……号登机口登机），还隔三差五地絮叨，请保管好随身携带的物品。

她向同在登机口附近等候的乘客打听：您好，对不起问一下……有些是外国人，有些跟她一样，一无所知，问不出个名堂。为什么飞机已经停靠在空桥边上，行李都运上去了，就是不让我们登机？

女儿还在远方的医院里。如今，她不像之前那样，紧张兮兮地看钟，而是开始认命，忍气吞声（热得浑身冒汗）地决定上楼解决口渴问题。喝完水，掏出杯子里那片柠檬，先吮吸，再啃下白花花的果肉，因为除了渴，她还饿。

出酒吧，迎面走来两名宪警。她不看面孔，光盯制服，突然缓过神来，忍不住地反胃，停在栏杆边。等他们走近，她发现两人都很年轻，一男一女，边走边聊，她可以随便看。我该怎么办？狗腿子警察一定知道原因。等他俩走到身边，她发现女警帽子后面扎着马尾，表情自然/面带微笑/金发，让她有些茫然不知所措。她看看周围，有没有镇上的人？要是有，糗大了。她鼓起勇气问：你们好……她问的是女警，女警看上去不会虐囚。她语调亲切，又让米伦茫然不知所措：马略卡岛的帕尔玛机场已关闭。

"什么？机场关闭了？"

男警回答：

"是的，夫人。有人向两名警察发动了恐怖袭击。您别担心，也许只是临时关闭，您的航班会起飞的。"

"啊，好的，好的。"

飞机抵达帕尔玛。城市就在下方，变成无数光点，大海黑乎乎的，远方是夕阳留下的最后一抹紫红。事先说好，艾尼奥娅在机场等她。时间已经太晚，去不了医院看阿兰洽。

"好了，情况怎么样？"

"妈妈很糟，全身上下，到处插着管子。"

"明明可以让你爸来！这个玩笑开大了，花我一大笔钱。"

"他说星期一到，第二天就带我回家。"

"啊，他没想留下？脸皮真厚，让我又出钱又出力。"

"外婆，我不想听你说爸爸的坏话。"

护士卡门人特别好，头几天照顾艾尼奥娅，直到米伦赶到。她贴心地安慰孩子，让她别发愁，她会帮她，开车带她去卡拉·米略尔的酒店取行李，路上跟她解释妈妈的身体状况，给她打气：

"你一定要很爱很爱妈妈。"

卡门让艾尼奥娅住在位于帕尔玛诺瓦的家中。她有两个年幼的孩子，丈夫是个大胖子，起码有一百五十公斤，眼睛湛蓝。我觉得他发福前，一定特别帅。他来自德国，脸有点红（嗯，很红），跟我说话，听得出口音。他跟孩子们说德语，卡门跟孩子们说带马略卡口音的巴斯克语。

米伦确认抵达帕尔玛的时间，卡门替祖孙俩在一家小客栈订了个双人间，离所谓的旅游区远，离医院也远。能怎么办？她是按照米伦电话里的指示办的。

"我说，房间别太贵，我们不是有钱人。"

"我尽力。"

她尽力了吗？尽了全力。不含早餐，不是海景房，挨着嘈杂的公路，远离市中心，但便宜。米伦担心要住一阵子，房子只能挑便宜的住。想到花费，她就心疼。隔着海，怎么才能把阿兰洽带走？伊格纳西奥，求求你，帮我走出这个困境。吉列尔莫呢？他怎么不管？他是她丈夫啊！不行，他要上班。不行，他是领导。不行，要过几天……全是借口。

艾尼奥娅告诉米伦，恐怖袭击就发生在卡门家附近，整栋房子都在震，一幅画从客厅墙上掉下，玻璃碎了，还砸了下面一盏灯。大胖子丈夫用德语破口大骂，孩子们被轰的一声巨响吓得哇哇大哭。艾尼奥娅说，他们也是被爸爸的吼声吓哭的。当时，卡门和艾尼奥娅刚从医院回来，说好了一块儿做饭，几条街外却发生了爆炸。在哪儿？听广播，说就在国民警卫队营房前。此起彼伏的警报声很快响起，空气中弥漫着一股奇怪的味道。

"外婆，你知道吗？昨天同一时间，卡门开车带我去了那条街。

炸弹也可能炸到我们头上。"

"别那么大声，让人听见。"

艾尼奥娅睁大了眼，饶有兴致地讲：

"邻居说，有具尸体的碎片，是消防队员从树上搬下来的。"

"好了，好了，吃着饭呢！"

祖孙俩去了客栈附近一家酒吧，在吃三明治。

"要明白，你妈这摊子事儿会花我一大笔钱，我得省着用。咱们明天去超市买点吃的，就在房间吃，哪怕吃凉的。放心，不会饿死的。"

艾尼奥娅还在自顾自地讲：

"我不喜欢他们杀人。巴斯克国离这儿千山万水，那儿发生的事，住在这儿的人有什么错？"

"喂，我们是来吃饭的，还是来干吗的？"

"炸弹有可能炸到我和卡门头上。"

"不会的。他们算好了爆炸时间，你以为呢？他们会随便找个人，把他炸死？你见他们在学校放过炸弹吗？在坐满人的足球场里放过炸弹吗？放炸弹，是为了捍卫人民权利，炸的是敌人，是那些虐待过何塞·马利舅舅、还在监狱里继续虐待他的人。你要是连这个都不懂，真不明白你还能懂些什么？"

米伦盯着外孙女，艾尼奥娅看左边，看右边，就是不看外婆。祖孙俩坐在角落里的桌子旁，十五岁的姑娘在毫无胃口地啃三明治。

"我爸也不喜欢他们杀人。"

"这些想法，就是你爸灌输给你的。"

"外婆，我不知道什么想法。我只是说，我不喜欢他们杀人。"

"杀别人，被人杀，这就是战争，我也不喜欢。可是你想怎么办？让巴斯克人民几百年、几千年地被人欺负？"

"好人不会杀人。"

"好吧，这也是吉列尔莫告诉你的。"

"这是我说的。"

"你长大了，就明白了。好了，把三明治吃了，咱们走。今天已经够折腾的，我不想再听你废话。"

于是，艾尼奥娅带着哭腔，像在对自己说／嘟囔着：她不饿。盘子里剩了大半个三明治。米伦板着脸，也没吃完。

20. 提前送葬

　　星期六早上，艾尼奥娅很失望，岂止很失望，简直失望透顶。外婆来了之后，失望已经不是头一回。祖孙俩总是合不来，按吉列尔莫的话说：

　　"谁能跟花岗岩脑袋的女人合得来？"

　　星期六所经历的失望对艾尼奥娅来说，胜过一记耳光。出门去医院前，她问外婆能不能买张手机充值卡。米伦听到"买"字，脸顿时一沉，说：已经晚了，上哪儿买？多少钱？艾尼奥娅用最甜美的声音报上价钱，米伦忙不迭地说不行不行，随后一路细数正在支出的各项费用。

　　"你跟朋友打电话聊天，这个可以等。星期二你就走了，运气真好！我还得留下来照顾你妈。"

　　"换了我妈，肯定给我买。"

　　"我又不是你妈。"

　　米伦继续说，继续抱怨，抱怨得没完没了。艾尼奥娅气恼地看着别处，看公交车上的乘客、看房子、看行人，就是不看外婆，摆明了不想跟她说话。

　　到了医院，她避开外婆，给爸爸打电话。爸爸，遇到了这件事，我不能给你打电话了，等等等等。吉列尔莫说：

　　"孩子，忍一忍，忍到星期一。"

星期一，他们约好时间，在吉列尔莫预订的酒店大堂见面。艾尼奥娅早早地就在那儿等着，把个人物品全都塞进箱子，打死也不回客栈。

米伦怎么说？她还能怎么说？父女联手，把她给耍了呗！晚上八点，她回房间，发现外孙女挂在衣柜里的衣服全没了，顿时明白过来。好，这样更好。我一个人，住得更宽敞，开销少。

吉列尔莫在酒店门口下出租车，艾尼奥娅幸福地跑出去跟他拥抱。一连串的问题，一连串的回答，语速很快，再次拥抱。他仿佛在说：放心，我来了，往后会一切都好；她仿佛在说：太可怕了，幸好你来了。聊阿兰洽聊得不多。吉列尔莫才不是米伦说的那样，他每天打电话来，了解病情。米伦总说他没良心，不关心老婆。见面后，他只问有没有新消息。艾尼奥娅回答：没有，妈妈还插着管子。她又说：

"我觉得她再也动不了了。"

他们上楼去房间，吉利尔莫冲了个澡。父女俩去帕尔玛市中心逛了逛，进了几家商场，艾尼奥娅买了手机充值卡，回酒店前，在一家看得见港口的餐厅吃饭，坐的露天茶座。

"香蕉加三明治，我都吃厌了。"

船桅映在夕阳中，凉风习习，坐在外面，可舒服了，眼前有笑脸、晒成古铜色的面庞、优雅的女士、地上等好心人喂食的麻雀。艾尼奥娅跟侍应生要了第二杯可乐，随即又要了第三杯可乐，说前几天外婆不让买，她要把没喝的全喝回来。

"爸，我明天不想去医院，不想见外婆。你去，我在酒店等你。下午我们定定心心地去坐飞机，反正妈妈又不知道。"

明天下午不坐飞机。什么？计划有变。艾尼奥娅没听明白。吉列尔莫头一回来马略卡，当然想趁机玩一玩。领导准假，到星期四。

"哎呦，爸。"

吉列尔莫作势让她放心：

"明天我一个人去医院，医生会告诉我妈妈今后是什么状况，我不在意能不能遇到外婆。遇到就心平气和说两句，对此我深表怀疑，我会告诉她将来的打算，你和恩迪卡都知道。看完妈妈，我来接你，之后我们有两天自由活动时间：在岛上逛、坐船出海，总之随你。我向你保证，就是单纯玩。哦，对了，别让外婆知道，我可不想让她来找麻烦。"

各种管子，呼吸机，导管，电线，仪器，躺在床上的人睁着眼，一动不动。吉列尔莫穿着外科手术服，套着鞋套，伸长脖子，把脸凑到阿兰洽的视线中。有反应吗？没有。亲她的面颊，也没反应，只是微微地眨了眨眼，连眼皮都没合上。他小声（医护人员嘱咐的）对她说：他会照顾艾尼奥娅，很遗憾她的遭遇。就像对着一尊泥塑木雕，谁知道呢？她听得见，人又醒着。

"能听见我说话吗？"

没反应。他想试一试，慢慢把脸挪开，嗯，有反应了。她的目光在慢慢跟着走，幅度不大。于是，吉列尔莫不排除阿兰洽能听见他说话的可能性，对共度的这些年、共同有了两个孩子、共度的美好时光表示感谢，对共度的不美好时光表示歉意。他正在同情地跟她说悄悄话，岳母拧着眉进门。按规定，探视时间，一次只能进一个。她进来，护士肯定没看见。

米伦开始数落。首当其冲的是黑衬衫，这不是提前来送葬吗？他之所以穿灰裤子、黑便鞋，是因为几天前，女儿打电话告诉他，神父已经给妈妈做了临终涂油礼，于是他决定穿深色系。坦白说，他认为阿兰洽随时会一命呜呼，将深色系的衣服放进箱子，也没存什么坏心。更何况，他平时穿衣服，都听阿兰洽的。阿兰洽买，告诉他每天穿什么。现在穿什么，他哪儿知道？

　　穿衣服这种小事他压根不在意，听岳母出言不逊，他都懒得反驳。上帝啊，那张脸简直凶神恶煞！他看都不想看。可老太婆说啊说，说啊说，根本没遵守轻声细语的规定。有一刻骂得过分，提到金钱／感情问题，吉列尔莫忍无可忍，决定直面反击。他平心静气地先说感情，再说金钱，不吼，不说粗话，最后说：

　　"我跟阿兰彻底分开跟发生的事没关系，我俩早就说好了，孩子们都知道，也都接受。所以，不存在我拍拍屁股就走，甩给你一个大包袱。你能不能放尊重点，就算不尊重我，至少要尊重你女儿。我永远都不会叫她大包袱，可是你会！"

　　他扔过去两张五十欧元的钞票：

　　"拿着，我女儿让你破费了。"

　　说完，他就走了。

21. 他们中最好的那个

　　他想起答应过妈妈：打听到新消息，务必告诉她。他打听到了，所以利用工作间歇，钻进办公室，给妈妈打电话。

　　办公桌上有电脑、文件、这个、那个，还有一只银相框，摆着爸爸的照片。去世的爸爸直视着他，眼神清澈、慈祥，眉毛像在提醒：我不许你不公正。那是一张勤劳、高效的脸，想法少而精，思路清晰，很有生意头脑，眼光很准。

　　妈妈不接电话，去镇上了？他让电话铃响了很久，十四声、十五声，需要的话，响一整天都行，直到妈妈发现不是有人拨错了号码，不是电话公司想做用户问卷调查，不是精明人士想推销一本万利（对谁一本万利？）的买卖，而是儿子在给她打电话。好啦，我知道你就在电话旁边。十六声。电话铃每响一声，他就用圆珠笔尖在便签本上戳一下。这时，妈妈接电话了。

　　声音很小，疑心很重：

　　"喂？"

　　"是我。"

　　"怎么了？"

　　他问妈妈：还记得拉蒙吗？

　　"哪个拉蒙？"

　　"拉蒙·拉萨。"

"以前开救护车的？"

"现在还在开救护车。"

拉蒙·拉萨身为民族主义者，性情平和，从不惹是生非。他不住镇上，但常回去看望家人，还跟人合伙，在镇上开了家餐饮公司。哈维在医院咖啡厅遇到他，心想：这人肯定知道什么，不知道也无妨，问问又没什么损失，于是主动凑上前去问，似乎见拉蒙在吧台用小勺搅咖啡，突然萌生了好奇心。

"还记得阿兰洽吗？"

"当然记得，可怜的姑娘，下午会来做理疗，有一次是我接她来的。"

哈维对妈妈说：

"为了不让他怀疑我在故意打听，我说刚得知她中风，还添加了些细枝末节，2009 年夏天在马略卡岛什么的，你懂的，对他都不是新鲜事。哎，太遗憾了，我真的感到遗憾，她是他们中最好的那个。"

"什么最好的？就她好，没别人。"

"我是想不动声色地从拉蒙那儿挖点消息。"

"行了，长话短说。挖到什么了？"

挖来的细节在镇上全都不是秘密。首先：她一变成这样，老公就拂袖而去。据拉蒙·拉萨说，镇上人一致认为：她老公是个无可救药的混蛋。

"'无可救药'这四个字不是他说的，是他说'混蛋'两个字时掷地有声，我主观臆测加上去的。他还说：最过分的是，那家伙有子女监护权，确切地说，只有女儿需要监护，儿子已经二十多岁了。"

"女儿跟爸爸住？"

"我没问。"

"不该不问。"

阿尔贝托（应该是吉列尔莫，我没纠正拉蒙，免得表现出我知道得没那么少）在跟别的女人同居，结没结婚不清楚，因为拉蒙不确定他有没有跟阿兰洽离婚。总之，他从来不去镇上。孩子们会去，去看妈妈。

拉蒙又说：

"你想知道他们有没有离婚吗？我妈一定知道，要不我打个电话问问，这个点儿，她应该起床了。"

"别了，别了，我不想知道。我只是刚听说可怜的阿兰洽居然出了这种事，惊呆了。"

拉蒙还没说完。那个阿尔贝托（哎呦喂，是吉列尔莫）把埃伦特里亚的房子卖了，把阿兰洽那份给她。镇上还专门搞了一次募捐，在酒吧和商店放上募捐箱，组织了一次慈善摸彩，踢了一场慈善足球赛，还有哪些活动，他也不太清楚，总之许多人伸出援手，共同捐资，把阿兰洽从马略卡医院转到了加泰罗尼亚的专科诊所。

哈维直视着爸爸的眼睛。不管发生什么，不管别人说什么，你都要做个公正的人、诚实的人、正直的人。妈妈不说话。

"你在听吗？"

"你接着说。"

"拉蒙没说诊所名，我也没问，免得暴露真实意图。也没必要问，对我来说，查出阿兰洽在古特曼①诊所治疗了八个月一点儿也不难。我简单解释一下：古特曼诊所是巴达洛纳针对脊髓和脑损伤病人的专科治疗及康复中心，是你能想象到的最好的诊所。当然，这也意味着费用超出了家庭经济承受能力。"

---

① 全名路德维希·古特曼（Ludwig Guttmann，1899—1980），犹太人，著名神经科医生，出生于德国，从纳粹德国逃到英国定居，后创立了残疾人奥运会。

"从我认识他们起，他们家就没钱。你爸有时会偷偷接济点，没想过回报。可是你瞧，人家是怎么报答我们的。"

"阿兰洽在古特曼诊所接受治疗，最后终于回到镇子。现如今，她在我们医院做神经康复治疗。"

"还有吗？"

"就这些。昨天你去找阿鲁拉瓦雷纳了吗？他怎么说？"

"呦，我忘了，瞧我这脑子。"

"要紧的是，让他替你做个检查。"

"要紧事还是急事？"

"要紧事。"

两颗沉痛的心互相道别，淡淡的亲切，亲切而淡然。哈维穿着白大褂，盯着便签本最上面一页敲下的墨点，看了看爸爸的眼睛：一定要公正，代我照顾妈妈。办公桌那边有扇白色的门。许多年前——多少年？十二或十三年——的一天下午，门突然开了，阿兰洽一脸难过地站在门口：

"我来告诉你，我是杀人犯的妹妹。"

他请她进来，她已经进来了；他请她坐，她不肯。

"我能想象，你们过得糟透了。哈维，我真的很难过，对不起。"

她咧着下唇，看起来要哭。也许正因为如此，她说得特别快，免得哭出来破声。

她这么说，明显站在他这边，激动、难过、羞愧，一边说，一边突然将绿色加金色的物件摆在桌上，哈维一时没认出那是个什么玩意儿。他拘谨、惊愕、怀疑，甚至将身体微微后仰，以为／害怕是暴力行为。其实不过是一串普通的儿童玩具手链。

"这是小时候，你爸给我买的。镇上有次过节，我们去逛街，你恐怕不记得了，'老伙计'买了一串类似的手链给内蕾娅。我很嫉炉，也想要一串，妈妈不给。结果，'老伙计'二话不说，谁都不告诉，带我到黑人小摊上，给我买了这串手链。我来把它还给你。我在家找到的，觉得不配留着它。我可以还给毕妥利，但我不敢看她的眼睛。"

哈维向来稳重，不跟人亲近。他点点头，不说话。只是点点头，似乎在说：好。或者在说：我能理解。你放心，我对你没意见。

若干天前，最高法院判处何塞·马利一百二十六年监禁。哈维听内蕾娅说的，内蕾娅从广播里听到的。他俩犹豫要不要告诉妈妈，哈维觉得瞒着她不太地道，于是给她打电话；可是妈妈已经知道了。

后来，又过了许多年。多少年？哈维都懒得数。还是在这间办公室，他刚跟妈妈通过电话，看了看门，打开办公桌边上的一只抽屉。不知为何，阿兰洽的塑料手链还收在那里，挨着一瓶已经开口的白兰地。

22. 蜘蛛网里的回忆

这件事除了我，没人知道。她呢？如果脑损伤没有清空记忆，她也许还记得那个吻，除非当初，她已经吻过太多太多男孩子，忘了吻过谁，又或者那天晚上，她已经喝了太多太多酒，忘了跟谁做过什么。

这些女孩子，如今都成为四十出头的妇人，当年想跟谁好，会一头扑上去。而他们／我们男孩子在色情—爱情方面，压根就不开窍，至少我是如此。阿兰洽一定不知道，她是第一个亲吻哈维嘴唇的女孩子。

工作完一天，哈维习惯把自己锁在办公室，桌上摆着爸爸的照片和一瓶白兰地。他忧伤而镇定地扫视家具、天花板和墙壁，寻找回忆。

他原本可以回家，可是工作日回家是件恐怖的事。哪怕打开所有的灯，物品都灰暗得很，像是蒙着一层顽固污渍，看着伤心，眼皮发沉。每眨一次眼，咚！就像敲响一次丧钟，直到安眠药发挥作用。为了排遣孤独，他经常化名去逛社交网站，跟网友说些下流话。哪个网友？完全没概念。比如宝拉，或者小帕洛玛，化名背后，也许藏着索里亚省的老色鬼，或马德里市深更半夜不睡觉的少女。他会进各种论坛打口水战，故意犯一大堆拼写错误，去维护让他恶心的政治立场；还会在这家或那家报纸的电子版文章下，喷些辛辣言论，以挑衅为乐。他打着化名的旗号，去战胜不可救药的内向型性格，摇身一变，不再是四十八岁的孤独男人。

因此，好多天下班后，他宁愿在办公室多待一两个小时，万一哪个医护人员或行政人员经过走廊，看见他门底下有光，会推门进去聊一会儿。再说他很迷信，认为在办公室，回忆会比在家里好。他会顺便读些专业期刊和报告，或去回想些令人愉快的往事，直到白兰地让他无法控制思绪。到这一步，就快醉了。他会离开医院，第二天再来。

还没到那一步。于是，他慢慢喝，细细品，用平静的目光在墙上寻找这段或那段往事。在墙壁和天花板构成的一角上，保洁员没注意到，有张小小的蜘蛛网，仔细观察才能发现。织网的蜘蛛早已不见踪影，只剩下灰色残破的网。他想起阿兰洽那个吻。当年我多大？二十、二十一岁。她呢？比我小两岁。

镇上过节，总会发生这样的小插曲。大家跳舞、喝酒、出汗，彼此相识。如果你是年轻人，一只乳房就在手边，你会去抓；如果两片嘴唇靠得太近，你会去吻。没什么，都是些淡忘的鸡零狗碎，看着蜘蛛网，他又突然回想起来。

服兵役前，他在潘普洛纳学医，有索然无味、一本正经、过于内向的名声，总之就是个很严肃很严肃的男人，绕那么多弯子干吗？朋友呢？从小玩到大的朋友都陆续结婚了，朋友圈渐渐散了。他不抽烟、不喝酒、不贪吃、不运动、不爬山。可是尽管如此，人们对他印象不坏，因为他是当地人中的一分子。他是哈维，和其他人一起上学，和镇政府的阳台或镇广场上的椴树一样，属于这个镇子。这么说吧：未来正张开双臂，在等着他。他高个子，一表人才，居然没谈恋爱。是他太理性、太腼腆了？认识他的人都会说：恐怕是。

他盯着小小的蜘蛛网，喝了口白兰地。为什么笑？不为什么，想起那个场景，觉得好笑。广场一侧，燃烧着圣胡安节①的火堆。街上全是人：孩子们跑来跑去，到处洋溢着幸福的笑脸，舌头舔着冰棍，当地人无拘无束地站在两边人行道上，隔着街高声聊天。天热。他怎么没住在潘普洛纳？他住，回来待几天（带衣服回来让妈妈洗），享受节日的气氛，跟小伙伴们喝喝酒、泡泡吧。天快黑了，他们在街上遇到阿兰洽和她的小伙伴们。他们笑啊，一起去更多的酒吧。她跟他说话，说什么？太吵了，根本听不清。她在跟他说话，这个他发现了。脸凑得很近，尽管描了眼线，抹了口红，那张脸在他眼里，依然是父母最好朋友家大女儿的脸，无异于亲表妹，他无数次见过儿时的她跟内蕾娅一起玩。

　　因此，当她在酒吧昏暗的红色光线里，突然把手放在他门襟上，他都没明白这玩的是哪一出，还以为是没理由的玩笑和淘气。他像在梦里，看着那张小小的、残破的蜘蛛网，见自己被几乎是亲人的小姑娘使劲亲了一下。阿兰洽的舌头在急切地寻找他规规矩矩的舌头，当他意识到那个唇吻特别长，像来真的时，他惊呆了，越想越恐怖：家人、熟人、朋友、正在酒吧最里头的内蕾娅要是突然回头，会看见的！汗津津、香喷喷的阿兰洽紧贴着哈维一侧，耳语道：喂，我全湿了，想不想去一个没人看见的地方？对哈维而言，这话现在听起来，还是乱伦。

　　如今，他坐在办公室里笑。瞧你，浪费了这么好的机会。小姑娘自己送上门来，她愿意，准备好了，迫不及待。不行，他还要回潘普洛纳念书呢！他觉得不好意思，没那个胆儿，他回学生宿舍手淫，虽然也会遗精，但不会有男女关系的麻烦。他看着蜘蛛网，笑了；看着

---

① 圣胡安节（San Juan）于每年夏至后举行。大家汇聚于广场或海滩，将火把堆成火塔，手拉手唱歌跳舞、分享美食。

爸爸平静的眉毛，笑了；又举瓶喝了一口白兰地，笑了。他不知道为什么笑，其实，他觉得自己污，满身泥，悲伤得发霉。要做个公正的人、正直的人。好的，爸。他发现自己已经到了临界点，再喝一滴，就得把车扔在停车场，打车回家。因此，他把酒放进抽屉，看着绿色和金色的手链说：明天我去还给她。去他妈的，当年为什么不跟她做爱？回答是：因为你无论当年／还是现在，都是个大—傻—叉。爸爸在照片里点点头，哈维蛮不讲理地吼：你给我闭嘴。还是打个车好！

23. 看不见的绳索

他以为五分钟足够，下趟楼就回来，已经事先打听到她来医院的时间，快走到通往理疗室的走廊时，被伊齐亚尔·乌拉西亚医生在后面叫住。他慌张地挥舞手臂，让他停下。他俩认识，互相以"你"相称。

"我来通知你，今天陪她来的不是看护，是她妈妈。你看着办。"

哈维谢谢他，原路返回。

第二天几乎同一时间，乌拉西亚医生打他手机：想见阿兰洽的话，放心下楼，这回陪她来的是塞莱斯特。

"是谁？"

"她的厄瓜多尔看护。"

这回，哈维不像头一天那么坚决。去？还是不去？妈妈每天去镇上，在镇中心下车，逛商店，总之招摇过市。现在我又上阵，利用理疗时间主动接近人家女儿。她会回家说，用 iPad 交流无碍。她父母听了，会怎么想？也许他们会怀疑，我们的计划是骚扰加复仇。

同情心像系在脖子上的一条看不见的绳索，拼命拉扯着哈维。别否认，你同情她，因为她和你的过去息息相关，难道你不是在间接地同情自己？他自言自语，没意识到已经引起了别人的注意。两个白大褂跟他擦肩而过，奇怪地打断他，问他怎么了，他说没什么。尽管要去看阿兰洽，他还是先回办公室静了静。

天热。他解开衬衫上面的扣子，想松一松那条勒得越来越紧的绳索，没松下来。绳索不停地拉扯着他，时而用力，时而温柔，他没辙，只好被它拉着走。

说出来都没人信：成天被奄奄一息、无存活希望、时日无多的病体包围，两三个孩子的母亲活不到下一个圣诞节，小伙子（大多是摩托党）在生命绽放时丢了性命，这些血肉之躯的名字会突然出现在报纸讣告栏上，而他已经对同情免疫，时刻保持镇定，很专业、很苍白地去安慰痛失亲人的家属，尽最大努力去行使医生的职责（做个公正的人、诚实的人、正直的人）。然而今天，他感觉不同，他对阿兰洽不负任何医疗责任。正因为他和她之间的关系不同于他和病人之间的关系，他的内心才会受到如此触动？暗淡的荧光灯下，问题悬在半空中，已经没时间去找答案。他在绳索不停的拉扯下，急急走出电梯，来到复健科所在的楼层。

他远远地看见走廊尽头、靠墙的长凳上，坐着一个厄瓜多尔女人，矮个子，安第斯山区面容，守着轮椅。哈维医生经过她身边，她赶紧起身，点头问好。哈维面无表情，不去看她的脸，也礼貌地点头致意。

进门。两位年轻的理疗师正在跟十岁或十二岁的男孩开玩笑，用皮带把他捆在病床上，竖起来。哈维专业目测：巨细胞病毒感染症。他跟大家互相打招呼，男孩戴着近视眼镜，瞪着大眼睛望着他。往里一点，哈维看见了阿兰洽，她躺在病床上，没看见他。给她做理疗的姑娘示意：知道他会来。她在帮病人做舒缓的膝盖拉伸与收缩练习。哈维一边往里走，一边诊断：肌肉张力亢进、肥胖。侧着看，阿兰洽留短发，第一眼完全认不出；后来走到病床边，凑近了仔细观察五官，这才认出她来。理疗师不想吓着她，谨慎起见，语气自然地提醒：

"有大人物来看你。"

哈维先等阿兰洽反应，再伸出手。第一秒很惊恐，或许是害怕。后来，她冲他笑了笑，就是脸突然抽了抽。身体右半边还能动，她伸出右手，跟他握了握。脸上又摆出一个表情，他看不懂。

"你好吗？"

阿兰洽躺在病床上，摇了摇头，嘴唇咧了咧，理疗师读出唇语：

"糟透了。"

他笨拙、拘谨，语不成句。乌拉西亚医生跟他介绍过阿兰洽的病情，他太遗憾了。阿兰洽开开心心地听他说话，看表情，显然很着迷，似乎不敢相信面前这个有教养的白大褂会是哈维。

"他们对你好吗？"

阿兰洽点点头。

哈维问理疗师有关复健的应景问题，理疗师解释到位。阿兰洽想说什么，摆了摆健康的那只手。开始大家都会不了意；这时，几米外照顾男孩的一位理疗师意识到她要 iPad，去走廊，请厄瓜多尔看护把 iPad 拿来。阿兰洽坐在病床上，去掉套子，灵活地用手指打字："傻瓜，我一直喜欢你。"

她动用面部肌肉，全力微笑，嘴角边流下一串口水。她看上去很幸福，笑容可掬。好吧，现在不给，就永远也给不了。哈维从白大褂的口袋里掏出那串仿真手链，搭脉似的抓着阿兰洽的右手，给她戴上。

"这些年，我一直替你留着。行行好，别再还给我了。"

她严肃地看了他一会儿，写道："还等什么？亲我一下。"哈维亲了亲她的面颊，说要走了，衷心地祝福她，还说了些别的客气话。阿兰洽做手势，让他等一等。她又用手指敲键盘，写完给他看屏幕："你要是中风了，咱俩就结婚。"

24. 玩具手链

一盆普通的天竺葵都会让她心情不好，现在又出这档子事，比天竺葵更糟，其实手段还是同一种（他们以为呢？我会投降？）。要是她自己发现了那盆花，她会释然。什么呀！一盆花而已，随它去。可惜不是，嚼舌头根的女人来了一个又一个。

先是胡安妮：

"瞧见没？她在阳台上放了一盆天竺葵。"

米伦不说话，不去看。过一会儿在街上，又有人问她：

"喂，瞧见没？"

她还是不想去看，尽管两家只有几步之遥。

晚上，胡利安从帕戈埃塔酒吧带回了同样的消息，有人还说：要是米伦看见，会怎么想？这回，她彻底怒了，第二天去看那盆花。它就在那儿，一盆普普通通的天竺葵，开了两朵红花，好像在说：我回来了，旗子插在这儿，你们就忍着吧！

她对胡利安说：

"一盆破天竺葵，天冷不放进屋，就拜拜了。"

"那是她家，她爱放什么，放什么。"

她打定主意最好别管这事，日子接着过，头疼事已经很多，全镇人都站在我这边，那个女人能奈我何？门铃响了，她去开门。塞莱斯特还没推进轮椅，她就认出了那串手链。真是怕什么，来什么。先是天竺葵，现在又出这档子事。她跟女儿打招呼，亲吻她，趁机凑近了端详。绝对没错，脑海里回想起那个遥远的夏天，下午很热，镇上过节。佛朗哥是前一年死的，她连这个都记得。两对夫妇拖家带口地去逛街，听诗人即兴吟诗，笑得很开心。米伦没那么开心，因为何塞·马利一下午都不省心：多动症、难管教、没礼貌；自始至终挂在舞台边上，挨了诗人一顿骂；想从正在旋转的旋转木马上往下跳；衬衫不知在哪儿沾了油。儿子皮得像只猴儿，胡利安居然引以为豪。

"老婆，他不是猴儿，只是身体棒。"

后来，他裤子一边绽线，我差点想当街扇他一耳光，又要洗，又要缝，费大事了。米伦小声嘀咕：

"回家有你好看。"

胡利安买蛋奶球，孩子们人手一只。何塞·马利这个馋嘴猫两口吃掉自己的，还咬了一口内蕾娅的，内蕾娅气得不要了，胡利安只好再买一只，我们又不是钱多得慌。后来，何塞·马利又去抢格尔卡的。那时候格尔卡才五岁，不会超过五岁，可怜的小朋友拼命护着，不知怎么护的，反正就是不给。哥哥一气之下，把蛋奶球拍在他脸上，害得我们只好用酒吧的餐巾纸替他擦。短袖衫也脏了，尽给我找事儿。

"老伙计"和毕妥利要去兰萨罗特度假，回来带孩子串门，给我们带了一只单峰驼摆件，难看死了。碍于面子，搁在电视机上，别哪天他们来家里做客，问它去哪儿了。毕妥利笑着一会儿说兰萨罗特，一会儿说酒店，瞧她显摆那样儿！胡利安和米伦压根就不知道兰萨罗特在哪儿。总之过节那天，天色已晚，两家人决定回家做饭，让孩子们上床。之后，没孩子拖累，大人们还能出来享受一下夜生活。米伦真的只想上床睡觉。

回家路上，经过一排街边小摊，卖什么的都有：陶瓷工艺品、麻鞋、包包，总之应有尽有。"老伙计"掏钱的速度堪比西部牛仔拔枪，站在黑人仿真首饰摊前，给内蕾娅买了一串手链。这下惨了，当然了，阿兰洽也要。可我们有三个孩子，他们只有两个；胡利安在铸造厂挣一点点工资，他们有钱去兰萨罗特，享受各种奢侈的生活。不行！不买！阿兰洽都快哭了，死缠烂打地非要买。结果坏事儿了，"老伙计"拉着她的手，问都没问我们，既没问我，也没问胡利安，带她回到黑人小摊。如今，三十几年后，阿兰洽回家，又戴着那串手链。没错，就是那串绿色加金色珠子的手链。花了"老伙计"多少钱？五个杜罗^①？米伦气得发疯，只能咽下这口气。这钱给她和胡利安上了一课，告诉他们如何哄孩子开心。

还是我弄错了？米伦一直盯着手链，阿兰洽在开心地看电视，塞莱斯特亲切地跟她告辞。说实在的，告辞用不着那么亲切，不过感觉挺好。阿兰洽冲她笑了笑，挥了挥健康的那只手，跟她再见。米伦的方式有些生硬，送她到门口，没关门，跟她一起来到楼道。

"我说，我女儿戴的那串手链，你知道是从哪儿来的吗？"

"下午一位医生送她的。很漂亮，不是吗？"

"是的，是很漂亮。你说是男护士送她的？"

"不，不是。来了个男医生，我不知道名字，以前没见过。我还以为他是你们家亲戚，专程来看阿兰洽的，几分钟后，还温柔地亲了亲她的面颊。阿兰洽自始至终都很高兴、很欢喜的样子。他们聊了一会儿，嗯，医生说，阿兰洽用 iPad 写。最后，他送她一串玩具手链。"

"你没碰巧记得那位医生叫什么名字？"

"哦，米伦夫人，不好意思，没有，只听见理疗师们叫了他好几

---

① 杜罗（duro），西班牙前官方货币，相当于五个比塞塔。

次医生。您要是想知道，明天我去问问。是个高个子，两鬓有些白，戴眼镜，以前没见过。很严重吗？"

"没事儿，就是问问。"

胡利安老时间进门，眼睛亮晶晶的，老习惯，隔着衬衫，挠肝附近。锅里在煎挂糊鳀鱼，窗户大开，好让油烟散到街上去。阿兰洽入神地盯着面前那盆汤里冒出的热气，胡利安亲吻她额头，在桌边坐下，疲惫地吐了口气：

"我一点也不饿。"

米伦板着脸：

"怎么，手都不洗？"

他搓搓手，似乎就在水龙头底下：

"我手是干净的。"

"真不讲卫生……"

胡利安嘴里嘟囔，听话地去卫生间洗手。等他回到厨房，米伦背着阿兰洽，使劲跟他比划，他看不明白：

"什么呀？"

她双唇紧闭，气呼呼地瞪着他，让他装作没事儿发生。她摇摇头，似乎在说：上帝啊！对这个男人，得要有多耐心！

胡利安总算注意到那串手链。他装得太假，米伦恨不得用平底煎锅去砸他脑袋。

"真漂亮！"他对女儿说，"是你买的？"

阿兰洽使劲摇头，食指尖点了好几次胸口，嘴唇摆出"是我的"三个字。胡利安疑惑地看着老婆，老婆没好气地不理他。后来，他吃完晚饭，一直没吭声，免得坏事。

再后来，两口子关灯上床，说起了悄悄话。

"行了，搞什么名堂？"

"差点没把我吓死。那串手链是多年前，孩子们还小，两家关系还好时，一天过节，'老伙计'买给她的。"

"那又怎么样？她在哪个抽屉里找着了，就戴上了呗。"

"你傻啊？不是她找着的，是一个男医生送她的。"

"我都被你弄疯了。'老伙计'买给她……"

"嘘，小声点。"

两人窃窃私语：

"阿兰洽小时候，'老伙计'买给她一串手链，到这儿我懂。过了这么些年，一个男医生送了女儿一串原本就是女儿的手链。我要是能听懂，就把头割下来。"

"我唯一能想明白的是：只有一个男医生能做到，他还亲吻了阿兰洽的面颊。"

"是谁？"

"那个大儿子。不知什么原因，他保存了那串手链。"

"你肥皂剧看多了。"

"他们在计划什么，你难道没发现？他们闯进了我们的生活、我们的家、我们的卧室，甚至这张床，让我们成天议论他们。你说她为什么回来？招摇过市，阳台上放天竺葵，还在镇上逛商店？他们盯上我们了。胡利安，我们得做点什么。"

"没错，赶紧睡觉。"

"我说正经的。"

"我也是。"

胡利安很快打起了呼噜。米伦翻过去侧着睡，睡不着，黑暗中到处都是脸，到处都是灯，到处都是声音。眼前同时出现了天竺葵和手链。十一岁的阿兰洽跟他们拼命，要跟内蕾娅一模一样的手链。她看见何塞·马利把蛋奶球拍在格尔卡的脸上，看见"老伙计"就像电影里西部牛仔拔枪似的掏出钱包，看见那个女人，名字不能说，说了嘴发烧，她回来，准没安好心。要是以为我会发怵，那她的如意算盘可就打错了。米伦睡不着，又是一个不眠之夜。脑袋里全是想法，黑暗中全是幽灵。十二点过，她去厨房，写了张纸条："滚！离开这儿！"她想把纸条从门缝底下塞进去，看谁更能吓唬谁。正打算出门，转念一想：要是她能认出笔迹，该怎么办？她换了一张纸，变换字体，全部大写，又抄了一遍。她提着鞋，来到楼道，免得让睡着的人听见。她在进门脚垫上把鞋穿上，下楼到门厅，打开楼门。出去吗？迈一步就出去了。怎么了？在下雨，又是风又是雨，雨斜着下，下得可大了。多么糟糕的一个晚上！她对自己说：

"哎！"

接着，她撕了纸条，将碎片放进口袋，回家上床。

25. 你别回来了

门铃响了，短促、生硬。毕妥利坐在客厅的扶手椅上，正在看过去收藏的黑胶唱片。自从她执意回到镇子，第一回听见刺耳的门铃声，过去倒很熟悉。

她没有一惊，莫非她在等人？是，也不是。我觉得迟早会有人上门，很可能是个女人，来好奇地向我打听，回来究竟是何目的。

几天前，她在街上遇到一个熟人。场面实在太假，无疑，那绝非偶遇。

"上帝啊，毕妥利，多少年没见了，真开心！你还是那么美。"

几句刻薄话已经到了嘴边：哦，你知道吗？对女人来说，杀了她丈夫，让她守寡，孤零零的一个人，是可以让她变美的。可她生生把话咽了下去。她早就看见熟人候在街角，她在等我，问些别人让她问的问题。她问了，假装是临时起意。她没去参加追悼会，没向我吊唁，标语一出现，就不跟我们打招呼。别恨，毕妥利，别恨。她回答得闪烁其词，模棱两可，假笑，看得对方浑身发冷，像吞了只死苍蝇。

她去开门，是堂塞拉皮奥。他眼里抹了好多油，眉间抹了好多蜜，白皙细嫩的双手先分后合，白色硬领，须后水的味道。而她面无表情，眼睛眨都不眨。惊讶吗？一点也不。要是开门，楼道里没人，她也不惊讶。

神父往前，想抱抱她，亲亲她的面颊，这个男人总爱动手动脚。毕妥利突然退后，神色紧张，跟他保持距离。他用巴斯克语说：来看看她。她明显很提防，盯着他看，手扶门边，可以随时把门摔在他脸上。她用卡斯蒂利亚语回答/吩咐：你进来吧！用的是"你"。

在上帝家里，他说了算；在我家里，我说了算。堂塞拉皮奥已经年过七旬，迈进门，眼睛就像照相机，看地板、看墙壁、看家具、看装饰。快到下午两点，他闻到毕妥利在厨房热菜的味道①，是血肠炖菜豆。

"你在这儿过日子了？"

"那当然，这是我家。"

毕妥利把刚才坐着看黑胶唱片的扶手椅让给他坐。坐在那儿，每次抬头，都会看见挂在墙上的"老伙计"的照片。她从厨房搬来一张椅子，自己坐。神父开始没话找话，百般恭维，举止十分亲切，言语十分低调，希望占据主动。毕妥利则寡言少语，态度挑衅，执意用卡斯蒂利亚语。后来，堂塞拉皮奥明显想缓和气氛，放弃用巴斯克语。

神父在绕九曲十八弯，从不重要的话题绕到子话题，从一个次要话题绕到另一个次要话题，中间短暂谈论天气、健康和家人。毕妥利还没吃午饭，不耐烦地打断他：

"想说什么，干吗不直说？"

堂塞拉皮奥无路可逃，本能地越过不好惹的毕妥利的脑袋，看了一眼相框里的"老伙计"的照片。

"好吧，毕妥利。不知你有没有留意：你的出现在镇子里引起了某种不安？说不安还不确切。"

"恐慌？"

---

① 西班牙人习惯两点左右吃午饭。

"我表述不当，向你道歉。这么说吧，镇上的人见你每天来，觉得奇怪，产生了一些疑问。"

"你怎么知道镇上的人有疑问？他们去教堂告诉你的？"

"镇上有什么新闻，一眨眼就传开了。事实上，你一来，大家就议论开了。你来自己镇子，这点无可厚非，我很欢迎。然而，事情远比第一眼看上去复杂。你有合法权利回家，不代表别人没有合法权利做其他事。"

"比方说？"

"比方说：他们有权重新安排自己的生活，希望有机会过太平日子。武装斗争狠狠打击了我们镇子，同时，我们也不能忘记西班牙安全部队的所作所为。有人不幸遇难：你丈夫，愿他安息，还有工业园区遇刺的两名宪警。这些骇人听闻的事件让我们痛心不已，然而，不是存心找理由，我们也不应该忘记其他人所受的折磨。这里有过镇压，动辄搜查住处，逮捕无辜民众，折磨他们，说得更确切些，在军营里对他们严刑拷打。现如今，镇上有九名孩子被判处多年徒刑。我不想去论证他们是不是罪有应得，我不是法学家，也不是政治家，只是一名普通的神职人员，希望能做点事，让镇上的人过太平日子。"

"你不会在暗示太平日子受到威胁，是因为丈夫被暗杀，寡妇回家待了几个小时造成的吧？"

"绝对没有这个意思。我只是代表镇上人，来请你帮个忙。你要是乐意，我会非常感激；你要是不乐意，我会尊重你的决定。毕竟，我知道你受了很多苦，再怎样也不会质疑你的感受，对你横加指责。我祈祷时，一直记得你和你的孩子们。相信我，如果你丈夫如今不在上帝面前，绝对不是因为我没有替他向上帝恳求过千百遍造成的。正如上帝负责亡者的灵魂，我要负责教区内生者的灵魂。我做得好？还是不好？我肯定犯过错，曾经表述不当，不止一次地说过不该说的话和不想说的话。要么不该说的时候，说了；要么该说的时候，没说。我和所有人一样，并不完美。但无论如何，我要不灰心，不气馁，把赋予我的使命履行到生命的尽头。你明白吗？我不能去那些同样饱受摧残的人家里，说：不行，我很抱歉，你们的儿子加入了埃塔，滚一边去！换了你，你会这么说？"

"换了我，我一定清清楚楚、明明白白地这么说。你以为呢？"

这回，神父不抬头去看"老伙计"的照片，而是低头去看毕妥利的脚和自己脚之间的地面。

"你别回来了。"

"你让我别回自己家？"

"这阵子别回来，等风平浪静、天下太平再回来。上帝慈悲为怀，你生前遭的罪，死后必有补偿。别让灵魂充满怨恨。"

第二天，毕妥利心绪未平，前往波略埃告诉"老伙计"。她是站着说的，瓢泼大雨，她不想坐在湿漉漉的大石板上。

"他就是这么跟我说的。让我别去镇上，免得破坏和平进程。你瞧，受害者反倒成了碍事鬼。他们想把我们扫到地毯底下，眼不见为净。如果我们从公众生活中消失，他们就能把亲人从牢里弄出来，于是乎，天下太平，皆大欢喜，这里什么都没发生过。他说，到了该彼此说道歉的时候了。我问他，我该向谁道歉。他说，我不用向谁道歉。然而很不幸，我是冲突中的一分子。这场冲突不仅波及某些人，还波及整个社会。不排除那些该向我道歉的人，也希望有人向他们道歉。这很难做到，因此，神父认为，既然已经不存在恐怖袭击，最好让局势平静下来，不再剑拔弩张，让痛苦和伤害随着时间一点点褪去。'老伙计'，你怎么看？我没发飙，也没沉默。"

毕妥利直直地盯着神父的眼睛说：

"听着，塞拉皮奥，谁要是不想在镇上见到我，就像当年对'老伙计'那样，也给我四枪好了。我想回来，想回来多少次，就回来多少次。反正别的没有，要命一条。我好好的日子，多少年前就被人毁了。我没指望谁来向我道歉，尽管现在想想，道歉是个挺人道的举动。话就说到这儿，饭点要过了。告诉派你来的人，我丈夫遇害的所有相关细节，不弄得清清楚楚、明明白白，我绝不罢休。"

"毕妥利，看在上帝分上，你干吗要在伤口上撒盐？"

我回答：

"为了挤出里面的脓，否则，伤口永远不会愈合。我们没再说别的。神父垂头丧气地走了，一脸愤怒。我才不管呢！我在百叶窗缝里见他走到街上，立马冲进厨房，美美地吃了一大盘血肠炖菜豆，我都快饿死了。'老伙计'，你怎么想？我做得好吗？你知道的，我向来很有个性。"

26. 向着他们，还是向着我们

雨水打在墓碑上，雾蒙蒙、凉飕飕的，起着秋意，毕妥利听了欢喜。没错，还能把这儿洗刷得稍微干净点，让亡者也有些生机，不是吗？我算是想明白了。

她一边绕过地上的水洼，一边琢磨。在墓穴的大石板上看见蜗牛，差点想（不是第一次）抓回去下锅。她打着伞，护着在家梳理整齐的头发。雨下个不停，出墓园时，碰巧遇到公交车进站，她赶紧上车。接下来干吗？脑子里将方方面面过了一遍：昨天的菜豆没吃完，"煤球"有满满一碗猫粮，家里没人等她，不能让堂塞拉皮奥误以为她同意这阵子不回去，这点让她特别生气。她在林荫大道下车，在附近的面包房里买了两只小面包。管他呢！爱谁谁！坐上第一班公交，回镇上去了。

于是，她将昨天的剩饭剩菜热了吃，然后弄弄这个，鼓捣鼓捣那个。接了一下午电线，把各种设备又接上，过去都是"老伙计"干的，最后总算把唱片机给鼓捣响了。两首老歌之间，传来了教堂钟声。今天是星期六，她拿着伞出门。去哪儿？还能去哪儿？去听七点的弥撒。步入教堂，冲动之下，想去坐第一排，就像追悼会那个遥远的下午，可这也太咄咄逼人了点。于是，她挑了右侧最后一排最边上的位置，那儿可以遍览整座教堂，随意观察形势。

弥撒开始时间到，教堂里人还不少，尽管没有过去多。没人坐在毕妥利附近，可见她的出现并非无人留意。我无所谓，我又没指望在上帝的殿堂里，大家对我鼓掌欢迎，尽管此处号称要人人爱人。

周围空着，她反倒显眼。于是，等神父穿着绿色十字裙，从正对着祭坛的圣器室门口走出时，她尽可能悄悄地换到左侧长椅上，躲在几个不相识的人身后。目光随意一扫，发现柱子前有把轮椅。

米伦没看见毕妥利，但已经得知她人在教堂。快七点，她推着女儿前来，有人帮忙拉开教堂门，方便她们进入。谁啊？这不重要，谁都会帮这个忙。她舒舒服服地在老位子上坐下，阿兰洽在一旁，圣伊格纳西奥·德洛约拉的圣像就在不远处侧墙的阴影中。这时，有张嘴巴凑到她耳边嘀咕，她微微点头，表示知道了。无论当时还是弥撒全程，她都没把脑袋往右转。

她胆子越来越大了！米伦透过柱子和阿兰洽后脑勺间的空隙，向伊格纳西奥投去迁怒的目光。你到底向着谁？向着他们，还是向着我们？弥撒刚开始，米伦就想一走了之。她来这儿绝对没安好心！他们游行示威、报纸呼吁，好不容易盼来了和平；刚和平没两天，又来成心搅和、破坏和平。她作势要走，可是转念一想：我走？应该她走才是。她对伊格纳西奥说：你要是向着她，你们俩一块儿走！

布道开始。两人同坐一排长椅，一个这头，一个那头，中间隔着三四个教民。堂塞拉皮奥站在带书报阅读架的布道台上，看见了她们。他没有指名道姓，这倒没有，可他突然放弃原本枯燥的话题，转向即兴发挥。说实在的，开始有些颠三倒四，说的是和平与和解，原谅与共处，如果不是专门说给我听的，那主要是说给我们俩听的。

他讲了一个故事，一个例子，一个寓言，你说什么就是什么。总之有两个人，过去是好朋友，生活幸福，后来反目成仇，生活不幸福。上帝希望他们达成和解，尽管这并不容易。过了一段日子，他们和解了，重新过上了幸福的生活。正如耶稣所说，你要爱别人，等等等等。他越说越起劲，好了好了，终于太平了。神父平时话少谨慎，这天一反常态，激情澎湃地足足说了有二十分钟。

与此同时，米伦已经不再跟伊格纳西奥·德洛约拉说话。我求你的事，你全都办不到。她气呼呼地打算，从今往后，不再跟他说话了。她一个劲地埋头思量自己受到的伤害，好半天才发现阿兰洽正在跟那个女人招手致意。太可怕了！阿兰洽笑得头直摇，眼睛、嘴唇、额头、耳朵都在笑，笑得惊天动地。她是受刺激了，还是怎么着？米伦好好想了想，也许她不是打招呼，而是在展示手链。完全没办法让她摘下那条该死的手链。孩子，那只是一条玩具手链。米伦悄悄地松开轮椅刹车，用脚一拨，让阿兰洽面对祭坛。可这个傻女儿——上帝要给我多少耐心才行啊！——居然拼命转过头去。米伦只好拨一点，再拨一点，让她面壁，无法再跟那个女人交流。

毕妥利意识到阿兰洽在冲她招手后，时不时地往左看。她伸长脖子，隔着中间三四个教民，能看见米伦的一部分和阿兰洽的全部。直到她突然发现，真怪！轮椅位置变了，再也没办法对阿兰洽笑。

米伦双手交叉，去领圣餐。她在盯着我看，我能感觉到她针一样的目光。的确，毕妥利在目不转睛地盯着米伦。她那么虔诚，自以为在迈向天堂。等她穿着沾有我丈夫鲜血的袍子，走到天堂门口时，看别人会跟她怎么讲。神父面前领圣餐的人排成小队，毕妥利也想加入。虽说她不信上帝，不做祷告，那又何妨？等那位舌头上摆着圣餐，从中间走道返回座位上时，谁知道呢？也许，她俩会对视一眼。毕妥利想象出这个场面，心头一阵狂喜，甚至作势想站起身来。突然腹部剧痛，没站起来，这已经是最近第三回还是第四回发作。接下来的五分钟生不如死，脑袋晕得害怕一头栽倒。她闭上眼，慢慢呼吸，好了。这时，弥撒已经结束，大家正排队往门口走。等她终于站起身来，发现轮椅已经不见了。

她是最后几个离开教堂的，走到黑乎乎的广场上，天还在下雨。肯定因为下雨，人群迅速作鸟兽散。没走五步，两个模糊的身影来到她身边。

　　"还记得我们吗？"

　　听不出她是谁，也看不清他们的脸。她好一会儿才认出，凑近了看，哦，是某某某和某某某，镇上的一对老年夫妇，他俩低声说话。

　　"我们在教堂看见你，特别高兴。我跟老头子说：咱们去门口等她。我们很敬重你，一直都很敬重。"

　　接下来老头子说话，声音也很低。雨点噼里啪啦地打在雨伞上，毕妥利不得不竖起耳朵，仔细聆听：

　　"我们从来都不是民族主义者。当然，最好别让人知道。"

　　毕妥利谢谢他们，说：对不起，我赶时间。

　　"好的，不耽误你。"

　　赶时间？她才不赶时间。她融入黑暗中，走进一间门廊，靠在墙上歇一会，等腹痛过去。

27. 家庭聚餐

星期天吃海鲜饭。内蕾娅第一个到，没穿高跟鞋，没抹口红，没带老公。母女俩在玄关靠了靠面颊。

"伦敦玩得好吗？"

内蕾娅带来一块进门脚垫，说在某某地方买的，发音时，口形略夸张，恐怕是操练了两个礼拜的英语，惯性使然。

"漂亮吧？"

进门脚垫上的图案是红色双层巴士。毕妥利佯装开心地回答：是很漂亮，女儿，干吗要破费？内蕾娅去楼道，换上新脚垫，将旧脚垫靠在墙上，一会儿下楼，带去扔垃圾筒。

"基克呢？他不爱吃海鲜饭？"

"我跟他结束了，一会儿跟你们说。"

"煤球"在沙发上打盹，不睁眼，随便摸。外面天灰蒙蒙的。门铃响了，哈维亲吻／拥抱妈妈，亲吻／拥抱内蕾娅，没有理会猫咪，没有留意到刚刚蹭完鞋的是一块新的进门脚垫。他带了一瓶葡萄酒和一束花。用不着破费。他们仨很少在一块儿吃饭：圣诞节、毕妥利生日，还有今天？今天没有特殊原因，只是内蕾娅从伦敦回来，或三个人好久没有同桌吃饭了。哈维聊起医院一个病人的悲惨遭遇和另一个病人的滑稽遭遇，可是听完第一个病人的悲惨遭遇，他们怎么能笑得出？先吃冷盘。内蕾娅叙述旅行见闻（进了哪儿，去了哪儿，经过哪儿），哥哥边开葡萄酒，边想起另一个谈资，问妹妹：

"基克在干吗？"

"我想，他还在伦敦。"

哈维既好奇，又不解，开酒瓶的手停下。毕妥利赶紧插话：

"他们又分了。"

"我们没分。"

"你们分居了。"

"不是一回事。"

"尽管你们向来各住各家，我说的没错吧？"

"你说的没错。"

他们迟早都会知道，内蕾娅决定说，好好说，详细说：

"你们知道的：我俩经双方同意，已经分居。是否永远分居，得走一步看一步。基克打算每个月给我赡养费，我当然跟他说不要。"

妈妈眉毛一挑：

"为什么不要？"

"不想欠他的情。"

哈维把酒递给妈妈，她不喝；递给内蕾娅，她也不喝；他想给自己倒来着，后来也不倒了，将酒原封不动地放在桌边。毕妥利站起来，去厨房取海鲜饭。内蕾娅问：要帮忙吗？毕妥利说：不用。

趁妈妈不在，兄妹俩嘀咕。哈维说：

"我求你别提那个。"

毕妥利从厨房回来，听到最后两个字，问：

"哪个？"

柳条垫子上有烧焦的黑渍，爸爸还活着、住在镇上、孩子们还小的时候，家里就用这个垫子；煮海鲜饭的锅，锅边掉了好几块瓷，也从那时候用到现在。内蕾娅不厌其烦地劝妈妈，劝了好多年，老古董劳什子扔掉算了，买新的；老古董餐巾也早该进垃圾筒，还是"老伙计"二十多年前擦油手指的餐巾。

海鲜饭噗噗噗升腾出最后几缕蒸汽。毕妥利盛给哈维，因为他是最心爱的儿子？因为他遇到实际问题一无是处？内蕾娅的性格跟他完全不同。她坚决地抓起饭勺，给自己盛，同时回忆/历数在伦敦吃过的质量还行/存疑的早、中、晚餐。等所有人渐渐将盘子里的海鲜饭一点点放入口中时，她又说起个人的短期和中期计划：

"我最终决定：行。一旦可能，我就去监狱参加恢复性司法见面。"

三人都不说话。这就是哈维让她别提的"那个"话题。她见无人反驳，便继续往下说：

"我跟调解人电话聊过，是位女士，人很好，我很信任。一开始没那么信任，后来越了解，越信任。我告诉她，我已经从伦敦回来了，打算重新参加准备活动。还有什么？啊，之所以全都告诉你们，是因为我做事不喜欢藏着掖着。我知道你们反对。"

妈妈和哥哥同时看她，表情严肃，其实是面无表情，又同时不看她。不把她当回事还是怎么着？能听见下巴活动的声音，大家齐齐盯着盘子，一点点消灭海鲜饭。然后，毕妥利慢悠悠地喝了口水，用老古董餐巾擦了擦嘴，用机械的、中性的声音问：

"你想要什么样的收获？"

"不清楚，我还不知道会跟谁见面。只有一点很清楚：希望他们中的一个知道他们对我们做了什么，我们是怎么过来的。"

"你的意思是说：你是怎么过来的。"

"没错。"

哈维光吃饭，不说话。

"然后呢？"

"听他怎么说。"

"你指望他会向你道歉？"

"说真的，没想过。据调解人讲，截止到目前，所有参加过会面的人都感觉良好。个个悔不当初，甚至最后，连受害者都感觉成为更好的自己。对我而言，松这口气，可不是小事。从那以后，会良性发展。比方说：伤口不再流脓，会永远留个疤，但疤痕也是伤口愈合的一种方式。我不知道你们，但我希望有朝一日，照镜子，照见的不止是一名受害者。他们承诺会非常谨慎，不让媒体知情。"

哈维眉头紧锁，闭口不言。前几天，他跟内蕾娅强调过好几次：瞒着妈妈。为什么？免得她担心，结果，毕妥利很冷静。

"我说女儿，你觉得怎么好，就怎么做，我不反对。之前，有人以受害者关怀中心的名义给我介绍过这种会面，我大概知道是怎么回事。我个人觉得，随便找个杀人犯聊一聊，不是什么好办法，纯属浪费时间。我受的伤害太大，伤口无法愈合。伤口是整个身体，我觉得没必要跟你解释。如果到头来我会留个疤，那就是身体全部烧掉后留下的疤，整个人变成一个疤。那时候，也许我会遇到杀死爸爸的凶手，看着他眼睛，跟他说点心里话。"毕妥利问哈维："你怎么想？哑巴了？"

哈维依然低垂着眼：

"这种完全个人的话题，我不发表意见。"

"我问你会不会去参加这种会面。"

"不会。"

回答得毅然决然，态度很冲。内蕾娅把没吃干净的盘子往桌子中间一推，意思是吃完了。她又表示：

"见面后，我打算换个城市生活，去哪儿还不知道，也不排除出国。"

他俩听到，不评价，不提问。三人接着聊天，聊些日常话题，三言两语，一板一眼。第一个离开的是哈维，没吃甜品，没喝咖啡，因为星期天有球赛，他自小就是皇家社会会员，尽管很少去球场看球。内蕾娅帮妈妈收拾。只剩下母女俩，她问妈妈对她将来的计划有何看法。

"你已经是大人了，知道自己在做什么。"

"你难道希望我像哥哥那样？"

"你哥哥怎样？"

"他是我认识的最忧伤的男人。"

"忧伤是什么？你懂个屁！"

"我也有充分的理由一蹶不振、颓丧消沉。你瞧，在英国那天晚上，我跟基克说好，分开一段日子。我去河边遛弯儿，问自己：我该怎么办？是一头扎进河里，一死了之？还是在徘徊已久的迷宫里寻找一条出路？我看看浑浊的河水和城市在水中的倒影，又看看人，听见附近某个地方飘出音乐，凉风拂在脸上。我的结论是：管他奶奶的！内蕾娅，抬起头来，别认输，活下去！就是，姑娘，哪怕你倒了大霉，也要好好活下去！动起来！去斗争！去寻找！对了，我知道你每天回镇上，我觉得挺好。我想，你也在寻找什么。"

"寻找？我？我不寻找什么，我回家。难道我连家都不能回？难道我碍着你了？"

毕妥利两眼冒火，双唇紧闭。两人没再说别的。过了一会儿，内蕾娅出门，发现旧脚垫已经不在楼道上了。

28. 兄妹之间

　　十一月的天灰蒙蒙的，内蕾娅走出门廊，外面在飘小雨。前方的坡是必经之路，远远地站着一个男人，打着黑伞，遮着脸。内蕾娅的心揪了一下，不是说现在没有恐怖袭击了吗？这态度，这模样，一个人，不由得让她担心起来。保险起见，换到街对面去走。没一会儿，那人转过身来，居然是哈维。

　　"你不是说，赶时间，要去看球吗？"

　　"我改主意了。"

　　理由是什么？觉得跟她单独聊一聊比看球更重要。内蕾娅说：你别吓我。哈维说：你别害怕，只是两人很少见面，没机会单独聊一聊。他俩决定接着往下，走到圣马丁街。走在路上，内蕾娅说：把伞收了吧，雨不下了。哈维收了伞。不一会儿，两人在欧罗巴酒店的咖啡厅坐下。

　　"我都不知道你爱喝白兰地。"

　　"嗯，总得喝点什么。咱们不能干坐着，不消费，不是吗？"

　　她要了母菊花茶。刚吃完海鲜饭，肚子撑，嘴里油。

　　哈维对她的抱怨充耳不闻，不铺垫，直入主题：

　　"在去妈妈家之前，我本该跟你见个面，聊一聊的。说实话，我很不开心。咱俩应该定几条规矩，免得再让她受苦。你实在是考虑不周。尽管我承认，部分责任在我，没有及时干预。"

"没有让我闭嘴？"

"你就说说将来的计划，已经足够。出于谨慎，或者有个词，不知你听没听过，出于分寸。"

"就像你现在这样，有分寸，是不是？"

"说说你第 N 次分居也就行了，别的事最好改天再说。也许你觉得妈很冷静，可我向你保证，那种冷静是装出来的，是她寡居以来所戴的面具，她只是在装坚强。你说啊说，说得没完没了，有时候说得可起劲了，说得我烦得要命。你要是仔细观察，会在妈妈的额头上、眼睛里看到：你说的每个字，都重重地砸在她心坎上。这些我都看在眼里。"

"哦，是吗？你要是能看见，那就怪了，明明一直埋头吃饭，就没抬过头。"

"有些事，不用看，也能看见。内蕾娅，你听好。或许，你跟基克分居对你的伤害，比表现出来的更严重，这点你自己心里清楚。吃饭时，你给我的印象是：突然想做很多事，无论殃及谁，无论会对身边的人有何影响。说真的，你的内心并不平静。"

"即便如此，那又如何？我非得按你的方式走？"

"去伦教前，你向我保证：已经放弃了恢复性司法见面这个念头。如今，我们又得知：你要继续。我说：你这又是何必呢？想远走高飞之前，获取一点心理安慰？想各找出路，各自逃命，不是吗？看看妈妈的反应，你真的能得到安慰？我不能。或许，面对悔不当初的凶手，我会一瞬间感到安慰。可是，等我回到圣塞巴斯蒂安，发现个人松了口气，对亲人没有好处，甚至适得其反时，我的感觉会和过去一样，甚至更糟。"

"你在骂我自私？"

"说你天真好了。"

"哈维，我不是你的三岁小妹妹，童年已经离我很远。我不需要人生导师，我的人生会自己安排。"

"我不否认，所以才会坐下来跟你聊一聊，相信你能做出决定，避免犯错，避免像今天这样，伤害别人。"

"你太夸张了。"

"你将爸爸的遭遇挪作私用，按你所需，对你方便，随你怎么叫，寻求一条出路。然后你志得意满，远走高飞，在海边的棕榈树下，开始崭新的生活。你从没想过，也许这样做，会让留下的人更痛苦。"

"情感上，你们永远停留在那一刻。妈妈和你掉进痛苦、怨恨、忧伤的深渊里无法自拔，也不知道你们愿不愿意把自己拔出来。我跌落过谷底，已经受够了，内心有需求，需要改变。因此，我找人咨询，想去见凶手，告诉他：你们对我做过这些，后果是这些，你留着，送给你；然后我再带着他的道歉，或没有他的道歉，走得远远的，去一个没有人认识我、不会戳我脊梁骨的地方，为别人做点事，比如为遭受虐待的妇女和孤儿做点事。说我自私，简直无稽之谈。甚至我觉得，留在这座城市，继续舔伤口，直到生命的尽头，那才更自私。你别再盯着这杯该死的白兰地了，你看着我。我是一个跟丈夫分居的女人，没有孩子，一只脚已经踏入了更年期。你在伤害我，我想拿母菊花茶泼你的脸。"

哈维神色自若，没看她，甚至在跟她说话时，继续盯着白兰地：

"有个情况你不知道，抱歉之前没告诉你，这也是我们本该见面的另一个原因。我觉得妈妈病了，什么性质，还不知道。最近一次检查结果一点儿也不好。你在伦敦时，我帮她约了这儿最好的肿瘤专家之一，可那天，妈妈没去，她说忘了，我很怀疑。我不想吓她，只说是常规复查。她又不傻，有症状，多少会自己判断。我拜托你，计划延后。照我说，至少咱妈活一天，搁置一天。行行好，你那边别有什么动作，让她雪上加霜。"

"是癌症？"

"肯定是。"

哈维喝了两杯白兰地，加上妹妹的母菊花茶。他去柜台结账，顺便跟服务生打听比赛结果。上半场进行到一半，比分零比零。他折回去找妹妹，没再坐下。

"你想想，想好了，告诉我一声。"

"没什么好想的。明天，我给调解人打电话，跟她说放弃。医生大人再次得逞。不过我保证，总有一天，不知道什么时候，我会离开这个该死的地方。"

哈维俯身，在她脸颊上留下一个兄长的吻。

"日子艰难。"

"你说得没错。"

兄妹俩简单告辞，没有笑容衬托，没有感情渲染。他出门，雨停了。她继续坐在角落桌边，怔怔地看着窗外，街上灰蒙蒙的。

29. 两种颜色的树叶

　　只是因为要在咖啡厅里多坐一会儿，内蕾娅要了一瓶矿泉水。下午，天色渐渐暗了，来往车辆打着车灯。咖啡厅里的人呢？很少。她换了张桌子，靠近玻璃门，能更清楚地看见外面车来车往。窝在一边的感觉好极了，一个人慵懒得很，想不出能去哪儿。

　　车辆并非川流不息，而是随着圣马丁街口红绿灯的频率，时有时无。置身于这样的环境中，内蕾娅微微惬意之余，有些忧伤。油油的海鲜饭，回味仍在口中，于是那忧伤便可以承受。

　　突然，呼噜呼噜地驶过一辆公交，不是市内公交，她就坐在车里。我和我的青春岁月正在前往萨拉戈萨，在爸爸的希望／恳求／要求下，去念法学专业四年级。多年前，他想不惜一切代价，保护女儿。

　　大清早坐上龙卡莱萨公司的公交车，我一路哭到潘普洛纳。好姐妹们，周四的晚餐聚会，骑摩托兜风，迪厅。在那个遥远的十月，我失去／扔下了所有。萨拉戈萨对她而言，没有任何意义，一个没有海滩、没有海湾、没有山峦的城市，太可怕了，怎么能住得离海那么远？可是爸爸心意已决：相信我，没有别的办法，离巴斯克越远越好。去巴塞罗那，去马德里，想去哪儿就去哪儿，别管要花多少钱，只要人平平安安的，顺利完成学业就好。因为她被萨拉戈萨大学录取，就去了萨拉戈萨。她从家哭到潘普洛纳，在那儿转车，第二程情绪有所好转。为什么？她在潘普洛纳公交总站咖啡厅喝了一杯牛奶咖啡，吃了一块土豆鸡蛋饼。妈的！肚子填饱，人生变好。有个小伙子去洛格罗尼奥还是哪儿的，不记得了，过来讨好她，恭维她，对她心存幻想。而她只想打打岔，一边看挂钟，一边让他存了幻想，留下一个假电话号码和唇上的一个吻。总之，土豆饼和小伙子让早晨明媚起来。她一路睡到图德拉，到萨拉戈萨时饿得前心贴后背，但情绪挺好。

之前，她只去过一次萨拉戈萨，住了两个晚上。热死人了，真的会热死人的。住在客栈，晚上也热得像蒸笼。她去报到注册，顺便寻个住处，在圣弗朗西斯科广场的书报亭里买了一份《阿拉贡先驱报》，留下几版租房广告，其余直接扔进垃圾箱。德利西亚斯区的房子，拉斯富恩特斯区的房子，这儿的房子，那儿的房子，哪个区她都没概念。天热，下午两点，街上别说人了，连一只鸟、一只苍蝇都没有。她钻进电话亭，话筒烫手，只好用面巾纸包上。她在众多号码里挑了一个，拨出。对方的报价低到不可思议，她不放心地问：房子是不是在萨拉戈萨。什么？在市区，不在乡镇？她感觉电话那头的人有些茫然：当然在市区了，就在市区。于是她想：我的妈呀！我到了个什么鬼地方？好吧，她打个车，想去看一眼，赶紧把房子搞定，尽快回家。她一说地址，的哥就明白了。好兆头，估计那条街很有名，文明城市该有的东西，街上应有尽有。哪些东西？路灯、人行道、商店。有一会儿，她很想问的哥：那儿远不远？被她生生咽了下去。一方面不好意思，当然了，任何一个有头脑的人都会在第一时间买张城市地图；另一方面，万一的哥发现她不认识路，会故意绕个大圈子，宰她一刀。车开到托雷罗区，过运河，几乎能看见墓地时，的哥说：到了。她付钱，下车。房子呢？挺好，干净，一点也不黑，配了简单的家具。窗外的风景很不怎么样，喂，又不是来度假。说真的，内蕾娅上楼敲门前，已经认准了这个地方。她想起妈妈的忠告：女儿，重要的是开学时，有个落脚点，然后再定定心心地骑马找马，逐步改善。妈妈还说：进门厅，先看报箱。真的！穷人顾不上打理，只有生活优越的人才会把报箱收拾得干干净净、整整齐齐。妈妈说：看报箱，就能知道住户属于哪个阶层。这里的报箱给内蕾娅留下的印象非常好，楼梯和墙壁也很清爽。门开了，她跟未来的室友握手，更加笃定萨拉戈萨的住处就是这儿了。

她住了好几个月，就没怎么见过来自韦斯卡的室友，也确实搞不清她是做什么的，肯定不是学生。房子最大的缺陷是离学校太远，离酒吧和娱乐场所也太远。后来刮北风，起雾，冬天来了。天寒地冻，冷得她想骂人。买了个电炉子，用处不大，离开几米，就冻到了骨子里。来年初，她搬到了洛佩兹·阿略埃区一套地段佳、供暖好、租金更高的公寓，和两个特鲁埃尔姑娘合住。一个比她小，也念法学，一个念文学，三人一见如故。

萨拉戈萨。要是哥哥知道、妈妈知道就好了！除了开头那段在托雷罗区公寓瑟瑟发抖、孤单寂寞、想家的日子外，她几乎称得上幸福，只是当时并不自知，只顾着肆意挥霍青春。很快，她结交了新朋友，如此心理健康、开朗温和的朋友，别处都没遇到过。她在不放松学习（没有一门挂科）的前提下，经常刷夜、做爱、喝酒，偶尔吸可卡因和大麻。她学会没有大海、没有摩托，照样生活，将原本不该忘记的糟心事、闹心事抛在脑后。其实她没忘记，只是隔得远了，传到耳里，已经淡了。或者，她压根就不知情，部分因为家人，特别是充当保护伞的爸爸，无论如何要瞒着她。

那个灰蒙蒙的星期天，坐在欧罗巴酒店的咖啡厅，看着车来车往，对着一只杯子和一小瓶矿泉水时，她想起了学生时代在萨拉戈萨结识的面孔、去过的地方、发生的趣闻、参加的聚会和许许多多亲身经历的事。她又一次感到扎心，已经好多次了。突然，美好的回忆全都变成了某些树的叶子。哪些树？那有什么要紧？就是正面一种颜色、反面另一种颜色的叶子。正面亮绿，赏心悦目；反面淡绿，带着负疚感和悔恨。她看着双手，后悔曾经年轻过，更糟的是，后悔曾经幸福过。

妈妈在电话里总是责怪她不回家，镇上许多人已经不跟他们说话，他们感觉被人抛弃。一分钟后，爸爸抢过话筒，压低嗓门，对她说：女儿，你别回来，想都别想，我们会去看你的。需要什么，跟我说。我操，爸爸有多爱她！我的爸爸，我的老爸。她人在萨拉戈萨，以为爸爸送她去外省念书，是因为他们被骚扰、被迫害，不想让她也被骚扰、被迫害。她知道有人威胁他们，有人刷标语，知道爸爸在做准备，把公司迁到更太平的地方。然而，妈妈告诉她的事，爸爸下葬后，她才知道。在一封敲诈信上，列出了有关内蕾娅的生活点滴，所有信息准确无误：在哪儿念书，每周四跟小伙伴们在圣塞巴斯蒂安的老城区晚餐聚会，连她摩托车的颜色和通常停放的地点，全都写得一清二楚。

30. 倒空回忆

　　水喝完了。晚上七点一刻，她决定买单走人。可是……可是什么？内心里有个声音在对她说：内蕾娅，别傻了，装着满脑子的回忆，别一个人待在家里。此时此刻，就在此地，倒出来，全部倒空，以后它们就不会烦你了。她想：反正晚上时间多，十一月是很操蛋的一个月，湿乎乎的，不亮堂。

　　想到这里，她觉得悲伤那么大，压得她从椅子上站不起来。她举起矿泉水瓶，向服务生示意，再来一瓶。她不渴，只是不好意思干坐着，不消费。

　　妈妈、哥哥和她，三人已经变成卫星，围着一个被谋杀的男人转。不管乐不乐意，多少年来，他们各自的生活都在围着那场谋杀转。那意味着什么？我操，意味着无休无止的苦，无休无止的痛。这样的日子总该有个了结，可我不知该如何了结。刚有个主意，就被妈妈和哥哥否了。

　　服务生送来一小瓶水、一只装着冰块和一片柠檬的杯子。她看倦了车来车往，百无聊赖地窝在椅子上怀旧，忘了道谢。她沉浸在思绪中，似乎人在监狱探视室，面对着悔过的埃塔分子：家人并不知道我在何时何地得知爸爸遇害的消息，他们一直以为是酒吧老板的儿子告诉我室友，室友再转告我的。换个角度想想，也没多大关系。她跟妈妈说和朋友在一起，回去晚了，到公寓时，已经半夜，对发生的事浑然不知。

她在说谎。下午五点，她刚从图书馆出来，就听说发生了一起恐怖袭击。背后有人问：在哪儿？她当时急着回公寓放东西，准备去兽医系参加学生派对，没好好听。反正又是一起恐怖袭击，她一点也不好奇，明天看报纸不就得了。公寓里黑灯瞎火的，没有人。她冲了个澡，没洗头发。外面冷，还下着雨。这时，回来了一个室友。你好！你好！只字未提恐怖袭击。哈维还没有电话联系酒吧老板，老板说按门铃时，三个租户一个都不在。六点前，内蕾娅准备停当。她没花多少时间打扮，那时候不像现在这样爱化妆，洒了几滴香水就好。一个男同学，叫什么来着？何塞·卡洛斯。他来接她出门。

男男女女加起来，一共十个还是十二个，全是学生，有些她不认识。嗯，他们陆续赶到托马斯·布雷顿大师街的一家酒吧，先会合，喝点酒，等到合适的时间——她也不知道究竟什么时间合适——再分坐几辆车去兽医系。据说，兽医系在鬼不生蛋的地方。她完全没概念，问是不是远到没办法走过去，他们都笑了。她板着脸，不，是绷着脸。他们以为她生气了，一个小伙子向她道歉。一个姑娘问：你怎么了？她回答得闪烁其词：没有，没怎么……另一个姑娘问她是不是不舒服，她又说没有。她还能怎么说？

她偶然抬头，看见爸爸的照片出现在搁板上方的电视机屏幕上，顿时明白过来。她怀疑过吗？没有。从第一刻起，她就有百分之百的把握。照片下方有一行字，当即确认了她的判断：吉普斯夸一名企业家遇害。身边是笑声和幸福的闲聊声，她佯装无事，心怦怦跳，跳得胸口疼。他们不跟她说话时，她又去看电视。屏幕上出现了许多人，对着麦克风说话，酒吧里太嘈杂，听不见他们在说什么。白大褂在说话，神情严肃的巴斯克自治区警察阿丹萨在说话，最后看见一条街和一栋房子的正面，她一眼就能认出。

幸好穿的是黑色牛仔裤，她小便失禁，继续佯装无事。坐在欧罗巴酒店的咖啡厅，她临时起意，幻想一次恢复性司法见面，幻想恐怖分子就坐在面前，幻想在跟他悄声说话。她又坐了差不多五分钟，甚至听小伙子说笑话，还跟着笑了笑，行若无事地喝完啤酒。多年以后，所有细节都化为埋在体内的炭火，无人倾诉。说给家人听？想都别想，遭遇同样不幸的家人理解不了她。说给基克听？他总在忙生意，忙得不可开交，对我俩认识之前的事不感兴趣。

她偷偷冲那个叫何塞·卡洛斯的小伙子做了个手势。他不是她男朋友，可说到底，酒吧里这么多人，也就他值得信任。小伙子会了意，认为她想跟他单独聊聊，或是别的什么。总之他会了意，跟她来到街上，几乎走到街角。天已经黑了。她大腿尿湿，走到离酒吧稍远处才回头，抱着小伙子，彻底崩溃。上帝啊！哭得惊天动地，把他给哭傻了。你怎么了？怎么回事？他们惹你了？她说：我爸。她只能说出这两个字：我爸。傻愣着的小伙子又问：说什么呢？你怎么了？直到内蕾娅终于缓过一口气来，可以好好说话。她让何塞·卡洛斯送她回公寓。

她求他别把她一个人留下，整晚陪她。好吧，听你的，全听你的。他俩上楼。内蕾娅进门，直奔厕所清洗。室友马上来告诉她，楼下酒吧通知，让她赶紧给家里打电话，有急事。内蕾娅说：没错，埃塔杀了我爸爸。室友这才知道消息，双手抱头，失声痛哭。另一位室友吓坏了，也来走道上问：怎么了？出什么事了？她天真地问：你爸是宪警吗？她也哭了。内蕾娅求/命何塞·卡洛斯陪她进房间。喂，你不去打电话？她说：陪我，别离开我。他俩上床，他说：他们杀了你爸，我操，他们杀了你爸。她想做爱，他不行，一个劲地骂娘，诅咒，睡了过去。房间里黑乎乎的，内蕾娅躺在床上，一根接一根地抽烟，抽完自己那包，又抽完小伙子那包。如果可以，她会抽完全世界所有的烟。

天终于亮了，又是新的一天，百叶窗缝隙里透着光亮。内蕾娅有种舒心的感觉，昨天发生的事虽然忘不掉，但今日不同昨日，可以给她安慰。就像地震、火灾或其他灾难过后，人在废墟中，确认自己劫后余生。瞧我，尽胡思乱想。几点了？早上七点？八点？房间里弥漫着浓浓的烟味，何塞·卡洛斯睡在身边，像个孩子。她肆无忌惮地把他摇醒：你可以走了。小伙子腿细，毛乎乎的。他忙不迭地听话，一眨眼穿好衣服，一溜烟地跑了，忘了说好听的，也忘了给我一个告别的吻。

剩下她一个人，发生了一件很古怪的事：一切如常。跟每天早上一样，能听见车来车往。天依然在下雨，行人打着伞，走在人行道上。还有什么？人们依然赶去上班，似乎昨天没有发生过恐怖袭击。内蕾娅没穿衣服，把头伸出窗外，坚信世界在跟她玩一个阴谋。她恨早上，恨下雨，恨对面的房子，恨带小狗经过的夫人。所有一切像在告诉她：没错，他们是杀了你爸爸，那又怎样？母鸡会死的，屎壳郎也会死的。这个想法让她感觉糟透了。突然，她仿佛刚从噩梦中醒来，又跌入到另一个更可怕的噩梦中。她从包里掏出梳妆镜，头一回看了看身为恐怖主义受害者的自己，眼睛、鼻子、额头。早晨的凉意溜进窗户，开始往她身体里钻。她猛然意识到：昨天下午的事是真的，这不是最糟的，最糟的还在后面。她不能再拖了，想到要跟妈妈打电话，顿时浑身冰凉。

没有人知道，也没有人会知道。她没吃早饭，没洗漱，走到戈雅大街的一个电话亭，差不多八点半。嗯，结果一直到十点过，她还没有给家里打电话。她在大街上来来回回地走，茫茫然地走到天主教国王费尔南多街和格兰比亚街，再折返，每回经过电话亭，都过其门而不入，继续淋雨，浑身湿透，吓得瑟瑟发抖。她想跟妈妈说不回家，尽管既没有考试，又没有紧急的功课需要完成。为什么？因为不想看见遗体、棺材和墓地，对我来说，这些都太可怕；也不想让人把我跟恐怖袭击联系在一起，不想让人采访、拍照，让萨拉戈萨全城的人都知道我是谁。我不停地想怎么在电话里跟妈妈说，跟她这么说，跟她那么说。她在格兰比亚街书报亭的报纸头版上看见了爸爸的脸，差点想去买一份，可是她不敢。为什么？她觉得难为情。

七天后，她回到镇上。那时候，爸爸已经下葬，已经不是最后一位埃塔遇难者。妈妈不能原谅我，我知道，不需要她亲口告诉我。这些年来，内蕾娅从妈妈无数的表情中、说某些话的语气中、为鸡毛蒜皮的事批评她的话语中感受到这一点。所有这些，她都想去监狱，告诉一个悔过的恐怖分子，将内心残留多年、未能熄灭的炭火一吐为快。可她不能这么做，因为医生大人不允许，她不想跟家人闹翻。咱们好歹要过太平日子！

"买单。"

31. 黑暗中的交谈

傍晚，她在厨房冲他发火。他刚进门，还没来得及脱鞋。埃塔给他写信，他居然不告诉她，这怎么可能？

"我还以为：我们夫妻无话不说，至少重要的事会说。"

"老伙计"坐在椅子上，低着头，冷漠地解鞋带。毕妥利站在他面前，脸气得通红，一个劲地数落。好了，好了。他工作了漫长的一天，冲着地面叹口气，仿佛在说：瞧这顿絮叨，什么时候才能完？

"你怎么知道的？"

"跟米伦聊天知道的。"

"我想自己处理，不想让你们担心。"

毕妥利接着数落。过了一会儿，他打断她，问她晚上吃什么。

"酱汁牛蛙。问这个干吗？"

"我一点也不饿。"

晚饭时，他们各想各的心思，没聊几句。"老伙计"只说了三点：她的批评和抱怨帮不上什么忙；这种事只能悄悄处理；胡利安这个傻瓜，真该割了他舌头，他能说给老婆听，天知道他还会说给谁听。

吃完饭，他直接上床，按他的话说，直接钻被窝了。毕妥利留下来洗碗。内蕾娅时不时地提醒她，家里买得起洗碗机。她就是不理，说：不买！明明长着两只手，买这么个大家伙不是浪费？既费水，又费电。等你结婚，在你自己家，怎么弄，随你。在我家，你少指手画脚。

　　讨论这些家务事，"老伙计"一般不插嘴。有洗碗机，没洗碗机，无所谓。他每天早睡早起，工作日六点，有时候更早，已经在办公室处理事情了。周末要参加骑行俱乐部的阶段训练，天不亮也会起床。难得哪次打牌打得胶着，忘了看表。他正常十点上床，除非有特殊情况。

　　这个点儿，唯一能让他醒着的是巴斯克电视台转播的球赛。他会看比赛，看到不得不离开。家里看什么电视，毕妥利说了算。她喜欢一个人看节目。

　　于是，吃完晚饭，"老伙计"跟平常一样上床，在毕妥利那边躺下。从结婚起，他一直替她暖床，夏天也不例外。没说好，只是习惯成自然。哪怕有些日子两口子吵架，他也照做不误。然后毕妥利十一点、十二点过来睡，他用不着醒，就会翻到自己那边去。

　　毕妥利上床后，会翻一翻八卦杂志，这回却一刻不耽误，关灯。她在黑暗中坐着，倚着床头，双臂抱在胸前。"老伙计"睡觉会打呼噜，现在却呼吸平稳，毕妥利料想他没睡着。

　　"还等什么？还不从实招来。"

　　"老伙计"不出声。她知道/猜到他醒着，没把问题再问一遍。过了几秒，他烦得咂了咂嘴，明显很不情愿地道出了事情的来龙去脉。有人勒索他，他没有隐瞒数目，也没有隐瞒专程去了趟法国。但他没说，最后这封信上提到了内蕾娅。

　　"你打算怎么办？"

　　"等。"

　　"等什么？"

　　毕妥利感觉他在黑暗中翻了个身，脸冲着她：

　　"今年我已经付过钱了，再多，我也拿不出。那些混蛋狮子大开口，现在我又是贷款、又是买车，还有几个客户欠着款子没还，你别忘了，咱们在圣塞巴斯蒂安的房子还有部分款子没结。谁知道呢？没准他们搞错了。哪个傻瓜入账时，没记上我这笔，要么记错地方了。要是收钱的把钱吞了，自己挥霍，谁会来告诉我？没准胡利安说得对，第二次要钱原本对象就是别人。所以我觉得，暂时什么都别做，等一等，自然会有眉目。要是我搞错了，他们会再要。"

"说实话，我有点怕。"

"怕有什么用？"

"那些是坏人，在镇上有许多朋友。"

"镇上人都了解我。我是土生土长的本地人，我说巴斯克语，我不搅和政治，我提供就业岗位。每回过节筹款、给足球队筹款，无论什么筹款，'老伙计'总是给得最多。要是外头有人来害我，他们一定会拦着。喂，这个是自己人。还有，凡事可以跟我商量，不是吗？"

"我觉得你太相信别人。"

"别以为我傻，我也做了防范措施。人在公司就没事儿，我有办法保护自己。"

"哦，真的吗？怎么个保护法？在抽屉里放把枪？"

"在抽屉里放什么，那是我的事。我就告诉你，我在那儿很安全。要是事情麻烦了怎么办？嗯，那我就带上卡车，到别处去，到拉里奥哈或附近地区。年轻时刚起步那会儿，底子更薄，瞧我不也发家了嘛！"

"哎，就算你是镇上的人，要是哪个员工把你的情况告诉埃塔，我一点儿也不奇怪。"

"有这个可能。"

"你跟本地别的企业家聊过没？"

"聊了干吗？肯定所有人都掏钱。我跟阿里萨瓦拉加哥哥隐晦地提起过，他把话题绕过去了。我跟你说，这种事儿，各人自扫门前雪。"

毕妥利滑进被窝，躺下。左邻右舍的声音小了，街上偶尔有人说话，垃圾车过来收垃圾。两口子背对背，屁股对屁股。"老伙计"脸对着自己那边墙，终于把心里话说了出来。憋在心里很久了，不吐不快：

"我想让内蕾娅出去念书，去哪儿都行，暑假后就走。"

"咦，这是为什么？"

"因为我想让她出去念书。"

"你跟她说过了？"

"还没。你见到她，先做做思想工作。"

两口子不说话。一帮出来喝酒找乐子的人从阳台底下经过，之后重归寂静。教堂的钟响了，正在报时。"老伙计"一反常态，一晚上都没打呼噜。

32. 文件和物品

盖上墓穴的大石板时，毕妥利的眼睛是干的。从今往后，哪怕用洋葱擦眼睛，我也不会再掉一滴泪。她想：下回墓穴再见光，就该我进去了。她坚信"老伙计"将一大堆秘密带进了坟墓。

她老骂他"骗子"，特别是头几回去墓园看他时：

"你瞒得我好苦啊！发生的事、他们对你做的事，你瞒了我一大半。亲爱的'老伙计'，我在你身边躺下那天，你一定有许许多多的话要对我说。"

回家前，她已经原谅了他，总是如此。她怎么能不原谅他呢？可怜的"老伙计"，人那么好，那么护着家人，还那么倔。说最后这句时，她变了声，意思是：这么想的，不止她一个。

"是埃塔和倔脾气要了你的命。"

树倒猢狲散，公司关门，十四名员工被遣散。毕妥利和内蕾娅听哈维说过多少次：恐怖分子这么做，是要维护工人阶级的利益。哈维没辙，只好把公司关了。事先问过妈妈，想不想管理公司。我哪儿行？内蕾娅总算回到镇上时，他也问过内蕾娅。我哪儿行？他自己也不行。于是，在一名金融顾问的协助下，他们把能卖的都卖了，剩下的当废铜烂铁扔了。

哈维在铁栅栏大门上挂了个牌子：因丧歇业。闷闷不乐的妈妈突然精神，悄声对他说，应该写：人被杀，故歇业。哈维没听她的。员工呢？无人参加追悼会，两人参加圣塞巴斯蒂安的葬礼。

　　若干天后，一名员工代表所有人来问老板儿子何时复工。即便到这个时候，他也没跟哈维说节哀顺变之类的话。哈维见他又可怜、又可恨。这些人难道以为害死了老板，还能跟过去一样？他加重语气，耐着性子搪塞，想打发他走。可那人硬是听不懂话，非得知道何时复工。哈维没好气地对他说：自己只是一名普通医生，没能力去接管一家运输公司。

　　清理办公室文件、跟银行交涉、取消订单（有些还是国外订单）、变卖资产、解体公司、走无数道程序，简直麻烦透顶。最后，在医院同事的建议下，他把这些事都交给专家处理。

　　同事还问了他一个问题／给了他一个建议，他转告妈妈：或许能保住那些工作岗位。怎么保？把公司以优惠的条件转给员工。

　　"想都别想！"

　　毕妥利顿时忘了哀痛。哈维怎么能说出这种混账话！员工们闹过无数次罢工，砸过好几扇玻璃窗，在公司门口安排罢工纠察队，威胁爸爸。他们中有个领头的，叫安东尼，好斗得很，工作服上贴着巴斯克工人委员会的贴纸，带头闹事，不知让"老伙计"少睡了多少觉。"老伙计"炒他鱿鱼，几小时后，他带了工会两个打手，逼他重新录用。其他员工呢？有些是好人。可"老伙计"遇害后，他们声援过我们吗？同情过我们吗？他们可以送张小小的悼唁卡片来意思意思，连这个都没有！波略埃墓园的葬礼，只去了两名员工，什么话也没说。

　　所以：

　　"我宁可把公司当垃圾扔了，也不转给那些人。"

　　哈维开车拉走了好几个箱子，里面装着卡片、发票、收据和各式各样的文件，有些整齐地收在圈圈文件夹里，有些散落在各处。可别……可别什么？嗯，可别趁公司没人，没开门，让人进去偷东西、搞破坏。欠债的想毁掉证据，不用还债。恐怖主义的信徒杀了人，还不足以泄愤。

内蕾娅说：

"咱们要得被迫害妄想症了。"

"有可能。"

毕妥利对一沓沓文件不感兴趣，只要告诉她在哪儿签字就行。公司的事，她不想知道。她说：公司就像招风耳和爱骑行，是"老伙计"的一部分。哈维专注地看着妈妈，以为她在开玩笑，可是她没有。她悲观地预言道：要是儿女接手公司，会落得跟爸爸一样的下场。

然而，她对办公室里的个人物品很感兴趣。一天下午，哈维装了好几个纸箱，送到圣塞巴斯蒂安家中。后来，她和哈维又把物品交给内蕾娅。那些物品，至今仍保存在内蕾娅家中。

毕妥利对哈维说：他可以走了，她想一个人好好看看"老伙计"的东西。

"我简单跟你说一下。"

"不用。"

"你知道爸爸……"

"跟你说不用。"

说不用，就不用。毕妥利送他出门，亲了亲，再见。家里只剩下她一个，走开！她把"煤球"从沙发上赶走，自己坐下，打开纸箱。"老伙计"从来没告诉过她：他在办公室藏了一把手枪。惊讶吗？一点也不，我早料到了。他不是总说在那儿很安全吗？她将黑家伙握在手里，上过子弹没？天啊，真沉。金属枪壳凉冰冰的，手指远离扳机，以免走火。可是诱惑太大，她拿枪指着天花板上的灯。子弹进入身体，对方倒下，弹孔里开始流血，开枪的人是何感受？

她取出六个小盒子，每个小盒子里装着二十发 9 毫米 × 19 毫米口径的子弹，只有一盒开封。"老伙计"，土匪"老伙计"，枪手"老伙计"，你这个大好人会对谁开枪？我说，那天你为什么不带枪？哎，你明明可以正当防卫的。

她把那些能要人性命的家伙放在地上，拿出丈夫放在办公室搁板上的带框照片：一张是跟她的合影，两人都很年轻，站在比萨斜塔前笑；两个孩子一人一张，哈维十二三岁，内蕾娅第一次领圣餐，盛装打扮，漂亮极了；还有一张四个人的合影，亲戚结婚，一家四口特地在阿斯佩蒂亚教堂门前照的；还有两张，是"老伙计"分别和两个孩子的合影。

她又拿出一些没那么感兴趣的物品：几支圆珠笔、一支自来水钢笔、骑行俱乐部的奖品、扑克牌大赛的奖品、一支仙人掌形状的蜡烛，是他的小公主，他的心肝宝贝，连葬礼都没露面的内蕾娅送的。总之，全是饱含个人情感的小玩意儿、各种装饰物、各种纪念品。敲诈信呢？不见踪影。也许被"老伙计"毁了，也许被哈维塞到其他文件里了。

33. 刷在墙上的标语

办公室高高在上。一个简简单单的平台，立在钢柱子上，玻璃幕墙，老板坐在里头，库房尽收眼底。往停车场开了扇窗，据"老伙计"说，这么设计，是要掌控院子里的情况。"老伙计"控制欲极强，恨不得公司里的事，件件亲力亲为：行政管理、签合同、监督装货卸货、给发动机上油、测轮胎压力、洗车、开车。大门进出他都盯着，万一来了客户或不速之客，马达声一响，他就探头去看。

公司砌了水泥围墙，两米多高，上面还架着金属网。铁栅栏拉门，晚间关闭，工作日敞开。内蕾娅小时候，镇上的小伙子问她：她爸是不是建了一座监狱？她也开玩笑地回答：没错，囚犯就是员工。

一天，"老伙计"大清早去公司，站在窗前，看卡车拖挂，他不放心。他对什么都不放心，对老司机也不放心。拖车挂好，卡车启动，露出之前被遮挡的部分墙面。他在办公室，见墙上有人用喷漆喷出一行歪歪扭扭的大字："老伙计"压迫人！

这是针对他刷出的第一条标语，他的第一反应是：乱涂乱画。他气人瞎指控，气把墙糟蹋了，更气把他的绰号写成西班牙语，最气／慌的是标语刷在墙里头，这意味着有人——夜里摸黑？——擅自闯入。毕妥利用围裙擦干手上的水，说不排除是某个员工干的。"老伙计"出办公室，下楼。金属楼梯又窄又陡，毕妥利老说：早晚哪天你会摔死。他顾不着看脚下，尽量不怒形于色，走到修理区，要了一支喷枪。他明明可以吩咐员工，用喷漆盖上那条胡说八道的标语。可"老伙计"是行动派，说干就干，决定果断，无论技术活、管理活，能多干，就多干。于是，他二话不说，走到墙边，噗嗤一喷，就把标语给盖上了。

中午回家吃饭，他告诉毕妥利。两口子过了一遍员工（她说是"工人"）名单，猜谁的可能性最大，谁会怀恨在心，认为被老板不公正对待。可还是那句话：无凭无据，无计可施。两口子谁也没把标语跟敲诈信联系在一起，过了几周，都忘了这事儿，日子如常。

截止到三月中旬的一个星期六，"老伙计"家的好日子一去不复返。大概几点？晚上十一点左右。他和胡利安一路吵回家，两人是好朋友，喜欢拌嘴，玩扑克打对家，牌技高超。不过有时候没办法，对手牌抓得好。于是回家路上，因为牌没打赢，你怪我，我怪你，也就不足为奇。

晚饭是在集体食堂吃的，各人带饭，老婆在家做的。他们计划第二天早起，晚饭前打牌，晚饭后就不打了。第二天骑行距离远，终点在苏马亚中心的一家酒吧。

总之，他们回家时，喝得不少也不多，跟平常一样，一路吵回家，你骂我一句，我骂你一句，口不择言，但无伤友情。问题是吵得凶，路灯暗，两人都没留意到房屋正墙上新刷的标语，标语盖在正墙下方林林总总的老标语、海报和广告上。"老伙计"家门廊边那条还没干透，两人开始都没看见，停下来把架吵完，分手告别。一个说：但愿明天别下雨；另一个回答：嗯，傻帽，七点半广场见。这时，胡利安发现：墙上写着"老伙计"的名字。

"我的个老天！"

"怎么了？"

"老伙计"，告密去！我的天啊！胡利安说：上床前，把它涂掉，这可不是闹着玩的。两人分手。"老伙计"气得直骂娘：我操他奶奶的。他没回家，直接去了车库，里面还有几桶没用完的油漆。我会去告密？都怪该死的押韵。我一辈子就没跟警察搭过话。还有个问题：没刷子。也许有，一生气，一着急，没找着。算了，卷张报纸当刷子。油漆怎么样？结块了，还没完全干。他好歹把标语涂得让人看不清，弄脏了裤子，他管不了。毕妥利会抱怨的，那就让她抱怨好了！说我去告密！在这个镇上，最大的污蔑不过如此，跟几周前公司墙上刷出的标语如出一辙。

他决定第二天骑行回来，去买新油漆。上床跟毕妥利说，毕妥利回答：

"也就是说，你认为他们会刷更多的标语。"

"我觉得这不是一般的胡闹，还是防着点好。"

"真要是这样，涂了有什么用？你的处境很不妙。告诉我，你在街上看见其他标语了吗？"

"我跟胡利安一路走来，没看见其他标语。"

"你肯定？"

"嗯，不能完全肯定。都这么晚了，我还穿着睡衣，不出去了。"

去告密、压迫人、当叛徒，什么屎盆子都往他头上扣，用巴斯克语，也用卡斯蒂利亚语，写在他家街上、附近街上、广场上，明摆着是迫害。老区里至少有二十条。一下子冒出这么多，不会是乱涂乱画的人干的。然后你可以想象，周边墙上还有多少？这是有计划的集体行为。一大早，他穿着骑行服，推着车出门时，简直不敢相信自己的眼睛。"老伙计"这个，"老伙计"那个。人民不会原谅你。全是诸如此类的话。到了广场，跟其他骑行爱好者会合时，他发现……什么？招呼有点冷，目光躲闪，不敢对视，不像过去那样，有说有笑。也许是他突然间敏感，胡思乱想。

出发。跟平常一样，加起来十四五个，其他人出发得或早或晚。唯一骑在他身边的是胡利安，也比平常更沉默。经过镇子最边上一栋房子时，有个小伙子在窗口骂：

"'老伙计'，你这个婊子养的！"

没有同伴维护他，没有人评论、谴责，或反唇相讥。队伍渐渐拉开，过去也是如此，有些人骑得更快。"老伙计"的身边只有胡利安，始终在他身后两三米，一言不发。在奥利奥港爬坡时，落得更远，尽管他爬坡向来比"老伙计"强。

苏马亚终于出现在眼前，终点那家酒吧多少年已经熟悉，进去打卡，在不同的格子里做本赛季各个阶段训练的标记。努力过后，当然要犒赏自己一盘火腿煎蛋。在街上，听见酒吧里欢声笑语，等"老伙计"进去，突然一片沉寂。太过分了！他忍不了，连卡都没打，不辞而别，都没理胡利安。他骑上车，独自踏上了回程路。

34. 脑海中的一帧帧画面

何塞·马利被捕时，已经长发及肩。头发呢？蹭得额头和这儿，肩背处直痒痒的感觉呢？最好别去想这些。他照着镜子说：这个人不是我。

一年过去了，两年过去了，四年过去了，六年过去了，每年的圣诞节和镇子里各种各样的节日，他都没有参加。的确，哪儿都没有他的份。他看不见河水在流，听不见教堂敲钟，如今他愿意付几百万（原本就没有），去品尝父亲菜园里的无花果。他不想给自己苦果子吃，不去算还剩多少年刑期，心底还存着渺茫的希望，不排除埃塔组织会……西班牙政府会……国际压力会……等等。有些晚上，他在黑暗中想咂吧出酸葡萄酒的味道，能咂吧出苹果酒的味道也行。有时候感觉，我操，差不多就快咂吧出来了。

第六年，发际线开始后移。嗯，这还算好的。一次，后脑勺倚在床头的铁栏杆上，妈的，居然头皮发凉，这种感觉从来没有过。现在他秃了，变成了光头，哪天出去，镇上的人都认不出他来。剃光头是不想让人发现：没头发，是因为长不出头发。

妈妈不喜欢他剃光头。说到头发，过去她也不喜欢他留长发，说像要饭的。不喜欢他戴耳环，不喜欢他加入埃塔。她对埃塔的态度一晚上一百八十度大转弯。为了他？肯定是。老妈很坚强，上帝啊，她多勇敢！老爸跟格尔卡是另一种材料做成的，性情平和，性格软弱。

我像老妈，这下好，落在这里，还出不去。哪里？牢里。被关在这个该死的监狱里，被关在这个该死的牢房里，直到下次换监，或刑满释放。

今天没出去放风，我自愿的。啊？不是斗争，不是抗议，只想一个人待着，不想到庭院里、走廊上去见那些熟面孔。好多次，他往床上一躺，像翻相册似的找出一串串回忆，有时回想起过去那一帧帧画面，一想就是两三个小时，一方面很想家，一方面很想让时间不知不觉地溜走。喂，你还想怎么样？刑期还剩好多年，大山似的压在他身上。胡思乱想，能过去几个小时，总是好的。这种时候，他总想遇到惊喜。安安静静地躺着，望着天花板，沉浸在思绪中，突然想起这个或那个，都是那么久远的事。那时候他自由、有头发、打手球、喝酸葡萄酒，想喝多少喝多少，或苹果酒、啤酒，都一样。

那时候他几岁？十岁？十二岁？差不多。总跟霍金在一起，形影不离。他们去附近爬山，各自带弹弓打鸟。弹弓是用榛子树的枝杈、轮胎内胎割下的皮筋和一小块皮做成的。记得有个星期天，趁过节，"老伙计"公司没人，他们翻进铁栅栏大门，去废旧轮胎仓库，用折刀在内胎上割了若干条皮筋，做成了儿时最好的弹弓。真的，不仅能把弹丸打到河对岸，还能落到离岸很远的地方。他们打鸟用石弹或石子，可他记得，用这个方法，从来没打着过鸟，打碎玻璃瓶或工业园区尽头的交通标识效果倒挺好，石头会蹭掉油漆，最后猜不出是什么标识。一天下午，霍金突发奇想，去打玻璃窗。哗啦啦啦啦，玻璃碎了，两人撒腿就跑，真淘气！有人从窗口探出头来，骂他们不要脸。想抓我们，快来追啊！两人笑得肚子痛。十一二岁的年纪，两个小屁孩。差不多从那时起，武装斗争开始了，咱们自带武装斗争基因。他望着天花板笑。我这是在自己骗自己，笑什么笑？他表情严肃起来，换到下一帧画面。

后来大了些，他和霍金，有时带上科尔多，一起去用鸟捕鸟。他对着牢房的天花板说：用鸟捕鸟，聪明人能玩，笨人玩不了。科尔多既不聪明也不笨，可他有只特别爱叫的朱顶雀，是我这辈子见过的最爱叫的鸟。他把鸟笼放进灌木丛，该死的朱顶雀叽里咕噜地叫个不停。三个朋友抽着烟，默默地守在二十米开外，不说话，不出声。突然一个手势，三人从藏身处现身，鸟儿惊得要飞，粘在涂了胶的木架子上。不惊飞鸟儿，效果也一样，你别跟我抠字眼。鸟儿们想逃，逃不掉，越扑腾，翅膀粘得越紧。有几天下午，不夸张地讲，我们捕到了七八只朱顶雀，小心别让警察给抓了。晚上，老妈们把鸟下油锅，炸了给我们当晚餐。那时候日子真好，人长大，真悲哀。后来，科尔多跟朱顶雀似的，全都招了。怎么能怪他呢？他在胡桃树区军营遭到严刑拷打，脑袋被按进水里，被按进该死的浴缸里，自然招出了他和霍金。别担心，反正他们早晚会来抓我们的。他们逃到法国，几个月后，在布列塔尼的一家酒吧跟科尔多偶遇。

"原谅我，我还以为就死在里头了。"

"你放心，我们会以眼还眼，以牙还牙。"

用霍金的小口径子弹猎枪打鸟，还不如用鸟捕鸟打到的多。不过，猎枪是好玩具，一起玩，可开心了。后来进组织，上武器培训班，教官惊得目瞪口呆。不得了，小子们，这么好的枪法，哪儿学的？比有些老兵打得都好。老兵们嘴皮子翻来翻去，一打靶，就瞎了。镇上过节，霍金去射击铺子打枪，乒乒乓乓，弹无虚发，据说枪的准头还故意被人做过手脚。铺子老头说行了行了，拉着脸，一把夺回猎枪，装傻，就是不给奖品。我们一大堆小子围在铺子跟前，老头没辙，只好兑奖，就是个狗屎长毛绒玩具。

当时，何塞·马利头一回明白用枪打人是个什么感觉。有时候，他们会用枪打猫，可用枪打人不是一回事。他悄悄问霍金：你想过没？霍金没动过这个念头，说猎枪就是拿来玩的。他梦想着长大了，带个大家伙去打猎，当然不是去打小猫小鸟，而是去打野猪、鹿什么的。他还梦想着去非洲狩猎。

霍金说这番话时，两人躲在树林，何塞·马利拿枪对准一个正在对面山坡上割草、戴着风帽挡雨的佃户。他用手指扣着扳机，想象着佃户突然身体前倾，中弹受伤，滚下山坡的场景。霍金低声说：别拿武器开玩笑。那时候他们多大？十六岁？顶多十六岁。夜里，他梦见巡逻队拉着警报来找他，因为他杀死了一名警察。多年以后，盯着牢房的天花板，他想起了佃户那帧画面。

35. 熊熊燃烧的大盒子

柜台上有一排不同颜色的储钱罐，一排入狱战友的照片，一沓摸奖彩票，靠墙一侧还有钥匙扣、打火机、旗子、手帕等物件。两人坐在胡安·德毕尔巴鄂街一家酒馆的最里头，隐在暗处，没喝酒，等人。霍金口渴，跟吧台姑娘要直饮水。姑娘短刘海，直发，合着音乐节拍，晃着脑袋，给他端来一杯。

何塞·马利不停地看表，科尔多还没来，霍金翻《行动日报》打发时间。无论酒馆还是街上，都挺空的，没多少人。晚上八点过，正是逛吧聊天的点儿。支持巴斯克独立的年轻人喊着口号，正在游行示威，抗议最近落网了一支小分队。镇上的小伙伴们也去了圣塞巴斯蒂安，像是去参战。怎么看，都像一场战争或冲突什么的。科尔多和小伙伴们在一起，给他的命令是：等游行队伍的前排抵达林荫大道，就来跟两个朋友会合。按惯例，巴斯克人民团结党成员会在林荫大道有个仪式，在音乐亭宣读公报，宣读过程中，两名蒙面人上台焚毁一面西班牙国旗。与此同时，镇上六个人会在附近别处展开行动，头一天全准备好了。

他俩坐立不安地在等科尔多，滴酒不沾。别人会喝酒壮胆，他们不会。他们有信念，守纪律，喜欢把活儿干得漂亮。猫盖屎的活儿绝非巴斯克人所为（何塞·马利）。需要害怕的人才会害怕（霍金）。

科尔多，亲爱的科尔多，必要时，撒开蹄子赶紧跑，千万别耽误事儿。怎么这么着急？因为不想让埃伦特里亚的继续民族独立青年团占了先。他们有一回，先下手为强，功劳占尽。什么功劳？也没什么，烧了一辆价值两千多万比塞塔的梅赛德斯-奔驰城际客车，新车，害得市财政损失惨重。而他们只烧了一辆又破又旧的飞马客车，火烧得不够旺，给市财政造成的损失还不到一半，连拆卸报废车辆的钱都省了。

科尔多进门。他下巴外突，穿着格子衬衫，要一小杯啤酒，没门！

"我操，哥儿们，喊了半天口号，嗓子眼都冒烟了。"

现在不是吵架的时候，他们把他晾在吧台。吧台姑娘人特好，给他们打气：

"棒小伙儿们，加油！"

为了防止瓶子叮叮当当，何塞·马利将双肩包抱紧，贴在身上。他们快步走过纳里卡街，科尔多跑步追上。

"等等我，混蛋。"

林荫大道的尽头传来口号声。科尔多在他俩身后一步之遥，气喘吁吁地汇报：好多好多人，公交车已经改道。他俩不看他，不回答。后来，何塞·马利在帽子店橱窗前停了一会儿，总算搭理他了，问道：

"条子多吗？"

"哪儿呀！没几个黑衣防暴警察。"

行人经过，不想掺和，吓坏了，谨慎起见，纷纷逃离这是非之地。下午天空湛蓝，气温舒适，偶尔有辆婴儿车推过。气氛剑拔弩张，空气有些奇怪的透明，眼看就要闹事。

霍金想知道科尔多有没有看见埃伦特里亚的人。

"没看见。"

"太好了，咱们走。"

三人排成一字纵队，最高最壮的何塞·马利抱着满满一包俗称莫洛托夫鸡尾酒的土制燃烧瓶，不紧不慢地汇入到齐声高喊"释放囚犯，要求大赦"的年轻人中，却不喊口号。示威人群从他们身上看见了什么，察觉到了什么，自觉地闪在一边，让出一条道来。

他们说好，去吉普斯夸广场的长凳旁跟其他小伙伴们会合。眼前的场景安定祥和，有鸽子和麻雀、祖辈和孙辈、夫人牵着狗、一对对情侣，还有来往于树下砂砾小径的行人。

招呼就免了。六个年轻人前往林荫大道，三人走这边人行道，三人走那边人行道，快到时，又在一面搭至正墙顶上的脚手架边聚齐，拿手帕蒙脸，将风帽戴上。霍金更爱巴拉克拉法帽，何塞·马利不能放下双肩包，让科尔多帮他系上手帕。

这一下，他们成为大众瞩目的焦点，模样太引人注目。看啊！快看！有些人看见他们，赶紧过街，站在对面叽里咕噜地议论。但是，无人阻拦，无人训斥，无人报警。这几个小子想干什么，所有人心知肚明。

他们看见不远处来了一辆公交车，从埃查伊德街驶来，刚刚进入他们所在的大街。正常路线应该直走，开往被示威群众占领的林荫大道。小伙伴们看见这是一辆 5 路公交车，里面有乘客，人不多。运气真背，不是辆新车。可是，脸一旦蒙上，没办法，只能行动。霍金毫不犹豫地说：就这辆。他们迎上前去。

他们放过了几辆小轿车，拦住了公交车前那辆。一个冲发动机罩砸了一拳，一个拉开驾驶室的门，让三十多岁的女司机下车。之后，四人不由分说，把车横在路上。女司机歇斯底里地大叫：

"我的女儿！我的女儿！"

科尔多猛地把她推开：

"滚，让一边去！"

女司机掉了一只鞋，差点摔倒，拼命想回到车上。街那边一位先生叫道：

"臭小子，放开她。"

路一封，公交车只好停下。女司机趁小伙子们不去管小轿车，赶紧从后座上抱下一个两三岁的小女孩。

公交车司机怎么回事儿？是成心挑衅？还是吓傻了？霍金责令他开门，他就是听不明白。弹弓一拉，打出一粒钢珠，在挡风玻璃上留下一道痕，没有打穿。要是打到司机脸上……司机总算明白过来，这个戴巴拉克拉法帽的人想让他做什么。他打开车门，五六名乘客仓皇下车。第一只燃烧瓶即刻在车里点着了火，何塞·马利指示道：

"对准座椅扔，对准座椅！"

司机一跃而下，好半天才发现鞋烧着了，赶紧脱下，一秒钟都没耽搁，一边过街，一边用力拍打着正在冒烟的裤脚。这时，公交车已经变成了一只熊熊燃烧的大盒子，浓烟滚滚，直往上蹿，舔着附近房屋的正墙。人们好奇地聚在一起，远远地观望。一名纵火犯从口袋里掏出相机，拍了好几张照片。

行动结束，何塞·马利高举着拳头，望着被火苗吞噬的公交车，高喊道：

"自由的巴斯克国万岁！"

同伴们也高举着拳头喊：

"万岁！"

"埃塔万岁！"

"万岁！"

六个年轻人跑步撤退，几个往这条街，几个往平行的那条街，全都往林荫大道方向，说好在吉普斯夸广场再次会合。剩下的路，他们把脸露在外头走，放心地闲聊：

"活儿干完了，去喝酒！"

这时，议会大厦的钟正在和谐悦耳地敲响。那是个深紫色的下午。

36. 从 A 点到 B 点

不停地有手去拍何塞·马利的后背，以示祝贺。他的后背宽大厚实，尽是肌肉，像堵墙，罩着条纹卫衣。他们一进酒吧，无论是张三、李四，还是谁的姐姐、谁的表弟，都会来拍拍他的后背。十九岁的何塞·马利坐在阿拉诺酒馆进门第一张桌子旁，小伙伴们高谈阔论，跟喇叭里放出的音乐声（巴斯克激进摇滚）比嗓门。霍金说：这位子不好，没法儿商量事儿。

"说点什么，街上人都能听见。"

进进出出的人必须得从何塞·马利的后背旁经过。别人祝贺，他自豪地接受，并不咋咋呼呼。他给自己打圆场，说其实没做什么，只是职责所在。在早晨进行的手球比赛中，他们以 25：24 战胜了埃尔戈伊瓦尔队，何塞·马利独中七元。大家都恭维他：

"你会成为职业球手的。"

"走一步，看一步。"

霍金坐在桌子那头，正在描绘一幅天堂般的图景：巴斯克国七块领土统一，国家独立，没有社会阶层，连球场上的草坪都会说巴斯克语。根据社会主义巴斯克国政治纲领所指明的道路，霍金介绍了战略步骤：先独立，再去跟西班牙人和法国人搞好关系，好不好？不过，他们在他们家，咱们在咱们家，井水不犯河水。小伙伴们喝着酒，有的喝葡萄酒加可乐，有的喝啤酒，纷纷点头称是。

唯一时不时地走神，看别处，抬头看电视的是何塞·马利，进出人等都会跟他闲聊两句。

霍金一拳砸到桌上，说：

"挡路的，阻止完成建国大业的，格杀勿论！就算是我亲爹，也去他娘的管不了那么多。这就好比从 A 点到 B 点。咱们在 A 点，"他将指肚按在桌上，"杯子那儿是 B 点。咱们要去 B 点，不计代价。"

朋友们纷纷点头称是。一个说：

"每人在自己镇子或城市，每天做一点，日积月累，必有所成。"

另一个说：

"总要付出代价的，不是吗？西班牙政府态度强硬。"

"去他娘的西班牙政府。"

霍金比划着，夺回话语权：

"再大的帝国也会有倒的那一天，瞧瞧，拿破仑就是例子！你今天杀一个士兵，明天再杀一个士兵，到最后，能干掉一整支军队。"

他们干杯，说笑，脑子一根筋，支持巴斯克国的政治纲领。何塞·马利刚才在跟站在身边的同事闲聊，没干杯，弄不清状况。他们让他发表意见：

"你们都清楚，我不喜欢政治。这个人上台还是那个人上台，我无所谓。我只是为巴斯克国的独立解放而斗争，其余的事你们尽管操心去。这位（他指霍金）刚才已经说了：咱们要从 A 点到 B 点。等到了 B 点，你们就放过我。我去山上种几棵苹果树，养一群鸡，你们那些事关我屁事。"

质疑声四起：

"也得想想工人阶级。"

"还要赶走西班牙占领军，没你讲的那么容易。"

何塞·马利喝了一口葡萄酒加可乐，挑衅地将小伙伴们一个个看过来，说：

"你们都把问题想复杂了。瞧，要是能独立，其余的事就会由咱们自己做主。要改善劳动者的生活水平？很好，去改善好了。不被外人统治，谁又会去阻止？巴斯克语的问题也一样。人人都学巴斯克语，自然不会说别的语言。西班牙警察和军队呢？要是能独立，早就一脚把他们踹出去了，咱们会有自己的警察和军队，我也会有我的母鸡和苹果树。"

"纳瓦拉怎么办？"

回答前，他不耐烦地舒了口气：

"如果纳瓦拉不在里头，那就还没到 B 点，没有巴斯克国。北巴斯克地区也是如此。你们不觉得把问题想复杂了吗？"

他没再往下说，街上有人给他打手势，是霍苏内。她短刘海，一绺直发拖在后背，挽着袖子，露出皮手链。壮实的何塞·马利冲上去亲她，她往后退，眼神严厉。在街上不许亲她，都跟他说过多少次了。

"怎么了？"

"我在广场上见你姐跟一个男人在一起，他们跳舞搂得很紧，像是她男朋友。阿兰洽在大庭广众之下让人亲，我可不许。"

"你是专门来跟我八卦的？"

"我假装偶遇，让她给我介绍。那人不是镇上的。"

"我说姑娘，她是我姐，比我大。跟谁谈恋爱，她自己清楚，我才不去掺和。"

"你不想知道那男的叫什么名字？"

知不知道无所谓。

"吉列尔莫。"

何塞·马利觉得：这名字不好也不坏，关键的恐怕是姓。

"姓什么？"

"我没问。"

"他要是进了我家门，你放心，会给他起绰号的。"

阿兰洽跟男孩子交往，带到镇上来，给熟人看，或许还给家人看，何塞·马利才不会为这种事睡不着。

"他是外乡人，看脸就知道，他不说巴斯克语。"

"你怎么知道的？"

"我操，因为阿兰洽向我介绍，我跟他说话，那哥儿们听不懂，我们只好改说西班牙语。弄个西班牙人进门，动静真够大的。那人没准是警察，借口跟你姐谈恋爱，来监视咱们的，从你开始。"

何塞·马利眉头紧锁。

"不说巴斯克语，又意味着……"

"又不意味着什么？"

阿拉诺酒馆里人声鼎沸，传出大笑声、音乐声，何塞·马利挠挠头，瞅了瞅：小伙伴们在附近开开心心地喝酒，霍苏内黑着脸站在他面前。

"好吧，我看到她，问一声。去不去酒馆？"

"家里人在等我。"

"什么时候能亲你一下？"

"这儿可不行。"

"咱们去那个门厅。"

两人走过去，在大门和信箱间待了五分钟，里面黑乎乎的，听到有人下楼，才迅速回到街上。

37. 一只蛋糕引发的不愉快

格尔卡的鼻子有点（相当）塌，大门牙缺了一块，这些都是有原因的。九岁那年，一辆小货车将他撞倒，差点要了他小命。就算他丢了小命，也不是第一个死在车轮下的镇上人。康复期间，他问爸妈——声音甜美，像在唱歌，现在没了；不过变声后的男声里，有时还会冒出一点甜美的童声——要是被车撞死，会不会在公路边给他竖个十字架，就像给伊西德罗·奥塔门迪竖的那个一样。伊西德罗·奥塔门迪一天早上骑摩托车上班，出车祸死了。

虚惊一场后，胡利安总爱跟他开玩笑：

"那当然，要竖个更大的铁十字架，管用好多年。"

米伦不觉得这种话好笑：

"喂，就此打住！小心天打雷劈。"

格尔卡童年瘦弱，青春期抽条儿后，背总是有点驼，似乎对身高或脸上的青春美丽疙瘩豆心存愧疚。街上人对米伦说：他老这样，迟早变成罗锅。说得她很不舒服：

"你想让我怎么着？教训他，不让他长个子？"

十六岁的格尔卡已经在家里个头最高。都说换个更强壮、柔韧性差的大块头，是不可能在车祸中死里逃生的。这话谁说的？妈妈、爸爸、所有人。格尔卡学会了笑不露齿，免得让人看见门牙上的豁口。可是，塌鼻子没法儿藏。妈妈说：别夸张，就塌一点点。

"难道你宁愿去死？"

妈，他觉得那鼻子塌得很，全塌了。何塞·马利也这么觉得，老叫他"拳击手"，向他挑战，在他伤口上撒盐。

他会开玩笑地站在格尔卡面前，假装胆小地说：

"别揍我，别揍我。"

车祸发生后的几个礼拜，格尔卡晚上睡不好。车祸的画面一而再、再而三地重现，在睡梦中，在打盹时，害得他睡不踏实。画面总是一模一样：车子冲过来，撞上他；车子冲过来，撞上他；车子冲过来，他只能用枕头抵挡。何塞·马利跟他睡一个房间，在厨房抱怨：

"他夜里大喊大叫，吵得我没法儿睡觉。"

接下来，他会夸张地模仿格尔卡咿咿呀呀的呻吟，毫不留情地嘲笑他。身为慈父的胡利安总是难过地看着小儿子，息事宁人地对他说：好了好了，别怕！

米伦才不是这样，她不绕弯子，直接说：

"夜里别吵你哥。"

噩梦中还能听见刹车时轮胎的吱吱声。他回过头，刚好来得及看见车灯／钢铁猛兽的眼睛飞速、直直地向他冲来。已经到面前了：三米，两米，一米，逼得他无路可逃。他梦见之前没记住的真实可信的细节：下雨，公路湿滑，下午灰蒙蒙的，光线很差，锈迹斑斑的保险杠张着血盆大口，想吞了他。

之后，若干条腿向他跑来，有人——是司机吗？——用西班牙语骂了句脏话。什么脏话？不记得了，只知道那句脏话不是冲他，也许是不高兴，也许是惊讶。汽油味，湿湿的柏油路味。他从小货车底下被人拉出来的时候，还有意识，就像从一个黑咕隆咚的大箱子里被人拉出来。谁拉的？不知道，也许是司机。他口鼻血直流，就是一点儿也不疼。哪儿都不疼？他摇摇头，表示哪儿都不疼。胳膊断了也不疼，至少一开始不疼，像麻了。格尔卡倒地时，脸朝下，准备被车压死，压根儿不好意思哭。若干天后，何塞·马利在家里成心气他：

"你肯定哭了。"

"我没哭。"

"你撒谎，全镇人都听见了！"

如此这般，说来说去，直到将格尔卡说哭为止。不过，他只是在家养伤时哭过，当时脸肿了一大块，都变了形，还吊着一只胳膊。之前在公路上，躺在小货车旁，他不好意思哭。人行道上聚了一大堆人看热闹，还有好多人挤在窗口。

"这不是胡利安的小儿子吗？"

衣服脏了，沾着血，还有柏油路上的脏东西。哎！要是妈妈知道，就糟了。鞋少了一只。司机本人开着小货车，把他送到医院。

胳膊养好了，鼻子没有。小时候看不太出，后来青春期脸型变了，鼻子就不太对劲。鼻骨错位，不知道是歪了还是塌了。大门牙缺了一块，谁都能看见。妈妈安慰他，用词一点也不委婉。

"能呼吸吗？"

"能。"

"能咬东西吗？"

"能。"

"那就行，你还想怎么着？"

撞倒格尔卡的司机是安多阿因人，五十多岁，在工业甜品厂当送货员，事故发生两周后，专程登门看望。他人特别好，已经打过好几次电话，问孩子康复了没？人养好了没？日常生活有无影响？看得出，他很担心。总之，一天早上，他按响了门铃，米伦去开门，格尔卡胳膊上打着石膏，去学校了。那人给孩子留下一个蛋糕，作为礼物。

"嗯，也送给你们全家。"

海绵蛋糕打底，铺了一层厚厚的巧克力和奶油，上面点缀着若干颗大樱桃。

不愉快是午饭前不久开始的。最生气的是米伦，她明明记得昨晚睡觉前，蛋糕完整地放在冰箱里，结果早上起来，缺了四分之一多。第一个被怀疑的是何塞·马利，他太贪吃，米伦只怀疑到他头上。我觉得不会是他爸，真的是他爸？父子俩一个跟手球队去省内哪个镇上打球去了，另一个骑行去了。等他们俩回来，两人中的一个，是哪个，还不知道，有他好看。阿兰洽发现妈妈在一个人骂骂咧咧。

"妈，你怎么了？"

"没怎么。"

她们没再多说。爸爸回来了，儿子也回来了，前后脚，只差几分钟。几点？中午一点？差不多一点。两人又饿又累，问吃什么。胡利安还穿着骑行服。指责，批评，争执，无非就是这些。

何塞·马利满不在乎地承认，蛋糕是他吃的，不过，切一块当早饭时，已经有人吃过，他才以为所有人都能吃。

"什么叫有人吃过？"

"当时蛋糕已经缺了一块，比我切的那块还要大。妈，我说真的。"

米伦两眼冒火，恨得咬牙切齿，转头去看丈夫，不等他解释，就开始嚷嚷。胡利安摇头否认。米伦说：不是你，会是谁？胡利安承认离家前没忍住，吃了三个樱桃，就这些，别的没动过。何塞·马利不相信：

"好了，爸，不可能的。"

"什么不可能的？"

"我起床时，蛋糕已经少了一大块，你比我早出门。"

"要是我吃的，我立马死在这儿。我要说多少次，只吃了三个樱桃？我打开冰箱时，蛋糕就已经少了一块。"

大家都去看格尔卡。

"不是我，不是我吃的。"

米伦帮小儿子说话：

"放过这孩子。蛋糕本来就是他的，他可以一个人吃光。"

格尔卡说：拜托大家别吵了，蛋糕是家里所有人的。小儿子用甜美的童声劝架，反倒让家里人的脾气越来越大。米伦一气之下，摘掉围裙，撂下话来：

"我走，你们随便吃。"

她气呼呼地离开厨房，一分钟后，又慢腾腾地回来，脸色平静不少。她在餐厅遇到阿兰洽。阿兰洽问：妈，怎么了？你们在吼什么？她没想到事情会发展到如此地步，告诉妈妈：

"昨晚我到家，很饿，就切了一块。"

"蛋糕是你第一个吃的？"

"不能吃吗？"

一家五口默默地吃了顿午饭。何塞·马利等脏盘子收走，把蛋糕放在桌上，从抽屉里拿出一把大刀，问：

"好了，别傻了。谁要蛋糕？"

阿兰洽摇摇头，米伦不回答，去洗碗。胡利安说：

"跟弟弟分着吃。"

格尔卡只要一点点，胡利安觉得那一点点也太少了：

"再给他一点。"

格尔卡说他不饿。何塞·马利把蛋糕整个端到自己跟前，很明显，他想一扫而光。爸爸惊恐地看着他，儿子刚跟家里人一样，吃了头道菜，喝了鹰嘴豆汤，啃了土豆烤鸡，胃里怎么还能装得下这么多饭后甜点？他在桌子底下踹了儿子一脚，让他看自己，比划着要一块蛋糕。何塞·马利背着妈妈，悄悄递过去一块，胡利安赶紧两三口吃光。阿兰洽忍着笑，也悄悄地跟何塞·马利要了一块。

38. 书

格尔卡抽条儿那几年，喜欢一个人待着。哥哥姐姐在家难得看见，他却除了去学校，大门不出二门不迈。为什么？因为书，或正如愁得一脑门子皱纹的父亲说的那样，因为那些该死的书。他成了读书发烧友。

父母极度不安，不完全因为书，那因为什么？因为他老把自己关在房间里，包括周六和周日，一关好多个小时，经常看书看到何塞·马利回家，逼他关灯为止。父母嘟囔着：生了个怪儿子。胡利安说：

"太遗憾了，要是能在他脑袋上开个小窗，往里瞅瞅就好了！"

晚上，两口子躺在床上嘀咕。

"他出过门吗？"

"哪儿有！一下午都在看书。"

"看来有考试。"

"我问过，他说没有。"

"该死的书！"

一天早上，妈妈在厨房，站在格尔卡面前，看他吃早饭。他弓着腰，往大碗上凑，头发油油的，手指瘦骨嶙峋的，满脸粉刺。米伦忍了半天，最后还是忍不住问：

"我说，你不会有心理问题吧？"

格尔卡十四岁。朋友们来找他，他都懒得出来迎接。他怎么了？

是病了，还是跟他们闹别扭了？久而久之，朋友们不来了。胡利安很气恼：

"我操，这孩子！"

他走到格尔卡身边，友好地将手搭在他肩上，给他两三百比塞塔。

"去吧！好好玩。"

"爸，我不去。"

"谁不让你去的？"

"你没瞧见我在看书吗？"

"好了，我同意你抽烟。"

"爸，别再说了，我不去。"

有时候，胡利安会既关心、又好奇地问：

"你在看什么书？"

"俄国作家写的，一个学生用斧头砍死两个女人的故事①。"

胡利安一头雾水，忧心忡忡地走出他房间。十四岁的孩子，成天像坐牢似的窝在家里，这正常吗？他想着想着，在走廊上停下，盯着一件东西琢磨，随便什么东西：伊格纳西奥·德洛约拉的画像、壁橱、门把手，任何一眼就能看明白的东西，盯好半天，搞不懂想琢磨出什么来。一种秩序、一个答案、一个解释，他也说不清楚。走到帕戈埃塔酒吧前，脑海中一直抹不掉格尔卡俯身看书的场景。该死的书。

晚上，他在床上跟米伦说：

"他要么聪明绝顶，要么蠢货一个。不知道他像咱俩谁？"

"蠢的话，像你。"

---

① 应为俄国作家陀思妥耶夫斯基的代表作《罪与罚》。

"我说正经的。"

"我也是。"

问题是格尔卡在学校成绩一般，当然不像何塞·马利上学时那么差劲。何塞·马利玩体育，行；何塞·马利玩手工，行；但何塞·马利念书（后来在冶金厂上理论课也是如此），死都不行。尽管如此，他还是会笑话格尔卡：

"行了，别逗了。看这么多书，是想混个数学及格，还是英语及格？"

格尔卡爱看书，是阿兰洽培养的。此话怎讲？过生日、过圣日、过圣诞节，或随便什么理由，她会时不时地先送他连环画，过几年，再送他书。这事儿，她也对何塞·马利做过，可是没效果。对阿兰洽来说，应了那个著名的寓言故事：好种子撒到贫瘠的土壤上和肥沃的土壤上，效果天差地别。何塞·马利那块土壤是知识的不毛之地，格尔卡这块土壤正合适，孕育出对看书的热爱。

不止这些。阿兰洽九、十岁时，喜欢高声念书给小格尔卡听，两人要么坐在地上，要么他坐在床上，她坐在他身边，既念传统故事，又念圣经故事，是带插图的儿童改编版。

格尔卡被小货车撞了，康复的日子里，阿兰洽养成了去镇图书馆给他找书的习惯。他已经能自己读书，叽里咕噜地拼单词，也开始有了明确的爱好：从儒勒·凡尔纳和萨尔加里[1]，很快过渡到斯文·哈塞尔[2]的军事小说，还有间谍小说和侦探小说，所有的书都是经济口袋本。

---

[1] 全名埃米利奥·萨尔加里（Emilio Salgari，1862—1911），意大利著名冒险类科幻小说作家，被誉为"意大利的儒勒·凡尔纳"。

[2] 斯文·哈塞尔（Sven Hassel，1917—2012），丹麦作家、军人，创作了以《被诅咒的军团》为代表的军事系列小说。

再后来，她没跟爸妈说——干吗要说？——开始把自己的书借给他看。衣柜上的纸箱里，存了三十多本，大部分是爱情小说，还有《战争与和平》的缩写本、《两个女人的命运》①和六七本阿尔瓦罗·德拉伊格莱西亚②的书，她觉得很有趣，格尔卡觉得一般般。不过，不管怎样，所有书他都读得津津有味。

父母批评他，说他待在家里看书，不出门跟朋友玩时，阿兰治避开父母，用神秘的声音对他说：别理他们。

"你能读多少，就读多少。你要积累文化知识，积累得越多越好，这样才不会掉进这个国家许多人正在掉进的黑洞中。"

格尔卡才不管什么黑洞，只管充满激情地看书。何塞·马利每次见他捧着一本书，总是奚落：

"喂，既然你在看书，能帮我看个手相吗？"

一天晚上，兄弟俩各自躺在床上，何塞·马利粗暴地对他说：

"你还是放下小说，加入巴斯克国的解放斗争中来吧！明晚七点，有场示威游行，希望你一定参加。好几个朋友问我你在干什么。你的小伙伴们都露过脸了，就你连影子都见不着，你让我怎么解释？嗯，他身子骨弱，成天看书。明晚七点，我希望能在广场上见到你。"

格尔卡还能怎么办，只好去让大家见呗！跟这个打招呼，跟那个打招呼。何塞·马利和其他人举着标语牌，站在队首，冲他挤了挤眼。格尔卡不知所措地混在年轻人中间，兴致不高地喊着口号，跟别人一样高举着拳头，高唱《巴斯克战士之歌》。晚上八点，他已经在家看书了。

---

① 《两个女人的命运》（*Fortunata y Jacinta*）是西班牙著名作家贝尼托·佩雷斯·加尔多斯（Benito Pérez Galdós, 1843—1920）发表于 1886—1887 年间的长篇小说。
② 阿尔瓦罗·德拉伊格莱西亚（Álvaro de Laiglesia, 1922—1981），西班牙幽默文学作家，作品数量很多，广受欢迎。

39. 我是斧头，你是蛇

　　孩子们在长大，格尔卡往竖里长，何塞·马利往横里长。除了姓氏相同，别的都不同。朋友们气胡利安，问他两个儿子，是不是一个给吃的，一个不给。他到家不提跟儿子有关的玩笑话，免得米伦生气。一个女邻居曾经暗示米伦，说格尔卡恐怕肚里有虫，让她大为光火。

　　何塞·马利住在家里时，兄弟俩一个睡左边，一个睡右边，两张床挨着，床头各自靠墙，中间铺了张席子。

　　何塞·马利的床靠窗，没有足够的墙面挂招贴画和所有与体育、爱国有关的装饰品。于是，他便今天一幅海报，明天一幅画，逐步蚕食格尔卡的地盘。结果，格尔卡的书桌上方挂着一幅斧头与蛇的招贴画，写着"两条路①齐头并进"的口号。

　　格尔卡只挂了一幅海报，印着安东尼奥·马查多②那张在萨莱萨斯咖啡馆的著名照片。

　　"这家伙是谁？"

　　"行了，你明知故问。"

　　"我真不知道，是人猿泰山他爷爷吗？"

　　"是一位诗人。"

　　这恰恰是何塞·马利想要的答案，好让他去开众所皆知的玩笑，吟诗一首：

哦，诗人，

创作美丽的诗句，

拉下我的门襟吧，

来摸摸我的蛋蛋。

何塞·马利趁格尔卡不在，用马克笔给安东尼奥·马查多添上小胡子和盲人眼镜，还在嘴边加一个漫画常用的气泡，写上：埃塔万岁！他用嘲讽的表情肯定：戴帽子的老头明白自己在说什么。格尔卡无奈甚至麻木地任他欺负。阿兰洽看不下去，老为这事儿说他：

"为什么不反抗？为什么不跟他对着干？"

"我不想惹他生气。"

"你怕他？"

"有点。"

论文化知识，格尔卡比哥哥强太多。哥哥经常熄了灯，躺在床上，面对天花板，一边紧张地吸今天最后一支烟，一边思考刚刚在阿拉诺酒馆跟小伙伴们的辩论。他捍卫武装斗争和民族独立，这个念头谁也夺不走。有些朋友就理论问题争执来、争执去，让他特别恼火。他只认目标：并入纳瓦拉、赶走国民警卫队等等。我操，用不着哲学来、哲学去，就能听懂。等辩论那把火在心头渐渐熄灭，他会转向格尔卡，友好地、平静地问弟弟：睡了吗？然后求他：

"我说，你跟我解释解释那什么马克思列宁主义。快点说，简单点，让我能听明白。明儿还得早起。"

---

① 一条路是斧头所代表的军事路线，需要手段强硬；另一条路是蛇所代表的政治路线，需要运用智慧。
② 安东尼奥·马查多（Antonio Machado, 1875—1939），西班牙九八代著名诗人。后文提到的照片拍摄于 1933 年 12 月 8 日，摄影师为阿方索·桑切斯·加西亚。

论巴斯克语的掌握程度，弟弟也比哥哥强。格尔卡能正常阅读用巴斯克语创作的文学作品，还从十六岁起，用巴斯克语写诗，那些诗只给阿兰治看过。嗯，不夸张地讲，他比何塞·马利和他的朋友们强一百倍。他们说的是巴斯克语口语，嗯，就是日常用巴斯克语，街头用巴斯克语，在学校水平稍微提高了一点点。他们经常聚在某人家里手绘招贴画，之后贴在镇子墙上。有几次，何塞·马利带朋友来自己房间，格尔卡会给他们指出语法和拼写错误，有些错误还很严重。

哥哥生气归生气，拿他没办法，怀疑地问：

"你肯定？"

"那当然。"

"好吧，我会弄明白的。"

最后，他们听格尔卡的，乖乖纠错，甚至在着手前，直接问他这个怎么写、那个怎么写。于是乎，久而久之，何塞·马利开始承认弟弟的优点，并尊重他。一天晚上，他刚从阿拉诺酒馆回来，就躺在床上，对同样躺在床上的弟弟没头没脑地说：

"你好好学巴斯克语，这也是斗争的一部分。"

换言之，两条路齐头并进。这很明白，不是吗？他简单粗暴地解释道：他是斧头，格尔卡是蛇，两人是很好的合作伙伴。恐怕是哪个小伙伴让他开了眼。此话怎讲？嗯，总之一夜之间，他不再笑话弟弟，不再笑话他爱看书、不上街等种种行为。

他请/求（不像过去，只会命令、强迫）弟弟帮个忙。什么忙？三天后的星期六，在镇上的回力球场，要为卡布罗开欢迎会。

"你不是说他是个混蛋吗？"

"谁？卡布罗？百分之百的大混蛋，没有比他更混蛋的人。可他为了巴斯克建国大业，蹲了七年大牢，也该欢迎一下。两件事，一码归一码。我们全都准备好了。"

"要我做什么？"

"拍照。"

"拍卡布罗？"

"拍卡布罗，也拍大家。你带上相机，去回力球场，就像婚礼摄影师那样四处拍照，能拍多少拍多少，行吗？我们挑张好的，做招贴画。这活儿三百比塞塔。是霍金的主意，我说你有个超级棒的相机。其余照片我会做个相册，名字都想好了：巴斯克战士相册。嗯，费用我们出，你不用担心。"

星期六到了。傍晚时分，格尔卡兴味索然地将相机挂在脖子上，去回力球场。正打算出门，在走廊里遇到阿兰洽。阿兰洽责备地看着他，问：既然不愿意，干吗要去？

米伦在厨房说：

"哎，姑娘，你就让他去吧！好不容易出趟门！"

回力球场的中央，挨着侧墙，搭了个台子，上面拉着横幅：欢迎卡布罗。欢迎词的一边是一张卡布罗年轻时的黑白照片。那时候，他头发浓密，没有小肚子，没有双下巴；欢迎词的另一边是一颗红星，上面写着：你的战斗是我们的榜样。有警察吗？连影子都没有，除非有便衣混在人群中。大家都认识，真有便衣混进来，恐怕性命难保。满眼巴斯克区旗，年轻人居多，不乏四十岁以上戴贝雷帽的中年人，还有个别老年人。特朗，特隆，特朗，特隆！一个小伙子和一个姑娘在台子附近敲打巴斯克鼓。参加欢迎会的人像看比赛，散坐在看台。有人跟格尔卡打招呼：

"加油，摄影师。"

这也是一种点名方式，表示我们看见你了，知道你有什么任务，你来得对，来得好。格尔卡不停地拍照，拍巴斯克鼓，拍人群，拍暂时无人的高台，猎装口袋里装着好几卷胶卷。内蕾娅当时也支持巴斯克独立，经过时冲他笑。格尔卡拿相机对着她，她停下不动，抛过来一个吻，直到他按下快门。帮我洗一张，喂？格尔卡点点头，每时每刻都有人请他洗照片。

几米之外，他遇到霍苏内，问她何塞·马利在哪儿。

"在阿拉诺酒馆，我刚从那儿出来。"

一分钟后，掌声响起。卡布罗竖着两根手指，摆出胜利的手势，在两个巴斯克人民团结党领导人和好几个相同意识形态镇政府成员的簇拥下，步入回力球场。格尔卡走在前面，给他们拍照。实际上，他是第一个登台的人。他拿着相机，爬上爬下，来来去去，无人留意，像个隐身人。他拍了拿着话筒、依次发言的人，拍了亲自出席但没发言的镇长，拍了跳巴斯克舞的人，拍了合着鼓点吹高音笛的乐师，拍了胖乎乎的、穿着格子衬衫、高举着拳头、热泪盈眶、感谢并感动的卡布罗。卡布罗提到仍被关在西班牙政府灭绝式监狱中的战友。更多的掌声响起，埃塔万岁！日常打扮的小女孩去给他献花。

全体起立，高举着拳头，合唱《巴斯克战士之歌》。唱完，有人在跑。谁？两个戴着巴拉克拉法帽的人跃上高台，一个展开一面西班牙国旗，嘘声四起，闹腾得很；另一个用打火机点燃了事先浸过汽油的国旗。几米之外的格尔卡拍了好几张照片。

一百多名年轻人簇拥着卡布罗前往阿拉诺酒馆。他在掌声和埃塔万岁的欢呼声中，摘下了挂在墙上、自己作为埃塔囚犯的照片，然后去餐厅享用了一盘专门为他做的炖蜗牛。格尔卡在餐厅拍完了最后一卷胶卷，打道回府。

"你不留下来吃晚饭？"

"有人等我。"

他回家看书，直到深夜。十二点的钟声响了，熄灯。不一会儿，何塞·马利到家。

"怎么样？看见我了吗？"

"大家都认识，干吗还要蒙脸？"

"给我们拍照了吗？"

"到的时候，拍了一张，你们跑得太快，恐怕会不清楚。烧国旗的时候拍了十到十二张，走的时候又拍了几张。"

"尽快把照片洗出来。"

"但愿照相馆的人不会去告诉警察。"

何塞·马利沉默了几秒。黑夜中，烟头在亮。

"他敢说，我杀了他。"

40. 两年没照镜子

她不记得最后一次照镜子是什么时候，恐怕是在卡拉·米略尔的酒店。不在那儿，会在哪儿？她努力回想房间的模样：两张床并排放、功能性家具、墙纸，典型的经济型酒店，只能睡觉，别的基本干不了，甚至连海景都看不了。倒是有个小小的卫生间，带淋浴，洗脸池上方有一面无框镜。她带艾尼奥娅去帕尔玛前，照没照过镜子？不照镜子的可能性几乎为零。她自小习惯打扮得漂漂亮亮，不是因为妈妈吩咐，妈妈也吩咐过，而是因为她讨喜，喜欢看上去／感觉魅力四射。阿兰洽过去是个大美女，在妈妈眼里，她是镇上最美的姑娘，在爸爸眼里，她是世上最美的姑娘。那脸蛋、那眼睛、那秀发，注定了勾人魂魄。

二十多年前，吉列尔莫刚跟她谈恋爱时说：

"你真美！怎么会有这么漂亮的一张脸？"

"这张脸，还有别的——哪儿我不说——要留给爱我的人。"

"这么说，是留给我的。因为我爱你，别人就不能爱你了。"

"这难说。"

无论在剃光她头发的马略卡岛帕尔玛医院，还是在古特曼诊所治疗的那几个月里，阿兰洽都没照过镜子。没有人知道，医生不知道，医护人员不知道，只有我自己知道。每当她坐着轮椅，经过一扇玻璃门前，她总会赶紧闭上眼，怎么都不想看见自己的模样。为什么？因为她下定决心要康复。她坚信：照镜子会让她心灰意冷。

一开始，她只能动动眼皮，什么都听见，什么都明白，什么都记得，想说话／回答／抗议／提要求，就是办不到，连嘴巴都张不开，吃饭全靠肚子上插的营养管。阿兰洽啊阿兰洽，瞧你，思想困在无用的躯体中。这就是我曾经的模样。她会梦见自己被锁在中世纪铠甲里，不能说话、不能动，头盔的护眼罩开着，可以往外看。太可怕了。她看东西没问题，就是不想照镜子看见自己。我一定是个口眼歪斜、流着口水的丑八怪。她时常这么想：果真如此的话，还不如死了干净。

"你为什么闭上眼？"

家里房屋改装时，恰恰是为了方便女儿照镜子，米伦买了一面浴室全身镜。她后来明白过来：

"好了好了，你是不想照镜子。"

她马上叫来胡利安，让他用报纸把镜子蒙上。

"蒙到你改主意为止。买镜子花了我好多钱，你懂的，总不能扔了它。"

胡利安难过地说：

"别担心，女儿。咱们把镜子蒙上就好。"

家里的其他镜子，要么如今对她而言位置太高，如玄关镜或餐厅装饰镜，要么不在她活动范围内，如父母房间的衣橱镜和放在抽屉里的小梳妆镜。推她出门散步时，她会尽量不看橱窗。实在推不掉，她跟理疗师团队合过两次影。不过也无所谓，反正我永远不会去看照片。

镇上的人无时无刻不在恭维她，神父也是，就数他恭维得最多。你真美！回见，小美人。总之，动辄"美人长""美人短"，一点儿也不真心，完全出于同情，阿兰洽觉得可恶极了。她用 iPad 告诉妈妈："跟他们说，别再叫我'美人'。"

"哎呀，你就放过他们吧！他们这么说，总是有原因的。"

那天早上不幸中风后，阿兰洽第一回在两名理疗师的帮助下，站了起来。第二天，她表示：想去照浴室那面镜子。那时候，她已经能自己吃饭、自己喝水，尽管从不落单，身边总是有人陪，怕她噎着。还有，右手活动能力已经恢复（左手还是僵，尽管没有开始那么僵）。渐渐地，一点一点地，语言能力也开始慢慢恢复。

她执着地希望至少能在家里走动，希望有一天，能独自走到窗前、去厨房、够着现在够不着的东西。对别人而言，稀松平常的举动，对我而言，都是壮举。那天下午，她做完理疗，带回家站起来的好消息，激动得不能自已。塞莱斯特亲眼所见，哭着对米伦说：是真的。

"你哭什么？"

"对不起，米伦夫人。我祈祷了很久，终于盼来了这一刻，我太高兴了，没忍住。"

第二天，她俩跟平常一样，给阿兰洽洗澡。小心，抓好，别松手。还是那些话。擦身子比过去容易多了，妈妈胳膊结实，扶她站了起来。

"米伦，您哭了？"

"我怎么会哭？恐怕是眼睛进水了。"

她别过脸，借口专心给女儿擦身子。这时，阿兰洽一阵咿咿呀呀。她想说话、想表达，只能咿咿呀呀，勉强发出声音，拼命想连成一句话。塞莱斯特猜出来了／听明白了：

"你要镜子？"

阿兰洽点点头。妈妈问：

"你想照镜子？"

她又点点头。于是，米伦让塞莱斯特把蒙在镜子上的报纸撕了。

塞莱斯特赶紧三下五除二，撕下用胶带粘上的报纸。两年没看过自己的阿兰洽，终于在妈妈的搀扶下，鼓足勇气，赤身裸体地照了照镜子。

她表情严肃地自我端详，身体重量落在一只脚和另一只脚的脚趾上。她胖了，是的，没错，胖了许多。瞧这两条大腿！胸、臀、腹，集体下垂了好几厘米，皮肤苍白。痉挛的左手紧紧地贴在肋骨旁。肩膀我也不喜欢，我什么时候溜过肩？

脸更不喜欢。既是我，又不是我。眼睛失去了昔日的神采，傻傻的；一边嘴角比另一边低；五官整体缺乏表现力。还有白头发，那么多白头发。额头上的皱纹，皱纹里藏着许多担忧、许多痛苦、许多夜不能寐，都是中风前的难事和烦心事，只有我心里清楚。

米伦站在她身后，问她：开心吗？她盯着镜子回答：不开心。这么说，伤心？也不是。

"见鬼，那咱们怎么着？"

阿兰洽又是一阵咿咿呀呀，不连贯，听不懂。

41. 镜子里的生活

下雨了，怎么办？星期天，塞莱斯特一般不来照顾阿兰洽，除非米伦要去安达卢西亚看何塞·马利。

"这天气，哪儿都去不了。"

已经下午四点。早上天气不好，她们没像平常那样出门散步。不止下雨，还刮大风。可以拿专用雨披，把阿兰洽和轮椅都罩上，只把脑袋露在外面，戴上雨披帽，出去透一会儿空气。可是今天这风，几乎是狂风。

米伦说：

"幸好昨天去听过弥撒。"

阿兰洽坐着轮椅，轮椅摆在阳台门前，她可以看街景。风裹挟着雨点，愤怒地敲打在玻璃窗上。灰蒙蒙的下午，呜呜叫的风，百无聊赖／愤愤不平的阿兰洽。她在 iPad 上写道："推我去浴室。"

妈妈刚把她推到浴室镜子前，阿兰洽就比划着让她离开。

"以前不想照，现在又照个没完。"

阿兰洽气呼呼地敲键盘："我用不着跟你解释。"

妈妈气呼呼地走出浴室：

"我也没让你跟我解释。"

妈妈摔门离去，把她关在里头。她无所谓。妈妈真恶心，自作聪明，以为这是在惩罚我。阿兰洽的愿望叫孤独。她最大的愿望是有朝一日，能一个人待着，在给她提建议的人、为她推轮椅的人、做饭的人、保护她的人，总之，无时无刻不为她提供全方位服务的人的视线之外。他们在她面前表现出方方面面、不可思议的（笑死我了）耐心，耐心地关心她，耐心地同情她，耐心地强压住心中的怒火，耐心地忍受心中的积怨：这人怎么不帮帮忙，干脆死掉算了！让他们都见鬼去吧！从出事那天下午起，她的生活，她不再能做主。她想一个人待着，我操，只想一个人待着。待着干吗？照照镜子？嗯，即便如此，那又如何？

她紧张、挑衅地盯着镜子里的眼睛，等待着回忆那部大片开场，叙述她破碎的人生片段。没错，她的人生破碎了，就像瓶子掉在地上，摔成了碎片。每个碎片都是一段回忆、一件往事，是散落在昔日的阴影与人像。

镜子镜子，你告诉我，何时？何地？和谁？阿兰洽回忆起一九八五年的一个星期六，之前回忆过好几次。小伙子不丑也不帅，不高也不矮，跟她一样，常去伊戈尔多的 KU 迪厅，不管你愿不愿意，总会彼此有眼神交流。他跟哥儿们去，她跟姐儿们去，不过说实在的，那家伙她不喜欢。说不清楚，因为穿着打扮？因为跳舞姿势？有点熊，无腰身，无风度，无气质。那头甩的，我的天！就像有人正在往他额头上钉钉子。总而言之，就是跳舞的年轻人中的一员。

一天下午，阿兰洽发现他在看她。别的小伙子也会看她，她有时还会跟哪个小伙子搂紧了跳舞。这时，她最烦他们逗她笑。凡是小伙子，至少一开始，都会闹出点滑稽戏。没错，他的眼神里透出义无反顾的坚定和捕食动物的专注，她喜欢。灯光变了，变成紫色，慢曲响起。他一个箭步冲上前来，她站在吧台边，跟他说"不"。

小伙子（23 岁，阿兰洽 19 岁）没有坚持，也看不出被拒后有什么不开心。他不动声色，味道很好闻，在紫色昏暗的灯光里，继续盯着她，眼神平静而笃定，似乎在等她改主意。她背过身去，过了一会儿回头，见他心平气和地沿着舞池边，放松地往前走，跟坐在沙发上的朋友们会合，空气中残留着好闻的味道。一小时后，她和朋友们排队取衣服时，又闻到了这股味道。她回头去找，味道从哪里来，发现他就站在身后。他突然壮起了胆子，对她说：

"改天我再请你，看你会不会客气点。"

这个小丑！哪儿来的胆子？居然敢当着众人和她朋友的面，说出这种话。她白了他一眼，没搭腔。他把嘴巴凑到她后脖子上，继续跟她说话，可以说讨好，也可以说大不敬，就像他俩已经认识了一百年。阿兰洽终于取到大衣，气呼呼地回头，撇着嘴，轻蔑地让他离远点，她有男朋友了。

"才不是。"

"你怎么知道？"

"内蕾娅告诉我的。"

她听了愕然：

"你监视我？"

他挑衅地回答："是。"还说知道她没那么容易答应，但不管怎样，他也没那么容易认输。啊！这么说，他是在向我挑战？他以为他是谁啊？阿兰洽很想给他一个大耳刮子。

多年以后，阿兰洽对着镜子，忆起往事，嘴角上扬。朋友们在停车场会合，人都到齐了？老样子，少内蕾娅，天知道她还在迪厅门口跟谁如胶似漆地接吻。等人都到齐了，大家开开心心、七嘴八舌地往公交站走。公交车上，阿兰洽坐在内蕾娅身边，跟她打听，内蕾娅回答：

"他叫吉列尔莫，住在埃伦特里亚，有点正经，不过很招女孩子喜欢，有点诗人范儿，搂紧了跳舞时，会说些像是从书里摘出的美文。没错，他问过我：你叫什么名字？有没有男朋友？没准儿他看上你了。"

"嗯，他要是那么招女孩子喜欢，你怎么不跟他好？"

"他不是我的菜，他家是萨拉曼卡哪个镇上的。"

"那有什么关系？"

"没关系，一点关系都没有。不过，我跟你说，跳舞行，别的不行。"

内蕾娅才叫有范儿，不是诗人范儿，而是种族主义者、支持巴斯克独立的范儿。后来，事情没有遂人的愿，有时偏偏背道而驰。不是吗，镜子？

接下来的一个星期六，紫色的灯光，慢曲响起，他向她走来。我就不明白了：明知要碰钉子，干吗还要自找麻烦？亲爱的镜子，她想让他碰钉子来着，只要是星期六，只要他过来请她跳舞。她能想到他会问什么，眼神先是期待，到头来也许变成责备，或是失望，最后，招女孩子喜欢的身影落寞地离去。她没想到的是：他人未到，香味先到。

"能请你跳个舞吗？"

七个月后，她带他去见家长。

42. 伦敦之行

　　那天？还是另一天？她对着浴室镜子，无声地说：我记得，我真的记得，这种事，不会忘的。伦敦之行后，两人说好：他是独生子，她先去见他家长，他再来见她家长。吉列尔莫有点害怕／犹豫，特别是没有领会到阿兰洽的战略部署。

　　"我每天洗脸、刮胡子，我尊重你，有工作，凭什么你认为他们会不喜欢我？"

　　"我的镇子比埃伦特里亚小，镇上的人互相都认识，新人要一点点介绍才好。"

　　"这跟你家人有什么关系？你跟他们关系不好吗？"

　　"挺好的。"

　　"我还是不懂。"

　　"等你进我两个弟弟的房间，看看墙上挂的是什么，你就懂了。"

　　喂，等一等，没说有必要认识对方父母、兄弟、叔叔、舅舅、七大姑、八大姨。那是什么意思？这是阿兰洽的主意／愿望，想在伦敦之行后，正式宣布两人的关系。

　　吉列尔莫在力所能及的范围内，表现得挺好。不过，阿兰洽还是委屈，他没陪她去。是的，我很委屈，可他要上班。除了这点，别的都很靠谱。真遗憾！此话怎讲？我是这么想的：他当年要是很混蛋，我就一脚把他踹了，省得后来做二十年夫妻，最后几年真是煎熬。没错，那就不会有恩迪卡和艾尼奥娅了。好了好了，总而言之，大错已经铸成，懊悔为时已晚。

吉列尔莫发现阿兰洽吓坏了，说要找个信得过的人，陪她去。

"喂，要找个我信得过的人，不是你信得过的人。最重要的是，费用谁出？这可是大出血。"

她跟内蕾娅推心置腹：瞧，出了这档子事。内蕾娅听说要旅行，很兴奋。哇，要去伦敦过周末啊！My name is，I come from①。嗯，当然，跟她亲爱的老爸要 money，机票钱、酒店钱，还有其他林林总总的费用，完全没难度，反正他是企业家。内蕾娅乐得很，迫不及待地要出发。阿兰洽愁得很，只好给她泼凉水，说：

"喂，咱们不是去玩的。"

"明白明白。你放心，我陪你，我会一直陪着你。"

她将双手叠放在胸前，像明信片上的圣女。

"Hello，伦敦，我一直梦想着去看你。"

"不会有时间旅游的。"

"那有什么关系？重要的是：可以炫一炫，我去过英国了。"

哎，内蕾娅就是这么放得开，不知轻重。可阿兰洽觉得跟她生气，不公平。毕竟，人家帮了她一个大忙，交通食宿自掏腰包（掏的是"老伙计"的腰包，愿他安息），陪她去伦敦。

吉列尔莫负担了阿兰洽的费用。全部费用？直到每一分、每一厘。不用多费口舌，这是他应该做的。他毫不犹豫地取了一大笔存款。镜子镜子，你是知道的：这人缺点、毛病多归多，但无论对我，还是对孩子，从不吝啬。当年如此，之后亦然。

---

① 原文如此，为英语。后文的 money、hello 也是如此。

当年，他在西班牙造纸厂做行政助理，薪水一般。你还想怎样？年纪轻轻的，没有家庭负担，能攒下钱来。他跟父母住，跟小时候一样，吃父母的，尽管总有一天要长大。

他爸爸从五十年代初，就在造纸厂当普通工人，一直干到那年退休，还记得矮矮的佛朗哥穿着西装、戴着帽子，六五年来厂里给新设备剪彩。他爸爸来自萨拉曼卡省的一个镇子，结过婚来的，被造纸厂雇用，于是便留下来，守着机器，干到退休。顺便说一句，他工作表现良好，所以后来，厂里又雇用了儿子。

除了吉列尔莫和内蕾娅，还有第三个人知道她去伦敦。是她妈妈？不是。是胡利安？哼，这人啥都不知道。那会是谁？是内蕾娅的哥哥。阿兰洽吓得半死，急着去找他帮忙。是这么回事，她求他保守秘密，哈维自然答应。八五年，他还在潘普洛纳学医。是他托人找关系，帮妹妹怀孕的朋友打理好一切，去伦敦一家诊所打胎的。

没有别人知道。吉列尔莫的家人、阿兰洽的其他朋友，后来他们的孩子都不知道。阿兰洽从来不愿意说，说了干吗？她疯了才会去告诉妈妈。妈妈那么虔诚，告诉她纯属没事找事。

内蕾娅提前一天走，坐正常航班，这样会有几个小时，在伦敦逛逛街、看看著名景点、购购物、拍拍照什么的，这就是有钱有时间的好处。阿兰洽晚一天走，跟全西班牙三四十个同样情况的女人包机走。有些女人已经不年轻了（估计有三十多岁），还有些是花季少女，有个小姑娘也就十五岁左右，陪她的先生表情严肃，很可能是她父亲。

阿兰洽在取行李时遇到了不愉快。行李出来了一件又一件，就是没有她的。哎哟，妈呀！同机的人陆续离开，传送带的声音越来越诡异，就是不见她的行李。是弄丢了？还是被人拿走了，她没注意？行李总算出来了，她松了口气。可她落了单，找不着北，花了好长时间，才找到机场出口。在出口处依然落了单，更糟糕的是，依然找不着北。怎么办？她急了，决定去打车，抖抖索索地递给司机那张从作业本上撕下来的纸，上面写着酒店名称和地址。司机路上跟她说过好几回话，可她答不上来，她对英语一窍不通。车开了很久才到，阿兰洽心想：糟了，被这个黑人绑架了。心里有个声音在嘀咕：司机很可能带她绕了路，好让计价器多跳点钱。酒店终于到了。一辆公交车停在门口，下来几个跟她同机的女孩子。我操他妈！脑子机灵点，就能省下打车钱。

内蕾娅在酒店大堂等她，絮叨了一大堆逛街、逛店的经历，说得她脑袋快要炸开。

"内蕾①，别扔下我一个人。"

她们说好晚上睡一张床。

"你怕吗？"

我操，瞧她问的！我怕吗？阿兰洽刚睡下一会儿，就翻来覆去地想吐，赶紧起来，光着脚，踩着破旧的粗毛地毯，去浴室喃喃自语，还是默默呻吟？她已经怕到了骨子里，不仅因为手术。她怕手术，但哈维在电话里跟她解释过，让她放心，她大概知道手术是个什么情况。她最怕的是语言不通，无法独自在伦敦出行、找地方、必要时向人求助。她的无助感连绵不绝，越来越强，简直难以忍受。如今，她坐在轮椅上，对着镜子，记起当年曾经胡思乱想：要是迷路了怎么办？被车撞了怎么办？诊所卫生条件不好，被感染了怎么办？或者，谁知道呢？下楼梯时，脚崴了，不能按时回家怎么办？总之，因为这样或那样的原因，被爸妈、堂塞拉皮奥、全镇的人知道，那该有多恐怖！

---

① 内蕾娅的昵称。

后来她才知道，她的妈妈和内蕾娅的妈妈——当年还是闺蜜——按老习惯，星期六去圣塞巴斯蒂安喝下午茶时，聊起各自的女儿，两个孩子碰巧都出门旅行去了。我的天啊！这场对话，阿兰洽分分钟就能想象得出：

"内蕾娅星期四跟大学同学去伦敦了。"

"哦，是吗？我家阿兰洽去了毕尔巴鄂，昨天走的，去听什么歌手的演唱会。你别问我是谁，我对流行音乐两眼一抹黑。"

她俩起了个大早，内蕾娅下楼吃早饭，阿兰洽不能吃东西，只喝了几口水。她很紧张。出发时间到，她俩一个毅然决然、风趣幽默，一个心慌意乱、心神不宁地前往组织者办公室那条街。街上的楼房有新有旧，有的正墙实在是污浊不堪，组织者所在的那栋楼便是如此。内蕾娅在对面人行道上先看见了那栋楼：

"就是那儿，蓝色门那栋。"

她俩刚进门，就不由得皱起了眉，后来简直受到了惊吓。说真的。为什么？通往一楼的楼梯很窄，遍地垃圾。一只杯子倒扣在地上，楼梯上怎么会有一只杯子？同样的问题还适用于塑料袋、废纸、瓶子和剩牛奶。真恶心！

"内蕾，我要回家，我宁愿把孩子生下来。"

"别急。来都来了，咱们去瞅一眼，再做决定。"

内蕾娅摸了摸阿兰洽的秀发，体贴地亲了亲她的面颊，安慰她，总算将她说服。两人手牵手，在大厅里等。大厅里摆着几张椅子和一张皮沙发，沙发上的皮都裂开了，隔墙上贴着招贴画。阿兰洽认出前一天跟她同机的一个姑娘；过了一会儿，十五岁左右的小姑娘来了，还是那位表情严肃、很可能是她父亲的先生陪着；大厅里还有其他人；有个男人脏兮兮的，睡意蒙眬，像是瘾君子。同机的姑娘听她们聊天，问她们是不是西班牙人，内蕾娅说从巴斯克来。那姑娘不问自答，自报家门。

总算轮到她们了。内蕾娅尽量做好翻译，阿兰洽在指定的地方签字。接下来，给她开了张单子，一小时后，去伦敦市中心的一家诊所，让医生做相关检查。两人走下遍地垃圾的楼梯，阿兰洽低声问：

"介不介意告诉我，为什么办公室那位女士和你在笑？"

"不介意，她以为要做的是我……你懂的。"

组织者备的车在街上等候，里面坐满了年轻的姑娘及其同伴。先去诊所，做完相关检查后，再拉着同一批人，去郊区一栋别墅。那儿是居民区，房子不高，带观景台、烟囱和花园，人行道上有树，街道干净清爽，总之，不是那种乌七八糟的郊区。哦呦，还好还好。

后来呢？镜子镜子，瞧你真好奇！接待她们的护士笑容可掬，多少会说一点西班牙语。阿兰洽坐在大厅里等，大厅里家具现代，装饰着室内盆栽。记得一个姑娘亚洲面孔，一个姑娘印度面孔，还有几个同机前来的西班牙姑娘。

嗯，差不多等了三刻钟，有人递给她一只写着她名字的塑料手环和一件纸汗衫，让她脱光了换上。医生来了，是个面容和善、蓄着烟灰色小胡子、教养很好、让人看着安心的男大夫。他叫菲尼克斯医生，A. 菲尼克斯。由他主刀，手术很成功。镜子，就这些。就一点不好：我从麻醉中醒来，呕得厉害，好在胃里空空如也，呕不出东西。还记得星期天中午刚过，飞机上的气氛已经完全不同。和去时相比，姑娘们更放松，当然，话也更多。

43. 正式拍拖

伦敦之行让两人走到了一起。此后，他们变成那种很老派的恋人，喜欢手牵手上街，再后来，他们结为夫妇。他捧着一束花去机场接她，安慰她/很贴心，爱抚她/很礼貌；说的话不是平常用词，语句悦耳，情感真挚。她把额头靠在他胸前，原谅他在她体内不合时宜地播种。

她送他一个开罐器，最后一刻在希思罗机场纪念品商店买的，把手是个微缩版红色电话亭。多年以后，开罐器又在婚后住所的一件家具里出现，被她毫不犹豫地扔进垃圾筒。这玩意儿会给她带来不愉快，吉列尔莫也许压根用不着（也许用得着，只是他不说）。

两人共同保守着这个秘密，彼此心照不宣，从不提堕胎的事。然而，事情毕竟发生过，始终在那儿，隐藏在谈话中、目光里。更糟糕的是，至少对阿兰洽来说，一双儿女已是阴影，它是阴影中的阴影。

结婚二十年，阿兰洽和吉列尔莫出过好几次国：带孩子去过两次巴黎，还去过威尼斯、摩洛哥、葡萄牙，就是没去过伦敦。谁也没提过，谁也没想起来。有时——不是总是，只是有时——在街上偶遇老友或办什么手续，别人问她有几个孩子，她总会顿一顿，想一想。嗯，只要想一小会儿，别数错就好。三个吗？是两个。

岁月荏苒，伦敦之行（那个没出生的孩子要是活到今天，会怎样？）在记忆中渐渐淡去，却始终没有忘记，中风后又突然重现。如果上帝真的存在，是他在惩罚我吗？是身子不能动，脑子胡思乱想，旧事重提，自我折磨吗？从帕尔玛医院的重症监护室就开始了。当时，她不能动，全身上下插着管子。一天晚上，那段痛苦的经历盘桓在脑海中，挥之不去。如今，她在父母家，坐着轮椅，对着镜子，往事不可避免地又上心头。

伦敦之行让两人走到了一起。他们每天在圣塞巴斯蒂安约会，下午天气好，就坐在长椅上吃一包炒栗子或花生、一盒茶点或糖果，亲热亲热；要是下雨，就只好钻进咖啡厅或电影院亲热。吉列尔莫的嘴巴像抹了蜜，往阿兰洽的耳朵里灌满了甜言蜜语。晚上九点，两人各自乘车回家。于是乎，每天下午都是亲吻加情话，日复一日。

"小甜心，咱们得想着去见家长了，我去你家，你去我家。"

"我先去你家。"

"瞧你说的，就像我去你家，会有麻烦似的。"

"哪儿有！你们家人少，更容易些。我先去你家，顺便做做我家人的工作。"

星期六，吉列尔莫（或吉列）带她去埃伦特里亚家里吃饭。他家在四楼，门开了。安赫丽塔六十多岁，个子不高，体态丰腴。她在儿子女朋友的脸上狠狠地亲了两下，表示欢迎。两个果断坚决、热情洋溢、如奶油般顺滑的吻，妈妈都没这么亲过我。所以，阿兰洽一进家门，惧意顿消。

他爸爸相对疏离些，但态度也很真诚、亲切。拉斐尔·埃尔南德斯平易近人，性格腼腆，披着羊毛外套，跩着格子拖鞋。阿兰洽小心翼翼地以"您"相称。上帝啊，千万别！老两口殷勤、客气，说以"你"相称就好。安赫丽塔款待客人，带她在家中四处参观。

"这是我跟他爸爸的房间。"

阿兰洽又去过几次，才带吉列尔莫去自己家。按照她的想法，她很乐意留下来过夜。那为什么没留下？嗯，吉列尔莫的父母人特别好，可得看什么事。在某些问题上，他们有点（非常）老套。阿兰洽说：吉列，亲爱的，可你跟我已经……还有伦敦的事。他说：是的，没错，请你理解。于是天一黑，他们有时会去乌尔古尔山，带上避孕套，躲在灌木丛后面，怕被发现，悄无声息、匆匆忙忙地快活一回。他的片刻欢愉让她勉为其难，地上有尖尖的棍子、尖尖的石头，草地也湿漉漉的，她屁股受不了。

浴室镜子问：你爱他吗？不可能像爱孩子那么爱他，但从某种程度上讲，她是爱他的，一开始爱得最深，否则也不会费那么大的劲，带他去见家长。她以前没带男生回过家，吉列尔莫是第一个，也是最后一个。一天，她先在厨房跟妈妈提起，紧接着又补充道，他住在埃伦特里亚，叫吉列尔莫。米伦当时很困，兴致不高，只是眉头一皱，怀疑地问：小伙子不会是宪警吧？不是，他在造纸厂做行政助理。米伦又问：工资高吗？就没下文了，没说女儿谈恋爱，我很高兴，也没说什么时候见见，什么都没说。

过了几个小时，阿兰洽又跟爸爸说了同一番话。也许她时间挑得不好，胡利安正打算出门，去帕戈埃塔酒吧。他毫不掩饰，自己在赶时间，也许想在米伦买东西回家前，溜之大吉。年轻人谈恋爱这种事，入不了他的耳。尽管如此，他还是给了女儿一分钟，了解情况，说：我很高兴，紧接着又问：

"妈妈知道吗？"

"那当然。"

"哪天你把他带来，我带他去集体食堂吃晚饭。他骑车吗？"

"爸，他不骑车。"

胡利安似乎不太高兴，已经没话说了。他在女儿背上拍了拍，像是表示同意，戴上贝雷帽，出门。

阿兰洽更信任弟弟。那年，格尔卡十五岁，嫩得很。可她需要一个同盟军，格尔卡是家中唯一她能偶尔敞开心扉的人。阿兰洽觉得他比爸妈脑子清楚。

格尔卡先问他叫什么名字：

"吉列尔莫。"

"全名呢？"

"吉列尔莫·埃尔南德斯·卡里索。"

他原本在看书，从床上坐了起来：

"他支持巴斯克独立吗？"

"他对政治不感兴趣。"

"那他至少会说巴斯克语，是不是？"

"他一句也不会。"

"那何塞·马利肯定不喜欢。"

阿兰洽瞅了瞅满墙的招贴画：大赦、独立、埃塔、镇上正在服刑的埃塔分子照片、巴斯克人民团结党竞选海报。

"为什么你觉得他不喜欢？"

"你明知故问。"

十五岁的格尔卡建议她带吉列尔莫来镇上散步，跟他一起抛头露面，星期天在广场上跳舞，看看会发生什么。

他们依计行事，进一家酒吧，再进一家酒吧，在这儿说"你好"，在那儿也说"你好"，手牵手在镇子中心闲逛，在镇广场茂密的椵树荫下，合着音乐亭里乐队的现场伴奏翩翩起舞。这时，阿兰洽看见了霍苏内，她正远远地观察他们。阿兰洽装作没看见，对吉列尔莫耳语：

"对面有个姑娘，在跟我弟弟交往。你别回头，等着瞧，她会想方设法地打听你是谁，说不说巴斯克语。"

回到家，吃晚饭时，何塞·马利在聊手球比赛。他也好，爸妈也好，只字未提阿兰洽的男朋友，格尔卡更不会提。当天下午，他俩在广场上跳舞这件事铁定已经成为全镇人津津乐道的话题。

又过了两天。何塞·马利披着长发，把头伸进姐姐的房门口，问：

"听说你交男朋友了。"

他满面笑容。阿兰洽盯着他，想看出他有何敌意，愣是没发现。他用同样欢愉的口吻说：

"哪天带他来，跟我交个朋友。"

几周后，何塞·马利跟几个朋友住到镇上一套公寓去了。直到那时，阿兰洽才敢把吉列尔莫带回家。

44. 防范措施

　　"老伙计"就是这样，什么事都藏在心里，一个人埋头工作，倔得很，嗯，倔得有点难相处（跟他对着干？我的个老天！）。正因为倔，他才能白手起家，不靠资金，光靠信念，在下面河边、长满黑莓的那块地上建起了一家公司。那块地他先租后买，不但做起了生意，我操，还越做越大。按毕妥利的说法：正因为倔，他才会送了命。

　　毕妥利去墓园，总是责怪他：

　　"你本来可以好好活着，可你就是倔。当初，你付钱就是；不想付钱，就带卡车远走高飞，将运输公司开到别处去。这话你说过多少遍，只说不做。你明明知道：你去哪儿，我都跟着。"

　　他回到家，工作上的事一概不提。毕妥利要是问：今天过得好吗？他只会干巴巴地、淡淡地答一声"好"。她永远弄不明白这个"好"是指"不好""一般般"还是真的指"好"。为了揣摩他情绪，她会察言观色，想看出个所以然来。"老伙计"总是没好气地问：

　　"看什么呢？"

　　看他表情，看他眼里的光芒或额头上的皱纹，毕妥利想弄明白他是安心，还是担心。

　　"很久没人威胁你了吧？"

　　"很久了。"

　　"你觉得他们把你忘了？"

"不知道，我也不想知道。"

内蕾娅去了萨拉戈萨，"老伙计"似乎已经没那么害怕。谁知道呢？毕妥利说：这个男人把一大堆秘密带进了坟墓。确实，女儿去外地念书后，他没那么心烦意乱了。哈维呢？他不住在镇上，应该没有危险。

"老伙计"在家里不再提勒索信的事，毕妥利要是提，他会勃然大怒：

"奶奶的，我不说，就是没有新消息。"

"老伙计"，亲爱的"老伙计"。毕妥利不管三七二十一，直接问，是因为难过甚于关心。事实上，"老伙计"已经到了孤单无助、孤立无援的地步。朋友呢？他不去找他们，他们也不来找他。他们孤立他的同时，他也选择了自我孤立。他不再去帕戈埃塔酒吧打牌，星期六也不再去集体食堂聚餐。一次，他在街上偶遇胡利安。两人对视，胡利安的目光一闪而过，而他却期待地盯着胡利安。他在期待什么？一个眼色？一个表情？胡利安经过时，扬了扬眉毛，算是打个招呼，似乎在说：不行，我要是停下来跟你说话，就会……

"老伙计"不再骑行，选择了永远放弃。一天，他把车搬进车库，挂在车库顶上的两只钩子上，用两根链子拴好。车现在还在那儿。他停缴了骑行俱乐部的年费，没人催缴，赛季末，也没有人给他寄会员邀请函，上面有年会时间和日程。记录骑行阶段和所得积分的证明或证书——随便怎么叫——有人对折，连门铃都懒得按，直接投进了他信箱。"老伙计"曾任五年俱乐部主席也无济于事。就让他们都见鬼去吧！过去每逢星期天，毕妥利总是抱怨：难得一个礼拜一次，两人能在一起，他还总是跟骑行俱乐部的朋友出去。现在好，她得从早到晚忍受他的坏脾气。

不管下不下雨，"老伙计"一辈子都喜欢走路上班，也就十五分钟路，骑车时间更短。从那个星期天，有人刷标语起，他只开车上班，开那辆老旧的雷诺21，说免得有人急急挪开目光或突然到街对面去。新鲜的是，星期六下午，他陪毕妥利去圣塞巴斯蒂安听弥撒，去自由大道上的咖啡馆喝下午茶，就是毕妥利过去跟米伦关系好时常去的那家。结果有些熟人，在镇上不跟他们打招呼，在圣塞巴斯蒂安遇到，会跟他们说"你好"，甚至停下来聊两句：天气真好，不是吗？

"老伙计"采取了一些防范措施，他又不傻。首先，绝不把车停在街上。毕妥利说：

"你想都别想。"

他有私人车库，尽管如此，上车前，总会弯下身子，检查底盘。后来，他在车子周围放了几块木板，用绳子牵在一起。要是有人进车库——原本就难——动了木板，哪怕只有几毫米，他也会察觉。去公司，他在停卡车的地方辟出一个专用车位，从办公室窗户就能看见。

私人车库有个不好，位于街道拐角，在家那栋楼旁边，从车库到门廊，大约要走四五十步，这段路非走不可。一个雨天的下午，他就在这段短短的路上遇害。不过，正如毕妥利坐在墓边跟他说的那样：

"你在那儿遇害不假，换个地方也能要你的命。那些人只要盯上谁，不除掉，不罢休。"

一开始，刷在车库金属门上的标语，他会想办法盖住，为此专门备了一桶白油漆。可盖住没用，第二天还会有新的标语："老伙计"是法西斯；"老伙计"压迫人；埃塔，杀了他！诸如此类。后来，他习惯了，选择无视。还有人在门口撒尿，一股浓浓的尿骚味。

他在报纸上看到：有固定习惯的潜在目标最缺乏自我防范能力，换言之，是最容易被锁定的人肉靶子。于是好几个月里，他不会连续两天同一个时间出门，路线也换；中午一点、一点半或两点回家吃饭，或毕妥利给他带饭，就在办公室吃；晚上也会八点、九点、九点半、十点下班。不规律的时间表有悖他的本性，他一直以工作准时准点为荣。等把女儿安全转移到萨拉戈萨，让他不得安生的坏人们也不怎么来找他麻烦了，于是，他的生活又渐渐规律起来。埃塔再次行凶杀人时，他在毕妥利的敦促下，会在一段时间里，再次加强防范。

他经常会拉开一点点厨房的薄窗帘或阳台门帘，偷偷往街上看。他会小心翼翼地探出一只眼，尽量不让毕妥利看见，不然她会生气。为什么？她嫌他手指弄脏了薄窗帘和门帘。

多年以后，毕妥利在墓园对他说：

"那些人才不会守在家门口。你就没想过监视你的是邻居？他也拉开他家窗帘，记下你的进出时间，去向恐怖分子报告？如果他也是个不爱干净的家伙，饭前不洗手，嗯，饭前饭后都不洗手，我一点儿也不奇怪。当然是熟人干的，你要是再往下问，这人没准还欠咱们家的情。"

45. 罢工日

三十一岁的巴斯克人民团结党当选议员何塞·穆古鲁萨在马德里一家酒店用晚餐时，遇刺身亡，引发了大罢工。大城市里支持率一般，小镇上无处可逃，商铺（商店，酒吧，作坊）全体歇业。如若不从，后果自负。"老伙计"在坡顶，远远地看见铁栅栏大门旁，站着几名员工，门上挂着和前几回一样的标语牌。门口共三人：戴耳环的安东尼和其他两人。别的员工都选择待在家里，一名员工昨晚打电话给他。"老伙计"听够了电话那头的威胁与谩骂，骂他是法西斯剥削者、婊子养的、可以立遗嘱了等等。他犹豫这电话接还是不接，最后还是选择接，万一是内蕾娅从萨拉戈萨打来的怎么办？谁知道呢？不是内蕾娅打来的，是一名员工打来的。他很有礼貌地告诉老板：自己明天其实很想去上班。

"想上班，就去。为什么不去？"

"不能去，您瞧其他员工……"

第二天一早，"老伙计"在铁栅栏大门前下车，知道那三人为什么守在那儿。天气很冷，草地上覆盖着白霜，河面上升起的晨雾要在洼地上流连好几个时辰。他不相信地看着他们问：

"你们想怎么着？"

安东尼一副恶狠狠的表情，挑衅地抬起下巴：

"今天不上班。"

"不上班，就不发薪水。"

"咱们等着瞧，看倒霉的是谁？"

"倒霉的是大家。"

"老伙计"一度想炒掉这个狂妄的家伙。安东尼是个平庸的技工，平日里游手好闲。他拿到解雇信，看都不看，当着老板的面，撕了；几小时后，带了两名自称巴斯克工人委员会的成员杀回到公司，百般威胁，逼得"老伙计"没办法，只好重新雇用这个没良心的家伙。他一见安东尼，就血气上涌。

三个罢工分子围着一只金属桶取暖，桶里烧着木板、木棍和树枝。"老伙计"呵斥道：桶不是他们的，居然擅自拿来使用，木板就更不用说了。日光不足，太阳还没上山，火光映红了他们的脸。"老伙计"心想：这些人没脑子，反社会，一帮白眼狼，给他们吃的，还反咬你一口。毕妥利说：

"没错。可是没有他们，谁给你开车？谁给你修车？"

他想打开铁栅栏大门，请/命他们把桶挪开。安东尼沉着脸，断然拒绝，又说了一遍：今天不上班。另外两人不说话，怂了？挡了老板的路，这可不是闹着玩的。安东尼是他们头儿，他们却背着安东尼，低眉顺眼地将桶挪到一边。

安东尼怒了：

"你们在干什么？"没看见还是怎么着？他气得——还是恨得？——咬牙切齿，"好吧！不过，卡车不能进出！"

"老伙计"把自己关进办公室，伸长脖子，隔着窗，看那三个纠察队员。他们冷得原地蹦跶，搓手，呼气变成白雾，聊天，抽烟。这些倒霉蛋，满脑子口号，被人当猴耍，还忙不迭地听命。瞧雇用他们那会儿，一个个千恩万谢那样儿！毕妥利说：

"你就知道雇用本地人，肥水不流外人田。"

当初雇用这个该死的安东尼，是熟人来求毕妥利的，好话说了一大堆，拜托来拜托去。早知道是这样，哼！

他不去浪费时间，赶紧给客户打电话，告诉他们形势所迫，万分抱歉，还请多多包涵。打完心情稍稍平复些，但还是生气，又打了几通电话，修改工作日程，协调时间节点，不得已取消（我操他妈！）了一笔大单子，电话告知当天回程的司机在工业园区找个地方停车。他发现守在铁栅栏大门旁的罢工分子又多了两个，其中一个便是昨晚礼貌地给他打电话的那名员工。他觉得不能再这样下去，总得做点什么，这帮人不能把他们的意志强加于我。

他电话确认因为罢工，公交车停运。早上九点半左右，他叫了辆出租车，穿上皮袄，没关灯，好让别人误以为他还在办公室，从河边后门溜了出去。走两步，不到桥的地方，有条小路，往上走，直通公路。等了五分钟不到，出租车来了。十点前，他在圣塞巴斯蒂安阿玛拉区下车。

很意外，开门的是毕妥利不喜欢的那个女人。毕妥利说她不过是个普普通通（一个字一个字念的：普—普—通—通）的助理护士。说起儿子女友／同事／情人的职业，她总是皱皱鼻子，撇撇嘴：

"男医生找女医生，男护士找女护士。"

接下来，毕妥利开始数落她的各种缺点：穿衣服没品位、说话做作、香水洒得太多。她难以掩饰从第一刻起对阿兰萨苏的反感，当她知道这个女人居然离过婚，比哈维年纪还大时，反感几乎上升为厌恶。

"这个愣头青，想再找个妈还是怎么着？看不出这个脑袋灵光的女人是想蹭他的地位和薪水吗？"

"老伙计"觉得无所谓。只要是儿子看中的女人，都行。

没想到会在哈维家里遇到她。

“方便吗？”

“当然。请进，请进。”

他问儿子在哪儿，她说他在洗澡，马上就来。阿兰萨苏赤着脚，衣衫单薄。他俩同居了？“老伙计”也觉得无所谓。他的理论是：儿女们只要幸福就好，其他都是次要的。可毕妥利说：

“你想让他们幸福，少来烦你。”

“是这个理，怎么了？”

听见吹风机在吹头发，阿兰萨苏的脚上涂着深红色指甲油，墙上挂着一幅油画，画的是圣塞巴斯蒂安海湾，签名的是个什么阿瓦洛斯。哈维不止一次地建议爸爸投资艺术品。儿子，不行，这些东西我不懂。

“老伙计”问医院有没有罢工。

“罢工？据我所知没有。”哈维裹着白色的浴袍，走进客厅，“你听说有人罢工吗？”

“没有。”

“今天，你爸爸的员工都没来上班。”

“老伙计”点点头，父子俩拥抱。哈维洒了古龙水，调侃道：

“今天下午，我有台手术。为了病人的健康，希望手术期间，罢工纠察队的人别冲进手术室。”

“老伙计”听了笑话，不仅没笑，反而皱着眉头，目光严肃，没接茬。

“怎么了，爸？”

“没怎么。”

阿兰萨苏凭借女性的直觉，说给她五分钟，换个衣服就走，让父子俩好好说说话。哈维傻乎乎地说了声“可是”，就像滴了一滴口水：

“可是……”

"老伙计"建议／恳求哈维，拐角酒吧见，他先去候着。酒吧里人多耳杂，没隐私，再说哈维什么都不想喝。于是，父子俩决定出去走走，找树多、僻静的地方。他们来到格尔尼卡之树①散步道，聊啊聊，走到马丽亚·克里斯蒂娜桥，再折返。

"最好别让妈妈知道我来找过你。对了，关键的她都知道，细节我没告诉她。有些麻烦没准儿能解决，没必要让她担心。因此，我来单独找你聊聊。你脑子好，一定能给我很好的建议。"

"那当然，爸。具体什么事？"

"我在镇上处境很糟。"

"别告诉我，他们又刷标语骂你了。"

"这阵子倒是消停。也许他们发现弄错了，我不是那种身家百万的大企业家，要么就是最近的一些动作，让那帮人不再狮子大开口。"

"什么动作？你没跟我说过。"

"你想怎么着？让我登报声明，公之于众？我找了个中间人，请求在法国跟他们见面，当面解释我的资金状况，让他们知道，我的钱都投资了，请他们宽限些日子，或允许我分期付款。我听说有人就是这么干的，只要你有诚意，愿意付钱，那帮混蛋就能接受。"

"你之前是反对的。"

"我现在也不支持。我们被害苦了，可你想怎么着？难道让他们来绑架我？"

"他们怎么说？"

"我准时赴约，你知道的，我不喜欢让人等，结果等的人是我，

---

① 格尔尼卡之树（Árbol de Guernica）指的是西班牙巴斯克自治区比斯开省格尔尼卡市议会大厦前的一棵栎树，象征着巴斯克人民的传统自由与解放。

等了不止一个半小时，没等到人。据说反恐解放组织①那件事之后，他们疑心很重。谁知道是不是我被便衣盯上了，没察觉，却被他们识破。于是我再约，被他们拒了。真窝囊！如今，我想他们已经看到我的诚意，所以暂时放过我，找别人麻烦去了。可是哈维，我总得做点什么。我在镇子里太暴露，今天早上有三个混蛋把我堵在公司门口，真他妈的操蛋！居然由员工决定上不上班。我绝对相信，他们之中，有人把我的一举一动报告给了埃塔。还记得索特罗的侄子安东尼吗？最坏的就是他，心肠最歹毒。"

"还等什么？赶紧炒了他。"

"改天炒，等事态平息。"

"我说爸，既然你是企业家，就不该跟工人阶级混在一起。我不是阶级论者，可你让我怎么说？任何对你印象不好或嫉妒你的人都会试图伤害你，不费吹灰之力，因为你就在手边，伸伸手就能够着。也许，你每天都经过他门前。你和妈应该搬到别处去住，偶尔回镇上看看或去工作就好。他们不是在墙上刷标语吗？让他们刷好了，你眼不见为净……能去刷标语，别的坏事也能干得出。"

"我倒是愿意走，可是你妈……"

"妈也会愿意走，她有回暗示过，我听到的。问题是，你们俩不沟通。"

"自从我不去骑行、不去酒吧打牌以来，我们俩从来没这么长时间在一起过，几乎不上街。我从家到公司，从公司到家，两点一线；她已经不在镇上买东西了。"

"这哪儿是过日子？"

---

① 反恐解放组织（GAL — Grupos Antiterroristas de Liberación），西班牙工人社会党政府为对付埃塔专门成立的准警察队伍，奉行国家恐怖主义，以暴制暴。该组织活跃于 1983 至 1987 年间。

"日子只能这么过，有比这更糟的。我爸打仗，反对佛朗哥，打坏一条腿，坐了三年牢。"

"你真做了防范措施？"

"这点你放心。他们想伤害我，得在镇子外头动手。镇子里头，我有一百只眼，小心着呢！"

"到底怎么回事？你在镇上的处境是好还是不好？"

"不好。我想把公司搬到更太平的地方去，比如拉里奥哈、萨拉戈萨，可是事情没那么简单。我的客户基本都在这个地区，每周都有紧急业务，十万火急的那种。要是人在外地，你告诉我：怎么反应？他们会去找另一家运输公司，然后就没有然后了。"

"还有一个可能：成立一家分公司，慢慢把生意挪出去。"

"那得有合伙人，要信得过，帮我在外头雇用员工或在这里打理公司。我分身乏术，不可能两边占。最好能找到一个更便捷的办法，少花时间。"

"把公司关了，卖掉，靠积蓄过日子。"

"你疯啦？公司是我的命。"

"那办法只有一个。你要是同意，我帮你们找个房子，住到圣塞巴斯蒂安来。你们住城里，更安全。反正你开车上班，有什么关系？"

"买房子是笔大开销，我觉得你妈……"

"想不想让我去找？"

"好的，你去找，找到再说。"

46. 雨　天

　　"老伙计"遇害那天，在下雨，还是个工作日。天灰蒙蒙的，似乎不停地拉长、再拉长，分分秒秒都过得很慢。空气湿漉漉的，早上如此，下午也如此。那是普普通通的一天，乌云盖住了环绕镇子的群山山巅。

　　"老伙计"大清早去办公室。大清早？是的，也就六点过，天还黑着。桌上有本日历，他照例撕去一张，读一读背面的文字；紧接着，在记事本的某一页上写下戒烟的日子：第一百一十四天。坚持不懈地累计出这么一长串日子，他很骄傲，毕妥利很开心。他不再像过去那样，弄得满屋子烟味，窗帘都被熏黄了，墙壁、家具，还有呼吸的空气，全都一股子恶心味儿。

　　"老伙计"不知道——他怎么会知道？——这是他最后一次查看物品、处理事务、用心思考。对他而言，天最后一次亮，他也是最后一次处理日常事务，在生命的最后一个早上去拿/碰/看这些物品。

　　从家到公司，他照例有所防范，一眼瞧见车边的木板和绳子依然保持原样。今天走这几条街，不走那几条街，走一段，瞟一眼后视镜。他不知道，有备而来的暗杀，自己差点躲过。原本跟贝亚塞恩的客户约好，中午吃个工作餐。结果上午十点，客户打电话来，说有急事，跟他打招呼，改天再约。

　　"行，没问题。"

说心里话，他挺开心的。天不好，路况差，他一点儿也不想出门。于是，他做了个糟糕的决定，按照奉命处决他的人熟知的日常习惯，给毕妥利打电话，说中午回家吃饭。他是中午回家吃饭了，以后再也没有中午回家吃过饭。

　　进车库，熄火，"老伙计"在驾驶座上又坐了一两分钟，听完收音机里放的、喜欢的那首歌，下车，摆好木板和绳子。他环视一眼，压根没想到那是最后一眼：搁板上摆着好几桶油漆，自行车挂在车库顶，装葡萄酒的大玻璃瓶、备用车胎、工具和几件杂物，不多，扔在墙边，留出位置，好让车停在中间。他哼着刚听过的歌来到街上，关上金属门。瓢泼大雨，他没带伞。这有什么关系？反正从这儿到门廊，也就四五十步。

　　这时，他看见了他，很壮实，肩背很宽，立在街角。怎么可能看不见？天这么不好，街上哪儿有人？尽管他戴着风帽，还是能认得出，因为体型，因为壮实，谁知道因为什么。他往他走去，过街，到另一边人行道，对他说：

　　"哟，何塞·马利，你回来啦？我真高兴。"

　　那双眼睛，嘴唇紧闭，神情紧张。两人迅速地对视一眼，何塞·马利的眼神里交杂着坚毅/茫然、不安/惊讶。雨水打在两个人身上，人行道上铺着灰色的地砖，缺了几块，缺口里积满了浑浊的雨水，几根电线架在正墙上方。

　　对视时，教堂的钟正在敲一点。两人有一刻，面对面，一动不动，相顾无言。"老伙计"等何塞·马利说点什么，何塞·马利双手插在猎装口袋，整个人僵住。突然，他挪开视线；突然，他欲言又止；突然，他转身离去，快步走，几乎在跑，沿街往下，将"老伙计"留在街角，想说点什么，想问点什么。

　　"老伙计"在厨房脱鞋，问毕妥利：

"怎么不开灯？"

"看得见，开什么灯？"

"你想不到刚才我在街上遇到谁了，给你猜一个月，你都猜不着。"

炖锅在冒热气，煎锅在炸里脊。玻璃窗上尽是雨点，除了窗户透进的灰蒙蒙的光线，厨房里没有别的光源。

毕妥利系着围裙，在灶台前忙乎，对他的话充耳不闻：

"给你炸个辣椒？"

"我看见何塞·马利了。"

毕妥利如芒在背，赶紧回头，眼珠子差点瞪出来问：

"那家人的儿子？"

"不是他，还是谁？"

"你们俩说话了？"

"我说了，他啥也没说就走了，差一点点跟我打招呼。"他的拇指和食指指肚间似乎捏着细小微粒，"我觉得是他想了想，想起家里人已经不跟我们说话。他还是那么壮实，一脸傻样。"

他俩面对面，坐着吃饭。"老伙计"嚼得吧唧吧唧的，说这个鬼天气，不用去贝亚塞恩真是太好了。毕妥利没那么开心：

"你要是去，我就不用做饭了。一个人吃饭，我才不烧呢！幸好今天冰箱里有肉。"

"老婆，要真这样，咱们可以下馆子。"

"去干吗？去看别人脸色？"

"不一定要去镇上的馆子。"

"哼，净花钱。"

过一会儿，毕妥利又转回到之前那个话题，双眼间有两道狡黠的皱纹。

"他是埃塔的人，不是吗？"

"谁啊？"

"还有谁？你不觉得奇怪？埃塔分子居然旁若无人地走在镇上，正常情况下，应该怕被警察发现才是。告诉我，他打伞了吗？"

"伞？让我想想。没，他戴着风帽。不是都告诉你了？我跟他说话了。嗯，他没有躲躲藏藏，恐怕是回来看家人的。"

"你敢保证，他没在监视你？"

"怎么可能在监视我呢？我不是跟你说了，我就在他面前，就像现在，我在你面前一样。这叫什么监视？他要是想害我，我就捏在他手上，他干吗要走？"

"我也不知道，不过，这种事我听了不舒服。"

"好了好了，凭你的进球欲望，足以去报名参加不信任世界杯。那孩子小时候，我在帕戈埃塔酒吧给他买过多少冰棍啊！他走了是很遗憾。不过，如果他真是埃塔的人，我操，倒是能帮我跟上头搭上线，我得跟他们解释一下我的资金状况。"

午饭吃完了，那是"老伙计"这辈子最后一顿午饭。毕妥利一点儿也没耽搁，马上去洗碗。他说去睡个午觉，和衣躺在床罩上，睡了足足一个小时，那是他最后一个午觉。

47. 他们怎么样了？

他是他们仨中间最胆小的一个。米伦没好气地说：

"他不是最胆小，就他胆小。"

科尔多自小就是跟屁虫，一辈子生活在别人的阴影下。他在胡桃树区军营供出了他们俩。

"我跟您说：要不是他，您儿子跟霍金还在这儿，跟我们生活在一起，隔三差五去烧个垃圾箱就好，不会去参加武装斗争。那个软骨头挨揍了？喂，别人不也挨揍？棍子打，动水刑，还不是尽量少开口？"

米伦对这孩子的厌恶，你是没看到，一提他名字，就呼吸急促。

胡利安看不惯的是科尔多他爸。两人是铸造厂工友，多少年被排在一个班，守着锅炉，将溶液倒进模具，合作过好几百次。埃尔米尼奥是个被同化的外乡人，年轻时从安达卢西亚来这儿讨口饭吃，后来把土生土长、质朴单纯的大块头玛诺丽骗到手，就自认为比巴斯克人还巴斯克人了。他会说巴斯克语吗？嗯，只会说"你好""早上好"，没了。这种人一抓一大把。全怪他那个软蛋儿子，自己儿子如今没工作，没前途，没家庭，不知道在哪儿玩命。哎，可怜的霍金就更不用说了。

一名操作工退休，埃尔米尼奥被调到他的位子上，去打磨铸件、锉平边缘什么的。打那儿以后，胡利安就不常见到他。埃尔米尼奥既不去酒吧跟朋友（那家伙会有朋友？）打牌，又不骑行，连一丁点的社交生活都没有，要么在铸造厂灰头土脸地干活儿，要么在家里装订图书挣外快。说真的，胡利安那么不待见他，他还是少露面的好。

工作间歇，一个去铸造厂后面抽烟，有时会碰见另一个。

"有消息吗？"

"没。"

总是这么问，也总是这么答。此外，他们不碰这个话题。就连这一问一答，没有别的工友在场，才会进行。他们会聊足球，聊巴斯克回力球，聊任何事，就是不聊政治和躲出门去的儿子。要么就不说话，干站着，望着对面的山峦吞云吐雾。

有段日子，埃塔每发动一次致命袭击，埃尔米尼奥就喝廉价葡萄酒，庆祝一次。一天下午，胡利安当着其他工友的面，提醒他：

"喂，埃尔米尼奥，别闹了，这可不是闹着玩的。"

米伦在家里说：

"这家伙就是个大傻子。"

"他想幽默来着，可惜幽默不起来。"

一天，两人在后门口抽烟，没别人。两人都穿着油迹斑斑的工装衣裤，脸泛红，靴子泛黑。

"有消息吗？"

"没。"

"我们有。"

胡利安见他眼神欢喜，一口黄牙，一颗牙包了金，很想一吐为快。他悄悄告诉胡利安：

"他在墨西哥避难。"

"你怎么知道的？"

"他给我在科尔多瓦的妹妹写信，我们这才知道。"

"他有没有跟你说何塞·马利的消息？"

"他没提。你要是想知道，我让玛诺丽去问，她夏天去。"

胡利安耸耸肩，很失望，还有五个月才到夏天，那时候科尔多怎么还会有自己儿子的消息？埃尔米尼奥还在自顾自地往下说：

"去一趟要花好多钱。我们现在想着，让当妈的去，送点衣服和必需品。儿子离咱们远归远，好歹没危险，总算能睡个安稳觉了。"

他只差高兴得手舞足蹈。胡利安下班赶紧回家，把消息告诉老婆。上帝啊，告诉她干吗？很久没见米伦哭得这么伤心了！稀里哗啦，哭天抢地，把围裙往挂历上扔。哀叹，呻吟，气愤／难过，痛苦／痛苦。怎么会摊上这档子事！儿子会在哪儿？病了谁去照顾？胡利安说：我操，别嚷了，让街上人听见！

"听见就听见。科尔多那个兔崽子真机灵，出卖朋友，保全自己。但愿他被墨西哥毒蛇咬死。"

"行了行了，可以了。"

晚上熄了灯，米伦躺在床上说：

"我巴不得让警察抓住何塞·马利，好一了百了。我一直在求圣伊格纳西奥，让他落到法国警察手里，别落到西班牙警察手里，好不好？让他蹲大牢，别惹乱子，刑满释放后再还给我。你怎么想？"

"我想的跟你一样。可我一说，你就急。"

"你哪儿知道当妈的感受？"

"你就知道当爹的感受？"

第二天，两人心绪稍稍平复，都说流亡在外总比走霍金那条路好。霍金怎么了？他崩溃了，八七年在旷野中开枪自杀，几周后才被牧民放羊时偶然发现。尸体在布尔戈斯省的一块旱地上，已经无法辨认，深度腐烂不说，还被野兽啃掉一半。身上有张假身份证，国民警卫队通过照片识别出身份。埃塔发布公报，对官方说法予以否认。镇广场上人头攒动，迎接他的灵柩回家，灵柩上裹着巴斯克区旗。那天在下雨，这种时候，天总在下雨。米伦反驳：

"净说傻话。"

可胡利安觉得：每次遇上这种活动，天总在下雨。教堂里被挤得满满当当，位子不够，有人站着。外面来了不少人，包括政界人士。堂塞拉皮奥布道时，难以抑制激动的心情，说"我们希望，亲爱的霍金惨死一事终有一天能大白于天下"。之后，许多人打着伞，前往墓园，在墓碑前高唱《巴斯克战士之歌》，高喊"埃塔万岁"，发誓要替他报仇雪恨。最后，所有人离开墓园，将花圈和静默的十字架留在雨中。

何塞乔的肉店关了几天。他始终没有从丧子之痛中走出来，几个月后，被诊断出癌症，熬了一年，去世。

胡利安说：

"我觉得是霍金的死，才让他得了病。否则那么健壮、那么健康的一个人，我解释不了。"

葬礼后一周，胡利安在米伦的催促下，第一次去肉店看他。拥抱，流泪，啜泣，何塞乔当时还是个大块头。等他渐渐平静下来，两人去后店，面对面坐下。胡利安不绕圈子，直接问：他奶奶的究竟发生了什么事？

"所有人都在撒谎，警察在撒谎，巴斯克独立左派在撒谎，所有人都在撒谎。胡利安，我向你保证，谁也不想要真相。"

何塞乔肝肠寸断，老婆胡安妮也是，她靠祈祷寻求安慰。何塞乔那天下午在肉店里对他说的话，几年后何塞·马利在皮卡森特监狱面对面探视时予以证实。真相是：法国警察在昂格莱一处房子的床底下抓住了波特罗斯，截获了一只箱子，里面装着十五公斤以上的文件，其中有一份埃塔现役分子几百人的名单和资料。网住了一条大鱼！坏了，警察抓住了桑迪①，短短几个小时，消息一路走漏，被 SER 电台新闻播报。埃塔分子大逃亡，多人落网，霍金患上了妄想症。何塞乔是这么说的：

"他当时一个人在安全屋，以为警察就要找上门来，吓破了胆。小分队的其他成员跟他失去了联系，过了一段日子才发现，他已经自杀了。"

何塞·马利在监狱探视室，悄声用巴斯克语证实了这个说法。

"据说他有一阵子很怪，以为到处装了窃听器，淋浴莲蓬头里也有。他们说：他检查衣服内衬，不相信任何人。他就这么结果了自己，我们谁也没想到。这个打击太大，爸，我整个人都垮了。说实话，这件事之后，我对斗争不抱那么大希望了。"

---

① 全名桑迪·波特罗斯（Santi Potros, 1948— ），埃塔首领。他在法国落网后，入狱 13 年；2000 年被引渡至西班牙，入狱 18 年，于 2018 年 8 月 5 日出狱。

48. 下午班

雨下了一整天，轮的是下午班。出门去铸造厂前，他探头往窗外看了一眼。天阴沉沉的，街上湿漉漉的，车辆稀少，天空被一整块乌云盖得严严实实，云层很低，时不时地缠住教堂顶上的避雷针。

胡利安没买过车，也没考过驾照，上班要么走路，要么骑车。当然不是骑那辆好车，工作日骑那辆带后车筐和挡泥板的旧车，湿了就湿了，用不着仔仔细细地擦干。米伦提醒他快迟到了，他吓一跳，赶紧看钟。什么迟到来迟到去的？还差半小时呢！她真是个急性子。出门前亲一下？没这习惯。他在玄关壁柜前琢磨：带伞还是带雨披？带雨披意味着骑车，带伞意味着往下走二十分钟去厂里。他选择带伞。

出门，街上没几个人，打卡，换工作服、靴子、手套、安全帽——天天如此——走进昏暗燥热的厂房。厂子不是最红火的时候，不止这个厂，是整个冶金业。他不懂生意经，都能看得出。之前产量高，订单多，工人也多。他担心什么？还差几年就退休了。多年的锅炉操作工经验，好歹会让他不可或缺，至少他是这么认为的。真要像听说的那样，厂子关门，那年轻人可就惨了。他不管怎样，孩子已经养大，退休金也有了着落。

下午过了半晌，卡车司机带来消息，确切地说，是开车时从收音机里听到的零散消息。时间，地点，事件。细节呢？很少，很模糊。唯一肯定的是：下午四点左右，在镇中心一条街上，有人遭到枪击，死没死不太清楚。

胡利安出去抽烟时听说的，他问：

"是警察？"

"不知道。"

"嗯，早晚会知道的。"

下班回家，感觉一天比一天累，年岁不饶人啊！他在无人的街道上，边走边说／想：早班就没这么累，下班了，还能憧憬接下来有好多空闲时间，能跟朋友们打打牌，想想都带劲，还能睡前在电视上看场球赛；可现在没的选，只能回家吃鱼，天天吃鱼，没胃口，老婆就知道烧鱼；吃完钻被窝，浑身酸痛，像被人用棍子揍了一顿，第二天早上再舒舒心心地过。

天黑了，雨还在下，目力所及，尽是些重复、平常、熟悉的景象：对街的窗户亮着灯，广场上灯少，树影绰绰，轮胎在湿湿的路面上直打滑。没有警察，没响警笛，没看见蓝色的警灯。下午四点发生的枪击案，回家路上，没留下一点痕迹。房子没着火，没被烧成废墟。还是老样子：黑乎乎的门廊，路灯，酒吧门前传出聊天声和阵阵笑声。真想进去喝两杯小酒，抽根烟，吃两份小食，下班了犒劳一下自己。可是能怎么办？这个点儿，累得要命，回家还要看老婆脸色，算了吧！

他还没把伞放进浴缸，米伦就冷不丁地告诉他：

"'老伙计'死了。"

家里很久没有提起昔日朋友的绰号。

"别瞎说。"

胡利安一动不动，像根电线杆，连眼都不眨。他不回头，背对着老婆，问怎么回事。

"就这么回事，又不是突然袭击，刷的那些标语，早就提醒过他。”

“下午被杀的就是他？别瞎说！”

“我没瞎说，‘老伙计’玩完儿了。战争就是这样，会死人的。”

我操他妈，我操他祖宗。胡利安连声咒骂，心如刀绞，一个劲地摇头。他想吃晚饭，可是吃不起来，手直哆嗦，抓不住勺子。米伦看了烦：

“我说，你不会是伤心吧？”

我操他妈……他又说：

“他跟你我一样，是镇上人，是巴斯克人。奶奶的，死个警察也就罢了，死的是‘老伙计’！我不觉得他是坏人。”

“不是好人坏人的问题，是镇子生死存亡的问题。咱们是不是支持巴斯克独立？别忘了，你有个儿子在战斗。”

她气呼呼地从桌边站起来，默默地去洗碗。胡利安坐着，一动不动。过一会儿，她进厨房，说电视上正在报道，问他想不想看。他摇了摇头。

“那我上床了。”

胡利安留在厨房，没挪窝。他从洗碗池下方拿出大玻璃瓶，自斟自饮了一杯葡萄酒，然后再一杯、又一杯。抽烟，喝酒，敲十二点，敲一点，敲两点，酒喝完，上床。屋里黑着灯，米伦坚定地对他说：

“你要是为那个家伙哭，我就去别的屋睡。”

“我爱为谁哭，就为谁哭。”

黑色的残夜就这么过去。胡利安和衣躺着，睡着了吗？一分钟也没睡着。百叶窗的缝隙刚透着光，他就起床了。你去哪儿？他不回答。厕所传来长长的撒尿声，打破了家中的寂静。尿完他没回来，没吃早饭，直接出门。他是下午班，这个点儿能去哪儿？天还在下雨，他没穿雨披，骑车走这条公路，走那条公路，方向无所谓，什么都无所谓。他骑到奥利奥港爬坡的半山腰，过去常跟"老伙计"比赛。"老伙计"怎么用心，都会输，他的骑车天赋比不上胡利安。他在公路边停下，喘口气，反正没人看见。我操他祖宗。

不到一点，他浑身湿透地回到家，洗澡，换上干净衣服。桌上有宾豆和蒜蓉里脊，他只拿了根香蕉，去铸造厂，横着眉，铁了心一天不跟人说话。坚持到下午晚些时候，出去抽烟，埃尔米尼奥这个白痴凑过来，对他说：

"我发誓，昨天我在镇上看见何塞·马利了。"

"你哪天不发誓？"

"不，我说正经的，昨天我来上班时看见的，他在一辆车里。"

"配眼镜去，少来烦我。我儿子已经走得远远的，没你儿子那么远，不过也够远的了。"

"可那身板，我觉得就是……"

"你看走眼了。"

烟抽了不到一半，就被胡利安扔到地上。他用脚踩熄，嘟哝一句什么，听不清，回车间去了。

49. 总是要面对的

昨天，他像每年秋天过半时那样，把兔子卖给胡安妮，总共十七只漂漂亮亮的兔子，要的是朋友价，拿钱时还挺不好意思的。为什么？米伦常去肉店买肉。比方说，她跟胡安妮要两块牛排，胡安妮总会多给她两块，要么二话不说，塞两段香肠、一段血肠，或随便什么在她袋子里。

笼子一腾空，胡利安打扫干净，打算再买批小兔子来养，养兔子是他的一大爱好。上午十点，阳光灿烂，很清静，有鸟鸣，有时还能听见对岸阿里萨瓦拉加兄弟作坊的机器声。栅栏脏了，换个新的；兔笼从小屋里拿出来通通风。这时，他看见她背着包，忧伤地站在菜园入口。

他在电光石火间看了她一眼，惊讶吗？没那么惊讶。如今她常来镇上，胡利安明白早晚会在街上遇到，只是没想到她会找上门来。米伦的话是不是有道理？她说武装斗争结束了，疯女人会来骚扰我们。

他背对着她，接着收拾兔笼，她会走的。他觉得后颈发凉，她眼神冷冷的，有毒。即使置身于天堂般的小菜园里，他也被搅得不得安生。鸟儿不叫了，阿里萨瓦拉加兄弟作坊的机器也哑巴了。胡利安装作忙忙碌碌，将兔笼挪来挪去。他跟自己生气，这局面，没法儿破。

多年以后——多少年？起码二十年——她又跟他说话：

"胡利安，我有话跟你说。"

"你说。"

胡利安，这样不好，太粗鲁了。他自己发现，惭愧得脸腾一下红了，一直红到耳朵根。上帝啊，刚才还那么清静！他没辙，只好回过头来。她说：

"不请我进来吗？"

"请进。"

毕妥利沿着小路，缓缓往下，走进菜园。小路的一边种着韭葱，另一边种着莒荬菜和莴苣，她不动声色地打量这一切。还记得吗？还能认得出吗？她在距胡利安两步远的地方停下，对菜园赞不绝口：真漂亮！收拾得真好！然后，她指着梯田问：这是她丈夫从纳瓦拉运来、送给他的土吗？胡利安低着脑袋，点点头。

两人对视。带着敌意？不，确切地说，带着好奇。互相看，似乎对方难以辨认。胡利安只想抵抗，畏畏缩缩地问：

"你来干什么？"

"我有话跟你说。"

"什么话？我没话跟你说。"

"昨天我去波略埃，你知道吗？我经常去，坐在墓边，陪他说说话。他让我向你问好。"

她想干什么？来挑事的？他没搭话。在菜园里干活，手脏；他摘下灰蓬蓬的贝雷帽，当手绢，去擦脑门上的汗；脚上蹬着铸造厂的工作靴。胡利安老了，两鬓霜白，秃顶。毕妥利的身上也能看出岁月的痕迹。

"我不是来吵架的。你没做过对不起我的事，我也没做过对不起你的事。我做过吗？也许我说得不对。如果做过，我向你道歉。"

"你不用向我做任何事。过去的，已经过去，你我都无法改变。"

"究竟发生了什么？我只知道一部分。我想：也许胡利安能帮我将它补充完整。我是抱着这个希望来菜园的。我只想知道这个，弄明白就走，我保证。"

"这么说，你每天来镇上，是想让人告诉你过去的事。"

"这是你的镇子，也是我的镇子。"

"这倒是。"

"可是看得出，你把我当外人，是从别处来的。你错了，我又搬回来了。我家在哪儿，你很清楚，过去你常来。"

"你住哪儿，与我无关。"

毕妥利来之后，嘴角第一次微微上扬，锁紧的眉头也舒展开了，一只鞋尖上沾了点泥。她还站在那儿，他还站在这儿，中间隔着一小段路。显然，她很小心，没踩着莴苣。

"你是我丈夫生前最好的朋友，你们一起骑行、一起打回力球、在酒吧一起打牌的场景，我还历历在目。记得米伦说过：毕妥利，跟我丈夫结婚的是你丈夫，他俩拿斧头都劈不开。"

"她这么说过？"

"你去问她好了。"

胡利安，要小心！这个女人想把你绕晕。为什么你让她进菜园？他不可避免地看见了年轻时的自己：在奥利奥港将"老伙计"甩在身后，在镇上的回力球场跟他赌四十个杜罗，在集体食堂热晚饭，在帕戈埃塔酒吧打牌下注吵个没完，你猪脑子啊！

他的眼神因为怀旧，渐渐柔和下来，盯着她不变的眼神说：

"我一直是他朋友。"

"可你不再跟他打招呼，不再来家里做客。"

"这两者有关系吗？"

"你朋友遇害，你也没去参加他的葬礼。"

"你凭什么来指责我？不跟他说话，他还是我朋友。不跟他说话，是因为不能跟他说话。你们错了，应该早早地离开镇子。离开一年、两年，需要离开几年就离开几年，那他就能活到现在，你们还能回来。当初你们要是离开，我们许多人甚至还能帮一把。"

"别人我不知道，你还能来得及帮我一把。"

"我不知道该怎么帮，时间已经回不去了。"

"你说得没错，人死不能复生。可你还能帮我一个忙，很简单，帮我问你儿子一件事。"

"毕妥利，别翻旧账。我们也受了许多苦，现在还在受苦。你过你的日子，让我们过我们的日子，各家过各家的日子。如今世道太平了，过去的事，最好忘了吧！"

"如果你在受苦，又怎么会忘？"

"你跟我说的这番话，米伦听了一定不高兴。"

"她没必要知道。"

胡利安稍事犹豫，忙不迭地钻进小屋，坚决不说话。意思很明白：谈话到此为止。毕妥利在他视线之外，问：

"你难道不好奇，我想问何塞·马利什么？"她没等到答案，接着往下说，"'老伙计'遇害那天下午，有人在镇上见到过他。"

胡利安在小屋里回答：

"胡说八道。"

"你出来，总是要面对的。"

他出来了，下唇微微颤抖，眼睛里闪着亮光，是泪光吗？

"判决时，没人能证明这一点。"

"帮我问问，胡利安。下回去看他时，帮我问问：是不是他开的枪？我活不了多久了，得赶紧知道。相信我，我不会怨恨他，也不会告发他，我只是不希望入土时，对'老伙计'遇害的细节还是两眼一抹黑。你跟他说：他要是道歉，我会接受。但他必须要先向我道歉。"

"毕妥利，拜托，别翻旧账。"

拜托也没用，翻都翻了。毕妥利环视四周：梯田，混凝土墙，无花果树。

胡利安双手攥着贝雷帽，目送她沿着小路，缓缓往上，离开。

50. 印度雇佣兵的腿

刚见面，还没来得及亲吻，阿兰洽劈头就问：看新闻了吗？格尔卡垂头丧气、有气无力地点点头，说他羞愧极了，羞愧得抬不起头来。

"不奇怪，谁会愿意家里出个杀人犯？"

格尔卡的眼里闪过一丝哀求，似乎在说：这话太重，别这么说。小分队犯下的罪行简直令人发指。

阿兰洽拍了拍格尔卡瘦长却身负重任的背，表扬他没走哥哥那条路。她模仿播音员的声音说道：他是危险的恐怖分子。三名埃塔分子正在通缉中，照片打在屏幕上，何塞·马利居中。他长发披肩，戴着一只耳环，青春洋溢。

确实，他出名了。镇上有人给阿兰洽打电话，谁啊？过去一个朋友，向她祝贺。

"我想撵她滚蛋，没敢。撵了会怎样？会招人恨，招人骂，招人孤立。"

何塞·马利被通缉，下场无非有两个：要么运送炸弹或引爆炸弹时把自己炸死，躺进棺材，用巴斯克区旗裹着，葬礼上表演传统民族舞和其他民间节目；要么有朝一日被安全部队捕获。他要是落网，对所有人都好：对潜在的受害者而言，能保住一条命；对家人而言，知道他被关起来了，不会再干坏事，不会再有危险；对他本人而言，感受一下寂寞孤单冷，静一静，好好想想。

格尔卡苦着脸，又悲伤地点点头。姐姐过生日，他来祝贺。爸妈打电话告诉他，姐姐怀孕了。带礼物了吗？带了双份：一本巴斯克语童书，《蓝色的海盗船》，是他出版的第一本书，真漂亮，确实漂亮极了；还有花。

姐弟俩决定不再聊何塞·马利。够了，别再提了。生活中难道没有别的重要的事？阿兰洽出客厅，去找花瓶。她嫁给了吉列尔莫，住在埃伦特里亚卡布奇诺街区的一套公寓。何塞·马利如今是镇上年轻人心中的大英雄，照片深深地印在姐弟俩的脑海中，难以忘记。于是，把花插进玻璃花瓶、聊了几句家常后，两人又不可避免地回到这个话题。

阿兰洽说：

"我第一时间给爸妈打了电话。"

"他们怎么说？"

"妈妈斗志昂扬。政治什么的，她毛都不懂，这辈子一本书没看过，居然喊起口号来一套一套的，停都停不下来。我觉得她成天在镇子里转悠，把标语全背下来了。最过分的是，她还维护儿子。我不知道如果我是她，"阿兰洽双手搭在肚子上，"会怎么做。爸爸跟平常一样，不吭声。嗯，他倒是趁何塞·马利不在家，买《巴斯克日报》看。"

"我还记得哥哥大闹，说他买支持西班牙政府的报纸。其实爸爸看报，只看体育版。"

"还有讣告。"

"嗯，没错，还有纵横填字游戏。"

"他要是对政治感兴趣，那就怪了。他爱看的报纸，为什么不能看？"

"他是被何塞·马利逼的，去看《行动日报》，然后再去帕戈埃塔酒吧，看一辈子都看的《巴斯克日报》。"

"那你说妈怎么回事？每次来我这儿，把我看过的《你好》杂志和八卦杂志全拿走。总而言之，咱家人全是疯子。七五年你还小，恐怕不记得，佛朗哥死了，她哭佛朗哥。真的，在家里，对着黑白电视机，绝望地掉眼泪。这事儿你最好别跟她提。最近一次，她来看我，问我想给孩子起什么名。我还没回答，见她在皱眉头，于是跟她开玩笑，说就叫国王的名字胡安·卡洛斯，她听了差点没晕过去。"

姐弟俩喝咖啡，吃茶点，其乐融融。阿兰洽和格尔卡总是能心意相通，自小如此，现在依然如此。窗外是住宅区，能看见一栋居民楼的正墙，晾衣架上晒着衣服，对面阳台上有只煤气罐，一个穿 T 恤的男人俯在栏杆上抽烟。吉列尔莫说，过去从这儿，能看见海兹基贝山脉的一部分，建了这栋丑陋的居民楼后，就跟风景说拜拜了。

阿兰洽问弟弟，在他跟何塞·马利同屋时：

"他没劝过你，让你去参加示威游行？"

"一直在劝。好在当时我年纪小，他暂时放过我。他总说，再过三四年，让我去跟他站头排。后来，他又自相矛盾。一次，我们都卷入一场暴乱中，对抗警察。他气坏了，冲我嚷嚷：你退后，没看见会挨橡皮弹吗？"

"你干吗要去？"

"我操，因为大家都去。"

按照格尔卡的说法，何塞·马利去，至少一开始，也是因为大家都去。当它是小伙伴们的游戏，一项体育运动罢了。去了，冒个险，有时会挨一棍子，活下来，然后去酒馆，跟小伙伴们喝酒、吃饭、高谈阔论。你会有种麻酥酥的感觉，很舒服。你会头脑发热，大家全都头脑发热，因为共同的事业走到了一起。晚上躺在床上，何塞·马利会吹嘘炫耀：扔了一块石头，咔嗒一声，砸到黑狗子的头盔上；放火烧了一台自动取款机，已经是这个月烧的第五台。他扭头去看弟弟，享受少年羡慕的眼神。说到手球队战绩时，他也一样自豪。刚才说过，对他而言，这只是一项体育运动、一种消遣，直到突然脚下出现了万丈深渊。

格尔卡现在回想，觉得何塞·马利一脚踏进仇恨的土壤中，陷入以暴制暴的狂热中，是因为从比达索阿河里找到了一具戴手铐的尸体，那人是多诺斯蒂亚的公交车司机。

"萨巴尔萨？"

"就是他。"

格尔卡记得哥哥回家时，激动不已。他和朋友们毫不怀疑，司机是在胡桃树区军营被折磨致死的。有意为之或失手误杀，总之是被弄死的，后来演出逃跑这场戏，连三岁孩子都骗不了。格尔卡对他在房里走来走去印象深刻。我操他祖宗，何塞·马利的心头燃起了一团全新的怒火，比平时烧得更旺。从言语中、咒骂中，能感受到他疯狂地想去破坏、去报复、去制造伤害、去制造很大的伤害。对谁？在哪儿？怎么做？这些都无所谓。

"那时候，他教我制作莫洛托夫鸡尾酒土制燃烧瓶。星期六，我得陪他去采石场，他让我把书放下，教我做了六个燃烧瓶，往大石头上扔，乒乒乓乓。"

过了一段日子，何塞·马利在多诺斯蒂亚的林荫大道上用莫洛托夫鸡尾酒砸中了一名印度雇佣兵——管他是印度雇佣兵还是西班牙宪警——那家伙腿烧着了。都快烧焦了，幸亏同伴们动作快，避免了一场悲剧。

"何塞·马利只看见警服，看不见穿警服的是个挣薪水或许拖家带口的人。我不敢对他说，但我发誓，因为穿警服，就说这人没人性，我觉得很可怕。结果第二天，报上只字未提一名印度雇佣兵腿着火的事，他气坏了。"

小伙伴们请他吃了一顿晚饭。他敢去烧警察，权当犒赏。

51. 在采石场

说真的，就像电影里演的那样。上午过半，格尔卡定定心心地出门，去图书馆。那天是星期六，蓝天白云，气温适宜。他见她站在对面人行道上，大块头、很壮实，是霍苏内。她没向他问好，竖一根指头在嘴唇上，让他别出声。她的嘴唇要么很薄，要么抿了些在嘴里。

她跟着他，距他一步之遥：

"别回头，走，接着走。"

他没回头，接着走。拐过街角，她又低声求／命他去教堂等。两人分开。

教堂里没有人，格尔卡在最后一排长椅上坐下，采光处只有墙壁上方的彩绘玻璃窗。要是神父出现，我该怎么说？突然动了信教的念头？霍苏内让他等了二十多分钟，他怀疑发生了很严重的事。他翻了翻已经看过、原本打算还到图书馆的书，看了看钟、祭坛装饰、塑像、柱子，又去翻了翻书，终于听见轻轻的铰链声，背后突然出现一道光亮，是霍苏内推开了教堂门。她跟他比划，让他去通往唱诗班高台的楼梯下跟她会合。

"如果有人进来，哪怕是熟人，咱俩也各走各的。我提醒你，也许我被跟踪了。"

"谁会跟踪你？"

"还会有谁？狗腿子警察呗！喂，我不确定。不过你瞧，也许他们会利用我，放长线钓大鱼。何塞·马利在找你。"

他们在黑乎乎的楼梯洞里咬耳朵。格尔卡全然摸不着头脑，微微欠身，免得头撞到楼梯下方。霍苏内始终盯着中间走道和长椅，防止突然冒出个人来。

"你哥和霍金在采石场等你，具体情况他们会跟你解释，我可不想惹麻烦。给你捎个口信，已经够意思了。"

"喂，我会有危险吗？"

"你要小心，别被人跟踪。他俩有话要对你说。"

两人说好，她先离开教堂。格尔卡，答应我，等二十分钟再出去，宁多勿少。

"记得问你哥，有没有话要对我说。"

格尔卡决定先去图书馆。为什么？因为拿着书碍事，免得让人怀疑。没准跟霍苏内见面后，他也被跟踪了。

霍苏内说：

"他们知道，出逃的人也许会跟亲朋好友联系，请他们帮忙，要点钱什么的。所以，千万小心。该说的，我都告诉你了。"

大块头、没嘴唇的姑娘离开。哥哥跟她究竟是什么关系？我弄不清楚。她已经把恐惧传染给了格尔卡。怕谁？怕什么？不知道。以防万一，他在教堂里待了足足半小时，想看书，又看不进去。

走出教堂，来到广场。他停下来张望，看左边，看右边，看远处，看窗户。送煤气的卡车、熟悉的面孔、寻找可吃之物的鸽子。他觉得心里七上八下，我操他妈，之前那么定定心心的。他从何塞乔的肉店门前经过，何塞乔知道自己儿子和我哥现在处境艰难吗？他去图书馆还书，想借的书没借。他从侧门出去。侧门通往一条小巷，左看看，右看看，没人。从现在到星期一，我没书可看了。

他绕道去采石场，脚下是镇上房屋的屋顶，正在敲中午十二点，田野的气息扑面而来，奶牛静静地四处栖息。格尔卡几步一回头，没人跟着。他采取的策略是：离开山路，穿过一片没有树林、晨露残留的山坡，身后是一大片草地，如果有人跟踪，也会无处可藏。

他在一处废弃的房子里找到了哥哥和霍金。见到他，一个冲他吹了声嘹亮的口哨。有必要这么小心吗？他们问他有没有被跟踪，他觉得没有。

"你们在这儿干吗？"

"没干吗。狗腿子警察昨天逮住了科尔多，晚饭时来逮我们，我俩侥幸逃脱。"

逃走时，什么也没带，窝在无门无窗、塌了一块屋顶的仓库或库房里过了一夜。霍金说：幸好不是冬天。他俩只有一个想法：尽早穿越法国边境。但在现有条件下，做不到。霍金趿着拖鞋，说没烟了；何塞·马利穿着衬衫，说又困又饿。

"你不抽烟，是吗？"

何塞·马利抢先帮弟弟回答：

"他只看书，不干别的。"

他俩身上只有一点点钱。一点点是多少？说真的，很少。口袋里只有几个硬币，何塞·马利还花了几个，在公共电话亭给霍苏内打电话。

国民警卫队行动失误，让他们趁机逃脱。

"那帮蠢货，跑错了楼层！"

他们跑错了？只跑错了一点点。情况是这样的：他们几个租房住，几天前，发现二层水管爆了。他俩跟科尔多住在一层，天花板上出现了大块水渍和黑色点状物（是蘑菇吗？）。不像是新问题，可之前没人发现，只好找人来修。房东建议：整修时挪一下，暂住底层右户，作为补偿，免收租金。能省钱，他们就答应了。

根据科尔多的口供，警察撞开了一层出租屋的门，跑错了。几个月后，他们才得知：警察对科尔多动了水刑，把他折磨得不省人事。他下午在街上被捕，被带到胡桃树区军营。他不是偶尔撞到枪口上的，警察正在找他们，只抓到他一个，他招供了。当然了，在那种情况下，怎么可能不招供？但他隐瞒了（还是昏过去了，没来得及说？）临时换房。

晚上九点，他俩回到出租屋，很奇怪，没见到科尔多。这混蛋跑哪儿去了？轮到他做晚饭，家里连面包都没有。这时，传来一阵急促的靴子声。在哪儿？外面楼梯上。你听见没？霍金偷偷地从厕所窗户往外看，看见了好几辆警车。

"有人来抓我们。"

他俩从厨房窗户跳到后院——何塞·马利连电视都没来得及关——灵巧地遁入黑夜，在月光的指引下，往山上跑，气喘吁吁地跑到这里，晚上睡得糟透了。这也能叫睡觉？没床，没毯子，没烟抽，真他妈操蛋！嘘，别说了，这就是斗争。

"兄弟，现在你可不能让我们失望。"

"我要做什么？"

"先去阿拉诺酒馆通知帕奇。要是他不在，别告诉任何人。听见没？别告诉任何人。让帕奇告诉我们，怎么去北巴斯克地区？让他给点吃的喝的，夹肉面包什么的。哦，小心，别把吃的装在托盘里、顶在头上送来，镇上肯定有穿便衣的狗腿子警察。我想，帕奇还会给你点钱，千万收好，给我们带来。"

格尔卡点点头。

"千万别回家告诉爸妈。有机会，我会给他们写信的。"

"也别去肉店。在街上碰到我家人，什么也别说，行吗？"

格尔卡都说行。哥哥又说：

"接下来这部分最麻烦。我们的自行车停在屋后，车棚底下，靠着墙。你去把锁打开，"他给他两把钥匙，"骑一辆过来，带上帕奇给我们的东西。你会知道哪辆是科尔多的，因为你没钥匙。我们俩吃点东西，你再去骑另一辆。我们想最晚四点走，能早一点更好。全靠你了。"

格尔卡下山，回到镇子，完成了各项任务，骑自行车返回，带来了一只信封，是阿拉诺酒馆的帕奇给的，不过，没有夹肉面包，没有喝的。信封里有给霍金和何塞·马利的一点吃饭钱。

格尔卡赶到采石场小屋时，两人正吵得不可开交。

"老远就听见你们在嚷嚷。"

霍金非要格尔卡去出租屋，替他拿双鞋来，他不想穿拖鞋去法国。再说，这样骑车也太扎眼。何塞·马利松了口，对弟弟说：

"给你门钥匙。要是旁边没人盯着，你就进去，给他拿双鞋，帮我把挂在门后的猎装外套拿来。"

"还有烟。"

"你要确保没有危险，我可不想因为我们，把你给抓了。"

过了一会儿，格尔卡骑来了第二辆自行车，说没进屋，在附近看见了可疑的人。全是瞎编的，他不想过分暴露。

何塞·马利说：

"好吧，没关系。"

霍金问：

"你穿几码？"

他跟格尔卡换鞋，理由是：

"反正你只要从这儿走回家。"

他们跟他拥抱/拍肩，告别。何塞·马利在弟弟的脸颊上重重地亲了一口。

"你是个棒棒的小伙子，一直都是，我操他祖宗。"

临走前，格尔卡想起霍苏内的吩咐。

"你有没有话要对她说？"

何塞·马利已经骑上了车：

"让她过自己的日子去吧！"

两个朋友结伴离开。那年，格尔卡十六岁。他目送着他俩骑着自行车，往公路方向走。何塞·马利穿走了他的羊毛外套，霍金穿走了他的鞋。突然，格尔卡有种不祥的预感。

52. 最大的愿望

"当年你怎么不告诉我？还以为你信任我呢！"

"当年我才十六岁，吓坏了。你瞧，没几天，警察来爸妈家里搜查，我真以为他们是冲我来的，不是冲何塞·马利。怎么说，他已经溜了。因为这事儿，我好多个晚上没睡着觉！"

"你也没告诉爸妈？"

"我谁也没告诉。"

阿兰洽态度严厉／表示理解，她责怪弟弟：有没有意识到，去找自行车时，已经做了恐怖分子学徒的帮凶？她觉得何塞·马利明知会把弟弟拖下水，还让他去阿拉诺酒馆联络，简直卑鄙（说话时，她面孔铁板，咬牙切齿，眼神像母老虎）。弟弟虽说还小，万一被国民警卫队抓了：

"人家一样会从头到脚好好修理你。"

阿兰洽的目光柔和下来。天真，你太天真了！好在这事已经久远。她笑容可掬地又给他倒了一杯咖啡。

"他俩骑车下山，往公路走时，我很纳闷：他们怎么那么开心？感觉很久不会再见。"

"想见霍金，可以去墓园。咱家那位，今天照片上了电视新闻，算见着了。这些年，你跟他有联系吗？"

"我跟他？我都不知道他在哪儿。"

格尔卡承认：住在镇子里，很难游离于支持巴斯克独立的氛围外。他说：镇子太小，无处可逃。隔三差五就会有示威游行、纪念活动、暴力冲突。没人点名，可总有人盯着：谁来了，谁没来。

他跟姐姐说：自己有时也会去阿拉诺酒馆，要杯啤酒，待一刻钟，走人。那地方跟他气味不投，他不抽烟、不喝酒，坦白说，对体育也不感兴趣。谁都知道他爱读书，不爱出去玩，晚上不出门。正常情况下，要么在家，要么在镇图书馆。别人笑话他，叫他"书呆子"，其实打心眼里尊重他，因为他巴斯克语好。

他承认：还有个原因，因为他有人罩着。

"身为何塞·马利的弟弟，我很有面子。哥哥是埃塔的人，非常了不起！别人可以觉得我怪异、内向、不爱交流，但谁也不会怀疑我对政治的看法。"

"什么？你会对政治有看法？"

格尔卡噗哧一声笑了，这话说的！他自我辩护道：

"每五个月会有点看法，然后转眼就忘。"

说到这儿，他想起了那次冲突。跟谁？

"跟咱妈。一天下午，她进我房间，批评我，说哥哥在为巴斯克国做牺牲，镇上人都上街抗议去了，抗议什么我忘了，我却在家埋头看书。她还说：要是何塞·马利知道，非气死不可。"

"你怎么办？"

"还能怎么办？拿伞出门去游行，随便吼几嗓子。"

不满十七岁的格尔卡开始为自己打算，活得这么憋屈，只能换个环境（圣塞巴蒂安、毕尔巴鄂，出巴斯克地区也行）去念书。念大学是他最大的愿望，念巴斯克语言文学、心理学或类似方向，要么去巴黎、去伦敦，找个大学，随便念个专业。你能想象吗？这些，他一个字都没跟朋友说过。

"你跟我说过。"

"我开始找人咨询，第一个找的是爸爸。"

星期天下午，估计他在菜园。格尔卡下去找，发现胡利安正在捡树枝和树叶，打算生堆火。格尔卡不是不知道：这个戴着灰蓬蓬的贝雷帽、在铸造厂干了几十年、闲暇时爱干农活的男人，尽管挣钱养家，在儿子念书的问题上却拍不了板。尽管如此，他还是想试探一下。

念书？胡利安觉得想法棒极了。他还做过白日梦：跟"老伙计"一样，培养出一个医生儿子。"老伙计"头脑灵光，能管理一家公司，有一衣橱的领带。格尔卡提醒他：念书涉及费用（学费、书本费，或许还有交通费、城里的学生公寓住宿费）。胡利安一开始，没往那儿想：

"哦，该死，那你要去问妈妈。"

米伦毫不犹豫，一口回绝。

"除非你去打工，自己挣学费。你爸挣的那点工资，只够过日子。咱们上哪儿弄钱去？就算勒紧裤腰带，也接济不了你多少。不管怎么说，念书的所有费用，肯定拿不出。"

紧接着，她开始抱怨来，抱怨去，哀叹来，哀叹去：什么何塞·马利人在法国啦，什么钱只够将将好用到月底啦。

"要是我去借呢？"

"跟谁借？"

"跟'老伙计'借，你们以前关系很好。"

"你疯啦？可是现在都不讲话！"

她话锋一转，从抱怨加哀叹转到批评加控诉、鄙视加谴责，越说越来气，弄得格尔卡在家再也不提念书的事。

"于是，你跑来找我，对吗？可我发誓，当时我无能为力。我在鞋店当店员，挣不了几个钱。吉列和我决定结婚，每一分钱对我们来说，都很重要。"

"我全都明白，没什么好遗憾的。甚至从现在起，两三年里，我能把念大学的钱挣出来，可我觉得那班车已经过去，赶不上了。我在毕尔巴鄂过得挺好，在电台工作，挣的钱虽然不多，但可以做自己喜欢的事，可以写作。你瞧，我已经出了一本书，也许明年还会再出一本。有人邀请我去学校搞系列读书活动，给的钱不少，还挺多的。我在推广巴斯克语，过得还行。你呢？"

阿兰洽双手托着肚子：

"我过得也还行。不出意外的话，四个月后见分晓。"

"给我外甥起名了吗？"

"当然起了，叫雷斯特图托。"

"喂，说正经的。"

"恩迪卡或艾托尔，就想了这两个。你喜欢哪个？"

"我更喜欢恩迪卡。"

53. 内　鬼

　　内蕾娅很喜欢那句口口相传、随处可见的口号：战斗并快乐着的青春。青春洋溢的她战斗并快乐着，投票给巴斯克人民团结党，她想不出还有别的选择。确实，和战斗相比，她更喜欢快乐。扔石头、放火、撞车？那些是男孩子们干的事，她和女性朋友们都这么想。换言之，起冲突了，咱们走，退场，别在这儿碍事。她们会去参加集会和游行，因为镇里差不多所有年轻人都会去，外省人的孩子、当然还有镇长的孩子也会去。镇长属于巴斯克民族主义政党，儿子是内蕾娅的同学。他们和其他同学一起，拉横幅，贴海报，发传单，在系里墙上刷标语。

　　八七年三月，内蕾娅在阿拉诺酒馆听到消息，决定去阿拉萨特（毕妥利叫它蒙德拉贡）。

　　"他们说什么？"

　　"特克索明·伊图尔贝死了。"

　　"怎么死的？"

　　"在阿尔及利亚出了车祸。"

　　"你确定？"

　　"这年头没什么能确定。"

　　是不是西班牙政府秘密警察或反恐解放组织杀手在刹车上动了手脚？好几张面孔表示，有这种可能。帕奇从墙上取下死者的带框照片，擦干净，放在吧台上，让进酒馆的人都能看见。

报纸连续几天一再确认官方说法，同车身亡的还有一名阿尔及利亚警察。为了彻底消除疑虑，事故中一名埃塔女性成员胳膊上还打了石膏。全都在撒谎。阿兰洽（弟弟在法国学习如何杀人，如果还没有正式参加行动的话）小声、独自、伤心地说：在咱们国家，真相早就死了。

"你要去？"

毕妥利似乎一点也不高兴。

"那当然，妈，镇上的年轻人都去。"

全都去？阿兰洽就没去。头一天星期六，她说不舒服，发烧，忽冷忽热，肯定是感冒了。四个朋友一致认为：她最好早点上床，喝杯热牛奶加蜂蜜，进被窝发汗。这样才有可能第二天早上差不多恢复，一起去阿拉萨特悼念/参加追悼会。因此，阿兰洽早早回家，剩下三个去迪厅，计划第二天的行程。

她们接到通知，说上午过半，镇广场会发两辆公交车（镇政府买单）集体前往。不，她们想开内蕾娅的车自己去。嗯，是"老伙计"的车，内蕾娅跟爸爸借。她爸星期天不用车，肯定会借给她。再说了，她爸对她总是有求必应。

"我觉得你这样做不好。"

"哎呦，妈，朋友们都去。我们都计划好了，要是现在打电话，放她们鸽子，她们会怎么想？连阿兰洽不舒服，都早早回家休息了，想着明天早上能恢复。"

"你知道那家伙是埃塔头目，发号施令，杀了多少人！"

内蕾娅直翻白眼，耐心耗尽：

"要知道：特克索明多年来领导镇上的武装斗争，为巴斯克国放弃了一切，家、工作、家人，还被暗杀过好几次。他是巴斯克年轻人的偶像，是英雄。英雄是什么？是神。所以，拜托帮帮忙：走在街上，或进店买东西时，管住你的嘴，别批评他，否则，你会有麻烦，也会让我有麻烦。再说，你懂什么政治？妈，你去听弥撒好了！去祷告，去领圣餐，让我们去做我们的事。"

十点。"老伙计"还没从集体食堂回来，这个点儿，快吃完晚饭了[1]。他一定不会太晚回家，第二天是星期天，有骑行俱乐部的阶段训练，要早起。等他到家，内蕾娅已经睡了。当时，"老伙计"还没被刷标语，还能天天下楼去酒吧，星期六跟朋友在集体食堂聚餐。不过，他已经不止一次收到过埃塔组织寄来的信，内蕾娅不知情，哈维也一无所知。两口子躺在床上，嘀咕半天。

"老婆，你要理解她，她还年轻。"

"她都多大了？应该知道这样做不好。"

"可是冷静想想，我觉得最好还是让她去蒙德拉贡。"

"去拥护勒索亲爹的黑手党？"

"内蕾娅什么都不知道，我宁愿她不知道，免得害怕。让她跟朋友去吧，好好玩。"

"让她去喊埃塔万岁？你喝多啦？"

"没喝多。只要我女儿跟支持巴斯克独立的人在一起，他们就不会碰她。"

"对我来说，就像家里出了个内鬼。"

"也许我的事就此解决了，免得让儿女们担心。"

"你什么都依着那丫头。明明被恐吓，还让女儿开着自己的车去参加埃塔头目的追悼会！上帝啊，有这么荒唐的事吗？"

要理解女儿，她还年轻。两口子又叽里咕噜二十分钟，意见还是

---

[1] 西班牙人习惯晚上九点、九点半，甚至十点吃晚饭。

不统一，最终背靠背，各自睡去。

星期天，"老伙计"照常早起。他轻轻拉开窗帘，就着门前路灯的光亮，看外面有没有下雨。他穿着骑行服，在厨房喝了一杯无奶无糖的黑咖啡，权当早饭，带了一个梨、一个苹果路上吃，打开水龙头，把水壶灌满。天蒙蒙亮，他去车库取自行车。

早上过了大半，毕妥利声音甜美、态度亲切地劝内蕾娅别去，可她已经准备出门了。

"要是我求你呢？"

"妈，别这样。"

"为了我，为了你妈，别去。"

"你想让我在朋友面前出丑？"

毕妥利咬牙切齿，是气的？不是，是不想说漏嘴。再吵一分钟，她就会告诉女儿勒索信的事。我的个老天！要是说漏嘴，"老伙计"会怎么说我？

母女俩三言两语，冷冷地告别，没有亲吻。毕妥利站在窗边，目送女儿走远，去找爸爸的车。女儿苗条的身影蹦蹦跳跳地往前走，更像孩子，不像大人。

毕妥利躲在窗帘后面，不高兴地摇摇头：

"你这个傻瓜！"

54. 谎称发烧

　　十一点过。过多少？过一刻，也许更多。镇政府周到地将阳台上飘扬的巴斯克区旗降成半旗。从那儿往山上看，远处乌云密布（早上下过小雨）；从那儿往河边、往通往圣塞巴斯蒂安的公路看，天空也有乌云，不过乌云间也有亮堂的空隙。两辆公交车满载着乘客，大部分是年轻人，刚刚出发。

　　内蕾娅将车开进广场，欢快地按了几声喇叭。两个朋友在柱廊等，人手一面巴斯克区旗，卷在棍子上。阿兰洽呢？内蕾娅在车上问，她们以为她先去接阿兰洽，莫非她还病着？阿兰洽家就在教堂后面的那条街上。内蕾娅说：我快去快回。两个朋友上车取暖，天倒不冷，可是，妈呀，还挺凉的。内蕾娅直奔阿兰洽家，她去过无数次，小时候还无数次地在那儿过夜。她完全没想到，今后再也不会上门。

　　熟悉的大门，黄铜姓氏牌，此生最后一次按响阿兰洽家的门铃。

　　是米伦开的门：

　　"她在家，我不知道她怎么了。"

　　米伦请她进去，她径直走进阿兰洽的房间，见她和衣躺在床上。是听到她来了，赶紧躺上床的？

　　"你还没好？"

　　她回答："没全好。"尽管坦白说，那气色，那中气，那坚定的眼神，哪儿像个病人？一开始，她的理由跟毕妥利一样，只是用词上有差别。那家伙心狠手辣，生杀予夺，手下带了一帮刽子手。她靠着枕头，模仿他说话：

"把这人杀了！把那人杀了！"

阿兰洽跟毕妥利不同，说话时，没有悲痛欲绝，也没有惊恐地睁大双眼，年轻的脸上写着沮丧。沮丧？何止沮丧，还有苦涩，苦涩中透着气愤。听她说话就能明白：

"你们去吧！我不去了。参加死神的狂欢节，我没胃口。过去也许还会跟你们走，现在已经不可能了。"

"因为何塞·马利？"

"自从他加入埃塔，我脑子突然清醒。不是突然换了种方式看问题，是我总算想明白了。"

"喂，别扫兴，我们又不用站第一排。"

"站第五排或最后一排，我也不去。"

"喂，就去一小会儿，然后四点开溜。我原本想去萨拉乌斯来着，不过我不坚持。你要是乐意，咱们去别处，就当郊游好了。"

内蕾娅的热脸贴到阿兰洽的冷屁股上。两个好友突然噤声，两三秒钟没眨眼，场面顿时凝固。她们彼此审视对方，一个大吃一惊，感觉奇怪；一个铁板一块，拒人于千里之外，她在指责她吗？

"怎么办？她们还在等我。"

"你要去，就去好了！"

此刻，两人之间悄悄地出现了裂缝。什么裂缝？朋友多年的默契、彼此的关心和信任，悄悄地出现了裂缝。有个星期六下午，KU迪厅的看门人因为芝麻绿豆大的小事，不让她们其中一个进场。很久以前的事了。于是，其他朋友也不进场。要么全进，要么全不进。她们当着彪悍、不近人情的看门人的面，把刚买的门票撕了。去他妈的，爱谁谁！

"我能求你一件事吗？"

"当然能。"

"这些话别跟她们讲。就说我发烧了，人不舒服。"

内蕾娅若有所思，失望地走出再也不会踏进的房间，穿过再也不会穿过的客厅，最后一次跟米伦说话。米伦开着大门问：

"她怎么了？"

"有点发烧。"

"自从她跟埃伦特里亚那小子在一起，整个人怪怪的。"

几分钟后，内蕾娅在车上，又说了一遍发烧的谎话，三个朋友启程。幸好，公路上干干的，到贝亚塞恩的车多，之后就少了。我们会是最后几个到的。一个朋友说：阿兰洽不在，感觉不一样，没那么开心。她说开心？

"喂，姑娘，咱们是去参加追悼会。"

那年头，国民警卫队检查车辆是件正常的事。在哪儿？在距阿拉萨特八到十公里的地方。她们排在队尾，一眼望过去，像是堵车，后来才发现不是。前方有警察在一辆辆检查车辆，所有人必须出示证件。公路两旁，停着六辆警车；检查站前后的两边车道上，铺着两条带刺的金属链；土坡上站着好几名宪警，手指扣着冲锋枪扳机；下方灌木丛后，藏着一个，姿势差不多；还有一个守在树后。所有人握枪，准备射击。

警察招手，责令她们停下。内蕾娅放下车窗。身份证。没说"早上好"，也没说"请"。他把三张身份证拿到警车旁，做例行检查：无前科，无指控。还身份证时，慢腾腾的，故意磨蹭，耽误时间，想让她们明白这座山到那座山之间，路上谁说了算。他问：去哪儿？简直明知故问，干吗要回答？还是别惹麻烦的好。于是，内蕾娅作为司机，很不情愿地代表三个人回答：

"去蒙德拉贡。"

他命令她们下车，不是和颜悦色说"麻烦你们下车"，而是恶狠狠地吼道：

"三个人，下来！"

一招手，又来了两个警察，三个男警来搜身。一个想：真丢人！另一个想：真恶心！第二天，她们应该在阿拉诺酒馆说了同样的话。内蕾娅都快哭了，不得不打开后备厢，里面有一件风衣、一只自行车打气筒、一把爸爸的雨伞，还有卷起来的巴斯克区旗。

"这是什么玩意儿？"

"两面旗子。"

"展开。"

内蕾娅咬着下唇，噙着泪，将旗子展开。都说了，是两面西班牙宪法承认的旗子。突然，对方冷嘲热讽地以"你"相称：

"哟？这是要去参加埃塔分子的弥撒呀？你们以为上帝会让他进天堂？"

内蕾娅保持尊严，拒不开口，差点夺眶而出的眼泪已经生生被她憋了回去，居然斗胆跟警察对视。她在黑色的眼睛里看到了什么？妈的，看到昨天晚上和今天早上跟她絮叨的妈妈，还有和衣躺在床上的阿兰洽。毫无疑问，跟大部队坐公交车去才是明智之举。想到这里，内蕾娅的心中突然升出一股勇气。

"我在等你回答。"

"我们不是去参加弥撒的。"

这时，宪警开始骂人，骂特克索明是恐怖分子、杀人犯、应该断子绝孙，等等。他威严地一摆头，让三个姑娘快点滚。她们驱车往前，内蕾娅从后视镜里看见，他又拦了下一辆车。

55．跟她们的妈妈一样

一个问另一个，问什么？这家咖啡馆是不是妈妈过去周六来喝下午茶那家？阿兰洽印象中妈妈去的是油条店，尽管她不确定。她百分之百确定的是：妈妈至今爱吃油条，有时来圣塞巴斯蒂安，会买六根回去，吃凉的。内蕾娅拍着胸脯保证：米伦和她妈妈当年做闺蜜时，常来这家咖啡馆吃吐司抹果酱。

她俩在那儿干吗？很久没有对方的消息，刚才在街上偶遇，差点在丘鲁卡街和林荫大道的拐角撞上，没办法避开。对内蕾娅来说，不期而遇，多少有些提防。没什么，就是担心了一下下，完全没必要。阿兰洽还是那么友好，面带微笑，毫不犹豫地冲上来亲她。她们互相打量，互抢话头，称赞对方。

有时间吗？她们决定交流一下各自的私生活。在哪儿？当然不能在街上。天开始黑了，风刮得不舒服。内蕾娅指了指附近的咖啡馆，两人手挽手，走了进去。

"咱俩多久没见了？"

嗯，自从阿兰洽跟吉列尔莫住到埃伦特里亚起，差不多一年半。

"镇子让我透不过气来。我知道这么说不好，土生土长的镇子，小伙伴们也在那儿，可我就是忍受不了。镇上太多人被政治毁了，今天还跟你拥抱，明天别人对他说了什么，他就再也不跟你说话了。我跟非巴斯克人谈恋爱，也被人戳脊梁骨。真的，你听的没错。说要是何塞·马利知道，会怎么讲。"

"别逗了，谁会跟你说这种话？"

"霍苏内。最让我痛心的是，她不是单独跟我说的，她是在公开宣判，你懂吗？我什么都没反驳。生活在这种国家，多一句不如少一句。不过，后来有一天，我在街上遇到她，把她拦住，跟她说：我爱喜欢谁，就喜欢谁，让她滚一边去。"

"干得漂亮。"

"不只她不看好我男朋友，不说远，我妈也有同样的偏见，后来想想算了，态度才渐渐好转，还会偶尔去埃伦特里亚看看我们。可怜的吉列，他是个大好人，报了巴斯克语班，学得那叫费劲，感觉这人不适合学语言。"

侍应生过来，问她们想喝点什么。阿兰洽犹豫片刻，点了这个；内蕾娅毫不犹豫，点了那个，顺便问侍应生能不能把音乐声开小点。

"我接着说。我不再去镇上酒吧。嗯，阿拉诺酒馆已经很久没去，因为不想看见墙上挂着弟弟的照片。我的生活在别处，我有吉列，我在圣塞巴斯蒂安找了份工作，挣的钱很少，不过人总得吃饭。我迫切地希望离开镇子，希望这个词还不确切，应该是执念。我的脑子里萌生了执念：住在镇子里，没前途，感觉很不舒服。甚至现在想起镇上的某些地方、某些人的嘴脸，我还会觉得恶心。对不起，有点激动。我不喜欢某些人的目光，我能想象霍苏内在到处煽动人反对我，不只她这么做。所以，我一有机会，就跟吉列搬到公寓去住，后来跟他去民政局结婚，现在过得不错，各自上班、攒钱，尽可能把日子过得更体面些。"

"你爸妈什么反应？"

"我搬出去跟男朋友住，我妈可不高兴了，怕别人说闲话。她冲我嚷嚷：我女儿跟别人同居！搞得还像生活在佛朗哥时代。她跟许多人一样，自以为很革命，参加游行，喊口号，其实骨子里死死地抓着传统不放，简直愚昧透顶。我跟她说：妈，你瞧，这事儿咱分分钟搞定。于是我就结婚了。那天是一月的一个星期二，没有穿白色的婚纱，没有邀请客人，没有乱七八糟的排场。大逆不道的罪过没了，这下你满意了吧？可我妈的梦想是：儿女要在堂塞拉皮奥的面前结婚，要在教堂台阶上给孩子们扔杏仁糖，要穿定制婚纱。我那么草草结婚简直糟心透了，她说女儿不能对妈妈做这种事，说不会原谅我的。一个月后，我们在餐厅聚餐，庆祝结婚，到场的有吉列他爸妈、我爸妈，还有格尔卡，格尔卡死活不肯打领带。老爸特别伤感，不知道是不是因为喝了卡瓦酒，不舒服的缘故，突然想起了何塞·马利。他非念叨着咱家人不齐，哭得像个孩子。如今我得帮老爸说话，他和吉列相处得好极了，婚礼前他俩就谈得来，自从吉列去菜园帮过他一次之后。有一天，我对他说：爸，你对我男朋友印象好，我真高兴，至少比妈对他印象好。老爸回答：你妈，嗯，个性太强！"

侍应生来送餐，将放账单的小碟搁在内蕾娅的手边。她要求把音乐声开小点，这就是报应？她又提了一遍要求，侍应生回答：已经开小了，不能再小了。没说别的，去了另一张桌子。音乐声跟开始一样大。

"哎呦，这茶烫死人了！"

"你有孩子吗？"

阿兰洽忙着对付茶包，摇了摇头。内蕾娅觉得奇怪，阿兰洽没有看着她的眼睛回答。她又追问道：

"没计划要孩子？"

阿兰洽这才抬起头来：

"有件事我一直没跟吉列说，也没跟别人说，可以跟你说，因为是你陪我去伦敦的。我怀疑那家诊所哪儿没做好，尽管我的妇科医生一再强调没这回事，可我就是怀不上。怎么跟你说呢？这事儿有点添堵。"

"这么说，你们是计划要孩子的。"

"试了很久了。一想到会生不出孩子，我就怕得慌，真的。哎，算了，说说你，说说你的生活，你的规划。我的都告诉你了，瞧，也没什么大事。你还在念书？"

内蕾娅用舌头舔了舔小勺，缓了缓。回答好了，还等什么？有一会儿，她似乎想在阿兰洽栗色的眼睛里看看自己。将心比心，照实说：

"差点不想念了，后来听了爸爸的话，夏天过完，去萨拉戈萨接着念。"

"你好像不太开心。"

"跟家里人闹了点别扭，说了几句不该说的话，我心里也不好受。嗯，爸爸都原谅我了。不是这个问题。再说了，发生的事，爸妈不愿意告诉我，想保护我，所以，不知者不罪。我是后来才知道的，开始完全不能理解。我说爸，为什么我要去外地念书？这儿挺好的，有我的朋友圈，有我熟悉的环境。可他就是不松口，说一直想给我另找一所大学。他决定了，我不能继续待在巴斯克地区。妈妈跟他一条心。他们事先跟哈维通过气，哈维也同意。我觉得他们合伙对付我，当我是小孩子，我反对。我不仅反对，还大发脾气！说的话现在想想，自己都觉得揪心。"

"我知道有人威胁你爸，是这个原因吗？"

内蕾娅点点头。

"具体情况我不清楚，我家人都说是你们不好。何塞·马利逃到法国后，我妈就昏了头。我听她说过'老伙计'很多坏话，说得很难听，别以为谁能跟她对着干。咱们两家原本关系那么好！喂，我始终没变。你瞧，我正在跟你说话，说得很开心。嗯，要是从这儿出去，在街对面看见毕妥利，我会跑过去亲她一下。嗯，跟你说真心话，你爸希望你离开镇子，我能理解。"

"我爸不知道，也没必要知道，说服我的不是他。"

"哦，不是他？"

"我在阿拉诺酒馆的事，没人跟你提过？"

"我不知道，我很少去那儿。"

"一定是爸爸的负面消息传到了酒馆，而我却不知情。一天下午，我进酒馆，跟帕奇要杯喝的。以为他在忙着洗杯子，没听见，我又说了一遍，他都不正眼瞧我。太奇怪了！我又说了第三遍，他板着脸过来，原话就是这句：这儿不欢迎我，以后别再来了。我整个人从头凉到脚，都不敢问他为什么。"

"这种事不必问，自然明白。"

"我直接回家。爸爸下班，我抱着他，把他衬衫都哭湿了。我答应他，去外地念书。所以，过不了多久，我会去萨拉戈萨找房子，那是一座完全陌生的城市。我明白了一个道理：我们努力地想赋予生活意义、形式与秩序，到头来，生活想怎样，就怎样。"

"你说得没错。"

56. 李　子

　　你问自己：这值得吗？被锁在高墙之内，寂静无声，镜中的容颜日渐老去。窗外的一角天空让你想起：外面的生活真美好，有各种鸟、各种颜色，那些都是别人的。要是问自己：我做错了什么？回答是：没做错什么，只是为巴斯克国牺牲了自己。大小伙子，回答得好极了。要是再问一遍，回答是：当时脑子不灵光，被人利用了。后悔吗？有些日子会情绪低落，会痛心做过的一些事。

　　于是，过了一年、一年、又一年，都数不过来了。他想啊想，反反复复，左思右想。总得找点事做，免得孤独，不是吗？事实上，日子一天天过去，他越来越难以忍受狱友的存在。去祈祷？不，这法子对他不管用，对妈妈管用。妈妈一个月来一回，告诉他：

　　"儿子，我每天都求圣伊格纳西奥，保佑你出狱，至少别关这么远，离家近点。"

　　一开始，他会去找伙伴，在院子里和普通犯人聊体育。埃塔囚犯中，他名声在外：强硬、忠诚、正统。经年累月的关押、高墙之内的寂静、探视室里母亲的眼神，都在一点点蚕食着他的内心，好比在老树的树干上掏了个洞。最近，他利用一切机会独处。这一刻，他毫无思想准备，突然看见自己站在镇子出口的电话亭里，用指头堵住耳朵，卡车来来往往，吵死人了，他听不清。霍苏内很紧张，说她不想惹麻烦。镇上人都知道科尔多被抓走了，国民警卫队正在找他们俩。

何塞·马利跟她说好：她去通知格尔卡，让他去采石场。多年以后，何塞·马利在牢房中，突然意识到：要是警方窃听了霍苏内的电话，他就把她害惨了，格尔卡更不用说。

霍金问：

"胖丫头怎么说？"

"她去找我弟弟，让咱们别给她惹麻烦。"

"你跟她说，让格尔卡找双四十二码的鞋了吗？"

"我忘了。"

"你弟弟穿几码？"

"我哪儿知道！"

他还想起帕奇捎来的信封，里面装了不少钱：六千比塞塔，可以开个好头。有张便条，结尾给他们打气，还有一句"自由的巴斯克国万岁"。便条上写着奥亚尔顺的通信地址和接头人的绰号，找"徽章哥"。无落款、无单位，万一被警察截获，不会查到阿拉诺酒馆的头上。帕奇是个机灵鬼，不像我，也不像可怜的霍金。他们害霍金赔上了性命，害我赔上了青春。

到奥亚尔顺还有很长的一段路要走。何塞·马利没吃午饭，更何况，骑的是普通自行车，不是公路自行车。霍金没吃午饭，没吃早饭，连昨天晚饭也没吃。没错，但这不是一回事，霍金既没有何塞·马利的大块头，也没有何塞·马利的好胃口。他俩说好，吃顿路边餐就好，犯不着在路上讨论，也犯不着停下来吃顿大餐，耽误时间，弄得晚到奥亚尔顺，吃顿路边餐就好。他俩走进埃伦特里亚的一家酒吧，站在吧台边，啃了几只夹肉面包，将肚子填饱。

"咱们应该在多诺斯蒂亚坐长途汽车，省得蹬自行车，蹬出一身臭汗。"

"咱们应该省的是钱，你不会想着第一天就把钱败光吧？"

奥亚尔顺的接头人四十多岁，提前接到通知，不过看起来面不善，信不过。

后来，他俩私下里议论：

"也许，他不喜欢人家叫他'徽章哥'。"

"那他只能受着。"

"徽章哥"干巴巴地用巴斯克语打个招呼，眼睛眨都不眨地盯着他们，问些"是"或"不是"就能回答的问题，言下之意为：咱们来这儿不是聊天的。他眉头渐渐舒展开来，带他们去地下室过夜。地下室木胶味很冲，既没床，又没床垫，连狗屁厕所都没有。霍金想申请/抱怨，那人甩出一句：不喜欢就滚。他俩私下说：这就是斗争。不然想指望啥？舒服？奢华？何塞·马利在墙角小便，在地上铺硬纸板。在采石场废弃的房子里睡了一晚，现在又要睡在地上。他俩连续两天没吃晚饭，累得倒头便睡，没睡多长时间，不过睡一会儿，是一会儿。第二天一早，何塞·马利突然想四处看看。从走廊尽头的矮门出去，来到紧挨着房子的菜园。里面啥也没有：一面土墙、草地，还有四棵李子树。李子泛青，黄了一些。何塞·马利啃了十来个，在不酸的部位下口。过了一会儿，"徽章哥"来了，短平快地命令道：

"咱们走。"

有解释吗？啥也没有。没关系，我们也没让他解释。自行车呢？留在地下室了。谁知道呢？没准二十多年后，还在那儿，锈了，轮胎瘪了。"徽章哥"用小货车将他们转移到一个前不着村、后不着店的地方，极目远眺，大约一公里外是猛犸象超市停车场。早晨下面有雾，上面天空已经放晴，快出太阳了。小货车停在一条土路的起点。

"在这儿下车。"

他递给每人一份《行动日报》和一包公爵牌香烟。

"在那儿，树边候着。"

他嘱咐他们，拿着报纸和香烟，要醒目，提醒他们暗号，祝他们好运。他俩刚下来，车就开走了。

何塞·马利说：

"咱俩谁火速跑到猛犸象超市，买点水和吃的。我渴得嗓子冒烟。"

"别开玩笑了，要是接咱们的人来了，只看见一个怎么办？你忍一忍。"

何塞·马利躺在牢房床上，露出笑容。瞧这两个异想天开的家伙！起码还有烟抽。霍金看起了《行动日报》，何塞·马利从身后的坡子下去，多年以后，他想想还会笑。

"马上回来。"

"你去哪儿？"

他没应声，躲进茂密的草丛里，待了几分钟，用《行动日报》擦屁股——没用识别身份的头版——去跟树边的霍金会合。

"怎么了？"

"没怎么。"

几分钟后，一辆轿车停在身前。

"吊车几点过去？"

"门前的雪要扫了。"

简单招呼两句。这人也不健谈，但比"徽章哥"好相处得多。霍金坐在他身边，自说自话。后座上只有何塞·马利一个人，他突然低声自言自语道：

"该死的李子。"

霍金看看他，没听懂。如今躺在牢房里，看着窗外的一角蓝天，想起这段回忆，何塞·马利笑了。

57. 预备役

　　回忆中，他见自己从另一扇窗户探进头去，不是牢房这扇，而是布列塔尼农舍那扇。只是胡思乱想罢了，尽管多年过去，唰的一下，木头的味道又回到记忆中，依然那么真切、鲜活。是那种干干的木头味，也许已经有好几百年，从梁木和倾斜的拼木地板上散发出来。我和霍金人手一枚十法郎硬币，在玩游戏，让硬币沿着地板往下滚，挨墙最近的算赢，撞着墙的算输。霍金几乎每把都赢，谁让他的手更小呢！小伙子，得承认：他的手也更灵巧。没错，我的手习惯打手球，不习惯握着这枚该死的硬币，它老会从我手里滑落。结果当然了，不是滚不远，就是撞着墙。

　　两位新加盟的成员变着法子打发时间。

　　"什么叫'新加盟的成员'？"

　　"就是新人。"

　　"你这是在抖机灵，我弟弟格尔卡才真的会用这些稀奇古怪的词。"

　　在布列塔尼农舍作为预备役成员度过的日子既漫长，又让人绝望。哪个农舍？哪个农舍都一样。入住的第一个农舍、跟霍金同住的最后一个农舍，还有加入小分队前跟新同伴住过的农舍。他合上眼，回想起绿油油的田野、没完没了的雨和百无聊赖。每天的日程表上只有一个字：等。对巴斯克人来说，愿意也好，不愿意也罢，看不见山最要命。高兴劲儿一点点没了，精气神越来越差。

霍金的离去对何塞·马利来说，不啻当头一棒。他们彼此陪伴，一起聊天，一起玩耍。突然说要分开，是永远吗？

"肯定还会再见。"

"几年以后，咱俩会成为名垂青史的领导人，全面负责行动策划。跑腿、卖命的事让别人去做，咱俩稳稳当当地待在伊帕拉尔德，锁定目标，指挥作战。"

至少对霍金而言，正儿八经的斗争开始了。晚上，这个混蛋想到被困在布列塔尼的日子即将结束，高兴（或兴奋加紧张）得不能自已，像嗑了药，一个劲地唠叨。十二点，一点，满屋子烟味，他还在喋喋不休，气得何塞·马利蛋疼。他说得没完没了：各种计划、憧憬、回忆、镇上的趣闻轶事。

"你还记得那回……"

何塞·马利忍无可忍，不能再忍。这个挨千刀的居然跟他说：别急，也就再等个五六年，会有人来找你的。

其实（如今，他躺在牢房床上想），现实与想象完全不同。他们在一起那么久没行动，经常互相打趣。一天在田野上散步，霍金说：

"咱们自己就没有人身自由，他妈的怎么去解放巴斯克国？每走一步，都要等指示，等别人告诉咱们该往哪儿走。"

"别哭哭啼啼的。等给咱们配上家伙，你瞧咱们能不能解放巴斯克国。"

"得让镇上的人为咱们感到骄傲。"

"那必须的，一定要为咱们镇争光。"

霍金上车前，那叫一个高兴！他回头望着上面的窗户，拳头高高举起，跟何塞·马利最后比划着说再见。上午过半，天又在下雨，何塞·马利开玩笑地冲他竖起了中指。他落了单，孤单得要命。他见霍金冲他吐舌头，他以为去开派对还是怎么着？冲他吐舌头的画面是他最后一眼看霍金。

汽车在土路上颠簸着离去，农舍主人的拖拉机压出深深的辙印，压得路面高低不平。雨水继续落在草地上和路边的一排苹果树上，也落在那些栎树或别的树上，它们挡住了远处镇子教堂的塔楼和近处农舍主人的奶牛。农舍主人是个长着酒糟鼻的布列塔尼人，每晚声嘶力竭地跟老婆吵架，跟他们语言不通，只能打手势比划。

几个月前，埃塔组织在昂代伊欢迎他们，一点儿也不隆重。按霍金的话说，拿他们不吃劲，按何塞·马利的话说，当他们是乡巴佬。没有乐队，没有仪式，没有领导出面。

"会说法语吗？"

"一个字都不会。"

接待他们的负责人直入主题，瞧，你们要这样、这样和这样。他看起来很疲惫，说不好，反正有黑眼圈。这儿没有安全的地方，全是地下活动，一定要小心谨慎、严守纪律、勇于牺牲。他全用短句，似乎想尽快说完，最后又补充道：我们就像拴在一根绳上的蚂蚱，抓着一个，拖出一大堆。这种情况，要想尽办法杜绝，明白吗？绝对不允许因为一些人失误，造成另一些人落网。

"不瞒你们说，条件很艰苦，这可不是闹着玩的。"

给他俩提供的临时住处（还有衣服、一台收音机和其他用品）在阿斯坎附近的家禽饲养场，场主贝纳德是法国巴斯克地区人，长着两条怒气冲冲的眉毛，接待时，态度冷冷的，硬邦邦的，伸长着脖子，像在问：是这俩？看来，他等的是别人。等的是老兵？组织里级别更高的人？后来，他在门厅，操母语，冲负责人吼了几句，霍金和何塞·马利听不懂他在吼什么。显然，他对两位新人的出现，很不满意。他们发现：场主说的是一种巴斯克语方言，费点劲，差不多能听懂。在后面的日子里，他们跟场主交流，很谈得来，还帮他在饲养场干活。场主喜欢体育，也喜欢手球。结果从第二天起，他不再板着脸，他老婆也是。一天早上，家里甚至有人哈哈大笑。两人闭门三天后，不想就这么待着，无所事事，开始帮忙打扫卫生，取个东西，送个东西，不远离家禽饲养场，免得让陌生人看见。

一个阳光灿烂、鸟儿啼啭的早上，有人开着雷诺5来接他们，参加重要会见。就这些，没再多言。刚上路，就让他们戴上遮挡视线的墨镜。车拐来拐去，拐了一个多小时，总算脚能落地，错不了，踩的是砂砾。别摘墨镜，别乱看。何塞·马利进屋，透过墨镜下方，看见了泛红的地砖和台阶。

"墨镜可以摘了。"

握手时，桑迪冲他们笑，说"你好"，他俩怯生生、干巴巴地也说"你好"。会见从一开始就很顺利，因为桑迪在镇子里有朋友，三人从朋友聊起，聊到各种节日和广场舞会。桑迪手上有他俩的资料，惊得霍金目瞪口呆。

"这么说，你就是肉店老板的儿子。"

他问他们为什么要逃，他们回答。他又问：为什么想加入组织？

何塞·马利说：

"烧公交车和自动取款机太没劲了，我们想迈出实质性的一步。"

于是，他们迈出了实质性的一步，已经迈出去了。他们在一个比牢房大不了多少的屋子里被关了五天。屋子长五步，宽三步，也许稍大些，但别指望能大多少。他记得屋里有扇窗户，很高，看不见外头，还挂着厚厚的布窗帘，深蓝色的，基本不透光。能听见外面的声响：孩子们的说话声和笑声；咔哒哒哒的拖拉机声，不是拖拉机，就是其他农业机械；一口钟在报时，根据风向，钟声时远时近；一只公鸡时不时地打鸣。

武器培训课程怎么样？很有意思，理论部分差点，至少他们上得很开心。教官戴着巴拉克拉法帽，头两天穿的是及膝短裤、沙滩鞋。他对炸药门儿清，可是装卸小型自动步枪，手很笨。后勤主管在旁边盯着，绰号被霍金偷偷改成"美耳朵"，因为他耳朵大小适中，特别美。何塞·马利跟他说话时，总会盯着他耳朵看。小型自动步枪那节课，他被迫插手，因为戴巴拉克拉法帽的那位教官实在是搞不定。

最带劲儿的当然是实弹射击。记得我们用的是 7.65 口径手枪，噼里啪啦打了一通后，"美耳朵"傻了：

"我操，哥儿们，哪儿学的？打这么准！"

他们也会用勃朗宁、左轮手枪和火鸟手枪，火鸟手枪配了消音器。瞄准，再瞄准，爽翻了。"美耳朵"惊得说不出话来，特别是对弹无虚发的霍金。何塞·马利心想，霍金是神枪手，所以分配任务比他早，一定是某个小分队急着要人。好友分别，对他打击沉重。

要想排遣孤独，可以去找住在附近的科尔多，可他不愿意。一天下午，他和霍金在布雷斯特的酒吧里跟他意外相遇，我操，这么巧。是的，他们聊了两句。不过，语句、语调、表情都跟在镇上合租房子那会儿不一样了。

"原谅我，我还以为就死在里头了。"

"你放心，我们会以眼还眼，以牙还牙。"

三人开开玩笑，说改天再约。但他们没再跟他约，信不过。

58. 小菜一碟

"这事儿小菜一碟。"

"我带家伙进去，你们俩在外头等着。我总得见回血。"

他们说那人贩毒。几天后，组织在《行动日报》上刊登公告，也是这么说的。短平快的行动，没难度，不精彩，但适合练胆儿。帕乔这么说，是想让他放宽心？也确实如此。何塞·马利时常回忆起那次行动，那是他第一次杀人，第一次手上沾了别人的血。其他行动是什么，他得想。最开始那些，好多细节都忘了，尽是些小打小闹：炸两下，抢一回。那次酒吧行动，他却记得十分真切，不是因为要杀的那个人。杀谁都一样，让我去处决谁，我就去处决谁。他的任务不是思考，不是感受，而是执行。后来指责他的人不明白这一点，特别是记者，就像甩也甩不掉的苍蝇，逮着机会就问他们后不后悔。他独自待在牢房时，也会问自己这个问题，自己问和别人问是两码事。有几天他会消沉，消沉的日子越来越多。我操，已经关了这么些年。

提供的资料里，附带了一张照片。长这种鼻子、蓄这种小胡子的人，不可能被认错。那家伙三十到三十五岁，开了家小酒吧，是那种英式传统酒吧。有时候他在吧台招呼客人，有时候换他老婆，上头对他老婆没兴趣。酒吧开在一条行人稀少的街道上。有保安吗？没有。撤退也没问题。帕乔说得没错，这事儿小菜一碟。

有时候，他们会掷骰子，决定谁做这个，谁做那个。这回不用。

何塞·马利坚持由他动手，一个人就好。"黑杨"成心找茬，建议互猜手上的硬币，决定人选。

"我操，不用。"

"好吧，好吧。"

何塞·马利进酒吧；帕乔守人行道，负责撤退；"黑杨"在三人中驾驶技术最棒，坐在驾驶座上，负责开车。都说了，小菜一碟。

头一天，他们在临时住处打地铺。这会儿，何塞·马利不记得前一晚做过任何与第二天行动有关的梦。他们有电视，晚饭吃冰箱里的东西，看了一部电影，就这些。

早上，他不紧张，至少没紧张到无法在同伴面前强装镇定的程度。没错，他们是同伴，不是朋友。突然，他神经绷紧。过去打手球，在重要赛事前往往也会有这种反应。这时候，他很少说话，也不想别人跟他说话，不为什么，只是不想分神，不想太放松。

"出发。"

三人出发。有麻烦？不顺利？有意外？什么都没有。同伴们觉得何塞·马利应该更爱开玩笑、更幽默才是。他们在路上问他：

"你生气了，还是怎么着？"

"不烦我，会死啊？"

接下来一路无言。街道孤零零地位于市区边上，车很少，他们不费劲，就找着了停车位。目标人物比资料上显示的惯常出现时间晚到了一两分钟。小胡子，鼻子，没错，就是他。他没往两边看，拉起卷帘门，进了酒吧。这哥儿们没意识到还剩一分钟的命。

事实上，何塞·马利坐在副驾驶座，心怦怦地狂跳不已。双手看似一路摆在膝上，其实不然，是在紧紧地攥着双腿，免得发抖。时至今日，他知道杀第一个人是他生命中的分水岭，尽管他想，这种事因人而异。你当然可以用炸药炸翻比如一家电视转播站或银行分行，没错，是造成了破坏，可这些都能补救。命没了，就没了。现在，他能静下心来思考，当初担心的是另一件事。哪件事？担心紧张过度会出丑，担心在同伴面前表现出软弱与不自信，担心行动被自己搞砸。

别再胡思乱想了，放手去做就好。他毅然决然地下车，将哆嗦和心悸留在车里，没把车门完全关上，坐在后座的帕乔也没有。互相说句话？互相瞅一眼？有必要吗？全都计划好了。强烈的阳光突然照在脸上。

何塞·马利见阳台上晾着衣服，这里不是富人区。猎装底下揣着沉甸甸的勃朗宁，居然在想这个，真怪，不是吗？街道一边对着山，往下是高速公路。这地方真丑。一群孩子在街道尽头玩耍，空地周围不是瓦砾，便是灌木。街道尽头是什么概念？一百或一百五十米开外。孩子们离得远，玩得开心，不会注意到两个年轻人一前一后，往酒吧走。何塞·马利的心不再狂跳，打手球比赛时也是如此。裁判哨声一响，宣布比赛开始，他反倒心定，不紧张了。

走在人行道上，听不见身后帕乔的脚步声。经过一个门廊，看见玻璃门和门牌号。几号？这么多年过去，哪儿还记得？不过，他记得进酒吧，要上两级还是三级台阶？卷帘门还没完全拉上，不过，进门已经不用低头。刚进去，他就闻到陈年的油烟味和通风不畅的破败味，一秒钟后，眼睛才适应了屋里的昏暗。目标人物不在酒吧，他有些茫然不知所措。酒吧不比这间牢房大多少，长一点，尽头有个门框，门框处突然出现了鼻子和小胡子。

"不介意稍等一会儿吧？我还没开张。"

那家伙脖子上系着一根链子，屋里只亮着一盏灯，银环反射着微弱的灯光，坠在毛发并不浓密的胸部，消失在衬衫里，让何塞·马利无从得知挂坠的模样。他将目光停留在喉咙下方，两段链子中间的位置，用勃朗宁的枪筒对准，射击。突然出现了一个血窟窿，刚看见，那家伙便身子一歪，倒下，倒得很猛，撞倒了一张吧台凳。

他还在地上扭动，还能说话／口齿不清地说话，还想站起来，断断续续地说：

"你拿钱，别开枪。"

目标人物没有即刻毙命，还误认为他是来打劫的，何塞·马利觉得这是存心挑衅。那家伙用哀求的口吻，拼命想站起来，想释放人性，博取同情，博取另一个人的同情。何塞·马利看了看一排排酒瓶和顾客习惯倚着一条腿的吧台，想起教官的名言：不是谋杀，是处决，千万小心，别失手。他上前一步，不慌不忙地连开数枪，打烂了那家伙的脑袋。

总算安静了。两步之外，收银台的抽屉开着。我完全可以顺手牵羊，顺点钱走。说到底，谁会知道？他什么都没拿，连直饮水都没喝一口。我们的斗争是正义的，这就是证据（出酒吧时，他对自己说）。

59. 玻璃线

出租车司机在罗马街头这么开车，是莽撞还是正常？他按喇叭，将站在街道中央、围着导游、欣赏古建筑的游客吓了一跳，接着穿过迷宫般的小巷，拐过来、拐过去！他还摇下车窗，伸出胳膊，跟站在餐厅门前空地上（支着遮阳棚，摆着大盆栽）招揽顾客的帅小伙儿打招呼。坐在后排的阿兰萨苏和哈维手牵手，颠簸中不断对视，似乎在问：咱们怎么办？哈哈笑还是喊救命？

他们在阿尔伯格·戴尔·塞纳托酒店门前下车。旁边就是带花岗岩柱子的罗马万神殿，许多人在那儿拍照。附近停着一辆观光马车，马儿无聊得很，车夫浪漫得很，正在昏昏欲睡。广场中央的喷泉旁，围着一群系着黄围巾、戴着黄帽子、背着书包的少年，是学生吧？

阿兰萨苏付车费。他俩各出一份钱，放在一起用，由她付账。好几十万里拉。出租车司机说话做事的模样都像松鼠，撂下一句 buona giornata①，一溜烟把车开走，就像之前一溜烟地把车开来。两人拖着箱子，进酒店前，深吸了一口中午温热的空气。阿兰萨苏低声对哈维说：

"我向上帝发誓，有一刻，我以为咱俩被出租车司机绑架了。"

哈维就像换了个人，至少在闲暇时，他会妙语连珠，竭尽讽刺挖苦之能事（在医院时，没这么明显）。他反驳道：

"用不着以为，咱俩就是被绑架了，车费就是赎金。"

三楼客房窗外，能看见罗通达广场？说鬼话给鬼听呢！酒店分配的房间跟旅行社宣传册上的房间根本就不是一回事。宽敞？没错。干净？也没错。不过，窗户朝里，对着阴暗的内天井，正对面是一堵黑乎乎的砖墙，开着很大的窗户。阿兰萨苏的眼里有个诗情画意的小细节：一只猫蜷在窗台，往上，靠近屋檐，长着一棵英雄般的小树，树根扎在墙缝里，顽强地生长。

"别抱怨，行吗？"

"不抱怨。我喜欢那只猫。"

"内天井有内天井的好处。到了晚上，住在朝广场房间的人肯定都被吵得睡不着。"

"真可怜，被坑了！不认识他们，都替他们难过。"

"想想这次旅行的意义。"

"我就没想别的。你真香！"

他开始脱她衣服，就在那儿，挨着窗。她确定没人在内天井中窥视，美丽的嘴唇含着笑，宽容地由着他，甚至分开双腿，抬起双臂，配合着，让他不费劲地帮她把衣服脱下。

之前，她对他说／恳求他：有欲望，就大大方方地表达，无论是肉体上的还是其他方面的欲望，她也如此，免得误会。他们是同事、朋友、情人、几者合一。罗马三天，他们会试着将关系再进一步。哈维迅速将自己脱光，和她胸贴着胸，插入。她猜到他的用意，一只脚撑着椅子边，下体张开，于是乎，不用手，交合完成。两人缠在一起，谁也不动，同时将目光投向内天井。墙壁、猫儿、小树。两人静静的，你连着我，我连着你，没有拥抱在一起。她双手交叉，放在脑后；而他手在腰际。两人都很舒坦，感觉合二为一，却不互相拥有。

---

① 原文如此，为意大利语，意为"早上好"，见面和告别时都能用。

她似乎很怕打扰，悄声问：

"还想再来吗？"

他说等晚上吧。两人还是不动，不吭声，一分钟，两分钟，各自遐想、思考，直到那家伙一点点变软，从热乎乎的温柔乡中滑落。

"咱们去吃饭？"

两人出门，去哪儿？他们在街上逛了一会儿，逛逛这儿，逛逛那儿，不知不觉地走进纳沃纳广场。阿兰萨苏觉得喷泉中的雕像奇丑无比，广场沐浴着明媚的春光，一列修女走出教堂，对面是西班牙书店。他们决定先填饱肚子，再去逛，不行，就明天去。

两人出广场一角，往河边走，在一家餐厅前驻足，管它是好是坏，是贵还是便宜，已经饥肠辘辘，进去再说，点了沙拉和意式土豆面疙瘩，他还要了鱼，味道不差，但绝对算不上惊艳。

"别抱怨，行吗？瞧瞧这次出门，天气多好。"

"鲷鱼不会是从喷泉里钓上来的吧？吃起来有股雕像的臭脚丫子味儿。"

"哈维，拜托，别让人听见。"

"全是意大利人，他们听不懂。"

"他们全都能听懂①。你要想叽叽歪歪，就说巴斯克语。"

两人干杯，喝家常红葡萄酒，会心地笑，坏坏的眼神，满满的幸福。他用巴斯克语对她说：你真香。她提醒他：说好了，来罗马是为了享受生活。他们在出发前若干天就已经说好。阿兰萨苏想象着有一根玻璃做的线，两人各牵一头。来罗马三天，牵着一根随时会断的线，让她提心吊胆。哈维开玩笑：

---

① 意大利语和西班牙语同属拉丁语系，近似度比较高，习惯后，彼此交流，能猜个八九不离十。

"敬咱们的蜜月。"

"小朋友，正经点，别着急。"

她两个多月前离婚，嗯，上一段婚姻真是难以启齿。再说了，八年痛苦的回忆也很难——还是不可能？——抹去。前夫是个眼科医生，跟哈维会在医院走廊、电梯、停车场遇到，在阿诺埃塔球场也会遇到，因为他俩都是皇家社会会员，看台位置相距不超过十米。哈维对他能躲则躲，为什么？因为他很烦人。眼科医生离婚后，得知阿兰萨苏在跟哈维交往，便在医院咖啡厅对他说，好好照顾阿兰萨苏，别让她孤单，还说她人很可爱，就是脆弱。

"好好照顾她。"

他这么横插一脚，想干什么？可他做都做了，哈维不想惹麻烦，在工作场所更不想惹麻烦，只好采取外交手段，选择沉默。他含含糊糊地点头，找服务生买单。那杯少奶咖啡还没喝完，他就想一走了之，嘴巴张开，刚想说"再见"，却被对方占了先：

"祝你们幸福！真心祝福。尽管并不容易，我有经验，我知道。"

下午，他告诉阿兰萨苏，她哭了，坚信前夫的话就是诅咒。

"你会想：我太夸张。"

他头一回见她掉眼泪，悲伤的她高贵、美丽、谨慎。她是个敏感的女人，三十七岁，比他大三岁。他痴痴地看着她那双湿润的眼睛，拥抱她，安慰她，享受她身上暖暖的香气，用脸颊去蹭她乌黑的长发，甜蜜地亲吻着她的唇。她用纸巾角拭泪、不破坏眼影的手法看上去赏心悦目，或许有点急切地想卖弄风情，心里怕得慌。哎，是我太夸张了吗？她是真的怕，也真的是怕得慌，是那种藏在心里、不出声/不具体的怕，堵在心里难受。她怕配不上一段真正的、稳定的恋爱关系，她想再试最后一次。星期六下午，他们去大剧院看戏，之前有点空闲时间，她对他说：

"你肯定是我最后一个爱人。对此，我毫无疑问。要是咱俩成不了，我这个苦命的女人就再也不会爱上别人了。我会永远偃旗息鼓。"

就是那次聊天，让她动了出门旅行的念头：

"咱俩出门几天，走得远远的，远离工作，远离所有认识的人，三四天，就咱俩，每天二十四小时在一起。等过完，就会明白能走到哪一步，合不合得来，想不想建立性以上的关系。你觉得怎样？哦，对了，费用 AA。"

进剧院。散场。去港口散步时，她说起了那根玻璃线，坦陈了她的恐惧。三十七岁的她，像朵凋零的花。她能给他什么？当然能给他爱，这是肯定的。可万一哈维有其他更迫切的愿望（比如说：要孩子），跟她在一起，想要幸福，会有点够呛。这种恐惧让她的日子很不好过，伴随着她去了罗马，在那下面又浮上心头。哪个下面？台伯河边的散步道。墙边突出一长溜，可以当长凳坐。他俩刚吃完午饭，去晒太阳，浑浊的河水静静地往下流淌。突然，他见地上有块石头，心里一动，有了个糟糕/幼稚的念头：

"要是我能把它扔到河对岸，那就不管怎样，没人能把我们分开。"

"别了，拜托，别去挑战命运。"

"你怕我力气不够？"

"不是，可这条河挺宽的。"

"来吧，试试。"

他脱下西服外套，前胸、后背都很宽，可毕竟不年轻了，他难道没发现？那么理智、那么有判断力的医生，居然做短距离助跑，铆足了劲去扔那块石头，只为了满足他的男性愿望，让女性折服。刚过中午，空气清澈，石头箭一般地飞出，两人目睹它在空中划出一道弧线，变成一路远去的小黑点，开始下落，噗的一声掉进水里。

"好吧，这只是个游戏。"

随后，他们去参观西斯廷大教堂。

60. 医生和医生结婚

"老伙计"打算去睡午觉，说刚认识人家，评判为时过早。可毕妥利戴着围裙，一本正经、一个劲地坚持说：男医生娶女医生，男护士娶女护士。说完，嘴唇轻蔑地一撇，脖子嘲讽地一扭：

"瞧这一对，多不般配。上帝啊！比他大三岁。这个愣头青，想再找个妈还是怎么着？"

"好了好了。"

"我说的有理没理？"

"让儿子听见，有你好看。"

"我这是在跟你说，哈维没必要知道。"

几分钟前，两人手牵手地离开。她都这个岁数了！还摆出幸福恋人的模样，镇上人恐怕会笑掉大牙。星期天，多云。皇家社会五点比赛。等球赛结束，她去找 / 钓他，继续拉杆收线，离水，将鱼收入囊中。

毕妥利大开阳台门。

"气都透不过来。别说我夸张，连肉汤都喝出一股香水味。"

"我倒没注意。别告诉我，她长得不漂亮。"

"你知道什么呀？好了好了，上床去，做你的卡车梦去！"

他们四个原本可以定定心心地找家餐厅，"老伙计"一开始就这么建议，可这种事，他不想多问。没过多久，哈维也打电话来这么建议。有一说一，是阿兰萨苏怂恿的，希望能找个"中立地盘"见面。父子俩都愿意掏钱，可毕妥利说门儿都没有。理由是？据她观察，人在餐厅，行为不真实。要想互相了解，家是不二之选。

"老伙计"问：

"你宁愿在厨房忙一早上？"

"那又怎么样？你带我回村去见家长，也是你妈做的饭。鹰嘴豆汤，烤鸡，到现在我还记得。吃完饭，我还帮她收拾。可这位大小姐连'要帮忙吗'都不问一句。人家衣着考究，妆容精致，见我收盘子，连一根手指头都不愿意动。教养真好！"

他们一点半开始等。一刻钟前，毕妥利让"老伙计"守在阳台门边，别让他们看见，听到没？条条框框，规定得非常严格：第一，不许蹭门帘，门帘刚洗过；第二，看见他们在街上出现，马上通知她。她可不想戴着围裙去迎接那个女人。

"什么那个女人？她叫阿兰萨苏。"

"管她叫什么呢！"

她还想在介绍前仔细瞧一瞧。哦，还有第三，桌上的菜：蛋黄酱芦笋、哈武戈火腿、炸鳕鱼丸子、龟足、对虾，不许偷吃。

"有多少个，我都数过。"

"老伙计"当哨兵——上帝啊！赐予我耐心吧！——守着一条星期天行人稀少的街道。说好的时间到，他俩手牵手，准时出现在视线中。她抱着一束花，高挑！人长得美！气质也好！他被震住了，欣赏了几秒，才通知毕妥利。毕妥利紧张地走出厨房，飞快地解下围裙。

"鞋跟衣服不配。"

"我觉得非常出色。"

"拜托你，别碰门帘。"

"瞧她这个头！差不多跟儿子一样高。"

"头发黑得不自然。从这儿看，胸针像一大块油斑。要我说，这位夫人品位不咋的。"

一对恋人正式见完家长，告辞。"老伙计"吃了三人份的饭菜，喝了三人份的酒。睡午觉去？想眯一会儿。毕妥利在厨房忙，还在气头上。当妈的痛心疾首，对着洗碗池里的泡泡，自说自话地倒苦水。儿子跟那个女人在一起，她只是个普普通通的助理护士。毕妥利将脏盘子脏锅当听众，数落那个女人的种种不是，对着刷碗巾数落这个，对着水龙头数落那个。无人回应，无人理解，尽管她需要有人理解。她想方设法地去找听众，可当时家里只有"老伙计"。因此，她走进——这叫走进？好吧，闯进——卧室，才不管是打扰他消化，还是打扰他休息。她从厨房一路走来，一边在围裙上擦手，一边自言自语，嘴上没闲着，一屁股坐在床边，晃了晃"老伙计"。

"你怎么能睡这么踏实？"

拜拜了，我的午觉。"老伙计"的舌头还在睡梦中，含糊不清地问：怎么了？发生什么事了？毕妥利没回答，她压根没兴趣交谈。她不找人聊天，只需要听众。

"哈维跟那个女人在一起，我觉得是不会幸福的。你喜欢的优点，也许她有，可说实话，我无论如何没看出来。我觉得她从头到脚都有怪癖，不吃海鲜，不吃火腿。我专程去潘普洛纳买乳猪，烤了整整一早上，结果人家吃素。你瞧瞧，这都什么事儿呀！"

客人的一个小动作被毕妥利看在眼里。哪个小动作？她以为没人看见，其实欲盖弥彰。她偷偷把抹了口红的嘴凑到哈维耳边，迅速地说了几句悄悄话，像是恳求，还是命令？那个缺心眼的，居然听女下属的话，等了几秒，假装是自己的主意，替她当传声筒：

"妈，介不介意把猪头撤了？"

所有人的目光汇聚到刚刚上桌，正中间那盘与世无争、鲜嫩多汁的烤乳猪身上。毕妥利跟潘普洛纳的肉店老板订购了半只乳猪，花了大价钱，加上来回车票。她这么做，是想用上等食材款待嘉宾。

过去，她都在何塞乔的店里买乳猪，什么都在他家店里买。那时候关系好，彼此信任，现在连招呼都不打。

"怎么了？"

"没怎么，阿兰萨苏吃不惯。"

他当然要帮那个女人说话，她把咱们都当成茹毛饮血的原始人了。毕妥利觉得哈维的话就像一把刀，扎在她心坎上。

"你能想象咱家儿子跟这种女人生活在一起吗？上帝啊！咱家人一辈子吃鱼吃肉。更何况，那些吃草的尽是些怪人，有各种怪癖。瞧她说话那样儿！好为人师，不停地解释东、解释西。不过就是个助理护士！我可不喜欢。她把精通外科手术、不懂跟女人过日子的傻瓜医生迷得七荤八素的，心想：这医生我要了。离过婚的女人比谁都精，二手货，过去蹚过浑水，将来不知道还要蹚多少浑水。吃东西就吃那么一点点，蛋糕碰都不碰。她说想吃来着，可是早上已经把今天的碳水化合物摄取量用完了，也太把自己当回事了！我说早上七点起床，为了准备这顿饭时，你没注意到她脸色？她对咱俩一点儿也不上心。人家目标明确，就是要把有房、高薪的外科医生钓到手。我问她，要不要切块蛋糕，拿饭盒装回去，你瞧她怎么说？不了，谢谢，不用麻烦。我真想把蛋糕直接拍她脸上。"

"唠叨完，告诉我一声，我看还能不能再睡一会儿。"

"去罗马，我怎么都觉得不对劲！他们会 AA？我才不信。我了解哈维，我敢拍胸脯保证，他全买单。"

多年以后，毕妥利去墓园，坐在"老伙计"的墓边，就像遥远的昨天，坐在他床边，又说回到这个话题：

"我当然希望哈维成家，可他得娶个合适的，不能人家甜言蜜语几句，冲他笑一笑，他就把她娶回家。就像星期天他带回来的那个护士，你还记得吗？我忘了她叫什么名字。真是个狐狸精！我一见她，她的心思就被我看了个透。你知道的，我看这种事，眼光可好了。当然，与其结了不幸福，我倒宁愿儿子不结婚。"

61. 温馨小事

脸都气歪了，脚步声特别重。哈维一见她从走廊上走来，就知道她是来兴师问罪的。新寡妇去病房，见老公一直躺到昨天的病床上空空如也，问护士。护士多半考虑不周，据实相告。

于是，她来追究责任。哈维觉得，一般说来，女人接受不了死亡这种再正常不过的事，总想找个人——或凶手？——来顶罪。那儿就是，穿白大褂的值班医生，谩骂、谴责、指控，一股脑地扔将过去。

同样的情况，男人往往更容易接受。他们通常内心崩溃，而女人（也许年轻姑娘们不至于）则会大肆宣泄。至少，这是他从业二十年来的经验之谈。隔一阵子，就会有个女人在他面前失控。上年纪的，没什么文化的，骂起人来却十分了得。哈维多次经历／忍受过类似场面，可以沉着应对。

这位八十多岁的老太太实在过分，又哭又闹，口不择言，说的话在哈维心中撕开了一个口子。老太太坚信，医生——因为坏？因为懒？——没有尽全力抢救。她对他以"你"相称，脸色大变，直着嗓子吼：

"如果不是我丈夫，是你爸爸，你一定不会让他死。"

老太太威胁着要告他，他惊呆了。她提到了他爸爸，是因为爸爸跟死者年纪相仿吗？她胳膊在空中挥舞，嘴巴张得奇大无比，缺了几颗牙。他不动声色地听她诉说在洛格罗尼奥一家医院，医生治好了她什么穿孔。她在寻找专业术语，没找着，突然用民间说法替代：反正是肚子里头穿孔。

哈维的脸部肌肉纹丝未动。他深深地盯着老太太那双泪汪汪、恶狠狠、丧失理智的眼睛，等了一会儿，等她稍稍平静，冷冷地、彬彬有礼地问：

"您认识我爸爸？"

"不认识，也不需要认识。要是病人是你爸爸，你一定会尽心尽力。"

哈维只想知道：她认不认识爸爸，知不知道他的遭遇。别的话，他压根不想听，甚至没跟她说"节哀顺变"，礼貌地撂下一句"失陪，还有别的病人需要照顾"，走了。不一会儿，他的情绪跌入谷底，坐在办公桌边，找出塑料杯，倒白兰地，一口饮尽。他盯着爸爸的照片，再斟满。爸爸眉毛冷峻，那双耳朵，幸亏他和妹妹都没遗传到。走廊上老太太叽叽喳喳的声音回荡在他耳边：你不会让他死的。爸，是我让你死的吗？不管怎样，他没能阻止得了。哈维，你没能阻止得了。谁说的？爸爸严肃的眼神说的。从那以后，你不敢，你害臊，你觉得不配享受生活中点点滴滴的幸福。

喝完第二杯，他抬头去看上方的蜘蛛网，去寻找过去的好时光。他是有过好时光的，当然有过，不止在童年天马行空时有过。只是现在，他将快乐拒之门外。

多少回，他想嘱咐保洁员，千万别弄破/扫掉那张蜘蛛网！否则，会一下子夺走他太多的回忆。不说远，就这一刻，会夺走他喝完第三杯白兰地，浮现在脑海中的阿兰萨苏。时间？地点？好好想，连具体日子都能说得出。他生命中的所有事都以父亲遇害为参照点：七年前，大学毕业；九年后，参加了慕尼黑心血管外科大会。就像历史事件都以耶稣降生为参照点。阿兰萨苏在零点前，也在零点后，只过了一点点，也就几个小时。

他想起了时间地点：夏天傍晚，在林荫大道上的加维里亚咖啡馆，一年零几个月前。当时，他和她都不知道这个相对时间。露天茶座上已经没有空位，他们决定坐在里头。

他又喝了一口白兰地，后面只能打车回家。不知怎么，想起了一件看似平淡无奇的事。总不能要求蜘蛛网自主选择，它只能抓住——如果这是抓的话——自投罗网的猎物。好比这段回忆，没什么，只是一件温馨小事，刚刚坠入情网的恋人玩的一个游戏。

当年，他还是实习医生，坐在这儿；而她是助理护士，坐在桌对面。这不是他们第一次约会，已经上过两次床，第二次就在昨晚。不过，这有什么关系？他不禁端详着她。阿兰萨苏明显紧张，说了好一会儿私生活中的一件事。什么事？为人妻时的一件事。他带听不听，痴痴地看着她的唇。有一会儿，她注意到了，他也无所谓。她说话时的唇，优雅地——风骚地？——抽烟时的唇，清新、女性、设计精美，动作自然，发元音 u 时，像在空中抛出一个吻。这一刻，面对着赏心悦目的唇，他想用舌头慢慢去滋润。阿兰萨苏姣好面容上的唇让他备受折磨。我的工作对象是人体，我要费好大的劲，才能不仅仅在人体上看见器官、血管、肌肉组织和骨头，无法抑制的性冲动在挟裹着我向前。

"看什么呢？"

"我能想象，别人经常夸你很美。"

"也就是说，你没在听我说话。"

"完全听不见。"

"我已经不是过去的我了，我上年纪了。"

"老天眷顾，对你精雕细琢。"

"行了，哈维，说得我脸红。"

于是，他将右手放在单腿小圆桌上，手心向上，像乞丐行乞。大猩猩们也会将手摊开，摆到同类面前，请求和解，好像是——不记得在哪儿读过——好客与和平的意思。阿兰萨苏伸出她的小手，掌心对掌心，握住哈维的手。

　　上方的蜘蛛网清晰地保存了那段遥远的回忆。手与手的触碰告诉他，阿兰萨苏的手上，蕴藏着最深的人性。那是一只温暖、柔软、女性的手，失望过，受苦过，工作过，握过、拎过、举过，过去完美，现在依然完美，令人愉悦。

　　他在看她柔嫩的肌肤、纤细的手指、涂着红色指甲油的指甲。他突然觉得，手掌上传递着另一个人的全部柔情。哦，上帝啊！这个女人爱我爱到了骨子里。

62. 入室搜查

深更半夜，四个人睡得好好的，突然开始吵吵嚷嚷。来了最起码
六个人，有的戴着巴拉克拉法帽，毫无必要地扯着嗓子吼。楼下门厅
里守着更多，还有人封锁了街道。出动了一大批宪警，砰砰砰地敲
门，叫里面的人开门。米伦躺在床上，问胡利安：

"你去还是我去？"

"你去看看是谁？"

"还能是谁？是警察。"

他们先按门铃，再拼命敲门，敲得震天响。这时，所有邻居都该
被吵醒了。米伦打开床头灯，赶紧把脚塞进拖鞋，睡衣外头披上晨
衣，对胡利安说：

"应该跟何塞·马利有关。"

刚开门，就有人从外头一把推开。米伦看见有枪指着自己，看见
进门脚垫上有两只黑色的靴子。好了，请让一让。他们是来搜查的。
狗腿子警察快速在屋里散开，她都没弄清楚有几个。

一家四口被集中在餐厅。格尔卡光着脚，穿着内裤；阿兰洽抓紧
时间套了点衣服，脚也光着；胡利安穿着睡衣，吓坏了，裤子上有一
摊尿渍。

搜查令呢？根本没想起来要。他们能知道什么？除了格尔卡，谁
都没有何塞·马利的消息。格尔卡什么也没说，家里人是后来才知道

的。总而言之，宪警带来了搜查令，就在那个叫嚣着迟早会抓住恐怖分子、到时候有他好看的宪警手里。他把搜查令往地上一扔，给你们擦擦眼泪鼻涕。他还问：何塞·马利的房间在哪儿？

"我儿子不住这儿。"

"你儿子就住在这个房子里，我们知道你们还藏了武器。"

"他真的不住这儿。"

宪警继续问：恐怖分子的房间在哪儿？不说的话，就把你家翻个底朝天。他问格尔卡：你是谁？多大了？米伦觉得，要是格尔卡再大两岁，就会被带走。格尔卡一一回答。这孩子还小。格尔卡怯生生地问：能不能把衣服穿上？

"待在这儿，谁都不许动。"

不一会儿，另一个狗腿子警察让他们四个就这样去楼梯间，还说不准开抽屉，什么也别碰。格尔卡也许因为走得不够快，还莫名其妙地被推了一下。

四人出家门没多久，法院秘书睡眼惺忪地到场，老熟人似的跟他们打招呼。两个荷枪实弹的宪警，一个守着通往一楼的楼梯，一个守着大门口。

米伦面孔铁板，脸绷着，气呼呼地把晨衣递给格尔卡：你会着凉的。格尔卡闷闷不乐，没说话，也没接过晨衣。

楼道里的灯会定时熄灭，开关就在守着大门口的宪警手边，他负责按。宪警们将绝缘胶带贴成 X 形，封住对面邻居家的猫眼。不知是邻居们还能看见还是怎么着，总之有人悄悄开门，伸出一只手，往楼道上扔了两条毯子。

胡利安瑟瑟发抖，格尔卡瑟瑟发抖，父子俩一人分了一条。阿兰洽说她不用，米伦不用说，气都气／恨都恨暖和了。灯亮了，灯灭了。灯又亮了，灯又灭了。如此这般，过了好久好久。家里不时地传出令人不安的声音。米伦嘀咕道：

"房子都要被他们拆了。"

阿兰洽问宪警：能不能坐下。宪警耸了耸肩，说：爱坐不坐，关我屁事。于是，阿兰洽在高一级的台阶上坐下；后来，格尔卡裹着邻居家的毯子，坐在她身边；又过了很久，胡利安一屁股坐在地上。他不停地看表，忧心忡忡，六点要去上班。只有米伦还在顽强地、有尊严地站着，心里就像被猫抓过。

有一刻，街上开始传来动静。镇上的年轻人跳下床，聚在街角，在夜色中齐声呐喊：警察杀人啦！狗腿子滚出去！还有其他日常口号。

搜查持续了将近四个小时，还放进了一只警犬。米伦说，它会把口水蹭到咱家东西上，你信不信？它还会到处拉屎拉尿。家里被搜过一遍，就像被龙卷风刮过一遍。其实有什么好搜的？何塞·马利在过去住过的房间里几乎没留下什么东西。最遭殃的是格尔卡，他的书包、写诗本（全是手写的）、相册等诸如此类的物品全被拿走。阿兰洽少了十几盘电影录像带。

灰色的天空蒙蒙亮，胡利安骑车去铸造厂上班。他没吃早餐，也没好好洗个澡，即便如此，还是迟到了。阿兰洽出门上班前，倒是有空整理房间。她抱怨道：吉列尔莫送的一瓶香水被打翻了，五斗橱一个抽屉的把手也被扯下来了。格尔卡的房间更是惨不忍睹，我的个老天！妈妈说：好了，去学校，她来收拾。

米伦忙了一早上，把东西装进塑料袋，扔进垃圾筒。散落在地上的物品，有些还是新的：袜子、内衣，总之她觉得被宪警摸过、被警犬嗅过的衣服鞋子什么的，尽管是自己的，或丈夫的、儿女们的，碰了还是恶心。她想不出别的办法，只好拿两把叉子去捞。值钱的衣服被她扔进洗衣机，其余物品泡在厨房的洗碗池里。在自己家呼吸，都觉得恶心，她把窗户全打开，透气；用碱水擦地板，用湿抹布擦桌子，门把手统统清洗/消毒；过一会儿，再把之前清洗过的地方二次清洗，总觉得有气味、有痕迹，怎么说呢？狗腿子警察阴魂不散。

上午十点，她去敲对面邻居家的门，猫眼还被两条绝缘胶带封着。里面的人问：谁呀？

"是我。"

门开了。米伦来还毯子，表示感谢。他们请她进去，她答应了，说不想一个人待在被糟蹋过的家里。

"瞧你，说什么呢！"

邻居们说了他们的遭遇。各种动静、说话声，还有恐惧，一晚上没合眼。他们给米伦倒咖啡，拿饼干。米伦也说了自己的遭遇。何塞·马利的事真让人难过！家里人没有他的消息，只知道他不在镇上。十一点，米伦说她该走了。离开邻居家，进了自己家，待了五分钟不到，梳个头，换身衣服，打算去找何塞乔或胡安妮聊聊，问他们是不是家里也被搜了。离家时，窗户大开着。要是有人偷东西，就让他们偷好了。

63. 政治材料

看见胡安妮时，机会不巧，她正在肉店一个人招呼客人。

"何塞乔呢？"

米伦越过好几个脑袋问。

"看病去了。"

"那我一会儿再来。"

"别，你等等。"

过了一会儿，两个女人可以单独聊一分钟。

"有消息吗？"

"没。"

"昨晚我家被砸了。"

"镇上人都在聊，没准今天来我们家。"

"有可能。"

"他们要找什么？"

"何塞·马利的东西。他们叫他恐怖分子，以为能找到武器。武器没找到，就随便抓了点东西走。"

"何塞乔很紧张，他认为孩子们已经参加了武装斗争，很久不会再见到他们了。"

"你老公真能想。"

"帕奇昨天来过，跟何塞乔说，家里要是有霍金的材料，赶紧扔了，说得特别明白。好了，我先去忙。"

"他没说两个孩子去哪儿了？"

"你以为呢？我问了，他本来就话不多，只说尽早把材料扔了。"

"咦？他没来我家，通知我们。"

后来，米伦走在街上，回忆、联系、推测、怀疑。哦，对了！前一天，格尔卡被她抓个正着，居然穿鞋站在椅子上，撕何塞·马利贴在墙上的招贴画，地上还有两个塑料袋，装着报纸和杂志。之前有一次，她问格尔卡：哥哥都不跟我们住了，你怎么还不把墙上那些乱七八糟的东西扯了？格尔卡说：妈，我才不。要是哥哥知道，会敲了我脑袋。

"喂，你爬那么高干什么？"

"不干什么，给房间换换样子。"

"你就不能在椅子上铺张报纸？"

回家路上，米伦自言自语。别人跟她打招呼，她应一声，头都不回。要是狗腿子警察看见招贴画，那就糟了，会把我们全铐上，带回军营。她琢磨着：帕奇让胡安妮、何塞乔赶紧回家做的事，被格尔卡在家里做掉了。真巧，不是吗？这事儿得弄明白。

一进家门，她连鞋都没来得及脱，就去质问儿子：为什么把何塞·马利的招贴画撕了？格尔卡回答：想换点新的。

"新的招贴画在哪儿？我怎么看见墙上光秃秃的。"

"呦，妈，我打算一点点找。"

"你哥的那些怎么处理的？"

"扔了。"

"那不是你的东西。"

"都旧了，脏兮兮的。"

"他收在柜子里的杂志和材料呢？"

"我要放东西，他又不在。"

米伦走到格尔卡面前，盯着他眼睛，一秒钟、两秒钟、三秒钟，啪地一下，甩手给了他一个大耳刮子。

"叫你不跟我说实话。"

按照霍金和哥哥的吩咐，格尔卡下山，去镇上的阿拉诺酒馆，把该说的话告诉帕奇。帕奇说：我操，我操，我操他十八代祖宗！他一刻也没耽误，赶紧行动，去处理，去协调。格尔卡要走，去帮霍金和哥哥找第一辆自行车。这时，帕奇又叫住他：你过来。问他爸妈家里还有没有何塞·马利的材料。材料？

"政治材料，你懂的。"

格尔卡愣了半天才会意，他指的是：招贴画、宣传材料、《支柱》①什么的。啊！有，还挺多。赶紧扔了，全部销毁。

"尽快，听见没？"

帕奇没说为什么要赶紧清理掉，格尔卡吓坏了，也没想起来问。当然，关键信息已经收到：要快。

格尔卡对妈妈说：

"就这些，都告诉你了。"

"为什么我问你，你不说？"

"这有什么关系？狗腿子警察什么都没找着，不就行了？"

"你这么积极，知道你哥在哪儿吗？"

"不知道。"

"是实话？"

"妈，我发誓。不过，他在哪儿，你想都能想到。"

———————————

① 《支柱》（*Zatube*）是埃塔组织的内部简报。

"在哪儿？"

"你比我更清楚。我只求你们一件事，放过我，让我过安生日子。"

格尔卡箭一般地冲回房间，他又瘦又高，背越来越驼，把自己锁在屋里，不出来。米伦叫他：菜要凉了！她忙了一早上，现在还要看儿子脸色。她越说越不耐烦，高喉咙大嗓子，又是叫，又是威胁。只听门锁咔嗒一转，格尔卡进厨房，坐下，开始闷头吃饭，眼睛红红的，像哭过，爆了一脸痘痘。

他吃点这个，吃点那个，说真的，胃口特别好。米伦时不时地看他，在不在吃？有没有哭？最后一声不吭地递上水果。她撤走装着鸡骨头的盘子时，蹭了蹭他的手，他手一缩，拒绝任何爱抚。

格尔卡起身，走出厨房。米伦问他：菜好不好吃？他耸耸肩，她也没再问。

64. 我儿子在哪儿?

老时间,一家四口坐在厨房吃晚饭,主菜一成不变。这个女人对鱼情有独钟,炸鱼,酱汁鱼,总之是鱼。周一吃鱼,周二吃鱼,反反复复,没完没了,生命不息,吃鱼不止。没错,他们爱吃鱼,有人很爱,有人还行。可按胡利安的话说:咱们哪回也可以变一变。

"星期天我做的是炸丸子。"

"别逗了,炸的是鳕鱼丸子。"

米伦对此种类型的抱怨,向来充耳不闻。她先倒油,做了个蒜蓉白醋苣荬菜,然后端出前一天剩的通心粉汤,最后在橡胶桌布的中央,放了一大盆挂糊欧洲鳀。妈妈和阿兰洽喝直饮水,爸爸和格尔卡总会喝一罐掺汽水的葡萄酒,汽水比葡萄酒多。

阿兰洽开玩笑:

"但愿警察今晚别卷土重来。"

米伦浑身一颤:

"好了,打住。经历过一次,已经够糟,就别惦记了。"

"没准儿,他们会来还我录像带,赔我一瓶新香水。"

"你想得美。"

"以防万一,今天我不脱衣服睡。"

妈妈让她闭嘴,胡利安帮女儿说话:

"哎呦,家里连话都不能说啦?"

说话？当着孩子们的面说？更何况，阿兰洽还在故意开玩笑。米伦原本想晚饭时告知午后密谈的内容，现在情愿躺下后，只跟胡利安一个人说。上了床，她开门见山：

"我跟帕奇聊过。"

"哪个帕奇？"

"开酒馆那个，他知道很多事。"

下午过半，米伦走进阿拉诺酒馆，里头有四五个小伙子？不会再多。音乐声吵得连聋子都能听见，真搞不懂邻居们为什么不抗议？也许他们抗议了，只敢关起门来说，跟这帮小伙子，关系要搞好。帕奇三十多岁，戴了一只耳环，像在等她。此话怎讲？见她一只脚踏进酒馆，立马示意，让她跟着去仓库。

胡利安不高兴地摇头：

"真搞不懂，谁让你去没事儿找事儿的？"

"我让我去的，儿子的事是正经事。你想听还是不想听？"

仓库里一股酸酸的葡萄酒味，还有潮乎乎的霉味。这里原是马厩，石墙和房梁都还保留着。多少年前的事了，米伦记得：小时候，家里人常让她来这儿买刚挤出的鲜奶。

帕奇关上门，抢在米伦开口前，先让她别着急。米伦说：我不着急。她不着急？才怪！

"你知道何塞·马利去哪儿了吗？赶紧告诉我。"

"米伦，你别着急。"

"哎呦，我都跟你说了，我不着急。我是他妈妈，当然想知道他在哪儿。"

"转入地下了。"

"很好，那他人在哪儿？他不能活动，我去看他。"

看不了，现在不比过去。过去，家里人可以周末去法国南部，给流亡者送钱、送衣服、送香烟。现在，反恐解放组织追得紧，成员们没辙，只好加倍小心。

胡利安说：

"也就是说，咱们不能去看他。"

"不是刚刚告诉过你？"

"那何塞乔说得没错，咱们几百年都见不到他们了。"

"听帕奇说，儿子有两种可能：要么去墨西哥或附近哪个国家，要么加入埃塔。"

"我希望他走得远远的。"

"你希望怎样，没人关心。"

"我关心。我知道我在说什么。"

"给你个梯子，你就上天了。"

有件事她没说，帕奇曾将双手搭在她肩上。为什么不说？米伦觉得这个动作不仅表示友好，更是承认与致敬，就像在对她说：你有理由为儿子感到骄傲。帕奇将双手搭在她肩上，安慰她，说得很清楚：有内部渠道，可以帮成员和家人之间送信。

"哦！也就是说，他可以给我们写信？"

"没错，你们也可以给他写信。"

"能寄包裹吗？他快过生日了，我不希望他过生日收不到礼物。"

胡利安躺在床上，猛地回过头来看她：

"你就这么跟他说的？你认为何塞·马利去了美洲那些殖民地？"

"你想说什么？他是我儿子，是我生的。难道是你生的？儿子出生，你第二天才知道。"

"行了行了，别再唠叨了，儿子出生这茬儿说得我烦死了。"

"我在吃苦受罪，你在酒吧快活，还不愿意让人提。他是我儿子，我不希望冬天来了，他会冻着；也不希望他过生日收不到礼物，会伤心。"

帕奇把手从她肩上拿开，说寄包裹暂时不行，让她安心回家，组织不会让成员们的日子不好过。他重申她应该为儿子感到骄傲，还说：要是巴斯克国多点像何塞·马利这样的人，早就解放了。离开仓库前，他向米伦保证，有任何消息（信件、便条什么的），他会亲自送上门，然后指了指面前那扇门，对她说：

"出了这个门，咱们就不说了。"

在酒馆，他当着五六个小伙子的面，在她脸上亲了一下，跟她告别。

米伦对胡利安说：

"我都告诉你了。"

"你都告诉我什么了？咱们还是不知道儿子在哪儿、在干什么。不用多想，就能猜到。加入埃塔的人又不是为了去打理花园。"

"咱们不知道他是不是加入了埃塔，没准他正在去墨西哥的路上。可他要是真加入了埃塔，也是为了解放巴斯克国。"

"他是为了去杀人。"

"下回知道什么，不告诉你了。"

"我又没教儿子去杀人。"

"教？你教过谁啊？我就没见你为儿女做过任何事。你半辈子在酒吧，半辈子在骑车。"

"我天天去铸造厂玩！别逗了！"

他们互相瞧了瞧，目光是轻蔑，还是疏离？反正一点也不友好。米伦关灯，猛地一翻身，侧着睡，背朝胡利安。胡利安在黑暗中说：

"我要是年轻二十岁，明天就去找儿子，暴揍他一顿，拎他回家。"

米伦没接茬，两人都不再多言。

65. 祝　福

那时候，她俩还说话，还会星期六下午结伴去圣塞巴斯蒂安喝喝下午茶，聊聊知心话。瞧，其实可以叫上镇子里的其他女人，比方说关系很好的胡安妮，甚至来往没那么多的玛诺丽，可她们没有。星期六的活动，没其他人的份儿，老公就更不用说了。拜托！让他们打牌、骑车去吧，让我们清静一会儿。那时候，她们还结伴去听弥撒，两人挨着坐。

米伦将油条浸到热巧克力里，咬一口，一边嚼，一边在餐巾纸上擦手指肚，说自从搜查那晚起，家里就待着不舒服。

"为什么？"

"不知该怎么跟你解释。就像家永远被人弄脏了，看不见，却能感觉得到，怎么打扫都脏，恶心得让我受不了。在街上看见国民警卫队的车，也会让我气不打一处来！"

"完全理解。"

"家里人的关系也变了，不像何塞·马利逃到法国前。小的不吭声，也不知道他怎么了，我问他：有心理创伤了？他不回答。阿兰洽嘲笑我，嘲笑她爸，嘲笑镇上的人，嘲笑一切。她原本就傻，那个埃伦特里亚的小子害得她更傻。胡利安和我，怎么说呢？有阵子关系不好了，成天吵来吵去的。"

"是被何塞·马利的事影响的？"

"岂止影响？他整个人都蔫了，怎么形容都不过分。过去没见他哭过，在葬礼上都不会掉眼泪。现在好，动不动眼圈红了，嘴撇了，往厕所跑，免得让人看见。"

"你呢？这事儿，你怎么想？"

"嗯，不管发生什么，我永远站在儿子这边，别人怎么说，关我屁事。我当然希望他能留在身边工作、结婚，可这个实现不了，那就无论怎样，都接受。我也就跟你说，全怪胡利安，我心里真的特别不踏实。"米伦看看周围，确保无人偷听，嘴巴凑到毕妥利耳边，压低嗓门，"他说：要是何塞·马利去抓枪杆子，他这辈子都不想见他。他希望儿子逃到墨西哥或附近国家去。可他要是没去，怎么办？我想去找堂塞拉皮奥聊一聊。"

"去找神父？他能跟你说什么？"

"也许他能给我点建议。胡安妮去找他忏悔，整个人轻松多了。"

"那就去找他聊一聊，就算时机不对，你也没损失。"

星期天，两个好朋友手挽手，去听大弥撒。米伦频频回头，去看伊格纳西奥·德洛约拉的圣像，嘴唇微微翕动，跟他低语。说什么呢？让他保佑儿子，她不在，替她照顾儿子。她告诉自己：一个如此高尚、为人着想的年轻人是不可能加入犯罪组织的，尽管西班牙报纸都称它为犯罪组织。儿子心胸宽广，在手球队，在工作中，在所有地方，都一心为人，怎么会不一心为巴斯克人民呢？你也是巴斯克人，对吧，伊格纳西奥？

毕妥利问：

"说什么呢？"

"没说什么，我在祈祷。"

她们去领圣餐，鱼贯而出，沿着中间走道，低着头，合着手往前走，虔诚得像修女。确切地说，她们差一点当了修女。还记得吗？她们年轻时，就差一点、一丁点进修道院。多年以后，她们半开玩笑半当真，想法空前一致：每回跟老公吵架，都后悔当年怎么这么蠢，居然选择出嫁，不选择出家。

"看在孩子的分上，毕妥利姐妹。"

"已经回不去了，米伦修女。"

米伦张嘴、伸舌头、接圣餐前，悄悄对堂塞拉皮奥说：我一会儿过来，行吗？神父很谨慎，慢悠悠地点了点头。

做完弥撒，教徒们往门口走。堂塞拉皮奥吹熄祭坛上的蜡烛，侍童在前，替他开门，进圣器室。米伦等着去跟他聊一聊。

"你来吗？"

"这是很私人的事，最好你一个人去，我在广场等你。怎么说的，你一会儿告诉我。"

米伦进圣器室，堂塞拉皮奥正在脱十字褡，看见她，额头上直冒汗，表情严肃，吩咐侍童退下。侍童出于某种责任，迟迟不愿服从。

"咦，不是跟你说退下吗？"

侍童赶紧一溜烟地出圣器室，开门后，没把门关上。这孩子，真过分！神父嘴里嘟嘟囔囔，迈着有力的步伐去关门。只剩下他们俩，他和颜悦色地请她坐下，自己一边坐下，一边问：米伦来找他，原因是否跟何塞乔家的胡安妮一样。米伦点了点头。

神父在桌上握着她的一只手，把它放在自己两只苍白的手中间。他的手不像胡利安的手，成天做粗活，糙得很，像风吹日晒的石头那样硬。他抓我手干吗？我也不知道。神父抚摸着米伦的手背，对她说：

"脑袋里的疑问和后悔，统统去掉。这场斗争属于我们大家，我在教区斗争，你在家里为家人而斗争，何塞·马利不管身在何处，也在斗争。这是一场正义的斗争，是一个民族为了追求合法决定自己命运的斗争。这是大卫对歌利亚的斗争①，我跟你们做弥撒时，说过许多次。这场斗争不为个人，不利己，首要的是为集体做牺牲。何塞·马利跟霍金，还有别的许多人，承担了属于自己的责任以及一切后果。你懂吗？"

米伦点了点头。堂塞拉皮奥理解地、慈爱地在她手背上轻拍了两下，接着往下说：

"难道上帝表示过不希望巴斯克人出现在他面前？上帝希望身边有巴斯克好人，以及——听好了！——西班牙好人，法国好人，波兰好人，等等等等。上帝将巴斯克人创造成我们的样子，为了实现目标，坚韧不拔，为了建立主权国家，坚定不移，努力工作。所以，我才斗胆断言：捍卫我们身份、我们文化，更重要的是，我们语言的基督教使命就落在我们自己身上。如果巴斯克语消失了，米伦，你告诉我，坦白说：谁会用巴斯克语向上帝祷告？谁会用巴斯克语为上帝唱歌？我来帮你回答？没有人。你以为歌利亚戴着三角帽，在军营地下室养着一帮施酷刑的人，会做一丁点捍卫我们身份的事？那天，他们半夜三更搜查了你家。你不觉得这是侮辱吗？"

"哎，堂塞拉皮奥，别提了，我都透不过气来。"

"瞧见没？你和家人被迫忍受的侮辱，巴斯克国千千万万的人民每天都在忍受。虐待我们的人在大谈民主，他们的民主有利于他们，用来压迫我们巴斯克人民。所以，我推心置腹地对你说：我们的斗争不但正义，而且必要，比以往任何时候都必要。这场斗争不可或缺，它是抵抗性质的，以和平为目的。你没听过主教辖区的主教说过的话

---

① 取自《圣经》故事，以色列的大卫用一粒小石子，砸死了残暴的歌利亚，成为以色列的民族英雄。米开朗琪罗的雕塑《大卫》展示了这个故事。后文的三角帽是西班牙国民警卫队的军帽。

吗？放心回家去吧！如果几个月后的某一天或别的时候，你见到儿子，代我这个教区神父转告他，我会祝福他的，我会经常为他祈祷。"

米伦走出圣器室，从侧道穿过教堂。这神父真神！听他一席话，我都想追随何塞·马利的脚步，去斗争了。她没停下，转头去看圣伊格纳西奥的圣像：你该学学如何鼓舞他人的斗志才是！

米伦来到广场。星期天蓝天白云，鸽子成群，孩子们在椴树荫下奔跑嬉戏。毕妥利呢？在那儿，坐在凳子上。米伦径直向她走去。

"咱们走，边走边说。"

"你看上去轻松不少。"

"下回胡利安再跟我说难过、害怕之类的话，看我怎么说他！我现在的思路十分清晰。"

66. 克劳斯-迪特

她认识了克劳斯-迪特。她爱上了克劳斯-迪特。一头金发披在肩上，直的，跳舞时摇曳，特别美，走路时也摇曳，幅度小些。一米九的大帅哥，德国人，意味着即将迎来崭新的前景：新的国家，另一种文化，另一种语言，另一些行为，另一些气味。拜拜了，也许会永远告别这里的一切。拜拜了，难以忍受的妈妈；拜拜了，曾经爱过、现在无感、有时憎恨的家乡；拜拜了，周围无聊透顶、可以预见的所有。拜拜了！否则，从今往后，一直到老，日子能一眼望到底。

克劳斯-迪特是德国年度交换生，来哲学文学系学习半年。学什么？不太清楚，跟语言有关，或就学语言。有时候早上会在大学咖啡馆里见到他们，九、十个人，有男有女，开始全都聚在一起，呵呵笑，有点傻乎乎的，这么些人，居然不太吵。后来，每年这个时候，都会看见这样一群人。他们会渐渐地跟当地学生融合在一起，没什么特别的，无非是成为普通朋友或男女朋友，恋爱关系通常会维持到交换生回国那天为止。

内蕾娅见过他一两次，之所以被吸引，是因为小伙子真心不错。可这又怎么样？吸引她的人多了，包括好几位男老师。他们没在聚会上遇到过，没在酒吧里遇到过，没机会目光对视，她没跟他说过话。他会说西班牙语吗？至少他在学，不是吗？更何况，说话要看场合，有些场合下完全多余。她是后来才认识他的。

这期间，他们杀死了她爸爸。她呢？不跟人接触了？很少出门了？离群索居了？才不是！只是每当系里的同学聊起政治，她会不感兴趣，挪开目光，去卫生间。她产生了强烈的性需求，爸爸去世前没有，至少没这么强烈。怎么会这样？她也说不清，真正的性快感，她就不太能感受得到。性高潮对我而言，向来难求。性交可以让她放松，仅此而已，还有（性交前和性交中，性交前甚于性交中），可以唤醒她的自尊。有些日子，她的自尊完全被踩在脚底下。尤其在课堂上，她发现即使全神贯注，也听不懂老师在说什么。于是，她会苦恼地环顾四周，看那些记笔记的同学，那些举手参与讨论甚至和教授意见相左的同学，觉得所有人都比她聪明，都比她学得好。美好的未来在等着他们，而她只能回家，去做单调重复的工作，成为那种谁也不喜欢、谁也不感兴趣的人，成为那种照镜子，自己都会讨厌自己的人。

她常出门，去勾引男孩子，不是谁都行，她要找那种运动型、干净清爽的男孩子。美丽、可爱、外向的她总能找到。隔几米，笑一笑，男孩子就会乖乖上钩。有时，萨拉戈萨的街上刮北风，或下大雨，或她懒得换衣服，她会找最便捷的方法——在附近电话亭给何塞·卡洛斯打个电话，说：你过来。小伙子会来出租屋，满足她，再离开。

她三月才跟克劳斯-迪特交往，当时离他启程回国，只剩下几个星期。没别的，就是因为匆忙，才会产生误解，产生很大很大的误解。现在回想起来，她还会嘴角上扬。跟他交往的那段日子，真的很美。此外，不可否认的是，他帮了你一把，尽管他并不知情，帮你完成了学业。怎么回事？为了跟上他回国的步伐，她头悬梁锥刺股，通过了所有考试。几年前答应先父念完大学的承诺，终于实现。顺便说一句，她对专业一点儿也不感兴趣。

那次聚会是个星期五，地点在佩德罗·塞尔布纳学生公寓。她情绪低落，差点不想出门。虽然不抱太大希望，她还是给何塞·卡洛斯打电话，室友接的，说他不在，回老家了，星期天回来。内蕾娅想象着他星期天下午，又背一大包肠（血肠、辣肠什么的）回来；回来之前，星期六，应该星期天也会，跟正牌女友手牵手，在河边散步。正牌女友除了牵手，别的都不让。等就等，反正他有内蕾娅，可以满足生理需求。内蕾娅躺在出租屋嘎吱作响的窄床上，两腿分开，听他说老家那些事，开心得很。

挂电话前，她问：

"知道今晚城里哪儿有活动吗？有意思一点的。"

对方回答：佩德罗·塞尔布纳学生公寓有个晚会还是音乐会，他不太肯定。没等内蕾娅问，他又补充道，去的都是些富家公子哥儿和小姐。然后，内蕾娅问室友想不想陪她去，她们都说不想。那怎么办？原本想关在屋里看小说，把当晚剩下的时间打发掉。还剩了点可卡因，服用后，人又精神了，晚上九点，出门勾引男孩子去。

他在那儿，个子比周围人都高，跳舞时，金发摇曳，特别美。他没穿衬衫，脸跳得红扑扑的，有点笨手笨脚。二十岁？二十二岁？二十四岁？无疑，小伙子玩得很嗨，跳舞时，幅度很大，在自己国家一定不敢这么做。可在这儿，除了系里很少几个同学，谁认识他？

突然，越过好几个脑袋，两人目光相对。这对内蕾娅来说，已经足够。她不知该如何表达内心的感受，想的尽是些俗套的说法：心里一颤，神奇时刻，一见钟情。她的心醉神迷应该被小伙子看在眼里，他惊讶地盯着她，跳舞幅度减小，冲她露齿笑，牙齿很美。

她走一路，吻一路。内蕾娅，你在干什么？内蕾娅，你怎么了？他比她高两拃，她要圈着他脖子，让他低下头，才能迫不及待、如饥似渴地贴上唇去。她紧紧地贴着他身体，像猎人紧紧地抱着猎物，下体湿漉漉的，几乎想放声大叫。真要是叫出声来，他会怎么看我？

他住得很远很远，和两个德国学生在圣何塞那边合租了一套公寓。内蕾娅不怕远，她愿意跟他到天涯海角。他说西班牙语口音很重，内格娅，他叫她。叫得她想把他一口吃了。有口音，让他更有魅力。他犯各种语法错误，内蕾娅只觉得好玩加好笑。她这辈子没念过一个德语单词，念了他名字，肯定不对，或口音很重，瞧他笑成那样！这个混蛋，还让她一遍遍地重复，明显在寻开心。

凌晨两点多，他俩还在街上走。空气清凉，月亮高高地挂在房顶上，街上几乎没有车，整个夜晚都属于他们，没有比这更自由的时刻。他俩时不时地停下脚步，舌头缠绕在一起，慢慢地抚摸对方的脸，靠着一棵树，躲进黑乎乎的门廊，疯狂地抚摸对方的身体。她就像个十五岁的追星族，而他更谦和，但不冰冷，也许只是腼腆。漫漫长路的尽头，有张床。

67. 恋爱三周

　　他们同居了三周，有时睡他家，有时睡她家。内蕾娅公寓的好处是……离学校几步路。最大的不方便是……床窄，对他而言，太短。克劳斯-迪特公寓的条件正相反：太远，但有张大床，睡得宽敞，可以肆意翻滚。

　　那是怎样的三周啊！二十年过去，时至今日，内蕾娅还会把那三周的日日夜夜、上午下午，完整地收入到生命重要时刻系列中。那是她臆想出来的一部作品，名字都起好了：《幸福合集》。估计找不到足够的个人素材去填满一本厚厚的书或是一部长长的电影，需要将童年片段、某次难忘的旅行、不同时期的高兴事，当然，还有跟德国男朋友在萨拉戈萨度过的那三周全都放进去才行。她再也没有如此激情四溢、浑然忘我地爱过任何人，包括基克在内。那个自以为是的家伙，他想得美！你不会是夸张吧？我要是夸张，立马死给你看。

　　她跟克劳斯-迪特相见恨晚，眼看着他就要结束在萨拉戈萨半年的交换学习，回哥廷根大学去了。两人意识到这个情形，忙不迭地去爱。嗯，没有强迫症（好吧，有几晚是有的）。他们一刻不停地去爱，这跟忙不迭是两回事。内蕾娅尽可能分分秒秒跟金发男友在一起，翘自己的课，陪他去上课，或坐在走廊上抽烟，等他下课。他们一起吃饭，一起睡觉，有时还一起洗澡。

　　有些早上，内蕾娅醒得比克劳斯-迪特早，她会仰慕地看着他，看好久，看他英俊的面庞、健美的体型。她会把一只手靠在他嘴边，手掌上感觉到他有规律的呼吸，乐在其中；要不用手指绕他的一缕头发，小心别把他吵醒，甚至偷偷剪下他颈后一缕六七厘米长的漂亮的金发。做什么？保存点他的东西，等他回国了，可以看，可以摸。

　　天蒙蒙亮时，内蕾娅喜欢用一只乳头去蹭克劳斯-迪特的脸。沉睡的嘴唇，合着的眼皮，尚未修过的面颊，金色的胡须痒痒地蹭着她的敏感部位。她温柔地一点点将他唤醒。他知道这个游戏，微笑着，不睁眼。难道在你冰冷的家乡，没有女人这么爱过你？内蕾娅有时高声问他，可他连百分之五十的单词都听不懂，让他怎么回答？

　　之后，内蕾娅温热的胸部一路往下，继续抚摸，在肚子和大腿间微微被阴毛覆盖的下体处多多停留。她亲吻他，舔他的下体。晨光洒进窗里。每天如此温存，时间不长，就一会儿，但过程美好刺激，妙不可言。

　　为了讨好她的德国男朋友，那些天，明明爱喝咖啡的她爱上了喝茶。不是那种典型的茶包，往茶杯里一放就好，既不优雅，又不神秘；是那种克劳斯-迪特从德国带来的茶叶，装在金属罐里，布质过滤网反复使用，已经泛黑。内蕾娅在厨房，陶醉地欣赏简单的茶艺，盯着各项步骤：放多少茶叶？过滤网要在茶壶热水里浸多久？不加奶，不加糖。他总是闭着眼睛喝第一口，小心地把嘴凑上去，免得烫着；而她坐在他身旁，静静地看，仿佛在出席某个神圣的仪式。

　　问题是彼此交流，真心不易。克劳斯-迪特说蹩脚的西班牙语，内蕾娅使出吃奶的力气，说长期不用、早已生锈的英语。语言不通限制他们进行一定深度的交流，但他们有决心，通过比划、蹦零散的单词、说短句，或借助词典，彼此能意会。他强迫自己跟她说西班牙语，进步神速。她恋爱三周，没碰过专业书，在圣弗朗西斯科广场书店买到一本德语教材，开始自学德语。每回念德语单词，不仅克劳斯-迪特哈哈大笑，就连他室友沃尔夫冈和马塞尔也会哈哈大笑。这帮混蛋为了找乐子，还在词典上专门指些黄暴词汇，让她高声念出。

克劳斯-迪特吃素，内蕾娅在他面前，也不吃肉。他不吃鱼和海鲜，铁板虾是例外。他爱死了铁板虾，总说："这个在德国很少见。"下午，他们有时会步行到管子美食街区，条虾、对虾吃个够。对克劳斯-迪特来说，两种虾没区别，无非是条虾小点，对虾大点。他不抽烟，这对内蕾娅才是大问题。她怕他不高兴，躲到酒吧厕所里去抽。找着别的机会，比如在系里走廊上等他下课时，她会连抽好几支。

一天，两人躺在床上，克劳斯-迪特很严肃地告诉她：自己是教徒。

"我认上帝。"

"是我信上帝。"

"我信上帝，你呢？"

"我不知道。"

他隶属于路德福音派教会。内蕾娅兴冲冲地想跟他去德国，打算为了他改宗。

他突发奇想，让她一定要去哥廷根。他坚持问：

"你看我，会来吗？"

她向他保证，一定会。当然了，可不能让他从手里跑了，上哪儿再去找一个这么好的？她在波蒂略车站再次向他保证。他俩在站台抓紧时间，利用最后几分钟再亲热一会儿。沃尔夫冈不得不拉着室友的胳膊，把他拽上车厢。几秒钟后，火车开了。

他把头伸出窗外，她目送着他走远。再见了，金色披肩发。再见了，迷人的微笑。她是那么爱他，很爱很爱他。其余几节车厢，连同伸出的头和告别的手也驶了过去，不到一分钟，站台上便空空如也，只剩下她一个人，望着火车远去方向的电线杆、电线和铁轨。伤心吗？伤心，可她没哭，说好了夏末在哥廷根见。那时候，对克劳斯-迪特来说，是大学新学期开学。他答应一到德国，就给她写信。他会不会给我写信？要是他说话算话，那他就是爱我的。要是他说话不算话，那我只是个泄欲工具。

她每天早上下楼，去门厅开信箱。下午也去，尽管邮差一般会在十一点到一点之间送信，之后不会再来。一周过去，翘首以盼的心灵出现了抓痕；后来，抓痕变成裂纹，在火车站没有掉下的眼泪如今落单后一股脑地涌了出来。她认命地合上每天放在桌上、书页里夹着那绺金发的德语教材，把它塞进 / 扔进了柜子抽屉。

若干天后，第一封信到了，他们后来通过若干封信。这一回，她喜极而泣。信写得错误百出，可爱极了，签名旁贴了一颗蓝色的心，打消了内蕾娅的所有顾虑。她确信：未来正在德国等着她。她抓紧时间去系里，找同年级好几个同学复印笔记。她不再翘课，不再参加聚会，晚上不再出去玩，要么泡图书馆，要么窝在房间里学习，大学期间从来没有这么认真过。计划是：夏天毕业，收拾行李，跟这里说拜拜。

考期临近。一天早上，她在校园里遇到了何塞·卡洛斯。嗨！好久没给他打电话，生病了吗？想不想让我哪天去你那儿？她看着他，仿佛他不在眼前。是轻蔑？更是漠然。她撂下一句"不想"，继续往前。

68. 大学毕业

　　内蕾娅通过考试，拿到了学士学位。两个月的强化学习让她掌握了过得去的知识。星期六下午，持续学习一周后，她会犒赏自己，去帕拉福克斯影院看场电影。看什么电影倒是其次，有时候看的就是上周那部，只因为上周看过，印象不错。

　　她特地挑选的帕拉福克斯影院，为什么？因为离管子美食街区近！看完电影，她喜欢去完成一场个人仪式：钻进一家酒吧，找张桌子坐下，没有空桌，就去吧台边站着，吃一份铁板虾，沉浸在对德国男朋友的回忆中。这个点儿，他在做什么？在想我吗？一份虾，晚一点在公寓喝杯酸奶，晚餐就这么解决了。晚上，她把自己关在房间，继续看跟法学有关的书和笔记，看到差不多十二点。有时候十二点不到，脑袋会告诉她：姑娘，今天学这么多，够了。两个月的工夫，她掉了四公斤肉。

　　她不仅塞了满脑袋的知识去考试，还费心备了点小抄，藏在袖子里，主要是心里不踏实。她对自己说：万一无知的海洋深不见底，权当备了救生圈。事实上，她只在法律哲学考试中抄了几个不重要的知识点，别的根本没用上。

　　考了几个优？一个都没有，她也不需要。与其说实现目标，不如说如释重负。你说真的？千真万确。知道最后一门成绩那天早上，她走出系里，走下门前台阶，在朵朵白云中挑了一朵，哪朵？最远那朵，对它悄声说：

"爸，你瞧：你让我做的，我做到了。现在我自由了，可以自己决定未来。"

德国之行已经没有任何障碍。走在街上，她会不由自主地笑。我和妈一样，快疯了。几个月前，听哈维说，妈妈老去波略埃墓园"老伙计"的墓前跟他聊天。哈维说得很感动，他怕妈妈抑郁，其实是他自己抑郁；他怕打击太重，妈妈恢复不过来，其实是他自己恢复不过来。内蕾娅没太当一回事儿，为了不让话题那么沉重，她说要是墓园收费，妈妈就不会去了。哈维皱着眉，没找着笑点。

走出大学城，她想找个电话亭，将好消息告诉妈妈。电话打还是不打？她心存疑虑，看见一个电话亭，没进去，反复挣扎后，在天主教国王费尔南多街做出决定。当然了，大学毕业的消息，怎么能瞒着妈妈？投币，拨了前三个数字，又挂上。为什么？我了解妈妈，她会说点什么，败我的兴。

于是，她瞒了妈妈整整两周。电话明天打，可是到了明天，又会明日复明日，一天天就这么过去。她想安安静静的，给自己争取时间。妈妈已经搬到圣塞巴斯蒂安，回去跟她住？太恐怖了！回镇上？更是想都不敢想。最近一次回去，过去的朋友和熟人都不跟她打招呼。她合计合计，跟室友说，决定了。决定什么？夏天留在萨拉戈萨。室友提醒她：

"萨拉戈萨的夏天是个大火炉。"

没关系，克劳斯-迪特的信也会寄到这儿。当然，她原本可以告诉金发男友圣塞巴斯蒂安的地址。真的？给他哪个？她只有妈妈家的地址，所以坚决不能给，场面可想而知。内蕾娅，你有一封德国寄来的信。谁给你写的？你有男朋友了？搞不好她还会把信拆了，借口是没注意到收信人是谁。这种事，她做得出。

两个室友，一个跟内蕾娅一样，合同七月底到期；另一个还差一年毕业，想接着住，说等放完假，再去找两名新室友。内蕾娅问她：能不能让她住完八月和九月①？这段日子，不会让室友独自承担费用，她那份不交给房东，直接交给她。室友高兴地答应了。

八月的萨拉戈萨：38度，40度，44度。艳阳高照，街上无人，日子很长，永远也过不完。她看小说、学德语、傍晚暑气渐消时出门散步。德语真难！她简直不能理解，历史前进到这个地步，人们居然还在面包店、医院、家家户户中像古罗马人那样，说屈折语。她在黄页上找到一家语言学校，想报个强化班。八月份报班？电话都没人接②。

日子百无聊赖，过得疲惫不堪。即便如此，最好还是一个人熬，傍晚出门散步，时不时地带本好看的／有趣的书，侦探小说／好懂点的，去马儿游泳馆，总比从早到晚听妈妈唠叨强。她会给妈妈打电话，次数不多。妈妈问：书都念完了，还待在萨拉戈萨干什么？嗯，是因为……内蕾娅编个瞎话应付，接下来就说听不清，怎么听不清，听不见你在说什么，或时间到了，投币用完了。关于德国和克劳斯-迪特，她只字未提。

那段酷热、孤独的日子，对她而言，最糟的是无信可收。七月，克劳斯-迪特的来信越来越少；八月，索性一封也没有。内蕾娅知道原因，可每次看信箱，发现今天跟昨天、跟前天一样，空空如也时，还是会忍不住地失望。怎么了？没怎么，他去爱丁堡旅游了，要在那儿待一个月。那段日子，她给他在哥廷根的公寓寄了五六封夹杂着德语句子的信，有些是从教材上抄的，有些不合常规，是她七拼八凑

---

① 西班牙大学十月开学，七八九三个月暑假。
② 西班牙人有一个月的带薪休假，大部分选择八月度假。因此八月份，许多商铺关门歇业。

的，词典也帮不上什么忙。九月，上帝保佑，终于收到了回信。他旅行归来，很想她，"我想念你"，提醒她答应过，十月去看他。

送她到萨拉戈萨的是爸爸，接她的换成了哈维。

"妈妈让我来接你。今天不上班，我就来了。"

为什么来接？有一大堆东西要搬。他们花了好长时间，才把东西搬上车，光书就有两大箱。哈维放下后排座椅靠背，让空间更大些。行李厢全塞满了，一直堆到车顶。

"去哪儿吃饭？"

上路前，兄妹俩去附近一家餐馆，吃、喝、聊。

"你老不回家，妈妈很担心。"

"我都跟她说了，离开萨拉戈萨前，有事要处理。"

"我想也是因为这个，是大学里的事？"

"跟恋爱有关。"

她突然用青春/挑衅的语气蹦出这句话，哈维没被吓着，若无其事地继续切牛排，有时漫不经心地看着周围食客。妹妹的坦白似乎没有勾起他的好奇心，也没有让他吃惊，直到他听见一个词。什么词？还能是什么？德国。哈维的叉子停在半空，叉着一块肉，他盯着内蕾娅，是惊愕？总之是警觉。

"你有什么打算？"

"九号，我坐火车去，只买单程票。"

"妈妈知道吗？"

"目前只有你知道。"

谈话进行不下去。虽然轮流开口，却屡次冷场，虽然口气温和，却欠流畅，总是带些托词、迂回，说些无关紧要的事。哈维没吃完，买单。

"要不要饭后甜品？"

"啊？"

"要的话，咱们就多待一会儿。我不催你。"

"不，不要。你介意上路前我去抽根烟吗？"

二十分钟后，他们已经把内蕾娅口中萨拉戈萨的最后一栋房子抛在了身后。哈维开车，她装模作样地摆出舞台般的／庆祝的表情，信口说了一小段告别词，以示怀念。她尖着嗓子笑话自己，说在萨拉戈萨结束了人生的一个阶段，带走了对城市美好的回忆。不再过三千年，绝不回来。

哈维过了好半天才吭声：

"我看妈妈很孤单，怕她完全丧失现实感，就尽可能多陪她，可惜工作太忙。她一直希望你能当律师，她没跟你说过？"

"我恨法学。"

"嗯，我也不是去医院玩的，总得挣钱养活自己，不是吗？"

"没错，可也不能什么活儿都干，对我而言，干什么都比当律师强。说真的，我觉得未来会在很远的地方发展。我认识了一个人，我想试试。"

"你看上去很幸福。"

"妨碍你了？"

"没有。我只是想请你在妈妈面前收敛些。要明白，咱家不是所有人都有理由开心。"

"哥，我知道那个坑，不会一头栽进去。能问你一个问题吗？纯属好奇。你要是不想回答，就不回答。"哈维点点头，继续看路，"自从爸爸死了……"

"他不是死了，是被人杀死了。"

"结果一样。"

"我觉得有本质上的差别。"

"好吧！他被人杀死快一年了，你笑过吗？怎么说呢，我指的是听医院里的人说了句傻话，或看了场电影，那种发自内心的笑。你就不能暂时忘记一切，哪怕尽情地开怀大笑一次？"

"可能笑过，不记得了。"

"还是，你不让自己幸福？"

"我不知道什么叫幸福，估计那是一门你所掌握的学科。看来，你已经是专家了。我只管呼吸、完成工作、陪伴妈妈。能做到这些，已经足够。"

"你不停地提到妈妈。"

"我觉得她状态不好，一头栽进你所说的那个坑里。我很担心。"

"你是个好儿子。而我正相反，似乎一点也不担心。你是想说这个吗？想说我对什么都不闻不问？只关心自己的事？"

"没人要求你，也没人指责你。这一点，你大可放心。爸爸的公司清盘了，我们的经济状况不差。你还年轻，可以尽情享受生活。"

他们说好，换个话题。车刚驶入纳瓦拉自治区。阳光，平原，干爽的景色，时不时地会看见一个村子的轮廓。内蕾娅突然问：

"你有阿兰萨苏的消息吗？"

"已经很久没有她的消息，最后知道她作为医疗合作人员，去了加纳。别当真，我也不是很肯定。怎么会问起这个？"

"嗯，不为什么，我对她印象不错。"

谈话就此中断。后来经过图德拉，内蕾娅打开了收音机。

69. 绝　交

诋毁"老伙计"的标语让胡利安胃口全无，也让他失去了最好的朋友。如果在城市，还有办法；可在镇上，互相都认识，你就不能跟众矢之的再有来往。那个星期天，他从苏马亚返程时，一直在思考这个问题。去程跟"老伙计"一起，返程却没了他。现在去打牌，让我跟谁打对家？他午饭吃不下，没吃完，就跟其他人离开酒吧，在第一个上坡处，假装没力气，故意落后，到格塔里亚前，决定放下自行车，在面朝大海的一块石头上坐坐，把思绪理理清楚。大海辽阔，如上帝般，近在咫尺，却遥不可及，提醒我们，个体是如此的渺小，我操他奶奶的，只要它愿意，就能置我们于死地。骑车回镇子，从来没这么费劲过。在奥里奥，他差点想乘公交。那自行车怎么办？可以锁在哪儿。万一被偷呢？小心，这附近外地人多。他继续无精打采地往回骑，不看车辆行人，只顾沉浸在悲观的思绪中。

进了门，米伦在厨房，戴着围裙，盯着他眼睛看，不严肃，不气恼，目光中只有询问。他以为回家晚，会挨骂。可她只是吩咐：

"好了，去洗澡。"

这话听上去，似乎昔日的温柔又回来了，不像有时候凶巴巴的，也不像聊家常那样和颜悦色。不过听声音，看表情，他意识到：很快就要电闪雷鸣。

"我一点也不饿。"

"那你坐下来，看我吃。"

两人在桌边坐下，儿女们不在家。他们一边喝汤、啃羊排，一边一本正经、郑重其事地聊了聊。

"你知道了吧？"

"先是何塞·马利，现在又来这个。"

"不是一回事。"

"祸不单行。"

"她给我打电话，大概十点左右，我挂了她电话。"

"昨天你们还一起去了咖啡馆。"

"昨天是昨天，今天是今天。做不成朋友了，你得慢慢接受。"

"这么多年的朋友，你不觉得难过？"

"我难过的是巴斯克国，别人不给它自由。"

"我可不习惯，'老伙计'是我朋友。"

"过去是。千万小心，别跟他在一起。他们最好离开镇子。那么有钱，去南边买个房子，又不费事儿！就会成心挑衅。"

"他们不会走的，'老伙计'倔得很。"

"武装斗争不会饶过他们，要么自己走，要么被赶走，让他们选。"

上午十点不到，电话铃响了。米伦确信无疑，一定是她。一个半小时前，她接到另一个电话，把她从床上叫了起来。是胡安妮打来的，问她知不知道……说不奇怪，早就……

结论是：

"他们靠剥削工人阶级发家，现在报应来了。不是就我这么说，镇上人都这么说。告诉你一声，谁都知道，你跟她关系特别好。"

米伦刚洗完头，头发还没干，用毛巾包着，趿着拖鞋出门。没走多远，就看见连教堂墙上都刷着标语："老伙计"，告密去！"老伙计"，压迫人！滚！离开这儿！人民不会原谅你！诸如此类，不是一条两条，而是十条二十条，沿着街道往下、沿着街道往上的墙上都有，应该动用了不少人手。这事儿闹大了，是计划好的。米伦提前想到：她会不会打电话来，问我知不知情？让我们去跟他们聊聊？困难时帮他们一把？就知道利用人！

　　果不其然，毕妥利的电话来了。当时，教堂的钟还没敲十点，米伦正在卫生间上发卷。她跑去接电话，打定主意，跟她绝交。

　　"喂？"

　　"米伦，是我。你知道……"

　　刚听到／听出毕妥利的声音，她就把电话挂了。真不要脸！我儿子在为巴斯克国玩命，这帮混蛋却在不停地剥削人民。现世报来了，怎么吞进去，怎么吐出来。她就这么嘀嘀咕咕地走回卫生间，把发卷上完。

　　米伦好多天没见到毕妥利。多少天？好多天，至少有两个礼拜。她不出门了？倒是见过他一次，远远地见他开着车，出车库那条街。

　　关于毕妥利，米伦只听胡安妮说过。说了什么？说她居然厚着脸皮去店里。排队排到她，说要这个，胡安妮说：没有；要那个，是什么，不记得了，胡安妮又说：没有；于是，她挺直腰板，不失风度地指着熟火腿，说：替我切两百克，胡安妮的眼神极具杀伤力，能打出墙洞，对她说：卖给你？什么都没有。

　　一天早上，米伦在街上看见她。时间很短，只有两秒。她跟神父偶遇，神父问她有没有何塞·马利的消息。她说：没有，我们还在等。她说谎。那之前，帕奇已经转交了两封信。不过这种事，最好只有家里人知道。

　　他们聊了一会儿，堂塞拉皮奥跟平常一样，问东问西。这时，米伦越过神父的肩膀，看见了她。她背着包，挂着重重的黑眼圈，向他们走来。就是星期六去圣塞巴斯蒂安背的包,又破又旧。挣大把大把的钱,背叫花子用的包,真抠门。米伦迅速转到堂塞拉皮奥的侧面,背对着正在走来的毕妥利,两人把人行道占得满满当当。毕妥利随他们使坏,下人行道,沿着街,继续往前。她没跟他们打招呼,他们也没跟她打招呼;她没看他们,他们也没看她。她刚走过,米伦就站回去,跟神父面对面。

过了一会儿,堂塞拉皮奥问:

"你们不说话啦?"

"我跟她?怎么可能?"

"他们要想好自为之,应该离开镇子。"

"您去跟他们说,我觉得这话他们不爱听。"

胡利安倒是有次偷偷地跟"老伙计"说过话,他在车库附近等他。什么时候?一天晚上,吃完晚饭,他借口出门倒垃圾,去迎"老伙计"。他心中有愧,总想做点什么。之前尝试过,在街上遇到他,动动眉毛,打个招呼,没成功。最近,他突然频繁地出门倒垃圾,这活儿一般是格尔卡的。

可是,"老伙计"也许是在防范,今天这个点下班,明天那个点下班。要是他家车库那条街不黑,胡利安也不会去那儿迎他。那晚,他终于跟他说上了话。

"是我。"

"你想干吗?"

胡利安手抖,声音抖,不停地往街道两边看,生怕有人看见他在跟"老伙计"说话。

"不想干吗,只想跟你说声抱歉。我怕惹麻烦,不能跟你打招呼。不过,要是在街上看见,你要知道,我会在心里跟你打招呼。"

"有人告诉过你:你是个胆小鬼吗?"

"我无时无刻不在告诉我自己，可这样没用。我能拥抱你吗？这儿没人看见。"

"别了，等你敢大白天拥抱时再说！"

"我要是能帮你，我发誓……"

"别担心。你在心里跟我打招呼，这就够了。"

"老伙计"平静地走远，昏暗的路灯映出他模糊的身影。胡利安站在原地，等老朋友拐过街角回家。他再也没跟"老伙计"挨这么近。"老伙计"往前走，一只手插在裤兜，很快走过那个点。一个雨天的下午，一名埃塔分子就在那儿要了他的命。那一天越来越近。

70. 祖国和假话

据讲，据说，报纸上这么写道：他是被一位牧民发现的。牧民赶着羊，走在布尔戈斯省的旱地上，发现了一具无法辨认、已经被野兽啃掉一半的尸体。

牧民报告国民警卫队：尸体旁有一把手枪。内政部部长认为：证据确凿，自杀假设成立。手枪型号表明：死者与埃塔组织有关。

宪警们在尸体口袋里找到了一张身份证，用的假名。当晚，电视新闻上公布了照片。镇上所有人都认出了他。

帕奇私下里告诉胡安妮和何塞乔，组织上已经许久没有霍金的消息：

"你们要做最坏的准备。"

灵柩裹着一面巴斯克区旗，抵达镇上。下雨天，大家都打着伞。"警察是凶手！"几百条声音在街上齐声呐喊。无数民众参加了霍金的追悼会，高举着拳头为他唱歌，发誓要替他报仇，为他下葬。夏天举办各种庆祝活动时，镇政府的阳台上都挂着霍金的大幅照片。

霍金的父母垮了，肉店关门数日。胡安妮渐渐振作起来，将痛苦埋在心里，靠祈祷寻求安慰，何塞乔却一蹶不振。嗯，他们是这么说的。他们是谁？邻居们。那段日子，胡安妮去过几次米伦家倒苦水，说何塞乔总是闷很久，一言不发，白天躺着，躺好长时间，没办法让他起床。

两个女人说好／决定，让胡利安去找他聊聊，陪陪他，也许，谁知道呢？男人跟男人聊，能让他振作。胡利安晚上回家说：

"你已经派过我一次，感觉糟透了。"

他嘟嘟囔囔，骂骂咧咧，赌咒发誓，说这两个女人多管闲事，没事找事，不是省油的灯。米伦不动声色，开着窗，继续挂糊炸鱼，由着他说，就像在等发条走尽，声音自动消停。

晚上躺在床上，她对他说：

"你要是不想去，就别去了。明天我跟胡安妮说：你不去，就没事儿了。"

"闭嘴！今天被你烦得够呛。"

他又去一回，路上叽里咕噜地发牢骚，知道／担心何塞乔会像上回那样，哭得稀里哗啦。这让我如何是好？肉店就快打烊，已经没有顾客，一股肉味和动物脂肪味。何塞乔系着血污点点的白围裙，站在柜台后，一看见他，就哭了，肩膀一抽一抽的，幅度很大，啜泣声从深深的喉咙里发出。高大健壮的他扑上来跟他拥抱，胡利安拍了拍他厚实的背，用自己的方式给他鼓劲：

"老天爷不长眼啊！何塞乔，老天爷不长眼！"

他想不出还能说些什么，找了半天词，只能找到骂人话和亵渎神明的语句。他都不确定说话时，有没有配上合适的声音和表情。更何况，何塞乔虽说人不坏，但算不上知心朋友，他的知心朋友是"老伙计"。是的，尽管他们已经不说话。肉店老板既不去酒吧打牌，又不去骑车，他对他没那么信任。

何塞乔决定提前打烊，请胡利安帮忙放下百叶窗，他这副样子，不想让过路人看见。然后，他双手叉腰，无助地望着天花板，让情绪一点点平静下来，将大手搭在胡利安的肩上，似乎意味着：从这刻起，我可以说话了。

"我就知道，你会来看我的。"

"是我老婆跟你老婆鼓捣的，那我就再来一回，也不知道该说些什么。"

"总算有个说真话的人，谢谢你。"

他请胡利安去后店坐，从冰箱里给他拿喝的（应该不含酒精），问他想吃点什么？一点也不客套，跟他说：想吃什么，去柜台拿。

"想吃什么随便拿，面包我这儿没有。"

胡利安除了坐下，别的都说不用。

"你就不该来安慰我。要是还有点脑子，赶紧去找你儿子，去法国或其他地方，抓着他，扇耳光，带回家，或交给警察。祈祷儿子赶紧被警察逮着，关进牢里，至少你不会像我这样，失去他。"

胡利安坐在椅子上不说话，表情沉重。

"他们都不让我给儿子下葬，抓着他，大搞爱国主义教育。我儿子死了，对他们正合适，可以拿去做政治宣传，明白吗？就像利用所有人那样。这些孩子是群羔羊，跟羔羊似的，天真、单纯。何塞·马利也是如此。别人一宣传，脑子就发热，塞件武器给你，好了，去杀人吧！在家里，我们从不谈政治。我对政治不感兴趣，你对政治感兴趣吗？"

"一点儿兴趣都没有。"

"被人灌输了错误思想，又年轻，就掉坑里去了；然后拿着枪，自以为是英雄，完全没有意识到放弃了工作、家庭、朋友，到头来，什么也得不到；所谓奖赏，不是监狱，就是坟墓。他们放弃了一切，被几个家伙当枪使，去破坏别人家庭，到处留下孤儿寡母。"

"这话你可不能到处说，听见没？"

"我说的都是掏心窝子的话。"

"他们会让你日子不好过。"

"我有过一个儿子，现在没了，我还在乎什么？"

"瞧瞧'老伙计'，谁都不跟他说话。"

"你跟他说呀！你是他朋友。"

"我要是跟他说话，他们也会这样对我。"

"这个国家，到处都是谎话精、胆小鬼！听着，胡利安，你听我的。别犯傻，去找何塞·马利。"

"没你想的那么容易。"

"要是我知道霍金在哪儿，我会去告诉警察，那我现在还有儿子，尽管被关在监狱。儿子跟不跟我说话，不要紧。总有一天，他会出来。他进了坟墓，就再也出不来了。"

聊了差不多一个小时，胡利安低着头，走出肉店。他原本想去帕戈埃塔酒吧打牌，听何塞乔说了这么多，我哪儿还能集中心思在牌桌上？他提着一包何塞乔送的香肠血肠，直接回家。

米伦奇怪地问：

"这么快就回来啦！他情绪好点没？"

"一点儿也没好，反倒把我的情绪弄得很糟。别再让我去看他了。"

71. 孽　障

一月的星期二，亏她能想得出！星期二上午。工作日，天灰蒙蒙的，下雨。终身大事如此重要，应该一辈子铭记，上帝啊！往往安排在春夏的某个周末，天空湛蓝，气温适宜，亲戚悉数到场，盛装出席，笑容可掬，站在教堂门前，让摄影师拍照。他们的安排，也太掉价了！阿兰治打来电话，几点？十一点多。米伦接的，没有祝贺女儿，只是干巴巴、硬生生地说了句：女儿不能对妈妈做这种事。她不想知道细节，什么也不想知道，再见。挂上电话，她不想掉眼泪。我会掉眼泪？让她过她的好日子去吧！

两点过，胡利安从铸造厂回到家。

"有坏消息。"

"儿子被抓住了？"

"有人结婚了。"

"谁啊？"

"你女儿。"

"这叫坏消息？"

"你傻还是怎么着？她跟一个萨拉曼卡人去民政局结婚了。你停下来好好想想，好好琢磨琢磨：她结婚，没有上帝的祝福，没有通知我们，没有办酒席。他们又不是吉卜赛人！"

胡利安满脸疲惫，眼睛猛地睁大，像猫头鹰，他从上午六点起，就一直守在锅炉旁。米伦的话，他不同意。首先，女儿结婚，是天大的好消息，应该庆祝，真他妈的棒！其次，他俩同居多久了？他都说不清楚，有两三年了吧？反正挺久了，一直被米伦诟病，也是时候把关系定下了。女儿嫁给了心爱的人，胡利安没觉得有什么不开心，相反，应该开心才是。还有，那个小伙子，咱们女婿，不是萨拉曼卡人，他出生在埃伦特里亚。就算人家出生在萨拉曼卡，又怎样？

"对我来说，他是中国人、黑人，还是吉卜赛人，都没关系。是我女儿选的，就行。"

"你傻！一直傻！到死都傻！你都不知道自己在说什么，早上脑袋被门夹啦？好，你自认为聪明，去跟堂塞拉皮奥说去：女儿没在教堂结婚，跟一个不说巴斯克语的人结婚了。"

"她嫁了个正经人！那人有工作，尊重她，爱她。"

米伦实在受不了，没好气地一把扯下围裙，扔在椅背上，快步跑出厨房，跑进厕所，背着人哭，咬牙切齿地嚷嚷：

"天啊！上帝啊！我太孤单了！太孤单了！"

过了若干天，又下了几场雨。二月，两家人约好，去餐馆吃顿饭。米伦嘲讽地说：结婚仅限于家人庆祝，搞得就像葬礼仅限于家人参加似的。一共七个：小两口、双方父母和格尔卡。格尔卡不听妈妈的话，拒绝穿西装打领带，因为吃完饭约了朋友，不想让朋友笑话。米伦不依，逼他，非要他穿。阿兰洽和吉列尔莫帮他说话，结果格尔卡是穿着卫衣和运动鞋出场的，吃完了第一个离开。

别的男人都按传统和妻子的吩咐，着正装。西装不是这儿肥了，就是那儿松了、鼓了。三个男人属于无产阶级气质，在这特别的日子里，被妻子打扮/化装了一下，穿得特别体面，连领带都是妻子打的：站好了，别动。

三个女人打扮得更美，更有格调和品位，都专门去做了头发。阿兰洽穿的是结婚那天早上穿的墨绿色礼服，鬓上插着一朵墨绿色的布艺玫瑰；米伦穿的是在圣塞巴斯蒂安商店购买的海蓝色时装；安赫丽塔将肥胖的身躯塞进了衬衫加裙子套装，白衬衫配米色裙子，被米伦晚上躺在床上批评了好半天。

　　聒噪声近在耳边，一阵阵传来。胡利安转过脸，冲着墙，想让米伦闭嘴。这一天够长的，他想休息。可是米伦不听，靠在床头问他：

　　"你觉得怎么样？"

　　"挺好的。肉有点硬。"

　　接什么茬？没看见这样会说得没完没了吗？胡利安不后悔回答的内容，后悔回答这个举动，可惜为时已晚。

　　"有点硬？简直硬得像石头！肉汤就别提了。我们在更好的餐馆吃过，价钱还更实惠。不过当然，不听上帝的，事情不按规矩去做，就会有报应。"

　　"提醒你一句，明天我还要上班。"

　　"阿兰洽跟她老婆婆貌似关系不错。看见没？还替人家打开餐巾，帮人家擦粘在小胡子上的蛋黄酱。她嘴唇上面不是小胡子，我就不是人。阿兰洽对自己妈都没这么贴心过，如今却对萨拉曼卡的胖女人那么好。"

　　"行了行了，别再数落人家了。"

　　"你好像跟你女婿关系不错，你们笑什么呢？"

　　"你也跟他过不去？他人特别好，关心人到没谱的地步。我担心他会被女儿欺负。"

　　"你们好像说了一会儿悄悄话。"

　　"我们都喜欢体育。"

　　"那你那出情感大戏又是怎么回事？怎么当着所有人的面哭得稀里哗啦的？想哭，就去街上，要么把自己关进洗手间，免得当众出丑。这辈子我就没这么丢过人。"

"我都跟你说了，没忍住。"

"你没忍住的是拼命喝卡瓦酒，我又没瞎，一会儿就见你在挠右腰了。"

"别闹了。我想起了儿子。一家人庆祝，也不知道他在哪儿。"

"你让我们很尴尬，就差你在他们面前说起何塞·马利了。听好了，下回再这样，我拿盘子砸你。"

"行了，能让人睡觉吗？"

米伦关上她那边的台灯，胡利安这边的早关了。两口子不说话了？他不说了。米伦靠在床头，姿势不变，在黑暗中继续评头论足，说这个，骂那个。

"我看他们就是不着调。人和善，有教养，优点随你说。可就是能看得出，他们不是这儿人。那样说话，那些动作，甚至连嚼东西的方式都不一样。你要做好准备，要有姓埃尔南德斯的外孙了。想起这个，我就闹心，想哭。我都不会为何塞·马利掉眼泪，他在捍卫巴斯克国。我真搞不懂，胡利安，我真搞不懂，咱们到底作了什么孽？你搞得懂吗？怎么会生出这种孽障？胡利安！睡着啦？"

72. 神圣的使命

圣塞巴斯蒂安每年由吉普斯夸省储蓄所主办的青年文学奖揭晓。米伦接到电话，听得似懂非懂。格尔卡中午回家吃饭，她只能告诉他：

"一位先生打电话来找你，说你在储蓄所赢了什么东西。"

直到第二天早上，即将年满十八岁的格尔卡才最终确认预料到的／希望听到的消息：他获得了巴斯克语诗歌创作一等奖，参赛作品为《山的声音》。这是他文学之路上的首个奖项。

没有人知道他参加了文学竞赛，连他最好的朋友也被蒙在鼓里。这不是他第一回这么做。得奖最好；不得奖，谁知道？这回得了奖，全镇人都知道了。颁奖那天下午，有记者来采访他，年轻诗人的照片和获奖感言第二天被刊登在《巴斯克日报》文化版。本地其他报纸也都报道了这条消息，只是没有采访和照片。每位获奖者奖金一万比塞塔。

"一万比塞塔？我的天啊！"胡利安在儿子背上使劲拍了一下，表示祝贺。他赞许地看着儿子笑，下嘴唇上挂着骄傲，"还等什么？赶紧回房间去写！写着写着，你就发大财了。"

米伦问：

"这钱，你打算怎么用？"

"我还没拿到手呢！"

"等拿到手，你打算怎么用？"

"我要买鞋，买衣服。"

成功虽小，也是成功。为此，最高兴的是胡利安。在帕戈埃塔酒吧，他开心地被朋友们善意地开涮，说他是个大老粗，没文化，怎么会养出这个聪明娃。玩笑都是这个调调。胡利安幸福得像个孩子，夸儿子基因好。朋友们反驳道：

"是你老婆基因好。"

他不生气，维护自己：

"她基因好？哪儿的话！"

他牌打赢了，却不得不答应牌友，酒钱他出，还请酒吧里其他人喝了一杯。

第二天，他更是受宠若惊，厂长亲自到锅炉边向他祝贺。胡利安诚惶诚恐，赶紧脱掉黑黢黢的手套，去握那只又白又有力、腕上戴着名表的手。什么牌子？不知道。

他在厨房对格尔卡说：

"买那玩意儿，我要工作好多好多天，你要获得好多好多奖。"

米伦自豪得说不出话来，是那种如海绵般、由外到内、渗透型的自豪。除了偶尔伸长脖子，基本看不出她满意。

"妈，你高兴吗？"

"那当然。"

那些天，格尔卡一进门，米伦就第一时间告诉他，谁谁谁向他祝贺。她两眼放光，掰着指头数，在街上遇到哪些人，让她向作家表示祝贺。向作家表示祝贺？是向一万比塞塔奖金的获得者、照片上报纸——真让人羡慕——的人表示祝贺才是。米伦产生了一种无声而强烈的快感，似乎骨头、内脏、器官、肌肉，甚至血管都缩至身体中心的某个点，给了她不少心理补偿。

"也该让别人来羡慕羡慕咱们了。"

阿兰洽打电话给弟弟，劝他小心。她当然为他高兴，特别特别为他高兴。喔！你是冠军耶！为了打消他的顾虑，她说过去一直对弟弟有信心，不忘转达吉列对他的祝贺，外加一个紧紧的拥抱。之后，她劝弟弟别太抛头露面。

"你懂我的意思。"

格尔卡不懂，阿兰洽应该感觉得到，两人沉默了几秒，她又说：

"最好你写你的，才华别让人利用。"

"到目前为止，大家对我都挺好。"

"是挺好的。我问你，镇上有人对你得奖的那首诗感兴趣吗？有人读过吗？"

"没人读过。"

"现在你懂我的意思了？"

"有点懂了。"

几天后，格尔卡去教堂，想起了姐姐的提醒。堂塞拉皮奥正在教堂等他。米伦早上遇到神父，他说想跟格尔卡聊一聊，当面祝贺。

"你要是五点去，他会在圣器室。"

"他想跟我说什么？"

"还能说什么？祝贺你呗。"

"这有点夸张，我只不过写了一首诗。"

"镇子里有几个人能获诗歌奖？你就五点去见神父，让他祝贺你，好吧？哦，对了，去之前冲个澡。"

内向的格尔卡很不情愿地去教堂，他从没跟神父单独在一起过，隔三差五地挠鼻子，阻挡他的口臭。堂塞拉皮奥说话时，会互相敲击手指肚，表情往往凄柔。他说话不紧不慢，用神学院那种典雅的巴斯克语，夹杂着一些古老的习语。

"我们镇既有开拓精神，又有冒险精神，人民既勇敢，又富有同情心。我们伐木、采石、铸铁，足迹遍及所有海域。然而，不幸的是，千百年来，巴斯克人没有对文字给予足够的重视。我怎么能说你不了解文字呢？我知道，你博览群书。我们现在还知道，你是一位诗人。"

　　格尔卡拘束地点点头。正前方墙上，十字褡挂钩旁，有一面镜子。镜子里的他瘦高个，鼻子有点（相当）塌。神父还在自顾自地说：

　　"上帝赋予你文学才能与文学志向。我的孩子，我以上帝的名义，请你规矩做人，发挥个人能力，为镇子服务。这项任务尤其与你们这些刚刚起步、从事文学创作的年轻人有关。你们身体健康、精力旺盛、前途不可限量，将文学变成捍卫巴斯克语的支柱，谁会比你们更合适？你明白我的意思吗？"

　　"当然明白。"

　　"巴斯克语是巴斯克人的灵魂，需要依托文学而存在，小说、戏剧、诗歌等等，所有这些。孩子们去学校学、父母跟他们对话、用巴斯克语唱歌还不够，我们亟须一批伟大的作家，将它发扬光大。如果能出一个用巴斯克语创作的莎士比亚、塞万提斯，那就太好了。你能想象吗？"

　　格尔卡看着镜子中的自己，点点头。

　　"哎呦，我真是说得兴致高涨！我想告诉你：继续成长，继续创作，用你的双手去打造属于我们镇子的文化。你创作时，是巴斯克国在通过你创作。我们已经意识到责任重大，也许目前，对你这个没经验的年轻人而言，难以胜任。但是，你相信我，这是个美好的使命，非常美好的使命。在我们所处的历史时期，我可以毫不夸张地告诉你：这是个神圣的使命。格尔卡，我祝福你。如果你有需要，不管需要什么，别犹豫，来找我。我会随时帮助你，让你全身心地投入到神圣的文学创作中去。"

半小时后，格尔卡茫然地走出圣器室。告别时，神父拥抱了他。意外的胸对胸接触让他印象深刻。挨这么近，他毫无思想准备。他把我当成上帝的选民了？走在街上，他越想越奇怪，心里长了个疙瘩，像胀了一团气，堵在那儿。太奇怪了：堂塞拉皮奥完全没提到何塞·马利。太奇怪了：他以为神父会批评他，说他不经常去听弥撒，可神父并没有批评。于是他想起了——怎么能不想起？——阿兰洽最近在电话里说过的话。神父也没兴趣去读他的诗。

刚进家门，妈妈就问：

"堂塞拉皮奥怎么说？"

"还能怎么说？祝贺我呗。"

"我就说嘛。"

若干天后，谁还会再跟格尔卡提文学奖的事？没人再提。连妈妈也不会在他到家时，告诉他哪些人向他祝贺。清静了，总算清静了，他是这么以为的，幸好清静了。他厌倦了向他祝贺、开他玩笑、拍他的背，有些是真关心，更多的是寻开心。最糟糕的是，他厌倦了自己那首诗。窝在房间里，反复阅读之后，他突然觉得：那首诗如此苍白，让他无地自容。

总之，没有人再烦他。星期六下午，他走进阿拉诺酒馆。他越来越不想去那儿，去看哥哥的照片，让人跟他打听有关哥哥的消息。那儿有烟味，很吵，气味不好，杯子没洗干净，有时候还有口红印。可朋友们拖他去，他只好去。不去太明显，明显就糟了。

这时，他正往吧台走。小伙伴们又点了一轮葡萄酒加可乐，这回轮到他去拿酒。帕奇站在吧台后，板着脸，盯着他，目光严厉。他俯身对他说：

"你做得不对，我可不喜欢。"

格尔卡猛地眉毛上扬，大惊失色，愣了两三秒，不敢正视酒馆主人严厉的目光。

"怎么了？"

"希望这是最后一次你接受法西斯报纸的采访，也是最后一次你接受剥削劳动人民的金融机构颁发的奖金。采访的事已经没办法补救，别再有第二次。奖金的事还可以补救。知道这是什么吗？"吧台湿漉漉的，格尔卡一脸惊恐，帕奇把给埃塔囚犯的募捐箱放到他面前，"正好能装下一万比塞塔。"

73. 人在这儿，就要参加

　　阿兰洽在鞋店上完一天班，走出店门，在第一缕暮色中，见弟弟格尔卡满脸忧伤地在等她。怎么了？我想请你帮个忙，在你家住几天。为什么？他在镇子里快待不下去了。

　　"爸妈怎么说？"

　　"我想先来跟你说。"

　　阿兰洽提醒他：

　　"我家只有一张床，我们俩要睡。"

　　他不介意打地铺，铺毯子，用浴巾做枕头。阿兰洽抬起手，让他别着急。家里还有张沙发，也许短了点。

　　"你不停地在长个儿。"

　　阿兰洽问他：是不是在躲警察？他说：不是。你肯定？我肯定。她松了口气。那你是在躲小伙伴？

　　"躲小伙伴，还有别人。"

　　姐弟俩说好，坐公交车去埃伦特里亚，让格尔卡当着吉列的面，说说在镇上遭遇了什么。

　　"你要是想跟我们住几天，吉列有权知道原因，不是吗？"

　　"那当然。"

　　情形是：晚饭前，吉列尔莫和阿兰洽坐在沙发上，格尔卡从厨房搬来椅子，坐在他们对面。小两口尽管埋头工作，还是没有攒够钱，买齐家具。格尔卡在公交车上跟姐姐说了个大概，现在当着姐夫的面，再仔仔细细说一遍。他从结论开始：

"我要么离开镇子，要么走何塞·马利那条路，没别的选择。他们逼我，说我软弱，看书看傻了，笑话我，叫我'书呆子'。最糟糕的是他们想控制我，逼我做不愿意做的事。我现在没有朋友可以像跟你们这么交谈，我怕惹祸，基本不说话。昨晚发生的事是压倒我这头骆驼的最后一根稻草，我受够了，一分钟也睡不着，差点想躲到山里去，后来想起了你们。"

"你在公交车上跟我说的事，再跟吉列说一遍。"

昨天，在阿拉诺酒馆的一角，佩略悄悄对他和另一个朋友说，他藏了四个莫洛托夫鸡尾酒土制燃烧瓶。吉列问：谁是佩略？

"那些小伙伴中的一个，思想越来越激进。"

阿兰洽补充了一些细节：

"他爸爸是镇上的大酒鬼，每天都能见他在街上歪歪扭扭地走。人已经死了。"

看来，是帕奇给了佩略几只空瓶子，佩略自己弄到了汽油。买的？才不是！接根管子，从小轿车和卡车的油箱里偷来的，很容易。他做出了土制燃烧瓶，还加了机油，据说可以让火更黏稠。他自己在采石场里试过，还剩四个。

"佩略对各种武器和武装斗争特别着迷，没准哪天就加入埃塔组织了。"

佩略建议等天黑，去发动一场袭击，目标还没想好，问谁有好主意。先说去人民之家，可那儿的大门上还留着最近一次被烧的痕迹。

"巴斯克民族主义政党总部呢？"

胡安卡尔说：

"别胡闹，我爸恐怕正在那儿打牌。"

格尔卡不说话，一边静静地喝葡萄酒加可乐，一边偷偷看表，想找个合适的机会开溜。这事儿越说越不像话，只见两个小伙伴心意已决，酒喝得两眼放光。佩略说：真可惜！今天下午没跟印度雇佣兵吵架，烧死他两三个。于是，他们又说放火去烧巴斯克国敌人的汽车。他们明目张胆地在角落里策划，连说带比划，弄得整个酒馆的人都知道了。于是，帕奇走过来，建议／命令他们出门，去散个步。当然了，他可不希望给酒馆惹什么麻烦。商量这种掉脑袋的事，要去里面房间。同时，他随口暗示：镇上有人手里有卡车。

　　"我开始没会过意来，一心想着开溜。佩略和胡安卡尔顿时明白过来，他指的是'老伙计'。"

　　吉列问：谁是"老伙计"？

　　阿兰洽回答：

　　"我跟你说过一次，他开了家运输公司。埃塔威胁他，他不认怂，好像没交革命税，要么拖着没交，要么没交全，我不清楚。谣言满天飞，说什么的都有！结果，他们骚扰他，恶意宣传，让镇上所有人都反对他，逼他就范。'老伙计'是个好人，跟我爸情同手足，相当于是我叔叔。现在，我们家不跟他说话，也不跟他家人说话，尽管他们从来没有做过对不起我们的事。这个国家的人疯了。"

　　格尔卡被小伙伴们逼得走投无路，只好奋起反击。不去，真的不去，他得走了。他们劝他，最多一个小时，连一个小时都要不了。计划很简单：扔四个燃烧瓶，就回镇上，让你再去看那些该死的书。帕奇在吧台见这几个想当巴斯克战士的小子吵来吵去，比划来比划去，借口去收杯子，又去了角落。

　　"你们他妈的怎么回事？"

　　"'书呆子'说不去。"

　　"他没胆儿，临阵脱逃。"

"真不敢相信，他居然是何塞·马利的弟弟。"

格尔卡不说话，帕奇严肃地看着他，心平气和地说：

"听着，小子。团队里，只要有人知道行动计划，就要参加到底，不能背叛。你要是不想参加，就该早早地离开，谁也没逼你留在这儿。可既然人在这儿，就要参加。行了，三个人一起走，酒钱明天再付，没准我就不收了，看你们的表现。"

将格尔卡跟"背叛"一词联系在一起，从"背叛"到"告密"只有一步之遥，害得他无法拒绝。他突然觉得很丢人，似乎赤裸裸地走在街上，高个子，瘦骨嶙峋，在全镇人面前示众。他觉得喉咙里犯恶心，被自己恶心到了，认为自己是懦夫，是令人不齿的软蛋，是怪物，是离了水的鱼、折了翅的鸟。别的他不在意，他最在意的是让人看出他的忧伤。那两个家伙在干吗？在街上用谴责的语气，又说帕奇说过的那些道理，直到格尔卡松口：好吧，行了，咱们走。他们带着些许醉意，开开心心地喊着"埃塔万岁""我们要大赦"等口号，去找佩略藏起来的四个燃烧瓶。

他们把燃烧瓶装进一只口袋，往河边走。天暗了下来，山顶的天空还有一抹紫。说好一人扔一只，佩略做的，可以扔两只。走到目标附近，胡安卡尔嘘了一声，让大家安静。他们发现铁栅栏大门关着，太高了，跳不过去，还是尖顶栅栏。运气不好，里面只有两辆卡车，一辆挨着库房大门。

"我操，太远了。"

从空地外扔一只瓶子进去，不可能命中目标。另一辆卡车，驾驶室挨着墙。有困难吗？至少有三个。其一，围墙上面有金属网，扔瓶子就像发射迫击炮，准头无法保证；其二，围墙前有密密匝匝的黑莓丛，无法靠近目标；其三呢？周围都是树，黑黢黢的，连脚下的路都看不清。

办公室没亮灯。

"太棒了，就我们几个。"

佩略不耐烦，扔出了第一只燃烧瓶，扔得很高，压根儿就没瞄准，免得撞上金属网。燃烧瓶砸在水泥地上，炸开，火光一起，倒是能看清卡车。

"他们说，下一个轮到我。我打定主意，不往卡车上扔。佩略都失手了，他们怎么会怪我？正在点破布引信时，突然听到有人高喊：混—蛋！大—混—蛋！不止这些，还有砰的一声！我发誓，是枪声。'老伙计'从空地上向我们跑来，砰！又是一枪。他想吓唬人吗？我不知道。但我肯定：他手里有枪。"

"我操，我操，那家伙要杀我们。我们没戴风帽，没蒙脸，拔腿就跑。不管怎样，天黑，他应该认不出我们。'老伙计'没有追，停下来灭火。我觉得他要是愿意，能把我们仨都撂倒。我一晚上没睡着，今天到处走，走了好几个小时。要是你们能让我在这儿住几天，我会非常感激。之后，我再想办法离开镇子。再这么待下去，我会落得跟何塞·马利一样的下场。"

阿兰洽从沙发上站起来：

"好了，我去做饭。你去给家里打个电话，跟爸妈说一下情况。"

"昨天的事，我可不能告诉他们。"

"那就编个理由。"

"编什么理由？"

"吉列，换了你，你会怎么说？"

"换了我？我不知道，嗯，我会说有人要打我之类的话。"

74. 个人解放运动

有段日子，格尔卡在孤独中寻求庇护，跟朋友们渐渐疏远，不再踏进阿拉诺酒馆一步。他学习，看书，写诗，写故事，写完撕掉，坚信写出来的东西毫无价值，却并不气馁，毕竟，我在学习。与此同时，他模模糊糊地希望有朝一日，能去工作。去哪儿？去铸造厂？爸爸提过好几次，自告奋勇地要去跟办公室的人谈，谈成我也不去。二十一岁的人了，还赖在家里。爸爸说他是怪人，想想就伤心；妈妈常常骂他，老说生了个儿子好吃懒做，想把他骂醒。

他会时不时地去圣塞巴斯蒂安听讲座，参加新书发布会和圆桌会议，接触其他作家，结识其中一些。他不再去镇图书馆借书，不为别的，只是不想在街上或阅览室遇到熟人。于是，他成了圣塞巴斯蒂安老城区市图书馆的常客，一待一下午，读书看报，翻阅百科全书。

他明白，只要跟爸妈住，就不可能跟镇子脱得了干系。各种节日庆典、政治活动、朋友电话，都在把他往镇子里拉，让他无法完全置身事外。他反复操练如何逃避，成了自我掩饰的行家里手。在不能不去的示威游行中，他费尽心机，出现在具有战略意义的位置上，先站在朋友们身边，然后离他们几步远，一旦确认他的出场已经被人注意到，便停下来找个人说话，尽量找老年人，似乎身不由己地掉了队，最后再找个合适的机会开溜。

他经常好几天不在镇上，跟阿兰洽说好，去她那儿住，好跟小伙伴们渐渐分开。但他不是寄生虫，白吃白住。他什么都帮姐姐姐夫做，他们去上班，他就把家里收拾得一尘不染、贴客厅墙纸、独自粉刷厨房天花板。他原本想投桃报李，教姐夫几句简单的巴斯克语，无奈怎么都教不会，两人只好放弃。吉列在学语言方面，是个低能儿。

一天，好运降临，砸到他头上。此话怎讲？嗯，他找到工作了，或者说，工作找到了他，还不在镇上，在圣塞巴斯蒂安一家书店做店员。薪水的确不高，但很中他心意。他去书店参加新书发布会，老板们认识他，问：你想来这儿工作吗？他一口答应。这被他私下里称为个人解放运动所取得的第一场胜利，目标只有一个：寻求个人独立。有了这份工作，他不仅能赚点小钱，还不必跟人解释，每天可以逃之夭夭。反正谁都知道，他早上乘公交车去哪儿。

做书店店员期间，他用巴斯克语发表了一些书评，在杂志上刊登了几个短篇，不定期地为《行动日报》写点文化类文章，这是他在镇上的挡箭牌，以达到无人批评、无人质疑的目的。怎么不太能见着他？没错，他在为《行动日报》写文章。

一天下午，他在街上看见帕奇。帕奇站在人行道上，隔着街对他说：

"你昨天那篇文章写得真不错。我啥也没看明白，不过我喜欢。接着写！"

巴斯克语成为他主要的收入来源。赚钱吗？目前只能糊口。他什么都做：撰写封二文章和宣传册、做点小翻译。一家出版社同意出版他一本薄薄的童书，编辑在最后一刻，未经他同意，擅自更改了书名，改成《蓝色的海盗船》。他不讨厌新书名，但更喜欢原来那个。肆意篡改，让他心里不是滋味。

阿兰洽劝他别在意，鼓励他今后在儿童文学创作上再接再厉。

"你写东西给孩子看，他们不会找你麻烦。可是弟弟，你要是掺和了领土那摊子事儿，那就惨了。总之，你要想写东西给大人看，故事一定要远离巴斯克国，像别人那样，放到非洲或美洲去。"

在命运之神的眷顾下，他实现了永远离开家乡的梦想，条件好到不可思议。怎么回事？一天下午，他认识了拉蒙乔。他原本没想去奥特赛里画廊参加巴斯克绘画展开幕式，可没赶上公交车，天又在下雨，画廊就在附近。于是，为了打发时间，他鬼使神差地去看画展。拉蒙乔在那儿，拿着小食：一小块面包上放着虾、熟鸡蛋和蛋黄酱。两人聊了起来，拉蒙乔比他大十一岁。格尔卡巴斯克语讲得那么好，拉蒙乔简直惊呆。他俩想安安静静地聊一会儿，去了画廊下面的酒吧，交谈甚欢，一直聊到差不多晚上十点。拉蒙乔提出开车送他回镇子，格尔卡欣然接受，不仅因为送一程方便，更因为长久以来，他头一回发现世上除了姐姐，可以对别人直抒胸臆，敞开心扉。

两个月后，他搬到毕尔巴鄂拉蒙乔家，最初的想法是给他当秘书，兼编辑电台文稿。拉蒙乔离过婚，有个女儿，叫阿玛娅，是他的心肝宝贝。他住在博萨学士街，分给格尔卡一间卧室和一间办公室，付的薪水比圣塞巴斯蒂安书店老板要高得多。

他请求／禁止格尔卡再为《行动日报》撰稿。

"听我的，别惹火上身。"

格尔卡的文章写得漂亮，思想深刻，文笔优美。过了一段日子，拉蒙乔决定让他进电台。塞个朋友进去，对他而言不是问题，对格尔卡而言，无异于到了天堂。

电台覆盖范围不大，约百分之八十的节目都用巴斯克语制作，主播会犯语法错误，格尔卡正好脱颖而出。他熟练掌握巴斯克语，阅读能力强，表达流利，声音也很好听。他开始做编辑、做助理，负责放音乐、倒咖啡、传递物品，很快就对着麦克风，做起了节目，先有拉蒙乔陪着，后来一个人做。

他爱死了这份工作，下了班也不愿离开，坐在音效师身边，学习如何操作控制面板。同时，他十分关注来访毕尔巴鄂的作家、艺术家或歌手，带着录音机去采访。再后来，他也去采访运动员和任何乐意回答他问题的名人。

拉蒙乔见他如此兴致勃勃，索性帮他争取了一档半个小时的巴斯克语文学节目，除了周六周日，每晚十点播出。格尔卡感到幸福。

75. 大瓷瓶

　　阿兰萨苏戴着墨镜，舒舒服服地坐在船头甲板上，哈维划船。船尾上写着"花儿二号"，因为之前有艘"花儿一号"。船是阿兰萨苏哥哥的，他给他们钥匙。阿兰萨苏年轻时，喜欢驾着"花儿一号"在港湾里兜一圈，那艘船比这艘重，更难驾驶。她很少独自出行，一般找几个女同学或某个临时男友同行。"花儿二号"有舷外马达，但哈维决定自己划桨。说到底，只是下午出来散散心，没必要浪费她哥哥的汽油。

　　"喂，烧不了多少油！"

　　"做点运动对我好。我老建议病人运动，批评他们老坐着，结果我自己一天到晚坐着。"

　　他们解开缆绳，慢慢地从好几列停泊的船只中把船开出，注意不发生剐蹭。阿兰萨苏指挥：小心，往……边一点，别太……等船来到一片开阔区，哈维点了根烟，任它漂泊。

　　天气晴好，春末的下午，天空湛蓝。港口风平浪静，鱼儿会突然一闪，在深色的水面上亮出一道银光。上方港口边上，并排坐着六七个人，大多是年轻人，拿着鱼竿在钓鱼。退潮时，会露出宽宽的一截布满海藻的墙，缝隙里寄居着螃蟹。哈维居安思危，担心地说：

　　"这些人，没准哪个不小心，会把鱼钩甩到咱们身上。"

　　于是，他们将船开往港湾。"花儿二号"在开阔的海面上摇晃起来，海浪提醒他们，海水体量巨大。老话怎么说来着？水是有生命的，人只是蜉蝣，聚在一块漂浮的壳上。大海起浪了？哪儿的话！不过，要是对海不熟悉，老这么晃，有点吓人。柔和的海风见你无处可藏，也会壮着胆子，凶巴巴地裹着你，使劲吹。阿兰萨苏的秀发被风吹乱，好美！她把头发挽起来，扎了个髻。

她在烦另一件事：

"我想在你额头上开个口子，时不时地伸进去瞧一眼，看你脑袋里在想什么，感受到什么。小时候，我跟街坊女孩子们玩游戏：每人在地上挖个小洞，放上雏菊、三叶草、小物件、一绺头发什么的，用碎玻璃盖上，改天再回去瞧一眼。嗯，我想在你额头上如法炮制，看看里头究竟在捣鼓些什么。"

"别忍着，大胆下手。等我睡着了，你施环锯术，我一定察觉不了。你知道的，我睡觉特别沉。"

哈维划得慢条斯理，不想磨得两手起泡。"花儿二号"很轻（塑料船体，玻璃纤维加固），只要轻轻划、不间断地划，就能在水面上滑行。他们去哪儿？不去哪儿。就两个人待着，面对城市。越往港湾里走，耳边的城市噪声越少，而且还被弱化了。

阿兰萨苏希望说话时，能看见哈维的脸，于是摘下墨镜，摇摇晃晃地走到船尾。从一端走到另一端，她想站稳，扶了一会儿他肩膀。两只手温温的，软软的，天鹅绒般，透着爱意。然后，她脱下鞋——像是拖鞋——蓝衬衫和牛仔裤，想穿着比基尼，晒日光浴。她脚小，还嫩得很，涂着深红色指甲油。

"亲爱的，我不知道该怎么做，才能讨你妈喜欢，不是我不努力，但我发誓，招数都用尽了。你有什么建议？"

"我妈脑子有限。别担心，哪天发现了你的好，就会跟你好的。"

"我很怀疑。她不会原谅我这个小小的助理护士，把她儿子抢走的。"

"她跟你说过？"

"能看得出，哈维，我长眼睛的。"

"那是我这辈子见过的最美的一双眼睛。"

又恭维她？无疑，她当之无愧。阿兰萨苏是美女，有一点点熟，正合我胃口。年纪不大不小，刚刚好，眼角刚被俗事烦出的皱纹让她更添魅力。离婚曾经让她失去方向，心里伤痕累累，直到生命中出现了哈维。她还没有颓唐/认命，依然健康快乐，对生活充满希望。

饱满的唇是她标致脸蛋上的点睛之笔。双唇开启，露出洁白、清新、完美的牙齿——我还记得那么真切！——凡人的/美丽的，动人的/热烈的牙齿。

小船行至小岛和乌尔古尔山之间，附近没有船只和小艇在波浪中晃荡，阿兰萨苏让哈维在她背上抹晒黑油。我每天要看许多身体，挚爱的只有她一个。我爱她，很爱很爱她。她说：

"最近，我老做一个梦，讲给你听听？"

"好。"

"我抱着一只大瓷瓶，走在森林里，或是有悬崖峭壁的山上。大瓷瓶长什么样，我形容不出。有人对我耳语：此瓶价值连城，碎了会太可惜。"

"结局我能猜到：大瓷瓶从你手中滑落，发出一声巨响，碎了。"

"最近几周，我至少有五个晚上做了这个梦，感觉魔怔了。有时是大瓷瓶，有时是小瓷瓶，总是摔碎。我在梦里想哭，又不好意思哭。人们对我指指点点，不帮忙，一个劲地指责。我无处可藏，发足狂奔，突然发现怀里又抱着一只大瓷瓶或小瓷瓶或易碎品，到头来还是摔碎。"

"你有想法，应该去搞文学创作。"

背上抹好晒黑油，哈维将比基尼往上拉，不为别的，只想借抹油，去摸她乳房，爱抚一下。是她要求他这样做的？没有。不过，阿兰萨苏从不拒绝他的身体欲望，想摸就摸，想亲就亲，想插入就插入。早在去罗马甜蜜度假前，她就跟他说好：有欲望，不用藏着掖着。想什么时候要，想怎么要，只要真心实意，只管享受就好。问他明白吗？当然明白。

她的乳房小小的，有点下垂，却异常敏感。他轻轻地、柔情蜜意地一摸／揉／吻，她会惬意地一颤，想要更多。

她闭着眼，一边享受，一边问：在医院诊治美女时，他会不会突然色心大起？

"手术室里，从来不会；看门诊时，不能说不会。也许飘来一阵香水味，会暂时忘了自己是人体技工。我想大家都是如此，你难道不是？"

"次数不多。"

"我诊治过那种真正的尤物。不过，明明知道她们的身体里有个肿瘤正在长大，或肾已经停止工作，又怎么会着迷？"

他们决定驶出港湾。去哪儿？去那儿，小岛后面，那儿没人。哈维又开始划船。

"这会儿，我不记得上班时间有过勃起。"

他一边划船，一边回想起疼痛的表情、流血的伤口、各种各样的疾病，回想起赤裸的身体，哪怕年轻、匀称，也会饱受病痛和折磨，插管的，昏迷的，注定今天、明天、三周后死亡的。他在那儿，不是为了体验性快感，哎，也不允许同情心泛滥。

"花儿二号"轻快地前行，桨板轻轻插入水中，泛起一些泡沫。海越来越深，海水颜色也越来越深，海面上波澜点点。此处无人，从这儿到遥远的天边，看不见一艘船、一片帆。阿兰萨苏点了根烟，在船尾甲板上铺了条浴巾，背靠着晒太阳。哈维用透视的眼光欣赏她身体，怎么能这么美？双腿光滑、修长、圆润，行走人生，一路走到我面前。膝盖，大腿，大腿上有些患蜂窝组织炎的预兆，将来会让她日子不好过。她很自负，她说不是自负，是自爱。他盯着她红色的比基尼短裤，轮廓起伏时会勾勒出下体，不过那天下午没有。

"谁是你的第一个男人？"

"哥哥的一个朋友，在我爸妈家。当年，我十五岁。"

"早熟的孩子。"

"一方面，我很好奇；另一方面，我看得很清楚，要是不乐意，我敢打包票，那家伙会强奸我。家里没别人，哥哥还没回来。所以，我假意顺从，几分钟就完事儿了。"

"别告诉我，没有给你留下心理阴影。"

"的确没有，当时也没感觉特别疼。"

一个半小时后，开始返程。涨潮了，划船可以事半功倍。哈维有时借着波浪的推动力，将船划得飞快。一眨眼的工夫，船就驶进了港湾。

夕阳西下，西边的海平线跟天空一样，黄得灿烂。气温走低，阿兰萨苏慢慢地把衣服穿上。他们计划：晚上去老城区吃点小食，然后回家，两人明天都是早班。

划到水族馆附近，听见第一声巨响，紧接着是第二声，像节日里放的鞭炮，啪的一声炸开。不过，当地人都心知肚明：是警察在向示威群众发射橡皮弹。

"林荫大道上发生了骚乱。"

"未来的恐怖分子正在操练：嚷嚷一小时，纵个火，再去老城区的酒吧喝一杯。"

哈维一边划船，一边骂人，语气冲动，让阿兰萨苏诧异。他这是怎么了？她说：

"没听你这么说过话，你像变了一个人。"

"一想起爸爸，我就控制不住。"

"他们还在骚扰他？"

"简直无休无止。那天，几个小子想纵火，烧他的卡车。他守着，没让他们得逞。后来他告诉我，差点犯错，说是作为人，会铸下的大错。我听了脊背发凉。"

"你吓着我了，他说的是什么错？"

"我没问。看他脸色，他也不想说。我怀疑，但不太肯定。"

"他不会想动武吧？"

"他在办公室里放了一把枪，恐怕当时很想持枪自卫。"

船驶近港口。一大堆房子后，腾起了一股黑烟。

"这种错会招人报复的。动武之人希望所有人都动武，这样一来，臆想中的战争才会有开打的证据。亲爱的，我不想伤你的心，可我就是这么想的。"

"你没有伤我的心，我爸也是这么想的。他很冷静地说：总有一天，他们会杀了我。我劝他搬家，搬到你我替他在圣塞巴斯蒂安买的房子里，他说很快会做决定。他只是装坚强，我听妈妈说，晚上躺在床上，他有时会掉眼泪。"

"你爸是个好人，又是巴斯克人，说巴斯克语，他们怎么会伤害他？"

"没错，他还是一家公司的老板。别忘了，疯狂的武装斗争需要财力支持。镇里的街道上，还刷着反对他的标语。你认为镇上的人会把标语抹掉？我不能想，越想越气。"

"亲爱的，看你难过，我的心都碎了。小食改天再吃吧？"

"那再好不过，我一下子胃口倒尽。"

76. 好好哭一场吧

　　他不知道，他们没说。我是儿子，没说是谁儿子，没必要。看表情，他们应该能猜到。再说，甭管愿不愿意，看见白大褂，尊敬之情便会油然而生。他们放他过去。灰蒙蒙的下午，心狂跳不已。最后一刻，他才看见血迹。下雨，地上湿，看不清，差点一脚踩上去。这么说，这就是事发地点。他不知道，他们没说。脑海中浮现出从这儿到爸妈家短短路程上的红色脚印，现如今，是不是只有妈妈留下的脚印？

　　如果"老伙计"死了，不是应该躺在地上，盖着毯子，等法官来决定是否移尸吗？没在巴斯克自治区警察的巡逻车旁看见救护车，这么说，他已经被运走了。只要有治疗空间，就尚有一线希望。

　　两名巴斯克自治区警察闲聊着出门，其中一名还咧着嘴，笑了笑。在楼梯上遇到白大褂，两人噤声，简单地打个招呼。哈维以为他们会向他表示哀悼，您是亡者、暴卒者、遇害者、被处决者，总之，您是死者的家属吗？我们感到非常抱歉，节哀顺变。可是他们没有，继续下楼。过了一会儿，哈维推开他们没有关严的房门时，听见两人又在接着聊。

　　他进门，小心翼翼地进门，似乎有人熟睡，他不想吵醒。里面有家的味道，玄关很暗，他几个月没回家了。为什么？显然，他尽量避免来镇上，感觉被人盯着，目光很不友好。有两回，走在街上，他跟自小认识的人打招呼，人家都不搭理他。因此，一段时间以来，想见爸妈，他都让他们去圣塞巴斯蒂安。

墙上的衣帽钩上，挂着"老伙计"穿了多年的旧皮袄，哈维忍不住伸手去摸了摸。我也不知道为什么要摸，就几秒，似乎想证实主人的部分生命还残留在皮袄上。

他往家里唯一亮灯的地方走去，确实，妈妈就在客厅。忧伤？落泪？啜泣？当时，她正透过百叶窗的缝隙，往街上张望，感觉儿子来了，一下子转身，脸上写着愤怒的镇定、傲气的从容、不失尊严的紧张，没有一星半点的忧伤。

"你别给我打针。"

妈妈自己就能镇定下来，他做不到，激动地扑进妈妈怀里。

"好好哭一场吧，如果哭能帮到你。谁也不会见我掉一滴眼泪，我不会让他们称心。"

可是哈维没忍住，他俯在妈妈身上，激动地抱着她，肝肠寸断。妈妈穿着旧拖鞋，一只鞋的绒面上，还溅着血，白发苍苍、不幸遭难的她在硬撑。他俩旁边的桌上，放着"老伙计"在家用的老花镜和一支圆珠笔，报纸摊开在填字游戏那一页。我正哭得稀里哗啦，听见妈妈在问：要不要给我做点吃的？她已经伤心欲绝到丧失现实感了？她在拒绝接受已经发生的事？

之前正相反，毕妥利言之凿凿：

"他死了，你要接受。"

"谁告诉你的？"

"我就是知道。我见到他的时候，他还有呼吸，但那是最后几口气。好像是脑袋中枪，我肯定，他逃不过这一劫。'老伙计'没命了，你等着瞧。"

"我想，他们送他去医院了。"

"没错，可是没用，你等着瞧。"

可怜的内蕾娅，她要是知道，该有多伤心，应该马上通知她。哈维已经稍稍镇定些，妈妈指了个抽屉，他找到写着内蕾娅电话的小纸条。刚响了不到两声，就有人接，电话那边传来酒吧典型的人声和嘈杂声。他留下口信，没细说，只是自报家门，麻烦对方办件事。什么事？转告他妹妹，让她马上给家里打电话。他再三强调：十万火急。保险起见，他又说了一遍内蕾娅的地址。对方说不用，他记得这个姑娘。

"你肯定爸爸被抬上救护车时，还活着？"

"我一刻也没离开他，他眼睛在动。我不停地跟他说话。我想：不跟他说话，他就会离我而去的。可他没办法回答我，他在流血。回到家，我不得不换衣服。"

"你告诉我，他当时还有没有意识？"

"哎，你快把我问晕了。他眼睛在动，应该有点意识。"

"是你报警，叫救护车的？"

"我没给任何人打电话，突然就听见了警铃声和救护车声，应该是哪个邻居打的。我当时大叫，叫得隔壁镇子都能听见。"

睡完午觉，"老伙计"喝咖啡。其实，他只喝了咖啡壶里最后剩的一点冷咖啡。毕妥利听他嘟哝，说再煮一壶。"老伙计"说不用，也许因为见她坐在沙发上，双手抱胸，正在打盹，也许因为跟平常一样，他赶时间：

"我把剩的喝了，喝完就走。"

他走出家门。几点？快四点。毕妥利如今难过的是，当时没去玄关亲他最后一下。都是天意。结婚这么多年，有了两个孩子，她宁愿最后时刻把精力用在深情告别上，而不是浪费在愚蠢地讨论咖啡冷热上。

"哎，你要是问我，我告诉你，我只记得那些声音：开始是他去上班的关门声，后来是走在楼梯上的脚步声，再后来没声儿了。我坐在沙发上，合着眼，想睡半小时，突然听见枪声，别问我响了几声。但的确是枪声，我敢肯定。于是，我往阳台跑，见'老伙计'倒在人行道上，身边没有人。如果有人开枪，我也没看见。嗯，我没傻站着，赶紧下楼，往街上跑。看见血，我疯了似的大叫。你以为会有人来帮我吗？我想把你爸扶起来。我对自己说：我得扶他站起来，他很重，要两三个人才能扶得起来。可是，没人帮我。于是，我开始跟他说话。瞧，我有多慌张，才会对他说：我爱你。我们彼此没说过这句话，恋爱时也没有，就是说不出口，只会用行动表示。可我要不停地跟他说话，不知不觉地，就把它说出了口。嗯，如果他进坟墓，至少要知道：我是爱他的。没有人帮我，街上只有我一个，所有窗户都关着，瓢泼大雨。我都跟你说了，没有人帮我。肯定有人站在薄窗帘后，目睹了这一切，打电话报警，叫救护车。否则，我无法解释他们怎么会这么快赶到。十分钟后，巴斯克自治区警察赶到，救护车就比他们晚了一点点。"

电话铃响了。是内蕾娅？毕妥利向儿子示意，快呀，快呀，赶紧去接。哈维就站在电话机旁，转个身就能够着。

"喂？"

"埃塔万岁！"

电话挂了。

"显然不是你妹妹。"

"有人一定要伤害我们，咱们最好别接电话了。"

"要是内蕾娅打来，怎么办？"

毕妥利还在等医院电话。哈维说：

"别担心，我去问。"

他拨了个号，打招呼，说话，询问。接电话的人告诉他另外一个号码，他记在便签本上，又拨了个号。妈妈坐在身后沙发上，他背对着她，像个挡箭牌。

"对不起，哈维，真的无能为力。"

他不喜不悲地说了声"谢谢"。谢什么？不谢什么，只是强装镇定罢了。他挂电话，背后是妈妈，转身那刻真难。他避免对视，免得眼睛出卖自己。他在找词：他们刚通知我……你得知道……可他没说这些，他说的是：我去医院，了解一下情况。我会从医院打电话给你。他嘱咐道：

"你得向我保证：听见有人骂你，赶紧挂电话。"

77. 轻生的念头

　　追悼会两天后，"老伙计"被葬在波略埃墓园，来的人很少，内蕾娅的缺席最让毕妥利糟心，让她悲上加悲，她永远不会原谅女儿。哈维给母女俩做工作，他善解人意，通情达理，息事宁人，却依然一筹莫展，这边安慰不了，那边说服不了，感觉妈妈气得眉宇间皱纹越来越深。他反复给萨拉戈萨的酒吧打电话，想跟妹妹联系上，劝她尽早回家。反复打电话成了难事，让人很不愉快，他发现自己在给酒吧老板添麻烦。劝妹妹回家压根就行不通，内蕾娅打定主意，不想面对爸爸已经死亡的现实。哎！这又是为什么？妈妈终于将不满发泄出来，对哈维说：随便了，内蕾娅想怎样，就怎样吧！她又说：

　　"知道吗？我不信上帝了。"

　　下葬那天早上，天阴沉沉的，幸好没刮风下雨，否则人在山上，往哪儿躲？满眼的十字架、墓碑和小道，山下是秋雾笼罩的城市屋顶。都说这个墓园很美，净是宽慰人的话！若干人聚在家族墓地，拉开大石板，马丁外公的灵柩重见天日。阿斯佩蒂亚的亲戚们来了，是些只会在婚礼和葬礼上见到的亲戚。毕妥利的姐姐来了，可她茫然不知。可怜的姐姐，脑袋已经不太做主。来了五六个邻居，悄声吊唁。和邻居们一同前来的，还有"老伙计"公司的两名员工。可以理解：墓园远离镇子，谁也看不见，谁也没法儿指责。毕妥利挂着重重的黑眼圈，镇定自若地向所有到场的人一一致谢。

跟追悼会那天下午一样，阿斯佩蒂亚的亲戚们问起了内蕾娅：

"没有，她来不了。要知道，她在萨拉戈萨上学。"

哈维既是儿子，又是保镖，不离毕妥利左右。开始有人告别时，他站在她身旁，突然看见二十步外，有个戴墨镜的女人，似乎在给别人扫墓。是她。谁啊？还能是谁：阿兰萨苏。两人之间发生了那么多事，哈维没指望能再见到她。也许只会某天在医院停车场或咖啡厅偶遇，互相说声"你好"。

他对妈妈说：

"我在出口等你。"

"你去哪儿？"

他没回答，也没必要回答。毕妥利刚刚认出了助理护士。儿子不是说跟她分手了吗？

阿兰萨苏美得不可方物。哈维走过去，注意到身后一片寂静。他严肃地、职业性地跟她握手。那么多人在场，总不至于去亲她，不是吗？

两人相隔半米，往墓园出口走，稍微绕了点路，避开其他人。

"我站得远一点，免得打扰。"

"你来，不叫打扰。"

"我对你爸印象很好，从第一天起，他就对我很好。你妈不是。"

"别说了，求求你。"

"我是来送送你爸、抗议恐怖主义的。如果这个国家还有正义可言，墓园本该被挤得满满当当。"

"有什么办法？"

"顺便，我也来跟你告别，跟你永别。"

"你要走？"

喂，哈维，这跟你有什么关系？没错，我也不知道为什么要问。其实，两人都谈好/谈掰了，是他在伦敦酒店咖啡厅的角落提出分手的。她心肠好，这点你不能否认，豁达地来送"老伙计"入土，同时也来埋葬一段曾经寄予很大希望、全身心投入的爱情。"埋葬"只是比喻，但确实如此。那段爱情如此易碎，像玻璃，像瓷器，是你把它摔碎了。没错，就是你。你把爱情和爸爸埋葬在同一座坟墓里。两天前，阿兰萨苏忍不住地掉眼泪，她认命地说：

"杀害你爸的凶手也拆散了你和我。"

她似乎并不记恨，她完全有理由记恨他。哈维这个没良心的，怎么能这么对她？我怎么对她了？别装傻。起初，她并不理解。"老伙计"刚过世，她以为哈维伤心过度，气昏了头。她很天真，好心地想爱抚他，缓解他的部分伤痛。如果可以，她宁愿代他受苦。她向他保证：她会爱他，会在无比悲痛时陪伴他。她眼神黯淡地对他说：

"亲爱的，我发誓：我会让你幸福。"

"可我不应该幸福。"

"谁会不让你幸福？"

"是我不让我自己。现在，我想不出有比追求幸福更罪恶的事。"

"我心里空落落的。"

她像在自言自语，承认自己与男性交往，运气极差。她说"再见"，走出咖啡厅，现在又阴天戴墨镜，出现在墓园。

"你要是不介意，我让朋友去你那儿，把我东西取走，顺便把你留在我这儿的东西带给你。"

"随便。你相信我……"

他的话被她打断：

"我相信什么，不重要。没想到，我有了新去处。熟人推荐，我递交了申请，加入医生无国界组织，结果要等，不过，他们打电话通知我，说急需护士。按我的履历，应该没问题。所以，我会离开医院，离开这座城市。很快，我会去接受培训。那晚跟你分手后，走在新散步道上，我动过轻生的念头。"

"你别吓我。"

"当时，天很黑，路上没人，想下手，太容易，对殉情来说，是个绝佳的场景，我很心动。突然，我转念一想：我说阿兰萨苏，世上那么多人过得很糟糕，饱受饥饿、瘟疫、战乱之苦。为什么不将个人痛苦扔到海里，而不是把自己扔到海里，去为别人做点什么呢？去帮助最需要的人，让你的生活有点意义。于是，我做出了决定。"

"这个决定棒极了。"

墓园出口就要到了。

"或许，你也应该去闯一闯。"

"我会考虑的。"

他俩一本正经地握握手，告别。她刚走出几步，又笑盈盈地回头：

"谢谢你共度的好时光。"

"也谢谢你。"

"你不该在罗马扔石头。"

哈维站在墓园大门旁，目送她离开。阿兰萨苏的最后一笑让他悲喜交加。换成哭喊、咒骂，他会更容易接受。她的步态、纤瘦的身材、平稳的肩膀，让他心痛之余，羡慕不已。他想起她赤裸时的模样，差点想去叫她，甚至很想很想去追她。

可惜那时，妈妈来了，抓着他胳膊：

"不是说分手了吗？"

“她是来告别的，她要去很远的地方。”

“那再好不过，她不适合你。你带她来见我们那天，我就发现了。”

78. 集　训

要在后备役部队待很长时间，这点，他有心理准备，也跟霍金聊过。他俩在一起，布列塔尼灰蒙蒙的雨水、无尽的等待和百无聊赖都更容易忍受。谨慎之余，还能找点乐子。他们知道不止一个队员斗胆违纪过，他们没有。嗯，小动作有，但不至于落下叛逆的名声。

有时，他们会骑房东的自行车去田间玩耍，摘果子、抓青蛙、用折刀在木头上刻东西，有时还会去邻村参加聚会，喝一种苹果酒。名字随便叫的，何塞·马利觉得喝起来有股尿味。

霍金参加行动后，何塞·马利就落了单。后来，他跟帕乔住，小伙子人不错，可毕竟不是霍金，不能百分之百信任。为什么？说不清楚，总是有道坎，接触时就能感觉得到。没错，你跟他相处得挺好。不过，就像发动机里的杂音，就是不对劲。

过了一段日子，法国宪兵，连同法警、法国空军巡逻队、国安局秘密警察在昂格莱的一栋房子里抓捕了桑迪·波特罗斯。说好要千万小心，结果呢？被搜到一只皮箱，警察在里头找着宝了：四百多名埃塔现役分子的名单、绰号、居住地、电话号码、车型，连车牌号都有。在接下来的几周里，名单上的人纷纷落网。

帕乔认为：上头没有召集他和何塞·马利，恐怕是因为上头自己也被捕了。他还认为：

"组织上急需补充人手。你等着瞧，这两天，就会有人来找我们，说：来吧，小伙子们，去给他们点颜色看看。"

可是并没有。又过了好几个月，还是没有动静。在这段日子里，通过组织内部渠道，何塞·马利收到了爸妈写来的一封信，里面夹着一份《行动日报》剪报，详细报道了霍金的"离奇"身亡。对何塞·马利来说，不啻当头一棒。他大哭一场，连小时候都没哭得这么厉害过。为了不让帕乔看见，他还装病，不吃不喝，躺了两天。

"武装斗争的事你想好了？"

帕乔毫不犹豫地回答：

"既然加入，就要承担一切后果。"

"你不是说老爸坐轮椅，需要人推来推去吗？"

"是啊，那又怎样？"

"也许，你该帮帮他。"

"家里有姐妹帮他。"

跟这个小伙子就是说不到一块儿去。还有，成天跟一个非同乡黏在一起，何塞·马利觉得怪怪的。帕乔在拉萨尔特长大，既没有巴斯克语姓氏，又不说巴斯克语。那他干吗要加入武装斗争中来？难道他属于那种没有条件，创造条件也要上的人？何塞·马利怀疑他是国民警卫队卧底，反正不想跟他聊私事。

多年以后，妈妈来探视，他告诉妈妈：那些天，知道了霍金的事，他差点想退出。

"你这念头起得真是时候。瞧人家科尔多，跟墨西哥老婆孩子住在镇上，日子过得可安稳了。"

何塞·马利几乎心意已决。他的确想下回见到联系人，就跟他说。可联系人出现时，带来了一纸密令，通知他们近期参加集训，集训完，即刻投入到武装斗争中去。

帕乔看得通透：

"老兄，要动真格儿的，没法儿回头了。"

"只要不待在这儿，干什么都行。"

上火车时，瓢泼大雨。火车开一路，雨下一路。去一个城市换乘，又去另一个城市换乘，下午四五点，到波尔多。那儿跟早上一样，瓢泼大雨。

他们在车站酒吧跟来人接头。那家伙一个劲地催，我要了葡萄酒，只好刚上来，就一口喝光。到车上，他让我们戴上遮挡视线的墨镜，俯下身去。何塞·马利熟悉这套程序，他和霍金去见桑迪·波特罗斯时，要求也是这样。车开了一个多小时，开进一栋乐声大作的房子里。这时，他俩才能摘下墨镜。

两人在一间没有窗户，三步宽、五步长的房间里被关了八天。房间实在太小，两人只好挨得很近，把何塞·马利气得够呛。他跟霍金可以穿一条裤子，对这家伙可没那么信任，晚上更糟。帕乔的鼻子一定长歪了，睡着后，呼吸声别提有多烦人，他不是在打呼噜，打呼噜的是何塞·马利。他的鼻子就像风箱，发出啸叫声。如此这般，一小时一小时地过去，直到天明。

只有下楼上厕所，他们才能离开房间。上厕所时，要尽量少看、少记。房子里经常乐声大作，好让一群人不知道另一群人在说什么、做什么。教官说：小分队作为独立的单位存在。如果被抓到，问不出有关组织整体运作的信息，明白吗？两人同时点头，表示明白。

早上理论课，何塞·马利无聊得要死，他偷偷看表，心算离吃饭还有多长时间。他学习一向不好，小时候在学校，让他集中注意力，比登天还难，在组织里上课时也是如此。下午实践课，可以摆弄武器，他会兴致高涨，感觉忽然又回到昨天，跟朋友们去镇上采石场扔燃烧瓶、放烟花爆竹。他擅长行动，对教官口中啰里啰嗦的爆炸理论厌烦透顶。

他和帕乔练习装卸武器，学习设置死亡陷阱、汽车炸弹，还有什么？嗯，组装定时器，然后，让雷管在装满沙子的金属桶里爆炸，还有关于地洞、信箱、开车锁等方面的知识。教官强调安全措施，千万小心、注意什么的，还告诉他们万一被捕，该怎么做。只有一下午的实弹射击课，只用手枪，因为法国警察盯得紧，不像前些年那么容易，随便在周围找片林子，就能放枪。对何塞·马利来说，太遗憾了。什么都比不上打靶，他最爱打靶。

他亲了亲勃朗宁手枪的枪柄，说：

"我宁可打枪，不要约炮。"

他们都笑了。那帮蠢货，以为我是说着玩的？教官说：

"老兄，枪要打，炮也要约。"

关在房里的最后一晚，何塞·马利睡不着，因为胡思乱想，因为刚打过靶，枪声还回荡在耳边，因为帕乔的啸叫式呼吸。于是，他开始自言自语。低声说的？哪儿的话！正常声调，像在跟人交谈。凌晨两点多，他想象着自己端着枪，对的不再是靶纸。帕乔醒了，在黑暗中问：

"你在说什么呢？"

"埃塔组织中，处决纪录是谁保持的？"

"我他妈的哪儿知道！德胡安娜或马德里小分队里的谁。"

"他杀的人有没有超过五十，你知道吗？"

"你他妈的怎么来问我？半夜三更的，再过几小时，就要行动了。"

两人在黑暗中沉默了几分钟，帕乔又发出让何塞·马利发狂的啸叫声。何塞·马利突然说道：

"霍金的血债，一定要让西班牙政府血还。我要去破纪录，总有一天，我会作为埃塔第一嗜血杀手，名字出现在书里。"

"我操，哥儿们，别说了。"

"我朋友的命至少值一百个人的命。我会一个个数，做掉一个，就在本子上画一条线。"

"你把武装斗争当成个人恩怨。"

"傻逼，跟你有半毛钱关系啊？你最好学学睡觉时该怎么呼吸。"

79. 水母的触碰

天气或许比何塞·马利上路前想象的要冷，等他到了才发觉。他和帕乔坐在后排，低着头，脸冲膝盖，什么也不知道，什么也看不到。他们要去个地方，去见领导或领导之一。传话人说带他们去见领导，他和帕乔以为要去见特内拉①。然而，正在波尔多或周边或鬼知道什么地方的房子里等待他们的，是帕基多②。

那天冷是怎么回事？何塞·马利站在领导面前，见他死气沉沉地微笑，两只死鱼眼，鱼刚开始腐烂，顿时感觉寒风袭来，心想：妈的，应该套件毛衣才对。好比你去超市，走进冷冻食品区，发现气温陡降。窗户关着，何塞·马利认为寒气的源头是领导。而帕基多身为领导，接见他们时，明显有些腼腆。

又或者，这只是他的无端臆想，是武装斗争中新手面对老手时的胆寒。老手的履历沾满鲜血，阴森恐怖。据说他杀死了莫雷诺·贝加雷切和佩尔图，命人处决了和他一样来自奥尔迪希亚的约耶斯③，炸毁了萨拉戈萨的国民警卫队营房驻地，里面还有儿童。领导跟帕乔握了握手，拍了拍我的背，我感觉那是水母的触碰。他在祝福我们正式加入埃塔，依然是死气沉沉的微笑，依然是浑浊的死鱼眼。

领导让他们坐沙发：

"你就是那个打手球的？"

他很狡猾。我想：是有人给他提供了情报，他只是摆出知情者的模样。不过，据别的跟他说过话的人透露，他只是想套近乎，处好关系。确实，领导说：希望他们能高高兴兴地加入行动小分队。

这个很仔细、很会算计的人给他们展示了一幅吉普斯夸省地图，用食指在地图上画了个圈：

"这是你们的地盘。在地盘里，你们可以为所欲为。国家警察、国民警卫队、巴斯克自治区警察，摆在面前的，都可以下手。一定要大力打击，逼西班牙政府坐下来谈。"

何塞·马利首先看到，自家镇子也在帕基多画的那个圈里，他没觉得好，也没觉得不好。主要地理参照物是比利亚博纳往南的奥里亚河，因此，这个由三名成员组成的小分队名叫奥里亚小分队。第三名成员"黑杨"正在出租屋里等着他们。

"你们别在多诺斯蒂亚行动，那儿有专人负责，你们别插手。不过，"他又指了指地图，"这片区域由你们做主，想怎么破坏，就怎么破坏。"

接下来，他给每人发了一支勃朗宁手枪，包括弹匣和子弹，还有假证件、一塑料袋钱，最后还有一大袋炸药、导火线和制造炸弹的各种物件。

"你们在自己的地盘里，自行确定目标，行吗？要狠狠地打，千

---

① 全名何塞·特内拉（Josu Ternera, 1950—　），埃塔组织头目。1973 年参与暗杀西班牙政府首相布兰科，曾经购买地对空导弹，试图击落西班牙国王乘坐的飞机，八十年代为埃塔一号头目，宣读了埃塔解散声明，逃亡多年，于 2019 年 5 月落网。

② 原名弗朗西斯科·穆希卡·加尔门迪亚（Francisco Mujika Garmendia, 1953—　），帕基多是弗朗西斯科的昵称。1987 至 1992 年间任埃塔组织头目，是埃塔历史上最血腥的领导人，曾经发动了 Hipercor 超市爆炸案等多起恐怖袭击，遇难者人数众多，且均为平民。1992 年 3 月被捕，被判处 2 354 年徒刑。2004 年，他在狱中给埃塔组织领导人写信，要求停止武装斗争，和平解决历史问题。因这封信被新闻界披露，他于 2005 年被逐出埃塔组织。

③ 多洛雷斯·冈萨雷斯·卡塔拉音（Dolores González Catarain, 1954—1986），绰号"约耶斯"。埃塔组织第一位女领导人，后因叛变被杀。

万别手软。"

边境领路人出了点问题。什么问题？不清楚。将两位新成员滞留在一对法国夫妇的家中，房子孤零零地坐落在于尔吕尼至阿斯坎公路一侧。他们等了六天，去山里走了走，没人说不准出去散步。一天下午，他们还听从集训教官的建议，去试了试枪。教官说：在任何行动之前，要确保武器能正常使用。于是，他们沿着土路往上，来到树木葱茏的偏僻处，一个放哨，一个开枪，两人轮换。

一天晚上，他们遭到了惊吓。何塞·马利——有什么办法？——已经多少习惯了帕乔的啸叫式呼吸，有时依然忍无可忍，很想走到他面前，一拳揍扁他鼻子。

他睡不着，开灯。已经是深更半夜。这时，他看见了它们。床的上方挂着一幅画，它们正在从画底下钻出。它们是什么？是虫子。深颜色，肚子鼓鼓的，正在不紧不慢地四处乱爬。他随手拍死一只，比别的个头大。挪开手指，见墙上有一抹血。我操，是臭虫。他叫醒帕乔，两人杀了一个多小时。

"奥里亚小分队在行动。"

"我说，帕乔，你要是想起绰号，我这儿有个现成的，对你特合适：'傻逼'。"

何塞·马利发现，晚上睡不好，脾气就会越来越糟，爱吵架，不耐烦，尽挑刺，芝麻绿豆大的小事，就会让人气急败坏。他跟女房东因为饭菜用巴斯克语吵了一架，因为法语他一个字都不懂。他气势汹汹地咆哮，说她做的是猪食，分量少，没味道，简直乱七八糟。男房东下午下班回来，威胁着要把他赶出去。

天刚晚，他跟帕乔待在房间，思念妈妈做的饭：

"我就没见过比她厨艺更棒的人。我能想象她这时候正在家里炸鱼，我们晚饭总吃鱼，香味都飘到这儿了。你没闻到吗？没闻到蒜蓉挂糊羊鱼的香味吗？"

他伸长脖子，在房间里嗅，似乎妈妈做的羊鱼的香味真的在鼻子前飘。

"喂，别再多愁善感了，好吧？"

"去你的多愁善感。自从住进这个房子，我就没吃饱过。我想吃一块这么大的大排，配红椒和炸薯条。"

他们连电视都没有，所以，拍死四五只臭虫后，两人关灯睡觉，比平时习惯睡得早。帕乔一开始啸叫式呼吸，何塞·马利就蹑手蹑脚地将床垫搬到走廊，睡一晚上安神觉，他太缺觉了。第二天一早，他去田野，摘了一束野花，吃早饭时，笑眯眯地送给女主人，还跟她开玩笑。心意到了，两人重归于好。

当天傍晚，一辆黑色雷诺小货车来接他们，往伊巴尔丁方向驶去。天气怎么样？多云，空气干燥，云缝里很快钻出了第一批星星。天快黑时，他们在一片树木葱茏的地方下车。密林中走出两个年轻的身影，二话不说，替我们背上沉死人的背包，往山上走，我们紧随其后。不一会儿，夜幕降临，伸手不见五指，不知边境领路人是如何辨别方向的，他们应该把路都记在脑子里了。后来，月亮出来了，总算能看见彼此，能分辨出物体、轮廓和形状。

四人默默地走了将近一个小时，爬上一座山岗。从那里，可以远远地看见拉伦山和伊巴尔丁客栈的点点灯光。这时，队伍停下，一个边境领路人听了一会儿，模仿山羊，咩咩叫。不远处，有类似的叫声回应。这是边境领路人的接头暗号。何塞·马利和帕乔明白，他们已经穿越了边境，即刻下山，去比达索阿河岸。

众人来到墓园小礼拜堂的后面，领路人让他们待在那儿别动。他们带着背包，藏了差不多半小时，直到有人招呼他们下去，到公路上。雾从河面上升起，笼得房屋都看不清。我们受凉了。上车时，天已经蒙蒙亮。在去伊伦的路上，车停了好几回，等探路的摩托车折返，确认前方路段没有警察。一大早，他们抵达终点圣塞巴斯蒂安萨拉乌斯大街，在城市公交站台的遮阳挡雨棚下，跟"黑杨"会合。这之前，他们素不相识。

80. 奥里亚小分队

躺在牢房床上，何塞·马利在回忆。回忆什么？那年，他满二十一岁，在三人中年纪最小。他们仨岁数相差无几，"黑杨"最大，二十四岁。

"为什么叫你'黑杨'？"

"小时候的事了。"

小时候，他常在家附近的一片草地上踢足球，用金属杆晾衣架当球门，既没有足够的孩子，也没有足够的场地可以组织一场真正的足球赛。于是他们就打三对三或四对四，人不会再多。门将只有他一个，既要扑这队的球，又要扑那队的球。他还喜欢赛事解说。

"喂，说来听听。"

他给每位球员起了个球星的名字，守在球门旁，用电台主持人解说球赛的方式，高声点评赛场战况。为了纪念当时的偶像伊利瓦尔①，他常叫自己"黑杨"，便永远得了这个绰号。

帕乔也是球迷，他挺皇家社会。

"别告诉我，你挺毕尔巴鄂竞技。"

"深以为傲。"

"瞧咱俩这头开的！我说，你怎么不加入比斯开小分队？"

"因为没人告诉我，我会跟你这个家伙共事。"

何塞·马利赶紧劝架：

"好了，哥儿们，行了。还有别的体育项目。"

"嗯，比方说？"

"手球。"

两人成心气他，齐声反驳：

"行了行了，那不叫体育项目。"

"那什么叫体育项目？"

"手球对足球，相当于乒乓球对网球。"

"或者，手淫对约炮。"

两人哈哈哈、呵呵呵地大笑。瞧这两个混蛋！何塞·马利瞪着他们，眼睛眨都不眨。

"黑杨"负责后勤支援。帕乔不敢惹他生气，怕他记仇，背地里叫他"给咱们跑腿的小子"，或简单点，索性就叫他"跑腿的"。他对斗争、组织、武器方面的知识知之甚多，全是自学的，没走法国招募人员的渠道。他头脑精明，既有组织才能，又有实践经验。在跟何塞·马利、帕乔组队前，虽说没有直接参加过恐怖袭击，但跟多诺斯蒂亚的许多卫星小分队暗中合作过，后勤支援是他的专长。

"总有一天，我会成为埃塔领导。"

我觉得他像蜘蛛，总是安静地躲在一旁，守候猎物。他不参加示威游行，更不会跟警察发生任何冲突。按他自己的话说，其战略方针为：保持镇定、不断学习、掩人耳目。帕乔理解不了：

"你这个年纪，怎么做起事来像老头子？"

"等你长点脑子，就懂了。"

"黑杨"没有案底，没被逮捕过，信仰革命事业，有思想高度，

---

① 全名何塞·安赫尔·伊利巴瓦尔（José Ángel Iríbar, 1943— ），西班牙足球运动员，门将，长期效力于毕尔巴鄂竞技足球俱乐部，曾为西班牙国家队成员，作为主力门将获得1968年欧锦赛冠军。"黑杨"是他的绰号。

这恰恰是帕乔跟何塞·马利的短板，他俩更喜欢直接动手。"黑杨"的文化程度比他们高，曾在德乌斯托大学蒙达伊斯校区地理历史系念过一年，没去参加期末考试，过了段日子，又重新注册。家里很有钱。

何塞·马利从一开始就对他印象很好。为什么？遇到实际问题，"黑杨"总会迎刃而解。他会删繁就简，帮你找到解决办法。他为人谨慎，有前瞻性，还会做饭。

公寓位于萨拉乌斯大街，三楼，有电梯。"黑杨"大约一个月前租下，没签合同，跟女房东只有口头协议，准时付房租，不报税。有车库吗？有，是集体车库，要的话，涨租金，他没要，先住下来，等候同伴，每天带着文件夹和书本进进出出，想给在门厅遇到的人留下印象，让他们以为他是学生。

公寓的优点是：附近有若干公交站台，可以去市中心和本省内陆地区。"黑杨"说：

"最好住在你不行动的地区。出击、撤回，像平常人一样，过平常日子。住在多诺斯蒂亚的这种区，最容易掩人耳目。镇上的人互相认识，说白了酒吧加起来也没几个，要是一下子多了三个生面孔，会太显眼。"

"我操，'黑杨'，你这脑袋瓜子好使。"

我们到之前几天，"黑杨"勘察了整片地区，如俗话所说：蚂蚁般勤劳，蜘蛛般算计，结网是第一要务。他来来去去，寻寻觅觅，行走在伊加拉公路上，找到挖地洞的绝佳地点，不远，步行一刻钟就到。星期天，他们仨分开走，彼此相隔一百步，过去瞅一眼：在一处塌屋顶的废弃大宅旁离开公路，沿陡坡上山，往守护天使小修道院方向，很快进入一片松林，途经的小道上遍地黑莓和荨麻，可见许久无人走过。帕乔和何塞·马利觉得此地甚好。

无地洞，就无法行动。在这点上，三人意见一致。前不久，他们给领导发送了第一份报告，详细描述了安全屋和所在地区，索要车辆和物资。他们已经准备就绪。帕乔觉得将武器和炸药放在出租屋并无不妥，被"黑杨"一口否决，并陈述理由。何塞·马利是小分队的头儿，由他拍板。他站在"黑杨"那边，除了留下必要的防身武器应急，所有物资全部进地洞。

　　"藏好物资，万一咱们被狗腿子警察逮住，其他伙伴还能用得着。得赶紧去挖地洞。"

　　第一步：买两只大塑料桶。这容易。可怎么运，才能不让人怀疑？他们需要一辆车。帕乔说：

　　"去偷一辆。"

　　"黑杨"一听，急了：

　　"你电影看多了。"

　　他说他去办。怎么办的？不清楚。他弄来两只蓝色的大塑料桶，全新，螺旋盖子，每只容量 220 升。有人借给他一辆小货车。谁？不清楚。他拒绝透露。我们执意要问，他说是他表哥的，表哥是水管工，谁知道真的假的。他把两只大桶先藏在伊加拉公路旁废弃的大宅子里，桶里还有簇新的锹，用来挖地洞。这家伙事无巨细，面面俱到。

　　"我操，'黑杨'，你让我们陪你来干吗？我俩纯属多余。"

　　"事情要么不做，要么做好。"

　　"黑杨"是个不可多得的牛人，埃塔有些领导连他一半都不如。

　　一天，三人一大早去松林，定定心心地在鸟鸣声中埋塑料桶，一只埋在这儿，另一只埋得高一些，之后盖上土和干干的松针，结果看不出那儿有人挖过地洞。

　　躺在牢房床上，何塞·马利在回忆。

81. 只有忧伤的医生来送她

十月九日上午过半，内蕾娅登上了驶往巴黎的列车；下午到巴黎，换车站，改乘卧铺。中间空余几小时，她只要将行李寄存在稳妥的地方，就可以在巴黎北站附近转转。

上午差不多同一时间，不愿送女儿去车站的毕妥利——我去送？想得美！——去了墓园，一路走上埃吉亚山坡，只此一回，下不为例。她气得够呛，心里窝火，需要呼吸新鲜空气，活动活动，发泄一下。直到最后一刻，她都坚信内蕾娅会去她房间，告诉她：妈，你说得有道理，我不走了。真的不走？嗯，之前不知怎么了，在发疯。内蕾娅没有进来。毕妥利在床上醒了一个多小时，竖着耳朵，听她收拾，没去送。

毕妥利气昏了头，走得仓促，把四方形塑料布忘在家里了。不要紧。早上有太阳，大石板是干的，裙子上的灰掸掸就好。

"她走了。没错，'老伙计'，你亲爱的女儿，你的掌上明珠，还记得吗？她扔下我们，看样子，要永远扔下我们了。人家在德国找了个男朋友。别以为她愿意交流，是哈维告诉我的，要是他不说，我都不知道。出国的事倒是她自己告诉我的，可是我以为……我想……你懂的。人家不回来了，我们在她眼里，什么都不是。她说过男朋友的名字，那么怪，你以为我能记住？花那么多钱让她念书，如今人家自毁前程。语言不通，去那儿干吗？给人家德国人熨衬衫，做老妈子？

我连他照片都没见过。你躺在这儿，又不能劝劝那个丢魂的。她简直自私自利到了极致。瞧，明明可以当律师，开家律师事务所，过得舒舒坦坦的，让过世的父亲自豪，可她就是不愿意。你瞧好了：留给她的钱，她会很快败光。"

没想到，哈维居然出现在火车站。

"不知什么时候才能再见到你，我可不想不拥抱一下就放你走。"

"不用上班？"

"跟同事调了一下。"

说了几句场面话，早上阳光真好什么的，两人都在掩饰。她突然说：为什么出国，他要是不告诉妈妈就好了，等到德国，她会打电话，或写封长信，跟她解释，妈妈迟早会知道的。她会是什么反应？嗯，肯定还是这个反应，但母女俩不至于会像昨天那样吵得不愉快。

哈维不敢苟同，摆出师长的姿态和口吻：

"你说得不对，那你当初也不应该把计划告诉我。在妈妈面前藏着掖着，不管藏什么掖什么，我都不愿意。不是她知不知道的问题，是我要对她真诚、不要心眼的问题。"

"可你这么一掺和，我就悲剧了。别以为我是高高兴兴地出发的，尽管我希望离目的地越近，心情越好。昨晚吵得不可开交，瞧，她都不来送我，在家里也没跟我说再见。你要是之前闭上嘴，不说，让我按自己的方式去处理，也不至于到这个地步。"

"你想说：这是战术失误？"

"我想说：我是大人了，用不着你做监护人。这不是气话，我保证。我知道要去哪儿，为什么去。你看看周围，有朋友来送我吗？在这片土地上，我既没有女性朋友，又没有男性朋友，我还留在这儿做什么？一个人霉掉烂掉？跟妈妈住在一起，星期天跟你们吃烤鸡？吃饭后甜品时，再一起掉几滴眼泪？”

“这话不公平，就是气话，尽管你不承认。”

“你不想让我走，对吗？”

“才不是。我来，是想祝你一切都好。”

“谢谢。可是哥哥，你知道吗？你说得开心点，我才会振作。”

“我把开心留给你。”

“你这难道不是气话？”

“打住，别再争了。你走，肯定没错。可你留下了什么？一个遇害的父亲，一个破碎的家庭。”

“我留下的是你和妈妈，没留下爸爸，爸爸我会装在这里。”

她很激动，坚定地把手放在心口。

“妹妹，这话说得好。我不想再强调那些伤心事，只想拜托你，时不时地给妈打个电话，跟她聊些开心事，给她写写信，好不好？或许再寄包土特产来，让她觉得有人爱她，明白吗？费不了你多少事。”

他们一直聊到火车来。你几点到？有人接你吗？会把地址告诉我们吗？哈维先问，紧接着又表态：需要什么，要办什么手续，尽管开口……

“你说他叫什么来着？”

“克劳斯-迪特。”

哈维点点头，默念了一遍名字，是想表示某种认可？他又嘱咐内蕾娅，别忘了妈妈，因为妈妈……还有，妈妈……说来说去都是妈妈……

哈维站在车厢门口，慈爱地亲吻妹妹的面颊，帮她把重重的箱子提上去，之后突然转身，没等火车启动，径直往出口走。内蕾娅怀疑：他不想让她看见他激动的样子。

哥哥是个忧伤的医生，高个子，日渐消瘦，蓄着泛白的络腮胡（什么时候开始蓄的？），低着头往前走。是不想看见熟人，跟他们打招呼？远去的背影十分孤单，他会回头，挥手跟她说再见吗？他没有。

内蕾娅隔着火车车窗，若有所思地看着他。我走了，不掉眼泪。像某首歌的歌词。可怜的哈维，一辈子努力，获得良好的社会地位，让爸妈开心。他走了，一路谦让，不撞着别人。哥哥从不闯祸，不会自己买衣服，海蓝色的毛衣搭在肩上，两只袖子系在胸前，格子衬衫没人帮他熨。只差几步，他就要走进车站大厅，那时候，他也没回头。

不一会儿，车门关闭。火车启动，慢慢驶进格罗斯区。有些窗户冲着铁轨，窗口晾着衣服。内蕾娅站了很久，感受到浓浓的离愁别绪：帕赛阿港、海兹基贝山脉、埃伦特里亚城郊。这是最后一眼，但她并不在意。我走了，不掉眼泪。快到边境时，她终于坐下。护照！心怦怦跳，赶紧在包里找。护照就在包里。哎呦！吓我一跳。

82. 他是我男朋友^①

十月十日，临近傍晚，内蕾娅困得要命，在哥廷根车站下车。这雨下的！怎么形容都不过分。站台遮雨棚外，贴着地面，腾起一片雨雾。雨滴碎了，化为蒸汽，或貌似化为蒸汽。远处的屋顶和树冠上方，乌云间透着光亮。整个下午，光线怪异，雨声哗哗。

有人吗？很少。她的金发男友不在那儿。莫非因为天气不好，躲在车站里面？没有。要么等在车站外面，站前广场上？也没有。他一定是等得不耐烦，走了。内蕾娅应该几小时前到达，可是运气不好，比利时铁路工人罢工，导致这辆夜车兜了个大圈子，换乘火车自然也就没赶上。如今，她拖着重重的箱子，乘了二十四小时火车，疲惫不堪地独自抵达哥廷根车站，满意地看了看周围。用不了多久，我会熟悉这一切。

克劳斯-迪特的地址她烂熟于胸，一路上都在练习发音，读街道名和门牌号。她会用德语数到一百，还在路上背了一长串的德语单词。她精选了两百五十五个，全是所谓的常用词，总之，有指人指物的名词，三十多个形容词，还有许多动词。今天上午和下午早些时候，她把词表复习了好几遍。谁知道呢？没准哪天，她会主要用德语。不仅我用，三个孩子也用。两个女儿、一个儿子，带百分之五十金发血统。她含着笑，全都梦想/设想好了：孩子们个个异瞳，一只栗色、一只蓝色。哦，对了，儿子就起已故外公的名字。

她把地址写在小纸条上：克罗伊茨贝格街 21 号。在去爱丁堡之前，克劳斯-迪特给她写过一封错误百出、可爱无比的信，信上说：那条街就在大学后面，距火车站步行约十五分钟。大学在哪儿？没概念。雨又下个不停。内蕾娅觉得无法念出"克罗伊茨贝格街"，让对方听懂。就算念得大差不差，接下来，她又如何能听懂对方的解释？因此，与其找当地人帮忙，不如直接打车，给司机看小纸条。

出租车上，她差点睡着。她很想对新世界有些印象，隔着车窗仔细观察，疲惫的眼前却像蒙了一层玻璃纸。这也正常：火车喀嚓喀嚓，吵得她一晚上没睡着。一晚上晃啊晃，闷热，上中下铺加起来还有其他五个人，五个陌生的／正在呼吸的／没有穿鞋的旅伴。幸好她睡上铺。下方中铺的老人穿着汗衫，开车半小时就打起了呼噜，像只裂了纹的铃铛，发出怪声。

车程不到五分钟，内蕾娅还不会使用德国马克，不想数钱，直接付了张一百，估计——不是很肯定——小费给得太多，否则无法解释司机的热情周到，帮她把箱子拎到门厅，好话说了一大堆。肯定是好话，尽管她听不懂。

她在一排信箱前停下，信箱确实不太干净。他的名字在那儿：克劳斯-迪特·柯尔斯顿，用马克笔写的，和另外两个名字写在同一张纸条上。她想象着德国信差的手把自己在萨拉戈萨酷暑天写的那些饱含柔情、思念和孤独的信投进这只金属信箱。她从包里掏出香水，上楼前喷了两下，双手提着箱子，走上吱吱呀呀的木楼梯，一层，两层，三层。门边楼道旁，靠着墙，放着一只没有背板的架子，五层搁板上摆满了鞋。内蕾娅按门铃前，迅速整理了一下头发，准备好拥抱、接吻。

---

① 原文为英语。

不一会儿，公寓里响起踢踢踏踏的脚步声，踩在木地板上，越来越近。门开了。一位金色短发姑娘看着她，眼神倒不仇视，也并不友好，先盯着她眼睛，再盯着她箱子，然后蹙着眉，又盯着她眼睛。姑娘矮胖、唇薄，完全不想跟她说话，也不想请她进门。内蕾娅绽放出最迷人的笑容问：

"克劳斯-迪特？"

姑娘转头，冲着公寓里，高声叫——还是纠正？——了这个名字，还没等人出场，就用德语说／骂开了。没错，就是在骂。内蕾娅一个字都听不懂，但意思明白。大嗓门，表情狰狞，全世界都一样。克劳斯-迪特立刻出现在门口，腼腆，羞赧，严肃，嚅嗫出一句不真诚、没感情的"你好"，一本正经地向内蕾娅伸出手，既没出楼道拥抱，又没请她进门。他趿着一双又大又旧的木屐拖鞋，穿着肘部磨损的羊毛外套，丝毫不会让女孩子动心。

姑娘第一次，也是唯一一次跟内蕾娅说话，用的是英语：

"他是我男朋友，你是谁？"

当时，内蕾娅已经完全弄清楚状况，带着口音，先不慌不忙地回答姑娘：

"我还以为他是我男朋友。"

紧接着，没等姑娘开口，她又盯着克劳斯-迪特的眼睛问：

"我这是要露宿街头了？"

她知道，姑娘见陌生女人跟男朋友用她听不懂的语言交谈，会有多崩溃。如今，她嗓门更高，威胁地冲克劳斯-迪特伸出一根手指，一巴掌打在他胳膊上，骂骂咧咧地进屋，让他独自面对内蕾娅。这时，克劳斯-迪特依然不肯放下身段，走出楼道。

"出麻烦，抱歉。请你，这里等。我电话沃尔夫冈。好吗？他，大房子，你，睡觉。"

他慢慢地把门关上，脸贴着门缝，紧张兮兮的，畏畏缩缩的，用支离破碎的西班牙语，说要给朋友沃尔夫冈打电话。内蕾娅在楼道待了差不多一分钟。我是该笑还是该哭？我在发什么神经？隔着薄墙，飘出姑娘的声音和呻吟。他归你了，小美人，送你了，全部。

她拎着重重的箱子下楼，箱子有轮子，没错，可是要爬楼梯，轮子有什么用？难道从一开始就是误解？也许他不会表达，也许我理解有误，可是为什么？怎么会有那么多书信往来？非要我来看他，给我地址，说好抵达时间，难道这家伙是个大傻逼？也就是说，我爱上了一个傻逼？因为一个傻逼，跟妈妈闹翻？我才是大傻逼，难道不是？异国他乡，孤身一人，筋疲力尽，我该如何是好？

雨还在下，已经没那么大。乌云间的光亮往外延伸，几乎覆盖了城市上空。天还没黑，快黑了。她用英语问：市中心在哪儿？往别人指点的方向走，穿过貌似是大学城的地方，感觉迎面走来、相隔十几米的小伙子就是沃尔夫冈。她不肯定，也懒得去证实。这些人在萨拉戈萨一个样，在这儿另一个样。

她困得睁不开眼，口干舌燥，腿脚疼，什么都不想。什么都不想？我发誓：当时，什么都无所谓了。我专心致志地看门面，寻找那个救命的单词。什么单词？还能是什么？酒店。那么多条街，终于找到一家。贵还是便宜？干净还是脏？无所谓了。刚进房间，她就喝光了一小瓶矿泉水。那就是晚饭。她九点不到上床，一沾枕头就睡着了。

83. 冥冥之中的祸事

　　早上八点，内蕾娅洗完澡，神清气爽地下楼吃早餐。她装了满满一盘，感激地想起爸爸。要是没有你，我过不了这种好日子。昨天尽兴而去、败兴而归，她一点也不难过。真奇怪，不是吗？难道不应该绝望？轻松的感觉从何而来？她想明白了：她在萨拉戈萨爱上的大男孩不是昨天那个趿着木屐拖鞋、穿着羊毛外套的可怜虫。大男孩说西班牙语时，口音很可爱；昨天那个白痴，虽然是同一个人，却让她觉得可恶。如今，那三个带百分之五十金发血统的孩子该怎么办？姑娘，没关系，他们不出生，也会有别的孩子出生。能来世上走一遭，相当于中大奖。小家伙，祝贺你，轮到你出生了。于是给他肉体，在子宫里寻个位置，最后让通常被称为"妈妈"的人把他生出来。她吃了两个羊角面包。亲爱的内蕾娅，小心哦，幸福会让人发胖。托盘里有各种果酱、蜂蜜小碟，看上去赏心悦目。

　　她休息充分（一口气睡了十一个半小时），干净清爽，心情舒畅地用完早餐，好了，现在该怎么办？她拉开窗帘，望着窗外：有云，但无雨，矮矮的房子，一辆垃圾车，两个穿反光背心的工人在沟里工作。感觉这是个小镇，会在街上遇到克劳斯-迪特和他的矮胖女朋友（你的素食男朋友在骗你，他吃条虾和对虾），或在萨拉戈萨交换过的其他德国学生。她不想留在哥廷根，回家？太丢人了！这么快就回来了？是的，因为……

上路前，她精简行装，从箱子里拿出碟片、书籍、萨拉戈萨的比拉尔圣女水果糖、阿拉贡的水果蜜饯、过去在萨拉戈萨酒吧常喝的四小瓶啤酒等诸如此类给爱人带的礼物，还有厚厚的一本西德词典、语法书、带答案的练习册和其他说实在的只有在德国长居才会用到的物品。酒店打扫房间的员工见了，一定会喜出望外，还以为昨晚下榻的是圣诞老人的侄女。那绺金发直到昨天，还是神圣的爱情信物，今天已经遭人嫌弃，变成恶心的手术切除物（内蕾娅，别那么恶毒），被她直接扔进了马桶。

前台服务生给她提供了一份哥廷根地图，让她不费吹灰之力，就找到了附近的火车站。她的计划是：爬上第一辆火车，去一座有趣的城市，去了解全新的地方。总而言之，在欧洲逛一圈再回家，回去念法学博士，找工作，结婚生子，就这些。

下午一点，她来到法兰克福，住在市中心的一家酒店，比昨晚那家稍微便宜些；午饭在意大利餐厅解决，点了一盘辣味番茄意面，味道好极了；之后漫无目的地逛街、购物；在一家两层楼的书店坐下，翻地图册，把书摊在膝上，研究路线。定下来先去慕尼黑，再决定是南下去奥地利或瑞士，还是去弗莱堡和黑森林。去瑞士的话，如果有兴致，可以接着去意大利。

晚一些，她在酒店房间给妈妈打电话，原本想告诉她，自己已经从恋人变成了观光客。但毕妥利不想跟她啰唆，话筒那边，态度粗暴生硬，弄得内蕾娅没了兴致，各种遭遇都没说出口，聊了几句天气、吃的，就拜拜了。她都没告诉妈妈在哪里打的电话，妈妈也没问。毕妥利没问她好不好，路上是否一切顺利，她什么也没问。

十月十二日一大早，天气晴朗，气温适宜，可以去逛一逛法兰克福。于是，内蕾娅上午过半，带着相机和城市地图，走出了酒店。第二天，她会开启新阶段，每座城市待两个晚上加一个白天，除非特别惊艳，可以多待些日子，到时候边走边看。总之，她想按自己的节奏走。其实，我想就这样走下去，直到生命的尽头。至于费用，权当大学毕业，自我奖励好了。我努力过，既然妈妈无心犒赏，那我就送自己一趟毕业旅行，开心就好。

她定定心心地一路照相，往河边走，偶遇歌德的出生地。她在酒店提供的城市介绍上读到：这是战后重建的。不进。不是真的，进去干吗？然而，站在著名的大门前，她依然萌生出强烈的文化感和历史感。为了平衡一天的活动，她决定早上汲取知识，中午去特色餐厅，下午休闲购物。

打定主意后，她在街口左拐，远远地看见圣保罗教堂的塔楼和红墙，便往那儿走去。进教堂，没觉得多好看，又出教堂，不去河边，沿着街，一直往前，决定无论如何要去参观现代艺术博物馆，去欣赏艺术或在今天被称为艺术的东西。她沿着法兰克福大教堂，绕了一整圈，从各个角度拍照，买了一副太阳镜，脚走累了，需要补充水和食物。到河边，过桥，在对岸附近，穿过一个绿树成荫的小岛。

内蕾娅过桥后，来到酒店前台推荐的沙克森豪森区。她在地图边上，记下了一家餐厅的名字和地址，去那儿吃午饭。餐厅里摆着木头长桌，要跟其他人拼桌。她点了烤肋排和煎土豆，土豆上浇了浓香酱汁，吃完又要了一份；喝的是本地产苹果酒，比镇上酒吧里卖的更甜、更清。她也遇到了不顺心的事。什么事？她让男性侧目，同桌小伙子直勾勾地盯着她，冲她笑，和善地／开玩笑地举杯或酒罐敬她酒，若干次地想跟她搭讪，她不失礼貌地应付过去。对不起，好心人。我跟德国男人没戏了，此生缘尽。

咖啡去别处喝。去哪儿？坐船，美因河水上游。秋日的暖阳照在脸上，她惬意地双手抱胸，昏昏欲睡，不去听大喇叭里播放的英文和德文讲解，时不时地瞅瞅两岸房屋，有时清风掠过，拂在脸上，惬意更浓。除了女服务生送来咖啡和附赠的一块饼干，无人搭讪。她自由、独处、不思考、不痛苦、不回忆，这一刻简直完美！睁开眼，城市上方是湛蓝的天空；合上眼，耳边又听见嘟嘟的马达声。

再上岸，就全都不对劲了。不是瞬间发生的，她还有时间去欣赏橱窗、进店、试衣服。下午五点一刻，冥冥之中，她走了这条街，没走那条街，目睹了那场祸事。一百米开外，聚了一大群人。人头之上，再远些，停着一辆有轨电车和两辆救护车。内蕾娅好奇，拎着购物袋去看热闹。这个决定糟透了。几名警察阻止行人靠近事发现场，内蕾娅挤到人行道边上，心扑通一跳，差点晕倒，立马后退，只可惜为时已晚，看见了不该看见的那一幕——死亡的具体表现。在停下的有轨电车旁，躺着一具一动不动的身体，盖着毯子，只露出两只脚。周围的医务人员束手无策，什么也做不了。

她攥着城市地图——没地图，回不了酒店——手直哆嗦，反复地叫着"爸爸""爸爸"。行人回头看她，这个外国模样的女孩子哭得哽咽，疾走如飞。她在酒店前台，失声地预订明天五点叫早。出租车大清早把她送到了机场。

84. 巴斯克杀人犯

　　三人去萨拉戈萨是哈维的主意。他很有说服力地建议爸妈，抓紧时间，一大早走，他开车。灾祸那年一月末的周日，当时，他们并不知道那年会发生灾祸。出门的理由，不，借口是：皇家社会下午五点在罗马雷达球场对阵皇家萨拉戈萨。哈维跟爸爸说，阿兰萨苏被换了班，很讨厌，不能陪他去看球。他不高兴一个人去，花大价钱买了两张票，浪费了岂不可惜？"老伙计"答复前，看了看窗外，唯一可见的只有云，似乎瞥一眼，老天会给他答案。他说行，去看一场皇家社会的比赛也不错，尽管那帮小子球踢得实在是不怎么样。

　　毕妥利哪儿也没看，毫不犹豫地说要去。去看球？没兴趣。去年末到现在，都没见过内蕾娅。作为好奇心与控制欲并重的妈妈，她要去瞅一眼女儿新租的房子。托雷罗区的房子她去过，离学校相当远，感觉不错，挺干净的。现在这个她还没去视察过，得去看看，去看看。

　　路上，父子俩商量不去出租屋跟内蕾娅见面。哈维说：

　　"否则，她完全有理由认为，我们是去查卫生的。"

　　"喂，干净点总没错。"

　　"老伙计"不说话。

　　"妈，她跟两个朋友合租的房子，咱们不能像一帮卫生检查员似的闯进去。"

"我又没这么说。"

"要是她有朋友在，怎么办？"

"她周四就知道我们会去看她。"

"也许我没说清楚，有朋友指的是那种关系特别亲密的朋友。"

"撞见活该。"

毕妥利无论如何要去出租屋。为什么？她给女儿带了亲手做的墨汁鱿鱼、油浸西红柿、农家豆荚（一公斤两百八，简直闻所未闻）、托洛萨菜豆等一堆好吃的。她一个人坐在后排，用食指肚依次去点另一只手的手指肚，将好吃的一样样数过来。

"丑话说在前头，我可不会拎着大包小包吃的，在萨拉戈萨乱转。"

"老伙计"说：

"你早说，就开卡车来了。你怕女儿饿着还是怎么着？"

"你给我闭嘴。"

"我为什么要闭嘴？"

"因为你不是当妈的，因为我让你闭嘴。"

毕妥利要求在巴尔铁拉服务区停一下，她要去上厕所。父子俩下车活动活动，一个提议去咖啡厅，但兴致不高，一个主张尽量别浪费时间，于是两人便守在原地。"老伙计"那阵子还抽烟，点了一支烟。

"星期五，有人往我们信箱里塞了鸡杂碎，下手的人真够毒的，那个味儿，我就不跟你形容了。妈妈让我别告诉你，免得你担心。"

"如果能做到，我会逼你们今天就离开镇子，从萨拉戈萨回去就离开镇子。"

"可是你做不到。信箱已经清洗干净，他们这么做，我是不会认怂的。就是镇上人干的，不是他们，会是谁？年轻人干的。要是让我逮着，我会让他好看，一辈子记住。你知道我律师的手段。"

哈维看了看周围：

"为什么不把公司迁到这儿来？瞧这些田野，多么安宁。高速公路就在附近，分分钟就能回巴斯克。你意下如何？"

"老伙计"学儿子，也看了看周围：

"气候有点干。"

"可是能透得过气来。"

"镇上也有空气。别忘了，还有员工、技工、卡车司机。这儿我谁都不认识。"

"我不想每次见面，都惹你生气。我只想告诉你：要是你或妈妈出了事，我不会原谅我自己。"

"好了好了，别这么悲观。你妈说得没错，我干吗要跟你多嘴。"

十点，已经能远远地看见萨拉戈萨的房子。天气转冷（街上的温度计显示 9 摄氏度），可是干燥。洛佩兹·阿略埃街上，没地方停车，他们在另一条平行的街道上找到了停车位。说了半天，三人最后都去了内蕾娅的出租屋，她非要他们上去。

毕妥利在楼梯上开玩笑：

"我警告你：这俩是来查卫生的。"

进了门，"老伙计"问：

"室友呢？"

"不在。周末，她们有时会去爸妈家。"

一家团圆。一家四口上次团圆是在什么时候？去年的最后一天。下次团圆呢？没有下次了，只是当时并不知情。一年后，毕妥利坐在墓边，对"老伙计"说：

"那是我们一家四口最后一次团圆，你还记得吗？"她想象着

"老伙计"在大石板底下质疑,"我当然肯定了。那年夏天,内蕾娅就在家跟我们住了一个多礼拜。那段日子,哈维跟想钓他的那个护士去度假了。还说我记性不好!"

"老伙计"有个标志性动作,被毕妥利戏称为划地盘,就像狗走到哪儿,就尿到哪儿,"老伙计"走到哪儿,钱就撒到哪儿。他总想做得神不知鬼不觉,可毕妥利总能看见,看不见也能闻得到。她见他把两张五千比塞塔的钞票压在内蕾娅书桌的一本书底下,以为没人看见。

"老公,你出手真大方,特别是对女儿,你的心肝宝贝。结果呢?人家追悼会没来,葬礼也没来。"

内蕾娅带他们参观公寓,这儿是什么,那儿是什么。为了留个印象,还带他们看了室友的房间,没让他们进去。仁慈的卫生检查员们跟着她,全部视察一遍,频频点头说好。"老伙计"见女儿在别的城市、别的房子里生活,对他而言,完全是陌生的环境,感慨万千,一句话颠来倒去说了三遍:

"需要什么,跟爸爸说。"

说到第三遍,毕妥利让他打住:

"说来说去,烦不烦啊?"

一家四口上街,内蕾娅挽着爸爸的胳膊带路。他们慢慢走,边走边聊,其乐融融,沿着格兰比亚大街往前,逛了整条独立大道,那时候人不多,还有管子美食街区,弥漫着一股油炸食品的味道。十二点不到,"老伙计"就问哪儿有好馆子。四人走进皮拉尔大教堂,毕妥利跪下,向圣女祈祷,那时候她还信上帝。其他人在外头等,等几乎想献身上帝的毕妥利修女。他们嘻嘻哈哈地取笑她,反正她听不见。广场上有佩戴皇家社会标志的人在散步,有些人看见哈维的蓝白围巾,主动跟他打招呼。

"老伙计"问：

"这谁呀？"

"不知道。"

午饭吃得好吗？挺好的，就毕妥利抱怨。付账时，她坚信：

"他们一听口音，就发现我们是外地人，想着这几个，要狠狠地宰。"

其他人都一口同声地反对，说跟圣塞巴斯蒂安相比，价格还算公道。走在街上，内蕾娅也说：萨拉戈萨相对于其他城市，的确开销少（房租、吃饭、娱乐），过得滋润。

毕妥利很固执：

"可我还是觉得被坑了。"

"老伙计"跟哈维在西班牙广场打车去球场。母女俩先去独立大道上的冷饮店，再走回家。毕妥利说：别管我，非要去擦窗户，擦好了，又去收拾卫生间和厨房，尽管她反反复复地表示：房子很干净。

"可我就是闲不下来。"

与此同时，父子俩站在球场拐弯处的座位旁，跟多诺斯蒂亚球迷在一起。球员们还没入场，隔壁看台上的人就开始骂声不断：埃塔分子、狗屎不如的巴斯克人、巴斯克杀人犯等等；哈维他们一边唱歌，一边挥舞着巴斯克区旗和蓝白色队旗，互相安慰：

"别理他们，咱们是来给球队加油的。"

"老伙计"有点慌：

"没想到还有这一出。"

"哎呦，爸，没事的。还有球场比这儿更糟，习惯了，当没听见就好。"

"他们就在隔壁，扔石头过来，能把咱们砸死。"

"别担心，这都见怪不怪了，等咱们赢了，看他们气得鼻子冒烟。"

萨拉戈萨队因为门将主罚并命中了一个点球，2：1取胜。终场前十分钟，比分依然是零比零。赢球平息了本地球迷的情绪，仅仅对皇家社会球迷摆出了一些不雅的手势。出球场时，天已经黑了，哈维把蓝白围巾塞进大衣口袋。

"我可不想惹事，明白吗？还是谨慎点好。"

好半天才拦到一辆空车，终于打车回到洛佩兹·阿略埃街。一家人跟内蕾娅告别，在门廊前拥抱、亲吻。"老伙计"差点掉眼泪：

"女儿，需要什么，跟爸爸说。"

他们去找车，两边后视镜都被砸了，两边车身也都凹了下去，是被踢成这样的？前后两辆车都没事儿，没人碰过。嗯，至少还能开回家。哈维在路上说：

"别以为我没想到。"

"想到什么？"

"把一辆挂着圣塞巴斯蒂安牌照的车在街上停一整天，是有风险的。"

雨刮器也被弄坏了，开到伊玛尔科阿因服务区才发现，毕妥利急着去上厕所，要求停车。

"老伙计"点了一支烟，对哈维说：

"修车的事你不用管，我来。"

"你甭管。"

"钱我付。"

"别了。"

如此这般，直到毕妥利回来。

85. 新　居

"老伙计"把在圣塞巴斯蒂安买房的事交给了哈维，哈维又转交给阿兰萨苏。因为她有天说：

"亲爱的，这事儿交给我，我去跟哥哥说，他懂行。"

"老伙计"要的不是百万豪宅。

"奢侈日子，我就没过过，也不要过。"

"总不至于让妈住贫民窟吧？"

"你妈离开镇子，住哪儿都不会高兴的。"

"我建议，你把买房当投资。"

"老伙计"没想好是不是要搬到圣塞巴斯蒂安去住，至少没想好短期内要不要搬。哈维让他赶紧搬，内蕾娅听说镇上刷标语的事儿后，也让他赶紧搬。兄妹俩背地里商量好了，"老伙计"不想跟儿女对着干，松口或假意松口。他等了一段日子，又磨蹭了一段日子，终于同意在圣塞巴斯蒂安买房，同时表示，除非事态恶化到一定程度，他不会离开镇子。

"事态已经很糟。"

"还没糟透。"

"老伙计"还说：有风暴，不能弃船；快沉了，才能弃船。要是镇上人无论如何不给他们好日子过呢？那他和毕妥利就搬到圣塞巴斯蒂安去住，然后他会——好好地？——考虑，这个等等再说，怎么把公司搬到拉里奥哈或巴斯克附近地区，尽量别离大多数客户太远。

"新房子也可以给你妹妹住。等她念完大学，总得有个住处。"

阿兰萨苏的哥哥很快通知"老伙计"，房源有两处，都在个人名下，价钱可以直接跟房主谈。她哥哥表述清晰，人长得也好（就是抹了太多发胶），结论是：

"相信我，两处都很便宜。"

要是"老伙计"不买，他买。听阿兰萨苏说，她哥哥就靠倒房过日子，低价买进，高价卖出，赚了钱，会出国一口气玩三四个月。

对"老伙计"而言，一年到头，从周一到周日都不工作，简直怪异。哈维给他打手势，让他别这么瞎评论。"老伙计"换了个话题：

"好了好了，去瞅一眼。"

尽管毕妥利会把两套房子都否掉，"老伙计"还是带上她，想听听她的意见。格罗斯区那套宽敞，正对着苏丽奥拉散步道，可她觉得阴冷，光线不好，大海湿气太重，更何况在五楼，免谈。另一套在乌尔别塔街，地板太旧、屋顶太高，她印象不好。正好楼上在用电钻，吵得慌，街上也吵，由此她推断出墙壁太薄。

"在这儿就能闻到汽车尾气。"

"老伙计"早就说过：这个女人，谁都琢磨不透。明明在家说得好好的，最好离开镇子，带上卡车，去个安稳的地方，免得看见周围这些心肠不好、得红眼病的家伙。可他刚有所动作，想换个环境，她又来拖他后腿。

过了一段日子，阿兰萨苏带来消息，又有一处房源。哥哥的原话是：大便宜，疯了才不捡。她哥哥到处捡便宜。父子俩这回说好，买房不让毕妥利插手。他俩走了一段阿尔达佩塔上坡。

"你等着瞧，妈一定会对这个上坡有意见。"

他们仔细看了看房子：三楼，带电梯。三个遗产继承人关系不好，迫不及待地要贱卖房产，变现。阿兰萨苏的哥哥代表"老伙计"，花了一大笔钱，将它买下。尽管如此，价钱也比三位房主脑袋清醒时的要价要低得多。

交钥匙时，毕妥利也不在场，后来再也瞒不下去。一天下午，天气很好，气温适宜，阿兰萨苏开车去接她，"老伙计"和哈维在阳台上等。这里能看见圣塔克拉拉岛、乌尔古尔山、伊戈尔多山顶，还有傍晚时分黄色天空下一道蓝色的海面。

"景色美极了，妈妈会喜欢的。"

"我觉得你不了解她。就算你把格拉纳达的阿兰布罕宫送给她，她还是愿意住在镇上。"

父子俩肘靠着栏杆，面前有一棵欧洲七叶树，树冠离三楼不到一米。他们看着附近的房子、停泊的轿车、无人的街道。这儿僻静，邻居都是有钱人。

"你去上班，会不会改换路线？"

"有时候会，记得就会。"

"你答应过我的。"

"那些人吧，要想逮着你，总能逮着。我可以今天从这儿走，明天从那儿走。但早晚你会从他们等你的地方走。"

"你这么淡定，我很担心。"

"你想让我紧张？"

"不是紧张，是警觉。"

"哈维啊，那些打电话来骂我、威胁我的混蛋，还有那些刷标语的混蛋，我压根就不在意。他们甭想骗我，就是镇上一帮挫人。他们想要什么？吓唬我，让我躲在家里，或搬到别处去。我一点儿也不怕！妈妈觉得他们不让我们过安生日子，是因为我们脱了贫。以前过苦日子的时候，他们就认识我们。那时候，我们跟他们一样，是穷鬼。如今，见咱家儿子当医生，女儿上大学，我有卡车生意，他们受不了，总想搅和一下，让我们日子不好过。他们以为我的钱都是偷来的，我这么辛苦，反倒惹祸上身。"

"既然他们是混蛋，你就更应该防范。"

"哼！让他们放马过来好了。瞧，我还会请他们吃饭。要是把我惹毛了，我就告诉他们：今年大大小小的节日，我不赞助了，让他们见识一下'老伙计'的厉害。他们都明白：我比他们加起来更巴斯克人，五岁前，没说过半句卡斯蒂利亚语。我爸爸，愿他安息，在埃尔赫塔前线保卫巴斯克时，被机关枪打烂了一条腿，后来年纪大了，一抽筋，就咬紧牙关强忍着。我们问他：怎么了？你痛吗？他回答：我操佛朗哥和他当婊子的妈。他坐了三年牢，没被枪毙，真是奇迹。"

"爸，你说这些，想告诉我什么？你以为埃塔会把爷爷的遭遇当回事？"

"我操，他们不是说保卫巴斯克人民吗？我要不是巴斯克人民中的一分子，你告诉我，谁是巴斯克人民中的一分子？"

"爸，拜托！你要明白，怎么跟你说呢？埃塔只是行动机器。"

"你要是想让我听明白，自己先说明白。"

"埃塔必须不断地行动，它没的选，早就陷入了盲目行动的怪圈中。不搞破坏，它就不是埃塔，它就没有用，它就不存在。这种黑手党运作方式已经超越了埃塔成员的个人意志，连埃塔头目也无法幸免。没错，他们可以做决定，但只是表面现象。他们不得不做决定，因为恐怖主义机器一旦运转，就不能停下。能听明白吗？"

"听不明白。"

"你看看报纸就知道了。"

"我觉得你在过分担心。"

"他们冷血地干掉了前领导人约耶斯。连他们之间都没有同情心，你还指望他们会对你有同情心？只因为五十年前，你爸爸曾经是战场上的巴斯克战士？好了好了，我担心的是你太天真。"

"儿子，我不像你，念过书，你说的我都觉得太高深。我就是不明白，试图捍卫巴斯克语的家伙会去杀讲巴斯克语的人，希望建设巴斯克地区的人会去杀巴斯克人。杀宪警或外乡人是另一码事，我也觉得不对，但从恐怖分子的逻辑上讲，情有可原。"

"那不叫逻辑，那是胡言乱语，也许只是交易。"

"先冷一冷，过段日子，他们会忘了我，你等着瞧。镇上人不跟我打招呼？随他们去。嗯，我唯一恼火的是星期天不能去骑车。除了这个，他们动不了我一根毫毛。"

阿兰萨苏的车缓缓驶下斜坡，先下车的是毕妥利。她一脸气恼地抬起头，见丈夫和儿子正从阳台探出头来。还没上楼，她就在街上吼，完全不管别人家会不会听见：

"我就知道，没问我，你就买下了。"

"老伙计"小声对哈维说：

"我真怕了她，瞧这个性！"

86. 他有别的打算

躺在床上，能听见雨声。灰蒙蒙的雨似乎在淅淅沥沥地对他说：
"老伙计"，"老伙计"，醒醒，起来了，快来淋雨。也许因为他迟迟不
想面对这糟糕的天气，也许因为窗帘透进的光太暗，让他懒洋洋的，
眼皮沉得睁不开，也许因为取消了跟贝亚塞恩客户的会面，下午去办
公室也没多少事，午觉睡得比平时长。此话怎讲？他睡了足足一个小
时，没做梦，没操心；平时顶多就睡二十分钟或半个小时。

坐在床边，他想抽根烟，不行。已经戒了，尽管时不时地会想。
一百一十四天前，他抽完了最后一根烟。他天天数，自豪感与日俱
增。亲戚里有几个得肺癌和食道癌的，毕妥利的亲戚里也有，镇上人
也有。他不想走这条路，他有别的打算。

穿鞋。该做什么才好？这么问，纯属多余。他要是单身，会索性
住办公室。再说，总得盯着点，对员工不能完全信任，不能完全放任
自流。要是电话响了，怎么办？他突然很赶时间。赶什么时间？后悔
这一个多小时，光睡觉，没工作。他尽量把床单抹平，免得晚上被毕
妥利抱怨。

客厅桌上，报纸还摊在填字游戏那一页，老花镜搁在一旁。要是
少睡点，没准还能做完。该死的菲律宾小岛，四个字母，填过好几
次，就是记不住。比利牛斯山谷常见的水果，天知道是什么。毕妥利
坐在沙发上，双手抱胸，感觉他到客厅，疲惫地睁开眼，问他几

点了？

"快四点。"

"你睡过了，还是怎么着？"

进厨房，他很失望：没有咖啡。早饭时煮的咖啡，壶里只剩下一点点，凉的。"老伙计"嘟哝一句，毕妥利半梦半醒——她总是睡不踏实，晚上也是——听见了，说：

"我再给你煮一壶。"

习惯上，他想喝杯现成的，不用等，喝完赶紧出门，去上班。他有点不高兴，说赶时间：

"我把剩的喝了，喝完就走。"

他就着咖啡壶，直接喝完最后一点点黑咖啡。毕妥利在沙发上继续打盹。最后那点苦得他直咧嘴，含含糊糊地说了句脏话，探身出门。他没去毕妥利身边，毕妥利也没来送他。他倒不是干巴巴的，只是简短地说了句：

"晚饭见。"

毕妥利点点头，似乎在说：知道了，我困死了，不想说话，点个头就好。她又把眼合上。

"老伙计"开灯，下楼。午后的铅灰色笼罩一切，颜色变暗，黑影变浓。走到门厅，他瞅了瞅信箱，不是找信，邮差上午已经来过了，是有人会往里头塞脏东西或骂他、威胁他的字条，尽管两个月以来，这方面还算消停。然而，若干天前，音乐亭墙上，他的名字出现在靶纸中央。一位女邻居悄悄告诉毕妥利：你知道吗……否则的话，他们都不知道，两人很久没去广场了，总之很过分。烦他、气他是一回事，镇上的人（有些还是好人）盼他死是另一回事。

他出门厅，没走出去，迈出一只脚，又立马缩回。下雨，天灰蒙蒙的，没有汽车驶过。嗯，有。正想着，一辆小货车往坡子尽头驶去。尽管是下午，街上没有人。瞧，雨下得真大！他站在门口，想回去拿伞。哎，那位正在睡觉，算了，从这儿到车库，没几步。他想鼓足勇气，跑过去。出发前，看了看乌云，断定雨完全停不下来。

公路上方，从自家阳台到对面路灯之间，拉了个条幅，写着"释放囚犯，要求大赦"。每隔一段日子，那儿就会拉出个条幅，不一定总跟政治有关，有时就是镇上的节日宣传。几年前，他们征求他意见，他同意了，尽管不太情愿。不过，这可不是跟镇上人对着干，特别是跟年轻人对着干。于是，每隔一段日子，就会有人带梯子来，将条幅的一端拴在他家阳台栏杆上。为什么非得挑他家阳台，不挑这边这家或那边那家？因为该死的路灯就在他家正对面。

信箱被塞满脏东西那天，他气呼呼地上楼。毕妥利见他气急败坏、骂骂咧咧地抄起一把刀，问他上哪儿去：

"去割条幅绳子。"

她拦住他：

"你什么都别割。"

"让开，毕妥利，我正在气头上！"

"那就消消气。咱们的麻烦已经够多了，我可不想再惹新麻烦。"

毕妥利没有让开，"老伙计"尽管骂不绝口，愤怒地将贝雷帽摔在墙上，还是忍气吞声地答应，每隔一段时间，要在阳台栏杆上拉个条幅。

他像儿时那样，数着：

"一、二、三。"

出发，去车库。跑着去的？只跑了三步，就慢了下来。其实，他是半走半跑，既不想在雨里淋太久，又不想在湿漉漉的地面上滑倒，所以像上了年纪的人那样，一路小跑。只有十几米，还不到。反正办公室里有衣服换。

　　雨下得真大，我操他妈！乌云迫不及待地化为雨点，打在他身上，人行道旁已经汇成了一道小溪。下午四点不到，镇上就像已经入夜。时间还早，没亮路灯。

　　对面人行道旁停着两辆车，中间走出一个年轻、敏捷、模糊的身影，戴着风帽，"老伙计"看不见他眼睛。年轻人向他走来，不是迎面走来。谁啊？二十多岁，镇上某个低头躲雨的小伙子。小伙子纵身一跳，跳到他身后的人行道上。"老伙计"继续往前，差一点就要走到街角。

　　这时，身后近处，传来了一声枪响。

　　然后是另一声。

　　另一声。

　　另一声。

87. 蘑菇和荨麻

关于工厂财务状况不佳的谣言已经风传了很久,有人这么说,有人那么说。吉列尔莫开始晚上睡得少,睡不好,担心被人炒。那时候,儿子恩迪卡两岁半,女儿在肚子里,还没出生。他和阿兰洽日子过得简简单单,中产阶级往下的水平,希望将来能越过越红火。两口子挺幸福的,或自认为/表示挺幸福的。他们觉得挺好,可脚底下的经济基础要是没了,一切都会土崩瓦解。

深黑半夜躺在床上,他说:

"要是没了造纸厂那份薪水,你说这日子该怎么过?"

"没准你运气好,他们裁别人。"

"裁谁啊?"

"小声点,别吵醒孩子。"

"坐办公室的,你说他们会裁谁?裁我的理由最充分。"

"裁年纪大的,留年纪轻的。我说,要是真被裁了,总能找到别的工作。先靠我的薪水撑一撑,我挣得不多,但好歹能派上用场。"

"不够的,阿兰洽。我算过,不够。咱们很快就是一家四口了。"

阿兰洽在鞋店的遭遇还瞒着他。什么遭遇?女店主很夹生,当面批评她:怎么这么快又怀上了?后来听女同事说,女店主背后也批评她。她不想告诉吉列尔莫,免得给他添堵。

吉列尔莫忧心忡忡，闷闷不乐，自顾自地接着说：

"度假、买车什么的，就别想了。"

"放心吧！我们一起努力，总能渡过难关。"

"我希望我们幸福，可是实现不了。活在世上，难道就永远不能幸福吗？我就不懂了，人为什么要诞生在这个世界？"

"吉列，拜托。你要求太高，百分之百的幸福只会出现在电影里。"

"不是要求，是强烈要求。我勤劳、本分，让我做什么，就做什么，做得还挺好。我想要我的那份幸福，那份小小的幸福。"

几天后，他到家比平时早，把辞退信放在厨房桌上，将恩迪卡紧紧地抱在怀里，抱了很久。儿子才两岁，他就失业了，看不到希望。他是个废物。

"别这么说。"

"我就是个废物。工厂没有我，也照样运转。我就是那种地道的可怜虫，要跟老婆伸手，讨几个小钱，去酒吧喝杯啤酒。"

他迷失了方向，每天早上进山，采野草莓、蘑菇和荨麻回家，坐在厨房桌边给大家上课：荨麻可以食用，可以泡水喝。他在说服自己：我在给家人提供食物。他天一亮就出门，穿着靴子，背着背包，上山采果子，什么都往家里带：有苹果，天知道是从哪个果园摘来的；有榛树枝，回来削成小棍，给儿子搭城堡。有时候天气好，他会提着鱼竿，去港口或海兹基贝山脉的大石头上钓鱼。他眉头紧锁，眼里有火，话少了，爱独行。不能跟他顶嘴，脾气一点就着。艾尼奥娅出生时，情况更糟。

他第一次把女儿抱在怀里，就对她说：

"小东西，你运气不好，出生在穷人家。"

他经常半天不说话，开口就是这种话，言语中带着气恼。阿兰洽不搭腔，忍着，对他无可奈何，免得越说越糟。有时候忍不了：什么玩意儿啊？我也是有感情的！她会尽量心平气和地说说自己的看法：

"你是自尊心受到了伤害。"

"蠢婆娘，你懂什么？"

就这样，他变得敏感，咄咄逼人，一肚子苦水，不像之前那样，"甜心""亲爱的""宝贝"不离口。在床上，她百依百顺。当然了，要是连这点乐子都没了，这家伙没准儿会恼羞成怒，对我动手。两人例行公事地做爱，他快速发泄，她快感全无。温存指数为零，暴力指数也为零，只是两个肚子撞来撞去，单调地响几声，走个过场。

吉列尔莫失业没几天，人就抑郁了，老说要去卧轨之类的傻话，后来又总是当着孩子们的面，将前景描绘得一片黯淡。孩子太小，他又说得文绉绉的，他们都听不懂，他也没打算让他们听懂。他会突然趴到艾尼奥娅的摇篮上，当她是大人，说往后日子可惨了，会缺衣少食。对恩迪卡也是如此，他会突然抱着儿子，说些悲观、不祥、难过的话。

家务事他做得比在造纸厂工作时还少。为什么？他觉得吸尘、洗碗、擦玻璃这些活儿，太掉价。

"我又不是天生做家庭主妇的。"

"哦？难道我是？"

话说到这份儿上，他就会一本正经地要去卧轨或服毒。阿兰沆气得发疯，恨得牙痒痒的，泪水在眼眶里直打转。可是，看见两个如此年幼、脆弱孩子，只有忍。上班时，她会跟同事抱怨，说点这个，说点那个，东一榔头西一棒，不说全，不露底，因为关系没那么铁。那种真正的朋友，她没有。婚后，她远离了镇上的小伙伴。在埃伦特里亚，她跟女邻居们偶尔接触，跟吉列尔莫身边的人接触更多。还有，她打死也不会把这些告诉妈妈。米伦早就知道女婿失业，就是不问他们需不需要帮忙。

她跟安赫丽塔和拉斐尔还能说点心里话，甚至告诉他们：吉列尔莫想卧轨或服毒。他们都安慰她，拉斐尔说：别担心；安赫丽塔说：你放心。他们无比慷慨地伸出援手，拉斐尔替他付了一年的房贷月供，安赫丽塔每个礼拜陪她去超市（购物车堆得高高的），刷卡付钱。吉列尔莫呢？完全不知情，只知道往山上跑，采荨麻加自言自语。

失业十个月后，发生了一件意想不到的事。一天下午，他推艾尼奥娅去法典广场，遇到了一个名叫玛诺罗·萨玛雷尼奥的朋友。玛诺罗看见他，挥手让他停下，笑眯眯地走过来，告诉他一个很有希望的消息，还有……还有什么？还有记在纸片上的一个电话号码，让他务必打，最好今天就打。猛犸象超市办公室有个空缺，正在紧急招募员工。

"打电话，赶紧去打！没准儿你运气好。"

于是，吉列尔莫放下蘑菇和荨麻，去跟数字打交道。薪水比在造纸厂少，但好歹是份薪水。没几天，他脾气转好，又有了生的欲望，变得和善、慷慨、诙谐。他请阿兰洽原谅，这几个月，他让她的日子很不好过，也请她理解，这段日子，他备受煎熬。

"两个孩子，我养不起，你懂的。"

第一个月薪水到手，他请她下馆子。一天下班，他送她一朵玫瑰花。阿兰洽没当回事，插在有水的容器里，因为艾尼奥娅又跟平常一样，在房里哇哇大哭。第二天一早，他前脚刚出门，她后脚就把花扔进了垃圾筒。

88. 沾血的面包

六月二十五日，星期四。吉列尔莫和阿兰洽想方设法凑了一个星期的假。不是总能凑到一起去，这回总算凑上了。当时，两人都有工作，可以适当多花点钱，不过分就好。孩子们也都长大了些（恩迪卡六岁，艾尼奥娅快四岁），没有毛孩子的种种限制和不便，可以带出去郊游。

一家四口昨天去比亚里茨海滩，今天去米伦外婆家吃午饭，明天什么活动，待定。他们买了一辆二手车，不是什么好车，够用就好。

那个星期四，家里晚饭没面包了。这个问题容易解决。也许，所有的不幸都跟这个类似。吉列尔莫自告奋勇，马上下楼，去面包房，买半只大长棍。他半开着门，高兴地问：谁想跟我一起去？两个孩子老打架，阿兰洽想把他们分开：

"带恩迪卡去，他快把我弄疯了。"

于是，他（来，冠军娃娃，咱们走）带恩迪卡出门。

那是个永生难忘的星期四，父子俩差点送命。要是真送了命，他们不是第一个，也不是最后一个。父子俩手牵手，从藏着炸药的黑色小型摩托车旁经过。吉列尔莫赌咒发誓地说他记得。阿兰洽问：

"你肯定？"

百分之百肯定。他见人行道上停了一辆小型摩托车，很生气，还特地跟儿子说，不能这么停、这么停不好之类的话。

他在几米外的面包房门口，遇到了玛诺罗·萨玛雷尼奥，玛诺罗正拿着一支长棍面包出门。当时大约十一点零五分，也许十分。玛诺罗跟他随口闲聊几句，还亲热地揉了揉恩迪卡的头发。

护卫在街边等。

护卫？没错。十二月，他的朋友何塞·路易斯在伊伦一家酒吧遇害，由他接替埃伦特里亚人民党市政官员的职位。吉列尔莫听到这个消息，在家说：

"有种的才敢去。"

"吉列，要是我跟别的女人一样，去听弥撒，我会为他祈祷，让上帝保佑他。要是他也遇害，你不会去接替那个职位吧？"

"我去？你疯啦？我还想活命呢！"

玛诺罗上任没几天，车就被烧了。这只是开始，后来被人骂，照片被做成侮辱性招贴画，名字被写在靶纸中央，可他没有闻风丧胆，还向新闻界表示："既然我生在这儿，我就会留在这儿。"就这样，过了一周一周又一周，没几周，就到了六月的这个星期四，大限临头。他下楼去买每天要吃的面包，停下来跟吉列尔莫聊了一会儿。

一个进面包房，一个出面包房。简单聊了几句，他沿着人行道往前走，护卫紧随其后。吉列尔莫在柜台前排队，突然听见一声巨响，恩迪卡吓得摔倒在地。玻璃碎了，哗啦啦地落下。吉列赶紧扶起儿子，心神大乱，却故作镇定地用父亲的口吻说：

"别哭，待在这儿别动，爸爸马上回来。"

他出去看。

7号门廊前的小型摩托车爆炸了。玛诺罗呢？没看见。只见护卫坐在地上，倚着一辆车，脸黑乎乎的。炸坏了好几辆车，那一刻静悄悄的，空气浓浓的，冒着烟。一个女人率先尖叫，有人（附近居民）跑过来看/救助。

玛诺罗呢？

在那儿。在哪儿？在两辆车中间，躺在血泊中，很大一摊血，他自己的血。人被炸黑了，似乎被炸个正着，几乎赤裸着，只剩下内衣和鞋，还有手腕上的表。刚买的面包从中间断开，断成两截。

吉列尔莫别无选择，趁警察还没到，街道没被封锁前，从事发现场、死者和坐在地上的护卫身边走过。他抱着儿子，跟他说：别看啊，别看。

"说实话，看了没？"

"没看，爸爸。"

"你发誓？"

"我什么都没看见。"

路上遇到阿兰洽。她满眼惊恐，拼命往这儿跑。

"你们还好吗？出什么事了？"

"玛诺罗。"

"什么？"

"玛诺罗。"

他张开嘴，只能说出"玛诺罗"三个字。

"玛诺罗·萨玛雷尼奥？"

他抱着儿子，点点头，无须再解释。阿兰洽惊得直拍脑门。他们没再多说，赶紧回家。她刚才一惊之下，撂下插电的熨斗就跑，把女儿一个人留在了家。很快，远方传来第一声警笛，声音越来越近，进街区了。

这时，电话铃响了。是安赫丽塔打来的，问她发生了什么事，哪儿来的巨响。阿兰洽当着孩子们的面，说了等于没说。她告诉婆婆：自己不是一个人，孩子们在场。婆婆心领神会，跟她说明白。

吉列尔莫痛苦/气愤，一动不动地待在厨房。我就在这儿，谁也别想把我弄走。他双手抱头，坐在桌边。家里其他人都退到儿童房，孩子们吓得不敢吱声，跟着妈妈。爸爸在使劲呻吟。阿兰洽拿走收音机，声音开得很低，贴着耳朵听。不一会儿，消息确实：卡布奇诺街区炸弹袭击，一人身亡。

她给艾尼奥娅编辫子，编好了拆，拆好了编。去爸妈家吃饭，还差两小时，总得找点事做，好打发时间，定定心，松口气。她应该大舒一口气，呜呼！还能跟儿女们在一起，抚摸他们，感觉到他们的存在，知道他们都好好的，平安无事。

恩迪卡抓着她裙角，静静地守在她身旁，就像抓着公交车上的扶手栏杆。妈妈走几步，从五斗橱抽屉里取出一袋发卡，小家伙默默地跟着；妈妈折回，他再跟回来，抓着她裙角不放。

门虚掩着，不时地传来吉列尔莫渐渐隐去的啜泣声，不再尖利，更加低沉，几不可闻。阿兰洽开始想护着孩子，把门关上，很快改了主意，就让他们听见，让他们知道，让他们明白生长在一个什么样的国家。

如今，吉列尔莫在厨房里，大肆评论政治，将民族主义批得一无是处，说它毒害思想，让那么多巴斯克年轻人走上了犯罪的道路。他一一落实罪名：巴斯克自治区区长巧舌如簧，主教是个伪君子，巴斯克独立分子双手沾满了无辜者的鲜血，还有这些没安好心的居民，给埃塔通风报信，告知目标人物何时出现在何地。失望透顶的他模仿着一问一答：

"这里有个西班牙人，你们可以在他去买面包时把他给做了。你说他是一家之主？当市政官员前，他应该三思。你说他是好人，一辈子连只蚂蚁都没踩死过？好吧，可他属于支持西班牙、压迫咱们的政党。再说了，两边正在发生冲突。"

我的个老天！这家伙不是在开着窗说吧？阿兰洽决定去看个

究竟。

"会让人听见的。"

"听见就听见。"

厨房窗户关着。

"你又不是单身汉，孤家寡人。"

"我恨得要死，心痛得要死。亲爱的阿兰洽，你告诉我，仇恨在撕扯着我的心，怎样才能不恨？这辈子我最不愿意恨别人。"

"你可以发泄，可以抗议，但不能叫出声。出了门，到外面，什么都别说，行吗？别给我惹麻烦。咱们去参加追悼会，去吊唁，礼数不能少。"

"我现在这副样子，不能去你爸妈家，你懂的。你带孩子去吧！"

"你当然不能去，去了你会提我弟弟，会跟我妈吵起来，我妈已经是个狂热分子。"

"她可怜的囚犯儿子，是个十恶不赦的杀人犯。"

"行了，别说了。你答应过我，永远不在爸妈面前碰这个话题。孩子们有权去看外公外婆。"

一点半左右，阿兰洽带孩子出门。孩子们打扮得香喷喷的，干干净净，漂漂亮亮。艾尼奥娅去亲爸爸一下，恩迪卡在后面恭敬地问：

"爸爸，你伤心吗？"

"爸爸很伤心。"

"因为玛诺罗的事？"

"这么说，你看见了。"

"我只睁了一只眼。"

他拥抱儿子，拥抱阿兰洽，送他们仨到门口，目送他们下第一段楼梯。他们回头，跟他说再见，他给他们一个飞吻。

89. 餐厅气氛

要是米伦知道……知道什么？知道她外孙和外孙女有时背后叫她坏外婆，会怎样？阿兰洽千方百计地想让孩子们改变看法，总是不奏效。她发现：孩子们顶多给我面子，嘴上不这么说，但没办法让他们心里不这么想。

就连快满四岁的小艾尼奥娅也对米伦外婆有一点点排斥；恩迪卡则在有些场合，公开表示不喜欢外婆。

孩子们对安赫丽塔和拉斐尔的态度截然不同，部分原因是他们和孩子相处时间长，天天去看望，常陪他们玩、给他们爱。同时，他们也更慈祥，更慷慨，更有趣。不像米伦，老是板着脸，说话不中听，尽管没恶意。她就这样，一直如此，脾气倔，没耐心，对子女，对丈夫，其实对所有人都是如此。

至于胡利安外公，实在是没什么存在感，嗯，完全没有存在感。一般说来，艾尼奥娅和恩迪卡每个月能见他一两次。可是每回见他，他总是安安静静地坐在椅子上，不说话，无聊得很，不带他们玩，人在不在没什么区别。

一次，恩迪卡问妈妈：为什么胡利安外公很少说话。

"因为他没话说。"

"爸爸说：因为何塞·马利舅舅在蹲监狱。"

"也许吧。"

埃伦特里亚发生恐怖袭击的那个星期四，阿兰洽带孩子回娘家，胡利安外公还没从帕戈埃塔酒吧回来，米伦的脸色很不好看。

她来开门。高兴吗？一点也不高兴。相反，她眉头紧锁，眼神恼怒。

"我以为是你爸。他还没从酒吧回家，瞧我一会儿怎么教训他！"

说完，她冲着孩子，硬邦邦地表示欢迎。米伦趿着旧拖鞋，围裙上湿了几块。怎么就不能收拾收拾，态度好一点，跟孩子们说些逗他们笑、让他们信任的话，准备点小礼物，给他们点小惊喜呢？

米伦腰弯得不够，孩子们亲得费劲。恩迪卡没打招呼，直接进屋，被她骂：

"你舌头被人吃啦？还是怎么着？"

她问艾尼奥娅，这么拧巴的辫子，谁给她编的。她问阿兰洽：

"你老公没来？"

"他不舒服。"

米伦问都没问他是身体不舒服还是心里不舒服，什么都没问。为什么？她就是没问。要是让她掏心窝子，她会说，一辈子啥都没干，尽干活了。这不就是证据？桌子摆好，满屋飘香，炉子上热气腾腾的，让人垂涎欲滴。她又尽力了，忙乎了整整一早上，甚至从昨天就开始准备炸丸子的奶糊。她当然觉得累了，累死累活，还没人感激。对此，她深信不疑。

她对巴斯克语有种执念，态度是一定要争取语言权力，一定要说巴斯克语。每回孩子们来看她，她总要测试一下，问他们问题，引导他们去说祖国的语言。两个孩子都说得自然熟练，尽管年岁太小，会说的话有限。要是吉列尔莫在场，孩子们会不自觉地去说卡斯蒂利亚语，这一点也不奇怪。

于是，米伦会板着脸，坚决要求：

"在这儿，咱们说巴斯克语。"

这样一来，吉列尔莫就被晾在一边。她经常让阿兰洽当传声筒：

"问问你老公，要不要再来点鹰嘴豆。"

阿兰洽没辙，只好冲着吉列尔莫，译给他听。吉列尔莫不失幽默地回答：

"请她给我十八粒。"

胡利安挠着腰进门，说明他喝过酒。米伦不管他喝多喝少，这个动作她就不待见，只要看他挠一次，就会气不打一处来。女儿和外孙外孙女在，她忍了。尽管如此，阿兰洽在餐厅，还是听见胡利安脱鞋时米伦在小声责骂。因为他回来晚了？刚两点二十五，说好了两点半开饭。还是原本指望他在家，能搭把手？可这人什么时候在家搭把手过？

餐桌上摆满了冷盘，瞧妈妈下了多少工夫！空气似乎被拉长，像根橡皮筋，绷着，随时会断。孩子们也应该觉得不对劲，都很守规矩，不说话，期待地看着大瓷盘里摆得整整齐齐的炸丸子，馋得直流口水。妈妈吩咐：不许碰。

外公穿着家居拖鞋，来到餐厅。刚挨了顿骂，好不容易装得若无其事。之前刚进门，他就简单地打过招呼，亲吻过大家。正想坐在背对着阳台门的老位置上，米伦就问他洗手没。当着女儿和外孙外孙女的面，他不想顶嘴，息事宁人，乖乖地去卫生间洗手。

五人在餐桌边坐下，吃吃喝喝。胡利安跟其他人一样喝水，你早上酒喝得够多的了。大家埋头吃东西，空气中人为的紧张还在，连孩子们都能感觉得到。他们平常活泼，今天安静得出奇。大人们为了掩饰，聊些不咸不淡的话题。可是，当天的话题悬在空中，所有人心知肚明，就是没人提，为了不破坏一家团圆的气氛？他们不常聚。反正一小时或一个半小时后，我们就会离开。

胡利安在帕戈埃塔酒吧听到消息，心里火烧火燎的，趁米伦撤脏盘子到厨房、从碗橱里取干净盘子、吃饭后甜点的间歇，悄声问阿兰洽，死者是谁？阿兰洽悄声回答：

"吉列的一个朋友。"

"不会吧？"

"帮他找工作那个。"

"不会吧？"

米伦捧着盘子，回到餐厅：

"说什么呢？"

"没说什么。"

没说什么？空气绷得更紧，再扯一下就要断。不过，突然上了乳酪蛋糕，孩子们欢欣鼓舞；胡利安锦上添花，给每个孩子二十杜罗硬币。天下太平了，吃甜点。他后来差点闯祸。怎么回事？他不假思索地抓起遥控器，对准电视机，准备打开，马上就要听见埃伦特里亚、炸弹、卡布奇诺街区一人身亡等消息，阿兰洽赶紧在桌子底下踢他，及时打住。或许米伦察觉到了，或许她之前就猜到父女俩在说悄悄话。

狐疑的她独自在厨房洗碗，随便找个理由，叫来六岁的恩迪卡。于是，空气中绷的那根橡皮筋断了。米伦想办法套外孙的话，问爸爸怎么没来吃饭。没人教恩迪卡如何对付狡猾的外婆，小朋友站在儿童视角，实话实说：

"几个坏人杀了爸爸的一个朋友。"

"所以他不来吃饭？"

"他哭了一早上。"

"哎呦！这都什么样的男人啊？哭成这样？"

恩迪卡听了不高兴，回餐厅告诉妈妈。胡利安一激灵，攥着女儿的胳膊，想拦住她。可是他老胳膊老腿的，加上关节炎，身手不太敏捷。阿兰洽毅然／愤然从桌边站起，直冲厨房，无法避免的事就此发生。

"喂，你跟孩子说什么了？"

"你们跟他说坏人什么了？"

两人神情大变，怒目而视，嘴巴像机关枪，噼里啪啦地说个不停。

阿兰洽成心气她，挑衅地转说卡斯蒂利亚语：

"我们是撞大运，才没成为孤儿寡母。爆炸前半分钟，父子俩刚从炸弹边经过。"

"在这里，我们战斗的对象不会是无辜人。"

"哟，你在战斗，是吗？今天早上的事，我该向你祝贺？"

"你老公的朋友，那个市政官员，是人民党。"

"你傻啦？首先，他是个好人，有妻子儿女，有权维护自己的想法。"

"他压迫人！我提醒你：就因为像他那样的好人，你弟弟才去蹲西班牙监狱的。"

"你儿子背了血债，铁证如山，你还那么为他自豪。他是恐怖分子，所以才蹲监狱。我再跟你说一遍：他是恐怖分子，所以才蹲监狱，不是你有回跟恩迪卡讲的那样，因为他说巴斯克语。你骗人，你是个谎话精。"

"我儿子是为国献身的巴斯克战士，你凭什么说他？"

"你去你儿子杀的那些人家看看，去跟他们解释，看你敢不敢正视他们的眼睛。"

"那些是你老公的朋友，他爱去，他去。"

"你为什么从来不叫吉列尔莫的名字？会烫着你舌头吗？对你来说，他也压迫人。"

"他不是纯种的巴斯克人。"

"他出生在这里，比我还早。"

"他姓埃尔南德斯·卡里索，不说巴斯克语。如果这也算巴斯克人……"

话说到这份上，阿兰洽不想再吵下去。胡利安站在门口，愁眉苦脸地看着她们吵，插不上嘴。阿兰洽从他身边经过：

"让开，爸。我真不明白，你怎么能忍她那么多年！"

"女儿，别走。"

阿兰洽叫来两个孩子，拎着鞋，到楼梯上或到街上再穿，无所谓了，一句再见的话也没有，带/推他们出门。米伦愣在厨房，强硬，气恼，不说话。胡利安难过地左右摇摆，想拦住女儿和孩子们的去路。

"别走，别走呀！"

他没拦住。阿兰洽五年没跟妈妈说话。

90. 虚惊一场

那年头，不流行戴头盔。怎么说呢？没准哪个假扮职业选手的人会戴一个，这种不算。他们戴着帽子和墨镜，穿着自行车服，不想被人认出。一天下午，何塞·马利穿过镇子，斜着眼，看着两边街道。帕乔前一天用了激将法：

"瞧你，是不是没胆儿？"

"多大事啊！我那个镇子，到处都有人骑自行车，谁也不会停下来瞧我。"

确实。似乎没有行人发现那个戴着帽子和墨镜、身材魁梧的自行车手就是何塞·马利。他骑过广场周围的街道，从帕戈埃塔酒吧门前经过，往下，骑到河边，看见爸爸（贝雷帽、格子衬衫、佝偻着背，他都这么老了！）在对岸菜园里忙活儿。帕乔问他在看什么？

"没看什么，我想跟镇子告个别。"

除非下雨，他俩更喜欢骑车出去，而不是开车或坐公交车，在全省范围内跑，寻找目标。那些天，不说这是唯一一任务，至少是主要任务。骑车可以分散开来，去同一个目的地，又能彼此照应。他们商定了一个暗号，好让骑在前面的人通知后面的人危险。前后距离不少于五十米，不超过一百米。到达某个镇子，两人从不进同一家酒吧。外出回家，上楼总是一个先，一个后。自行车可以跟电梯上楼，竖着放就好。回出租屋跟"黑杨"会合，"黑杨"是自由身，在过或尽量在过身为学生的正常日子。

武器培训班上教过如何保持警惕。任何时候，有房间亮着灯，说明有人在家，平安无事。黑灯瞎火，信箱里有一枚硬币（最后出门的人放的），说明家里没人。信箱里没有硬币，千万小心，别上楼。窗外挂半条浴巾、所有房间亮着灯，或进门脚垫位置不对也都是警告。帕乔有次忘了规矩，要不是"黑杨"拦着，何塞·马利差点打烂了他的脸。

这天是工作日，天气阴冷，无风无雨。他们下午早些时候出发，去安多阿因、比利亚博纳和阿斯特亚苏。不为别的，免得窝在家里不动。再说了，冬天连续一周天气不好，好不容易可以骑车出门。除了骑车到处逛逛，他们也不能做什么。联系人发来消息，上头有令，不得行动，等候指示。他们估计多诺斯蒂小分队正在准备一场大规模袭击，此时不能添乱；又或者，埃塔组织已经私底下跟西班牙政府达成了某项协议。

何塞·马利垂头丧气：

"咱们是二线小分队。"

帕乔想鼓舞他士气：

"别担心。等有机会，咱们去干场惊天动地的，他们就不会小瞧咱们了。"

"那要西班牙政府不软蛋才行。要是武装斗争突然结束了，你说咱们有什么贡献？"

"老兄，别那么悲观。我觉得这还得等好几年。"

返程骑到雷卡尔德殡仪馆附近，已经快到家了。何塞·马利跟平常一样，停下来歇几分钟，让帕乔骑远点，他等等再走。到家一看，这家伙在干吗？他奇怪地看见帕乔站在门廊外，上面黑灯瞎火。

他们在楼房一角会合：

"没有硬币。"

"咱们走。"

他们赶紧往埃尔安蒂古奥区走，骑过本塔贝里广场才停下。怎么办？他们决定先定定神，再定计划。晚上九点，天全黑了，街上的车越来越少。骑车时不觉得冷，现在停下，寒得彻骨。壮实的何塞·马利饿得肚子咕咕叫，三两口吃掉了出门常带的最后一块巧克力，还有香蕉和苹果。

情况明摆着：大半夜的，穿着自行车服在街上，太招眼。

"咱们这副模样，能去哪儿？"

"天太冷，穿得又少，在露天待着，非得冻成冰棍不可。"

"我操他奶奶。"

"我建议咱们回去瞅一眼，也许'黑杨'忘了在信箱里投硬币，我就忘过一回。"

"要是他忘了，我要敲破他脑袋。"

"咱们走。"

家里窗口依然黑着灯。街上没人，也没有可疑的动静，天知道车后面或附近房子的窗帘后面有没有藏着狗腿子警察。他们把自行车靠在交通灯的灯柱上，嘴里呼出白花花的热气。帕乔冻得直哆嗦，眼看着就要吓出病来；何塞·马利蹦跶、做操，想暖和暖和，嘴里叽里咕噜地说个不停，骂骂咧咧，咬牙切齿，就是下不了决心。

帕乔鼻子红红的，快冻僵了。他有个主意：

"一个人上去就好。要是有埋伏，抓着一个，另一个还能逃。"

"你这个傻逼，抓着你等于抓着我，反过来也一样。抓你到军营揍一顿，什么七大姑八大姨、认识的、不认识的，全招了。"

天开始上冻，这衣服穿的，时间地点都不合适，又饿／又冷／又累，迫使他们终于做出决定，分头上楼，一个走电梯，一个走楼梯。

进门脚垫？位置正确。好兆头。千万小心，大门没锁。管它呢！已经把钥匙塞进锁眼了，该怎样，就怎样吧！帕乔打头，开玄关灯，没有声响。两人都松开了勃朗宁手枪的保险，他们去哪儿都带着枪，每次骑车出门，总会系个腰包。

"黑杨"找到了，他躺在自己房间的地上。他们对你怎么了？"黑杨"神志清醒，蜷成一团，脸颊浸着一堆呕吐物。

"我不能动，动了更糟。"

他们保持警惕，天真地等了一会儿，才明白过来，"黑杨"的问题源于自身。在他说出"混蛋，你们去哪儿了？"之前，他俩还在拿枪指墙壁、天花板、柜子和"黑杨"本人。为什么不开灯？白痴，因为我动不了，没长眼还是怎么着？刚从外头到家，他就痛得要命。突然性地，在电梯里发作，用最后一点力气撑进屋。哪儿痛？这儿。这儿是大腿，然后是背，接下来是腹部一侧。怎么办？"黑杨"威胁道：不帮我，我就喊救命。他们想把他扶起来，不可能，痛得更厉害。再说还有呕吐物和恶臭。

"得清理一下。"

"你去。"

何塞·马利示意帕乔，让他去厨房。两人关起门来，窸窸窣窣地商量。

"不能让医务人员进屋，太危险。"

"得赶紧想办法。他要是蹬腿，咱们麻烦更大。"

"黑杨"躺在地上呻吟，何塞·马利听得心烦意乱。他草草地结束谈话，以领导的姿态果断做出决定：

"换衣服，套件外套，把车开过来，停在门口等。"

"你疯了还是怎么着？后备厢里有几箱武器弹药。"

何塞·马利的眼神不容置疑，差点喷出火来。帕乔说：搞砸了，不关他的事。他叽里咕噜地迅速穿好衣服，出门时，还在嘀咕责任什么的。何塞·马利探头到"黑杨"房间，对他说"你放心""别担心""撑着"之类的话。然后，自己也迅速换好衣服。

他站在厨房窗口，见偷车小分队提供的 Seat 127 开到街上，后备厢里装满了武器弹药。我操：又运物资来，让你做炸弹，又让你按兵不动。他们原本打算晚上摸黑，将东西装在运动包里，偷偷带上楼，检查一下，决定哪些藏地洞，哪些不藏。

不能再耽误了。何塞·马利拖着"黑杨"的双腿，让他的脸离开呕吐物。真他妈的恶心。这种场合，我妈来最管用。他用毛巾大概帮他擦了擦，出门按电梯。邻居呢？都在自己家里，不常见。能听见电视声。他把"黑杨"当麻袋，胡乱扛在肩上。透过门镜，确认没人坐电梯上楼，把他扛出门，下楼，来到门廊。帕乔跟他比划，街上安全。他赶紧把痛得哼哼唧唧的"黑杨"放在后座上，自己去前座，命帕乔开车。

"往哪儿开？"

"先开着，一会儿告诉你。"

他们把"黑杨"放在翁达雷塔花园的一张长椅上，挨着伊戈尔多公路。姿势难以描述，坐着的？蜷着的？帕乔担心他的安危：

"他会冻着的。"

何塞·马利不说话。车从马蒂亚街驶过，突然看见有个公共电话亭。

"停车。我下车，你回家。"

首先，他走进附近一家酒吧，一边喝啤酒，一边翻电话号码簿；然后，在公共电话亭给红十字医院打电话，医院正门就在街那边，他都能看见。他没多解释，就说：

"喂，这儿有个小伙子，说很疼。"

他提供了具体位置，确保对方能听明白，挂上电话。刚一分钟，一辆救护车就从他身边驶过，估计前往指定地点。

两天过去了。在漫长的两天里，没有"黑杨"的消息。这时，门铃响了，吓人一跳。是他吗？自动门禁系统里传来他的声音：开门。后来他们才知道："黑杨"被送进医院当晚，就通过尿道，排出了让他生不如死的肾结石。医院以防万一，让他留观二十四小时。他向同伴们道歉，给他们添麻烦了，谢谢他们帮忙。庆祝一下？怎么庆祝？他自告奋勇地做饭。咱们吃顿好的：墨汁鱿鱼，酱汁鳕鱼，随便点。何塞·马利说：

"你让我想起了老妈，她晚饭总是做鱼。"

"黑杨"说食材他买，饭菜他做，他俩只管留着肚子吃就好。太棒了，兄弟。接下来，他回自己房间，脏毛巾和呕吐物还在地上，已经干了。

91. 名　单

　　他们通过正常渠道，收到了一份名单和地址，是当地企业家、餐厅老板、店老板，总之是跟组织有账没结清的有钱人，一共九个。没有具体指示，也不需要。帕乔注意到其中一个：

　　"有个是你镇上的。"

　　"我们叫他'老伙计'。他的卡车运输公司就在河边、我爸菜园上面一点。我都不知道他有账没付。真是大混蛋！"

　　"黑杨"建议：既然目标人物是熟人，好找，从他下手怎么样？调查一下他去哪儿，什么时候去，是否有人陪同等等。

　　帕乔趁机笑话他：

　　"没准何塞·马利不乐意。是他镇上的人，情况也许不同。"

　　"有什么不同？你弱智还是怎么着？我才不管敌人来自哪里，哪怕是我家里人，该动手，就动手。命令就是命令，不讨论，不评价。"

　　三人商定：为了自身和小分队的安全，何塞·马利不参与监视。但是第一天晚上，他陪同伴们开着 Seat 127 去了镇上，没下车，一路给他们介绍。公司在这儿；家在这儿，一楼；这是阿拉诺酒馆，去找帕奇。之后，他只在圣塞巴斯蒂安家里监督小分队的工作。为了让同伴们不再质疑，他表示：

　　"要是最后决定动手，我会在场。"

帕奇向来谨慎，从不喧宾夺主，不让警察抓到把柄。他负责给当地巴斯克独立分子提供落脚点，通过第三方，帮他们找了个住处，接下来把话说清楚：此事与他无关，请他们别去阿拉诺酒馆。何塞·马利表示理解：

"他说得有道理，那儿的人互相认识。两个外乡人特别招眼，一个就招眼。"

帕乔在镇上住了一个礼拜，"黑杨"每天在两套出租屋之间穿梭，传递消息和物件。他都在圣塞巴斯蒂安过夜，负责写报告。在这点上，不谙文字的何塞·马利对他真心感激。

七天时间足以让帕乔收集到足够的情报。他说已经太多，向同伴们汇报了调查结果。

"租给我房子的人就在目标人物的公司工作。"

"他叫什么名字？"

"安东尼。"

"我认识，他是巴斯克工人委员会的刺儿头。"

"通过他，我了解到一大堆资本家的生活细节，他跟老板不对付。"

何塞·马利不以为然。他解释道：

"我觉得武装斗争不是跟谁对付不对付的问题，也就是说，咱们不是去打击报复那些看不惯的人。要真这样，我现在就该去把安东尼给毙了。为什么？因为他就是个畜生，他们全家都是畜生。佛朗哥时期，他舅舅索特罗在阳台上挂西班牙国旗，如今又参加了巴斯克人民团结党。怎么说呢？这些家伙不可信。'老伙计'本人，我对他印象挺好。不过，既然是解放巴斯克国的需要，那我必须对他动手。"

"好了好了，别激动，听帕乔汇报。"

"我接着说。目标人物经常更换路线，尽管也没多少选择。他开车。安东尼告诉我许多事，说他没有固定的上下班时间，可见他是头儿，什么时候上班，什么时候下班，自己说了算。可是听好了：他出楼门，要先走一小段，才能到车库。车库跟他家不在同一条街，在绕过拐角那条街。"

"我还以为你在跟我说什么新鲜事。那个车库，我小时候进去过好多次。"

"楼门到车库间大概有四五十米，这段路上，很容易逮着他，去也行，回来也行。尤其车库到街角，是袭击的黄金地段。街道很窄，很黑，几乎没有行人车辆经过，绑了他都行。"

"话是这么说，可是咱们没地方。绑来了，搁哪儿？况且，不向上头汇报，不能这么干。绑架根本行不通，'老伙计'闭着眼睛、光听声音就能认出我。这主意就拉倒吧！"

"我没说要去绑他，只说很容易下手。"

"那你好好把话说清楚。"

"他从不去酒吧，这个细节是安东尼事先透露给我的。之前去，现在不去了，因为镇上的巴斯克独立分子把他弄怕了。他起得特别早，一点到一点半回家吃饭。我在镇上那几天，他只有一次没回家。安东尼说：看日子，他有时就在办公室吃饭。三点半前后，前一点或后一点离家上班。星期一四点差一刻走的，跟平常一样，步行去车库取车，是辆红色雷诺21。等下班再动手我觉得有点麻烦，前天晚上十一点，那家伙还没出现。我就走了。"

"有护卫吗？"

"没有。所以照我说，目标人物极好下手。"

何塞·马利觉得没这么简单，他摇摇头，迟疑地说：咱们首先应该……总该……同伴们不费吹灰之力，将他的意见一一驳回。这事儿简直小菜一碟：不需要什么后勤保障，目标人物无路可逃，镇里连阿猫阿狗都是巴斯克独立分子，撤退也方便。还要怎么着？有这些也不行。何塞·马利翻来覆去地说这个顾虑、那个但是。同伴们认为，帕奇刷标语，骚扰人家，前期工作都做完了：

"如今，目标人物的命，老天爷都保不住。"

"我操，我就是不希望帕奇、安东尼这些人以为是他们策划了袭击，我们只是动手的小喽啰。谁能保证他们不会在镇上说东道西？或里头出个内鬼？他们提供合作，那自然好。但时间、地点、方式只能由咱们几个决定。"

"说得也是，那就等一段时间，再行动。"

"我就是这个意思，你们的计划也太他妈的着急了。越少人知道，越好。"

于是，此事便搁置下来。他们利用春末、整个夏天和一部分秋天去处理名单上的其他人，一个是拉萨尔特冶金作坊的老板。他们发现目标人物是个六十多岁的大胖子，习惯把车停在作坊附近的空地上，于是便想：为什么不去放一个定时炸弹呢？也算试试身手。上完武器培训班，还没做过定时炸弹，也该做一个了。一天，何塞·马利去那儿，神不知鬼不觉地将炸弹固定在汽车底盘上，之后跟帕乔在附近的苹果酒店待了一下午，静静地等待那声巨响。他们拿酒钱做赌注。

"八点前爆，算我赢。"

没有爆炸，没有巨响，这场打赌没有赢家。夜深了，他们离开了苹果酒店。这事儿太蹊跷。也许，作坊老板走回家了？骑自行车回家了？被人接回家了？我他妈的哪儿知道！回出租屋，问"黑杨"，他也答不上来。他们先开电视，再开收音机，最后开雷达扫描仪，拦截警方通报，什么消息都没有。第二天，他们指望消息会随时爆出，结果白等一场，又过了二十四小时，才去现场看个究竟，这回是骑自行车去的。大胖子的车不在空地上，莫非停在作坊旁边或作坊后面？也没有。结论是：炸弹出了问题。

何塞·马利心情很糟，想起了教官经常挂在嘴边的一句话：

"不是炸弹出了问题，是人出了问题。"

他们一起检查了制作炸弹的各个步骤，武器培训班上，强调要提前试爆，他们也照做不误。这操蛋问题到底出在哪儿？

帕乔说：

"知道我是怎么想的？大胖子嗅着不对，报警，叫来了狗腿子警察。"

"我不这么认为。要是拆弹专家介入，早就上报纸了。我觉得是炸弹脱落，掉到了路边沟里。"

为了解心头之恨，他们决定去炸大胖子的作坊，我操他奶奶的，炸他个底朝天。一天早上，何塞·马利和帕乔去踩点，看炸弹放哪儿最具破坏性。结果，冶金作坊早已人去楼空，只剩下空荡荡的厂房，连门口招牌都没了。可见老板吓得屁滚尿流，要么把作坊关了，要么搬到更安全的地方去了。已经做好的炸弹，六公斤阿芒拿加定时器，转去袭击名单上的酒吧老板。各大媒体纷纷强调破坏性之大，爆炸中无人受伤。

92. 最心爱的儿子

通知他有人探视。妈妈的目光再次出现在玻璃后，开始有些不确定，既害怕又期待；见他高高大大、健健康康地走来，尽管头发全没了，目光变得柔和、清澈、母性、充满爱意。妈妈日渐年迈，老态愈显，但多少保留了一点青春的痕迹。

爸爸很少来探视，一年一两回。妈妈说路太远，坐长途车太累人，爸爸的身体已经大不如前，又痛斥政府（米伦从不说西班牙政府）对埃塔囚犯采取分散关押的政策。不过，何塞·马利知道：妈妈不希望爸爸来。他来，会激动，每次都掉眼泪：儿子被判了这么多年，我死都见不到他出狱了。妈妈觉得他这副样子，会消磨何塞·马利的斗志。

还有，他俩在路上总会为一些鸡毛蒜皮的事吵架。在家，还没出门，她就说胡利安胡子没刮好，耳朵里的毛太长，都出来了。长途车上，她又当着其他犯人家属的面提醒他、训斥他、责骂他，一路伤他的自尊。他一次不高兴，两次不高兴，最后气急败坏、笨嘴拙舌地反击。回程路上也是如此。所以说，他还是待在家里的好。

何塞·马利等着听妈妈的老生常谈：抱怨路上不舒服、分散关押的政策不人道、安达卢西亚的天气太热，为什么要惩罚犯人家属？还有镇上的琐事，最近谁死了、阿兰洽正在缓慢恢复中。

可是今天情况不同。问题是有人盯着，说话要特别小心。母子俩说巴斯克语，一定有狱警偷偷录下来，找人翻译。因此，不能碰敏感的政治话题。如果实在没辙，就小声说，绕着弯儿说，心领神会地说，说半句留半句。过了这么些年，他们已经成长为沟通方面的行家。两人心意相通，性情相合，彼此一个会心的眼神，便能识得对方心意。她一辈子不擅情感表达，有一回也隔着玻璃，手口并用，告诉他：他是她最心爱的儿子。

今天有什么新闻？刚聊十分钟，米伦突然神神秘秘地开始嘀咕。嘀咕什么？有件事，烦得她晚上睡不着。见她忧心忡忡的样子，何塞·马利明白：此事不宜在探视室里明说。是爸爸？是阿兰洽？米伦摇头。是那个疯女人？米伦点头。又是她？米伦又点点头，一只手靠近玻璃，给他看密密麻麻写在手掌上的话："她想知道：是不是你开的枪，杀了她老公？"

"甭理她。"

"她很黏人。"

"你干吗让她凑过来？"

"她不是跟我说的，她没这个胆儿！可是爸爸，你知道的。他会让她凑过来，她也知道什么时候能在菜园里找着他。还有阿兰洽，遇到她，会用 iPad 跟她对话。我嘱咐过塞莱斯特：见到这人，绕道走。可是孩子，没人理我。"

她装模作样地在对话中掺入了一些无足轻重的内容，问他最近吃得可好。

"什么菜都咸，放了太多盐。"

同时，米伦给他看另一只手掌："怎么回复？"

"不回复的话，她会把咱们逼疯。我都说了，晚上睡不着觉。"

"不能在镇上找两个小子，替你吓唬吓唬她？我那个时候，这种事不会发生。"

"镇子跟从前不一样了，现在不比过去，不刷标语，不挂招贴画，有些死气沉沉。"

"我操，总能找到人的。跟谁说，你懂的。"

"自从关了酒馆，他就基本没影儿了，似乎谁也不想多事。现在都说和平进程、要向受害者道歉。道歉个毛！咱们就不是受害者？咱们的人越来越少，被孤立了。你一开口，他们就来抓你，说你给恐怖主义唱赞歌。"

何塞·马利躺在床上，看着窗外四四方方的天空。傍晚时分，湛蓝的天空上划过一道飞机留下的白烟。感觉我在往下沉，胃里火烧火燎，都说饭菜里下了药，让犯人乖乖听话。他名声在外，是埃塔强硬分子，恐怕给他下了双份的药。因为这个还是更糟？前景恐怖：在狱中死于癌症，此生再也回不了镇子。他想过许多次，不乏这样的例子发生在同伴身上。

他看到的不是蓝天，而是隔着窗户，妈妈手掌上的文字。悲情寡妇的苦情戏，别跟我来这一套。想翻旧账，去查档案好了。做下的事，已经做了。武装斗争结束了？太棒了。埃塔万岁！永远万岁！总得往前看。

突然，老天悖其所愿，下起了大雨。在哪儿？在回忆中，他一点点地往下沉。他是强硬分子，每次绝食，第一个开始，最后一个结束，在历次囚犯大会上讲话，鄙视接受诱惑、想重新融入社会的"狱友"。

不过，一个人也可以是一艘船，可以是一艘带钢板的船。多少年过去，船体裂了缝，进水。思乡怀旧，孤独寂寞，犯了过错，无法弥补。进的这些水极具腐蚀性，人虽萌生悔意，却因害怕、惭愧、不想跟同伴闹僵而说不出口。于是这个人，如同裂了缝的船，随时有可能沉没。

牢房窗户上突然蒙了一层灰。从昨天下午起，雨就一直下个不停。好处是坏天气扫清了街上的行人，个个行色匆匆，谁也不想停下来说话。离街口不远处，有个公共电话亭，说实在的，像为袭击天造地设的物件。此话怎讲？其一，可以进去避雨，免得淋湿；其二，是个再好不过的藏身处和观察点。要是有当地人靠近，那该如何是好？他可以假装在打电话。玻璃有点脏，也很帮忙；戴上风帽，别提有多合适了。就算是镇上人，也要把头伸进来，才能确认无误，里面是何塞·马利。

他见红色雷诺21出现在街上，心里咯噔一下。是紧张？是的，有点。不过，不像头几回，吓得腿肚子发抖。若干次袭击过后，他学会了保持镇定。之前跟帕乔交流过，帕乔说，每次快到行动那个点时，他也会有同样的反应。

"正常，毕竟咱们不是变态。"

他本能地去摸卫衣口袋里的勃朗宁手枪。最最重要的是，不能失手。他模模糊糊地看见车里"老伙计"的身影，这个长着一对大耳朵的人顶多只剩下三四分钟的命。让他安心的是：目标人物独行。帕乔每天在镇上观察，"老伙计"永远独来独往。

"老伙计"拐过街角，何塞·马利盯着手表上的秒针，再过半分钟，出电话亭。这点时间是送给"老伙计"的，让他不慌不忙、毫无顾虑地去开车库门。感觉秒针比平时转得慢，好了，出发。他走到街角，正好看见"老伙计"回到车上，把车开进车库。计划是：等他从车库出来，自己迎上前去，正面射杀。估计一枪少了点，要确保万无一失，别让他认出我或保住一条小命。然后速速撤退，用不着慌不择路，免得让邻居们注意，径直走到帕乔停车的地方就好。

"老伙计"好半天才出来。他在等什么？指望雨会马上停？正在淋雨的是何塞·马利。他贴着墙，站在楼房一角，尽可能地避雨。他知道车库里面没有门，"老伙计"早晚要出大门，走回家。他出来了，没打伞。他就在那儿，十步之外，呼吸着此生最后几口空气。从侧面看，他锁门时，嘴唇微微翕动／颤动，像在自言自语，或在低声唱歌。他刚迈步，就看见了我。何塞·马利攥着兜里的勃朗宁手枪，"老伙计"这是在干什么？他奶奶的在干什么？居然过街，向我走来。不是预想中的场面。

"哟，何塞·马利，你回来啦？我真高兴。"

那双眼睛，那双大耳朵，那个友好的表情。他是爸爸的朋友，小时候给他买过冰棍。教堂的钟在敲一点，那个熟悉的、金属质地的钟声在催他，传到他耳朵里，像在说"别"。别动手，别杀他。两人相对而立，不说话，显然，"老伙计"亲切地打完招呼，在等他回应。我是埃塔成员，是来处决你的。他没说，说不出口。高高的大钟敲了一声"别"。我操，那是"老伙计"。他的眼睛，他的耳朵，他的笑容。何塞·马利转身离开，没有跑，这倒不至于，只是快步离开。

他上车，砰的一声，关上车门。

"做不了，冒出个邻居。开车，去吃饭。"

"他看见你了？"

"应该没有。"

"等他去上班，咱们再试试，你说呢？"

"我不知道。"

"已经好多天没动手了。"

"那好，下午换你去电话亭，我在车里等，今天已经淋够雨了。"

"我这边……"

他们跟米伦说：夫人，探视结束。她都不屑于看一眼跟她说话的狱警，一边从椅子上站起来，一边跟儿子告别。

"好了，儿子，打起精神来。你知道的，对不对？等一个月，我会再来看你。要是你姐不复发，我还能早点来。”

"妈，别跟那个疯女人说话，答应我，一句也别说。她想知道，可以去最高法院查档案。"

"她太黏人了，非要在咱家日子里横插一脚。"

"你甭理她，她就不黏你了。"

93. 沉默者的国度

拉蒙乔在家，从广播里听到了消息。格尔卡在电台，忙着录音采访，先采访编辑，后采访毕尔巴鄂书商，对发生的事毫不知情。

普通工作日，下午过半。两个同事在隔壁办公室聊天，其中一个刚从街上来，说：雨还在下，发生了一起恐怖袭击，拉蒙乔什么时候到？格尔卡听了，完全没在意。

离下班还有好几个小时，现在下雨，有什么要紧？至于第二句，他已经习惯了埃塔发动恐怖袭击，再来一起，很难让人惊讶。这么多年过去，心里已经长出了老茧，适应了。难道就我这样？不是他对恐怖袭击无所谓，而是恐怖袭击早已成为家常便饭，无数次气愤、悲伤过后，人会麻木。因此，除非死亡人数过多，比如巴塞罗那 Hipercor 超市那次，或者有孩子遇难，那天他会难过，其余袭击，只是知情而已，不发表意见。

相反，每次听到埃塔小分队落网的消息，他总是心跳加速，赶紧去证实被捕的人里有没有哥哥，强烈希望警察尽快让哥哥远离武装斗争。这话他跟拉蒙乔（没跟别人）说过好几次：

"他落网，我会开心，为了他，也为了我家人。爸妈的生活被他毁了。"

七点不到，拉蒙乔来到电台，风衣垫肩处有雨水打过的痕迹。

"听说下午发生恐怖袭击了吗？"

"没听说。"

"在你家镇上，枪杀了一名企业家。"

"叫什么名字？"

"没记住。你要是想知道，咱们现在就查。"

"不用，等会儿再说。"

这话相当于：等身边没人关注我反应的时候，我会自己去查。他在脑子里过人名和面孔，怎么也想不出遇害者是谁。但他估计：一旦知道名字，会——沮丧吗？——很吃惊。

他想到镇上好几个工厂主、作坊主、商人和生意人，他们无一例外，都宣称自己是民族主义者，说巴斯克语。也许，埃塔给他们施加了一点压力，这种事，埃塔已经做过许多回，特别是只要钱，不要命，否则会跟巴斯克民族主义政党起正面冲突。总之，他没想出是谁，非常好奇，找个机会，没跟同事打招呼，就下楼去了街角酒吧。

是"老伙计"。吧台上放着刚给他端来的一杯不含咖啡因的咖啡，他一口没喝。是"老伙计"。他的黑白照片出现在电视屏幕上。太恐怖了！太过分了！是"老伙计"。回到电台，在电梯里，他伤心地哽住，想起小时候，"老伙计"教他骑自行车。爸爸也教过，但给他实实在在的建议、解释如何踩脚蹬才不会摔倒的人是"老伙计"。他在公司停车场，借哈维的车给我骑，在我身边跑，先扶着车座，又松开，随时准备帮我一把，免得我往一边倒。他答应我：学会了，就送我一辆车。他真的送了，那是我这辈子第一辆自行车。现在他死了，他们把他杀了。

拉蒙乔见他进门，看脸色，就知道他从哪里来。他已经查出遇害者是谁。

"这么说，你认识。"

"他们一定弄错了，想去杀别人，误杀了他。"

"恐怕是他拒付革命税。"

"他跟我爸是一辈子的朋友，打牌打对家。尽管我在电话里听姐姐说，最近他们之间发生了一些不愉快，互相不说话。"

"也许是政治原因。"

"我觉得不是，他不碰政治。他是个好人，提供就业岗位，很维护镇上的人。当然了，他说巴斯克语。"

"嗯，不管是不是好人，一定做过什么。埃塔不会无缘无故地杀人。喂，别想歪了，我不是要维护武装斗争。"

"我不知道，真不知道。好久没回镇子了，一定有事，我没弄清楚。"

"你想周末回去吗？带上阿玛娅？"

"别，最好别。"

后来，拉蒙乔进工作室，做有关巴斯克国当代音乐的节目。格尔卡趁机在电台打电话回家，是胡利安接的。

"妈妈不在家。她去广场了，参加集会，要求大赦。"

"镇上刚有人被杀，几小时后她就去参加集会？"

"我跟她说了：你脑子少根弦。外头还下着这么大的雨。她着了魔，狂热地支持巴斯克独立，没人拦得住她。"

电话那头的胡利安无神、惊恐、犹豫，说不想出门。是不想听到相关细节，对吗？外头的雨下个不停，我又有风湿。最后，他也许说了心里话：

"再说了，我谁都不想见。"

谈话并不连贯，出现了冷场。过一会儿，格尔卡开口问：

"他在哪儿被杀的？"

他没说是谁，父子俩一次都没提死者的名字和绰号。

"在家旁边，一定有人专门等在那儿。"

"你们好像不来往了。"

"你怎么知道的？"

"爸，我有时会跟镇上的朋友聊天。"

"听阿兰洽说的？"

"她也说过。"

胡利安当死者是朋友。不管怎样，在我心里，他就是我朋友。他们不说话，一方面怕人嚼舌头根，一方面因为米伦，米伦不让。她总说：别想着去找那个人，不知道会被人看见吗？恐怕是因为何塞·马利的事，一定是，弄得她精神错乱。还有肉店老板儿子的死，他的死让镇上的人特别记恨，谁都不相信他会自杀。胡利安觉得，他应该去找毕妥利，向她吊唁。关系好了这些年，这是本分人应该做的。可他不会去，他鼓不起勇气去毕妥利家。那就偷偷去——不这样，还能怎样？——看看她。可怜的女人，一定很痛苦。此外，他得承认：这种场面，他不知该如何掌控。如果他去不了，就让格尔卡从毕尔巴鄂寄张吊唁卡。

"写上'格尔卡及全家'。"

"你为什么不写？用不着去看她，写上'胡利安及全家'就好。"

"儿子，让你写两个字，怎么这么费劲？就算请你帮个忙。"

"好吧，再说。"

夜深了，格尔卡给拉蒙乔按摩。为此，他们专门买了一张折叠床，互相涂油，铺了好几条浴巾，免得把床弄脏。格尔卡替拉蒙乔按摩背部时，提到了跟爸爸电话交谈的细节。

"你会给死者遗孀寄吊唁卡吗？"

"当然不会。实在没辙，我就跟他说寄了，反正他也没办法证实。我怎么会这么做？"

"因为你没那个胆儿。"

"没错。因为我跟他一样，我跟其他人一样，是个胆小鬼。这时候，镇子里会有许多人悄声说，免得让人听见：这太野蛮了，没必要流血，这样没法儿建设一个国家。然而，谁也不会去动一根手指头。这时候，街道已经用水管冲刷干净，不会残留一丁点犯罪痕迹。明天，也许空气中会有人窃窃私语，但说到底，会一切如常。人们会去参加下一场支持埃塔的示威游行，最好出场，让人看见。要想平平安安地生活在沉默者的国度，这就是代价。"

"好了好了，别那么毒舌。"

"你说得没错，我有什么权利指责别人？我跟别人一个样。如果我们明天在广播里谴责今天这场谋杀，你能想象出会有什么后果吗？中午前，会砍掉我们的补贴，或者，直接将我们扫地出门。写书也一样。只要越雷池半步，就会遭人嫌弃，甚至被视为异己。用卡斯蒂利亚语写作的人还有点出路，可以拿到马德里和巴塞罗那出版。如果有才能，运气好，或许还能在写作这条路上走下去。像我们这种用巴斯克语写作的人就不行，什么门都对你关上，不邀请你参加任何活动，你会没有存在感。我很清楚：这辈子，我只能写东西给小孩子看，尽管我已经对女巫、龙、海盗什么的厌烦透顶。"

"你计划中的那本小说进展如何？"

"做了些笔记，也许会写。要是写，我会让故事一半发生在加拿大，另一半发生在一座遥远的小岛上。"

"小伙子，今天你心情不好。别按摩了，咱们上床睡觉去吧！"

94. 阿玛娅

拉蒙乔每两周照顾一次阿玛娅。女儿是他的掌上明珠，照顾她四十八小时，对他而言，意味着恐惧、不安、紧张和失望。他坚信：自己不配当爸爸，什么都做得一团糟。再说，小朋友一丁点也不配合，不想替爸爸分忧。格尔卡非常肯定：小家伙有人格障碍。一听到她进门，他就全身警惕，看她这回要做／砸／弄坏什么。

离婚后，前妻带女儿定居比托里亚，拉蒙乔只好每两周在公路上跑一个来回，星期五下午开车去接，星期天下午开车送回，总是气自己，气得够呛。满怀期待地去接，被女儿搞砸后送回。如此这般，反反复复，难得有例外。拉蒙乔宠她，对她无限宽容，百依百顺。即便如此，小阿玛娅也不给爸爸好脸色看，热情就更别提了。如此娇嫩的小女孩心里，怎么会装着这么多冷漠？拉蒙乔唯一能想到的答案是：她妈妈成天说他坏话。

格尔卡认识阿玛娅时，她八岁，已经是个不可理喻的孩子，总是一脸严肃。她会随时跟你捣蛋，不动声色地给出一个居心叵测的回答，找准痛处，气得你发狂。她会突然做出智障儿童会做的事，说出智障儿童会说的话；一分钟后，又表现出智力超常。久而久之，情况并无好转，反倒人越大，越复杂，越难以预料，特别是越难以取悦。格尔卡认为，她就是个小讹诈鬼。

拉蒙乔说：

"老兄，别这么讲，我会崩溃的。"

阿玛娅很美，像个洋娃娃，头发鬈鬈的，眼睛墨黑墨黑的，嘴唇细长，早早地就带了些女人味。有些天，她话很少，几小时不开口，兀自凝神，目中无他；有些天，却要费半天劲、耗尽耐心，才能让她闭嘴。你跟她说巴斯克语，她回答你卡斯蒂利亚语；你接着说卡斯蒂利亚语，她又换成巴斯克语。她爱吃什么，永远也猜不透。今天香香地吃了两盘番茄酱奶酪意面，下回又死活不要了。她对什么都是这个态度：玩什么游戏？父女俩去哪儿玩？关灯睡觉前讲什么故事？今天行，明天不行，或者反过来，今天不行，明天行。有时候好好的，她会无缘无故地放声大哭，吓得拉蒙乔手足无措。我做什么了？我做什么了？急得他也哭。他被女儿折磨得喘不过气来，伤心地对格尔卡说：不知该拿她如何是好，再这么下去，我要失去她了。

"你从来没试过扇她一耳光？"

"没试过，也不会去试。她回头告诉妈妈，一纸法令下来，我就见不到她了。"

"或许，阿玛娅在用自己的方式求你：爸爸，扇我一下吧！把我扇醒。"

"看得出，你没当过爹，刚说了我认识你以来最混账的话。"

小姑娘每两周来一次，对格尔卡的生活产生了直接影响。什么影响？首先，他只能睡在工作室窄窄的折叠床垫上。小姑娘在旁边，两人不能互相按摩、举止亲密。拉蒙乔每分每秒都在照顾女儿。格尔卡想方设法地不着家，要么经常整天泡在电台，读书、写故事、写诗、处理下周事务；要么去好几家影院连续看好多场电影；要么趁天气好，沿着海湾往前，走到埃兰迪奥，甚至更远，走到阿尔戈塔，再乘公交车返回。有几次，他会瞒着爸妈，趁机去埃伦特里亚看姐姐。镇子基本不回，除非圣诞节什么的，非回不可，免得被妈妈没完没了地数落，免得在街上被人看见。

"你好，'书呆子'，好久不见。"

与其回镇子，还不如去忍受小姑娘的胡搅蛮缠，为拉蒙乔感到难过。典型的恶作剧：明明好好在家待着，小姑娘坐在电视机前，突然乒乒乓乓，一声巨响，摔了一件玻璃制品或陶瓷器皿。两个大人吓一跳，赶紧去看，眼前的画面不可思议：阿玛娅面无表情，周围碎片满地。拉蒙乔不敢跟她吼，怕她回去告诉妈妈。他解释、恳求，说没关系，收拾散落的碎片或偷偷请格尔卡收拾，将她的注意力转移到其他事情上。弄坏格尔卡闹钟那次也是如此，拉蒙乔忙不迭地赔他一只新的，似乎什么也没发生。

两人都不信阿玛娅会成心把东西往地上扔，喂，但也不是失手掉落。当然，想在她表情里看出企图，完全是白费劲。

一次，格尔卡撞见她用叉子划手背，划到平行的伤口渗出血为止。她爱把东西排在任何地方：地毯上、桌上、浴缸里。将冰箱里的胡萝卜拿出来，排成好几排；用咖啡勺围成好几个圈；用书本和碟片垒成好几座塔等等，不一而足。

小姑娘不正常，脑子里少根弦。问题是：还不能跟拉蒙乔说，他会一蹶不振。

一次，格尔卡星期五回镇上，星期六回来。他没办法，阿兰洽打电话到电台，叫他回家。

"我想，你已经知道了。"

"是的。跟你说，我很开心。"

"他们会给他点颜色看看。"

"我开心，不是为了这个。"

"我也觉得，抓了好，不让他乱跑。不过，你得回去看看爸妈。这种情况，不能让两个老人独自面对。我下午下班后就回去。"

国民警卫队抓住了何塞·马利,连同奥里亚小分队的另外两名成员,这条消息上了当天的新闻头条。格尔卡有提前录制好的节目,以备不时之需,可以从电台请到假,答应第二天下午,一定赶回来上班。他跟平常一样,坐公交车回去,陪陪爸妈,在少年时的旧床上睡一晚。星期六上午,你不去参加示威游行?专门为你哥哥组织的。去不了。他回到毕尔巴鄂,刚到家,发现拉蒙乔正急得发疯。

"阿玛娅。"

"怎么了?"

"人不在,她跑了。我就下楼一小会儿,去买面包,回来门开着,她不见了。"

格尔卡安慰他,拥抱他,拉蒙乔一根筋地往坏处想。小姑娘从家里跑出去,会落到人贩子手里。他们会逼她卖器官,提供性服务,总之场景描绘得极其恐怖。他自己会被剥夺看望女儿的权利,甚至被判刑,判好多年徒刑。

"你出去找过她吗?"

"问了好多家商店和酒吧,谁也没看见。我该怎么办?报警?要是报警,消息会捅到媒体上,我前妻就会知道,娄子会越捅越大。"

"我建议咱们下楼,在附近瞅一瞅。你走一边人行道,我走另一边人行道。"

没走多远,女邻居从门廊出来,告诉他们,刚才看见小姑娘在屋顶平台。没错,她就在那儿,用爸爸相册里的照片排成四方形,安安静静地坐在中央。拉蒙乔松了一口气,抱起女儿,没批评半个字。格尔卡去捡照片。阿玛娅当年十一岁,回家后,依然一脸严肃地表示:她想回妈妈家了。

95. 大罐葡萄酒

"何塞·马利·阿斯卡图。"格尔卡刚下公交车,就迎面看见了这张大幅标语,拉在两边楼房中间;接下来,每走一段,就有印着他哥哥照片的招贴画以及要求释放的文字。一个人就这样被玩弄于股掌之间,生生地被打造成英雄。这种做法让我反感,要是镇上人知道就好了。格尔卡急急往前,但愿/希望走到爸妈家前,不被人拦住。

小伙伴们在酒吧门前拦住了他。他站在人行道中央,忍着气,敷衍地笑,慢慢地眨眼。五六条胳膊拦着,有些湿乎乎的,全是汗。

"挺你们。"

"有什么需要,尽管说。"

除了简单地说声谢谢,不知道还能说些什么。他们或许以为:哥哥被捕,他情绪低落。他们请他喝一杯,来嘛,来!他在整套假面具里,挑了最忧郁的那张,摆出来给他们看,同时恹恹地——并不痛心——表示:刚回镇上,要赶紧去看爸妈。他一口地道的巴斯克语,能把人镇住,这点他心知肚明。或许换别的时候,甭管他愿不愿意,他们都会把他拉到吧台旁。这回谁都能理解,没人坚持。大家一个劲地用巴掌去拍他的背,拍得热乎乎的。他总算脱身,继续往前。

门厅还是熟悉的光线,熟悉的味道。突然,在三级台阶下,有人拥抱了他。谁啊?黑乎乎的,有口臭。是堂塞拉皮奥,他刚从爸妈家出来。

"艰难时刻，回来陪伴家人，对吗？很好，孩子。看得出，你已经是大人了，明白事理。我觉得你妈妈很坚强，有铁一般的意志，不是吗？我更担心你爸爸。"

过了一会儿，格尔卡的眼睛适应了阴暗的门厅，毫不费力地看见神父满意的脸色和亮晶晶的眼神。他觉得神父的个头比过去矮，他越长越缩了？

"可怜的胡利安，愿上帝怜悯他，不知道他会如何迈过这个坎。听你妈妈说，他一天都在菜园，连午饭都没回来吃。"

"我去找他。"

"去吧，孩子，去吧！我会经常为你们、为何塞·马利祈祷的。我会祈求上帝，让他们对他人道些。别沮丧，要坚强，爸妈需要你。你在毕尔巴鄂过得好吗？"

"好。"

神父在他胳膊靠肩膀处轻轻拍了一下，告辞，格尔卡觉得他在致哀。神父一身黑，没穿教士服，整整贝雷帽，走出大门。

家里有声音传出，是女人们平心静气的说话声。一个当然是妈妈，另一个呢？听着耳熟。他把耳朵贴在门上，不是阿兰洽，她说下了班才能来。是胡安妮？他竖起耳朵仔细听，没错，就是肉店老板娘。他在半黑的门厅里看了看表，还不算太晚，我该怎么办？站在楼梯间，他能想象迈进家门，妈妈会批评他，说他很久没回家，连电话都很少打。妈妈会当着肉店老板娘的面说。人家儿子自杀了，还是被杀了？死也弄不清楚。于是，他对自己说：疯了才现在进家门。他探出头，确认神父已经走远。没错，是走远了，那就先去菜园。

他在小屋里见到爸爸，爸爸赤着脚，醉醺醺的。

"咦？你来啦？"

"你这不是瞧见了？"

爸爸在兔笼上搭了一块板，做了一张简易桌子，又如法炮制，用另一只兔笼做了一张简易凳子。桌上放着一只酒杯和一只旧的大玻璃罐，外面蒙着灰尘和蜘蛛网，里面装着葡萄酒。

"不喝完，不回家。"

儿子来，他不奇怪。见到儿子，他关掉收音机。屋里味道很重，闻上去湿乎乎的，有腐烂的青草味和浓郁的葡萄酒味。兔子们很安静，有些小嘴巴使劲动，像一点点在啃什么。胡利安的手背青筋暴露，手掌肿大，布满老茧，有关节炎的某些病兆。

"有哥哥的消息吗？"

"你哥哥是个杀人犯，我就知道这么多，你还觉得不够？他活该受到惩罚，最高法院那帮混蛋要给他的惩罚还远远不够。那帮混蛋，说你哥哥他们是傻瓜，被人当枪使，非得好好教训一顿不可。你妈说得没错。我这个爹太软，要是当年跟他来硬的，及时把他揍醒，这孩子恐怕还有救。你说呢？"

"这个国家，太多事硬碰硬地解决，咱就这个命。这么说，没消息？"

"不把他乱棍打死，就不会有消息。"

胡利安不是那种成天喝廉价葡萄酒、不醉不归的人。他从年轻时起，酒一直喝，但有节制，难得喝多。今天这架势，该怎么形容才好？他不想面对现实？想放纵自己？因为不是个好爸爸，惩罚自己？酒喝多了，话也说顺了，论起理来，一套一套的。他不挠右腰，盯着一个点，好久不动，突然猛喝一大口，不细品，有时还摇摇头，以示谴责。格尔卡站在门边，同情地看着他，很揪心，也有点犯恶心。这人今天喝多了，脚都肿得发紫、变形。

"喂，你不会也跟埃塔组织有联系吧？"

"没有，爸。我在电台工作，他们付我工资，我不害人。"

"千万小心，别走你哥哥那条路，听见没？瞧瞧会是什么下场，上帝啊！背了太多血债，要坐牢的。你听到罪名了？我觉得这辈子，是等不到他出来了。像我这把年纪，再来二三十年，说什么胡话？早就入土了。"

哽咽声就要冲出喉咙，他赶紧喝口酒，往下压。父子俩好久没说话，也没看着对方。胡利安突然问：

"见到妈妈了？"

"我直接过来的。"

"你怎么知道我在菜园？"

"神父说的。"

"神父？别跟我提神父，真不是个好鸟。告诉你，那家伙坏透了，教唆年轻人，塞些想法到他们脑子里，弄得他们头脑发热。出事了，又往后缩，摆出一副圣人的面孔，规劝教民，让他们去领圣餐。这话可不能跟妈妈说，她那脾气，一点就着。我问她：你傻还是怎么着？没瞧见神父把教堂地下室借给那帮小子，藏标语、旗帜和涂料吗？她回我：那不相干。怎么会不相干呢？据我所知，何塞·马利出生时，又没拿着枪。是神父和那些狐朋狗友，天知道还有什么人，让他不走正道的。他没脑子，"他伸出一根手指头，指了指脑门，"上了套。"

接下来，他请儿子喝酒。格尔卡想喝来着，想赶紧把那罐葡萄酒喝完。可是简易桌上，除了爸爸用过的杯子，就没别的杯子。他没喝。

"爸，有件事我想告诉你。"

"有人告诉我，'老伙计'遇害那天，何塞·马利就在镇上。这件事一直在我脑子里，忘不掉。"

"跟我个人生活有关。"

"真巧，不是吗？我最好的朋友遇害那天，那个白痴来镇上干什么？要是他那支小分队干的，我不会原谅他。"

"我在毕尔巴鄂，跟一个男人住。"胡利安又点了一支烟，没在听，"我们俩生活在一起。他叫拉蒙。嗯，我叫他拉蒙乔。"

"只要能让我见到他，不管在哪儿，我一定要当面问个明白。他骗不了我的，我是他爸爸，他的眼睛骗不了我。"

格尔卡想说心里话，刚开个头，就此打住。时间不合适，爸爸不在状态，不会好好听，不会理解他的感受，他怎么就没发现呢？地点倒合适。他若干次设想过这个场景：比如像现在这样，独自跟爸爸在菜园小屋，背着妈妈，把秘密讲给他听。爸爸还能指望，会稍微理解他一点，再不济，也会无奈接受。会不会谴责他？不会的。爸爸要么不说话，要么祝福他，一定会像阿兰洽那样保守秘密。天刚黑，阿兰洽突然来到菜园。

"这儿味道真大，简直像猪圈，气都透不过来。爸，你已经醉得一塌糊涂了。"她问弟弟，"你在这儿干吗？妈在光火，以为你还在毕尔巴鄂！爸，妈让我来问你，还要不要做饭？她买了一大堆沙丁鱼。"

格尔卡扶爸爸起来，阿兰洽一边说，一边在兔笼间帮他找鞋。

"你真的能走？"

"我操，能！"

"那位埃塔战士的事，你怎么看？"

"至少现在知道他人在哪儿。"

"我也是这么跟吉列说的。可是，妈妈反倒斗志昂扬。你们俩躲着她，我一点儿也不奇怪。胡安妮跟她一唱一和，真让人受不了。两个女人一台戏！"

96. 内蕾娅和孤独

　　是毕妥利打电话给圣塞巴斯蒂安律师事务所的。如果录用不了，就先让她女儿进去学习学习。律师事务所录用了她，没签合同，报酬是象征性的，因为有律师欠"老伙计"——愿他安息——的情，或者，"老伙计"的遭遇让他动了恻隐之心。几个月后，内蕾娅跟妈妈这么形容此生第一份工作：事务繁多，无聊透顶，领导倨傲生硬，薪水少得可怜。妈妈说：

　　"有比无好，谁都是从底层干起的。"

　　毕妥利的梦想是：有朝一日，女儿成为律师或法官，就像哈维成了知名外科医生。"老伙计"泉下有知，一定会很乐意看到她梦想实现。

　　进律师事务所一年零三个月后，内蕾娅选择辞职。她一说要走，顿时什么都可以了：可以改善工作条件，可以签合同，可以转固定编。亲爱的朋友们，我很抱歉，but it's too late①。她跟他们说拜拜，毕妥利不得不永远跟梦想说拜拜。

　　那段日子，内蕾娅一直在悄悄找工作。经过严格筛选，她在奥肯多街的财政厅办公室谋了个职位，后来调到艾洛塔布鲁区的财政厅办公室。她找工作，不是为钱。其实，爸爸虽然没怎么念过书，却在官僚和管理事务上游刃有余，帮她解决了物质层面的后顾之忧。成熟稳重的大哥哈维又给她提供了不少有关遗产方面的建议。内蕾娅储蓄、炒股、投资，总之，钱袋子很鼓。可是，生活总得充实、有序、有奔头，让她每天早上有动力起床，不说满怀憧憬，至少干劲十足，免得成天无所事事，脑子生锈。

"呦，女儿，你都成哲学家了。"

她全款在阿玛拉区买了一套三居室，装修房子，添置家具。妈妈说：家里完全住得下，干吗要花那个钱？

"妈，瞧你说的！住一起，咱俩会吵得没完。"

日子一天天过去，二十世纪眼看就要走到尽头。她认识了一些男人，确切地说，是那些男人认识了她。这么说吧，他们笑容可掬地凑过来，讨她的欢心，摆出风度翩翩的姿态，制造偶遇。说起来简直让人不敢相信，事务所的一位律师，有老婆和三个孩子，居然也向她暗示。许多天前，她看出他的花花肠子，忙不迭地打住。她可不想做第三者，破坏他人家庭。

她交了些女性朋友，有的是在健身房认识的，有的是在工作时认识的，没一个是镇上的。镇上的人她唯恐避之不及。别人问她是哪里人，她会说，是圣塞巴斯蒂安本地人。她的女性朋友圈里，有个三十一岁的寡妇。她们有时会在周六晚饭桌上、在海滩、在咖啡馆，聊心爱的人去世有多悲伤，有些人很难从不幸中走出来。内蕾娅只听不说，她不想告诉任何人：爸爸是被人杀死的。

除了没有规律的一夜情，她也尝试过一两回她所理解的真正的爱情。

"你是怎么理解的？"

她跟女性朋友们说：她想跟一个男人厮守多年，生儿育女——孩子无论如何不超过两个——日子平静、清爽、小资。哦，之前要办那

---

① 原文如此，为英语，意为："一切为时晚矣"。

种老式婚礼。

"让爸爸挽着你，带你走到圣坛。"

"这不可能。我爸烟抽多了，两年半前死于癌症。"

三十岁一过，内蕾娅决定一夜情到此为止。冒险刺激呢？不，谢谢，已经经历过太多。她跟女性朋友们说过自己像傻瓜似的追到德国，想去跟金发帅哥结婚，结果碰了一鼻子灰的故事。她们听了都笑，怎么听也听不够，尽管连细枝末节都一清二楚，还非得让她隔三差五地再说一遍。这又是何必？不就是因为听完，准会哈哈大笑，连评论也会有声有色！不过，她从未提起在法兰克福被有轨电车轧倒的路人。

她尝试收获一份长久的爱情，能够组成甜蜜的家庭，有三件套沙发、地毯和软底拖鞋。每次结局都很糟糕，间隔时间也越来越长。她对男人失望、厌烦，对自己说：姑娘，你再也抓不住男人的心了。然而，过几个星期或几个月，在最意想不到的时候，她又会感受到那种麻酥酥的刺激和兴奋。在哪儿？上面，下面，两腿之间。就像有瘾，以为戒了，结果又上瘾了。一个名字，一张面孔，一个新的声音闯进她的生活，让她的内心充满愉悦，甩掉无时无刻不黏在身上的孤独感，心里虽然七上八下，却乐在其中，直到过一阵子，因为这样或那样的原因，幻影消失。她再次发现：走近了看，那位迷人的男子越来越无法让她心动，只是内心愿望在现实生活中投下的幻影。他是个平庸、自私的家伙，简直难以忍受。

埃内科是期盼已久的例外。他比她大八岁，两人在丹吉尔酒吧相识。内蕾娅在奥肯多街办公室工作那会儿，中午习惯去喝杯苦啤酒，两人常在酒吧遇见。他在附近吉普斯夸广场的一家房地产公司上班。目光对视，打招呼，又是目光对视，终于，他鼓足勇气，上前攀谈。你好，我是某某某，就在附近上班，能交个朋友吗？就这么认识了。

他简单，直接，没有非分之想，属于那种还没吃过婚姻的苦头，约会送玫瑰花或书的男人。缺点呢？一眼看上去，没有不可容忍的缺点。嗯，穿衣服不太有品位，有点超重，喜欢足球。

内蕾娅习惯了有他陪伴。他有点像父亲，可以保护她。他比哈维大，能给他安全感，还会逗她笑，没几个人能做到。埃内科像沙发：松松的、软软的，适合休息。下雨天，他会给她撑伞，自己淋着。对内蕾娅来说，这种细心的男人可遇而不可求。几个月过去，她思前想后，打算建议将两人的关系再进一步，这个男人给她的印象真的很好。女性朋友们问她：你爱他吗？那当然，除了爱情，还有友情，不是一回事。内蕾娅说：当爱情褪色、火花熄灭之时，夫妻关系要靠友情来维持。

然而，一道黑色的、深不见底的裂缝将他俩分开。在亲密交往的近十个月里，这道裂缝生成，并始终存在，可他俩谁都没看见。其实，是埃内科从头到尾都没看见。如果他还活着，他会过得怎样？也许还在问自己：究竟哪里出了问题？她闭口不提爸爸的事，他也闭口不提哥哥因为犯下恐怖主义罪行，正在巴达霍斯监狱服刑的事。爱情、友情、欢笑、沙发似的男人，送她的玫瑰花或书，短短几秒，全都被那道深不见底的裂缝吞噬。

事情是这样的。九五年一月，星期一，雨。傍晚时分，内蕾娅和埃内科约好，老规矩，去老城区转一圈，吃点小食，喝点酒，再去他家、去她家或各回各家。亲爱的，明天还要上班。两人合打一把伞，走在八月三十一日街上，从一家酒吧逛到另一家酒吧。埃内科说了什么俏皮话，让内蕾娅笑了一路，走到葡萄秧酒吧，笑容突然凝固。她听广播，新闻播报，说五六个小时前，埃塔枪手刚在这里枪杀了副市长，他当时正在跟党内几位同僚吃饭。

"格雷戈里奥·奥多涅斯就是在这里被杀的，不是吗？"

"那家伙，我才不会为他掉一滴泪。就他这种人，害得我哥哥蹲监狱。"

他们走开。内蕾娅稍稍远离雨伞，感觉雨点打在一只胳膊上。她开始看见了那道裂缝。

"你哥哥在监狱？"

"在巴达霍斯监狱。我没跟你说过？关进去很久了。"

"为什么进监狱？"

"还能为什么？为他热爱的事业做斗争呗。"

他们走到圣塔玛利亚教堂附近。埃内科又开始说俏皮话，可是，女朋友的嘴角再也咧不出笑容。内蕾娅压根没在听，悄悄松开他胳膊，借口要在包里找什么东西。我该怎么办？撒腿就跑？她表情很僵，强装笑颜，故作镇定；然而内心慌乱，吓得小便失禁，尿出来不少。走啊走，怎么也走不到林荫大道。他开心地说个不停，她不说话，在公交站台跟他告别时，既恶心又恐惧地让他亲了亲面颊。靠站台的临窗位子空着，他打着伞，老习惯，向她摆手，她却选择另一边的位子坐下。在开往阿玛拉区的路上，她想好该怎么提出分手，到家就给他打电话，说爱上了别人。在这种情况下，撒这种谎总能站得住脚。她说完，没等他反应过来，就挂了电话。原本可以实话实说，但必须要提到爸爸，她死也不会提到他。

内蕾娅跟他吹了，草草地跟朋友们交代两句，她们也不太关心。随后几年，朋友渐渐散了，难得聚次餐，人还来不全。发生的无非就是那些事，司空见惯：有几个找到了男朋友，寡妇再嫁了，还有一个去巴塞罗那工作。内蕾娅呢？还单着，与孤独为伴。她犒劳自己，去天涯海角旅行：阿拉斯加、新西兰、南非。闲暇时间也排得满满的：报名去语言学校提高英语水平、更频繁地去健身房、参加厨艺培训。有时会跟分手或即将分手的女性朋友一起出去，听她聊家事，聊男友，一聊好几个钟头，还让她这个未为人妻、未为人母的朋友给点建议。

不知不觉，她已经三十六岁。三十六岁了！时间过得真快，我才不会苦着脸过日子，对吧？那天圣塞巴斯蒂安过节，她跟一个女性朋友去宪法广场看升旗仪式。她们跳舞、喝酒、继续喝酒。后来深更半夜的，她发现自己跟一个男人坐在出租车里。那人有一口漂亮的牙齿，身上的味道真好闻，正在摸她的乳房。还有什么，别问我，不记得了。记忆中有些模糊的画面：听见水声，知道他快天亮时在洗澡；人走过来，帮她脱衣服。内蕾娅趴在一张陌生的床上，差点醉死过去。估计那人插进过她身体，早上发现大腿间有残留的精液。他在装饰豪华的客厅里等她，穿一件海蓝色真丝浴袍，帅气十足。桌上摆着早餐，有花、蜡烛和一大堆好吃好喝的，怎么形容都不过分。直到内蕾娅在他对面坐下，才知道他叫恩里克。

"尽管朋友们都叫我基克。"

97. 杀人犯游行

毕妥利刚认识基克几小时，就跟女儿打电话，不留情面地将他定义为自以为是的家伙。他是全世界最爱慕虚荣的男人，成天照镜子、洒香水、自说自话。毕妥利毫不掩饰自己的毒舌，问内蕾娅：这位先生晚上是否也西装革履地上床睡觉？内蕾娅提醒妈妈，请她自行习惯，因为基克已经永远走进了她的生活。

"别告诉我，他不帅。"

"他太帅了。"

"风度也好。"

"哦，简直没的说！瞧你该怎么办才会不让他被人抢走？你得二十四小时盯着。"

毕妥利不知道，基克和内蕾娅已经事先谈妥，达成的协议让内蕾娅彻夜难眠，以泪洗面，同时也打起了自己的小九九。她权衡利弊，最终在一位朋友的建议下决定：既然他自私，那我也自私，管他娘的，就点了头。从那一刻起，她内心膨胀，骄傲得不行。怎么了？为什么？我觉得解放了！还衍生出另一个后果：基克和她彼此认同／惺惺相惜，为这些年来的关系打下了坚实的基础，尽管他们反反复复、间歇性地提出分手。

内蕾娅跟朋友举例解释：

"我怀疑，世上有哪对夫妇比我们分手得更频繁。一次在他家，我说分手吧，永远分，彻底分。那天下雨，我刚在发廊做了好几个小时的头发，没带伞，决定留下。结果那晚成为记忆中最温柔、最浪漫的夜晚中的一个。"

基克从不掩饰。一次，他约会迟到，下巴上刚被挠出一条痕。他说对不起，面不改色心不跳地对她说：

"亲爱的，对不起迟到了。刚跟一个小丫头在一起，耽误了点时间。"

内蕾娅的脑子里闪出一个字：分。它像烟花一般，在黑乎乎的脑袋里炸出无数朵璀璨的火花，每朵火花上都写着：完。才相处几个月，这家伙不仅对我不忠，居然还不以为耻，如此这般。内蕾娅爱他，从头爱到脚，又从脚爱到头。如果有人问她，她一定会赌咒发誓：基克这个混蛋简直太好！温柔、礼貌，跟自己特别般配。她茫茫然地环顾四周，看是否偷偷藏着摄像机，这是不是在开玩笑。

"怎么了？"

他似乎真的感到惊讶。内蕾娅，你这个小傻瓜，你想要个解释还是怎么着？他跟她解释：

"亲爱的，别人爱网球、爱集邮、爱集币，而我，跟你说实话，我爱性交，我需要那种拥有女性身体的感觉，几百个，几千个，只要有力气，多多益善。这是一项对我而言非常有益的体育运动，你明白吗？跟我们的关系无关，我们的关系非常完美。我爱死你了，你不用怀疑：你是我的内蕾娅，only one①。别的女人，我不知道她们叫什么，住在哪儿。她们只是跟我上床，让我获得性高潮，从情感上讲，对我一钱不值。我再说一遍：一钱不值，只是享乐工具而已。瞧，我这人没秘密。你不是去健身吗？我也在健身，只是不在跑步机上，而

---

① 原文如此，为英语，意思是："我的唯一"。

是在一具诱人的身体上。你要是不接受这样的我，我会真的感到遗憾。"

"我要是跟男性身体做这种事，你会接受？"

"喂，我什么时候跟你说过不能做这个，不能做那个？"

"好吧！给我点时间，让我考虑考虑。"

她站起身。他们坐在古客栈门前的露天茶座上，下午，天很蓝，有孩子，有鸽子。内蕾娅表情严肃，脑子里一团乱麻，绕着大教堂走，问自己：上帝啊，我他妈的为什么不撵他去吃屎？好吧，撵他去吃屎，又怎么再得到他？她想象着哪种情形更难堪、更让人脸红。这些都与她所理解的两性关系——怎么说呢？正常、合理、有三件套沙发和软底拖鞋、只有彼此、互相忠诚等等——背道而驰。当然，我已经三十六岁了，这最后一班车不能错过。更何况，还是像他那样的超豪华列车。

她一宿没睡，挂着重重的黑眼圈，桌上摆着牛奶咖啡和羊角面包，紧急约见了一位知心朋友。朋友仔细听完原委，开门见山地问：爱不爱基克？

"恐怕不能说不爱，否则早就撵他滚蛋了。问题是：我要独享，不要跟别的女人分享。"

"你有什么资本？你都三十五岁了。"

"三十六岁。"

"内蕾娅，听好：我不觉得你的状况像昨晚电话里说的那么难以决断。你要是真爱他，没太多选择。要么马上分，你会失去他这个人，三十七岁了，又会一个人单着。"

"三十六岁。"

"要么就打好你手中的牌。他爱性高潮，你只能忍！挺伤自尊的，我知道。不过，牌打赢最重要。"

"要是他爱上别人呢？"

"我觉得跟不称心、受压抑的男人在一起，风险更大。"

"要是他得病呢？比如说艾滋，再把我给传染了？"

"懂了。你给他打电话，告诉他，你们俩完了。"

"你疯啦？"

"那你就必须接受他。"

"很难。"

"是很难，但你能做到。"

"他是头猪。"

"是你的那头猪，内蕾娅，对他好点。"

她不想跟他在任何熟悉的地方见面。为什么？免得太低三下四。基克在电话里体贴入微，二话不说就答应了。内蕾娅藏在林荫大道的书报亭后，见他准点到达，穿着上无可挑剔，坐在巴兰迪亚兰咖啡馆的露天茶座上。与此同时，她在公共长椅上坐了二十分钟，看人来人往。反正基克看不见她，让他等着呗。会合前，她拿出随身携带的梳妆镜，补了补眼影，又在两只手腕了滴了几滴刚买的、贼贵贼贵的香水。

只要我乐意，才不会在风度和气味上输给这个爱慕虚荣的男人。她在人群中刻意迈着模特步，高跟鞋咚咚咚，掷地有声，秀发披在肩上，知道自己万众瞩目。基克也在看她，他从咖啡馆的露天茶座上见她迎面走来。内蕾娅走到一半，嘴唇开始不听使唤。别不承认，内蕾娅，微笑就是一种妥协。什么一种妥协？就是彻头彻尾的妥协。基克起身迎接，亲吻，称赞，举止优雅、绅士地替她拉开椅子。

内蕾娅直入主题：

"永远别当着我的面。"

她没再多说。基克微微颔首，表示同意。他叫服务生过来招呼他们，从西装内口袋里掏出一只小小的真皮盒子，默默地递给内蕾娅。里头是一条金链子，坠着一片银杏叶，也是金的。内蕾娅没有大喜过望，只说很漂亮。之后，基克把嘴凑过来，她将唇迎上去。

他们聊了好几个话题。他小口小口地喝威士忌加冰，时不时地举杯，观察一下颜色。她一小时后有英语课，要了通宁水。这时，只见几米之外的马约尔大街上，埃塔犯人家属又在游行。男男女女排成平行的两列，不紧不慢地往前走，有些彼此交谈，有些沉默不语。每人双手举着一根长棍，顶上是招贴画，印着埃塔服刑分子的照片，名字写在下面。照片上的人无一例外，都很年轻，是举牌人的儿子、兄弟、丈夫。行人纷纷闪到一边，给他们让路。

在老城区里走动，内蕾娅无数次地遇到示威游行，经常在街角一转弯，就会突然遇上。无论远近，她都不搭理，当他们不存在，背过身去，眼不见为净。她见米伦在靠近咖啡馆露天茶座的那列队伍中，板着脸，僵硬地举着儿子的照片。内蕾娅在游行队伍中见过她好几次。

基克说：

"杀人犯游行队伍来了。"

"小点儿声，我可不想惹麻烦。"

于是，他身体前倾，对内蕾娅耳语道：

"杀人犯游行队伍来了。"说完，又将身子拉回去，声音恢复正常，"你觉得这样好点儿？大声说、小声说，想法又不会变。"

这回，内蕾娅把嘴凑过去，基克将唇迎上来，再亲一口。

98. 白色的婚礼

婚礼日子定下没几天，一个女人在阿玛拉区的街上对内蕾娅说：

"我要自杀，全怪你。"

看来，这个女人在等她。内蕾娅不认识，也没问她名字，想绕道走，被那人（三十岁左右，挺有魅力的）拦住：

"你永远不会像我这样让他快活。"

内蕾娅开始会过意来。那张凑过来的脸上写着绝望，眼神挑衅、凶残，像刚掉过泪，有些红肿。女人不打不骂，只是伸出食指，威胁/提醒她，显然脑子不做主。

"你别做梦了。就你这把年纪，还想让他快活？"

内蕾娅，忍一忍；内蕾娅，忍一忍；内蕾娅忍不了。

"你怎么不去自杀，让我耳根清静清静？"

女人没想到她会如此反应，傻了、懵了，钉在原地。内蕾娅趁她傻了/懵了，将她甩在身后，坚定不移地踩着高跟鞋，咚咚咚地往前走。她至今没再见过那个女人，她真的像说的/承诺的那样自杀了？她承诺过吗？姑娘，别那么毒舌。

她差点想把这个小插曲告诉基克，告诉他干吗？估计那人恐怕是诸多跟他上床的女人之一，可怜了！她或许无法接受自己的"无聊"（无名分聊以慰人）身份，想跟她夺正位。

内蕾娅请教哈维：婚后财产共有还是财产分割？他什么意见？哈

维毫不犹豫地选择财产分割，说这么选，不是因为看不上基克。

"不管怎样，他也是有钱人。可是，谁知道将来会发生什么？你最好对你名下的财产有最终决定权。"

于是，内蕾娅去做婚前财产公证，基克不反对。他们结婚了。他是无神论者，她对耶稣的宗教存疑。毕妥利的条件是：可以去大教堂，但不能是那个主教。她说：那人只会怜悯杀人犯，别在她面前提他名字，她反胃。就因为他，她才会不信教的。基克父母是纳瓦拉自治区图德拉人，笃信天主。考虑到他们的感受，也为了让婚礼奢华，有仪式感，新人决定穿白色礼服，在教堂结婚。

新人的笑容（背景是米拉玛尔宫）在吉普斯夸广场柱廊下的影楼橱窗里挂了好几个月。

婚宴在乌利亚海景餐厅举办，一直延续到晚上。毕妥利告辞时，已经微醺？说的话让内蕾娅不安：

"祝你幸福，幸福会是你生活中的稀缺品。"

不一会儿，内蕾娅将哈维拉到一边，照实跟他说。

"求求你，别当回事。妈妈有过那样的经历，在今天这种特别的日子里，恐怕是回忆作祟。"

婚礼安排在星期六。星期一，新婚夫妇乘火车去马德里，散步、参观、疯狂做爱，因为他很想——迫不及待？——尽快当爸爸。刚进酒店房间，来不及掀床罩，他们就忙不迭地做爱。内蕾娅每每在这个时候，就会想起那张怨妇脸。那个女人当街对她说：她永远不会让他快活。她欢喜顺从地听他指引：这么躺，翻个身，凑过来。愉快的喘息声刚刚平息，他就开始琢磨给孩子起什么名。内蕾娅很不开心，据说这么做不吉利。

他们从马德里飞去布拉格，打算在那儿度完蜜月。这是内蕾娅的主意，她听朋友说布拉格怎么怎么好，这个好，那个好，这座桥怎么样，那座大教堂又怎么样。去布拉格？去布拉格。亲爱的，听你的。基克跟合伙人名下有家烈酒生产兼销售公司，旅行是一个绝佳的实地考察机会。目前，他们在捷克共和国还没有客户，基克带了一沓英文产品宣传册和一箱二十小瓶各式各样的酒，想碰碰运气，拓展业务。他说：

"德国和奥地利客户每年向我们大量采购黑刺李酒。邻国人民爱喝的酒，捷克人民没理由不喜欢。"

"你打算拿这些产品宣传册怎么办？到布拉格超市去发放？"

"你别管，让我来，我做这些事，有一套。"

他们在布拉格，跟在马德里一样，边逛街边拍照，饶有兴致地参观，带着造人计划做爱。区别在于发生了一件意想不到的事。每当回忆起布拉格蜜月，他们总会提起。抵达布拉格两天后，他们去逛布拉格小城，中午在那儿吃饭，沿途拍摄各种古迹和有趣的城市景观。艳阳天，方便出游，酒店大堂提供了一张地图，很好用。

他们走过石板小巷，来到查理大桥，赞叹不已地穿过入口处塔楼间的小隧道。内蕾娅戴着太阳镜，想在其中一座雕像下拍照，将包放在桥栏杆下，整整头发。这时，出现了一个十四还是十五，顶多十六岁的男孩，抓住包把手，不管有没有人看见，拿起来就跑。内蕾娅当即察觉，冲基克、石头雕像和全欧洲喊出了西班牙语的"包"字，她还有时间列举包里的物品：护照、Visa卡，敦促丈夫赶紧去追。

基克飞奔着去追扒手，内蕾娅平生第一回看他跑步。他跑得可真快，而且，形势对他有利。扒手要绕开慢慢行走、几乎停滞的游客，等基克赶到，游客已经闪在一旁。扒手撞到一位东方面孔的先生，眼看就要被风一般的外国男子追上，天知道会不会被暴打一顿，索性将包扔进河里，或许想让追他的人犯难。

基克完全没被难倒。他即刻停止追人，往桥栏杆跑。内蕾娅在大约三十米开外，见他迅速把鞋脱下，把什么放进一只鞋里。是百达翡丽表吗？不是它，还是什么？流经布拉格的伏尔塔瓦河水量充沛，他可千万别出意外。她想叫他，上帝啊！别跳！可他已经跳了，双腿向前；她赶紧去守着那双鞋和那块名表。

基克在下面，穿着一百二十欧的白衬衫，在浑浊的河水里，将救起来的包举给内蕾娅看。他含着笑，稳稳当当地往近处岸边游，尽显阳刚之气，一群东方人在桥上为他鼓掌。内蕾娅提着基克的鞋和那块保护周全的百达翡丽，感觉自己像只熟透的水果，爱意满满，即将绽开。他们在岸边会合。她不管基克已经浑身湿透，毅然扑进了他的怀抱，周围无数相机拍下了拥抱这一幕。湿透的丈夫和幸福的妻子走回酒店。他们手牵手，走过查理大桥时，内蕾娅又想起几周前当街拦住她的"无聊"女人。

99. 第四名成员

　　经年累月的坐牢，累得慌，真累得慌。跟狱友吵架累，消磨斗志，跟狱警起摩擦累，绝食也累。独处既是逃避／藏匿，又会让你胡思乱想，耗神费力。何塞·马利躺在床上，心里不踏实。也许，给"老伙计"的老婆回信是个错误。哎！要是妈妈知道……后果不堪设想。可是，一段时间以来，他恰恰一直不停地在想，给毕妥利回信后，想得更多：若干疑问翻来覆去地想，将回忆一股脑地倒在脚下，总之想个没完。在这儿，监狱里，想得太多等于自我消耗，逼人面对苦难的现实。小子，你只能被锁在高墙之内，与烂人为伍。

　　他想着想着，低头看地。看什么呢？还能看什么？牢房地面即刻变成萨拉乌斯大街公寓的地面。多年前，八月的一个星期六，全城过节，他们要大扫除。之前，三人轮流打扫卫生，结果麻烦了。轮到我？轮到你？轮到谁？永远有疑问。轮到哪个倒霉蛋，活儿全归他。其实他只做最基本的，抹布擦擦这儿，吸尘器吸吸那儿，免得家里脏得看不下去。何塞·马利决定：哥儿几个，每周六集体大扫除。三人就像在军营里，服从命令听指挥。你管厕所，你管客厅，我管厨房。三下五除二，一小时搞定。

　　老习惯，收音机开着。收音机必须开着，以免发生状况。他们要知道昨天有没有大围捕、有没有发生袭击、哪里的小分队落了网。似乎消息越机密，媒体传播得越快。当然，对于正在开展武装斗争的人来说，再好不过。此话怎讲？可以采取防范措施，甚至情况不妙，脚底抹油。谁知道呢？

大约从下午三点起，他们就得知莫兰斯区发生了一件大事。播音员播报/控告该街区已封锁，不让媒体进入。谁封锁的？国民警卫队。远远地听见枪声，响了许多声，还有一声爆炸。报道很少，细节不详，但足以看出：警察正在圣塞巴斯蒂安开展一场大规模行动。

何塞·马利一开始就觉得情况不妙：

"'黑杨'，放下手中的活儿，去盯着街上。"

下午六点，得到第一次消息确认：狗腿子警察端掉了多诺斯蒂小分队，说莫兰斯区一户住宅中，三人死亡。播音员还说，别处也有人被捕，但没说在哪儿。

"黑杨"还守在窗前，何塞·马利问他：

"怎么样？"

"没动静。"

他还是不放心。在你最意想不到的时候，这帮混蛋会来一脚把门踹开。他对帕乔说：

"我觉得咱俩应该离开，让他待在这儿。"

"我们跟多诺斯蒂小分队有什么关系？我们不认识他们，也不提供支援保障。"

"也许我们共享情报，共享联系人，跟上头联系。我们走，哪怕只待一晚。'黑杨'明天会告诉我们：街上有没有异常动静。"

截止到那会儿，他们是三个人，如今变成四个。多的这个叫疑心，确实很有影响力。他们老是怀疑被监视/被跟踪。何塞·马利和帕乔钻进睡袋，在伊戈尔多山坡上露营。黑暗中闲聊，帕乔不敢相信地问：

"你说，怎么没人来抓我们？"

"他们想放长线，钓更多的鱼。"

"你不会得了妄想症吧？"

"那天，我在电梯里遇到一个邻居。你好，你好。短时间内，我见到这家伙两次。不知道你怎么看，反正我觉得不是巧合。瞧瞧今天的莫兰斯区。狗腿子警察先查到一个人的踪迹，说：注意，跟着这只鸟，早晚能找到鸟巢。仗是这么打的，帕乔，你就别多想了。"

"要真这么容易，埃塔组织早被灭了。"

"谁都不可能打赢埃塔，包括上帝在内。我们当然会有牺牲，但是，一个倒下去，两三个站起来。这场仗，有的打了。"

远处传来爆炸声。

"这是什么？"

接下来，城市夜空被点燃，出现了明亮的瀑布和五彩的花朵，海湾上空在放超级大礼拜的焰火。何塞·马利和帕乔忘了刚才的话题，坐在林子边看，挨个评论焰火：

"快看，快看。"

"妈的，太美了！"

焰火放完，林子里又是一片漆黑。夏夜，他们钻进睡袋，在山里露营。

蟋蟀们在开音乐会，帕乔发起了牢骚：

"我操他妈！底下那些人在热热闹闹地过节，排队买冰激凌；我们为了他们的解放，在玩儿命做斗争。有时候，我真想抓起冲锋枪，扫一梭子，教训教训他们。"

"别着急。等咱们掌权，他们得乖乖听咱们的。"

按约定，早上七点，他们去法律系后面找"黑杨"。

"怎么样？"

"没动静。"

何塞·马利带着重重的黑眼圈，头发像鸡窝，还是不放心。他让"黑杨"替自己和帕乔找个临时住处，这期间，他俩钻睡袋露营。帕乔不乐意，何塞·马利索性将建议变成命令，没的商量。他爆了几句粗口，树立了自己的威信。跟他对着干有点困难，他胳膊结实，尽是肌肉，还受了惊。

星期一，"黑杨"通知他们，可以住进同学跟他女朋友的公寓，可是有条件。什么条件？不准下楼，免得让人看见他们进出。公寓位于阿尼奥尔加区进口处的一栋七层楼房里，人来人往。还有，最迟住到星期五离开。何塞·马利觉得时间还算合理，照例关心了一下伙食。"黑杨"说：吃饭不是问题，主人多买一根长棍面包就好。

"哦，那就好！"

傍晚，他们在拉萨尔特站上车，在阿尼奥尔加站下车。女房东来接，带他们去公寓，楼房靠近铁轨。女房东矮胖、和善、健谈，留着典型的支持巴斯克独立左派标志的刘海；男房东不爱说话，脾气不好，鼻子底下有道弯弯的疤，像是兔唇手术留下的。双方说好，不透露真实姓名。这么做，对我们有利。他们不认识我们，但我们可以跟"黑杨"打听到他们的姓名，或下楼看信箱。其实无所谓，只是为日常生活增添一些冒险色彩。

晚饭时，大家欢声笑语地起绰号，不是忘了，就是弄混了，闹出了好几场滑稽戏。为了终止混乱的场面，两个房东各叫"仆人"和"马"，何塞·马利和帕乔分别叫"面包"和"巧克力"。这是女房东的主意，第一天寻开心，其实压根儿没用。后来互相说话时，谁也不叫谁的绰号，只是简单称呼：喂，你。帕乔三回有两回脱口而出"何塞·马利"，何塞·马利也会不自主地对帕乔直呼其名。

"马"从一开始就阴沉着脸，何塞·马利觉得这家伙有心事，跟帕乔晚上悄声卧谈，帕乔也觉得"马"不希望他俩住在他家。女房东倒是成天叽叽呱呱，做一手好菜，不停地调动气氛。瞧瞧，是不是这个问题。

"吃醋了？"

"那当然。"

"我看不出，他有什么理由吃醋。"

何塞·马利躺在牢房床上，盯着天花板，尽管情绪低落，也忍不住地吃吃笑。"马"不是傻子。夏天，他在翁达雷塔海滩卖盐，没办法，早上出门，一整天不着家。星期二，"仆人"挺着高高的胸脯，衣衫单薄地闯进卫生间，假装没发现帕乔正在冲澡，明明整个公寓都能听见水声。她一头闯进去之后（哎呦，对不起），帕乔猜中了她心思，还能怎么着？便邀请她进去一块儿洗，她高高兴兴地答应了。何塞·马利在客厅看报，耳边传来呻吟声和喘息声。

到了晚上：

"别告诉我，你上了她。"

"你做好准备，明儿一定轮到你。"

然而，何塞·马利见她过来，拒绝任何肉体接触。这种场合我露怯，我不行，保守的霍苏内没教过我该如何应付。更何况，他单独跟帕乔说过：他不信任"马"。万一他因妒生恨，把他们给卖了。这个想法已经让他很慌，老被丰满的女房东挑逗，心里更慌。我操，这娘儿们也太开放了。于是，星期四早餐前，他们便感谢两位房东的盛情款待，前后相隔半小时，回到了萨拉乌斯大街的公寓。"黑杨"向他们保证：那几天，他一直盯着街上的动静，基本没什么可疑的。

100. 落　网

他们发动了一系列袭击，之所以没再多发动几次，是因为上头迟迟不提供物资。他们发牢骚：怎么回事儿？联系人气冲冲地回答：不止他们断货，别人也断货。他们原本在宪警车队的必经之路上，放置了一枚阿芒拿炸弹，可惜没爆。要是爆了，不仅会送警察们上西天，还会为他们在组织里加分不少。

听说有人这不好，那不好，他们就炸了他的汽车销售店。那些话是真的吗？管它真的假的，店都炸了，还清空了整栋楼。他们去抢了家银行分行，用来改善财政状况。钱是问题，紧巴巴地花，还是不够用。他们计划处决一名退休警察，事无巨细，全都考虑周全了，突然得知埃塔领导班子在比达尔的一处农庄、房子、别墅之类的地方被连锅端。

他们彻底傻了，更糟的是，感觉成了孤儿。怎么办？何塞·马利直犯愁，凡事老往坏处想，提醒他们：波特罗斯被捕那天，身上有一张长长的埃塔成员名单。如今这些没用的头目落网，没准儿全部成员名单被截获。帕乔表示：

"我可不想再上山。"

他们决定在局势不明朗之前，先按兵不动，等消息。何塞·马利已经杯弓蛇影，草木皆兵，谨慎起见，三人白天不待在公寓。他们弄来几根鱼竿，无论天气好坏，都步行去齐尼斯塔里的大石头那儿钓鱼。"黑杨"不去，他更爱看电影、泡图书馆，而不是几小时地盯着鱼线，看它有没有下沉。出门前，他们在门和框之间，放几小段几乎看不见的线和胶带作为记号，进门脚垫下也放了一小块弯曲的玻璃碴，原本是酒杯上的，一踩就碎。傍晚，第一个回家的人负责检查。如果一切安然无恙，进屋，照规矩开灯。

惴惴不安地过了好几个月，他妈的什么时候才会重组领导层？联系人没了，武器供应也没了。"黑杨"只好跟父母伸手，要钱交房租。西班牙政府大张旗鼓地举办塞维利亚世博会和巴塞罗那奥运会。一天早上，何塞·马利说管他呢，豁出去赌一把。他去阿玛拉站坐地铁，坐到昂代伊站，在法国待了三天，又饿又脏地回到公寓，整个人蔫了。

"埃塔再也不是从前的埃塔了，三月份的打击相当致命。"

"新领导都是些什么人？"

"那儿有好些人，不明说，尽是些稀里糊涂、找不着北的家伙。"

尽管如此，他也没有空手而归，约好在格罗斯区酒吧跟一名负责送信的埃塔成员见面。不知道我理解得对不对：这人要么是新领导班子中的一员，要么跟新领导班子走得比较近，我哪儿知道。何塞·马利不放心，派帕乔提前一小时去那儿喝啤酒。

"怎么样？"

"没动静。"

他去赴约，交给来人一封信，是"黑杨"用打字机打出来的。三人申请去伊帕拉尔德，转预备役。理由是：目前没有行动，需要学习如何准备炸弹，是战略小白。回复等了好几个星期，申请被批准，派人带他们过边境。几个月后，"黑杨"也跟来了。

帕乔被分到家禽饲养场，场主是一对法国夫妇，是坚定的民族主义者。他带去一本教材，跟法国夫妇和他们的孩子学巴斯克语。他不会说巴斯克语？是的，只会常用的二十个单词。因为这个，老被同伴批评。他们告诉他：不说巴斯克语，就算加入埃塔，也不算巴斯克人。他说铁了心要为巴斯克国的独立做斗争，他们让他去吃屎。

至于何塞·马利，他饶有兴致地想去学习更多有关炸药方面的知识，没炸掉宪警车队是他心里的一根刺。"黑杨"呢？他终于上了武器培训班。过了一段日子，三人回到前线，坚信这支小分队比过去更强、水平更高、更具杀伤力。

五个月后，他们被捕。多年以后，何塞·马利仍在反省：哪儿出问题了？谁出问题了？如他们所说，组织里有内鬼？小分队的三名成员放松警惕了？我没有，但帕乔不一定。没有别的解释。开始只是单纯怀疑，很快坐实。被捕那会儿，他们打算几天后干票大的，时间、地点、汽车炸弹，全都准备好了。何塞·马利敢拍胸脯保证：有人告密。最高法院审理过堂，每回跟帕乔在被告席上遇到，何塞·马利都不屑于跟他说话，连看都不看他一眼，就当他不存在。

过了很久，他才改变看法，不过时至今日，他依然坚信：他们被捕，全怪帕乔。我承认，跟狗腿子警察合作，意义不大：到头来，还是要蹲许多年的大牢，帕乔至今仍未出狱。所以，帕乔不是叛徒，他不是，但他太不谨慎。

一天晚上，他们见他郁郁寡欢，无精打采。

"你怎么了？"

"我爸病得很重，估计撑不了多久了。"

何塞·马利的脑子里亮了好几盏红灯。

"你怎么知道的？"

帕乔明白，说漏嘴了。迫于无奈，只好承认偷偷去看过家人。什么时候？其实有好几回了。严重违反纪律！同伴们请／逼他说详细些，他原原本本地全说了：爸爸只剩下一把老骨头，面色苍白，疼得厉害，已经谁都不认识，爸爸……

"行了行了，够了。"

安全起见，不到一个月前，他们刚搬过家，现在又出了这档子事。何塞·马利当晚就没睡着，从床上爬起来好几次，在黑乎乎的房间里，巡视无人的街道、亮着的街灯、停着的轿车，盯五分钟、十分钟，再回去躺下。早上，他单独跟"黑杨"说：

"我有种不祥的预感，你怎么看？"

"也许他没被人看见，你的担心是多余的。"

"警方截获的名单上，肯定有我们的名字。要么谁被捕，挨打时招供的。在父母家附近安插一个狗腿子警察就好，穿便衣。逮着一个，就能全逮着。咱们要不要逃？"

"又逃？等几天吧！袭击完成后，再挪地方。"

何塞·马利同意了。他那么小心翼翼，疑神疑鬼，也许厌烦了。厌烦什么？厌烦跑来跑去，厌烦监视警戒，厌烦一辈子不安神、神经绷紧，厌烦他妈的地下工作，把好好的人一点点榨干耗尽。他原本可以自卫。从公寓大门被炸开，到第一个狗腿子警察高喊着冲进来，他是有时间持枪自卫的。可是，我操！我还年轻，总有一天，他们会放了我。凌晨一点二十五分。那一刻，我很轻松，也许是我异想天开，对接下来的遭遇毫无概念。

101. 鸟就是鸟

一旦察觉、预感、嗅到地板上正在扬起悲伤的小灰尘，他就会吹口哨，吹那支最爱的旋律。用不着做决定，曲调便会脱口而出。他之所以深深地感激这首歌，当然是有原因的。有时前往餐厅，或在庭院，或在探视室里跟妈妈告别，他会模仿米盖尔·拉沃亚①，哼唱"如果剪掉它的翅膀"，让自己迅速平静下来。嗓音压得很低，似乎只在脑袋里回响。他答应自己：哪天被释放，一回到镇子，就要去爬山，去唱"鸟就是鸟"，除了树和草，不让人听见。

他被押出公寓时，偶然瞥见拉沃亚的 CD。好久没听了，就在桌上，也就留在桌上了。对何塞·马利来说，那是世界留给他的最后一幅画面。那个世界，已经永远地被他抛在了身后。

搜查了好几个小时。三人手被铐在后面，分别关押在不同房间。有武器吗？有，有一些。其余的藏在地洞，狗腿子警察稍后再查。警察当着法院秘书的面，开始盘问。问什么？武器在哪儿？你把武器藏哪儿了？他们被押进不同的车子，何塞·马利最后一个下楼。

"咱们走，壮小伙儿。"

天开始亮了。清晨，蓝天，微凉，鸟儿啼啭，邻居们守在窗口。刚进警车，一名宪警觉得他在看自己，甩手就是一耳光，把他从瞌睡和茫然中打醒，冲他吼道：不许看！旁边一名宪警打趣地说：

"巴斯克战士，你闯大祸了！"

他们让他头低下，夹在两腿中间，就像去见帕基多。人这么窝着，第一次想起这首歌："如果剪掉它的翅膀／它就会是我的鸟。"警车飞驰，他沉浸在歌曲里，感到片刻的解脱。这首歌是他的避风港，是他深深的洞穴。我藏在里头，让他们误以为抓住了我。

目的地是胡桃树区军营。先按指纹、照相，再把衣服脱光。有人对他说：在这儿，我们会好好待你。不过，你也要好好表现，谁都不是应该的。他们摘掉他的耳环——不欢迎同性恋——给他套上巴拉克拉法帽。可他两眼一抹黑，露眼睛的口子恐怕在后脑勺。他被关进牢房，不推、不打、不骂。过了好几个小时，他听见脚步声，变低了的说话声。突然，隔着薄墙，传来痛苦的叫声和抱怨声。是帕乔吗？何塞·马利戴着手铐，想起那首歌，试着御寒。

早上，他被带进审讯室。有人让他老实点，说同伴全招了，已经把他供了出来。他们叫他"胆小鬼""叛徒""废物"，叫什么的都有。

"都是些什么朋友啊！把罪过全都推到你身上了。"

逼供开始，都是些无关紧要的问题，答案狗腿子警察心知肚明：叫什么名字？同伴叫什么名字？几岁了？小分队的公寓在哪儿？问题连珠炮似的，一个接着一个，问得飞快，他根本来不及回答。有时，前面一个声音问，后面或旁边一个声音也在问，两边同时问，问题截然不同。虽说他看不见，但能听出不同的人声、杂沓的脚步声和其他动静，周围应该有好几名宪警。突然，头上如雨点般落下了六七八个拳头，有人在他耳边吼，他只听清个别单词："耐心""拒绝""造成""合作"，全都是吼出来的。威胁，再打，再骂。他从椅子上跌落，是

---

① 米盖尔·拉沃亚（Mikel Laboa，1934—2008），史上最著名的用巴斯克语创作并演唱的歌手。

被推倒的？他躺在地上挨打，"狗屎不如的杀人犯"，浑身上下被人踹了个遍，手被铐在后面，没法儿挡。

他们又让他坐下。有人小声嘀咕，说什么？听不见，窸窸窣窣的。现在问题变了。他发现，回答问题那会儿，不挨打。于是，他尽量延长回答问题的时间，细枝末节什么的，全往上堆。警察显然已经从"黑杨"和帕乔的口中撬出了一大堆信息，所以，现在问的都是三人的日常生活点滴、具体如何袭击、如何传递物资等。无疑，相关答案，狗腿子警察早已知悉。

他们要名字。有半点犹豫，就会挨一顿好打。站得稍远的一名宪警提议：往这个埃塔混蛋的后脑勺上开一枪，把他扔到海里去。何塞·马利套着头套，脸火烧火燎。歌呢？出不来，想不起来，想不了。打了两三个小时，还没问到地洞。也许，这是审讯时布下的陷阱。也许，告诉他们地洞在哪儿，就不挨打了。他说：武器藏在某某地方。哦？是吗？怎么不早说？他们怎么知道他没在撒谎？有人扯掉他头套，揪着他头发，逼他低头，不让他看见周围人的脸。递过来一幅全省地图，还给他水喝。温的，确实是水。他正想指出地洞的具体位置，发现那儿已经有个叉。这么说，他们已经知道了，没带他去。一定是带了另外两人中的一个或两个去，挖出了大塑料桶。

晚上，他们把他推进一辆汽车，三个狗腿子警察押车，继续盘问，只是为了羞辱他：你觉得西班牙国旗怎么样？你有女朋友吗？干过她几次？问题全都按这个思路走。除了刚上路，扇了他几个耳光，在去马德里的路上，没打过他。从昨晚起，他就没吃过东西。不过，饿不是主要问题，更糟的是困。刚把眼睛合上，脑袋累得耷拉下来，警察就会使劲揪他头发：

"巴斯克战士，醒醒。"

之后，他们不管他，开始聊自己的事，尽管时时留意，不让他睡着。眼睛还是合上了，不可能不合上。他们使劲摇他、揪他的头发，最后让他睡了一小会儿。突然，我听到那首歌："它就不会逃掉了。"也许只是做梦。没什么，只有几秒钟，几个单词，没有画面。即便如此，也让我感觉好了许多。

他被叫醒时，还在夜里，汽车飞速穿过马德里街头。目的地在哪儿？位于好人古斯曼街的国民警卫队总部。他不知道等待他的是什么。我他妈的怎么可能知道？我还以为在胡桃树区军营，该挨的打已经挨完了。他们逼他在停车场面壁，站了很久，看来同伴们也刚刚到，免得他们互相看见。那栋楼是砖墙结构，除了办公室，还是办公室。他被带进位于地下室的牢房。他们提醒他：乖乖合作，遇到其他犯人，不看脸，不说话。

对何塞·马利来说，开启了地狱模式，从牢房到审讯室，从审讯室到医务室，回到牢房，再从牢房到审讯室，如此循环往复，整整四天与世隔绝，还没算上在胡桃树区军营那天。"乖乖合作""别硬扛""别耍小聪明""乖乖合作""乖乖合作""混账事已经没得做了"。他们给他戴上面罩，套上巴拉克拉法帽，再套上一只巴拉克拉法帽，共三层。他出汗，发抖。这帮人也想知道名字，有没有跟张三在一起？认不认识李四？他们把好多恐怖袭击的账都算到他头上，他不承认，他们就拿着要么大棒，要么包着泡沫或绝缘胶带——谁知道是什么？——的棍子连续打他的脑袋。再问，再打。为了不让他心存幻想，他们逼他用铐在背后的双手去握手枪或装弹器，握紧，好留下清晰的指纹。祝贺你，埃塔分子，你刚刚成为谋杀某某人的凶手。

"这种证据，我们叫它铁证。"

突然有人下令：来，做十个屈伸。他们盘问他有关私生活、父母、小伙伴、镇上酒吧、学校、当地的巴斯克独立分子等问题。再做屈伸，起。听不懂，他们会教他。让他站在墙壁前，蹲下，起来，再蹲坐下，如此这般，折腾了很久，他被折腾出一身汗。

他们把他的脑袋塞进一只塑料袋，里面没有空气，让他发狂。他憋得难受，拼命挣扎。他那么壮，需要好几个警察才能制服。两三个坐在他身上，再来一个将塑料袋套在他脖子上，系紧。死神就在这只塑料袋里，有个临界点，过了那个点，你就被死神拉过去了，有氧气也救不回来，只能当尸体处理。他张大嘴，拼命地想多吸点空气，哪怕很少一点点。可是，吸进来的全是塑料袋。他们知道临界点在哪儿。何塞·马利觉得肺要炸了，人要晕了，他们就让他呼吸一点空气，然后再让他窒息。如此这般，折腾了八九回，最后，他总算晕了过去。

他告诉法医，遭受了酷刑。法医百无聊赖地回答，他只能在医疗报告上注明哪里有伤，不能带任何主观臆断或价值评判。骨折了？出血了？都没有？那你跟法官说去，尽管没什么用。何塞·马利脸肿，却没有明显伤痕。他没再坚持，后来去医务室，只是为了了解今天几号，现在几点，顺便喝水。

第二天，还是第三天晚上？他们用了电击。衣服全扒光，戴上巴拉克拉法帽，躺在粗糙的地面上，将电极按在腿上、睾丸上、耳朵后面。他蜷缩、弹起、大叫。有时，他们在近处让电极擦出火花，吓唬他，他会猛地一激灵。再问，再打。用铲子敲他的前额、背和肩膀。他们想知道：他何时加入埃塔？谁接收的？如何培训？谁是教官？谁发号施令？暴打，电击。送到法医那儿，身上全是红点和小块烧伤，有几处伤口在流血，法医替他抹药膏，告诉他：现在是下午六点。

一天后，换了个花样。宪警们将他押出地下牢房，去办公室。一名宪警在路上提醒他：

"千万小心！要是供词跟交代给我们的不一样，我们会再把你请下去，那你就别指望再活着出来了。"

上面的人态度温和、有教养。官方律师在场，问题跟在地下审讯室里问的没什么不同，但是没冲他吼，而是好好说话。他也乖乖听话，能躲过审讯室里的酷刑就好。签字时，他都懒得去看内容。

　　不虐待他了。早上，他们让他洗了洗，穿衣服时，一个狗腿子警察和颜悦色地对他说：你这个年纪，加入埃塔，要坐好多年的牢，虚掷青春，让父母伤心，你觉得值吗？为什么不享受生活，成家立业呢？还递给他一根烟。

　　"我不抽烟。"

　　早上，他们带他去最高法院法官办公室。何塞·马利心里恨，堵得慌，仇恨郁结成一只硬邦邦、热乎乎的球，之前从来没这么恨过，发动袭击时也没有。他不要指定的官方律师，非要一个意识形态相同、埃塔囚犯的辩护专家。经过长时间的争执，他们叫来一位女律师，开始审问。刚听到第一个问题，何塞·马利就声称自己遭受了酷刑，气得法官直翻白眼：

　　"又来这一套。"

　　法官一边翻卷宗，一边无精打采地建议，可以向有关法庭提出指控。他又说：这会儿不是提出指控的时间，这儿也不是提出指控的地点。何塞·马利无能为力，郁结在心里的球越来越大。说到底，什么都无所谓了。他放弃指控，简短、生硬地表示愿意供认不讳，只想赶紧结束这场闹剧。他的西班牙语带明显的巴斯克语口音。

　　供认完，他被带回地下牢房，等了很久，等警车送他去监狱。牢房里湿乎乎的，常年不通风。他意外地发现，墙壁上有巴斯克语文字、埃塔标志，周围写着巴斯克国，中间写着"自由的巴斯克万岁"。真遗憾，手边没有笔。他突然愉快起来，也许因为孤单却不孤独，这种感觉我懂。他开始唱歌，先小声唱，再用正常声音唱："如果剪掉它的翅膀……"

102. 第一封信

"亲爱的何塞·马利。"亲爱的？太恐怖了。刚写下，赶紧划掉。毕妥利面前的墙上，挂着"老伙计"的照片。你放心，我只想试一试。因为一个不是发自内心的称呼，一张信纸被糟蹋了。桌边有一沓信纸，毕妥利又拿一张，上身前倾，继续写，姿势别扭。临近傍晚，她肚子疼，疼到现在，只有保持这种姿势，才会好受些。"煤球"睡在不远处的一只沙发靠垫上，睡得很浅，时不时地睁睁眼、舔舔爪。已经过了十二点半。

"你好，何塞·马利。"真肉麻。"你好，何塞·马利。"她撇撇嘴，这是没有信任，假装信任。最后，她只写下何塞·马利的名字，打上冒号。她想——因为自尊？——自称"疯女人"，听阿兰洽说，他们家就是这么称呼我的。她跟阿兰洽经常在街上遇到，安第斯山区印第安人面孔的看护推她出来散步。"我爸妈叫你'疯女人'，不过你别在意。"这么写，会出卖阿兰洽，离间姐弟感情，还是不提的好。于是她写：我是毕妥利，你应该记得。我不想给你添麻烦，相信我，我已经无仇无恨，等等等等。她不高兴地回头去读第一段，你这是想干什么？接着写，写完再改。

旁边一张纸上，列着她想在信中提到的事，没几件，她也不想长篇大论。他要是不回信，我干吗要费那么大的劲？就算没几件事，也让她紧张多虑了好几天，心里不踏实，晚上睡不着。她直入主题，写道：她不是记恨，那为什么写信？想尽可能弄清楚，丈夫是怎么死的？尤其是谁开的枪？还有，她打算原谅，不过有个条件。什么条件？让他跟她道歉。她又写道：不是强求，而是恳求。是不是太低三下四了点？无所谓了。她接着写：她病了，活不了多久了。刚写下，赶紧划掉。恰恰这时，又疼得厉害。"煤球"惊醒，它应该有所察觉。

"到我这把年纪，已经没几年可活了。"她回头去读。嗯，这么写，更谨慎些。真相过于残忍，说出来，他会以为我在撒谎。更糟的是，他会以为我在装可怜。真相只有她知道，连儿女也不知情，尽管她估计，哈维不怀疑的可能性很小。否则，为什么非要让她去见肿瘤专家？拿年龄说事，就没那么可怕。他读到这段，或许会想起他妈妈。米伦跟毕妥利一样，年纪也大了，或许他会心软。当然，在她进坟墓前，如果他能告诉她，"老伙计"是在什么情况下遇害的，她会非常感激。她要知道实情，就这些。

写到敏感处，她坦言道：咱们没必要互相欺骗。"老伙计"被杀/被你们杀掉那天，回家吃午饭，说见到了何塞·马利，还停下来跟他说过话。尽管她没去最高法院看庭审——根本没人通知她——但从判决书上得知，法庭认定，何塞·马利跟这起暗杀有关。划掉。跟她丈夫的死有关。"我真心实意地请求你，告诉我实情。"如果他不喜欢写信，免得落下文字把柄，她可以去探监，跟他见面。她再次强调：她只希望在死之前，能够得知真相并宽恕凶手。划掉。是让他跟她道歉，她会马上原谅他，内心坦然地接受死亡。

当，当，挂钟在敲两点。毕妥利将划来划去的信又读了一遍，早上起来再誊。这时，她突然一阵恶心，哎呦，妈呀！紧接着，又来一阵。第三阵恶心袭来时，她没忍住，吐了一口在桌上，当然吐在信上了，也吐了一点在空白信纸上。她从桌边离开，被迫倒地还是顺势倒地，弄不清楚，只记得肚子疼得厉害，整个人只能蜷在地毯上，呈胎儿状。面对巨大的黑洞，她不想像别人那样，去信上帝。这时候去信干吗？死了就死了。她努力地爬向电话机，电话就在附近，三米外的五斗橱上，可它那么遥远。远吗？遥不可及。我是逃不过这一劫了，哎！就躺在这儿吧！我的孩子们。在失去知觉前，她最后看到的是"煤球"。它凑过来，蹭她的脸，用黑色的皮毛和软软的尾巴去蹭她的额头。静静的"煤球"，黑黑的"煤球"，美美的"煤球"，你是我此生看到的最后一幕。

醒来时，大约早上十点，客厅里光线充足。还疼吗？一点也不疼了。人体的奥秘，弄不清楚。她慢悠悠地打扫卫生，不使出全力，千万别再出状况。她打开门窗通风，打电话给哈维，母子俩聊了五分钟的琐事，紧接着又打电话给内蕾娅，母女俩聊了半个钟头的琐事。她中午没吃饭，不敢吃，后来吃了点甜菜尖，一小块煮土豆，全是昨晚剩的，只是不想把菜倒掉，浪费粮食。不过，这没用。为何如此？她还是不敢吃固态食物，怕引发肚子疼。最后，为了不觉得饿，她泡了杯母菊花茶。

五点前去镇上？意义不大。胡利安要睡午觉，一般说来，他下午晚些时候才会去菜园。第一回，她躲在河对面的小树林里等他，后来发现在桥上也能看见，不过有榛树挡着，得找个空当。站在桥上，靠近公交站台，可以少走好长一段路。她只想看见他去菜园，免得他想甩掉她，躲在小屋里不出来。不过，这个男人不会骗我，我也不想扯着嗓子去敲门，没必要。

她想过，胡利安有可能不接她这封信。他敢吗？他胆子那么小，年轻时就胆小。她从包里掏出信。他说：放那儿！放哪儿？兔笼上面，似乎碰到信，他会恶心。

"我会帮你把信交给米伦，好吧？后面的事不好说，是她去探监。"

"你不去看儿子？"

"我？去得少。"

毕妥利头几回去菜园，胡利安很不随和，态度生硬，不知是腼腆还是恼怒。他不记仇，不会记恨别人。他会什么？可怜的胡利安，尽管感觉很不舒服，听了毕妥利的好言好语，态度也在一点点缓和。

胡利安满脸通红（喝酒喝的？），扬起下巴，指着信：

"这会给我惹麻烦的。"

"嗯，我也可以自己把信交给你老婆。不过我觉得，她不会愿意见我，尽管我没做过对不起她的事。"

"她不一定会把信带给儿子。"

"为什么？我是好心好意写的。"

"我操，可你在瞎搅和。"

他把信交给米伦了吗？他连续两天没在菜园露面，至少没在老时间露面，怎么跟他证实？会不会因为下雨，不用浇菜？可是兔子呢？总要喂的。毕妥利猜测：胡利安想避开她，改在傍晚或晚上，甚至一大早去菜园。

第三天，毕妥利在镇上转悠，没抱太大希望能找到胡利安，转了几圈，去帕戈埃塔酒吧喝了一杯机打的不含咖啡因的咖啡。当时，她几乎天天在镇上转悠，已经没那么受人瞩目。酒吧里没人搭话，但也没人侧目。她付账、出门，几个正在进门的人向她点头致意。

不下雨了。她决定穿过广场，往家走，绕个小弯，从胡利安家附近经过。没走几步，看见轮椅和坐在桥边、印第安面孔的小个子女人。她毫不犹豫地沿着椴树树荫，向她们走去。阿兰洽每次见到她，都很开心。她突然举起那只健康的手，要 iPad，看护递来。毕妥利俯身亲吻，阿兰洽跟平常一样，无声地突然喜悦。她很着急，匆匆地用一根手指打字，显然有急事要告诉她。毕妥利读道："我妈撕了你的信。"

"撕了？"

阿兰洽点点头，又写道："别再给她信了，她不会帮你带的，她是坏人。"

纤细苍白的手指在几行字母间上下翻飞。看护不说话，盯着屏幕。毕妥利读道："你要是想给我家的恐怖分子写信，有办法。"

"什么办法？"

寄到监狱。寄到监狱？阿兰洽坚决地点了点头，点了两下，回答"是的"。她想说话，只能发出尖厉的声音，根本听不懂。她有时还能说一点，今天这是怎么了？费半天劲，就是说不出。她很郁闷，于是写道："他在圣塔玛利亚港第一监狱三区。收信人写他的名字，他一定能收到。"

"你觉得他会看我的信吗？"

阿兰洽摆摆手，表示怀疑。另一只手呈痉挛状，紧紧地贴在肚子上。

103. 第二封信

　　毕妥利脸上冷冷的，没有一丝喜悦，也看不出其他情感。阿兰洽目送着她往广场尽头走去，她是个好人。几只鸽子在地上啄食，夹杂着蹦来蹦去的麻雀。旁边街道的居民楼前，壮实的煤气工浑身脏兮兮的，将当天不知道第几罐煤气扛到肩上。

　　塞莱斯特等毕妥利走远，说：

　　"米伦要是知道我们停下来跟这位夫人说话，会生气的。"

　　阿兰洽的脖子扭不过来，去看站在轮椅后面的看护。她有力地／气愤地用手指去敲 iPad 键盘，写道："你会告诉她吗？"

　　"当然不会，阿兰洽，你把我当什么人了？可是你看看周围，恐怕这些人都看见了。"

　　阿兰洽不想假惺惺地去问毕妥利信里写了什么。既然知道，何必再问？她看过那封信？那当然。沾了油渍的信就在她抽屉里。

　　三天前的晚上，他们正打算吃晚饭，估计全吉普斯夸都能闻到妈妈炸鱼炸蒜的味道。两个女人在厨房，阿兰洽在餐桌旁，坐着轮椅。窗户开着，将热气和味道散到街上。突然，大门传来熟悉的钥匙开锁声，胡利安挽着右腰进门，贝雷帽有点往后倒，耷拉在后脑勺上。他拎着一塑料袋莴笋、豆角和菜园里种的其他蔬菜，放在圣女玻璃匣旁。圣女挨家挨户走，那天正轮到他们家守护。他一只手还在不断地挽，像在腰上弹竖琴，另一只手空出来，从皮袄内口袋里掏出一只白信封。

"有人给我这个，让你带给何塞·马利。"

米伦双唇紧闭，双眼冒火，想证实一下：

"谁给你的？"

"还能是谁？'疯女人'呗。"

"你跟她说话了？"

"她来菜园，我能怎么办？操棍子打她？"

"拿来。"

米伦一把夺过信，刺啦一声撕了，迅速将两半合在一起，高傲地又刺啦一声，再撕，将碎片扔进洗碗池下门内的垃圾筒。

"好了，吃饭。"

吵架了吗？没有。只是胡利安好几天没去菜园。兔子怎么办？只好让它们饿死。

"你早点去喂。"

"她也许会翻墙进去，把信从门缝底下塞进来。"

"别带回来了，最好直接烧掉。"

第二天，胡利安起得跟去铸造厂上班时一样早，赶着去照顾那些兔子，撞见阿兰洽在厨房。你在这儿干吗？阿兰洽对他视而不见，轮椅停在洗碗池前，垃圾筒抱在膝上。她竖起一根手指，放在嘴唇上，让他别出声。那些天，患马蹄足的她拄着拐杖、扶着家具什么的，用钢铁般的意志，能自己站起来，犹犹豫豫、抖抖索索地往前走几步。步子很小，摔倒过好几次，幸好后果都不严重。终于，她用那只健全的手上沾了油的手指从难闻的垃圾筒里翻出了那封信的最后一块碎片。

胡利安小声说：

"妈妈知道，会闹翻天。"

阿兰洽耸耸肩，不屑地摇摇头，似乎在说：那又怎么样？我才不怕她呢！妈妈的围裙挂在门背后，她将撕碎的信在围裙上擦了擦，笨拙地摇着轮椅离开。爸爸想去帮她，她沉着脸，意思是不用。胡利安跟平常一样，同情心泛滥，怎么能让女儿单手摇轮椅呢？她来厨房时，已经摇过一遍。

"好了，好了。"

他尽量不发出声响，免得让睡着的米伦察觉，赶紧把女儿推回房间。

留下阿兰洽一个人。她在没有床栏杆的那一侧，尽量将床单抹平整，在上面把信拼好。"何塞·马利：我是毕妥利。你也许会感到奇怪……"因此，上午过半，当她遇到毕妥利时，已经知道了那封信的内容。她犹豫过，将碎片扔回到垃圾筒还是留着？留着有什么用？嗯，等等再说，先收进五斗橱抽屉。

一点钟，塞莱斯特推她回家。父母跟女儿一边吃饭，一边看电视，看"幸运轮盘赌"节目。胡利安没看，闷头想事，有点犯困。他对节目不感兴趣，也不喜欢年轻观众们那么推崇。

"声音能不能小点？"

吃完午饭，阿兰洽一边等救护车来接她去做理疗，一边在 iPad 上给弟弟写信。她告诉弟弟，跟他解释，通知他，"老伙计"家的毕妥利会把信直接寄到监狱，"希望你能给她回信，姐姐始终挂念着你，姐姐恳求你，别让妈妈知道。"语气亲切/决然，严厉/温柔，结尾写道："她是个好人。亲吻你。"阿兰洽是左撇子，偏偏运气太糟，左手不能用。她右手很不灵巧，明知会失败，就是不认输，气呼呼地将信抄在信纸上。她失败了吗？失败得很彻底。

今天是星期四，星期六才能见到儿女。怎么办？谁能帮她抄信，抄完立马扔进邮筒呢？有点难办：请谁做，谁都会看信。先排除爸爸。塞莱斯特呢？明天才能见到她，况且我不放心。不是怕她去跟米伦说，这倒不会。但她肯定回家会说每天陪行动失能的（或瘫痪的，不知道他们会用哪个词）阿兰洽如何如何，谁能保证她家人不到处乱说？

要做一小时理疗。到了先打招呼，在场的人都能听懂：

"你好。"

之后，她被白大褂包围着，听表扬和祝贺。医院的规矩是：要鼓舞病人的士气，尽管阿兰洽特别反感他们把她当孩子或老人看待。我又不是低能儿。

复健计划为：先做旨在降低左手和左臂肌张力亢进的运动，再活动下肢。理疗师问：又有蚁走感吗？她回答：没有。好现象，进步会很慢很慢，但总是在进步。一小时快结束前，他们会扶她站起来，站好，走几步，当然是在医护人员的协助下。

大厅里忙忙碌碌，理疗师、病人、陪护来来往往，好多人在说话。阿兰洽的 iPad 不在手边，没法儿找人帮忙。后来单独跟言语治疗师在一起，跟她解释。治疗师问：

"信很长吗？"

哪儿的话，也就十四行。最好的办法是：在那儿发 email 给她，让她晚上回家抄到信纸上，投在离家最近的邮筒里。治疗师答应了。她说话算话吗？阿兰洽怀疑过。一个月后，她收到了何塞·马利寄来的明信片，特地加了信封。不想让妈妈看见，是吗？明信片上，他开开玩笑，说些关怀的话，最后的附言是"她给我写信了"，没说是谁，也不需要。"我给她回信了。"

104. 第三封信和第四封信

　　他意外地接到了姐姐的来信。已经拆了，那当然。何塞·马利是需要特别"照顾"的人：去庭院放风受到限制，差不多每两周换一次牢房，检查来往信件，复印存档。

　　十五年多了，姐姐第一次给他写信。圣诞贺卡除外，结尾总是几百年不变的句子："新年快乐！"还快乐？这不成心气他吗？"家人贺。我们不会忘记你。"

　　一次，她在父母来信的开头加了几行鼓励的话，没别的。阿兰洽是家里的亲西班牙派，浑身上下就像裹着一面西班牙国旗，可他一样爱她。哪个亲戚这样，他都受不了；弟弟这样也不行。弟弟这样，更不行。可阿兰洽不一样。我操，她是我姐。她嫁给了那个白痴，又被人甩了。谁让她亲西班牙的，自讨苦吃。

　　何塞·马利突然想起，妈妈有一次在电话里——他有权打电话——很严肃很严肃地告诉她：姐姐在马略卡岛上出了很严重的车祸。她去马略卡岛干什么？带艾尼奥娅度假。米伦说话一点也不小心：

　　"我跟那边医生聊过。照我看，她这辈子都傻了。"

　　不是阿兰洽的笔迹。当然不是，她写不了，有人代笔。她告诉弟弟：不久，他会收到一封信。谁的？"老伙计"家毕妥利的，不会吧！阿兰洽让他别告诉妈妈。何塞·马利一开始的高兴劲儿全没了，居然是这么回事！妈妈前不久刚在探视室里对他说，那个女人快把她逼进蒙德拉贡精神病院了。妈妈还说：

"她跟咱们耗上了，一个劲儿地骚扰你爸。武装斗争结束后，巴斯克国的敌人胆子肥了，认为受苦的只有他们，明摆着要寻仇。他们想打垮我们，让我们低头，向他们道歉。让我道歉？那我先投河自尽。"

两天后，姐姐提前告知的那封信如期而至。他的第一反应是？就在那儿，当着狱警的面，撕掉拉倒。现在他明白，为什么阿兰洽要给他写信——肯定是匆匆忙忙写的——为了拦住他，拦住他的第一反应。否则，"疯女人"的信早就直接进抽水马桶了。可是现在，他刚一个人，便迫不及待地读了起来。

这是陷阱，想打消我的士气，似乎我被关进西班牙死牢，士气全然没有低落似的。语气谦卑，怕给他添麻烦，提出的请求真滑稽。老太太以为自己是个什么东西？我要把袭击的资料提供给她？让狱警知晓？让她拿给极端法西斯记者去看？

刺啦一声，他把信撕了。"她是个好人。"鬼呢！他赶紧把撕碎的信扔了，可是内容已经读过，扔了也不管用。"我是毕妥利，你应该记得……"一周后，仔细推敲过的一行行文字依然出现在他脑海中，甚至能配上音，"老伙计"老婆的声音，他记忆中的声音。那声音，他在餐厅里、庭院中，晚上躺在床上、等待睡意来临时，总之时时刻刻都能听到。那是一种执念，一个穷追不舍的鬼魂。他时常会梦见过去的日子，如今更加频繁。他见自己站在帕戈埃塔酒吧门口，舔"老伙计"买给自家孩子和他们家孩子的橙子冰棍或柠檬冰棍，小孩子人人有份。星期天，街上洒满阳光，人们穿着漂亮的衣裳，教堂里响起钟声，酒吧里飘出铁板虾的香味，还有雪茄和香烟味。

他等了一阵子，最后厌烦了想象中那么多冰棍和藏在脑海深处、无法抑制的铁板虾的香味，对自己说：随便回点什么，让她别烦我就行。让她明白，我才不陪她玩呢！说写就写，一会儿工夫就写完了。充满敌意，斗志昂扬，一口回绝。没多少，就四行：他不后悔；他希望建立一个独立的、说巴斯克语的巴斯克国；他依然是埃塔成员，这是最后一次回复。接下来，他给姐姐写了一张明信片，将两个信封交出去，由他们检查，任他们处置，要么勉强放行，要么强行压下。

他仍在负隅抵抗，而埃塔组织的其他囚犯则越来越多地选择弃船，让他痛心疾首。那个帕基多，是个什么东西！给他第一支手枪，对他说：能杀多少杀多少。结果当别的囚犯第 N 次绝食时，他却躲在牢房里，偷偷吃东西。还有波特罗斯、阿罗斯皮德、何塞·德蒙德拉贡、伊多亚·洛佩斯，这些人有没有被逐出埃塔组织？船都搁浅了，赶不赶你下船，有什么分别？差不多一年前，他们也问过何塞·马利，不是第一回，问他有没有在那封四十五人签名、反对暴力、向受害者道歉的信上签字？就像一群小孩子，淘气完，后悔了。后悔？事到如今才后悔，有什么用？是真的后悔吗？那帮家伙，无非是想回家。叛徒，软蛋，自私鬼。牺牲自己，居然落了个这样的下场，竹篮打水一场空，一无所得，一无所有。这些事，他想了很久，其实想了很多年。每次在探视室里看到日渐衰老、身子骨一天比一天弱的妈妈，得知姐姐的遭遇，想到外甥们，发现自己都不认识他们，不能陪他们玩，得知爸爸已经变成愁容满面的糟老头子时，他都会想。是他害的吗？也许。西班牙前所未有的强大；敌人胆子肥了，要跟我们讨债；埃塔组织放弃了武装斗争，囚犯尽是些没用的废物，弃若敝屣。他突然气愤/绝望，恶心/憋屈，一拳砸到墙上，劲道太大，指关节皮都破了。他独自在牢房里哭了很久，开始悄悄哭，双手扶墙，像在被搜身，后来姿势不变，又想起儿时的橙子冰棍和柠檬冰棍，放声大哭。外头肯定能听见，他无所谓。他什么都无所谓了。

第二天早上，他坐下来写信，用的是作业本那种方格纸。

毕安利：

忘了几天前那封信吧！写的时候，我正在气头上。有时候我会生气，现在情绪平复下来，再给你简单写两句。对你丈夫开枪的不是我。是谁并不重要，因为你丈夫是埃塔的目标人物。时光不能倒流，我也希望那件事从来没发生过。道歉很难，我还没成熟到愿意迈出这一步。事实上，我加入埃塔，不是想做个坏人，只是想捍卫一些思想。我的问题是：太爱我的人民。难道我要为此感到后悔？我想说的就这些。请你别再给我写信了，也别再接近我的家人。祝你一切都好。

结尾很简单，只有"再见"两个字。现在怎么办？他不想让狱警看到这封信，不是因为包含了敏感信息或重要信息，两种信息都没有，而是因为别的。这封信过于私人，尽管没有提到太多细节，我却对她坦诚相见。

听说"雀斑"会替人办事。他是普通犯人，二级，吸毒，鼻子被人揍扁了。说话时一口浓重的安达卢西亚口音，上下排牙齿都不全，所以能看见舌头。他替人办事，赚点小钱。何塞·马利在庭院里，走到他身边。

"'雀斑'，下次什么时候回家？"

"星期六。"

"想赚五个欧吗？"

"得看什么事。要做什么？"

"投封信进邮筒。"

"那要十个欧。"

"成交。"

105. 和 好

总而言之，米伦和阿兰洽五年没说话。不打电话，不寄圣诞卡，不祝生日快乐，什么都没有。在这段时间里，米伦没见过外孙和外孙女，也没参加过他们第一次领圣餐。邀请过她吗？连传统的邀请函都没收到过。这些年里，她也没见过女婿。这倒无所谓，反正她对他一点也不待见。

胡利安老说：母女俩犟得跟灯柱似的。像灯柱？这是他特有的表达方式。他倒是见过女儿一家，隔三差五地会从圣塞巴斯蒂安乘公交车，去埃伦特里亚看望阿兰洽和吉列尔莫，带些菜园里种的蔬菜水果，甚至会带只兔子（开始带活的，后来带剥完皮、直接可以下锅的。孩子们要是先跟兔子玩过，再去杀兔子，会被吓着），陪外孙和外孙女一下午，给他们买糖吃，走的时候再给点零花钱。总之，胡利安尽管无趣，不爱说话，没什么新鲜主意，好歹在尽心尽力地当外公。

为了让家里太平，他总是背着米伦去看女儿，只说去菜园，晚上吃饭再回来。第三回还是第四回，米伦揭穿了他的小孩子把戏。

"你以为我不知道你去哪儿了？"

她是怎么发现的？不清楚。此后，胡利安再也没必要撒谎，去菜园，就老老实实地说去菜园；去埃伦特里亚女儿家，就老老实实地说去埃伦特里亚。

他回到家，米伦只会问：

"怎么样？"

"挺好的。"

就这些，除非胡利安愁眉苦脸地多问一句：想不想哪天去看孩子？

"我去看孩子？他们又不是不知道我住哪儿。"

胡利安没告诉米伦：原本相爱的阿兰洽和吉列尔莫已经到了要相杀的地步。有时候他到了，站在楼梯间，女儿家门口，听见两人在互相吼，孩子们眼睁睁地看着父母吵个不休。胡利安拿着一把韭葱或一袋苹果进门，见女儿刚哭过，孩子们吓坏了，吉列尔莫那张脸像疯子，一句"下午好"都不说，摔门就走。

阿兰洽小声告诉爸爸：

"为了孩子，我忍。"

她已经拒绝吉列尔莫的身体很久了，连经过时都不许他碰。房子太小，自从那晚她决定不再跟丈夫发生性关系起，他俩又同床过十天、十二天的样子，时间不长，背对背睡。后来，她买了一张窄窄的床垫，在女儿房间打地铺，白天不用，可以折成三折。

记忆中最后一次做爱，简直恶心透顶！他们像两只虫子，完事儿后，连一句亲热的话都没有，连一个该死的吻都没有。晚饭时，为什么事吵了一架。如今吵架，不是为这件事或那件事，而是为任何事或不为任何事，尤其是不为任何事。他躺在床上，突然想做。好吧，那你上来。他很快完事儿，她对自己说：这是最后一次，我又不是这家伙的私人财产。他身上的味道，曾经那么喜欢，现在她恨。他带鼻音的腔调，动辄解释，似乎什么都懂的样子，她感觉忍无可忍。

吉列尔莫自尊心受伤，傲慢地扬言道：

"那我去招妓。"

"啊！这么说，我一直是你招的妓，还不收钱。"

阿兰洽有个越来越强烈的愿望，始终无法实现。为什么？因为她在鞋店赚得不够多。妈妈那儿不说话，指望不上。爸爸能帮点忙：莴笋啦，榛子啦，有时还会笨嘴拙舌地安慰她两句。公公婆婆都是好人，和颜悦色的，这儿帮衬点，那儿帮衬点。她很感激，能让家里日子好过些，可期待已久的经济宽裕，没法儿实现。

她被困住了。不是说，吉利尔莫挣得很多，而是两个人的工资加起来，家用至少不愁。上班路上，下班路上，在家里，无论何时何地，她都在算账，想离了婚会怎样。房贷、吃的、穿的、孩子念书。除了这些，还有别的费用。带孩子出门，总会想买这买那。店员的工资太低，根本买不起。后来，她不算账了，对自己说：索性走了拉倒，车到山前必有路，总能从头再来。这时，恩迪卡进厨房说要买这个，过一会儿，艾尼奥娅进厨房说需要那个，又将她打回原形。阿兰洽明白：她被困在井底，仅靠有限的个人力量，永无出头之日。

她最不在乎的是吉列尔莫（她已经不叫他吉列，他不配）去找别的女人。有时，他夜不归宿，她也不需要他交代。她吃醋？才怪！她巴不得吉列尔莫跟别的女人好，提出离婚，从她的生活中消失。

有个周末，他带女朋友去哈卡。阿兰洽是听恩迪卡说的。

"爸爸跟一个女孩子去哈卡了。"

"你怎么知道的？"

"我问他，能不能带我去。他说不能，他要跟一个女孩子去。"

"恐怕是他女朋友。"

"那当然。"

至少，养家的钱，他从不克扣。家务事碰都不碰，既不打扫卫生，又不做饭，他就从来没做过。他妈妈安赫丽塔倒是会帮着做。她有风湿，胯不好，动作越来越不灵巧。她经常来家里，帮他们熨衣服、擦窗户、给孩子们做好吃的。拉斐尔也会带孩子们去这儿、去那儿，管接管送。这方面，阿兰洽没什么好抱怨的。她的主要问题是经济无法独立。我要是薪水高一点，早就离婚了。可是房子怎么办？孩子怎么办？各种束缚，各种枷锁，各种不确定。她害怕吗？也许。一个人的时候，她会安慰自己：先计划着，等孩子们长大成人、可以独立生活了，我就能怎样怎样。

五月的一个星期五，吉列尔莫和阿兰洽又大吵一场，记忆中吵得最凶的几次之一。之所以没有越吵越凶，是因为阿兰洽一气／惧之下，拎着包，穿着拖鞋，夺门而出。那天，埃塔在桑古艾萨的警车底盘上放置了一颗炸弹，炸死了两名国家警察。

几天前，玛诺罗·萨玛雷尼奥遇袭身亡五周年，吉列尔莫内心的创伤始终都在。实际上，他再也没去街区面包房买过东西。一天晚上，他带着一瓶涂料，刷掉了下午在门廊边出现的标语："埃塔，人民支持你！"阿兰洽劝他别去，你这样会闯祸的，可他还是斗胆去了。第二天早上，墙上出现了一大块白色的"补丁"。

我觉得是因为吉列尔莫心里苦，思念好友，又气又恨，所以才会方寸大乱，方寸大乱到让人大跌眼镜的地步。这么久了，夫妻俩第一回离家做同一件事。他们带着孩子，去听弥撒，悼念遇难好友。几天后，砰的一声，炸弹爆炸，两个人跟玛诺罗一样，在类似的时间、以类似的方式丧命。遇难者是谁？两名前往桑古艾萨现场办公，办理身份证的警察。吉列尔莫顿觉五雷轰顶，一定是这个原因，阿兰洽想不出别的解释。两人一整天没见面。傍晚，她下班回家，为了芝麻绿豆大的小事，吉列尔莫大发雷霆。那眼神！那粗暴！那狂叫！他说：两个为人父的男人，两个可怜的男人，他们被杀，只是因为穿了警察制服。

"就是被你弟弟那种人害死的。"

我弟弟？他们从来不聊她弟弟。明知这个话题会伤害我，为什么要提？不但提，还说：但愿他坐一辈子牢，死在里头才好。谁啊？何塞·马利？阿兰洽请求／命令他，别找她弟弟的茬。吉列尔莫认为她在维护弟弟，在维护狗屎不如的杀人犯。恩迪卡就在那儿写作业，艾尼奥娅在自己房间，肯定全听见了。她爸爸吼得特别大声，自说自话，冷嘲热讽，出言不逊，诅咒自己居然同意给孩子们取巴斯克语名。图什么？就为了让那个支持巴斯克独立的外婆高兴。到头来，外婆都不跟他们说话。

"我的孩子是西班牙人，我是西班牙人。"

"会让人听见的。"

"听见就听见。在西班牙，还不能说自己是西班牙人？"

阿兰洽一把扯掉围裙，扔在地上。她承认，爆了句粗口。她感觉受了侮辱，因为巴斯克人归属感？不是。巴斯克人归属感、西班牙人归属感这些狗屁，我一点儿也不在意。但我不能容忍他骂我弟弟，所以才爆了粗口。吉列尔莫脑子笨，满瓶不动半瓶摇，是个可怜虫。但他并不暴力，至少之前没有。可是那天，他冲她抬起了手。是要打她吗？不打她，手抬起来干吗？被阿兰洽嫌弃的面孔如魔鬼般狰狞，她吓得后退，看看周围。要是能看见一把餐刀，一把大刀，一把剪刀，总之可以防身的物品，她一定会抄手去拿。结果，她拿的是挂在玄关衣架上的包，心怦怦乱跳，连拖鞋都没换，直冲到街上。嗯，之所以拿包，是因为她想起来，钱包在里头。关门那一刹那，她听见背后的吉列尔莫叫她民族主义者。这话从他口里说出来，就是骂人。

她的第一反应是什么？去公公婆婆家过夜。他们就住在附近，走走就到。可是走在路上，她犯了疑。太恐怖了！那要跟他们解释，坦白婚姻破裂、大吵大闹的真相。小心！不能排除他们会站在儿子（独生子，家里的小皇帝）那边，特别是安赫丽塔，会劝她为人妇、为人母、为人媳，忍为上。橱窗亮着，她凑过去，数了数钱。还好，乘公交，足够。

一小时后，米伦给她开门。她并不惊讶，似乎一直在等这一刻。她低头看了看阿兰洽脚上的拖鞋，什么也没说。五年后，母女俩在门口亲了亲，不冷淡，也不热情。

"晚饭吃了吗？"

"有什么吃的？"

"炒三丁，鳕鱼。"

"嗯，如果可以……"

"孩子，说什么傻话？怎么会不可以？"

三人在厨房吃饭。阿兰洽没说跟吉列尔莫吵架，他们也没问她为什么突然回家，各人静静地去叉大碗里的蒜泥淋油西红柿，胡利安低着头笑。

米伦问：

"你笑什么？"

阿兰洽抢在爸爸前头回答：

"随他吧！至少，家里还有人会笑。"

106. 闭锁综合征

她事后才得知，在医院，神父已经给她做了临终涂油礼。她最怕被宣布已经死亡，怕病房里进来一个没经验的医生（或者有经验，但对巴斯克人不友好），一个太年轻、对薪水不满意、工作不起劲的护士，见她一动不动，未经证实，便武断地宣布：该女已死亡，送停尸房。还有病人在等着病床。

阿兰洽是一尊躺着的雕像，除了眨眼，哪儿都动不了。因此，一有人进病房，她就不停地眨眼，让他们发现：她还没死。她能看，能听，能思考，就是不能动，不能说话。她很苦恼，旁边的人在说什么，她全明白。身上插着各种管子、各种测量仪；周围是各种线、各种仪器。她还活着，在呼吸机的帮助下，如果这能叫活着。

她被困在一具无法动弹的躯体中，肉体是铠甲，锁住了思想。她变成这副模样，难过地想起一双儿女，想起她的工作，回去该怎么跟老板娘交代？如果还能回去的话。瞧瞧，这是什么事儿啊！我才四十四岁，运气太背！她动了个念头，后来又动过无数次：还不如死了干净。至少死人不会——我们死人不会——给人添麻烦。

妈妈的脸突然出现在视线中。

"你好，亲爱的。医生说，你能听懂。以防万一，我来通知你：吉列尔莫已经把艾尼奥娅带走了。他是昨天到帕尔玛的，把自己装成大好人，可他骗不了我。我们聊了一会儿，我来通知你，他是来告别的。你要明白，他是来永别的。你这副样子，他当然不想过问，既然你连衬衫都不能帮他熨了……总之，我还是不说的好。亲爱的，连眨两下眼，让我知道，你听懂了。"

半小时后，吉列尔莫走进病房：

"能听见我说话吗？"

他亲了亲她额头，她阻止不了，看不见他的脸。他会是什么表情？在她视线之外，他不用假装悲伤。要不是能听出他声音，她都不知道谁在跟她说话。为什么他这么小声？以为人在殡仪馆，死者为大，需要尊重？

"你不用担心艾尼奥娅，好吧？我会照顾她。你的遭遇，我深表同情。你妈说：跟你说话，你能听懂。"

吉列尔莫把脸凑过来，她终于看见了。他想试一试？又慢慢地把脸缩回。没错，阿兰洽的目光在慢慢跟着走，幅度不大。当她察觉到他在试探时，决定把眼闭上，像睡着了。吉列尔莫猜不出她在沉默中恳求他闭嘴，去照顾孩子，别烦她。可是，他难道没发现：他在病房，会让阿兰洽更痛苦地感受到自身的无助吗？这人真笨。阿兰洽对他的反感简直无以言表。

"走之前，我一定要来感谢你。"

简直太过分了。

"你知道的，要感谢的东西很多：感谢共度的这些年，感谢你给了我两个孩子。"

我给你？哎，这演的是哪一出？他喝多啦？

"感谢共度的美好时光。那些不美好的时光，责任在我，错全在我，真心向你道歉。"

阿兰洽觉得他在背书，或带了小抄，照着念的。她没法儿转头，没法儿证实。他还在接着往下说：

"我想你妈已经告诉过你：我是来告别的。没错。昨天跟她说过，今天来跟你说。我想你有权听我亲口告诉你，而不是听别人转述。我的决定跟你的遭遇无关。要知道：这件事，咱俩早就说好了。"

完全是生理缺陷。长了眼皮，不想看，就合上；耳朵那儿也应该有个类似的闸门，不想听，就放下，耳不听为净。

"这样对谁都好，对咱们的孩子也好。恩迪卡差一岁就要成年，艾尼奥娅稍晚些。他们很快会去走自己的路，不再需要我们，至少，不会像小时候那样需要我们。如果有生之年，咱俩吵吵闹闹，彼此折磨，一起变老还有什么意义？你知道的，我会跟谁一起生活。坦率地讲，我觉得已经尽到了做父亲的责任。你放心，我会继续做个好父亲。我真心实意地爱我的孩子，我也有权去追求一点点个人幸福。"

他就不会闭嘴？阿兰洽继续合着眼。她别的都不关心，唯一在意的是：吉列尔莫别让儿女受罪。那是她的孩子，哎！是她的孩子。如果他那位对孩子不好，怎么办？

"当然，共有财产，你会得到你那份，一半房子什么的。我一点也不希望你的处境会比现在更糟。如果什么时候，你需要我帮助，尽管来找我。对你的遭遇，我深表同情。"

突然出现了另一个声音。在哪儿？就在附近。很不客气，很坚决，很生气。是护士吗？不，是她妈妈。她在说什么？她说：我们不需要你同情。这么说，她一直在偷看。她怪吉列尔莫穿了身黑衣裳。

"你是提前来送葬的，还是怎么着？"

阿兰洽看不见他们俩。吉列尔莫不说话——他还在那儿吗？——不辩解。妈妈不停地数落他这个，数落他那个，数落他衣服，数落他这么晚才来马略卡，甩给她这么个大包袱。可是，妈妈！米伦涉及敏感话题：钱、感情、他是个糟糕的丈夫。喂，要吵架，去走廊上吵，可他们偏不。护士呢？怎么会允许有这么大的动静？要么，去街上吵。没准，米伦想给女儿上一课，对付自私自利、不要脸的家伙，就该这么着。

结果，吉列尔莫听不下去，出言反驳。他好像在往门口走，声音有点远，说得心平气和，教科书似的彬彬有礼，最后表示，他跟阿兰洽彻底分了：

"这跟发生的事没关系，我俩早就说好了，孩子们都知道，也都接受。所以，不存在我拍拍屁股就走，甩给你一个大包袱。你能不能放尊重点，就算不尊重我，至少要尊重你女儿。我永远都不会叫她大包袱，可是你会！拿着，我女儿让你破费了。"

他扬长而去。米伦还在叽里咕噜，拿着两张五十欧元的钞票，给女儿看。她甩着两张钞票说：

"这个没教养的，他把钱扔给我。"

这个男人不小气。作为丈夫，他糟透了；作为父亲，倒没什么好抱怨的。阿兰洽敢肯定，无论发生任何事，他都不会抛下儿女们不管。更何况，他为什么要背我这个包袱？没错，我就是个包袱。如果他中风了，我也会这么做。

真正让阿兰洽痛心的——去他妈的！——是不管怎样，尽管她对他已经没有什么感情，他就这么离开了重症监护室，没有亲她一下，也没有给她最后一个吻。都怪妈妈横插一脚。

妈妈还在那儿骂骂咧咧。阿兰洽闭着眼，在想，要是耳朵想闭就闭，那该多好。

107. 广场会面

在回力球场对面，广场一角，公共卫生间上方，有一小片区域，围着栏杆。一段时间以来，阿兰洽每天上午在那儿等毕妥利，或者反过来，毕妥利有时会早到，坐在长凳上等阿兰洽。根本不是偶遇。约好的？也不是，也是。她俩不需要约。

镇上人看见毕妥利和阿兰洽老是每天早上会面，背后嚼舌头根，说毕妥利乘虚而入，阿兰洽瘫痪了，既不能反抗，又不能跑。

"她跟阿兰洽说什么？"

"哎，那有什么关系？反正可怜的阿兰洽又听不懂……"

一开始，会面时间很短。什么叫很短？只有几分钟：见面亲一下，借助 iPad 聊一会儿，告别再亲一下。酒吧里、商店门口、门诊部或公交站，人们议论纷纷，说要是阿兰洽不想见，又怎么会愿意每天被推到那儿？

"难道是印第安看护逼她的？"

"我觉得不是。"

会面时间一次比一次长。两个女人的脸上都挂着笑容，气氛十分融洽，塞莱斯特默默地站在轮椅后。这幅画面老远就能看见。风言风语传到胡利安那儿，米伦也在他耳朵里灌满了抱怨和抗议，不过他无所谓。什么叫无所谓？他会板着脸回答：

"女儿高兴就好，为什么要让她不高兴？我操，就让她们见见面、聊一聊好了，有什么不好？"

米伦急得发疯：

"你是个笨蛋。"

好吧，窗户开着，让全世界都听见。米伦说被所有人背叛／抛弃，有时会突然发火，一把扯掉围裙，摔门就走，蹬蹬蹬地冲到肉店，去找胡安妮发泄。胡安妮今天劝她这么做，明天又劝她反其道而行之。她总是愁眉苦脸，为自杀或他杀的儿子，也为因癌症和悲伤去世的丈夫。到头来，都说其他人是受害者，他们不是。

两位好友达成共识：

"埃塔没了，我们就像在街上裸奔，没人保护。"

米伦试图阻止女儿和"疯女人"见面，没成功。吼没用，威胁没用；表现出受伤、痛心、难过，也没用。怎么说，女儿都不高兴。阿兰洽在 iPad 屏幕上放狠话顶她，整个人僵在那儿，不吃饭，将盘子打翻，在食物上啐一口。

"上帝啊！亏你能想得出，尽给我找事做。"

米伦严词厉色地去向塞莱斯特施加压力，她多少是个帮凶，她不帮忙，我女儿能一个人去哪儿？三人在厨房，阿兰洽坐着轮椅，刚要出门散步，米伦叫塞莱斯特等一等，过来，她有话要说。这位有教养／温顺的印第安看护表面上乖，心里可不乖。虽说没上过几年学，她待人亲切，办事效率高，口才好，居然也有点跟她对着干：

"米伦夫人，如果您不满意我的服务，可以不要我。我爱阿兰洽，为她好的事，我都会去做。要是阿兰洽恼了，伤心了，我也会心碎的。"

米伦沉着脸，摆出雇主的架势，将她辞退。我会去找别的女佣。她说"女佣"？她就是这么说的，羞辱为女儿付出那么多的看护。塞莱斯特起码不动声色，保持尊严，镇定自若。她俯下小小的身子，跟阿兰洽亲吻告别。阿兰洽猛地别过脸去，幅度不大，脖子只能转这么多，伸出那只好手，将桌上的东西一股脑地扫到地上：水果盘、盐瓶、鸡蛋篮和 Pronto 杂志。还好损失不大，当时桌上的东西只有这么多。梨、香蕉、葡萄、苹果满地乱滚；四五只鸡蛋噼里啪啦地破了，还有几只裂了纹；玻璃瓶盐罐碎了，盐怒撒了一地；杂志封面是斗牛士与名媛的新婚照。阿兰洽撇着嘴，发不出声音，拼命地摇脑袋，脸涨得通红。此处无声胜有声，沉默震耳欲聋。尽管表情有限，阿兰洽的难过和愤怒有目共睹。

米伦呼哧呼哧地大喘气，似乎肺快要气炸，得赶紧把气排出来。她呆呆地望着天花板，打算再迟一秒让步，之后，佯装恶狠狠地对塞莱斯特说：

"好了，姑娘，对不起，不该这么跟你说话。你们几个都快把我弄晕了。"

塞莱斯特又被重新录用。她弯腰去捡滚了一地的水果，去擦碎了一地的鸡蛋。米伦拦住她，说：

"好了好了，你赶紧带她出去，其余的我来收拾。"

带她出去？一秒钟都不耽搁。推她去广场？抄近路，除了最后一段。什么意思？最后一段没有斜坡，要绕一圈，从挨着房子的斜坡那儿走。上去就是柏油路，好推轮椅。

毕妥利正在老地方等，看见她们俩，挥手致意，神色舒展，像是有高兴的事。她拿着一张纸还是一片纸？远看像一块手帕，但不是手帕。她们走到她面前，阿兰洽递过面颊，毕妥利亲了亲，夸她早上气色真好，精神面貌不错，一边说，一边慈爱地抚摸着她的短发。

"我还以为你们不来了。"

"家里出了点事，耽误了一会儿。"

阿兰洽眉头紧锁，在 iPad 上写道："跟她说实话。"于是，塞莱斯特便不客气，照实说：

"米伦骂我，把我给辞了，后来又说不辞了，我感觉糟透了。她不喜欢阿兰洽跟您见面。"

看护每说一个字，阿兰洽就点一下头，似乎在说：没错，就是这样。毕妥利手上那张摊开的纸是何塞·马利寄来的第二封信，写在作业本那种方格纸上。这封跟第一封不同，第一封很不客气，气势汹汹，积怨很深，顽劣透顶……

阿兰洽伸出那只唯一能伸的手，明显迫不及待地要看弟弟那封信，一边读，一边摇头。不高兴吗？是那种善意的责备，手足间的分歧，似乎在说：这个傻瓜终于走回正道了，不过还有很长的路要走。她把信还给毕妥利，平静地在 iPad 上写道："他吓坏了。不过，你别担心，我会让他向你道歉的。"

"他让我别再写信给他。你要是我，会怎么做？"

阿兰洽笑着回复："鱼儿已经上钩，拉出水面就好。"

听懂比喻不是毕妥利的强项，她让阿兰洽解释清楚。"你给他写。我也会给他写的。"然后，她让毕妥利推轮椅，绕着教堂转一圈，吩咐塞莱斯特："你在这儿等着。"毕妥利大吃一惊，甚至有些害怕，不由得去想推轮椅转一圈意味着什么。这是挑衅，甚至是挑战。要让她妈妈知道——她妈妈会知道的，这个镇子没有秘密——不知要吵成什么样！

她推着轮椅，从广场的椴树树荫下走过，往回力球场走。多年前，那里会刷支持埃塔的口号和巴斯克独立左派的标志。自从停止发动恐怖袭击以来，镇政府下令将墙面刷成纯绿色。翻篇了，往前看，没有什么胜利者、失败者。她俩绕着教堂走，走得很慢很慢，不是显摆，那时候还早，广场上人不多，是因为毕妥利又开始犯病，疼得越来越厉害。她拼命忍，把阿兰洽连同轮椅交还给塞莱斯特时，几乎已经忍受不了。

　　她跟她们告别，目送她们离开，抓着扶手下台阶，还没走出三四十米，人先坐在地上，紧接着又倒在灰扑扑的地砖上。有人过来帮忙，谁啊？路过的。她听见／听出米伦在几步之外气呼呼地对她说：

　　"别烦我女儿。"

　　她没再说第二遍，也没再说别的。几分钟后，毕妥利恢复过来，不知那些话是真听到，还是自己想象出来的。

108. 医疗报告

内蕾娅给哥哥打电话，告诉他上报纸了。

"哪份报纸？"

"《行动日报》。说你是医生，某天给入院的埃塔分子看病，根据你的声明，病人遭受过酷刑。"

"我没接受过任何人的采访，更别说这份埃塔宣传报了。"

我的声明？有吗？他一时想不清楚。当时是早上九点，他睡得晚。几点睡的？不记得了，凌晨三四点吧，因为喝光了白兰地。否则，他会在电脑前，坐到天明。他口干舌燥，脑袋隐隐作痛。是困的？下午要去医院。

早饭还没吃，出门去买报纸。其实，是内蕾娅的电话把他从床上拉起来的。他习惯去家附近的书店兼文具店买报纸，不是每天去，但经常去，买《巴斯克日报》，有时买《国家报》，有大事发生，就两份都买。

书店老板认识了好几年，如今要去买《行动日报》，他很为难。老板一辈子支持工人社会党，恰恰是他将《行动日报》说成埃塔宣传报的，哈维只是借用。

他在距书店几米远的地方停下，我不能进去。早晨有点热，刮南风，阳光灿烂，他一路散步至林荫大道上的书报亭。看完新闻，将报纸扔进垃圾筒，钻进附近的咖啡馆吃早餐。

一派胡言。他没有发表过任何声明。

星期一，一名二十三岁的恐怖分子在一群宪警的押送下，自己走进医院，说肋骨剧痛。他缩着身子，表情痛苦，呼吸困难。上尉向哈维示意，想跟他单独聊聊。

"医生，这家伙的话，您别当真。他是个杀人犯，拒捕，没办法，只好武力降服。对这帮家伙，用不着客气。您知道的，他们有多危险。"

他说恐怖分子在被捕时，携带了武器。根据埃塔组织的指示，他们都会扬言遭受过酷刑。哈维呢？他没说话。这位制服警要是知道我是谁的儿子就好了。他看着上尉的眼睛，听他把话说完，然后沉着地？不如说冷漠地转过身，走进诊室。

"医生，我受了酷刑，这里很痛，感觉哪儿断了。"

小伙子要是知道他的同伙们对我爸爸做过什么就好了。只是脑子里念头一闪，那当然，我又不是铁石心肠。内蕾娅在电话那头，说她能理解。不知道换了自己会怎么做，也许跟哥哥一样。

一名患者。哈维眼中的小伙子是一名患者，是一具需要治疗的身体。至于这张脸、这个胸脯、这些四肢做过什么，不关我的事。暂时不关我的事。等干完活，几小时后或明天，就会关我的事了。不仅如此，还会让我睡不着觉。

门开着，能听见宪警们的说话声和脚步声。他问离他最近的宪警：能不能把门关上？走廊上的人回答：不行。倒是没有凶神恶煞，白大褂就是会让人肃然起敬。

"谨慎起见，敬请理解。"

哈维一见上身赤裸的患者，个人情感立马被抛在脑后。两名护士帮伤痕累累的患者脱衣服，他自己脱不下来，脱到只剩下内裤。哈维在电话里对内蕾娅说：现在回想起来，当时，他对这名埃塔成员、恐怖分子、手上一定沾了血的杀人犯没有别的念头，只想如何做好医生分内的工作。

"我操，亲爱的哥哥，你真沉得住气。"

"别这么想，只是职责所在，所以才会付我薪水。"

眼睛血肿，已经让哈维料到会看见何种类型的伤口。患者被脱掉衣服，最后连内裤也被脱掉，果不其然，挫伤遍体。左侧，从肩胛骨上方到胯骨，有一块巨大的血肿，瞅一眼就知道，内伤严重。怎么造成的？原因调查不是他职责所在，尽管瞎子都能看得出膝盖和脚踝的擦伤和烧伤是怎么回事。哈维决定：即刻将患者送进重症监护室。上尉问：

"您肯定？"

他想怎么样？贴几张创可贴，就把人还给他？

"出现了皮下气肿，有可能肋骨断了，造成肺穿孔，需要做相关检查。不过，我提前告诉您：患者的情况十分严重。"

"您很清楚，他是恐怖分子，已经被逮捕，需要严密看守。他要是住院，会影响同病房的人。"

这跟我有什么关系？他无所谓，所以就没反驳，只是举起双手，手心朝外，证明自己的无辜：

"我只是职责所在。"

"去你妈的，我们也是。"

那种挑衅的、粗鲁的、兵痞子式的说话方式，加上一眼能把你望到底的目光，吓住了哈维。他不想再跟他们说话，等一个人待着，要服一片抗抑郁药。他条件反射地去看表，好比在自己和宪警之间筑起了一道无形的墙。突然，他想起了妈妈。为什么？要不是为了她，我会在千里之外，去阿兰萨苏去的那些遥远的地方，也许在另一个洲行医。可是，我不能把妈妈一个人留下。

他知道圣塞巴斯蒂安法庭正在根据法医报告进行调查。哈维对患者全身检查后，撰写了医疗报告：全身多处挫伤，左侧第九根肋骨断裂，肺挫伤，左侧血气胸，左眼周血肿并出血，颈部至骨盆皮下气肿，双腿均有血肿、擦伤和烧伤。全是短句，冷冰冰的。他特别指出：患者被国民警卫队逮捕后，送至医院验伤。患者声明：受伤原因为头部、胸部、腹部和下肢遭到殴打。写完，他没再回头看（有悖他的习惯），签上名字和日期。

三天后，患者被转到普通病房。哈维被告知，有位先生想跟他谈谈，他不想在办公室接待。在办公室，很难将讨厌鬼扫地出门。再说了，桌上有爸爸的照片，他不想让陌生人看见。或许，空气中还有白兰地的味道。于是，他去了走廊。

来人三十多岁，脸潮红，身材魁梧壮实——我敢打赌，他有糖尿病——自称是埃塔分子的哥哥，来向医生道谢。哈维说：不用谢。就像跟宪警上尉说的那样，他告诉来人：只是职责所在。

很快，他发现壮汉来访不仅为了道谢，他希望医生能确证弟弟遭受过酷刑。

"您的意见是？"

哈维只是用稍稍口语化的方式将医疗报告上的内容陈述了一遍，结果作为声明，刊登在第二天的《行动日报》上。

内蕾娅在电话里说：

"你应该告诉他：埃塔杀了我们的爸爸。看那人会是什么脸色。"

"我当时很累，没想起来。"

"你怎么知道他真的是埃塔分子的哥哥？"

"我从一开始就怀疑。别告诉妈妈，行吗？"

"想都别想！你疯啦？"

109. 如果炭火见了风

　　"老伙计"入土若干年后，一次，他们坐下来聊：去不去恐怖主义受害者见面会？绝对不去。妈妈和兄妹俩在这点上意见一致。

　　毕妥利说：

　　"我不会把痛苦放进橱窗，任人观赏，你们想怎样，随便。"

　　我们的心里都有一盆炭火，这幅画面是内蕾娅描述出来的。

　　"各人自想办法，让它渐渐冷却。"

　　妈妈补充道：如果炭火见了风，就会死灰复燃。确实，三人没有交流过，但每发生一起恐怖袭击，心里总会又火烧火燎一次。他们通常不聊这个话题，对埃塔罪行不予评论，似乎达成了某种默契，不提也罢，让事情过去就好。他们常提的是"老伙计"，很少把他作为遇难者，更乐意开他的玩笑，笑他倔脾气、招风耳、好心肠。毕妥利时不时地提醒子女：别忘了爸爸。三人谁也不想以受害者作为主要身份，或只以受害者的身份度过余生。早上是受害者，下午是受害者，晚上还是受害者。

　　哈维说：

　　"尽管没法儿否认，咱们就是受害者。"

　　毕妥利将大勺放进锅里：

　　"行了行了，吃饭，汤要凉了。"

　　一年又一年，一场场雨，一个个炸弹，一次次枪击，他们迎来了新世纪。过了一阵子，十一月的某个上午，哈维看报纸，得知圣塞巴斯蒂安要举办几天与恐怖主义受害者、恐怖主义暴力相关的活动，组织者是巴斯克自治区恐怖主义受害者团体。他不打算去，此类活动，他从不参加，害怕／坚信参加完，人会更消沉，脑袋里又会胡思乱想。

同时，他在预计参加人员名单中看到了宣判父亲一案法官的名字，想了想，有点好奇，想偷偷混进去听。这么多年过去，反正没人认识我，可以坐在远离主席台的位子上。

活动开始前一小时，哈维仍在举棋不定：恐惧、犹豫，甚至有些焦虑，想服颗药缓解一下。走出家门，却不知往何处去。天已经黑了，街上全是车，他开始漫无目的地走，脚去哪儿，人就去哪儿，兜了不小的一个圈子后，来到马丽亚·克里斯蒂娜酒店门前。酒店底层的一个大厅里，法官、作家和其他与会人员将陆续发言，每人若干分钟。脚已经替我做了决定。哈维的心怦怦跳，喝了一杯双份白兰地，随即在附近的丹吉尔酒吧又喝了一杯。这是为什么？为了不紧张，为了鼓足勇气，会有人认出我吗？为了耗时间，等活动开始、参加者都关注台上时，我再进酒店大厅。

他坐在倒数第二排，靠近其中一扇门，周围全是陌生人。前方有好几排脊背和后脑勺，许多椅子空着。四五十个人？不会再多。背景墙的前面，摆了一张桌子，放置了麦克风，给发言人坐。法官不在那儿。有人刚说完，有请作家，礼节性的、温吞水似的掌声响起。作家接过麦克风，打招呼，感谢邀请，说道：

"有些书会随着时间的流逝，在一个人的心中孕育成长，等待合适的机会诞生。今天，我跟诸位介绍的拙作便是其中一本。最初的想法是……"

哈维偷偷摸摸地坐在大厅后排，努力地想认出某个参加活动的人。从后排认人，没那么容易。他本人并不认识某位埃塔受害者及其家人，但他跟所有人一样，认识某些上过电视或照片上过报纸的人。

"用文学虚构的方式，记录埃塔恐怖主义组织犯下的滔天罪行。这个写作计划对我而言，有双重动力。其一，对埃塔受害者的遭遇，我感同身受；其二，对诉诸暴力或任何对法治国家的侵犯，我坚决反对。"

接下来，作者扪心自问：为什么年轻时没有加入埃塔？整个大厅一片寂静，所有人都惊呆了，屏住呼吸。

"不管怎样，我也曾经是一名巴斯克少年，跟同年代的许多少年一样，生活在舆论导向有利于恐怖主义及其学说的大环境中。这个问题，我思考过多次，觉得已经找到了答案。"

法官坐在前方第一排贵宾席上，等待发言。这位法官赫赫有名，光头，锃亮，很好认。那些天，他常在媒体露面，为了什么案子？不记得了。据哈维所知，这位法官当时已经不在最高法院任职。

"我写作，是想反对一些人折磨另一些人，试图表现是如何折磨的，当然，还有谁造成的，给幸存者带来了哪些生理和心理上的影响。"

第三排还是第四排有人歪了歪脑袋，哈维认出一个熟悉的身影。

"同时，我写作，是想反对用政治借口、以祖国之名去犯罪，反对一小撮武装分子，依靠社会上一帮无耻之徒，决定谁是祖国的人，谁应该离开或消失。我写作，不带任何仇恨，但反对任何仇恨的话语，反对别有用心的失忆与遗忘。有人试图编造一段历史，为其规划和集权主义思想服务。"

他不是很肯定。被正后方戴着米色羊毛贝雷帽的女人挡着，哈维看不清她的脸。没错，是她，鼎鼎大名，格雷戈里奥·奥多涅斯的妹妹。她叫什么来着？马丽亚·奥多涅斯？埃斯特尔·奥多涅斯？迈特·奥多涅斯？名字想不起来。突然，哦，是孔苏埃洛·奥多涅斯。我操，真费劲。

"然而，我写作，也想给跟我类似的人输送一些正能量，弘扬文学与艺术，弘扬人性中优秀与高尚的一面。埃塔的受害者作为人类个体，他们是有尊严的，不是无名无姓、无具体面孔、无独特个性的统计数字。"

这恰恰是妈妈不愿意看到的：让她和子女的痛苦成为某个作家的素材，创作出一本书；成为某个导演的素材，拍摄出一部电影。之后，让他们收获掌声，赢得奖项，而我们继续背负苦难的十字架。

"我尽量避免去犯此类文学作品最容易犯的两个错误：其一，伤感悲情的语气；其二，鲜明的政治立场。我觉得，那是访谈、报刊文章和类似今天这种论坛的目的。"

第二排靠边有个红头发，哈维认出是克里斯蒂娜·奎斯塔，跟他一样，父亲死于埃塔之手。毫无疑问，是她。左边是凯蒂·罗梅罗，圣塞巴斯蒂安市警局士官的遗孀，不记得在哪里见过。士官生前负责清除队伍中与埃塔合作、向其告密的警察，结果，恐怖分子两枪将他清除。

"我想回答一些具体问题：在恐怖袭击中，失去父亲、丈夫、兄弟的人，他们私底下如何生活？在经历过埃塔恐怖袭击后，孤儿寡母和残疾人如何面对生活？"

作家心平气和地阐述，哈维当他出发点是好的，但并不认为某人写了一本书，事情就会有实质性的改变。他觉得到目前为止，巴斯克作家并没有对恐怖主义受害者给予足够的重视。他们对凶手更感兴趣，凶手是否问心有愧、凶手不为人知的情感世界等等。而且，埃塔恐怖主义不能用来打击右翼政党，相比较而言，内战才是右翼政党的软肋。

"……试图描绘出一幅恐怖环境中的典型社会面貌。也许，我有点夸张，但我坚信：埃塔败了，埃塔文学也在溃败中。"

这时，坐在孔苏埃洛·奥多涅斯正后方、戴着米色贝雷帽的女人微微侧了侧脸，也就一秒钟，却让哈维心里咯噔一下。那个女人的五官对他而言，是如此熟悉。妹妹在这里干什么？她不是说：给她钱，也不会去参加恐怖主义受害者见面会吗？他不也是？他意识到这个问题有多荒谬，没再花半点工夫去思考，脑子里有更紧迫的念头。什么念头？比方说：怎样才能让内蕾娅看不到他？他估算了一下，从座位到门，不超过三步。他趁听众给作家鼓掌、掩住其他动静的机会，毫不犹豫地从椅子上起身，出门，去过道。他疾步如飞，几乎向酒店大门跑去。

110. 傍晚闲聊

他俩很久没见。多久？这有什么要紧，两三个礼拜。这期间，毕妥利那儿发生了一些事，没一件好事，其中一件特别让人忧心。哈维和内蕾娅觉得，好好商量一下跟妈妈有关的糟心事，打电话不是办法。那怎么办？你不认为……他们当即说好，市中心见。下午冷，有太阳。内蕾娅提议去新散步道，在宽广的蓝色海边走一走、聊一聊。哈维没有要紧事，同意了妹妹的想法。

一路上有大人，有孩子，有一溜儿卖工艺品的商贩，人多得几乎走不过去。市政工作人员在前方拿着高压水枪，洗刷拉布雷查鱼市大楼侧墙上拥护埃塔的标语。为了避免水溅在身上，兄妹俩尽量贴着对街大楼走。

"用不了多久，不会有多少人记得发生过什么。"

"哥，别那么毒舌。这是生命规律，说到底，一切终将被遗忘。"

"那也没必要做帮凶。"

"我们不是帮凶。我们的记忆即使用高压水枪，也洗刷不掉。你等着瞧，他们会说：我们这些受害者，拒绝往前看。他们会说：我们想报仇雪恨。有些人已经这么说了。"

"我们很讨厌。"

"你都想象不出我们有多讨厌。"

走到圣特尔莫博物馆附近，他们进入正题。哈维让内蕾娅跟他说猫的事。怎么回事？究竟怎么了？

"'煤球'死了，妈妈还不知道。我凭直觉认为：她不知道，更好。"

"你是怎么知道的？"

"昨天我去妈妈家，基克开车，送我到圣巴托洛梅街。他做什么都要快，不停地抱怨，说约了客户，很重要，全怪我，要迟到了。我跟他说：停车，我走上去。当时，我心里有种不祥的预感，你明白吗？我给妈妈打电话，她不接；再给她打，还是不接。都两天了，所以我觉得最好上去看一眼。"

"她白天在镇上。"

"有时候会去墓园，她一直有去墓地看爸爸的习惯。但我觉得奇怪，正常吃晚饭时间，她也不接我电话。"

内蕾娅爬了一段阿尔达佩塔上坡，在柏油路上看见了一团红乎乎的肉和黑乎乎的毛，反复被车碾过，又过了一辆公交车。她站在人行道上，看了一会儿，认出了猫项圈。她先去看妈妈，一小时后，告辞前，不经意地问起了猫。

"猫咪呢？怎么没看见？"

"它有自己的生活，没准什么时候，就衔一只鸟，出现在阳台上了。"

内蕾娅捂着口鼻，先将猫的尸首和柏油路面分开，见没有车过来，再将这坨肉和毛推到公路没有人行道一侧的沟里，确保不会让妈妈看见。她捡了一根灌木枝，完成了上述恶心的操作。最后用树枝末端勾住油腻腻的猫项圈，扔到土坯墙那头。

在跟哥哥交代的过程中，她依然一脸嫌弃。

"你做得对，应该瞒着妈妈。"

"我下坡去圣巴托洛梅街的路上，直犯恶心，看见路边有家酒吧，赶紧冲进去，喝了一杯。我不是随便哪个点儿乱喝酒的人，但我需要尽快去掉嘴里的恶心味。"

兄妹俩呼吸着海风，并肩前行。一条长长的、雾蒙蒙的海边散步道任其观赏，散步道下方，连绵不绝的海浪在防波堤上前仆后继，粉身碎骨，化成泡沫。内蕾娅让哥哥仔细跟她说说电话里提到的那件事。

"还记得拉蒙·拉萨吗？"

"救护车司机？当然记得。"

"一个星期前，他来我办公室，别人告诉他一件事，他要来告诉我。什么事？有人看见我们亲爱的妈妈在镇广场上给阿兰洽推轮椅，要明白，阿兰洽是坐轮椅的。你想象一下那幅场景：这两个女人光天化日，在大庭广众之下散步。为什么？谁的主意？怎么没别人跟她们在一起？那个天天照顾阿兰洽的看护呢？你能想象街坊邻居聊得有多起劲。"

"是有点奇怪，我们家已经好多年不跟他们家说话了。学生时代后，我就没见过阿兰洽，不过，我还当她是朋友。他们家人，就她对我们好。你没去问问妈妈？"

"我认为是妈妈暂时性神经错乱，不想让事态越变越糟。不过我告诉你，拉蒙惊得下巴都要掉了。"

"阿兰洽的父母会怎么想？"

"我觉得，胡利安是个大好人，他能看得下去。可她那个妈！"

"米伦一定认为，这相当于扇她一耳光。"

"拉蒙还告诉我，跟阿兰洽散步后，妈妈当街晕了过去，镇上人去帮忙。我在电话里跟你说过：这时，我决定插手。"

太阳快要落山，在海平面上投下焦躁不安的倒影。有船吗？一艘也没有，只有返航的一艘小艇正要驶进海湾，没别的。哈维跟内蕾娅肘倚着栏杆，他戴着一顶苏格兰帽，掩住日渐稀疏的头发；她直到几年前，还戴着羊毛贝雷帽，现在不戴任何帽子，头发直接露在外头。身后的奥泰萨雕塑锈迹斑斑，百无聊赖地等待着下一场暴风雨。距兄妹俩没几步，有人手持鱼竿，盯着在海浪中上下起伏的白色浮子。

"我让妈妈上车。咱们去哪儿？一会儿你就知道了。我替她约了好几回阿鲁拉瓦雷纳，她说去，可总是不去，就让时间这么一天天过去。根据血检，我已经察觉到她的身体出了点问题。阿鲁拉瓦雷纳帮她检查，做了个全套，前天给我打电话，让我一定去找他。我看到他脸色，就知道他要告诉我的消息糟得不能再糟。"

"确诊是癌症？"

"子宫颈癌，晚期。要是早点查出来，还能治。可她自己不当回事，我也没盯紧，现在已经转移到肝脏等别的器官。总之，医学细节我就不跟你说了，我保证，听了让人不舒服。"

"她还能活多久？"

"阿鲁拉瓦雷纳说，顶多两三个月，今晚没命也有可能。如果开刀，摘除子宫，恐怕可以拖到年底。不值得。"

"妈妈知道吗？"

"阿鲁拉瓦雷纳还没跟她说。他问我：是不是最好由我去告诉妈妈诊断结果？我好歹是患者儿子，又是医生。我认为他说得在理。这件事，我有很大责任，没有及时意识到问题的严重性。"

"现在不是怪谁的时候。我觉得妈妈对自己的病了解得很清楚，只是没有表现出来。"

"她在车上抱怨，说用不着去看医生。她一辈子例假不正常，下腹老疼。"

兄妹俩接着往前，走下水族馆台阶，来到港口。城里已经开始亮灯。

"不管怎样，我跟阿鲁拉瓦雷纳说好，做姑息治疗，尽量让她少受点罪。"

内蕾娅将一只手搭在哈维肩上，就这样走了一会儿，不说话，不对视，直到她又问：妈妈不在了，他有什么打算？

"你知道的，我之所以生活在这座城市，完全是为了妈妈。我在爸爸入土那天，向他保证过。我在心里对他说：别担心，我会帮你照顾她，她不会孤零零一个人。你瞧，到最后，我还是没能掌控住局面。我的计划是：尽早帮他们完成心愿，在镇上墓园合葬，然后离开。去哪儿？还不知道，一定很远，去需要我的地方。你呢？"

"我会留在这儿。"

他们避开老城区的街道，那里人太多，在林荫大道上找了家咖啡馆，坐在吧台前继续聊。傍晚时分，互相亲了亲面颊，严肃、平静地告别。他往这儿走，她往那儿走。这时，天已经全黑了，下午的冷还可以忍受，晚上简直爆冷。哈维走在埃尔卡诺街上，埋头想心事，闻到热乎乎的烤栗子香味。栗子摊在吉普斯夸广场拐角，十二个栗子两点五欧。付钱时，议会大厦的钟在敲晚上八点。哈维双手抱着一袋热乎乎的栗子，在广场长凳上坐下。叶子掉光了，透过树枝，看见一轮下弦月。他轻松地剥掉第一个栗子的壳，味道好极了，不硬不焦，火候刚刚好。热气在口中散开，口感很棒，呼出的热气更浓。第二个栗子也非常好，简直不能再好。他站起来，将几乎满满一袋栗子丢进了垃圾筒，栗子一个个落在垃圾筒里的垃圾上。之后，他往林荫大道方向走去，消失在人群中。

111. 卡拉莫查一夜

　　米伦通常会坐支持大赦组织安排的大巴去看何塞·马利。一开始，胡利安时不时地会陪她去；后来，一年又一年，他去得越来越少。

　　多年前冬日的一个星期六，他们在卡拉莫查附近几公里处遭遇了一场车祸。此后，胡利安就不想出远门了。不仅因为这个，最主要是因为米伦。她爱发号施令，两口子老吵架，儿子的事不能提。何塞·马利是她的软肋，不能提，一提就爆。瞧这个女人！

　　卡拉莫查出事那天，他们早上前往皮卡森特监狱，参加面对面家庭探视，没坐大巴，搭了阿方索和卡塔丽娜的车。当时，他们的儿子也被关在同一座监狱。

　　两对夫妇走得不算近，米伦背后常批评他们，因为他们不说巴斯克语。胡利安觉得说什么语不重要，不过对他们也没有好感。为什么？他耸耸肩，不知道。

　　然而，不管怎样，阿方索和卡塔丽娜是镇上人，尽管是六十年代从南方迁来的。在米伦眼里，他们跟巴斯克人没有半毛钱关系，尤其是卡塔丽娜，一听口音，就知道她是哪里人。结果他们养出了一个加入埃塔组织的儿子，那段时期，跟何塞·马利被关在同一座监狱，两人似乎关系还挺好。

　　一天，堂塞拉皮奥在街上叫住米伦。这个多管闲事的家伙正在镇政府的柱廊下，跟卡塔丽娜说话。他会停下来跟所有人说话，以控制所有人的身体和灵魂，或者，试图控制所有人的身体和灵魂。除了特别的日子，平时去听弥撒的人没几个。他见米伦停在摊子前买奶酪，便招呼她：你好，米伦。米伦又不能假装没听见，神父也就离她几步。她只好放下奶酪，走了过去。碰巧，在场的卡塔丽娜和她丈夫也打算去参加面对面家庭探视，跟他们同一天。这一点，神父知情。

中午，胡利安说：

"是你说漏了嘴。"

"可他是我的忏悔神父。"

"那你就去别的镇子忏悔。"

总而言之，当着堂塞拉皮奥的面，米伦和卡塔丽娜还能怎么办？只好约定，四个人坐阿方索的车，一同前往皮卡森特监狱。结果，神父差点给他们四个人主持追悼会弥撒。

车祸是在回程路上发生的。阿方索在特鲁埃尔打电话跟一名记者聊了聊，没几天，《行动日报》上刊登了一则简讯。去的路上，胡利安坐在前排副驾驶座，阿方索旁边。阿方索开车，傻逼一个。或许，这话说得有点重。这人自以为什么都懂，嘴巴一刻也不闲着，聊足球，聊摩托，聊做饭，聊蘑菇，还在途中放了一盘磁带，是西班牙歌剧。到了监狱，跟他们分开后，米伦小声说：

"这是他们骨子里的东西，就差喊'西班牙万岁'了。"

回程路上，胡利安刚想上车，发现卡塔丽娜已经坐在前排，他只好坐在后排米伦身边。一上路，米伦就掐他大腿，让他别再说跟何塞·马利有关的事，他刚开了个头。

两天后在家里，米伦说：

"感谢圣伊格纳西奥，让卡塔丽娜抢了你位子。"

"要知道，我的守护神比你的聪明。"

阿方索手握方向盘，堪比手握话语权。他表扬儿子，坐牢不忘锻炼身体，还开始学英语。遗憾的是跟他说话，他只能用这只耳朵听，那只耳朵几乎全聋。阿方索加速，超过一辆卡车，解释道：

"被捕时挨揍的。"

米伦时不时插句话：

"你们没去告他们？"

"就这种情况……儿子都被政府牢牢地捏在手里。"

"我家何塞·马利也挨揍了，一群人一起揍的。要是一个个上，他那么大块头，他们没那个胆儿。"

胡利安每次跟何塞·马利告别（嗯，儿子，好好的），都很伤心。他在想自己的事，欣赏风景，没听他们说话。说没听，也听进去几耳朵。车开了很久，这回，是他去悄悄打米伦一巴掌，让她闭嘴。傍晚，车正行驶在特鲁埃尔省：孤寂的田野上散落着小块小块的雪，远处的一溜山脉即将消失在黑暗中，车外冷得厉害。突然，卡塔丽娜说漏了嘴，也许以为他们已经彼此信任，其实根本不存在，也许只是不了解米伦的政治—爱国热情会高涨到何种程度。

皮卡森特监狱的埃塔囚犯收到了绝食通知，律师过来说：绝食。何塞·马利在这个问题和其他许多问题上，除了严格执行，还负责监视同伴。他是个强硬分子，米伦对此深感自豪，之后会在镇上说：何塞·马利是铁打的汉子，没人能让他屈服。

这时，卡塔丽娜说在家亲手做了一袋小蛋糕，带进了面对面家庭探视室。吃的给不给带，要看狱警的心情，有时候给，有时候不给。上次不给，这次就给。

"儿子当着我们的面，全吃光了。"

米伦一听，跳了起来：

"狱警当然会给。他们知道里头在绝食，正等着有人违反，破坏团结呢！”

“哎呀，谁会知道呢？”

“我不就知道了！绝食，要么都吃，要么都不吃。”

胡利安悄悄打了她一巴掌，她就没再往下说。车里气氛尴尬，谁都不说话。于是，阿方索放了一盘西班牙歌剧磁带，不是早上那盘，不过也差不多。接下来还有好长的路要走，都要被逼着听西班牙音乐了。

蓖麻油
可以吃啦！

怎么说？

做成小药丸
效果一样棒。

事故是突然发生的。怎么回事？米伦也记不清楚。胡利安沉浸在悲伤与思绪中，双手抱胸，打瞌睡，基本不知情。他被阿方索的诅咒和卡塔丽娜的尖叫声惊醒。怎么了？车一头栽进公路旁边的沟里了。米伦第一个出来，胡利安那边的车门无法打开。前排两人没声音，西班牙歌剧也哑了。

米伦把胡利安往外拉：

“好了，出来。”

米伦拉着他胳膊，把他拽了出来。几秒钟的工夫，两人就冻得直哆嗦。胡利安问米伦：有没有受伤？

“没有，得把他俩弄出来。”

他们几个孤身在田野上，此处荒无人烟，天刚黑，没有云，刚出来几颗星星，眼看着就要天寒地冻。他们赶紧去救阿方索，这边车门都没了，很容易。胡利安托着他腋下，拉他出驾驶室。脸上全是血，看不清。胡利安想让他躺在石头地上，不用，伤得不重，这是他自己说的。额头上一个口子，头皮上还有一个口子，鲜血染红了白发，没别的伤口。他怕老婆有事，她还在车里，不说话，脑袋耷拉在肩膀底下。米伦在车的另一边，想开门，开不了。

"到这儿来，看你们能不能把门打开。"

胡利安是铸造厂锅炉工，满手老茧，胳膊结实，跑过去拉车把手。我操他姥姥！车身凹进去一块，胡利安用一只脚撑着突出来的部分，咬紧牙关，一把拉开/扯开该死的车门。卡塔丽娜坐在里面，无血无伤，这个女人真好闻。可是，她正在用濒死—哀伤的口吻小声说：

"我的腿，我的腿。"

与此同时，米伦站在马路中央，拦下了一辆行驶在对面车道上的白色小货车，司机答应送受伤的卡塔丽娜去特鲁埃尔，帮忙将她小心地放在货物空当里，那里只能容下她和阿方索，阿方索把毛衣裹在头上止血。小货车很快消失在几乎漆黑的夜里。米伦和胡利安从后备厢里拿出行李，将阿方索和卡塔丽娜的也拿出来，万一有小偷，怎么办？

"看见卡塔丽娜的腿没有？"

"两条腿都断了，不用医生诊断，也能看得出。"

"应该祈祷，赶紧给她治好。"

此处寂静无声，极不好客。他俩赶紧再加几件衣裳，天实在太冷，现在该怎么办？完全不知身在何处，肯定位于特鲁埃尔和萨拉戈萨之间。没有房子，没有灯光，没有指路牌，旷野中也没有任何可以藏身的地方，嗯，比如牧人小屋、钻进去躲躲的小树林等。

米伦说：

"你肯定没受伤？跟我说实话。"

"我操，真的没有。"

"你身上有血。"

"恐怕是阿方索的。"

"脖子上围点东西，你会着凉的。搞什么分散关押政策，就会出这种事。"

"别翻旧账了，得通知国民警卫队。"

"我宁可死，也不跟虐待何塞·马利的警察说话。"

"那该怎么办？"

"好好想想。"

米伦记得不久前经过一个村子，但不是很肯定。胡利安既不知道也不记得，他一直在打瞌睡。最好能拦住一辆车。不一会儿，他们见车灯靠近，没招手，以为司机见车坏了，能意识到他们的处境。结果车没停。

"你没招手，怎么能指望人家会停车？"

"你这么聪明，你怎么不招手？"

"喂，别吵了，行吗？"

过了几分钟，下一辆车停下。有人受伤吗？他们摇头，冻得瑟瑟发抖。司机说：他回家，家在附近的卡拉莫查镇，愿意的话，可以捎他们一程。他让他们上车，自我介绍叫帕斯夸尔。他五十多岁，大腹便便，相当健谈，还没转第三个弯，已经坦言，自己有心律不齐和糖尿病。

"这里还是特鲁埃尔吗？"

"没错，夫人。"

"那我们今天回不了家了。"

"有点难，最后一班去萨拉戈萨的长途车已经开了。"

米伦详细描述去哪儿，跟谁同行，发生了什么。

"你们是去度假？"

"嗯，去了贝尼多尔姆①。"

帕斯夸尔早就看见胡利安身上有血，不可能看不见，又问：您有没有受伤？胡利安跟他解释：不是他的血。明显带阿拉贡口音的帕斯夸尔看见卡拉莫查镇入口处的房子，建议道：

"要不你们去我家吧？我孩子在萨拉戈萨，大儿子在银行工作，两个念大学，女儿嫁到巴黎。女婿是法国人，音乐家，人特别好，有教养，性子平和，哦，就是一点儿也不会西班牙语，不过跟我交流顺畅。瞧，我家房子大，能住得下一支军队。你们可以好好休息，您把血洗干净。明天早上，我定定心心地送你们去萨拉戈萨火车站，反正我也要去那儿。老婆去世了，我一个人。我都说了，我家很大，很空。"

他给他们做了一顿可口的晚餐，让他们睡在一间木头房梁的卧室，床单冰冰凉，有点沉。第二天一早，吃完早饭，他开朗殷勤地开车把他们送到萨拉戈萨。米伦和胡利安要付钱，他连声说不要、不要；两人腼腆、笨拙地坚持要付，帕斯夸尔双手捧着大肚子回答，阿拉贡人的固执跟巴斯克人的固执相比，简直小巫见大巫。他一路盛赞巴斯克人，夸他们勤劳、高贵，就是埃塔恐怖袭击不好。他们在波蒂略车站前告别，那天是星期天，刮着刺骨的北风。第二天下午，米伦去圣塞巴斯蒂安邮局寄包裹，她疯了才会去镇上邮局寄。她跟特鲁埃

---

① 贝尼多尔姆（Benidorm）位于巴伦西亚自治区，是西班牙乃至欧洲最大的度假胜地。

尔省的一位先生有来往，难道别人不会好奇？纸盒里有一公斤托洛萨菜豆、一瓶尖椒油橄榄鳀鱼小食，包着塑料缓冲气垫，还有伊迪亚萨瓦尔奶酪，抽了真空。装不下了，否则她会寄更多。

胡利安笑话她：

"你比卡拉莫查的阿拉贡人还要固执。"

"不是固执，是知恩图报。"

"瞧你，要西班牙化了。"

"死一边去！没意思，你可真没意思。"

112. 和外孙在一起

胡利安，生活简直一团糟！糟？简直糟透了。一个儿子坐牢，恐怕等不到他出来了，肯定我先死；另一个儿子在毕尔巴鄂，不打电话、不写信、不来看望，米伦怀疑他以这个家为耻；女儿一年多不跟妈妈说话，夫妻俩反目为仇，恨不得拔刀杀了对方。胡利安在去埃伦特里亚的公交车上，翻来覆去地想着家里的烦心事。运气真背！这些人就不能稍微正常点？突然，他看见其他乘客投来异样的目光，意识到正在自言自语，声音太高。我跟老年人一样，脑子坏掉了。我就是老年人，坐在老人孕妇专座上。

老习惯，他还在那站下车。当时，他背着米伦去看外孙外孙女，出门时，说去菜园。他的确去了菜园，收拾点蔬菜水果，有时候再抓只兔子，在那儿杀好、皮扒好，这些不能当着孩子的面做，然后去工业园区站乘公交车。

他拎着塑料袋，里面装着三四把韭葱、一棵莴荬菜和一把榛子，刚要按门铃，就想打道回府。吉列尔莫在吼，阿兰洽在吼，小艾尼奥娅在哭，全家都疯了。他按门铃，叮咚，吼声顿消，只听见小姑娘还在撕心裂肺地哭。十秒、十二秒过后，有人来开门。家里味道很冲：菜味、体味，没通风。吉列尔莫硬邦邦地打个招呼，忙不迭地出门。

场面惨不忍睹，到处脏乱差。阿兰洽气愤／哭过的眼神，环着一圈重重的眼袋，让胡利安的心情跌到谷底。五岁的艾尼奥娅见到外公，不哭了，跑过来瞧塑料袋里装着什么礼物，七岁的恩迪卡也好奇地赶紧往这儿凑。他推了妹妹一把，妹妹出于自卫，也推了他一把。结果，两个孩子见塑料袋里只有蔬菜和榛子，感觉受骗上当。阿兰洽问：

"你们想跟外公上街吗？"

两个孩子异口同声地回答：

"不想。"

"为什么不想？外公会给你们买糖吃。"

恩迪卡继续摇头，继续说不：

"哎呀，妈，我觉得不好玩。"

胡利安无言以对。他不知道怎么逗小孩子，没办法给他们承诺。他似乎很累，整个人恹恹的，后来去看阿兰洽，无精打采地问：日子过得好吗？

"你瞧，糟透了，一大堆活儿。家里、孩子，还有个对我猪狗不如的丈夫。我都没时间觉得不好。"

"还记得卡塔丽娜吗？"

"哪个卡塔丽娜？"

"阿方索家的。"

"跟你们一起出交通事故、瘸腿的那个？我在报上看到了讣告。"

"她蔫了好久，明天下葬。"

"她儿子呢？"

"还关着，好像是巴达霍斯。那家伙是个狂热分子。"

"比弟弟还要狂热？"

"比他狂热得多。"

恩迪卡插嘴：

"妈，我饿了。"

"去冰箱里拿个酸奶。"

"酸奶没有了。"

阿兰洽摆出妈妈的架势，吓唬儿子，让他去跟外公喝下午茶。她对胡利安说：帮个忙，带他走。艾尼奥娅呢？坚决不去，对甜甜圈、蛋糕、奶油之类的甜品无动于衷。小姑娘还气呼呼地撒嘴，不说为什么，就是不去。

"好了，爸，就带恩迪卡去吧！"

"亲爱的，想让我给你带点什么吗？"

小姑娘的小脑袋气呼呼地摆了两下，不要。

祖孙俩走出家门。恩迪卡在门厅就不让牵手，认为自己长大了，不用牵着手在街上走。他们走进街区面包房，恩迪卡要了两个甜甜圈，一个挂糖霜，一个抹巧克力。胡利安还在数钱，肚子饿瘪的馋嘴猫已经迫不及待地咬了几口。回家路上，两个甜甜圈都下了肚。

恩迪卡嘴上沾着巧克力，停下来说：

"炸弹就是在这儿爆炸的，我和爸爸在面包房。"

"什么炸弹？"

"把我房间玻璃都震碎了，死了一个人，是爸爸的朋友，叫玛诺罗。外公，他就躺在那儿，黑色汽车那儿。我看见的。"

"哎，你干吗去看？"

"我没看。"

"那你怎么看见的？"

"嗯，我用这只眼睛看了一点点。"

"去荡秋千，好不好？"

"好。"

恩迪卡不是第一回提到炸弹，因为那声巨响在记忆中挥之不去，也因为他渐渐长大，对大人的事感兴趣，问东问西。

祖孙俩坐在儿童乐园的长凳上，孩子们嬉笑吵闹，随处可见父母们推着婴儿车。恩迪卡突然开口：

"爸爸说炸弹是坏人放的。"

"恐怕是。你想去喝点什么？"

"要是国民警卫队抓到坏人，会送他们去监狱，就像对何塞·马利舅舅那样。"

"这也是爸爸跟你说的？"

"不是，是安赫丽塔奶奶跟我说的。"

胡利安很想跟孩子讲道理，可他万一又去告诉别人怎么办？还是尽快结束这个话题。每次提到儿子，都像给他当头一棒。

"你能给我看舅舅的照片吗？"

恩迪卡很久没跟他要过照片。

"你要看照片干吗？"

"哎呦，外公，就给我看看嘛！"

胡利安在钱包里找出一张皱巴巴的、模糊不清的照片，照片中的何塞·马利十八岁，笑容可掬，大胡子，长发，他差点成了职业手球运动员。

"他戴了一只耳环。"

"你长大，会不会戴耳环？"

"不会。要用针戳耳朵眼，很疼很疼的。何塞·马利舅舅坐牢，真的因为他是个大坏蛋？"

"是安赫丽塔奶奶说的？"

"不是，是爸爸说的。"

"嗯，他不是因为戴耳环坐牢的，我觉得是因为他做了什么。"

没多久，胡利安带孩子回家，给两个孩子每人一百比塞塔的硬币，给女儿一张五千比塞塔的纸币，说让她贴补家用。在回圣塞巴斯蒂安的公交车上，他又犯了来时的毛病。什么毛病？突然，他发觉其他乘客投来异样的目光，恐怕又自言自语，声音高了。

113. 坡　顶

　　他对自己说：下雨，我就不去。上午九点，他看了看窗外，在下
雨，他去了。我穿防雨外套加防雨裤就好。刚要出门，米伦说：

　　"这种天气，谁会出门骑车啊？你以为你还二十岁？"

　　阿兰洽坐在轮椅上，向爸爸竖起大拇指，弄不清是笑还是赞。

　　"连女儿都笑话你。"

　　他犹豫，不是因为身体不好或力气不够。嗯，他冒雨参加过多少
回骑行俱乐部的阶段训练？刮风、下雨、出太阳，照骑不误。只不过
现在，他只骑短程，最多五六十公里。他明白，岁数大了，身体会出
各种毛病，日子越长，上坡越陡。三年前的一个星期天，他跟同伴骑
行到翁达罗阿，累瘫了！回程时心跳得厉害。小心，胡利安，千万小
心。他被迫休息了若干次，到家晚了，耽误了吃饭，还被米伦责怪。

　　他犹豫，是因为自行车。车会湿，会沾泥，还会坏。而这不是一
辆普通的自行车（碳车架，康帕纽罗机械组件），花了他一大笔钱，
一点点地换配件，换得更好、更贵。因此，出发前，他去帕戈埃塔酒
吧喝了杯少奶咖啡，补充体力。他也想等雨停，没等雨全停，人就上
了路。

　　骑着骑着，雨停了。不止雨停了，天还亮了几小块。还没到圣塞
巴斯蒂安，刚骑到马图特内，太阳就出来了。胡利安穿的是俱乐部骑
行服：白绿色紧身衣、黑色短裤，头盔和手套是自己选的。我不知道

去那么严肃的地方……主要是免得米伦怀疑，问来问去，啰唆半天。

他慢腾腾地骑上埃吉亚区的上坡，并不费劲，最后一段，只见右手边一群群孩子在学校庭院里叽叽喳喳地玩耍，左手边有家花店。他想进去买一束花，简单点、便宜点的，太夸张我可不喜欢。刚下车就发现：坏了！车锁落在家了。

他把车停在花店里能看见的位置，一只眼睛盯着车，一只眼睛看着店员，说要什么花，派什么用场，加起来在店里待了不到两分钟。他看了递过来的第一束花，小小的，各种花都有，就不想再看别的。很好，付钱，走人。在墓园门口等了差不多二十分钟，戴着头盔，既不想放下花，又不想放下车。

铁门旁边的墙上，挂着一块黑色的牌子，上面写着开放时间；旁边还有一块小牌子，写着禁止狗和骑行者入内。我操他妈，这该如何是好？这时，一辆公交车靠站，毕妥利穿着黑大衣下车。看见小牌子，让胡利安不用担心：

"只是不让在墓碑中骑行，推着走没事儿。"

"你肯定？"

"走吧，胡利安！行了，没事儿。"

他们走进墓园，工作日的上午，里面没有人，除了那边上头。谁啊？是两名清洁工，推着一辆丁零咣当的小车。自行车既不冒烟，又不发出噪声，有什么要紧？

他们沿着墓碑和树木（松树和柏树）间的缓坡往上，只见层层叠叠的灰色大理石和水泥地之间，有零星访客。胡利安推着自行车，占了一半道；毕妥利快一两步，在前面引路。有时候回头，他见她在笑。此地与欢乐格格不入，她为什么笑？别告诉我她疯了。

"我刚才还在想，你会不会来。"

"瞧我不是来了。"

"你说话算话。"

"你跟我女儿害得我很麻烦。我答应的,我做到了,你答应的,也要做到,别去告诉米伦。"

"这点,你大可放心。阿兰洽说你心肠好,说得没错。看这束花就知道,'老伙计'一定很喜欢。"

胡利安自我保护意识很强,故意说话不客气。毕妥利的玩笑话让他放松下来。

"好吧好吧。"

"看你穿着俱乐部骑行服,他会嫉妒的。"

"别说了。"

"不,我要说。我觉得你这么穿,是种怀念。"

他们到了。远方,大海那边,挤着一大团乌云,眼看着就要下雨。可波略埃的上空还在出太阳,水泥地上,一块块干燥的面积越来越大。胡利安严肃地——拘束地?——看着墓碑,上面有个简单的十字架,从上到下排列着四个名字。他不知道死者是谁,尽管根据去世日期(有一个是 1963 年)和第二个姓(除了一个,其余相同),能猜到是过世的亲戚。最下面是他朋友的名字,没写绰号。

"他就在这儿。多少年了,他一直想迁回镇上的墓园。还没迁,是怕发生像格雷戈里奥·奥多涅斯那样的事。他的墓就在下面,你要是想看,我一会儿指给你看。有段日子,墓碑上被人刷了各种侮辱性标语,你可能也在报上看到过。巴斯克独立分子连死人都不放过。"

胡利安低着头,不说话,在想事情?在祈祷?突然,他盯着朋友的名字和死亡日期。他是在街角丧命的,家和车库——存放汽车和自行车——之间的街角。死亡日期的后面,是"老伙计"在雨天下午中弹时的年龄。

毕妥利还在说:

"昨天我告诉过你，你儿子给我写信了。你瞧，他说：开枪的不是他，我太开心了。"

胡利安没有张嘴。他的沉默因为畏缩，因为思考，自外而内，一如既往，跟毕妥利一个劲地聒噪形成了鲜明的对比。此时此地，明明是个人悼念。可她话太多，破坏气氛。

"你不会告诉他你在菜园告诉过我的事吧？我还以为你来，是为了这个。"

他总算动了动。怎么动的？回头看毕妥利，忧心忡忡，耷拉着眉毛，傻乎乎的，一脸忧伤。玻璃般的眼珠里模模糊糊的哀求越来越清晰：别烦我！你怎么就不知道尊重人？

"让我一个人待会儿，拜托，就一分钟。"

他见她慢慢走回到两人刚刚上来的那条路，等她走远，看不到他的表情、听不到他的低语时，他才回过头来，看着墓碑。

她大约走出三十步，停下，静静地站在路上，两座大型家族墓地的中间，手搭凉棚，免得阳光刺眼。她见胡利安站在丈夫墓前。在一行墓碑、大石板和十字架的衬托下，可怜的男人穿着鲜亮的骑行服，推着自行车——"老伙计"跟他一样，对爱车百般呵护——很怪异，有点好笑。

她见他把花放在大石板上。花从哪儿来的？从镇子里带来的？我不信他会冒险让他老婆知道。胡利安捧着头盔，画了个十字。说了什么，她听不见。不过，昨天在菜园小屋，他答应来，真的来了，毕妥利已经心满意足。

胡利安猛地双手推车，往她这边走。这么快？已经结束了？那是他朋友，他最好的朋友。胡利安走到毕妥利身边，没停下，急匆匆地、假装自然地对她说：

"嗯，我走了。"

"你来，我感觉好多了。"

胡利安没有回答。他怎么突然这么着急？遽然离开，到底是为什么？毕妥利很快有了答案。他刚迈出几步，就开始啜泣。他加快脚步，推着自行车往出口走，低着头，肩膀拼命地在抖。

114. 隔着玻璃

何塞·马利跟狱警发生了严重冲突,从皮卡森特监狱转到了阿尔博罗特监狱。转狱前不久,弟弟终于前来探视。

他总跟妈妈抱怨:格尔卡好吗?他怎么不来看我?我很想见他。米伦说:他们离得近,也见不到他。胡利安跟她不知道这小子怎么了,好像在躲我们。

格尔卡难得跟他们打一次电话,米伦劝他去看哥哥。怎么劝的?还不是那一套,先批评一顿,再臭骂一顿呗!结果当然更糟,连续好几个月都没有他的消息。

格尔卡悄悄溜去埃伦特里亚阿兰洽家,阿兰洽也劝过。她去看过何塞·马利,就一次,没再去,是因为吉列尔莫明确表示反对,不让她去。之前,他也不让阿兰洽带孩子去认识那个恐怖分子舅舅,绝对不行。

阿兰洽身为姐姐,不发脾气,好好跟他讲道理,恳求他去。但他还是不听劝:

"我再考虑考虑。"

他要是说"我再考虑考虑",其实就等于说"不行"。然而,姐姐的话让他犹豫,甚至让他心里不舒服。后悔吗?也许。于是,为了不心烦,他向拉蒙乔倾诉,问他:换了你,你会怎么办?拉蒙乔替他做了决定,也就是说,事不宜迟,跟哥哥约好,去看他。格尔卡按他说的去办，尽管不太情愿。次月，三人开车去皮卡森特监狱：拉蒙乔开车；旁边坐着被灌了迷魂汤的阿玛娅，爸爸答应她去巴伦西亚购物；格尔卡一个人无精打采地坐在后排，刚出发，就后悔。

"你会怎么描述你跟哥哥的关系？"

"桥归桥，路归路。"

"你怕他？"

"你想采访我？"

"我对你感兴趣。你怕他，是不是？"

"过去怕，现在说不清楚，很久没见了。"

"不想跟我聊这些事？"

"你知道的，这是在揭我伤疤。我就不明白了，为什么你要让我日子不好过？"

"对不起，采访结束。亲爱的听众朋友，现在是广告时间，我们马上回来，跟大家聊别的话题。"

格尔卡在监狱停车场跟拉蒙乔和阿玛娅告别。高个子的他一点儿也不精神、一点儿也不高兴地走进监狱大楼，哎！又不是一头待宰的羔羊。例行检查后，他被分到一格探视室：隔间很小，硬塑料椅很不舒服，闷热，脏兮兮的，特别是那块玻璃，左右两边的人都在扯着嗓子喊，嘴巴靠近话筒，天知道里头有多少细菌。

他先看到哥哥，哥哥后看到他。他发现哥哥没那么多肌肉了，头发也少。他不自主地去看哥哥的手，那是手球队员的手，结实，有力，小时候不知道有多羡慕/害怕。后来，那双手变成了杀人工具，杀了多少人？他自己知道。突然，他微微打起了寒颤，悲伤且扎心地庆幸自己不是哥哥，没有像哥哥那样坐牢。

何塞·马利还没坐下，就在他脸上看到了什么，明明笑着走过来，突然笑容没了。兄弟俩隔着玻璃，严肃地盯着对方，盯了几秒，想看出个所以然来。何塞·马利先开口：

"瞧，我没法儿拥抱你。"

"你不用在意。"

"弟弟，我真的很想见到你。"

"瞧我不是来了。"

"你很冷淡，不高兴见到我？"

"当然高兴，尽管更愿意在别的地方见。"

"你他妈的会不会说话啊？我不也是？"

前半截话明明可以不说。何塞·马利在对过去的格尔卡，那个瘦瘦的、孤僻的少年说话，居高临下的语句，吓唬人的调子。格尔卡不爱听，往后靠，悄悄地离话筒远了点，似乎在告诉哥哥：别这样，我可不是你的小分队部下。何塞·马利从身体到行为，无一不让他产生强烈的、发自内心的反感。再说了，那地方味儿真冲。他们难道不通风？你难过吗？一点儿也不难过。这些年来，变化最少的是他的眼睛。开枪前，他用眼睛看过受害者。光滑的额头是杀人犯的额头，位于杀人犯的眉毛、杀人犯的鼻子、杀人犯的嘴巴（牙齿乱七八糟）上方。我是这么想的，但我不能这么说，我也不敢。

他们交换了彼此的生活点滴，简单概括，做的都是表面文章，完全是两个陌生人在装信任/亲近，以为还能像住在父母家同一个房间时那样交谈，其实已经不可能了。格尔卡不想聊自己的事，以进为退，一个劲地问哥哥问题。在这个耗子洞里待上四十分钟，真比一个世纪还要长。

无疑，何塞·马利也开始觉得不舒服。为什么？玻璃那头没有传递给他支持/友爱，共情/理解，更别说微笑了。这他妈的怎么回事？他想在弟弟眼里看出点什么，似乎看到的，他一点儿也不喜欢。他也不是那种情意绵绵的人，顿时脸一板：

"你打心眼里反对我加入埃塔，是不是？你瞧不起埃塔。"

格尔卡猝不及防，提高警惕：

"为什么这么说？"

"看得出，是爸妈逼你来的，你骗不了我。"

"我来，是我自己的决定。"

"别把我想歪了。我不会强留你，你要是想让我处境更糟，我更不会强留你。你以为我没发现？"

"我大老远地赶来，不想捣乱，也不想充当弟弟的角色。当然，你做的那些让你关在这儿的事，我不认同，也从来没有认同过。"

"你认为我在这儿，活该？"

"那你应该去问问那些受害者。"

"被捕以来，我被揍过许多回。相比之下，你说的这番话更让我痛心。你还是我亲弟弟，太操蛋了！"

"正因为我是你弟弟，才会想什么，说什么。你想让我对你撒谎？天知道你给多少家庭带来痛苦，你想让我祝贺你吗？这是为什么呀？"

"为了拯救我的人民。"

"所以让别人流血送命？说得真好听。"

"流血送命的是那些成天压迫我们、不让我们自由的人。"

"那你们杀害的那些孩子呢？他们也是？"

"要不是这道玻璃，我会好好跟你解释，让你听个明白。"

"你是在威胁我吗？"

"也许。"

"你要是愿意，可以给我一枪。至少，你们从未征求过人民的意见，就以人民的名义，滥杀无辜。"

"好了，不说这个。看来，咱俩没法儿理解。"

"是你开的头。"

"有些人听从祖国的召唤，有些人过着安逸的生活，日子过得真他妈的滋润。我估计向来如此：有人牺牲，有人享受。"

"谁过安逸的生活了？"

"肯定不是我。"

"我用巴斯克语做电台节目、写书，弘扬我们的文化，这是我为人民做贡献的方式。这种方式是建设性的，没有走过之处留下一大堆孤儿寡母。"

"你口才好，一看就是做主播的。做得不错，是吗？"

"我觉得挺好。"

"有人告诉我，你跟一个男人住在一起，你还反过来谴责我。小子，你一直有点怪，不过我没想到，你会怪得这么极端。"

格尔卡哑巴了，表情凝固，脸突然气得通红。哥哥挑衅地问：

"妈妈说你以我们为耻，我才以你这个同性恋弟弟为耻！你让我们全家抬不起头来，自己屁事儿没有。所以，你才从不回镇上，是不是？"

"谁告诉你我跟一个男人住在一起的？"

"有关系吗？你以为人被关在西班牙死牢，就得不到消息了？"

"我跟爱我的人、也是我爱的人住在一起。我知道，跟你这么说，是鸡同鸭讲。一个枪手怎么会懂什么是爱？"

格尔卡一边说，一边气呼呼地推开椅子，猛地站起身来。他最后一次把嘴巴靠近话筒，伤人的话已经到了嗓子眼，还是咽下去的好！他转身，正要离开那个又热、又脏、又臭的狗屎探视室，听见背后何塞·马利在求他回来：你别走，咱们还得聊聊……那种低三下四的语气很新奇，从来没听过。

门关上了，没听他说完最后一句话。

回毕尔巴鄂的路很长，夏日的傍晚红黄交织，阿玛娅在座位上睡觉，拉蒙乔问他见得如何，是否改天再来。

"我再考虑考虑。"

他就说了这么多，然后睡着了，或假装睡着了。

115. 按　摩

　　格尔卡执意要让拉蒙乔在折叠床上躺下，拉蒙乔答应了，但于事无补。按摩也好，不按摩也好，他打定主意，要去自杀。出了什么问题？他前妻，那个荡妇，那条毒蛇，一辈子想着喷毒药、置人于死地的女人，狠狠地把他给耍了。

　　四周前，拉蒙乔去比托里亚找阿玛娅，她已经十六岁了。格尔卡认为：这么大的女儿，周末不应该再跟爸爸过，哪怕爸爸给她买一大堆礼物、答应她各种任性的要求。小姑娘（说说而已，瞧她那对大胸脯、说话那么不害臊）发胖了。胖，已经很难看，她还运气不好，长了满脸痘痘。脾气也臭，变着法儿地让人不高兴。

　　格尔卡尽量置身事外，有时看拉蒙乔可怜，会多说两句：

　　"你不觉得她在欺负你吗？"

　　"当然觉得。你让我怎么办？"

　　每隔一个周末，拉蒙乔就开车把女儿接到毕尔巴鄂，星期天下午再送回。那天，他在老时间按响了大楼自动门禁系统的门铃，没人开；去附近酒吧消磨了一会儿，回来，又狠狠地按了好多次，还是没人开。从街上看，家里没亮灯，附近也没看见那条毒蛇／那个荡妇的车。他趁有人出来，进楼门，上楼，来到前妻家门口。太奇怪了，进门脚垫也不在。拉蒙乔按门铃，拼命敲门，砰、砰、砰，没动静。这不是第一回发生这种事。他神经紧张，咒骂那个坏女人，多少年了，一直破坏他们父女关系。

最后还能怎么办？拉蒙乔只好孤身回到毕尔巴鄂。他既生气，又伤心，嘴里骂骂咧咧。电影票都买好了，这下去个球啊？肯定跟前几回似的，母女俩周末出去玩（她俩大爱马德里），不记得通知他；或者记得，就是不想通知，要让他吃点苦头。

格尔卡松了一口气，这个周末太平了。阿玛娅总是让人持续不断地头疼，他能躲则躲：在电台待很久、出门散步很久、跟这个聚、跟那个吃午饭。总之，在家时间越少越好。

过去，他会趁拉蒙乔陪女儿，去看阿兰洽，去当几个小时舅舅，有时还会留下来过夜，窝在客厅沙发上，很不舒服。可是，就这点消遣，也没了。他已经很久没见外甥和外甥女，尽管姐姐向他道歉，是她说漏了嘴。他一开始就猜到了，不是她，会是谁？他在毕尔巴鄂跟一个男人住在一起，是她告诉何塞·马利的。她心大，居然这么保守秘密！全家人里，他只信任阿兰洽，真心实意地爱她，他觉得姐姐背叛了他。姐姐失言，他并没有责怪，跟平常一样，寡言少语地离开，只是此后再也没去过埃伦特里亚，再也没给姐姐打过电话。

拉蒙乔说：

"你吧，就是不懂得原谅。"

"不尊重我，才更要命。"

过了好几天，还是没有女儿的消息。拉蒙乔觉得不对劲，决定找个工作日去比托里亚。

"你陪我去？"

"我要录个采访。"

"拜托。"

一天下午，两人出发。跟上回一样，按铃没人开，窗口没亮灯，那条毒蛇／那个荡妇的车不在附近街上。信箱上还贴着她的名字，里面没有像住户许久不在那样塞满了信件和广告纸。万一她跟人说好，定期清理信箱呢？他惴惴不安，疑神疑鬼，越想越怕，越想越离奇。格尔卡提议，上楼去问问对面邻居。

"有人来搬过家，把东西全搬走了：家具、冰箱、床垫什么的。"

"什么时候的事？"

"大约两周前。"

"您从什么时候起，没见过我女儿跟她妈妈的？"

"您想想，现在是八月，她们恐怕跟大多数人一样，出门度假去了。"

谁会带家具去山上？带冰箱或床垫去海边？最后一线希望：打电话到女儿学校确认。希望落空。那段日子，老师们都懒懒地躺在某个旅游景点度假呢！在回毕尔巴鄂的路上，拉蒙乔提到去告前妻的可能性，格尔卡劝他别，再等等。母女俩多半看到哪个旅行社打特价，临时起意，出门消夏去了。不管怎样，看上去是自愿走的。

"怎么不通知我？"

"她们觉得，你会反对。说实话，你会不会反对？"

"影响到我跟阿玛娅在一起的时间，我当然会反对。"

"瞧见没？"

"那家具怎么解释？"

"这个，我不知道该怎么解释，一定有它的道理。也许，她们在比托里亚城里搬家。你别告诉我城里没有比她们现在住的区更好的地方。"

信是九月到的，临近中午，被格尔卡从信箱中取出。看到美国邮票，他有种不祥的预感。信封正面写着发信人的名字：阿玛娅，没了。没有姓，没有地址。那几天工作很麻烦，家里整天笼罩着一片悲伤的寂静，格尔卡决定把信压几天，不跟拉蒙乔说。他甚至想把信毁了，免得他不高兴。可以想象，他会不高兴的。捂了一个礼拜，最后，格尔卡装作刚从信箱里拿到的样子，把信交给拉蒙乔。

拉蒙乔看完信，跑到卫生间去呕吐，叫声凄惨，像悲伤的哀号，中间加上啜泣。信纸被揉成一团，扔在地毯上。格尔卡捡起来看：

爸爸：

　　妈妈在美国找到了一份工作，我们会永远住在这里。请你别来找我们。等我长大了，赚钱了，我会去看你。

　　祝好！

阿玛娅

这姑娘跑远了，还在继续制造麻烦。有一天，我听她无情无义地对爸爸说：

"爸爸，别烦我，你是个可怜的男人。"

当然，你不能跟拉蒙乔说这个，他会伤心而死。格尔卡建议他去冲个澡，理理头绪，然后他来给他按摩，他喜欢的那种，你懂的，结局会很"性"福，尽管那个男人，那个可怜的男人当时无论如何没心思享乐。格尔卡执意要做，他好歹答应，说于事无补，反正要去自杀。

"就今天，怎么自杀还没想好，办法总会有的。不过你别担心，我会离家远远的，免得警察来找你麻烦。"

他冲澡时自言自语，悲悲切切。格尔卡趁此机会，又看了一遍信，感觉那张纸让他浑身冰凉。居然没有拼写错误，他犯了疑。阿玛娅读书马马虎虎，功课都是将将及格，最后一年还留过级。是她妈妈捉的刀？这又是为什么呢？他闻了闻信封，又闻了闻信纸。

拉蒙乔身体擦得半干，从浴室出来，明显很不高兴，身体毛乎乎的，皮肤苍白，有点变形，像个无依无靠的老小孩。他脸朝下，趴在折叠床上，想接着哭，发觉泪腺已干，于是又说今天就要走得远远的，去自寻短见。与此同时，格尔卡双手抹油，温柔地开始替他按摩脖子、肩膀和背。

"告她也没用。我敢肯定，刑法不会将此类情况视为诱拐未成年人。她妈妈可以说：因工作原因定居国外，从未阻止过我去看女儿。我只能每十五天打次飞的。"

"据我所知，她们住哪儿，并不清楚。"

"你别再绕圈子了。那个不要脸的狐狸精带着阿玛娅，有多远跑多远去了。没看见我跟阿玛娅关系好，她会不自在吗？"

"万一那封信是骗人的，怎么办？"

"我操，格尔卡，你现在别跟我发挥什么作家的想象力，这又不是小说，是活生生的现实。"

格尔卡让他翻个身，替他按摩胸部、肚子，在阴茎处停留，直到它勃起，再接着往下，到大腿。他说：

"要是写小说，我会让离婚女人假装带女儿去了美国，事先把信写好，拜托一位要去美国的朋友或同事从芝加哥或旧金山邮局寄回。母女俩搬到比如马德里居住，既然阿玛娅和你前妻那么喜欢西班牙首都。至于父亲，除了精神上痛苦、接受心理治疗等等之外，我想不出更合适的结局，反正不是自杀。这么写恐怕太简单，也许，男主人公应该去美国，找女儿的时候，认识了一个叫萨曼塔的金发女人。她性感风骚，有一段不堪回首的过去，卖过春，吸过毒。"

"还等什么？赶紧写。"

"让我考虑考虑，我正忙着呢！"

他接着按摩，接着说些关心、安慰的话，在拉蒙乔快速射精——量很少——之后，又按摩了好一会儿。

116. 阿拉伯厅

    两人在多米内大酒店餐厅私下庆祝，面对面含情脉脉地坐着，桌子挨着落地窗，窗外能看见古根海姆博物馆闪闪发光的灰色曲线。七月，温度适宜，天空湛蓝，完美的一天。拉蒙乔显然很舒心／略带些醉意。

    他俩在庆祝什么？众议院昨天通过立法，准许同性恋结婚，这是西班牙工人社会党的杰作。拉蒙乔对工人社会党向来有种无法克制的厌恶，从今往后，他会好好考虑考虑，甚至在下次大选中，投它一票，以示感激，下不为例。

    格尔卡向来不参加任何形式的选举，他不感激，不拥护，不惩罚，任何与政党和政治沾边的事，他都排斥？更确切地说，他都无视。拉蒙乔絮絮叨叨了一早上，他提议干杯，格尔卡严肃地举起杯子，干杯。拉蒙乔喝了酒，开心地说：

    "总有一天，我会向你求婚的。"

    "看得出，你喝多了。"

    "小心肝，我说正经的，现在还为时过早。咱们先观望观望，看新法执行得如何。"

    "看来你还有一丁点脑子，别浪费了。"

    "老兄，谨慎点好。这个社会不久前还每天下午数念珠祈祷呢，你以为这么大的变革，它准备好了？还有，'当光投落在你的康科洛……浮现出的少年'①，我看着你，再看着你，不停地看着你，你知道我在想什么吗？"

"好了，诗人，快点说。"

"希望你别完全放弃结婚的想法。"

"帅哥，结婚是你应得的。"

"也是你应得的，你以为呢？"

五年半后，阿斯库纳市长在市政府阿拉伯厅宣布他们结为夫妇。他在一束绚烂的白玫瑰后主持婚礼，脸上已经明显看出，他患了绝症。他的发言一会儿感人至深，一会儿妙趣横生，旁征博引，夹杂着一些趣闻逸事，有些跟老朋友拉蒙乔有关，他自始至终叫他"拉蒙"。嘉宾们笑声不断，最后又都噙着泪花。两位新人循例西装革履，都着浅灰色西装，如某人所说，像一对孪生子。格尔卡害羞，束手束脚的，新人接吻便索然无味。于是，阿斯库纳站在主婚席上，大大方方地要求：两位新人再亲一次，这回要来真的。嘉宾们起哄，都说市长大人英明。两人只好紧紧拥抱，在众人（二十多位朋友和同事）的喝彩下，激情相吻，周围响起掌声和口哨声。

祝贺、拥抱、鼓励，有位典型的爱开玩笑的朋友还祝他们多子多福。谁都能看得出：他们相爱，所以结婚，但不止是相爱。如果某位嘉宾认为，那天下午在阿拉伯厅参加的婚礼是两人商量好的，闹着玩的，脑袋一时发热，任性妄为，那他就想错了。拉蒙乔和格尔卡结婚，和其他许多夫妇一样，理由非常实际，尤其是因为拉蒙乔一年前摘除了一只肾，他害怕。

---

① 引自西班牙诗人路易斯·塞尔努达（Luis Cernuda，1902—1963）创作于1934年8月22日的诗歌《致一个安达卢西亚少年》。开头第一段为："如果可以我愿给你整个世界，/当光投落在你的康科洛，/赭色小山后面，/持久欢乐的古老松树之间/浮现出的少年。"译文引自汪天艾译《现实与欲望》（四川文艺出版社，2016年1月）第207页。康科洛为西班牙韦尔瓦地区的一个海边小镇。

拉蒙乔刚过四十，就被查出长了肿瘤。目前一切都好，不用做透析，可他不敢掉以轻心，医生也不敢。有没有转移？到目前为止，还没有。两人独自在医院病房，决定将关系合法化。格尔卡原来一直不肯，干吗要合法化？如今接受了拉蒙乔的理由：因为遗产。我一出院——如果他们让我出院的话——就要从房子开始，将所有财产列为共有。还有抚恤金，我不在了，你能领到一笔抚恤金。出院回家后，拉蒙乔赶紧立遗嘱，对格尔卡有利，还逼他答应，如果阿玛娅需要钱，他一定要给。

十多年来，他一直没有女儿的消息。每到特别的日子，女儿生日，圣诞节，他都会问：

"她还记得我吗？"

什么都没有，信没有，贺卡也没有，拉蒙乔难过极了。他经常一个人或在格尔卡的协助下，上网去搜有关阿玛娅的线索，后来扩大范围，去各种社交网站上找，以防万一，也会查她妈妈。注册簿、合伙人名单、参加人员名单、照片说明，我也不知道，总之哪里总会出现女儿或妈妈的名字。难道她们改名了？

每到阿玛娅的生日和东方三王节，他都会给小姑娘——已经长成女人了——买礼物。系着彩带、装着贺卡的礼品盒堆满了衣柜，位置越占越多。格尔卡问他，为什么要这么做？为什么要折磨自己？他回答：

"心告诉我，她会回来的。我想让她知道，这辈子我无时无刻不在想她。答应我，我要是死了，帮我把礼物交给她。"

对格尔卡来说，结婚计划会撞上一堵无法绕过的墙：他父母。不是说他们会不同意，这点他基本不怀疑，他们就是会不同意，而是因为结婚的消息一旦在镇上传开，（可以想象）让他们的脸往哪儿搁？

他偶尔会跟妈妈通电话，姐姐中风后几个月，更频繁些。聊的都是些固定话题：阿兰洽、天气、吃的、街坊邻居的家长里短。基本不提何塞·马利，从来不提格尔卡的私生活，顶多聊几句他做电台主播的闲话。胡利安对电话过敏，很少接，只是拜托米伦，代他问候格尔卡，问儿子什么时候回家。

格尔卡怕父母不高兴，会大闹一场，吓得不敢结婚。另一方面，怎么说呢？拉蒙乔又没逼我，结婚只是一种浪漫的、美好的、并不紧迫的可能性。后来，拉蒙乔病了。医生说，他快死了。这下情形变了。格尔卡承认自己胆小，他从来没否认过，他想悄悄背着家人结婚。拉蒙乔反对。

"绝对不行！你不乐意的话，可以不请他们。我妈妈也来不了，她脑子不好，照镜子，连自己都不认识。但你最起码要把结婚的消息告诉父母。"

"你知道的，我不敢。"

"你听我说：别想把生活构建在谎言与沉默上。我向你保证：这是最糟糕的。"

"我顶多写个东西，寄过去，好吧？打电话，我会两腿发抖。"

他忙乎了整整一下午，给家人写了一份简短的通知。拉蒙乔晚饭时看了看，提议改动几个小地方，说很好。距婚礼还有一个礼拜，格尔卡终于鼓足勇气，将通知寄回家。没收到回信。爸妈一定嫌弃他，不是吓坏了，就是不敢上街，没脸见人。

一对新人手拉手，洋溢着笑容，幸福地走下市政府的台阶。按照习俗，大家等着，往他们身上撒米。路过的车辆也会按喇叭，表示祝贺。嘉宾们叫道：亲一个！亲一个！他们瞎起哄，引来行人注目，又是一番拥抱、祝贺。格尔卡的头发上沾了好多米，别人提醒他，他想用手把米抖掉。眼神随意地往海湾一扫，突然看见了他们。谁啊？还能是谁？他的家人，站在对面人行道上。三人站得远远的，害怕打扰。妈妈推着轮椅，爸爸戴着贝雷帽，毛衣搭在肩上。

拉蒙乔注意到格尔卡奇怪的反应。他突然神色大变，一定发生了什么忧心事。

"你怎么了？"

"他们来了。"

两人迎上前去。拉蒙乔开心；格尔卡慌张、严肃、拘谨。

"你们来啦？"

米伦唱主角，使劲点头：

"儿子结婚，能不来吗？这是我女婿？"

她像贵妇般伸长了脖子，递过一边面颊。我了解她，她会旋即用巴斯克语抛个问题给拉蒙乔，证实一下。拉蒙乔的回答让所有人都笑了，除了格尔卡，他还哭丧着脸。怎么回事？他忍不住同情爸爸。爸爸尴尬地笑，泪眼婆娑，站在栏杆旁边，不知该说些什么，不知该做些什么，似乎突然被移到了另一个星球上。

米伦赶紧责怪地问：

"喂，胡利安，你不会要掉眼泪吧？"

阿兰洽坐在轮椅上，无声地绽放出各种喜悦之情，挥着那只健康的手，悄声大叫，用眼神哈哈大笑。拉蒙乔俯下身，无比亲切地在她额头上亲了一口；之后，将胡利安拥到怀里，拍拍他的肩胛骨，胡利安的脑袋只到他领带结上一点点。最后，帅气的女婿狡猾地说：很高兴有个这么漂亮的丈母娘。这话说得恰到好处，米伦听了，心花怒放：

"我是来毕尔巴鄂显摆我儿子的，我还买了双新鞋呢！"

所有人低头去看她的脚。

出租车到了。米伦一下车，就拉着格尔卡的胳膊，往餐厅走。这么说，家人要参加婚宴？这还用问？那当然。

一对新人挨着坐。拉蒙乔的右手边空了一张椅子，留给女儿，他在简短的致辞中跟嘉宾们稍作解释；格尔卡的左手边是米伦，她在桌底下悄悄递给儿子一只信封，里面装着一千欧，我们的贺礼。她说：再少拿不出手。米伦对他耳语道：

　　"何塞·马利让我代他向你表示祝贺。"

117. 看不见的孩子

　　基克打扮得衣冠楚楚，西装领带加名牌运动鞋，不搭调，不配套，但是他乐意。内蕾娅的裙边在膝盖上十厘米，玫瑰色口红，眼影，网眼长袜，高跟鞋。别人要看，就看好了。自从上世纪末两人相识起，始终非常享受自由走动/展示的时刻，就是要撩人，就是要炫富。各自的香水也在空气中飘散开去。

　　你好，我们是某某跟某某，分给他们的桌子在两根顶梁柱之间，位置很好，离餐厅大门远，离后厨门也远。今天星期几？星期六，晚上九点半。基克去年投资了一笔所谓的洛多萨辣椒（所谓的？哪里是洛多萨的？是从秘鲁低价买来的）罐头，下午得知生意亏了，损失惨重。他恬不知耻地告诉内蕾娅，还在笑，露出一口整过形、无懈可击的牙齿。葡萄牙烧烤餐厅位子全坐满了。

　　基克拿着菜单，将餐厅的过往娓娓道来：

　　"小时候，这里是个大村子。我们会拿榛树枝和普通的渔具来钓鱼，用面包屑做鱼饵。不在这儿钓，这儿的河水是白的，我发誓，很白很白那种，全怪那家牛奶厂。我们去上游钓，西尔韦蒂家废铜烂铁铺上面，那儿连鳟鱼都能钓到。"

　　内蕾娅建议了头道菜，基克听都没听，点头说好。看见一盆苣荬菜加鲑鱼、蜘蛛蟹上桌，他惊讶地问：

　　"这破玩意儿是你点的？"

内蕾娅回答：亲爱的，是我点的。基克说：他要个蘑菇炒蛋就好。四十五欧一瓶的红葡萄酒，他摇摇杯子闻了闻，闭上眼睛品了品，一脸不屑地让人撤了。又拿来一瓶，他再闻，再品，最后留下，故意高谈阔论、颐指气使地给女侍应生上了一堂酿酒课。内蕾娅跟他碰杯，说道：

"你的心思，我懂。第一瓶酒不错。"

"那当然，甚至比这瓶还好。可是对服务行业的人，最好尊卑有序、保持距离。后厨那帮人现在肯定慌了，拼了命的要把菜做好。也正常，人家就是吃这口饭的。咱们点什么，他们都会上最好的。"

"或者，人家在菜里啐一口。汤汁里要有小沫沫，我可不吃。"

"苣荬菜什么味道？"

"苣荬菜的味道。蘑菇呢？"

"蘑菇的味道。"

他们快结婚十二年了，分了无数次，又无数次地激情复合，依然各住各的。你有你的空间，我有我的空间；你在你那儿浪，我在我这儿浪。两人聊天、吃东西、用面包蘸汤汁。基克为突然的发现感到开心。什么发现？结婚头六年，他一直不停地求她，过来跟他一起住（住在同一个屋檐下，睡同一张床，没错，用同一间浴室）；从那时到现在，差不多又过了六年，也就上下一个月，却是她求着跟他一起住，他不同意。

"你知道为什么我不同意，但我不知道为什么你不同意。"

"我喜欢你的秘密。因为是秘密，所以起初我并不知情。你对我隐瞒了个人生活中如此重要的一件事，让我去发现，去戳穿，我很兴奋，好比强奸你以后，偷走了你的内裤。请注意：你要是仔细观察，会发现输的人是我。我就像个孩子，弄坏了心爱的玩具，黯然神伤。因此，我不希望和你住在一起。如果太了解你，没有给彼此惊喜的空间，哪怕这空间很小，我也会觉得非常遗憾。"

内蕾娅的秘密是被毕妥利不小心戳穿的。毕妥利发现闯了祸，假装天真地问：

"啊，你不知道啊？"

内蕾娅坐在沙发上，怀里抱着"煤球"，撒了谎，被逮个正着，一脸尴尬，基克就坐在身旁。之前好几次，她跟基克说的版本是：父亲死于肺癌。她还处心积虑，说得有声有色，好让谎言听上去更真实些。

真相浮出水面后，内蕾娅觉得没必要再分居。她的住处，被她称为"我的宫殿"的地方，有一个纪念爸爸的博物馆，她最不喜欢有人来看、来问、来评判，用手去摸、去抓、去玷污。爸爸的遗物有些直接能看见，有些（大部分）藏在门后、文件夹里、抽屉里、柜子里：照片、简报（"埃塔谋杀了一位企业家……""埃塔宣称为此事负责，除了人民团结党之外的所有政党均予以谴责"）、死者的衣物用品。比如什么？小时候我送给他的仙人掌形状的蜡烛、自来水钢笔、骑行比赛和纸牌比赛的各种奖杯、带两个枪眼的衬衫、办公用品、几双鞋，包括被暗杀下午穿的那双。总而言之，这些物品对内蕾娅来说，有珍贵的情感价值。有些是从妈妈那儿拿来的，有些是从哈维那儿拿来的。还有那把手枪。

是哥哥把衬衫拿到洗衣店去洗的，换了她，会把沾血的衬衫原样保留。基克没见过老丈人，自从他得知"老伙计"遇害身亡后，内蕾娅觉得没必要再向他隐瞒那些遗物。现在反倒是基克不希望有恐怖主义受害者的物品在身旁，顶多只留照片，其他都瘆得慌。内蕾娅什么也不想扔，无论如何不许扔。于是，两人继续各住各的，经常见面，几乎天天见面，具体要看情况。

基克习惯把手机放在餐桌上，盘子边，隔三差五地瞅一眼。那天是星期六，做生意哪有休息日？他正吃着烤鮟鱇鱼配蛤蜊（内蕾娅吃的是招牌鳕鱼），WhatsApp 提示音响了，有一条新信息。没什么，是埃利萨尔德发来的一则搞笑的短视频：一名光头足球运动员，球老是打在脸上。他们是合伙人，也是朋友，互相发信息开玩笑。内蕾娅有自己的看法：

"这家伙在试探你，看你是不是闲着，晚上好约你出去鬼混。"

"你要是没跟马丽萨吵架，咱们就可以四个人坐下来欢声笑语了。"

"我还在想，怎么没把她眼珠子挖出来？"

她俩关系挺好。是朋友吗？别夸张。只是好到可以愉快地聊天，时不时地结伴去毕尔巴鄂的英格列斯百货公司，甚至说点床帏秘事的程度，很私密的事一概不谈。不为什么，只是性格不同、品位不同、兴趣不同。内蕾娅觉得马丽萨有点嫉妒她，在毕尔巴鄂的英格列斯百货公司咖啡馆，马丽萨莫名其妙地对她说：

"我可不想多管闲事，不过，我要是你，会稍微盯着点老公，瞧他多招女人喜欢。"

她俩分头回到圣塞巴斯蒂安，内蕾娅坐城际公交，马丽萨自己开车。直到今天。

"她想破坏我家庭，我可不答应。"

"鳕鱼味道如何？"

"挺好的。就是鳕鱼配红酒，我喝不来。"

"那就再要一瓶白葡萄酒。"

"埃利萨尔德就不会给这个蠢婆娘戴绿帽子？"

"时时刻刻都会。"

"那她就是自作聪明，典型的傻瓜。"

女侍应生拿来一瓶白葡萄酒，问：要不要尝一尝。基克吩咐／命令：把酒放下，要是酒不好，会叫她的。

"我送你的那条带银杏叶的金链子呢？怎么不戴了？"

"有天一生气，扔泰晤士河里了。别担心，我记得地方，随时能捞上来。"

"我可不想让你着凉，我再送你一条。"

那天早上，她气急败坏，一个人在房里发飙，气他，更气自己。起初，她不能忍受基克走在街上，似乎牵着一个他们生不出的儿子。在伦敦，他又这样。不是一回，是好几回，最后一回让她彻底爆发。她从酒店窗户看出去，基克西装革履、英俊潇洒地去开会，过马路时，牵着一个看不见的孩子的小手。他知道她在五楼窗户那儿看他吗？我像妈妈，我们走的时候，妈妈也会站在窗口看。这点更让她暴跳如雷。

内蕾娅不要饭后甜点。基克要：一块慕斯、一杯黑咖啡，发现这里有他卖的那个牌子的酒，又要了一杯黑刺李酒。

好几年里，内蕾娅确信是基克生不出孩子，基克也垂头丧气地认为问题出在自己身上。她劝他去做个精子测试，做什么？我不知道。有时候精子过少，或精子不摆尾，那就没用。实验室结果出来：基克的精子质量很好。这么说，不孕不育的问题出在她身上。内蕾娅为自己辩解：

"那就是你没对准。"

她不再去找体型跟基克相似的男人去配种，万一生出个黄头发或黑皮肤的孩子，那该如何是好？她原本想跟基克玩一出布谷鸟的蛋的把戏，没成功。供精者倒多得是。

从那时起，他就落下个牵孩子的毛病，他没孩子，将来也不会有，至少跟我不会有。他知道这游戏瘆得慌，会刺激我神经。他是在变相打我的脸吗？基克痛苦，因为他痛苦，所以她既生气，又痛苦。

"麻烦您，买单。"

内蕾娅手快，抢先递上信用卡，给了四十五欧的小费，相当于被基克拒掉的那瓶葡萄酒钱。出餐厅，上车前，他们在星光下，半明半暗中，热恋、亲吻、抚摸。

"我操，你没穿内裤。"

"免得被你偷走。"

"我爱死了你两腿之间的气味，我想在这儿就上你。"

"这儿不好，河水是白的。"

"那是过去。"

"我想去你说的那家废铜烂铁铺子上面。"

他们没有回城，开车沿着伊加拉公路上山，越走越高，往林间迷雾中驶去。

118. 不速之客

内蕾娅听哥哥说，毕妥利和阿兰洽几乎每天早上会在镇广场上见面。哈维还告诉她，老朋友阿兰洽会在哪几天、几点去医院做理疗，言下之意是让她去看阿兰洽。内蕾娅自然一冲动，决定去看。小心！有时候是个小个子女人、厄瓜多尔看护陪她来，有时候是她妈妈陪她来。

"她会咬我还是怎么着？"

"我就告诉你一声，万一你不想见她妈妈。"

她和阿兰洽多久没见了？呜呼，从内蕾娅去圣塞巴斯蒂安念法律起。让她想想，还不止，远远不止二十年，在她去萨拉戈萨念书前，就见不着了。那时候，阿兰洽已经结婚，在鞋店当店员，跟老公住在埃伦特里亚。过了十年，又过了十年，已经开始第三个十年。最后一次见面后，过了很久——有多久？不知道——阿兰洽中风。这个消息，也是从哈维那儿听来的。

"她现在的模样，会让人大吃一惊。"

"亲爱的哥哥，别再护着我了。能跟她交流吗？"

"她什么都明白，交流用 iPad。你问，她敲键盘回答。我知道她在接受言语治疗，不知道她现在说话，能不能听懂。"

星期三下午，内蕾娅来到医院。按照哈维的指示，去找给她做向导的人。她见阿兰洽坐在轮椅上，一个人在走廊打发时间，等理疗师来叫她。

我难过得心都要碎了。她短发，白了不少；一只手握着，动弹不了；脖子不灵活；五官微微变形，一眼就能看出。内蕾娅好半天才认出那个身体被摧残的女人是她儿时的朋友。冒出的第一个念头是：我操，生活真残忍！第二个念头是：没提前打招呼，希望她别生气。

"阿兰洽，美女，瞧瞧谁来看你了。"

阿兰洽转头，惊愕/犹豫了半秒，突然，整张脸欣喜若狂。内蕾娅礼貌地亲了亲她，她伸出右手，去摸，去抓——太痛苦了！——去试着拥抱身体已经后撤的朋友。阿兰洽想出声，就是发不出声来。她很努力地想说话，有一会儿，差点窒息。

"我走了，你们肯定有很多话要说。"

内蕾娅用指关节关切地——同情地？——摸了摸阿兰洽的面颊，阿兰洽无可奈何地看着她，似乎在说：你瞧，就是这样，或类似的话。

内蕾娅拼命表达，反复解释，让重逢不那么悲情：她是听哥哥说的，哥哥早就知道，别人告诉他的。最后，她真心实意地说：

"太操蛋了，不是吗？"

iPad 在腰旁边，靠着轮椅侧面。那时候，阿兰洽点点头，眼神黯淡，已经将它拿出，放在膝上，写道：

"很高兴见到你。"

"我也是。你好吗？"

"不好。"

"瞧我这问题问的，对不起。"

见阿兰洽笑，内蕾娅也笑，尽管是苦笑。

"我离婚了。"

苍白、纤细的食指灵巧地在键盘上飞舞。写完，内蕾娅去看屏幕：

"我前夫不要我了，我不在乎。"

内蕾娅问：你有孩子吗？她知道阿兰洽有几个孩子，哈维告诉过她。可她不太适应这种口说—笔答的聊天方式，要缓一缓，说话才能自然，只好问这种傻傻的、礼节性的问题。

阿兰洽伸出两个手指，正好摆出胜利的手势。

"我在世上的最爱。他们跟爸爸住，但我经常能见到。没准儿他们会来，我给你们介绍。"

接下来，她一个个字母敲，敲得飞快，敲出两个孩子的名字、年龄，说他们漂亮、聪明、亲人。

"两个都像我。"

"你为他们自豪，是吗？"

阿兰洽很开心，毅然地点了点头，说是的。她问内蕾娅过得怎么样，内蕾娅大致讲了讲：结婚了，没孩子，在财政厅工作。她又俯身去看屏幕，见阿兰洽说她很美，忍不住地激动。

"别这么说，我也一把年纪了。"

"我跟爸妈住，经常能见到你妈妈。"

"是的，她告诉过我。"

"她病了，我很难过。"

啊！这么说，她知道。

"哈维和我尽量抽时间多陪她，哈维陪得更多。你知道的，他一辈子都跟妈妈亲。"

"毕妥利最大的遗憾是：死之前，听不到我弟弟跟你们道歉。"

"是的，她需要这个安慰。"

"我在给何塞·马利施加压力，一直没停过。"

"你给他写过信？"

她点点头，手指分分合合好几次，意思是写过很多封信，或发过很多信息。

"我弟弟害怕。"

"他会害怕？"

"他怕毕妥利把道歉信拿去给媒体发表，让同伴们知道。"

走廊尽头出现了一个露齿笑，牙齿真白，一件没那么白、没那么干净的白大褂和一张年轻的脸。理疗师来了，她和善诙谐地问：

"怎么了？大美人，有客人？"

阿兰洽赶紧在 iPad 上写了一句话，理疗师当即表示同意。她让内蕾娅在那儿等着，别走开，一会儿来叫她。内蕾娅一个人在走廊上等。她们在玩什么把戏？看表情，一定很好玩。过了一会儿，有人叫她。她走进康复室，她们给她准备了一份惊喜：阿兰洽站起来了，一边一位理疗师。她并不自信，全身绷紧，在不扶人、不扶工具的情况下，晃晃悠悠地迈出了一小步，哦哟，要摔倒！两步，一共走了四步。她们把轮椅推到她身后，让她坐下。在场的所有人都表扬她，为她鼓掌。内蕾娅也为她鼓掌，差点掉眼泪。

几分钟后，内蕾娅告辞，答应阿兰洽会再找个时间来看她。人在走廊上走，她心事重重，说忧心忡忡更合适，自然是担心妈妈。很高兴来看阿兰洽，快到楼梯，旁边有声音硬邦邦地对她说了声"你好"，她看都没看，回了声"你好"。等回过头，只见米伦的背影正在往走廊走去。是米伦？当然是她，身边有个高她两拃的男孩子和一个梳着长马尾的女孩子。他们跟米伦一起走，看年龄，很好猜，这也太明显了：他们是阿兰洽的一双儿女。

119. 耐住性子

晚上，内蕾娅给哥哥打电话，早就答应过他。她事无巨细地告诉他下午去见阿兰洽的点滴，不忘提到米伦跟她打招呼。

"不会吧，你肯定？"

"当时我身边没别人，招呼肯定是冲我打的。一声'你好'，很快，我都没来得及看她的脸。"

最后，她说出自己最担心的事：

"阿兰洽知道妈妈病了。"

"她知道多少，我想象不出。诊断结果，我还没告诉妈妈。"

"妈妈不是傻瓜。她知道谁也不会去找肿瘤专家治咽喉炎，一定凭直觉猜到自己得了重病，只是说不出病名。"

"你要是能去看看她，帮我做个铺垫，那再好不过。我最近情绪有点低落。"

"你放心，我明天就去。"

"帮帮忙，就算她跟你对着干，你也别跟她吵。"

内蕾娅买了一束花，后来证明，这是个馊主意。她去妈妈家，途经花店，临时起意，想的是：给她买束花，以表诚意。结果毕妥利一看见花，就说：

"喂，我还没死呢！"

耐住性子。进门前，站在楼梯间，内蕾娅问：从伦敦带来的进门脚垫呢?

"你问过好几次了,你应该能想到:我不喜欢。"

"你又没跟我说过。"

"孩子,有些事,不用说的。"

耐住性子,耐住性子。她想起哥哥的恳求:帮帮忙,别跟她吵。

"你老公呢? 又分啦?"

"在哪儿忙着呢!"

"那家伙永远在哪儿忙着。"

"妈,他工作很忙,别想歪了。"

毕妥利盛水,把花插瓶,说:这花挺香的,如果你不介意,星期六我带去给"老伙计"。内蕾娅柔声抱怨,客厅太冷了,一边说,一边看着大开的阳台门。

"给猫留的,我担心它出了意外。"

"昨天,我去医院看阿兰洽了。"

"她今天早上告诉我了。"

"哦,好吧! 其实,我就是来跟你说这个的,可你都知道了……"

"我知道她说的,不知道你说的。"

耐住性子。母女俩坐下,她坐在这边,妈妈坐在矮几那边,中间是插了花的花瓶和两杯不含咖啡因的速溶咖啡。内蕾娅解释为什么去医院,怎么去跟阿兰洽见面的,屡屡被毕妥利打断:

"是的,这个我知道。"

内蕾娅越来越烦躁。耐住性子,姑娘,深呼吸。冷静,耐住性子。她又跟妈妈说了点别的,毕妥利说:

"是的,这个我知道。现在你要告诉我阿兰洽在无人搀扶的情况下走了六步。"

"四步。"

"她告诉我六步。"

"我走的时候，见到了她妈妈。这个阿兰洽没告诉你吧？"

"没有，这个没有。"

阳台门大开着，傍晚的凉气长驱直入，湿湿的海水味也越来越浓。开灯了吗？光线很暗。毕妥利说足够了；内蕾娅觉得人在家中，像在洞里，感觉很不舒服。早知道，就带个电筒来了。墙上的挂钟懒洋洋地、按部就班地敲着八点。气氛很奇怪：光线差，悲伤，慵懒。墙壁、家具、装饰品上散发的气味不至于让人讨厌，起码不让人喜欢。拥抱妈妈时，她的衣服和身体也散发出同样的气味。

"你跟她说话了？"

"哪儿呀！等我明白过来，谁在跟我打招呼，她都带着外孙和外孙女走远了。"

"啊！她带孩子们去的？孩子们怎么样？"

"男孩个子高，女孩身材好。不过，我只看到背影。对了，阿兰洽跟我说的一些事，你都没告诉过我。"

"什么事？"

"她说，你病了，她很难过。我太诧异了，在这个问题上，她居然比我知道得多。"

"没准你也知道，据我所知，你时不时地会跟你哥聊两句。哈维不知道，我给阿鲁拉瓦雷纳打过电话，医生告诉我，病情都交代给哈维了，该解释的，应该由哈维来跟我解释。嗯，这是上礼拜五的事，我一直在等，等到现在。这期间，你哥天天来电话，你以为他跟我说过检查结果？一个字都没提。然后，你抱了一束花来看我。瞧你们兄妹俩！"

"花是我的一点心意，没别的意思。"

"家里人不交流，当然会谁也不知道谁的事。"

"你现在不是有机会跟我交流了？能开盏灯吗？谢谢。你挨我很近，我都看不清你的脸。"

耐住性子。内蕾娅开玩笑地问妈妈：记不记得把她的咖啡放哪儿了？她假装在桌上摸索，我的个天啊，开盏灯吧！哦，先把阳台门关上。内蕾娅，我递给你。内蕾娅抓紧时间，关阳台门，开灯，回来坐下。毕妥利一脸严肃，平静地对她说：

"我已经活到这把年纪，也许还能多活几天。我知道身体里有什么，我不要做化疗，也不要去遭那些罪。我想去跟老伴儿团聚，是时候了，谁也阻止不了我。再多活一年？两年？干什么？他们很久以前就要了我的命，从那时起，我就比死人多口气，撑死了算半个人。总得剩点什么，才能感受到别人对你的伤害，再说还有两个孩子，当妈的怎么都得挺住。"内蕾娅刚想反驳，就被毕妥利拦住，"你先听我说。遗产不用担心，全办好了，不用争，一人一半。下面说的，你要听好。跟你说，是因为这些事没法儿跟你哥说。他听了，人立马垮。"

内蕾娅看着妈妈平静的脸，就像这辈子头一回看她，她很坚决，头脑清醒。别的时候，内蕾娅都在看花，这花确实像殡葬用品。

"下面是我的遗愿。把我葬在波略埃，跟爸爸合葬，我的棺材放在他的棺材上面。那块墓地足够大，再埋一个人进去没问题。给我戴上结婚戒指，爸爸也戴着。给我穿上那双婚礼时穿的白皮鞋，就在我房间衣柜里，开了门就能看见。这个任务不能交给你哥，他听不懂，也做不来。你是女人，用不着多解释。你在《巴斯克日报》上登两条讣告，一条卡斯蒂利亚语，一条巴斯克语，两条都要写上爸爸的绰号。不要给我办追悼会。最重要的一点，尽管所有内容都重要：一年后、两年后，或若干年后，等政治形势稳定下来，恐怖主义真的已经走到尽头，把我们迁回镇上的墓园。就这些，没了。"

"这些话，或起码一部分，你跟哈维交待过吗？"

"他已经很多天没来看我了，我能跟他交待个屁啊？这些事，我不想在电话里说。"

"既然开诚布公，我知道你坚持让米伦的儿子向你道歉，阿兰洽正在帮你，是不是？"

"你以为我为什么还要留着这口气？我需要这个道歉。我想要，我就要，要不到，我不会去死。"

"你的骄傲真是吓死人。"

"这不是骄傲。等你们合上大石板，让我跟'老伙计'在一起，我会告诉他：那个白痴道过歉了，咱们可以安息了。"

120. 翁达罗阿姑娘

　　监狱条件没有让他屈服。你瞧，条件是艰苦，一些监狱比另一些更艰苦。将来会怎样，谁也不知道。日子会越来越难熬，毕竟岁月不饶人。可他并不认为是时间这把杀猪刀劈了他这根朽木，尽管不能否认，时间也起到一定的作用，但不是主要原因。怎么回事？何塞·马利将意志崩溃的起源归结为翁达罗阿姑娘，对此，他深信不疑。从那次美好的经历起，忧伤像一条蛀虫，我操他奶奶的，今天啃一点点，明天再啃一点点，不知不觉地，心里全是窟窿。

　　他见爸爸在探视室的玻璃后掉眼泪。老头子让他难过，怎么跟你说呢？从衣服到人，都让他难过，探视完，老头子的衣服全都贴背上了。他没工夫难过，巴斯克国高于一切。那是他为之牺牲的事业，他存在的理由，他的所有。他目送着爸爸离开，怎么了？我操，很失望，没错，就是失望。他居然会有一个软蛋爸爸，他居然是被一个软弱的男人生出来的。

　　"妈，最好别让他来了。"

　　"你放心，下回，我让他待家里。"

　　孤身一人时，何塞·马利会在自身上找弱点，怎么说呢？就像自己给自己抓跳蚤或虱子。寻找可能的迹象，疯狂地将它们扼杀在摇篮中，免得带来心理困扰。在庭院里，在电视室，在任何地方，看见同伴饱含热泪，精神萎靡，他会去骂人家，让他守纪律，我操他奶奶的，咱们还是埃塔成员！不硬气？看上去软蛋？宁可断骨，不可败名！

绝食也没有让他屈服。嗯，绝食很难熬。不过，该绝食，就绝食。要么是某位组织成员病重，强烈要求让他出狱；要么是抗议监狱政策，因为埃塔通过监狱战线，下达各种命令什么的。他会盯着，不让同伴违规，去内部商店或拜托普通犯人去买巧克力、薯条等。最长的一次绝食持续了四十一天，他在阿尔博罗特监狱，喝了好几吨水，瘦了十九公斤。妈妈探视时见到他，吓坏了。

"喂，你不会是得了癌症吧？"

他说自己好着呢。尽瞎扯！他每时每刻都在晕，没力气干任何事。他也没告诉妈妈，血尿了好几天，原本想去看医生，怕被胡乱诊断，一直没去。后来开囚犯大会，所有人投票，决定停止绝食。没几天，小便就正常了。何塞·马利认为：他的便秘和痔疮就是绝食引起的，发作时，日子很不好过。

关几个月禁闭也没有让他屈服。每天在牢房关二十个小时，夏天热得发疯。狱警对他吼三吼四的，探视时间减为八到十分钟，最操蛋的是夜间每两个小时查次房，或想查就查。动辄在外头砸门，不让人睡觉。还会突然闯进来，冲你吼：脱衣服，做屈伸。就是这种套路，再把你骂得狗屎不如。即便如此，我的脊梁骨还是硬。

米盖尔·安赫尔·布兰科①绑架事件发生时，三名狱警揍了他一顿。嗯，是一名狱警揍的，另外两名按着他不动。绑架的消息是三天前传到监狱的，何塞·马利得知埃塔的最后通牒后，悄声对同伴说：

----

① 米盖尔·安赫尔·布兰科（Miguel Ángel Blanco, 1968—1997），人民党比斯开省埃尔穆阿市政议员。1997年7月10日被三名埃塔分子绑架，要求西班牙政府将埃塔囚犯集中到巴斯克自治区的监狱关押。由于该要求被政府严词拒绝，布兰科于12日被埃塔枪杀，13日凌晨在医院医治无效去世。

"这小子，会被做掉。"

七月十二日临近傍晚传出消息，布兰科头部中弹，挨了两枪，已被送至圣塞巴斯蒂安一家医院，生死未卜。第二天一早，各大新闻证实：人已死亡。每当埃塔袭击造成人员死亡，监狱里的气氛总是高度紧张。狱警对囚犯怒目而视。一名狱警问：

"这下你们开心了？"

何塞·马利不记得自己笑过，也许笑了，但不是狱警以为的原因。结果狱警们半夜三更搞演习，搜查牢房，直奔他而去，暴揍了他一顿。

"叫你笑，狗屎埃塔分子。再欠揍的话，你等着瞧。"

几年前，在皮卡森特监狱，吃晚饭时，他跟两个普通犯人打架。为什么？为了一点鸡毛蒜皮的事。其实，是那两个家伙看他不顺眼。尽管他三下五除二，将他们打倒在地，还是被其中一个偷袭，拿椅子砸中脑袋，头破了，流了好多血，缝了八针。典狱长来了，好吧，关禁闭。这只是诸多事故中的一件，有的更严重，还会死人。后来，何塞·马利被换到另一座监狱，开始掉头发。一天，他照镜子，发现头发少得连疤都遮不住。

总之，发生了太多太多的事。许多事，监狱外无人知晓。而且对家里人，都是报喜不报忧。不过情形没变：何塞·马利意志坚定，是一块顽石、一根矗立在暴风雨中的桅杆。除了身体壮实，他还有别的办法能顶住挫折、熬过低谷、应付所有。什么办法？首先，他有志同道合的伙伴。伙伴很重要，团结很重要。他告诉妈妈：

"在这里，他们就是我的家人。"

还有他意识形态上的忠诚。自由时不习惯做的事，如今他在牢里做。什么事？关心政治。过去，他觉得这些废话和狗屁理论全跑偏了，武装斗争才是抵达目标的捷径。如今，他仔细阅读文章、小册子、任何组织发来的宣传单或公告。他不仅告诉自己，斗争仍在继续，还想搜集论据，证明斗争有理，明确斗争的正义性和必要性。嗯，还有大多数巴斯克民众的支持。他从坚定的信念中汲取力量，一有机会（例如在埃塔囚犯决定如何根据外部指示，设计狱中行动纲领的周会上），就会激情澎湃、狂热无比地自言自语／争论不休。

能跟某个同伴或一群同伴说巴斯克语，他会特别开心。有时，他们会唱家乡的歌曲《星尘》，唱一点莱特、拉沃亚、贝尼托·莱琼迪的歌，不高声唱，免得惹事，或者说说笑话。这时，何塞·马利会感觉远离监狱，在没有狱警、没有高墙、没有铁栏杆的地方，说着同样的笑话，扯着嗓门，唱着同样的歌曲，和昔日的朋友们一起喝苹果酒、葡萄酒加可乐或啤酒。他闭上眼，能闻到镇子的味道，爸爸从菜园带回的韭葱的味道。对他而言，最好闻的是刚刚割下的青草的味道。他在阿尔博罗特监狱，已经开始写诗，后来转到圣塔玛利亚港第一监狱三区，更是爱上了写诗。诗歌让他愉悦，可以直抒胸臆。他不敢示人，知道自己写不出好东西，不好意思拿给别人看。写诗时，他想起了格尔卡和他爱独处、爱读书的习惯。弟弟这时候在干吗呢？

总而言之，应对思乡、后悔、挫败等负面情绪，何塞·马利最行之有效的办法是仇恨。身陷囹圄，心中慢慢孕育出强烈的愤怒，怒火无处发泄，始终燃烧在胸膛。手握武器时的愤怒跟现在的简直没法儿比，那时候有其他动力，说不清楚，比如责任意识。要去处决一个家伙？那好，管他是谁，给他两枪就好。现在感受到的是那种单纯的、实实在在的仇恨，因为挨打，因为屈辱，因为确信他所承受的，他的人民也在承受。对于何塞·马利来说，仇恨是夏日酷暑中的饮品、冬日寒夜中的暖气，让他对任何多愁善感都麻木不仁。要是能用眼神杀人，那想都不用想，他早就在被关押过的所有监狱制造了一连串的大屠杀。

就在此时，翁达罗阿姑娘艾因恰内出现了，她比何塞·马利小两岁，父母是开餐馆的，她也在里头工作。认识她之前，何塞·马利也收到过其他巴斯克姑娘的来信。在支持巴斯克独立运动的酒吧，诸如人民酒吧或其他地方，会习惯性地挂一些正在服刑的埃塔成员的照片，旁边写着姓名和关押地点。何塞·马利和同伴们经常会收到姑娘们的来信，在她们眼里，他们是真正的英雄。信里全是仰慕、同情和鼓励，为入狱的巴斯克战士排遣孤独。长此以往，有些书信会变成情书。

何塞·马利和艾因恰内第一次见面之前，有过整整一年的书信往来。开始用巴斯克语，后来改成卡斯蒂利亚语，这样一来，邮件审查速度加快，他能更快地拿到信。一天，她来第一监狱探视室看他。她不胖，高大结实，挺漂亮的，爱笑，待人和善，举止自然，非常开放。面对面探视的主意是她提出来的，何塞·马利虽然大块头，却慌慌张张的，很害羞。他在探视室里坦言道：自己到目前为止，其实没做过，以前在镇上交过女朋友，可人家思想保守：

"都不让我在街上亲她。"

艾因恰内听了，哈哈大笑，笑声响彻整间探视室。

何塞·马利任由她指引，体验到温柔、抚摸和耳边的绵绵情话，享受极了。这就是问题所在。晚上，他睡不着，突然明白过来，就像牢房天花板塌了，砸到他身上：他在错过生命中美好的东西。不是过去没想过，只是现在第一次有了虚掷青春的切肤之痛。

几天后，他看电视，看皇家社会对阵毕尔巴鄂竞技。他看的不是足球，不是球赛本身，而是拥在阿诺埃塔球场看台上跟他一样的巴斯克人。他们挥舞着巴斯克区旗，举着标语牌，有些上面写着：将埃塔囚犯关押在巴斯克国监狱。他见球迷们又唱又跳，疯狂庆祝。他还在电视新闻上看到伊比利亚半岛北部高温，画面上出现了孔查海滩，海滩上挤满了穿泳衣的人。这些巴斯克人活得很放松，也许很幸福。他们在海边散步、游泳、晒太阳，情侣们成双成对地躺在浴巾上，少年们乘着橡皮筏子，小朋友们拿着塑料铲，在沙滩上刨坑。突然，他嘴里泛苦，不只是嘴里，还有信念里、思想上，都在泛苦。

艾因恰内又跟他亲热过一回，旋风般的快活，有点着急。那地方，说实在的，那张床，天知道有多少情侣滚过床单，也的确让人浪漫不起来。何塞·马利独处时，再次感到内心里有什么要将他打倒，桅杆开始弯曲，船快要沉了。后来，艾因恰内没再给他写过信。好吧，我觉得她又找了一个。这种事经常发生，只是在监狱里，更让人心痛。

121. 探视室里的谈话

一开始，最一开始，米伦一个月去看何塞·马利两次，甚至三次，每次出门，都像英雄奔赴战场，要去解决问题。她一看见监狱大楼，就怒从心中起，横眉冷对，牙关紧咬，抗议探视室卫生条件差，质疑探视时间没到四十分钟，对值班狱警以"你"相称，指责他们将"巴斯克囚犯"放逐到西班牙各地，似乎狱警穿了身制服，就得罪责全担。为什么逼家人赶那么远的路？把儿子关在这座监狱和关在靠家近的监狱，有区别吗？关在哪儿，不都是关在四堵墙里？夫人，您要是想申诉，请向……语言、口音、愿望，都有冲突。一天去皮卡森特监狱，路上车爆胎，险些送命，好不容易赶到，居然不让进探视室。无缘无故地，就是不让进。后来她回镇上，告诉了所有人。再后来，她平静下来。她平静下来了？一点儿也没有。她在长途车上跟人控诉，去的时候说，回来的时候也说。时间一长，她学会了省省力气，少发火。时间一长，她学会了忍气吞声，逆来顺受。

何塞·马利入狱不到一年，米伦养成了一个月去一次的习惯，并将这个节奏保持至今，难得有例外，比如阿兰洽中风。那段日子，她连续三个月照顾女儿，没法儿去看儿子。胡利安呢？顶多一年陪她去两次，开始多一些，两口子老吵架。

何塞·马利和米伦只用巴斯克语交谈，根据不同的话题，用不同的暗语，大量的说法需心领神会，免得被录音。

"何塞乔人走了，星期一葬礼。你懂的，因为那件事。癌症，走得很快。"

"肉店呢？"

"胡安妮在管，还能怎么办？好多人去买肉，能帮一点是一点。"

妈妈很努力地想让儿子打起精神，何塞·马利全都看在眼里。她自豪地跟他说起镇上的新闻，有哪些人问起他，有哪些人问候他。

一次，妈妈过节来看他，对他说：

"酒馆那位问我要一张你的照片，我现在知道干什么用了。你和其他人的照片挂在镇政府正墙上，那么大，底下写着名字，中间是要求大赦的标语。每天早上我都去跟你打招呼。做完弥撒，第一眼就能看见你的脸，照片很大。我被一些人拦住，又被另一些人拦住，他们让我拥抱你；对我说，需要什么，别客气。卖菜的女人不收我钱，我跟她们说：拿着，拜托。拗到最后，她们见我不贪小便宜，只好收。不过，我买两公斤土豆，同样的价钱，她们会给我四公斤。有人还会往我包里偷偷塞一根莴苣，尽管你爸也会从菜园摘了带回家。卖鱼的女人也是，那天送给我一条鲷鱼。我对她说：喂，姑娘，别这样。她理都不理我。人们在镇政府前集会，年轻人都为你们唱歌，听得我鸡皮疙瘩都起来了。乐队也会挨家挨户地走，在各家窗下演奏一曲。我求圣伊格纳西奥保护你，经常向他祈祷，对他说：帮我照顾儿子。做完弥撒，我会在教堂里一个人待一会儿，跟他说说话。前不久，堂塞拉皮奥走到我身边，说他也经常为你祈祷。他祝福你，直接跟我说了。"

"那人，你懂的，给我写信了。镇政府是巴斯克独立左派掌权，看能不能以我跟霍金的名字命名一条街道。"

"呦，我都不知道。"

"也许是上帝的旨意，不过我看悬。他们说是给什么什么唱赞歌。"

"哼，那些人懂个屁！"

年年岁岁，皱纹渐深。时光、白发、脱发。米伦有天问：

"儿子，你吃得好吗？"

"给什么，吃什么。"

"这回，我看你有点瘦。跟你在一起的帕乔，有消息吗？"

"最后听说他在卡塞雷斯第二监狱。"

"他是叛徒。"

"怎么了？"

"他跟其他人在一封信上签名。"

"哦，这事儿啊！他也签啦？"

"这小子脱裤子认怂了，想重归社会。胡安妮那天问我：你签没签？你疯了吗？我家何塞·马利怎么可能会签？我摆脸色给她看，她应该不会再问我了。"

有一天，米伦来，见他气呼呼的，问他怎么了。

"阿兰洽在电话里告诉我格尔卡的事。"

"我们都没有他的消息。瞧见没？我们都很少说话。"

"他是同性恋。"

"你从哪儿听来的？"

他告诉妈妈：格尔卡跟一个男人住，这是十恶不赦的大罪。

"这辈子头一回，我庆幸人在监狱。要是人在外头，我不知道会做出什么事。"

"爸爸要是知道，该多生气啊！孩子，咱家什么都拧巴了，运气真背！"

"镇上人会怎么说？我的个老天，我可不想听，还是坐牢好。"

何塞·马利捏紧拳头，咬牙切齿地骂弟弟：

"这人打小就有点怪，现在倒好，把你变成同性恋他妈，把我变成同性恋他哥，咱家人的脸都被他丢尽了。我这儿还巴望着他能好歹来看我一回呢！"

偶尔生病，家里有事，出点意外，都会让米伦没法儿去探监。这种情况很少，遇到了，怎么办？她会改天补上，一个月去两个周末。她就是爬，也要爬去看儿子。狱警们脾气坏，不止一次地威胁何塞·马利，要把他转去加纳利群岛。那我也认了，我去学游泳，妈妈很棒的！

这么多年里，从不伤心、始终坚强、永远抗争的妈妈只有一次在探视室里没忍住，眼里噙着泪花，声音哽咽。何塞·马利见了，感到恐怖/震惊，竟无言以对。多年以前，翁达罗阿姑娘让他尝到了肉欲之欢，他的内心开始动摇。那次探视击垮了他的心理防线，让他永生难忘。

是因为阿兰洽中风。米伦之前跟何塞·马利通过电话，严肃地、直截了当地将令人痛心的消息告诉他，三个月没来探监，但会时不时地通个电话，零花钱也正常寄。

"目前，她在加泰罗尼亚的一家诊所。镇上人倾力帮忙，怎么形容都不过分。阿拉诺酒馆和所有酒吧及商店，都放置了专为阿兰洽设立的募捐箱。这方面，不用担心。"

"医生怎么说？"

"他们想给我们希望，但是眼睛说出了真相。她死倒不会死，就是不会说话、不会走路，什么都不会了。吃东西就靠一根管子，插在这儿，在肚子上。"

说到这里，她号啕大哭，双手捂着脸，再也说不下去。探视室那边，何塞·马利把手放在玻璃上，除了"妈妈，妈妈"，什么也说不出。他那么大块头，完全被形势压倒，结实的身躯里藏着一个无助的孩子，尽管早已不是孩子。几分钟后，米伦平静下来，换到其他话题，情绪稳定，直到离开。

一年又一年，一次又一次探监。米伦说：

"我把你的祝贺转告给他了，他很开心。他打扮得帅极了，灰西装，打领带，看下回能不能带照片来。我们在市政府外头等，过了一会儿，他跟他丈夫出来了。他丈夫叫拉蒙乔，我都习惯直接叫'他丈夫'了。嗯，人特别特别好，有个女儿，有个特别让人伤心的故事，改天讲给你听。台阶上有许多朋友在等，往他们身上撒米。他们见我们站在街对面，赶紧过来。格尔卡看见我们，会是什么反应？我拿不准。他没邀请我们，不过管他呢，我们直接杀过去了。爸爸从离开镇子起，就一直烦我，以为我会骂格尔卡。我说：好了好了，闭嘴闭嘴。塞莱斯特的丈夫开小货车送我们去毕尔巴鄂的，可怜的男人在街上等，一直等到夜里十二点。要不是他，我都没办法把阿兰洽搬到座位上。你是没看见，爸爸现在手脚有多笨。反正我跟你说：非常好。哦，还有晚饭。我们留下来吃晚饭的，怎么能不吃呢？晚饭一级棒。我穿着新鞋子，坐在格尔卡旁边，好极了，非常好。孩子，你想让我怎么说？咱们怎么会遇上这档子事儿？胡安妮说：有些事比这更糟。我都仔细跟圣伊格纳西奥说了，他很同意。"

"你觉得我弟弟幸福吗？"

"要我说，幸福。"

"那就好，咱们别多想了。"

122. 你的监狱，我的监狱

四十三岁的何塞·马利，在入狱十七年后，独自在牢房中做出决定：退出埃塔。这是普普通通的一天，临睡前，他看了一眼姐姐寄来的照片，对自己说：到此为止。就这么简单。他没有把决定告诉任何人，没有告诉同伴，没有告诉家人，谁也没告诉。因此，无人知晓。这一天，距埃塔组织宣布永久停止武装斗争，还有半年。

退出埃塔后，觉能睡踏实了。一段时间以来，他的信念已经动摇，影响因素是多方面的：监狱里的孤独；诸多疑问，如夏日里的蚊子，成天围着他转个不停；某些袭击，想破脑袋，也无法自圆其说；还有同伴，一开始被他视为逃兵，现在他能理解，甚至暗自钦佩。

全都结束了。从今往后，别带上我。几个月后，当电视上出现三个蒙面人，宣布埃塔决定停止武装斗争时，他连眼皮都没眨。不是他无所谓，而是他觉得：此事与他无关。

一位同伴看上去茫然不知所措，问他对此有何看法。

"没有看法，为什么我要有看法？"

"我操，兄弟，你变了。"

换在过去，他会滔滔不绝地找人辩论。现在，他只说必须要说的话，有些日子，连必须要说的话都省了。他变得离群索居，疑虑重重。似乎人很平静，却是一种树倒心亡后的平静。他真心想一个人待着，因为一天比一天疲惫，不止疲惫，还有怀疑。他渐渐地响应不了那些口号、论据、口头上/情感上的廉价攻势，不免心生疑虑。过去多少年，他屏蔽了真相，将它埋在心里。什么真相？还能是什么真相？他杀了人，他造成了伤害。这么做，为了什么？回答令他苦涩至极：什么都不为。流了那么多血，什么先进社会制度，什么国家独立，狗屁成果一样没有。他坚信：被人骗了。

妈妈对伊格纳西奥·德洛约拉如此虔诚，应该知道圣徒年轻时也拿过武器。他杀过人吗？何塞·马利查过监狱图书馆里的百科全书，没查到，但他相信，一定杀过。他杀过人，成了圣徒；他杀过人，能进天堂。

对他而言，决定个人变化的，不是战场上负过的伤，也不是读过几本感人至深的书。他认为：原因是多方面的。老原因衍生出新原因，原因套原因，导致了现在的局面：四面高墙，身陷牢房。别人臆想出一些原则，他傻乎乎地执行，结果被负罪感压得喘不过气来。

一年又一年，他攥着的几根救命稻草（下次大选、利萨拉协定[①]、跟西班牙政府谈判、将冲突国际化）没一根能救得了他的命，没有。这里唯一能实现的是：一年过完了，新的一年又开始了。突然，他收到了那张照片，第一张姐姐坐在轮椅上的照片，那是砍倒大树的最后一斧头，或是砍倒船只桅杆的最后一斧头，随你怎么说。

阿兰洽通过平邮寄来照片，附上的信跟过去一样，是厄瓜多尔看护的笔迹。何塞·马利念道："我请妈妈给你寄一张我的照片，她不肯，让我等等，说你最近情绪低落。但我希望你能看见我现在的样子，没什么好躲的。说起照片，我也见过你一张没有头发、傻乎乎的照片。你越来越像爸爸了，我们家男人都长了一张傻乎乎的脸。"

---

① 利萨拉协定（Pacto de Lizarra），1998 年 9 月 12 日由巴斯克地区所有民族主义政党共同签订，旨在结束埃塔恐怖主义，寻求对话和谈判之路。利萨拉为埃斯特利亚（Estella）的巴斯克语地名。

可怜的姐姐。就算她嫁给埃伦特里亚那个西班牙佬——又把她甩了、不闻不问——他也一样爱她。从信封里取出照片的那一刹那，他不寒而栗，整个人傻了。我操，我操，我操。如今他发现：想明白的事，一直没有配上合适的画面。这个画面就是姐姐，瘫痪的姐姐坐在轮椅上这个痛苦、不争的事实。

拍照时，阿兰洽看着相机。如今，她就在那张四四方方的照片上看着何塞·马利。她一笑，眼睛就变小，比他记忆中要小。嘴巴是不是有点歪？那种夸张的微笑方式，不用说，显然表明她无法控制面部肌肉。岁月在她身上留下了痕迹，她有皱纹了，白头发很多。长发剪短了，真可惜。她留短发，不好看。膝上放着 iPad。一只手握着，动不了，戴着玩具手链。一只脚上套着矫形袜或脚踝防护，看不清。

就在那封信上，阿兰洽写道："你有你的监狱，我有我的监狱。我的监狱是我的身体，我被判了无期徒刑。总有一天，你会出狱，不知道什么时候，但总会有那一天。而我永远没有出狱那一天。你我之间还有一个区别。你做了一些事，所以要坐牢。可我做了什么？要判我无期？"最后这句话，其实是整段话，暴击了何塞·马利。那天，他没出去放风，没跟人说话，几乎没吃东西，也没有光顾最近常去、被他视为最佳避难所的图书馆。临睡前，他又看了看照片，决定退出埃塔，不告诉任何人，不告诉同伴，不告诉组织。

也不告诉妈妈。

对了，妈妈知道阿兰洽给他寄了照片，下回探视时，带了更多的照片来给他看：阿兰洽在镇上广场，阿兰洽跟塞莱斯特，阿兰洽跟爸爸在菜园入口，婚礼那天阿兰洽跟格尔卡和他丈夫，阿兰洽在家中厨房，阿兰洽在理疗时站起来，颤巍巍地迈出一小步。何塞·马利看着照片，饶有兴致地评论，甚至开开玩笑。他很平静，这些照片已经不像第一张那样让他震撼。

姐姐继续给他写信，不太规律，有时候一周两封，有时候一个月都不写。一年过去了，新年的一月，阿兰洽又给他寄了一张照片，背面写着："我和我最好的朋友。"毕妥利站在轮椅后，不像阿兰洽那么开心，但好歹在笑。何塞·马利好容易才认出，那个身体明显糟糕的瘦女人是"老伙计"家的毕妥利。她太老了，比妈妈老得厉害。附信中解释道："她病得很重。"隔了两行："她什么都跟我说，我们几乎天天见面，是很好的朋友。她知道自己时日无多，拒绝治疗。反正已经不抱任何幻想，还去治疗干吗？她告诉我：勉强撑着，是在等你的一个行动，她已别无所求。行动不便、遭遇不幸的姐姐求你答应她，别让我失望。换言之：跟她道歉吧！能费你多少劲？你不道歉，我会伤心的。"

女人吧，尽给人添麻烦。何塞·马利躺在床上，头脑一片空白，双手枕在后颈下，看着窗外四四方方湛蓝的天空，死气沉沉的，很久一动不动。他终于有了想法，不，是有了画面。突然，时间急速倒退，变成一部电影，从后往前，展示了他的一生：很快，他出了这个监狱，进了那个监狱，又换到另一个监狱，遭受酷刑，被捕，进行武装斗争，雨天的下午，"老伙计"看着他眼睛，在酒吧里第一次开枪杀人，在法国，在镇上，十九岁。脑子里的画面转得飞快，又戛然而止。那时候，他想走一条完全不同的路，实现此生最大的梦想：签约巴塞罗那俱乐部手球队。

他敢肯定：道歉比开枪杀人、引爆炸弹更需要勇气。那些事谁都能做，只要年轻、轻信于人、有一腔热血就行。然而，真心实意地去弥补犯下的大错，哪怕只是言语上的道歉，光有种，也不行。阻止何塞·马利行动的原因不是这个，是哪个？我哪儿知道！行了，胆小鬼，你就承认了吧！哎，他怕老太太把信拿给记者，上演一出典型的恐怖分子悔不当初的闹剧，怕镇上人说他坏话，把他的照片从阿拉诺酒馆撤下。妈妈会气晕过去。

123. 圆　满

　　下午乌云密布，毕妥利去阳台观海，预测一下天气，海平面被乌云从这头锁到那头。正在下大雨，你不能一个人去波略埃，我开车送你去。早上出了一会儿太阳，毕妥利跟阿兰洽老习惯，在广场一角聊天。不到中午，她坐上了公交车，人还没到家，大雨就哗啦啦地开始下，到现在都没停。

　　哈维在电话里问：

　　"雨就像在倒，你怎么会想去墓园？"

　　"我有很重要的事要跟'老伙计'讲。"

　　"妈，行了，别闹了。"

　　哈维的风衣肩膀湿了，他四点来接妈妈，毕妥利已经准备停当，拿上伞，把信装在包里，眼里不时地闪着幸福的光芒，就算不是幸福的光芒，也是快乐的光芒。哈维知道原因。昨天晚些时候，三人聚了一次。内蕾娅大惊失色地问：这么着急，出了什么事？妈妈告诉他们原因，拿信给他们看，读给他们听，抑制不住地高兴。儿女们不安的神情渐渐变得有些难以捉摸。

　　"这就是你期盼已久的东西？"

　　"就是这个，女儿。"

　　"那你已经得到了，祝贺你。"

　　现在该去告诉"老伙计"了。哈维在楼梯间，发现妈妈打算直接穿拖鞋出门。

"幸好你发现了。"

开车路上，哈维时不时地分神，转头去看妈妈。人都病成这个样子，还这么精神！雨刮器刮来刮去，忙个不停。

毕妥利说：

"瞧这雨下的，你猜不出我在想什么。"

"爸爸遇害那天，也是下这么大的雨。"

"你怎么猜到的？"

"从那天起，这么大的雨，已经下过好多次。"

他尽量把车停得靠近墓园入口，暴雨如注。毕妥利慢腾腾地、笨手笨脚地下车，天知道是不是肚子痛，她不说。哈维问：要不要陪她上去？不要。那我就在这儿等？好吧，随你，不过，至少要半小时。母子俩说话这会儿，雨点急急地敲打着地面，落在毕妥利的伞上，飞溅开去。幸好没有风。"彼谓吾亡，彼有不亡者乎？"看着瘆人，却是大实话。人就是不乐意将借来的这副皮囊还给地球。其实，活着才是最离奇、最不寻常的事。哈维目送着妈妈一身黑，走进墓园，才在周围找停车位。

毕妥利的包里带着四方形塑料布和围巾，有什么用？总不能坐在汪着水的大石板上！

"'老伙计'，亲爱的'老伙计'，你能听见吗？雨下得就跟那天下午你遇害时那么大。今天，我有好消息带给你。"

她站在墓前，打着伞，告诉他：如果没有阿兰洽，没有她慷慨地从中斡旋，结果是不会这么圆满的。是她说动了恐怖分子，让他迈出了这一步。为什么她要这么做？因为她爱他，他是她弟弟，我懂。她没有帮弟弟说话，相反，她还不留情面地指责他。那是她弟弟，她无论如何想帮他走出来，帮他从过去的泥沼中拔出来。当她得知他在遥远的监狱里，心生悔意时，在 iPad 上给我写道："他开始变了，经常思考。好兆头。"

他怕。

"你知道他想了个什么办法？"

寄一件象征性的物品，而不是明明白白地道歉。小伙子应该十分孤单，嗯，他早就是大人了，过去什么都不想，现在看来，想得有点多。阿兰洽抢先一步，告诉弟弟：毕妥利不会喜欢这个主意。

"我当然不喜欢。这是两个星期前的事。对不起，我没能来看你。发生了这么多事，好几天我疼得厉害，来不了墓园。"

何塞·马利想给她寄一样东西。亏他能想得出！什么东西？我不知道。能装在信封里的，一张照片，一幅画。他把东西寄给毕妥利，表示向她道歉。

"我跟阿兰洽说：别跟我来这一套，我可不是闹着玩的。她在 iPad 上写道：换了她，她也不会答应。问题是那个小滑头怕寄来一封道歉信，我会跑去拿给媒体。瞧瞧，亏他能想得出！蹲了这么多年监狱，脑子坏掉了。我压根没想过去找什么记者。上报纸，让人来家里拍照、提问什么的是我最不愿意做的事。"

于是，毕妥利没有答应。没过多久，阿兰洽问她：能不能向何塞·马利保证，绝对不说出去。毕妥利保证了，不过挺生气的，居然有人怀疑她说话不算话。昨天上午，她接到了来信。

"我念给你听？"

她开始念（差不多都背下来了）：

你好，毕妥利：

　　姐姐建议我给你写信。我不爱说话，就直奔主题了。我向你和你的儿女们道歉，我很抱歉。如果能让时光倒流，我会让它倒流。可是我做不到，我很抱歉。希望你能原谅我，我罪有应得，正在接受惩罚。

祝你安好！

何塞·马利

雨水打在墓碑上、柏油小路上、路边黑乎乎的树上。墓碑湿漉漉的，此处寂静无声，味道清新。城市、远处的群山、远方的大海上面，压着厚厚的乌云。整个墓园，一个人也看不到。

"很好，不是吗？我很需要这些话。'老伙计'，我真的需要。不久，我会跟你团聚。现在我知道，我会平静地离开。你先帮我暖墓，就像过去，你会帮我暖床。我走了，哈维还在等着。儿女们已经知道，一旦可行，他们会把我们迁回镇上。这件事，你放心。希望我入土那天，不会像今天这样下雨。否则，来人太不方便，会淋湿的。花儿也是，会淋湿的。"

哈维下车，向妈妈招手，告诉她在哪儿，要往下走三十米。雨还在下。哈维问：还想去哪儿？不想去哪儿，回家。

"爸爸问你好。"

"一个人说说话，感觉挺好，是不是？"

"能有些安慰，反正身边又没人听见。哦，你要是以为我疯了，那就想错了。"

"我没这么说。"

"趁我没忘，'老伙计'问你什么时候结婚，他说是时候了。"

车里一片寂静。红灯，车停下，街上灰蒙蒙的，雨雾弥漫。哈维转过头来，看着妈妈：

"没错，我敢肯定：你疯了。"

红灯转绿灯，毕妥利笑了。

124. 淋 雨

　　下午乌云密布，家里呈现出午饭后的日常场景：米伦抹布加洗洁精，刚在洗碗池里将锅碗瓢盆洗刷干净，围裙挂在门后钩子上。她从厨房窗户探出头去，看雨有没有停。雨还在哗啦啦地下，她在餐厅告诉女儿，下午出不去了。

　　"最好给塞莱斯特打个电话，免得她白跑一趟。"

　　胡利安不吭声，昏昏欲睡，在厨房用抹布将餐具擦干。阿兰洽装没听见，在 iPad 上敲字。

　　"写什么呢？"

　　阿兰洽拿给她看："有件事你要知道，尽管你会伤心。"米伦怀疑地说：

　　"要是跟那个女人有关，就别告诉我了。我的个天啊，你就差哪天把她领回家了。"

　　阿兰洽的指头气呼呼的，敲得飞快："家里就你不知道。"

　　"知道什么？你在跟我说什么？能别再卖关子了吗？"

　　"何塞·马利跟她道歉了。"

　　"喂，胡利安，你知道这事儿？"

　　厨房里传出声音：

　　"什么事？"

　　"别装傻，何塞·马利的事。"

"那当然，阿兰洽午饭前告诉我了。"

"你他奶奶的为什么不告诉我？"

"那有什么关系！她现在不是正在告诉你吗？"

米伦，米伦，你可没想到这一出。她小声说——是诅咒吗？——不会的，她不相信，这帮傻瓜理解错了。

"我十天前还见过他，他没跟我说呀！"

教堂钟楼上的钟悲伤地敲了三下，灰蒙蒙的下午三点。阿兰洽将iPad放在膝上，手指腾、腾、腾，紧张地敲出："他不敢告诉你，他怕你。"

米伦不耐烦总是伸着脖子等消息，索性搬了张椅子，坐到轮椅旁，严肃地让阿兰洽把所有事原原本本地讲给她听。语气不生硬，说话不生气，只是表情很僵，有些愤愤不平。屏幕上打出一句句话，对米伦来说，一句比一句伤人。

"他写信跟她道歉的。"

"毕妥利今天早上把信读给我听。"

"万一是她自己写的呢？所有人都知道她疯了。"

"何塞·马利的字，我认识。"

"这个家里，弟弟不是唯一跟她道过歉的人。"

"还有谁？"

"你去厨房问。"

"喂，胡利安，过来，马上。你倒是跟我说清楚，你们背着我，干了些什么？"

胡利安一边在毛衣上把手擦干，一边往餐厅走。他不动声色，言简意赅，干脆照实说，说完去睡午觉。米伦问女儿：

"还有吗？"

"就这些。"

后来，一个躺在床上，一个说不了话，专心在看电视新闻，米伦用不着跟谁解释去哪儿，也用不着跟谁说再见。她不想进卧室——谁知道胡利安是不是还醒着？——没换衣服，直接冲到街上。出门时，没像过去那样，怒气冲冲地摔门就走，而是咔嗒一声，小心且痛心地把门带上。

去哪儿呢？瓢泼大雨，跟那人被杀那天下午一样。既然被杀，总是有原因的。据我所知，不是我儿子动的手，那他为什么要道歉？她过街，咂嘴，表示不满。应该带把伞出来的，不回去拿了。她觉得被家里人背叛，被他们合伙算计。她当然认为，雨只打在她一个人身上。

肉店门关着。正常，还没到四点①。她见里面亮着灯，直接进门廊。又不是第一次，胡安妮能理解。她不理解，谁能理解？门廊里黑乎乎的，很安静，一股动物脂肪味、肉味、香肠味，邻居们恐怕早已习惯。她按门铃，门铃声单调，凄厉。她很有把握：门会开的，胡安妮会出现的，她会把耳朵准备好，听她絮叨的。无论如何，她要找人发泄。

然而并没有，这一切并没有发生，门还关着。

"谁啊？"

"是我。"

"是谁？"

"是我，米伦。"

她说：稍等。真怪！既然人在里头，为什么不开门？米伦见她披散着头发，立马猜到：她不是一个人。她待了一小会儿，跟他打个招呼。他年纪虽大，保养得挺好。这么说，他俩在一起了？米伦为了掩

---

① 西班牙人习惯午休时间店铺关门，四点或四点半后再开门。

饰，买了几片这个，买了一百克那个。

"对不起，这个点儿来。今天我有点乱，明天给你钱。"

"行啊，没关系。"

米伦回到街上，又要面对糟糕的天气和水洼。进教堂前，她将一塑料袋肉食扔进了字纸篓，人从头到脚，淋成了落汤鸡。她在老地方坐下，祭坛底下点着许愿蜡烛。为了祈福全家，替儿女们寻求上帝的庇护，她这辈子还要再点多少根蜡烛才算够?

教堂里没人，米伦从里湿到外。要是神父出来，我就走。我不想跟任何人说话，只想跟基座上德洛约拉的圣像聊一聊。好啊，伊格纳西奥，很好，瞧你对我做的好事。到头来，我是坏人。

她委屈地责备圣徒。大声说的还是小声说的?都不是，跟平常一样，心里说的。她怀疑圣徒不够格，不配做伟大的保护神。你指错路了。我说，我们为什么要道歉?那反恐解放组织犯下的罪行，又怎么说?有人道歉了吗?军营里、警局里的虐囚行为，有人道歉了吗?埃塔囚犯被分散关押、对巴斯克人民的各种压迫，有人道歉了吗?如果我们做的事大错特错，为什么你不及时制止，还任由我们去做，让我们白白牺牲?到头来，千千万万热爱祖国的巴斯克人像白痴似的，全都做错了。喂，伊格纳西奥，行行好，让我女儿站起来，让我儿子出狱，否则，我再也不跟你说话了。去你奶奶的伊格纳西奥，你没看见，我也在受苦吗?

她站起身来。在长凳上坐了十分钟、十五分钟，留下一块湿湿的印迹。教堂里冷飕飕的，米伦突然冷得直哆嗦。哎呦，上帝啊，我可千万别生病了。她走到街上，外面还在下雨。天黑乎乎的，光线很暗，街上没人。米伦在树荫下走，想避点雨，基本没用。她偶然去看字纸篓，那袋肉食还在。她又捡回来，带回家，咱们总不能浪费粮食!

125. 星期天上午

已经好多个星期，太多个星期没见到它了。毕妥利昨晚决定：傍晚在阳台上放两个猫食盆，一个放水，一个放猫粮，要是早上起来没动过，就当"煤球"彻底失踪。然后呢？然后她会打心眼里感到遗憾，将猫食盆、猫抓柱、猫砂盆、猫梳子，总之猫咪的全套用品扔进垃圾箱。她起得比平时早很多，穿着内衣去阳台，先看了看晴朗的天空、远处宽宽的一道海面、圣塔克拉拉岛、乌尔古尔山，感觉住在这儿，景色得天独厚，相当于坐在包厢看海湾，尽管前面有栋楼挡住了海滩；又看了看角落，发现猫食盆原封未动，跟昨天下午放的时候一模一样。

不到七点，米伦听见胡利安把车推进厨房。今天是星期天。这人什么毛病？非得在屋里擦车、上油。有一天，胡利安问——是开玩笑吗？——她是不是嫉妒他的自行车？还真是。说实在的，这人最后一次爱抚她是什么时候？上帝啊！让她怀上孩子时也没爱抚过。他把情感都留给自行车、酒吧的长颈玻璃酒瓶和菜园了。米伦不想起床，免得跟他在厨房遇见，她不想跟他说话，睡得糟透了。怎么回事？街上整晚都有人吵吵闹闹，放音乐，放爆竹。以前她挺喜欢镇上过节搞各种活动的，现在越来越不喜欢了。砰！她听见家门砰的一声关上，胡利安刚刚出门。他说去哪儿了吗？不清楚。米伦又在被子里捂了五分钟，他别忘了什么东西，又回来取。后来，她才慢悠悠地起床。

毕妥利发现咖啡壶里有昨天剩的一点咖啡，对自己说：加点奶，加点直饮水，刚好一杯。热杯咖啡，再吃点干面包屑，早餐就这么打发了。她收拾屋子，洗漱，将"煤球"的物品一股脑地塞进塑料袋，一次还拿不了，先扔一些到垃圾箱，又回去拿剩下的，再扔到垃圾箱，还得再上去一趟，拿包和饭盒。饭盒里装着土豆辣椒番茄酱烧肉，她特地做好，带到镇上当午饭的。走在街上，她感觉有点怪，不疼了，可是浑身没劲，总觉得有点晕。她歇了好几回，喘口气，养养精神，才走到公交站。

塞莱斯特大约九点进门，她有钥匙，用不着按门铃。这么多年过去，她已经成了家里的一分子。她进门，打招呼，说点开心话，随即去做看护应该做的事。每天头一件事：给阿兰洽洗澡。自从她能用那只健康的手抓着墙上的扶手，保持站立起，帮她洗澡容易多了。米伦和塞莱斯特很小心，一个扶着阿兰洽，一个给她打肥皂、冲洗。天天做，做熟了，最多五分钟搞定。然后，两人一起帮她擦干。阿兰洽皮肤苍白，胖了。她们正在擦的时候，她突然叫了声：妈妈。米伦好像听见女儿在叫她，赶紧关上吹风机。吹风机太吵，她不是很肯定。阿兰洽又叫了一声，是她过去的声音，又不全是。不管怎样，是她发出来的，能听懂。塞莱斯特开心极了，咋咋呼呼地表扬。米伦想起阿兰洽小时候，也是第一句会叫"妈妈"，当然比叫"爸爸"早。

十点多一点，毕妥利下公交车。有音乐声，在哪儿？就在附近。大门和大门之间装饰着拉花。正常，不是吗？人们尽情享受生活就好。她往家里走，不管怎样，先把饭盒放下。她在街角看见一支乐队，成员们就簇拥在遥远的那天，丈夫身中四枪的地方。咚咚锵，咚咚锵。全是绿衬衫，白裤子。鼓手满脸幸福陶醉的样子，想把鼓敲得震天响，把同伴们的调子压下去，直到一曲结束。毕妥利没辙，下人行道，继续往前。叽叽呱呱的人群中有人欢快地叫了一声：嗨，毕妥利！她没停脚，应了一声，转头去看，不知道跟她打招呼的人是谁。

米伦催她们快走，她在等何塞·马利每个星期天打来的电话。跟儿子说话时，她喜欢一个人待着。她让塞莱斯特赶紧带女儿出去。早上蓝天白云，街上热闹得很，好了好了，快去玩吧！电话铃终于响了。五分钟，只给犯人通话五分钟。哎！要是她能给儿子打电话就好了，可是外头给里头打，不允许。她没有向何塞·马利掩饰自己的喜悦之情：阿兰洽叫"妈妈"了，能听懂，很清楚，没准她能学会说话。米伦很激动，何塞·马利在电话那头也很激动，只是稍微严肃一点罢了。有新鲜事吗？没有。嗯，有一件。他去看过医生，决定做痔疮手术，已经忍受不了。南方开始热了，受的罪简直难以描述。米伦提到镇上在过节，没细说，免得他伤感郁闷。换个话题，又回到阿兰洽洗完澡喊"妈妈"这件事上。五分钟通话结束。

毕妥利在镇上的家里没有微波炉，她把饭盒里的菜倒进一只堪称老古董但还能用的锅里，对自己说：先出门，菜回来再热。她还决定，去面包房买半根长棍面包。

与此同时，米伦想节省时间，在托盘里铺上炸肉丁，倒上奶糊，再均匀地放上煮好的花菜。等做完弥撒回来，撒上奶酪丝，放进烤箱就好。那个出去骑车的，要是回来晚，就让他吃凉的。

过节，星期天，天气好，广场上全是人。孩子们跑来跑去，人们扎堆聊天，边上酒吧的露天茶座，坐得满满当当。枝繁叶茂的椴树洒下一片阴凉，树荫下凉快不少。毕妥利在熟悉的角落里找到了阿兰洽和她忠实的看护，弯下腰，亲了亲阿兰洽。附近教堂钟楼里的钟正在敲响，召唤大家去听十二点的弥撒。塞莱斯特忙不迭地告诉毕妥利，阿兰洽早上成功地说出了一个单词。两个女人期待地看着她，请她再将壮举重演一遍。阿兰洽很努力地满足了她们的愿望。毕妥利感动地握着她的手，对她说：她能做到的，衷心希望她能做到，一定要不懈地努力下去。阿兰洽歪着嘴笑，点了好几下头，答应了。

米伦差不多有两个月，做弥撒时，没坐在老位置上。她生圣徒德洛约拉的气，改坐教堂右边。可是今天，她又坐回到德洛约拉的圣像附近。堂塞拉皮奥庄严布道，老朽的声音，千篇一律的内容，令人生厌。所有弥撒都一样，就不用讲给我听了。长凳上稀稀落落的，信徒很少。有没有年轻人？那前面，有两个女孩，没了。米伦在心里一本正经地道谢，不过是以提醒的方式。伊格纳西奥，这是好的开始。不过，你要知道，会说一个单词和会说话，我指的是正常说话，是两码事，对吧？我们想要更多。儿子那边，拜托你，治好他的痔疮！我就求你这一件事，看起来，你不打算让他出狱。弥撒结束，米伦心里的唠叨话也告一段落。

毕妥利在广场一角跟阿兰洽和塞莱斯特告别；米伦走出教堂。毕妥利决定抓紧时间去面包房，面包房快关门了，或已经关门了；米伦决定去找女儿，跟阿兰洽和塞莱斯特会合，先去吃点东西，再回家做饭。两个女人相距五十米时，远远地看见了对方。当时，阳光照在毕妥利的脸上，她正手搭凉棚往前走。糟糕！她恐怕发现我看见她了，我才不躲！米伦走在椴树荫下，迈着星期天悠闲的脚步向她靠近。那个女人在看我，要是她以为我会躲开，那也太自作聪明了。两个女人径直往前，广场上有不少人察觉到这个场景。孩子们没有，他们接着跑来跑去，叫来叫去。大人们很快窃窃私语，快看，快看，她俩以前是那么好的朋友。

音乐亭旁，两人相遇，互相拥抱，拥抱时间很短。分开前，对视了一眼。说话了吗？没有。什么也没说。

Fernando Aramburu
Patria
© Fernando Aramburu，2016
First published in Spanish language by Tusquets Editores，Spain，2016
Simplified Chinese translation arranged with TUSQUETS EDITORES through Beijing Sinicus
Literary Consulting LTD

图字：09－2018－1269 号

图书在版编目(CIP)数据

沉默者的国度 /（西）费尔南多·阿兰布鲁
(Fernando Aramburu)著；李静译.—上海：上海译
文出版社,2020.5
　　书名原文：Patria
　　ISBN 978－7－5327－8418－9

　　Ⅰ.①沉…　Ⅱ.①费…　②李…　Ⅲ.①长篇小说－西
班牙－现代　Ⅳ.①I551.45

中国版本图书馆 CIP 数据核字(2020)第 053766 号

沉默者的国度
［西］费尔南多·阿兰布鲁　著　李　静　译
责任编辑　刘岁月　装帧设计　柴昊洲

上海译文出版社有限公司出版、发行
网址：www.yiwen.com.cn
200001　上海福建中路 193 号
上海信老印刷厂印刷

开本 890×1240　1/32　印张 18.5　插页 2　字数 304,000
2020 年 7 月第 1 版　2020 年 7 月第 1 次印刷
印数：0,001—10,000 册

ISBN 978－7－5327－8418－9/I·5169
定价：89.00 元